KB195995

제인 에어

Jane Eyre

012

제인 에어
Jane Eyre

샬럿 브론테 지음

신해경 옮김

책세상

차례

제인 에어 · 9

제인 에어

• 각주는 모두 옮긴이주이다.

1장

그날은 산책할 수 없는 날이었다. 하긴, 우린 이미 아침나절에 이파리 하나 남지 않은 관목 숲을 한 시간이나 어슬렁거렸지. 하지만 정찬을 먹은 뒤로는(리드 부인은 손님이 없는 날에는 정찬을 일찍 먹었다) 차가운 겨울바람이 음산한 구름을 몰고 온 데다 뼛속까지 시린 비가 내려서 더 이상의 야외활동은 불가능했다.

나는 그래서 기뻤다. 오래 걷는 것을 좋아하지 않는 데다, 추운 날 오후에는 더 그랬다. 어둑한 해거름에 곱아든 손발과 사촌인 일라이자나 존, 조지아나보다 열등한 신체 조건을 의식하여 주눅 들고 유모인 베시의 잔소리에 서글퍼진 마음으로 귀가하는 기분은 끔찍했다.

방금 말한 일라이자와 존, 조지아나는 지금 자기들 엄마와 함께 응접실에 있었다. 난롯가 소파에 푹 파묻혀 금쪽같은 자식들(지금은 싸우지도 울지도 않는다)에 둘러싸인 리드 부인은 더없이 행복해

보였다. 나는 제외였다. 나로 말하자면, 리드 부인이 그 무리에 합류해야 하는 의무를 면제해주었다. 말하자면 이런 것이었다. "나도 너를 떼어놓아야 해서 유감이지만, 네가 좀 더 붙임성 있는 어린애다운 성격과 좀 더 귀염성 있고 명랑한, 이를테면 더 밝고 솔직하고 자연스러운 행동거지를 갖추기 위해 진지하게 노력한다는 얘기를 베시 입으로 듣고 또 내가 직접 확인할 때까지는, 티 없이 행복하고 귀여운 아이들에게만 주어지는 특권에서 널 제외해야겠구나."

"제가 뭘 어쨌다고 베시가 그러는데요?" 나는 물었다.

"제인, 나는 트집을 잡거나 따지고 드는 사람을 좋아하지 않는다. 게다가 어린애가 그런 식으로 어른에게 말대꾸하는 건 정말이지 있어서는 안 될 일이야. 썩 꺼지거라. 공손하게 말할 수 있을 때까지 어디 구석에라도 가서 입 다물고 있어."

나는 슬며시 응접실 옆에 있는 조반용 식당으로 들어갔다. 그곳엔 책장이 하나 있었다. 나는 신중하게 그림이 있는 책을 골라 이내 한 권을 손에 넣었다. 그러고는 창턱 자리로 올라가 무슬림처럼 책상다리로 앉아서는 창이 거의 다 가리도록 두꺼운 붉은 양모 커튼을 쳤다. 나는 이중으로 가려진 곳에 안전하게 숨었다.

오른쪽으로는 주름진 긴 진홍색 커튼이 나를 가려주고, 왼쪽으로는 투명한 유리창이 음울한 십일월 햇빛을 막지 않으면서도 나를 보호해주었다. 책장을 넘기는 틈틈이 나는 겨울 오후의 풍경을 살폈다. 멀리서는 안개와 구름이 어스레하게 천지를 덮었고, 가까이서는 쉴 새 없이 거칠게 몰아치는 비와 뒤이은 구슬픈 돌풍에 시달리는 젖은 잔디밭과 관목들이 보였다.

다시 책으로 시선을 돌렸다. 토머스 비윅의《영국조류사》[1]였다.

본문은 대체로 신경 쓰지 않았지만, 그 책의 도입부에는 나 같은 아이로서는 백지인 양 그냥 지나칠 수 없는 장들이 제법 있었다. 바닷새들이 자주 출몰하는 장소들을 묘사하는 장들이었다. 바닷새들만 산다는 '외딴 바위섬과 벼랑들', 최남단인 린드니스 곶이나 나즈 곶에서부터 최북단 노스케이프에 이르는, 작은 섬들이 점점이 박힌 노르웨이 해안 등등.

  "거대하게 소용돌이치는 북해가
    머나먼 툴레²의 침울하고 헐벗은 섬들을
    둘러싸 들끓고, 대서양의 큰 파도는
    헤브리디스³ 섬들 사이로 쏟아진다."

"광활하게 펼쳐진 북극대와 쓸쓸하게 텅 빈 버려진 지역들, 극점을 둘러싸고 하늘을 찌를 듯이 치솟은 산맥 사이에서 흐릿하게 빛나는, 수백 년의 겨울이 축적된 단단한 얼음 벌판들, 수십 배나 엄혹한 극단적인 추위가 한데 모인 저 서리와 눈의 저장고"와 더불어

---

1 영국의 목각공예사이자 자연사 작가인 토머스 비윅Thomas Bewick(1753~1828)이 1797년과 1804년에 출간한 두 권으로 구성된 자연사 저서. 1797년에 출간된 1권은 육지의 새를 다루고, 1804년에 출간된 2권은 바닷새를 다룬다. 브론테 가족은 집에 있던 1816년 출간본을 몹시 아꼈고, 샬럿 브론테는 삽화들을 즐겨 따라 그렸다.

2 툴레Thule는 '북쪽 끝의 땅'을 뜻하는 라틴어로 북유럽 국가나 아이슬란드, 북극의 극지를 뜻하는 의미로 쓰였으며, 때로는 '극한의 땅, 세계의 끝'과 같은 추상적인 의미로도 쓰였다.

3 헤브리디스Hebrides 제도는 스코틀랜드 서쪽에 위치하는 500여 개의 섬으로 구성된 제도이다. 스코틀랜드에 가까운 섬들을 묶은 이너헤브리디스 제도와 더 먼 섬들로 구성된 아우터헤브리디스 제도로 구분하기도 한다.

라플란드와 시베리아, 스발바르, 노바야제믈랴, 아이슬란드, 그린 란드의 황량한 해안들을 이야기하는 부분도 그냥 건너뛸 수 없었 다. 나는 죽음처럼 새하얀 그 왕국들을 내 나름대로 이해했다. 어린 애의 머릿속을 어스레하게 떠다니는 반쯤 이해된 개념들이 다 그 렇듯이, 희미하면서도 인상적이었다. 도입부에 나오는 이런 말들 이 뒤이어 나오는 삽화들과 이어져 물보라를 일으키며 소용돌이 치는 바다에 홀로 선 바위에, 황량한 해안에 밀려온 부서진 보트에, 구름 사이로 막 가라앉는 난파선을 비추는 창백한 달에 자연스럽 게 의미를 부여했다.

비명이 새겨진 묘비가 있는 아주 외딴 묘지가 있었다. 문이 달린 입구와 두 그루의 나무와 야트막한 평지를 두른 무너진 담과 해거 름의 시간을 증명하는 새로 떠오른 초승달이 있는 그 그림에는 나 로서는 뭐라 말할 수 없는 정취가 감돌았다.

바람이 없어 잔잔한 바다에 발이 묶여버린 배 두 척은 바다의 유 령 같았다.

도둑이 지고 가는 보따리를 뒤에서 움켜잡는 악마, 나는 재빨리 책장을 넘겼다. 아주 무서운 그림이었다.

뿔난 시커먼 무언가가 바위 위에 앉아 저 멀리 교수대에 몰려든 군중을 지켜보는 그림도 그랬다.

그림마다 들려주는 이야기가 있었다. 아직 미성숙한 나의 이해 력과 불완전한 감각에는 모호하게 느껴질 때가 많았지만, 더할 나 위 없이 흥미로웠다. 베시가 어쩌다 기분이 좋으면 해주던 겨울밤 의 옛날이야기만큼이나 흥미로웠다. 그럴 때 베시는 다리미판을 놀이방 난롯가에 가져다 놓고 우리를 옆에 앉히고는, 리드 부인의 레이스 장식을 빳빳하게 다리거나 잠자리용 모자 가장자리에 자잘한 주름을 잡으면서, 한마디라도 놓칠세라 귀를 기울이는 우리에게 옛날 동화나 민담, (나중에야 알았지만)《파멜라》[4]와《모어랜드 백작 헨리의 이야기》[5]에서 따온 연애담과 모험담 같은 것을 들려주었다.

비윅의 책을 무릎에 펼쳐놓은 그때, 나는 행복했다. 적어도 내 나름대로는. 그 행복이 깨지지 않기만 바랐는데, 파국은 너무 빨리 왔다. 식당 문이 열렸다.

"찾았다! 요 쭈글탱이!"존 리드가 외치는 소리가 들리고는 잠잠해졌다. 안에 아무도 없어 보였으리라.

"젠장, 어디 있는 거야!"존이 다시 입을 열었다. "(누이들을 부르며) 일라이자! 조지아나! 걔, 여기 없어. 엄마한테 가서 걔가 비 오는데 밖에 나갔다고 일러, 못된 년!"

'커튼을 쳐두길 잘했어.' 나는 생각했다. 그리고 존이 숨은 나를

---

4 《파멜라Pamela; or Virtue Rewarded》는 새뮤얼 리처드슨Samuel Richardson(1689~1761)이 1740년에 발표한 첫 장편소설로, 하녀가 주인집 아들의 부정한 유혹을 물리치고 정조를 지켜 결국에는 정식 결혼을 통해 훌륭한 가문의 안주인이 된다는 도덕적이고 종교적인 줄거리를 가지고 있다. 발표와 동시에 18세기 유럽 최고의 베스트셀러로 각광을 받았으며 주제와 소재, 구성의 형식, 묘사 방식 등에서 현저하게 근대소설의 특색을 보여주어 '서구 근대소설의 효시'로 인정받는다.

5 《모어랜드 백작 헨리의 이야기The History of Henry, Earl of Moreland》는 아일랜드 작가 헨리 브룩Henry Brooke(1703~1783)이 1765년부터 1770년 사이에 출간한 감상적인 모험 소설《고귀한 바보, 또는 모어랜드 백작 헨리의 이야기The Fool of Quality: or, The History of Henry, Earl of Moreland》를 감리교 창시자이기도 한 영국 성공회 사제 존 웨슬리John Wesley(1703~1791)가 1781년에 두 권으로 축약하여 발표한 소설이다. 계몽운동과 계몽사상가들의 영향을 많은 받은 작품으로 사회의 모순에 맞서 싸우는 순수한 영웅의 활약상을 그리고 있다.

찾아내지 못하기를 간절하게 빌었다. 존 리드 혼자서는 찾아내지 못했을 것이다. 생각도 상상도 빠릿빠릿하지 않은 애니까. 하지만 일라이자가 방 안을 들여다보더니,

"걔, 창턱 자리에 있어, 확실해."

존에게 끌려 나가는 생각만 해도 몸이 부르르 떨려서, 나는 곧바로 커튼을 걷고 나섰다.

"원하는 게 뭔데?" 나는 자신 없는 목소리로 우물거리며 물었다.

"야, '무엇을 원하십니까, 존 도련님?'이라고 해야지. 내가 원하는 건, 이리로 와." 존이 안락의자에 앉더니 손짓으로 자기 앞에 와 서라고 지시했다.

존 리드는 열네 살 먹은 학생으로, 열 살밖에 안 된 나보다 네 살이 많았다. 나이에 비해 몸집이 크고 뚱뚱한 데다 피부색이 거무스레해서 건강이 나빠 보였고, 넙데데한 얼굴은 이목구비가 두루뭉술했으며, 팔다리는 두툼하고 손발이 컸다. 존은 습관적으로 폭식을 했는데, 덕분에 욱하는 성질과 흐릿하고 멍한 눈과 축 늘어진 뺨을 갖게 되었다. 학교에 있어야 마땅한 때였지만, 리드 부인이 '허약한 존의 건강 문제를 이유로' 한두 달을 예정하고 집으로 데리고 온 참이었다. 교장인 마일스 씨가 집에서 보내는 케이크와 설탕 과자만 좀 줄이면 존의 건강이 퍽 나아질 거라고 확언했으나, 어머니의 마음은 그처럼 가혹한 의견을 거부하는 대신, 존의 누런 안색이 과도한 학업과 아마도 집을 그리워한 탓이라는, 좀 더 고상한 의견 쪽으로 기울었다.

존은 어머니와 누이들에게 그다지 애정이 없었고, 나에게는 적의를 품었다. 존은 나를 괴롭히고 때렸다. 일주일에 이삼일도 아니

고, 하루에 한두 번도 아니고, 끊임없이 말이다. 존이 가까이 올 때마다 내 몸의 온 신경이 두려움에 떨었고, 뼈에 붙은 모든 살점이 졸아드는 듯했다. 존이 휘두르는 공포에 절절맨 적이 한두 번이 아니었는데, 그 애가 협박하고 주먹을 휘둘러도 나로서는 하소연할 데가 전혀 없었기 때문이었다. 하인들은 괜히 이런 주인의 심기를 건드릴까 봐 내 편을 들지 않았고, 리드 부인은 그런 문제에는 눈과 귀를 닫았다. 리드 부인은 존이 나를 때리는 걸 봐도 못 본 체했고 욕하는 소리를 들어도 못 들은 체했다. 리드 부인이 보는 앞에서도 심심찮게 나를 때리고 욕을 해대는 존이니, 자기 어머니가 못 보는 자리에서는 더 말할 것도 없었다.

습관적으로 존에게 복종하던 나는 그가 앉은 의자 앞으로 갔다. 존이 혀가 빠지겠다 싶을 정도로 쑥 내밀었다. 족히 삼 분이 흘렀다. 나는 존이 곧 때리리라는 걸 알았다. 조만간 날아올 주먹을 두려워하면서도, 나는 좋다고 그러고 있는 존의 몰골이 흉하고 역겹다고 생각했다. 내 얼굴에서 그런 생각을 읽기라도 했을까, 갑자기, 아무 말도 없이, 존이 사정없이 주먹을 휘둘렀다. 불시에 얻어맞은 나는 비틀거리며 한두 걸음 물러났다가 다시 중심을 잡았다.

"이건 아까 엄마한테 뻔뻔하게 말대꾸한 것과 커튼 뒤에 몰래 숨은 것과 이 분 전 네 눈빛에 대한 대가야, 쥐새끼 같은 년!"

존 리드의 욕설에는 익숙해져서 대꾸할 생각조차 나지 않았다. 다만 그 모욕적인 말에 반드시 뒤따를 주먹질을 어떻게 견뎌낼까 전전긍긍할 뿐이었다.

"커튼 뒤에서 뭐 하고 있었어?"

"책 읽고 있었어."

"책 가져와봐."

나는 창가로 가서 책을 가져와 내밀었다.

"넌 우리 책에 손댈 권리가 없어. 엄마가 넌 얹혀사는 애라고 그랬어. 넌 돈이 없어. 네 아버지가 한 푼도 남겨주지 않았거든. 넌 구걸을 해야 해. 여기서 우리 같은 신사계급 아이들과 같이 살고, 우리와 같은 음식을 먹고, 우리 엄마 돈으로 지은 옷을 입으면 안 돼. 자, 내 책장을 뒤지면 어떻게 되는지 가르쳐주지. 왜냐면 내 거거든. 이 집 전체가 내 거야, 아니면 머지않아 그렇게 될 거고. 거울과 창문을 가리지 말고 문 쪽에 가서 서."

처음에는 왜 그러는지 모르고 시키는 대로 따랐다. 하지만 존이 책을 들고 무게를 가늠하면서 던지려는 것을 보고, 나는 깜짝 놀라 소리를 지르며 본능적으로 몸을 피했다. 그러나 이내 그 큰 책이 휙 날아와 덮쳤고, 나는 넘어지면서 문에 머리를 부딪혔다. 머리가 찢어졌다. 상처에서 피가 흐르고, 찌르는 듯한 아픔이 몰려왔다. 공포가 한도를 넘었다. 다른 감정들이 밀어닥쳤다.

"이 심술궂고 잔인한 놈! 넌 살인자나 마찬가지야, 너는, 너는 노예 감독 같은 놈이고, 너는, 너는 로마 황제 같은 놈이야!"

나는 골드스미스의 《로마사》[6]를 읽고 네로나 칼리굴라 같은 로마 황제들에 대한 나름의 의견을 갖고 있었다. 속으로 비교해보기는 했지만, 이처럼 소리 내어 선언할 생각은 해본 적이 없었다.

---

6 아일랜드에서 태어나 영국에서 활동한 수필가이자 시인, 소설가인 올리버 골드스미스Oliver Goldsmith(1730~1774)가 사치스러운 생활로 빚을 지자 돈벌이를 위해 여러 출처의 글을 짜깁기하는 방식으로 1760년대 중반에 출간한 고대 로마사 저서로 신뢰성은 그다지 높지 않다.

"뭐! 뭐야!"존이 소리쳤다. "저거 나한테 하는 소리야? 일라이자, 조지아나, 저거 들었어? 내가 엄마한테 안 이를 줄 알아? 하지만 그 전에-"

존이 와락 달려들었다. 머리채와 어깨를 움켜잡는 손아귀가 느껴졌다. 사생결단을 내려는 기세였다. 나는 존에게서 정말로 폭군을, 살인자를 보았다. 머리에서 나는 피가 뚝뚝 목덜미에 떨어지는 느낌과 상당히 격심한 통증도 느껴졌다. 일순간 그런 감각들이 공포를 눌렀고, 나는 미친 사람처럼 대응하기 시작했다. 내가 손으로 뭘 어떻게 했는지는 잘 기억나지 않지만, 존이 날 보고 "이 쥐새끼! 이 쥐새끼가!"소리치더니 큰 소리로 울부짖었다. 도움의 손길은 그의 가까이에 있었다. 일라이자와 조지아나가 위층으로 올라간 리드 부인을 부르러 달려갔다. 리드 부인이 곧 현장에 모습을 드러냈고, 베시와 리드 부인의 시녀인 아버트가 뒤를 따랐다. 누군가가 존과 나를 떼어놓았다. 이런 소리가 들렸다.

"세상에! 세상에! 존 도련님에게 달려들다니, 이 무슨 악다구니람!"

"이런 난동은 생전 처음 봐!"

그리고 추가되는 리드 부인의 목소리.

"저 애를 끌고 가서 붉은 방에 가둬."즉시 네 개의 손이 달려들었고, 나는 위층으로 들려갔다.

2장

　나는 가는 내내 발버둥질했다. 전에 없던 일이었다. 아마 베시와 아버트가 원래 가지고 있던 나에 대한 나쁜 인상이 더 강화되었을 것이다. 사실을 말하자면, 나는 약간 제정신이 아니었다. 아니 그보다, 프랑스인들이 잘 쓰는 표현처럼, 정신이 '나간' 상태였다. 나는 한순간의 반란 탓에 이미 이상한 형벌을 선고받았다는 사실을 인식했고, 반란을 일으킨 여느 노예와 마찬가지로 절망에 사로잡혀 어떻게 되든 끝까지 가보자는 심정이었다.

　"아버트 양, 얘 팔 좀 잡아봐요. 미친 고양이가 따로 없네."

　"원, 세상에! 부끄러운 줄을 알아야지!" 시녀가 외쳤다. "에어 아가씨, 이게 대체 무슨 지독한 짓이에요. 젊은 신사분을 때리다니, 은인의 아들을! 자기 젊은 주인님을 말이에요."

　"주인이라니! 왜 존이 내 주인이야? 내가 하인이야?"

　"아니요, 하인보다 못하죠. 자기 밥값도 못 하니까요. 자, 앉아요. 그리고 자신이 얼마나 고약한지 생각 좀 해보세요."

둘은 리드 부인이 지시한 방으로 나를 끌고 가 등받이 없는 의자
에 내동댕이쳤다. 나는 본능적으로 벌떡 일어서려 했다. 두 쌍의 손
이 즉각 나를 붙잡아 앉혔다.

"가만히 앉아 있지 않으면 묶을 수밖에 없어요." 베시가 말했다.
"아버트 양, 양말대님 좀 빌려줘요. 내 건 금방 끊어져버릴 거야."

아버트가 굵은 다리에서 필요한 끈을 풀기 시작했다. 결박이 준
비되는 걸 보고, 그것이 암시하는 추가적인 불명예를 생각하니, 흥
분이 조금 가라앉았다.

"풀지 마." 나는 소리쳤다. "가만히 있을게."

그 말을 보증하듯이 나는 앉은 의자를 두 손으로 꽉 잡았다.

"절대 움직이지 말아요." 베시는 내가 정말로 진정됐는지 확인
하고서야 잡고 있던 손을 놓았다. 그리고 베시와 아버트는 내 정신
상태를 의심이라도 하듯이 팔짱을 끼고 서서 믿을 수 없다는 듯한
험악한 시선으로 내 얼굴을 살폈다.

"여태 이런 적은 없었는데요." 마침내 베시가 아버트를 돌아보
며 말했다.

"하지만 그럴 기미는 늘 있었어. 저 아이에 대한 내 생각을 마님
께 말씀드린 적이 몇 번 있는데, 마님도 동의하시더라고. 저 아이는
음흉해. 저만한 나이에 저렇게 요망한 아이는 본 적이 없다니까."

베시는 대답하지 않았다. 하지만 잠시 후에 나에게 말하기를,

"아가씨, 이걸 아셔야 해요. 아가씨는 리드 부인의 은혜를 입고
있어요. 부인이 아가씨를 거둬주시는 거니까요. 부인이 아가씨를
쫓아내면, 아가씨는 구빈원에 갈 수밖에 없어요."

거기에는 대꾸할 말이 없었다. 처음 듣는 얘기도 아니었다. 내가 가진 가장 이른 기억들에도 그와 비슷한 종류의 암시들이 섞여 있었다. 얹혀사는 처지에 대한 이런 비난은 늘 귓가에서 울리는 단조롭고 모호한 노랫가락이 되었다. 매우 고통스럽고 치명적이지만, 뜻이 분명하게 들어오지는 않았다. 아버트가 거들고 나섰다.

"그리고 자신을 이 댁 아가씨들이나 존 도련님과 대등하게 생각해선 안 돼요. 왜냐면 마님이 마음이 좋으셔서 아가씨를 자기 아이들과 같이 키워주시는 거니까요. 이 댁 아가씨들과 도련님은 엄청나게 많은 돈을 갖게 될 테고, 아가씨는 한 푼도 없을 거예요. 겸손해지는 것, 그리고 그분들의 마음에 들게 노력하는 것이 아가씨가 할 일이에요."

"다 아가씨를 위해서 하는 말이에요." 베시가 노기가 빠진 목소리로 덧붙였다. "아가씨는 쓸모 있고 같이 지내기 좋은 사람이 되도록 애써야 해요. 그러면, 어쩌면, 이 집에서 살 수 있을 거예요. 하지만 성질부리고 버릇없게 굴면, 마님이 쫓아내시겠죠, 확실해요."

아버트가 이어서 말했다. "그것도 그렇고, 하느님께서 벌하실 거예요. 그렇게 성질을 부리다가는 하느님께서 쳐 죽이실지도 몰라요. 그러면 아가씨가 어디로 가겠어요? 자, 베시, 내버려두고 나가자. 난 아무래도 저런 성질머리는 용서할 수가 없어. 에어 아가씨, 혼자 남게 되면 기도를 하세요. 뉘우치지 않으면 나쁜 뭔가가 굴뚝을 타고 내려와서 잡아갈지도 모르니까요."

둘이 방을 나가 문을 닫고는 자물쇠를 걸어 잠갔다.

붉은 방은 사람이 자는 일이 거의 없는 정사각형 침실로, 게이츠헤드 저택에 손님이 밀어닥쳐서 쓸 수 있는 방이란 방을 죄다 써야 하는 경우가 아니고는, 사실상 쓰는 일이 없었다. 하지만 이 방은 저택에서 가장 크고 웅장한 방 중의 하나였다. 육중한 마호가니 기둥이 버티어 서고 암적색 다마스크 커튼이 걸린 침대가 작은 예배당처럼 중앙에 놓였고, 늘 블라인드가 쳐진 커다란 두 창문은 그와 비슷하게 두꺼운 천으로 만든 주름 장식과 풍성한 커튼으로 반쯤 가려져 있었다. 양탄자는 붉은색이었고 침대 발치에 놓인 탁자에도 진홍색 보가 덮였다. 벽은 분홍색이 살짝 가미된 부드러운 연한 황갈색이었다. 옷장과 세면대와 의자는 모두 반들반들하게 검게 빛나는 오래된 마호가니였다. 이처럼 짙은 색들에 둘러싸인 중앙의 높은 침대에는 하얗게 빛나는 매트리스와 베개가 층층이 쌓였고, 눈처럼 새하얀 마르세유 무명 침대보가 깔렸다. 그에 못지않게 눈에 띄는 것이 침대 머리맡께에 놓인, 발 받침대가 딸린 푹신하고 땅딸막한 안락의자였는데, 역시 하얬다. 나는 그 의자를 보고 하얀 왕좌 같다고 생각했다.

이 방은 불을 지핀 적이 드물어서 싸늘했고, 아이들 놀이방이나 주방과 멀어서 조용했다. 사람이 드나드는 일이 거의 없다시피 하다 보니 괴괴하기도 했다. 토요일마다 가정부가 혼자 와서 거울을 닦고 가구들에 고요히 쌓인 일주일 치 먼지를 떨어냈다. 리드 부인 본인은 어쩌다가 한 번씩 이런저런 문서들과 보석함과 죽은 남편의 소형 초상화가 보관된 옷장에 딸린 비밀 서랍의 내용물을 살펴보러 이곳에 들렀다. 그리고 '죽은 남편'이라는 말에 이 붉은 방의 비밀, 즉 이처럼 웅장한 방이 이처럼 쓸쓸해진 데에 관련된 저주가 숨어 있었다.

리드 외삼촌은 아홉 해 전에 돌아가셨는데, 마지막 숨을 거둔 곳도, 시체가 안치됐던 곳도 이 방이었다. 장의사 인부들이 이 방에서 외삼촌의 관을 떠메고 나갔다. 그날 이후로 이 방에는 왠지 음산하면서도 신성한 듯한 기운이 떠돌아 자연스레 사람의 발길이 뜸하게 되었다.

베시와 매정한 아버트가 꼼짝 말고 앉아 있으라고 못 박은 자리는 대리석 벽난로 근처에 놓인 푹신한 낮은 의자였다. 앞에는 침대가 솟아 있고, 오른쪽으로는 반들거리는 검은 나무 표면에 일그러진 반영들이 고요하게 비치는 높다란 옷장이, 왼쪽으로는 소리를 차단하는 두 창문이 있었다. 창문 사이에는 커다란 거울이 걸려 침대와 이 방의 공허한 위엄을 고스란히 되비추고 있었다. 정말로 문을 걸어 잠그고 갔을까? 움직일 용기가 나자 나는 자리에서 일어나 자물쇠를 확인하러 갔다. 아! 잠겨 있었다. 이보다 더 엄중한 감옥도 없을 터였다.

자리로 돌아가려면 거울을 지나쳐야 했다. 나는 홀린 듯이 거울이 보여주는 것들에 시선을 빼앗겼다. 그 환영 속에서는 모든 것이 실제보다 더 춥고 어두웠다. 그리고 거울 안에서 나를 바라보는 작고 이상한 인물은, 군데군데 어두운 그늘이 드리운 하얀 얼굴과 두 팔은, 모든 것이 정지한 그곳에서 저 혼자 움직이는, 공포에 가득 찬 번득이는 그 눈은 진짜 유령처럼 보였다. 베시가 밤에 들려주던 옛날이야기에 나오는, 양치식물이 가득한 외딴 황무지 골짜기에서 밤늦게 길을 가는 길손들 앞에 나타난다는, 반은 요정이고 반은 도깨비인 조그만 유령 같았다. 나는 자리로 돌아왔다.

그때도 불합리한 공포가 내 안에 도사리고 있었지만, 아직은 완전한 승리를 노래할 때가 아니었다. 내 피는 아직 따뜻했다. 반란을 일으킨 노예가 된 기분이 여전히 들끓는 힘으로 나를 지탱하고 있었다. 나는 이 암울한 현재에 질려 움츠러들기에 앞서 급류처럼 밀려오는 과거의 기억을 막아내는 일이 더 시급했다.

존 리드가 저지른 온갖 폭력적이고 포학한 짓들, 그 누이들이 휘두른 오만한 무시, 그 어머니가 드러낸 그 모든 반감, 하인들이 일삼은 온갖 차별적 편애의 기억이 혼탁한 우물에 고이는 검은 물처럼 내 혼란스러운 마음속으로 쏟아져 들어왔다. 왜 나는 늘 아파해야 하고, 왜 나는 늘 위협받고 의심받고 영원히 비난받아야 하는가? 왜 나는 즐거워질 수 없는가? 왜 나는 아무리 애써도 어느 누구의 호의도 얻지 못하는가? 고집 세고 이기적인 일라이자는 평판이 좋았다. 버릇없고 아주 독살스러운 데다 말꼬리 잡기 좋아하고 행동거지가 건방지기 짝이 없는 조지아나는 누구한테서나 오냐오냐 떠받들어졌다. 그 애의 예쁜 얼굴, 그 분홍색 뺨과 곱슬곱슬한 금발은 보는 사람 누구에게나 기쁨을 선사하는 듯했고, 그 덕분에 어떤 잘못을 저질러도 다 용서를 받는 것 같았다.

존으로 말하자면, 비둘기의 목을 비틀고, 새끼 공작을 죽이고, 양에게 개들을 풀고, 온실 포도나무의 열매를 모조리 따내고, 일광욕실에 있는 귀하디귀한 식물들의 꽃봉오리를 짓뭉개도 벌주는 사람은커녕 말리는 사람도 없었다. 게다가 자기 어머니를 '할망구'라 부르면서 가끔은 자기와 똑같은 어머니의 까무잡잡한 피부색을 욕하고, 어머니가 무슨 말을 해도 들은 체도 안 하는 건 물론이요, 어머니의 비단옷을 찢어놓는 일도 다반사였다. 그래도 존은 여전히 리드 부인의 '귀염둥이'였다. 나는 작은 실수도 하지 않으려고 마음을 졸이고, 그날그날 해야 할 의무를 다하려고 조바심을 냈다. 그런

데도 밤이나 낮이나 버릇없고 귀찮은, 부루퉁한 데다 음침한 애라는 소리를 들었다.

아까 존한테 얻어맞고 넘어지면서 다친 머리가 욱신거렸다. 아직도 피가 흘렀다. 존이 이유 없이 나를 두들겨 패도 누구 하나 꾸짖는 사람이 없었다. 나는 더 끔찍한 폭행을 피하려고 대들었다가 천하의 불명예를 뒤집어쓰고 말았다.

'부당해! 부당해!' 고통스러운 자극에 떠밀려 일시적으로나마 조숙해진 나의 이성이 외쳤다. 이성 못지않게 자극된 결단력은 기묘한 방안들을 내놓으며 이 견딜 수 없는 압박에서 벗어나려면 도망을 쳐야 한다고, 그게 안 되면 곡기라도 끊어 목숨을 버려야 한다고 부추겼다.

음울했던 그날 오후, 내 영혼은 얼마나 놀랐던가! 머리는 얼마나 혼란했고, 가슴은 반항심으로 얼마나 부풀어 올랐던가! 그리고 나는 캄캄한 암흑과 짙은 무지 속에서 얼마나 격렬하게 정신적 고투를 벌였던가! 아무리 곰곰이 생각해도 풀 수 없는 의문, '어째서 나는 이다지도 고통스러운가'라는 물음에 나는 대답할 수 없었다. 지금은, 몇 년이라고 밝히지는 않겠지만, 오랜 시간이 지난 지금은 분명하게 안다.

나는 게이츠헤드 저택에 어울리지 않는 존재였다. 그곳에서 나는 하찮은 사람이었다. 나는 리드 외숙모나 사촌들은 물론, 외숙모가 선택한 하인들과도 전혀 어울리지 못했다. 그들이 나를 사랑하지 않았듯이, 나도 사실은 그들을 사랑하지 않았다. 그들에게 자신들과 잘 맞지 않는 존재, 즉 기질이나 재능이나 취미 면에서 자신들과 어울리지 않는 이질적인 존재에게, 더욱이 자신들에게 아무 이

득도 기쁨도 주지 않는 무용지물인 존재에게 다정하게 대해주어야 할 의무는 없었다. 자신들이 해주는 대우에 분개하고 자신들이 내는 의견에 멸시의 마음을 품는 존재에게 친절히 대해줄 의무는 없는 것이다. 내가 명랑하고 똑똑하고 남의 눈치 보지 않고 이것저것 해달라 떼쓰는 예쁘장한 장난꾸러기였다면, 비록 의지할 곳 없이 얹혀사는 처지였더라도, 리드 외숙모는 나의 존재를 좀 더 흔쾌히 참아주었을 테고, 사촌들도 나를 좀 더 측은히 여기며 친구처럼 다정하게 대해주었을 것이다. 그리고 하인들도 그처럼 빈번히 나를 놀이방의 희생양으로 삼으려 들지는 않았을 것이다.

햇빛이 붉은 방을 버리고 물러나기 시작했다. 네 시가 지났다. 구름에 뒤덮인 오후가 쓸쓸한 해거름으로 기울어지고 있었다. 여전히 계단 창문을 두드리는 빗방울 소리가 들렸고, 저택 뒤의 숲에선 바람 소리가 요란했다. 몸이 점점 돌처럼 싸늘해졌다. 용기도 점점 줄어들었다. 꺼져가는 노여움의 잔불에 늘 품고 다니던 굴욕과 고독한 우울과 회의의 감정들이 찰박찰박 떨어졌다. 다들 내가 나쁘다고 했다. 그럴지도 몰랐다. 지금껏 굶어 죽어야겠다는 생각밖에 없지 않았던가? 그건 확실히 죄악이었다. 나는 죽을 채비가 되었던가? 아니면 게이츠헤드 예배당의 강단 밑 지하실이 유혹적인 목적지였던가? 그 지하실에 리드 외삼촌이 매장되었다고 들었다. 그런 생각 끝에 외삼촌을 떠올리자, 나는 갈수록 공포에 질리면서도 영 그 생각에서 빠져나올 수가 없었다.

그분에 관한 기억은 없으나, 나는 그분이 내 외삼촌, 즉 내 어머니의 오빠라는 것과 그분이 어려서 고아가 된 나를 여기로 데려왔다는 것, 그분이 세상을 떠나기 전에 부인에게 나를 친자식처럼 키우겠다고 맹세하게 시켰다는 것 등을 알고 있었다. 리드 외숙모는 아마 약속을 지켰다고 생각했을 것이다. 외숙모의 성격으로 봤을 때, 가능한 한도 내에서 약속을 지켰다고 말할 수도 있었다. 그러나 남편도 죽고 없는데, 자기 집안사람도 아닌, 피 한 방울 섞이지 않은 천덕꾸러기를 어찌 진심으로 사랑할 수 있겠는가? 억지 맹세에 얽매여 사랑할 수 없는 이상한 어린애의 부모 노릇을 해야 하는 자기 신세와 잘 맞지 않는 낯선 사람이 영구히 자기 가족 안에 침투해 있는 꼴을 보는 건 더없이 진저리 나는 일이었을 것이다.

문득 기묘한 생각이 떠올랐다. 리드 외삼촌이 살아 계셨더라면 나를 이뻐하셨을 것이다. 나는 그걸 믿어 의심치 않았다. 단 한 번도. 그리고 그때, 흐릿하게 번득이는 거울에 홀린 듯이 시선을 빼앗겨가며 흰 침대와 그림자 진 벽을 쳐다보고 앉아 있자니, 유언으로 남긴 마지막 소원이 지켜지지 않아 무덤 속에서 근심하던 죽은 사람들이 위증죄를 범한 죄인을 벌하고 학대받는 자의 복수를 하기 위해 다시 이승에 나타난다는, 어디선가 들은 이야기가 새록새록 떠오르기 시작했다. 리드 외삼촌의 영혼이 누이의 딸이 학대받는 모습에 괴로워한 나머지 성당 지하실이나 죽은 사람이 간다는 미지의 세계에서 빠져나와 이 방에, 내 눈앞에 나타날지도 모른다는 생각이 들었다. 나는 눈물을 닦고 울음소리를 억눌렀다. 너무 슬피 울다가는 자칫 이 세상 것이 아닌 목소리가 그 소리에 깨어나 날 위로하려 들거나, 캄캄한 어둠 속에서 후광 두른 얼굴이 기묘한 동정심을 띠고 나타나 나를 굽어보지나 않을까 덜컥 겁이 났다. 이론상으로는 위로가 될 만한 생각이지만, 실제로 그런 일이 일어난다면, 끔찍할 것 같았다. 나는 기를 쓰고 그런 생각을 내몰았다. 꿋꿋해지려고 있는 힘을 다했다. 나는 고개를 저어 눈을 가린 머리카락을 치우고는 용감하게 고개를 들고 어두운 방 안을 둘러보았다. 바로 그 순간, 벽에서 한 가닥 빛이 번득였다. 나는 자문했다. 저건 덧문 틈새 같은 데로 비쳐 들어온 달빛일까? 아니야, 달빛이면 가만히 있을 텐데, 저건 움직여. 쳐다보고 있는 사이에 빛이 스르륵 천장으로 올라가 머리 위에서 흔들렸다. 지금이라면, 아마 잔디밭을 걸어가는 누군가의 손에 들린 등불 빛이려니, 추측할 수도 있겠지만, 그때 내 마음은 뭔가 무서운 것을 예감하며 불안에 떨고 있었기 때문에, 빠르게 획획 움직이는 그 빛을 저승에서 오는 유령의 사자라고만 생각했다. 심장이 둔중하게 쿵쾅거렸고 머리가 뜨거워졌다. 어떤 소리가 쟁쟁 울리는데 내 귀에는 날개가 퍼덕이는 소리처럼 들렸다. 무엇인가가 옆에 있는 것 같았다. 몸은 얼어붙었고, 숨이 막힐 듯했다. 도저히 견딜 수가 없어진 나는 문으로 달려가 필사적으로 자물쇠를 흔들었다. 바깥 복도를 달려오는 발소리가 나더니 문이 열리고, 베시와 아버트가 들어왔다.

"에어 아가씨, 어디 아파요?" 베시가 물었다.

"대체 이게 무슨 소란이야! 사람 잡겠네!" 아버트가 소리쳤다.

"내보내줘! 제발 놀이방으로 보내줘!" 나는 외쳤다.

"왜 그래요? 어디 다쳤어요? 뭔가를 봤어요?" 다시 베시가 물었다.

"아! 불빛을 봤어. 유령이 올 거야." 그러면서 나는 베시의 손을 꽉 붙잡았다. 베시는 내 손을 뿌리치지 않았다.

"일부러 악을 쓴 거야." 밉살스럽다는 듯이 아버트가 잘라 말했다. "참 대단한 비명이지! 정말 아파서 그랬다면 모르겠지만, 이 애는 우리를 여기로 불러들이려고 일부러 그런 거야. 그 얕은꾀를 내가 모를 줄 알고."

"웬 소란들이냐?" 고압적으로 힐난하는 목소리가 들렸다. 리드 부인이 잠자리용 모자를 펄럭거리며 옷자락 스치는 소리도 요란하게 복도를 걸어왔다.

"아버트, 베시, 내가 올 때까지 제인 에어를 '붉은 방'에 가둬두라고 지시한 걸로 아는데."

"마님, 제인 아가씨가 너무 크게 소리를 지르기에 그만." 베시가 변명을 했다.

"놔." 대답은 한마디뿐이었다. "베시의 손을 놔. 확실히 말하지만, 이런 수를 써도 넌 절대 못 나가. 난 잔꾀를 싫어해. 특히 어린애가 잔꾀를 쓰는 건 질색이야. 재주를 부려봐야 아무 소용이 없다는 걸 가르쳐줘야겠어. 넌 이제 이곳에 한 시간 더 있을 거야. 그 후에도 완전히 고분고분하게 조용해지지 않으면 내보내주지 않겠어."

"아, 외숙모, 제발 용서해주세요! 저는 못 견디겠어요! 제발 다른 벌을 주세요! 전 죽을 거예요! 만일…."

"닥쳐! 이런 과장이 제일 역겨워." 분명히 리드 부인은 그렇게 느꼈다. 부인의 눈에 나는 조숙한 여배우였다. 부인은 정말로 나를 악의적인 격정과 비열한 정신과 위험한 이중성의 혼합물로 생각했다.

베시와 아버트가 물러서자 리드 부인은 미친 듯이 울부짖는 나를 더는 참을 수 없다는 듯이 방 안으로 홱 밀어 넣고 한마디 말도 없이 자물쇠를 잠갔다. 부인이 옷자락을 끌며 멀어지는 소리가 들렸다. 부인이 사라지자마자 나는 기절한 듯싶다. 그 장면은 무의식으로 끝났다.

3장

다음 기억은 지독한 악몽을 꾼 기분으로 깨어나 눈앞에서 너울거리는, 굵고 검은 빗장들이 가로질러진 무시무시한 붉은 화염을 본 것이었다. 세차게 흐르는 바람이나 물소리에 가린 듯이 윙윙거리는 사람 목소리도 들렸다. 흥분과 불안, 그리고 그 모두를 압도하는 공포로 감각이 혼란해진 탓이었다. 잠시 후에 누군가가 건드리는 게 느껴졌다. 나를 일으켜 앉혔는데, 지금껏 나를 일으키거나 받쳐준 그 어떤 손길보다 부드러웠다. 베개인지 팔인지 모를 그것에 머리를 기대니 편안했다.

오 분쯤 지나자 혼돈의 구름이 걷혔다. 나는 내 침대에 있었고, 붉은 화염은 알고 보니 놀이방 난롯불이었다. 밤이었다. 탁자 위에서 촛불이 타고 있었다. 베시가 대야를 들고 침대 발치에 서 있고, 웬 신사가 침대 옆에 놓인 의자에 앉아 나를 굽어보고 있었다.

나는 게이츠헤드 사람이 아닌, 그리고 리드 부인의 친척도 아닌 낯선 사람이 방에 있는 걸 보고 설명할 수 없는 안도감에 마음이 놓였다. 나를 보호해줄 방어막이 있어 안전하다는 확신이 들었다. (베시가 옆에 있는 것이, 예컨대 애버트가 옆에 있는 것보다는 훨씬 덜 싫기는 했지만) 나는 베시를 외면하고 그 신사의 얼굴을 살폈다. 아는 사람이었다. 가끔 하인들이 아플 때 리드 부인이 불러들이는 약제사 로이드 씨였다. 리드 부인 본인이나 아이들이 아플 때는 의사를 불렀다.

"자, 날 알아보겠니?" 그가 물었다.

나는 그의 이름을 말하면서 손을 내밀었다. 로이드 씨가 내 손을 잡고 미소 지으며 말했다. "곧 괜찮아질 거야." 그러고는 나를 눕힌 다음 베시에게 이르기를, 아이가 밤새 깨는 일이 없도록 각별하게 조심하라 했다. 몇 마디 더 지시를 내린 로이드 씨는 슬프게도 내일 다시 오겠다는 통고를 남기고 돌아가고 말았다. 그가 내 침대맡 의자에 앉아 있는 동안 들었던 보호받고 돌봄받는 느낌이 얼마나 컸던지, 그가 문을 닫고 나가자 온 방이 어두워지는 듯했다. 내 마음은 다시 가라앉았다. 말할 수 없는 슬픔이 마음을 짓눌렀다.

"잠들 수 있겠어요, 아가씨?" 베시가 꽤 부드러운 어투로 물었다.

나는 거친 말이 따라올 것을 두려워하며 가까스로 용기를 내어 대답했다. "자볼게."

"뭘 좀 마시거나 먹고 싶지는 않아요?"

"아니, 고맙지만 괜찮아, 베시."

"그럼 나도 이만 자야겠어요. 열두 시가 지났으니까요. 밤중에 뭐라도 필요한 게 있거든 날 불러요."

얼마나 정중한 말인가! 덕분에 물어볼 용기가 생겼다.

"베시, 나 어떻게 된 거야? 병이 났어?"

"아가씨는 붉은 방에서 울다가 병에 걸린 것 같아요. 물론, 금방 나을 거지만요."

베시가 가까이 있는 하녀 방으로 갔다. 말하는 소리가 들렸다.

"사라, 이리 와서 나랑 같이 놀이방에서 자자. 오늘 밤은 도저히 저 불쌍한 애랑 단둘이는 못 있겠어. 저 애, 죽을지도 몰라. 그런 발작을 일으키다니, 너무 이상한 일이잖아. 뭔가 본 게 아닌가 싶어. 마님도 참 너무하셨지."

사라가 베시와 함께 들어와 한 침대에 들었다. 둘은 삼십 분 정도 속닥거리다가 잠이 들었다. 띄엄띄엄 들리는 얘기로도 둘이 나누는 대화의 주제를 너무나 분명하게 짐작할 수 있었다.

"뭔가가 애 옆을 지나갔어, 온통 하얗게 입은 것이 말이야. 그러고는 사라졌고…", "그분의 뒤에 커다란 검정 개가…", "방문을 두드리는 소리가 꽝 꽝 꽝 세 번…", "묘지에 있는 그분 무덤 위에 불빛이…" 기타 등등.

마침내 둘이 잠들었다. 난롯불도 촛불도 꺼졌다. 나는 그 긴 밤을 두려움에 떨며 뜬눈으로 지새웠다. 귀도 눈도 마음도 공포에 질려 바짝 날이 섰기 때문이었다. 어린아이들만이 느낄 수 있는 그런 공포였다.

그 붉은 방 사건으로 심하게 앓거나 오래 아프지는 않았다. 그 사건은 그저 신경에 충격을 주었을 뿐이다. 나는 지금도 그 충격의 반향을 느낀다. 그래요, 리드 부인, 당신 덕분에 끔찍한 정신적 고통을 겪었지만, 그래도 나는 당신을 용서해야겠지요. 당신은 모르고 한 일이니까요. 내 심장이 갈가리 찢기는 동안, 당신은 내 나쁜 버릇을 고치고 있다고만 생각했겠지요.

　다음날 정오 무렵, 나는 일어나 옷을 입고 숄을 두른 채 놀이방 난롯가에 앉았다. 몸이 많이 약해지고 상한 게 느껴졌지만, 그보다 더 나쁜 건 말로 표현할 수 없을 정도로 비참한 마음이었다. 그 비참한 마음이 자꾸 소리 없이 눈물방울을 불러냈다. 뺨에 흐르는 짠 눈물방울을 닦아내기 무섭게 또 다른 눈물방울이 흘러내렸다. 하지만, 나는 생각했다, 리드가 아이들이 엄마와 함께 마차를 타고 외출해서 아무도 없으니, 나는 행복해야 마땅할 텐데. 애버트는 다른 방에서 바느질 중이었고, 베시가 이리저리 놀이방을 돌아다니며 장난감을 치우고 서랍을 정리하는 틈틈이 전에 없이 다정하게 말을 걸어주었다. 끊임없는 비난과 공치사도 없이 혹사당하는 생활에 익숙한 내게 그런 상황은 평화로운 낙원이나 마찬가지여야 했다. 하지만 현실은, 내 망가진 신경은 이제 어떠한 고요로도 달래질 수 없고, 어떠한 즐거움으로도 쾌히 들썩여지지 않았다.

　부엌으로 내려간 베시가 알록달록한 그림이 그려진 도자기 접시에 타르트 하나를 담아 왔다. 내가 볼 때마다 열렬히 감탄했던, 나팔꽃과 장미 봉오리 꽃다발에 둘러싸인 극락조가 그려진 접시였다. 조금만 더 자세히 보게 해달라고 여러 번 간청했지만, 지금껏 그런 특전을 받을 자격이 없다며 거절만 당했었다. 그 귀중한 접시가 지금 무릎에 놓여 있고, 더구나 친절하게도 나더러 먹으라고 내준 작고 동그란 맛있는 과자까지 얹혀 있었다. 헛된 친절이여! 여러 번 청했으나 오래 유예된 다른 친절들과 마찬가지로, 너무 늦게 온 친절이었다. 타르트를 먹을 수가 없었다. 새 날개와 꽃 색깔도 이상하게 바래 보였다. 나는 타르트가 담긴 접시를 밀어냈다. 베시가 책이라도 갖다줄까 하고 물었다. 책이란 말에 순간적으로 자극된 나는 서재에서 《걸리버 여행기》를 가져다달라고 부탁했다. 볼 때마다 즐겁게 읽은 책이었다. 나는 그 책이 사실을 담고 있다고 생각했고, 요정 이야기들보다 훨씬 흥미롭다고 여겼다. 요정들로 말하자면, 디기탈리스 꽃송이와 잎사귀 사이사이, 버섯의 갓 밑, 낡은 벽 모퉁이를 타고 올라간 담쟁이덩굴 아래를 뒤져봤지만, 아무 데서도 찾아내지 못했다. 나는 마침내 요정들이 이미 영국을 떠나 숲이 더 무성하고 인적이 드문 다른 곳으로 가버렸다는 슬픈 결론에 다다랐다. 반면에 릴리풋과 브롭디냐그[7]는, 내가 믿은 바로, 지구상에 존재하는 확고한 실체이니, 언제고 배를 타고 멀리 가면 작은 논밭과 집과 나무와 조그만 사람들과 자그만 소들과 양들과 새들이 있는 나라와 숲처럼 높이 자란 옥수수밭과 힘센 사냥개들과 거대한 고양이들과 탑처럼 우뚝 솟은 사람들이 있는 나라를 내 눈으로 직접 볼 수 있으리라 믿어 의심치 않았다. 하지만 그 소중한 책이 내 손안에 있는 데도, 책장을 들추어 여태껏 어김없이 매혹적이었던 그 경이로운 그림들을 찾아보았는데도, 지금은 모든 것이 무시무시하고 침울하게만 보였다. 거인들은 말라빠진 괴물 같았고, 소인들은 심술궂고 무서운 귀신들이었다. 걸리버는 세상에서 가장 무섭고 위험한 나라를 홀로 방황하는 사나이였다. 나는 책을 덮었다. 더는 읽을 마음이 나지 않아서 여태 손대지 않고 탁자에 놓아둔 타르트 옆에 내려놓았다.

---

7 릴리풋Liliput과 브롭디냐그Brobdingnag는 조너선 스위프트가 쓴 《걸리버 여행기》에 나오는 지명으로, 릴리풋에는 키가 15cm 정도에 불과한 작은 사람들이 살고, 브롭디냐그에는 보폭이 9m나 되는 큰 사람들이 산다.

이제 청소와 정돈을 마친 베시는 손을 씻고 화려한 명주와 비단 조각이 가득 든 작은 서랍을 열어 조지아나의 인형에게 씌울 새 모자를 만들기 시작했다. 베시가 바느질을 하면서 노래를 불렀다.

우리가 방랑하는 집시였을 때
옛날 옛적에

전에도 자주 들은 노래였는데, 그때는 들을 때마다 생생한 기쁨을 느꼈었다. 베시는 목소리가 아주 좋았으니까, 적어도 나는 그렇다고 생각했다. 그런데 지금은, 베시의 목소리는 여전히 아름답지만, 노래가 이를 데 없이 구슬프게 느껴졌다. 일에 정신이 팔린 베시는 때때로 노래 후렴구를 아주 묵직하고 느리게 불렀다. '옛날 옛적에'가 비통하기 짝이 없는 장송곡 가락처럼 들렸다. 베시가 다른 민요로 넘어갔다. 이번에는 정말로 애절한 노래였다.

발은 아프고 팔다리는 지쳤네
갈 길은 먼데 산길 험하고
가엾은 고아가 가는 길에
달도 없는 쓸쓸한 황혼이 덮치리

왜 날 이리 외롭고 먼 곳으로 보냈나
황무지 펼쳐지고 회색 바위 쌓인 곳에
인간의 마음은 무정하니, 상냥한 천사들만이
가엾은 고아의 발길을 살펴주시네

그러나 멀리 산들산들 밤바람 불고
구름 없는 하늘엔 밝은 별들 순하게 빛나네
자비로운 하느님께서 보호하시니
가엾은 고아에게 위안과 희망이 있도다

끊어진 다리를 건너다 떨어진다 해도
도깨비불에 홀려 늪지를 헤맨다 해도
하느님 아버지께서 약속과 축복으로
가엾은 고아를 품에 안아주시리

비록 의지할 데 없는 몸이지만
나에게 힘을 주는 생각이 있네
천국은 편안한 집이요, 내게도 안식은 오리니
하느님은 가엾은 고아의 벗이라네

"자, 제인 아가씨, 울지 말아요." 노래를 마치고 베시가 말했다. 난롯불에게 '타지 마!'라고 명령하는 거나 마찬가지였다. 그러나 내 마음을 갉아먹는 병적인 고통을 베시가 어찌 알겠는가? 오전 중에 로이드 씨가 다시 찾아왔다.

"아니, 벌써 일어나다니!" 놀이방에 들어서자마자 그가 말했다. "음, 보모, 아이는 좀 어떻소?"

베시는 내가 아주 좋아졌다고 대답했다.

"그럼 좀 더 쾌활해 보여야 할 텐데. 제인 양, 이리 와봐요. 이름이 제인 맞지?"

"예, 제인 에어예요."

"흠, 울고 있었군, 제인 에어 양, 왜 울었는지 말해주겠니, 어디 아파?"

"아뇨."

"아! 아마 마님과 같이 마차를 타고 나가지 못해서 우는 걸 거예요." 베시가 참견을 했다.

"그럴 리가! 그런 심통을 부릴 나이는 지난 것 같은데."

내 생각도 그랬다. 베시의 무고한 비난으로 자부심에 상처를 입은 나는 재빨리 대답했다. "전 한 번도 그런 일로 울어본 적 없어요. 마차를 타고 나가는 건 질색이고요. 제가 우는 건 비참해서예요."

"어머, 세상에, 아가씨!" 베시가 말했다.

친절한 약제사는 약간 당황한 듯했다. 나는 그의 앞에 서 있었다. 그가 나를 물끄러미 바라보았다. 작은 회색 눈이었다. 그다지 빛나지는 않았지만, 지금의 나라면 틀림없이 날카롭다고 생각하리라. 험상궂어도 선량해 보이는 얼굴이었다. 잠시 나를 살피던 그가 입을 열었다.

"어제는 어떻게 하다가 병이 났어?"

"넘어졌어요." 베시가 또 끼어들었다.

"넘어졌다고? 또 어린애 같은 이유로군. 저만한 나이에 잘 걷지도 못한단 말이야? 여덟 살이나 아홉 살은 돼 보이는데."

"얻어맞고 넘어졌어요." 상처 입어 욱신거리는 자존심 탓에 말이 퉁명스럽게 튀어나왔다. "하지만 그것 때문에 병이 난 건 아니에요." 나는 덧붙였다. 그 사이에 로이드 씨는 코담배[8]를 꺼내 흡입했다.

로이드씨가 담뱃갑을 조끼 호주머니에 넣는데, 하인들의 점심 시간을 알리는 종소리가 요란하게 울렸다. 로이드 씨는 그 종소리의 뜻을 잘 알았다. "보모, 저건 보모를 부르는 소리니, 가봐요. 돌아올 때까지 내가 제인 양을 잘 타일러보겠소."

웬만하면 그냥 있었겠지만, 베시는 가지 않을 수 없었다. 게이츠헤드 저택에서는 식사 시간을 엄수하는 것이 엄격하게 강제되는 규칙이었기 때문이었다.

"그래, 넘어져서 병이 난 게 아니라면 무엇 때문이지?" 베시가 가버리자 로이드 씨가 캐묻기 시작했다.

"유령이 나오는 방에 갇혀 있었어요. 캄캄해진 뒤에도요."

로이드 씨가 웃으면서도 눈살을 찌푸리는 게 보였다.

"유령이라니! 역시 아이는 아이로군. 유령이 무서워?"

"리드 외삼촌의 유령은요. 리드 외삼촌은 그 방에서 돌아가셨고, 관도 거기 있었대요. 베시도 그렇고, 다들 밤에는 그 방에 안 들어가려고 해요. 촛불도 없이 절 혼자 그 방에 가두다니, 잔인해요. 너무 잔인해서 절대 잊지 못할 거예요."

"어리석은 소리! 그러면 그것 때문에 그렇게 비참하단 말이야? 환한 대낮인 지금도 무서워?"

"아뇨, 하지만 머지않아 밤이 올 거예요. 게다가 … 전 불행해요. 아주 불행해요. 다른 이유들 때문에요."

"다른 이유들이라니? 얘기 좀 해주겠니?"

이 질문에 얼마나 충실하게 대답하고 싶었던가! 하나라도 조리

---

8 코담배Snuff는 무연담배의 일종으로 건조한 담뱃잎을 곱게 갈아서 만든다. 반죽 형태일 때는 뺨과 잇몸 사이에 끼워 넣고, 분말 형태일 경우에는 코로 흡입한다.

있게 대답하기가 얼마나 힘들었던가! 어린애들이란 느낄 수는 있어도 그 느낌을 분석하지는 못하는 법이다. 설사 그런 분석이 부분적으로 어떤 생각으로 이어진다 해도, 아이들은 그 과정의 결과를 말로 표현하는 법을 알지 못한다. 그러나 다른 사람에게 털어놓음으로써 내 슬픔을 덜 수 있는 이 처음이자 유일한 기회를 놓칠까 봐 두려웠던 나는 잠시 주저한 끝에 불충분하나마 가능한 한 진실한 대답을 내놓으려고 애를 썼다.

"첫째 이유로는, 제게는 아버지도 어머니도 안 계시고, 오빠도 언니도 없어요."

"친절한 외숙모와 사촌들이 있잖아."

나는 또 입을 닫았다. 그러고는 서투르게 말을 이었다.

"하지만 존 리드는 나를 두들겨 팼고, 외숙모는 나를 '붉은 방'에 가뒀어요."

로이드 씨가 두 번째로 담뱃갑을 꺼냈다.

"게이츠헤드 저택이 정말 멋지다고 생각하지 않니? 이렇게 훌륭한 집이 있어서 아주 감사하지 않아?"

"여긴 제 집이 아니에요. 전 하인만큼도 여기 있을 권리가 없다고, 아버트가 그랬어요."

"저런! 설마 이런 멋진 곳을 떠나고 싶어 할 만큼 어리석지는 않겠지?"

"달리 갈 곳만 있다면 기꺼이 떠날 거예요. 하지만 어른이 될 때까지는 게이츠헤드를 나갈 수 없어요."

"아마 그렇겠지, 하지만 누가 알겠니? 리드 부인 외에 다른 친척은 없어?"

"없는 것 같아요."

"아버지 쪽으로도 아무도 없어?"

"몰라요. 언젠가 리드 외숙모께 여쭤봤더니, 에어란 성을 가진 신분 낮은 가난뱅이 친척들이 있는 것도 같지만, 그들에 대해선 아무것도 모르신대요."

"그런 친척들이 있다면, 가고 싶니?"

나는 곰곰이 생각했다. 어른에게도 가난은 으스스한 것이지만, 아이들에게는 더욱 그랬다. 아이들은 근면하고 부지런하게 일하는, 존경받을 만한 가난도 있다는 걸 잘 모른다. 가난이라고 하면 누더기와 하잘것없는 음식과 불기 없는 난로와 야비한 행동거지와 천박한 악덕 등을 연상할 뿐이다. 내게 가난이란 타락과 같은 의미였다.

"아니요. 가난한 사람들과 같아지고 싶지는 않아요."

"그분들이 친절하게 대해준다 해도?"

나는 고개를 저었다. 가난한 사람들에게 어떻게 친절해질 방도가 있는지 알 수 없는 노릇이었다. 그리고 교육도 제대로 못 받고 가난한 사람들의 말투와 행동거지를 따라 배우면서, 이따금 게이츠 헤드 마을에서 본, 오두막 문간에서 아이들을 재우거나 빨래를 하는 가난뱅이 여자들처럼 자라기는 싫었다. 내게 신분을 희생하면서까지 자유를 얻을 용기는 없었다.

"그런데 네 친척들이 그렇게까지 가난해? 노동자들이야?"

"모르겠어요. 리드 외숙모 말씀이, 만약 제게 친척이 있다면 분명 거지꼴일 거래요. 전 구걸하러 다니기는 싫어요."

"학교에는 가고 싶니?"

나는 또 생각에 잠겼다. 학교가 어떤 곳인지 아는 바가 거의 없었다. 베시는 가끔 학교란 곳이 젊은 아가씨들이 차꼬를 차고 척추 교정판을 두르고서 대단히 품위 있고 정확하게 처신하도록 요구받는 곳인 양 얘기했다. 존 리드는 학교를 싫어했고 교사를 욕했지만, 존 리드의 취향을 내 기준으로 삼을 수는 없는 노릇이었다. 그리고 베시가 설명하는 (게이츠헤드에 오기 전에 있었던 댁의 아가씨들에게서 들은 얘기들을 취합한) 학교 규율이란 것이 다소 끔찍하긴 했지만, 그 젊은 아가씨들이 익힌 기예들이 한편으로는 매력적이라고 나는 생각했다. 베시는 그 아가씨들이 아름다운 풍경화나 꽃 그림을 그릴 줄 알고, 노래를 부르고 피아노를 연주할 줄도 알고, 지갑을 뜨개질할 줄도, 프랑스어로 된 책을 읽을 줄도 안다며 자랑했다. 듣다 보면 나도 한번 겨뤄보고 싶다는 충동이 일었다. 게다가 학교에 가는 건 완전한 변화가 될 터였다. 학교는 긴 여행과 게이츠헤드를 떠나 새로운 생활을 시작하는 것을 의미했다.

"전 정말로 학교에 가고 싶어요." 나는 소리 내어 생각한 바의 결론을 내렸다.

"이런, 이런! 일이 어떻게 될지 누가 알겠니?" 로이드 씨가 일어서며 말했다. 그러고는 혼잣말로 덧붙였다. "이 애는 환경을 좀 바꿀 필요가 있어. 신경 상태가 좋지 않으니까."

이때 베시가 돌아왔다. 동시에 자갈길을 구르는 마차 소리가 들렸다.

"보모, 저 소리는 마님이신가?" 로이드 씨가 물었다. "가기 전에 잠깐 마님과 말씀을 나눠야겠어."

베시가 조반용 식당으로 가면 된다고 안내하고는 앞장섰다. 나중에 일어난 일로 미루어보아, 로이드 씨는 그날 리드 부인과 만나 대담하게도 나를 학교에 보내라고 권했던 듯하다. 그 권고가 즉석에서 수락되었음에는 의심할 여지가 없다. 어느 날 밤에 베시와 함께 놀이방에서 바느질을 하던 아버트가 내가 잠든 줄 알고 하는 얘기를 들었기 때문이었다. "마님께서 직접 말씀하시기도 했지만, 저렇게 밤낮없이 남의 눈치만 살살 보면서 속으로 앙큼하게 나쁜 짓만 꾸미는 귀찮고 성가신 애를 쫓아내게 되어 마님께서도 퍽 기뻐하셨지." 아버트는 내가 어린 가이 포크스[9]나 된다고 생각하는 것 같았다.

그날 밤, 나는 아버트가 베시에게 하는 얘기를 듣고 내 아버지가 가난한 성직자였다는 것, 어머니가 신분이 맞지 않는 사람과 결혼하면 품위가 떨어진다며 만류하는 주변의 반대를 뿌리치고 아버지와 결혼했다는 것, 외할아버지인 리드 씨가 어머니의 거역에 분노하여 동전 한 닢 주지 않고 절연해버렸다는 것, 결혼한 지 일 년쯤 되었을 때 아버지가 교구인 어느 큰 공업도시의 빈민굴을 심방하다 때마침 유행하던 티푸스에 걸려 돌아가시고, 아버지로부터 전염된 어머니도 그로부터 한 달이 채 안 되어 돌아가셨다는 것을 처음으로 알게 되었다.

그 얘기를 들은 베시가 한숨을 쉬었다. "제인 아가씨도 참 가여운 신세지 뭐예요, 아버트 양."

9 가이 포크스Guy Fawkes(1570~1606)는 영국의 가톨릭교도로 제임스 1세를 암살하고 영국국교회를 해체하여 가톨릭 왕국을 재건하기 위해 상원 의회 건물인 웨스트민스터 궁을 폭파하려 했던 1605년의 '화약 음모 사건'에 가담했다가 사전에 발각되어 체포된 뒤 처형되었다. 스페인과 네덜란드가 벌인 8년 전쟁에 참전하여 가톨릭을 대표하는 스페인 편에서 싸우기도 했다.

"맞아, 애가 좀 착하고 귀여우면 누구나 그 외로운 처지를 동정할 텐데. 하지만 저렇게 밉상이어서야, 누가 마음을 쓰겠어."

"확실히, 마음이 안 가긴 하지요." 베시가 맞장구를 쳤다. "어쨌든, 조지아나 아가씨처럼 예쁜 아이라면 같은 처지라도 더 많이 동정받을 텐데."

"맞아. 조지아나 아가씨라면 난 껌뻑 죽을걸!" 아버트가 신이 나서 외쳤다. "어쩜 그리 귀여울까! 기다란 고수머리에 파란 눈이 정말 그린 것 같다니까! 베시, 난 야식으로 웰시 래빗[10]이라도 먹을까 하는데."

"나도 좋아요. 구운 양파도 곁들여서. 자, 내려갑시다." 둘이 방을 나갔다.

---

10   웰시 래빗Welsh Rabbit 또는 웰시 레어빗Welsh Rarebit은 구운 빵조각에 간단하게 치즈를 올려 녹이거나 치즈를 주재료로 하는 뜨거운 소스를 바른 영국의 음식이다.

4장

　로이드 씨와 얘기를 나누고, 또 앞서 말한 베시와 아버트의 대화를 들은 뒤로, 나는 병이 빨리 나아 건강해지기를 바라게 될 만큼의 희망을 얻었다. 변화가 가까이 있는 듯했다. 나는 변화를 바라며 말 없이 기다렸다. 그러나 변화는 더디었다. 날이 가고 달이 갔다. 몸은 예전의 건강 상태를 회복했지만, 골똘히 생각하는 사안에 관해서는 새로운 암시 같은 것도 없었다. 가끔 리드 부인이 엄격한 눈초리로 날 살피곤 했지만, 말을 거는 일은 드물었다. 내가 앓기 시작한 후로, 부인은 나와 자기 자식들 사이에 전보다 더 분명한 선을 그었다. 혼자 자도록 놀이방에 딸린 조그만 별실을 따로 지정해주었고, 사촌들이 끊임없이 응접실을 들락거리는 와중에도, 나에겐 혼자 밥을 먹고 종일 놀이방에만 있으라고 지시했다. 그러나 나를 학교에 보내려 한다는 기미는 일절 보이지 않았다. 그래도 나는 부인이 나를 한 지붕 밑에 오래 두지는 못하리라는 걸 본능적으로 확신했다. 최근 들어 나를 보는 리드 부인의 눈빛이 억누를 수 없는 뿌리 깊은 증오를 드러냈기 때문이었다.

일라이자와 조지아나는, 필시 어머니의 지시를 받았겠지만, 웬만하면 내게 말을 걸지 않았다. 존은 볼 때마다 혀로 뺨을 불룩이 내밀어 보였고, 한 번은 때리려 들었다. 하지만 일전에 나를 타락하게 했던 격심한 분노와 필사적인 반항심이 다시 일어 내가 곧바로 달려들자, 그만두는 게 상책이겠다 싶었는지 욕설을 퍼부으며 내가 자기 코를 때렸다고 소리치며 도망쳐버렸다. 아닌 게 아니라 있는 힘껏 주먹을 날려 그 툭 불거진 코를 조금 납작하게 만들어주긴 했다. 그것 때문인지, 아니면 내 표정 때문인지, 존이 겁을 먹은 걸 보니 그 참에 더 밀고 나가고 싶은 충동이 솟구쳤다. 그러나 존은 이미 자기 엄마에게 가 있었다. 우는소리로 '저 고약한 제인 에어'가 미친 고양이처럼 덤벼들었다는 거짓부렁을 늘어놓는 소리가 들렸다. 그러나 그의 호소는 다소 거칠게 가로막혔다.

"그 애 얘기는 꺼내지도 마, 존. 엄마가 그 애 옆에 가지 말라고 했잖아. 그 애는 아는 체해줄 가치도 없어. 너도, 네 동생들도 그 애와 어울려서는 안 돼." 그 말을 들은 나는 계단 난간 너머로 상체를 내밀고 갑자기, 앞뒤 생각도 없이 소리쳤다.

"걔들이야말로 나와 어울릴 자격이 없어요."

리드 부인은 꽤 건장한 편이었다. 하지만 이 기괴하고도 대담한 선언을 듣는 순간 민첩하게 층계를 뛰어 올라와 회오리바람처럼 나를 끌고 놀이방으로 들어가 내 침대 가장자리에다 내동댕이치면서, 종일 그 자리에서 일어나거나 한마디라도 지껄이면 어떻게 되는지 한번 보자고 단호한 목소리로 을러댔다.

"리드 외삼촌이 살아 계셨더라면 뭐라고 하실까요?" 나도 모르게 이런 말이 튀어나왔다. '나도 모르게'라는 표현을 쓴 것은, 혀가 의지의 동의 없이 저 혼자 지껄인 듯했기 때문이었다. 내가 통제할 수 없는 뭔가가 입에서 튀어나온 것이었다.

"뭐?" 리드 부인이 속삭이듯이 말했다. 평소에는 냉정하고 침착한 회색 눈동자가 공포인 듯한 감정을 내보이며 흔들렸다. 리드 부인이 내 팔을 놓고는, 이게 어린애인지 악마인지 모르겠다는 표정으로 나를 빤히 쳐다보았다. 이제는 징벌을 피할 도리가 없었다.

"리드 외삼촌은 천국에 계시니까, 외숙모가 무슨 짓을 하는지, 무슨 생각을 하는지 다 알 수 있어요. 우리 아빠와 엄마도 그렇고요. 그분들은 외숙모가 절 온종일 가둬놓는 것도 아시고, 제가 죽었으면 하고 바라는 것도 아세요."

리드 부인은 곧 정신을 차렸다. 나를 사정없이 흔들더니 양쪽 뺨을 철썩철썩 갈기고는 아무 말도 없이 나가버렸다. 그 빠진 이를 베시가 한 시간짜리 훈계로 메웠다. 베시는 세상에서 내가 제일 사악하고 파렴치한 아이라고 단언했다. 나도 그 말이 반쯤은 옳다고 생각했다. 실제로 내 가슴속에서 나쁜 감정만이 들끓는 것이 느껴졌기 때문이었다.

십일월이 지나고 십이월이 지나고 일월도 절반이나 지났다. 게이츠헤드 저택에서는 예년과 다름없이 크리스마스와 신년 축하연이 성대하고 화려하게 열렸다. 선물이 오가고, 만찬회와 무도회가 열렸다. 물론 나는 이 모든 즐거움에서 제외되었다. 내 몫의 기쁨은 매일 일라이자와 조지아나의 차림새를 엿보는 것으로, 둘이 공들여 굽슬굽슬하게 만 고수머리에 얇은 모슬린 드레스와 진홍색 허리띠를 두른 차림으로 응접실로 내려가는 걸 보고 나면, 아래층에서 연주하는 피아노와 하프의 선율에, 집사와 하인들이 오가는 발소리에, 다과가 나갈 때 컵과 사기그릇들이 부딪쳐 쨍그랑거리는 소리에, 응접실 문이 열리고 닫힐 때 잠깐씩 들리는 웅성거리는 사람들의 대화에 귀를 기울이는 것뿐이었다. 이런 일에 싫증이 나면 나는 층계 앞을 떠나 쓸쓸하고 고요한 놀이방으로 물러나곤 했다. 거기 있으면 조금 슬프기는 했지만 비참한 기분은 들지 않았다. 사실, 손님들 틈에 끼고 싶은 생각도 없었다. 그 틈에 있어 봤자 꿔다 놓은 보릿자루 신세였으니까. 그러니 베시가 상냥하고 살갑게 대해주기만 했어도, 신사 숙녀들이 가득한 방에서 리드 부인의 따가운 눈총을 받느니 매일 저녁을 베시와 단둘이 조용히 지내는 걸 더 큰 대접으로 여겼을 터였다. 그러나 베시는 두 어린 귀부인에게 옷을 입혀주고 나면 곧장 부엌이나 가정부 방 같은, 좀 더 활기찬 곳으로 가버렸다. 대개는 촛불도 가지고서 말이다. 그러면 나는 무릎에 인형을 앉힌 채 어둑한 방 안에 나보다 더 사악한 무언가가 있지는 않은지 때때로 주변을 힐끔거리며 난롯불이 사그라들 때까지 앉아 있곤 했다. 그러다 난로의 잔불이 암적색으로 변하면, 나는 매듭과 옷끈을 잡아당겨 가능한 한 재빨리 옷을 벗고 추위와 어둠을 피해 내 작은 침대로 숨어들었다. 나는 늘 인형을 안고 침대에 들었다. 인간이란 무언가를 사랑해야만 하고, 내게는 인형보다 훌륭한 애정의 대상이 없었기 때문에, 작은 허수아비처럼 초라한 그 빛바랜 조각상을 사랑하고 아끼면서 어떻게든 기쁨을 얻으려 애썼다. 얼마쯤은 살아 있고 감각도 있다고 상상하면서 내가 그 조그만 장난감을 얼마나 애지중지했는지 생각하면 지금도 어안이 벙벙하다. 인형이 없으면 잠을 잘 수 없었고, 인형이 안전하고 따뜻하게 내 품속에 누워 있을 때는 나도 꽤 행복했다. 그 인형도 마찬가지로 행복하리라 믿으면서.

손님들이 돌아가기를 기다리며 베시가 충계를 올라오는 소리에 귀를 기울이던 시간은 참으로 길었다. 가끔 베시는 짬을 내어 골무나 가위 따위를 찾으러, 아니 어쩌면 내 저녁거리를 챙겨주러 위층으로 올라왔다. 작은 롤빵이나 치즈케이크를 들고 와서는 내가 다 먹을 때까지 침대맡에 앉았다가, 내가 다 먹고 나면 이불을 잘 덮어주고 두 번 입을 맞춘 다음, '잘 자요, 제인 아가씨'라고 인사했다. 그렇게 다정할 때의 베시는 세상에서 가장 착하고 아름답고 친절한 사람 같았다. 나는 베시가 늘 그처럼 쾌활하고 살갑기를, 평소에 그러는 것처럼 나를 이리저리 떠밀거나 야단치거나 부당하게 힘든 일을 시키지 않기를 간절히 바랐다. 베시는 선천적으로 재주가 많은 사람이었다고 생각한다. 하는 일마다 빈틈이 없었고, 이야기를 하는 데에는 남다른 기교가 있었으니까. 적어도 놀이방에서 베시가 해주는 옛날이야기들을 들은 내 인상은 그랬다. 얼굴과 몸매에 대한 내 기억이 정확하다면, 베시는 예쁘기도 했다. 검은 머리와 까만 눈, 아주 멋진 이목구비에 안색이 맑고 건강한, 날씬한 젊은 여자였다고 기억한다. 그러나 베시는 변덕스럽고 성미가 급한 데다, 원칙이나 정의 같은 것에는 무관심했다. 비록 그런 인물이긴 했지만, 나는 게이츠헤드 저택에서 그 누구보다 베시가 좋았다.

일월 십오 일 아침 아홉 시경이었다. 베시는 아침을 먹으러 아래층으로 내려가고, 사촌들은 아직 제 엄마에게 불려가기 전이었다. 일라이자가 닭에게 모이를 주러 나가려고 모자와 따뜻한 산책용 외투를 걸치는 참이었다. 일라이자는 닭에게 모이 주는 일을 몹시 즐겼고, 가정부에게 달걀을 팔아 돈을 모으는 일도 그에 못지않게 즐겼다. 일라이자는 장사에 소질이 있었는데 돈을 모으는 데는 특출난 소질을 보였다. 달걀이나 병아리를 파는 일뿐만 아니라 화초 뿌리와 종자, 접가지를 놓고 정원사들을 상대로 아주 유리한 거래를 해 온 것에서도 알 수 있었다. 리드 부인이 정원사들에게 일라이자가 팔고 싶어 하는 건 뭐든 사주라고 지시했지만 말이다. 일라이자는 큰 이익을 볼 수만 있다면 자기 머리카락이라도 싹둑 잘라다 팔 위인이었다. 일라이자는 그렇게 번 돈을 처음에는 누더기 천이나 오래된 머리 마는 종이[11]에 싸서 여기저기 기묘한 구석에 숨겼는데, 돈뭉치 몇 개가 하녀들에게 발각된 뒤로 자칫하다가 귀중한 보물을 잃어버릴까 안절부절못하다가 결국 오 할 또는 육 할이나 되는 고리를 받기로 하고 그 돈을 어머니에게 맡기는 데 동의했다. 일라이자는 조그만 공책에 한 치의 오차도 없이 꼼꼼하게 기장해놨다가 분기마다 이자를 청구했다.

조지아나는 높은 걸상에 앉아 거울을 보면서 다락방 서랍에서 찾아낸 조화와 빛바랜 깃털로 땋은 고수머리를 치장하고 있었다. 나는 자기가 돌아올 때까지 침대를 정리해놓으라는 베시의 엄한 지시에 따라 내 침대를 정돈했다. 요즘 베시는 자주 나를 일종의 놀이방 보조 하녀처럼 부리며 방을 정리하고 의자의 먼지를 터는 등등의 일을 시켰다. 이불을 잘 펼쳐서 침대를 덮고 잠옷을 갠 다음,

---

11 머리 마는 종이Curlpaper는 헤어롤이 발명되기 이전에 머리카락을 구불구불하게 만들기 위해 쓰이던 종이이다. 조금씩 가른 머리카락을 이 종이로 감고 꼬아서 컬을 만든다.

나는 창턱 자리에 널려 있는 그림책과 소꿉놀이 가구들을 정리하러 갔다. 갑자기 조지아나가 자기 장난감을 건드리지 말라고 명령하는 바람에 나는 하던 일을 멈췄다. 그 조그만 의자와 거울, 작고 섬세한 접시와 컵 들은 조지아나의 것이었다. 할 일이 없어진 나는 바깥을 내다보려고 창문에 낀 성에에 입김을 불어 녹이기 시작했다. 된서리를 맞은 탓에 정원의 모든 것이 고요하게 굳어 있었다.

그 창으로 문지기가 사는 오두막과 마차가 들어오는 길이 보였는데, 유리창을 덮은 은백색 성에를 밖이 보일 정도로 녹였을 때, 마침 대문이 열리면서 마차 한 대가 굴러 들어오는 것이 보였다. 나는 마차가 진입로를 오르는 것을 무심하게 바라보았다. 게이츠헤드에 마차가 오는 일은 잦았지만, 내가 흥미를 느낄 만한 방문자를 싣고 온 적은 한 번도 없었다. 마차가 현관 앞에 서고, 초인종 소리가 요란하게 나더니 방문객이 안으로 들어왔다. 나와는 아무래도 상관없는 일이었으므로, 한가한 내 주의는 이내 여닫이창 옆 벽에 붙은 헐벗은 벚나무 가지에서 우는 배고픈 작은 울새에게로 향했다. 탁자에 아침으로 먹던 빵과 우유가 남아 있었다. 롤빵을 조금 뜯어서 부스러뜨린 다음 창턱에 뿌려주려고 창문을 막 잡아당기는데, 아래층에 있던 베시가 놀이방으로 뛰어 들어왔다.

"제인 아가씨, 앞치마 벗어요. 거기서 뭘 하고 있어요? 아침에 세수는 했어요?" 울새에게 빵부스러기를 꼭 주고 싶었기 때문에, 나는 대답을 하기 전에 한 번 더 창문을 잡아당겼다. 창문이 열렸다. 나는 빵부스러기를 뿌렸다. 일부는 바깥 석재 창턱에, 일부는 벚나무 가지에. 그러고서야 나는 창문을 닫고 대답했다.

"아니, 베시, 이제 막 청소를 마쳤는걸."

"이 성가신, 아무 생각 없는 아이 같으니! 그리고 지금 무슨 짓을 하고 있었어요? 나쁜 짓이라도 한 사람처럼 얼굴이 빨갛잖아요, 창문은 왜 열었어요?"

나는 굳이 대답하지 않았다. 내 설명을 듣고 있기에는 베시가 너무 바빠 보여서였다. 베시는 나를 세면대로 끌고 가 비누와 물과 거친 수건으로 얼굴과 손을 무자비하게, 그러나 다행히도 대충대충 문질렀다. 그러고는 뻣뻣한 솔로 빗질을 해준 다음 앞치마를 벗기고 서둘러 층계로 내몰더니 조반용 식당에서 누가 나를 기다리고 있으니 곧장 내려가라고 했다.

나를 기다리는 사람이 누구인지, 리드 부인도 같이 있는지 물어봐야 했지만, 베시는 이미 놀이방 문을 닫고 들어가버렸다. 나는 천천히 층계를 내려갔다. 거의 석 달 동안 리드 부인에게 불려 간 적이 없었다. 너무 오래 놀이방에 갇혀 있다 보니, 조반용 식당과 정찬용 식당과 응접실은 무서운 곳이 되어버려서, 거길 들어간다는 생각만 해도 몸이 움츠러들었다.

나는 텅 빈 홀에 서 있었다. 눈앞에 조반용 식당 문을 두고, 나는 겁을 먹고 멈춰 서서 덜덜 떨었다. 부당한 벌이 낳은 저 시절의 공포가 나를 얼마나 불쌍한 어린 겁쟁이로 만들었던가! 놀이방으로 돌아가기도 무서웠고, 문을 열고 조반용 식당으로 들어가기도 무서웠다. 그렇게 혼란스럽게 주저하며 십여 분을 서 있었다. 조반용 식당에서 울린 요란한 종소리가 판결을 내렸다. 나는 들어가야 했다.

'누가 나를 찾을까?' 두 손으로 잡은 뻑뻑한 손잡이가 버티며 돌아가지 않는 그 일이 초 사이에 나는 속으로 물었다. '이 안에서 리드 외숙모 외에 누구를 보게 될까? 남자일까, 여자일까?' 손잡이가 돌아가고 문이 열렸다. 안으로 들어가서 무릎을 굽혀 절한 다음 고개를 들자, 아니 웬 시꺼먼 기둥이람! 적어도 내가 본 첫인상은 그랬다. 양탄자 위에 검은 옷을 입은 길고 꼿꼿한 형체가 우뚝 솟아 있었다. 그 꼭대기에 조각한 가면 같은 엄숙한 얼굴이 꼭 기둥머리처럼 올라앉아 있었다.

리드 부인은 늘 앉던 난롯가 의자에 앉아 있었다. 나를 보자 가까이 오라는 신호를 보냈다. 나는 다가갔다. 그러자 부인이 나를 그 무표정한 낯선 사람에게 소개했다. "이 애가 제가 말씀드린 애예요."

남자로 밝혀진 그 사람이 내 쪽으로 천천히 고개를 돌리더니 덥수룩한 눈썹 밑에서 반짝이는 회색 눈에 호기심을 띠고서 유심히 살펴보고는 굵은 목소리로 엄숙하게 말했다. "몸집이 작군요. 몇 살입니까?"

"열 살이에요."

"그렇게나 많다고요?" 미심쩍어하는 대답이었다. 그는 몇 분간 더 나를 관찰하다가 이윽고 말을 걸었다. "얘야, 이름은?"

"제인 에어예요."

이렇게 대답하며 나는 고개를 들었다. 그는 키 큰 신사처럼 보였다. 그러나 그때 나는 아주 작았다. 그의 이목구비는 큼직큼직했고, 얼굴뿐만 아니라 몸의 모든 선이 하나같이 엄격하고 정확했다.

"그래, 제인 에어, 너는 착한 아이니?"

이 질문에는 긍정적으로 답할 수가 없었다. 내가 속한 작은 세계는 반대 의견을 갖고 있었다. 나는 아무 말도 하지 않았다. 리드 부인이 의미심장하게 고개를 젓고는 나를 대신해 대답했다. "그 얘기는 안 하는 편이 낫겠어요, 브로클허스트 씨."

"그런 말을 들으니 참으로 유감이군요! 이 애와 얘기를 좀 해봐야겠습니다." 그가 꼿꼿한 몸을 구부려 리드 부인의 맞은편 안락의자에 앉았다. "이리 오너라."

나는 양탄자를 가로질러 갔다. 그는 자기 앞에 똑바로 서라고 했다. 이제 거의 같은 높이에서 보게 된 그의 얼굴은 얼마나 이상했던가! 커다란 코! 그 입은 또 어떤가! 그리고 그 툭 튀어나온 커다란 이빨도!

"버릇없는 아이를 볼 때만큼 슬픈 때가 없지." 그가 입을 열었다. "특히 버릇없는 어린 여자애는 말이야. 나쁜 사람들이 죽으면 어디로 가는지 아니?"

"지옥으로 가요!" 나는 재빨리 정답을 내놓았다.

"그러면 지옥은 어떤 곳이지? 어디 말해보겠니?"

"불타는 구덩이예요."

"그럼 넌 그 불구덩이에 떨어져서 영원히 불타고 싶어?"

"아니요."

"그렇게 안 되려면 어떻게 해야 해?"

나는 잠시 신중하게 고민했지만, 입 밖으로 튀어나온 대답은 얼토당토않은 것이었다. "건강을 잘 지켜서 죽지 말아야 해요."

"어떻게 건강을 잘 지킬 수 있지? 너보다 어린 아이들도 매일같이 죽는데. 난 요 며칠 전에도 다섯 살밖에 안 된 어린애를 묻었어. 착한 애였지. 그 애의 영혼은 지금 천국에 있어. 앞으로 네가 부름을 받더라도, 너에 대해서는 똑같이 얘기할 수 없으니 두려운 일이구나."

그의 의심을 풀어줄 수 있는 상황이 아니었으므로, 나는 그저 빨리 그 자리를 벗어나고픈 마음으로 양탄자에 박힌 그의 커다란 두 발을 쳐다보며 한숨을 쉬었다.

"그 한숨이 진심에서 우러나온 것이라면, 네가 훌륭한 은인의 마음을 아프게 했던 일을 뉘우치는 것이라면 좋겠군."

'은인! 은인이라니!' 나는 속으로 말했다. '다들 리드 부인을 내 은인이라고 하는데, 정말 그렇다면, 은인이란 불쾌한 존재야.'

"아침과 밤에 기도는 해?" 심문자가 말을 이었다.

"예."

"성경도 읽고?"

"가끔요."

"즐겨 읽니? 성경을 좋아해?"

"〈묵시록〉, 〈다니엘서〉, 〈창세기〉, 〈사무엘서〉는 좋아해요. 〈출애굽기〉 일부랑 〈열왕기〉와 〈역대기〉, 〈욥기〉와 〈요나서〉의 몇몇 부분도요."

"〈시편〉은? 〈시편〉도 좋아하겠지?"

"아니요."

"아니라고? 그것참, 놀랍군! 나한테 너보다 어린 아들이 있는데, 〈시편〉을 여섯 편이나 외운단다. '생강과자 먹을래, 시편 한 구절 배울래' 물으면 '아, 시편을 배울래요! 천사들은 시편을 노래해요. 저는 여기 땅 위의 어린 천사가 되고 싶어요'라고 한단 말이야. 그러면 나는 그 아이의 신앙심에 대한 보답으로 생강과자 두 개를 주지."

"〈시편〉은 재미가 없어요." 나는 말했다.

"그게 바로 네가 나쁜 마음을 가지고 있다는 증거야. 넌 그걸 바꾸어달라고 하느님께 기도해야 해. 깨끗한 새 마음을 주십사, 돌처럼 굳은 마음을 제거하시고 살처럼 부드러운 마음을 주십사, 하고 말이야."

내 마음을 교체하는 그 작업이 어떻게 진행되는 건지 막 물어보려는 참에, 리드 부인이 끼어들어 나더러 앉으라고 하고는 자기 할 말을 이어나갔다.

"브로클허스트 씨, 삼 주 전에 드린 편지에서도 넌지시 말씀드렸다시피, 이 아이의 성격이나 성품이 제 바람과는 좀 맞지 않아요. 이 아이를 로우드 학교에 넣어주신다면, 교장 선생과 교사들에게 엄하게 감독해달라고 당부해주신다면, 그리고 무엇보다, 이 아이의 제일 나쁜 결점인 사람을 속이는 버릇을 고쳐주신다면, 정말 고맙겠어요. 제인, 네 앞에서 이렇게 말해두는 건, 이렇게 해야 네가 브로클허스트 씨를 속일 생각을 못 하지 싶어서다."

내가 리드 부인을 두려워하고 싫어하는 것도 무리는 아니리라. 나에게 잔혹한 상처를 주는 것이 그 사람의 본성이었으니. 나는 그 사람 앞에서는 결코 행복할 수 없었다. 제아무리 말을 잘 듣고, 제아무리 마음에 들려고 애를 써도, 내 노력은 여전히 거부당한 채 이런 말로나 보답받을 뿐이었다. 이처럼 낯선 사람 앞에서 뒤집어쓴 비난이 아프게 심장을 파고들었다. 리드 부인이 나를 새로운 인생의 단계로 밀어 넣기도 전에 벌써 희망의 싹을 자르고 있다는 사실을 나는 어렴풋이 이해했다. 말로 표현할 수는 없어도, 리드 부인이 이제부터 내가 가려는 길에 혐오와 불친절의 씨앗을 뿌리고 있다는 것을 나는 느꼈다. 나는 브로클허스트 씨 앞에서 내가 교활하고 부도덕한 아이가 되어버리는 것을 목격했다. 무엇으로 이 오명을 씻을 수 있단 말인가?

'어찌할 도리가 없어!' 나는 울음을 참으려고 기를 쓰면서 내 고통의 무력한 증거인 눈물방울들을 서둘러 훔쳤다.

"사람을 속이는 버릇은, 정말이지, 어린아이로서는 치명적인 결점입니다." 브로클허스트 씨가 말했다. "거짓말하는 것과 비슷하지요. 그리고 거짓말쟁이들은 불과 유황이 타는 구덩이에 가게 될테고요. 어쨌든, 이 아이를 잘 감독하겠습니다, 리드 부인. 템플 선생과 다른 선생들에게도 잘 말해두지요."

"저는 이 애가 자기 처지에 맞는 방식으로 양육되었으면 합니다." 내 은인이 말을 이었다. "쓸모 있고 겸손할 줄 아는 사람이 되도록 말이지요. 방학에 관련해서는, 괜찮으시다면, 이 애를 방학 때에도 늘 로우드에 있게 해주세요."

"정말로 현명한 판단이십니다, 부인." 브로클허스트 씨가 대꾸했다. "겸손은 기독교도의 미덕이고, 특히 로우드 학생들에게 적합한 미덕이지요. 그래서 저는 학생들이 그 미덕을 키울 수 있도록 각별하게 주의하라고 지시하고 있습니다. 저는 학생들의 세속적인 허영심을 억제할 수 있는 최선의 방안을 연구해왔지요. 그런데 바로 며칠 전에 그게 성공했다는 기분 좋은 증거를 얻었습니다. 제 둘째 딸 오거스타가 제 아내와 함께 학교를 방문했는데, 집으로 돌아오자마자 감탄을 하더군요. '오, 존경하는 아빠, 로우드 학생들은 어쩌면 다들 그렇게 차분하고 소박해 보이는지 모르겠어요. 얌전히 귀 뒤로 빗어 넘긴 머리며, 긴 앞치마, 그리고 덧옷에 단 그 조그만 베 주머니까지요. 마치 가난한 집 애들처럼 보인다니까요!' 그리고 또 하는 말이, '다들 비단옷을 생전 처음 보는 듯이 제 옷과 엄마 옷을 쳐다보더라고요.'"

"그거야말로 제가 원하는 거예요. 온 영국 땅을 뒤져봐도 제인 에어 같은 애에게 그보다 더 적합한 곳은 찾기 어려울 거예요. 견실 함이죠, 브로클허스트 씨. 저는 모든 일에서 견실함을 제일 중요하 게 여긴답니다."

"부인, 견실함은 기독교도의 첫째가는 의무입니다. 그리고 로우 드 학교의 제도와 모든 규정에서 견실함을 찾아볼 수 있지요. 검소 한 음식, 소박한 옷차림, 단순한 시설, 강인하고 적극적인 습관, 우 리 학교와 학생들은 매일 이런 것들을 지킵니다."

"전적으로 옳습니다, 브로클허스트 씨. 그럼 이 애가 로우드의 학생으로 선발되어 거기서 제 처지나 장래에 적합한 교육을 받으 리라 믿어도 되겠지요?"

"그렇습니다, 부인. 이 아이는 고르고 고른 묘목들이 자라는 곳 에 가게 될 겁니다. 저는 이 아이가 그런 선택을 받았다는 귀한 특권 에 감사하는 마음을 보여주리라 믿습니다."

"그럼, 브로클허스트 씨, 이 아이를 되도록 빨리 보내겠습니다. 그게, 이 책임이 갈수록 너무 성가셔져서, 얼른 벗어나고 싶은 마음 이라서요."

"그렇고말고요, 무리도 아니지요, 부인. 자아, 그럼 저는 이만 가 봐야겠습니다. 브로클허스트 저택에는 한두 주일 후에나 돌아갈 예정입니다. 제 친구인 대집사[12]님이 그보다 빨리 돌아가게 놔주지 는 않을 테니까요. 이 애를 맡는 데 지장이 없도록 템플 선생에게

| 12 성공회에서 교구의 주교를 대리하여 교회의 재산과 수입 등을 관리하는 직.

신입생이 간다고 미리 알려놓겠습니다. 안녕히 계십시오."

"안녕히 가십시오, 브로클허스트 씨. 부인과 큰따님께 안부 전해 주세요. 또 오거스타, 시어도어, 그리고 브로튼 브로클허스트 도련님께도요."

"그러겠습니다, 부인. 자, 얘야, 이건《어린이 길잡이》라는 책인데, 기도하면서 읽도록 해. 특히 거짓말과 남을 속이는 일에 중독된 나쁜 어린이 마사가 갑자기 끔찍하게 죽는 대목 말이야."

브로클허스트 씨가 실로 책등을 엮은 소책자 한 권을 내 손에 찔러주고는 마차를 부르는 종을 울린 다음 밖으로 나갔다.

리드 부인과 나만 남았다. 침묵 속에서 몇 분이 흘렀다. 리드 부인은 바느질을 하고, 나는 그런 부인을 지켜보았다. 그때 리드 부인은 서른여섯이나 일곱쯤 되었을 것이다. 키가 크지는 않지만 떡 벌어진 어깨와 강건한 팔다리에다 살집이 많아도 비만은 아닌, 건장한 체구의 여성이었다. 얼굴이 좀 큰 편이었는데, 하관이 잘 발달해서 아주 두툼했다. 눈썹은 일직선에 가까웠고, 턱이 유난히 크고 돌출되었으며, 입과 코는 알맞게 균형이 잡혀 있었다. 옅은 눈썹 밑에서 동정심이라곤 없는 눈이 흐릿하게 빛났다. 피부색은 거무스름하고 탁했고, 머리는 금발에 가까웠다. 참으로 튼튼한 체질이라 병같은 건 근처에도 오지 못했다. 리드 부인은 정확하고 영리한 감독관으로, 온 집안 식구와 소작인들을 완벽하게 통제했다. 자식들만이 때때로 그 권위를 무시하고 경멸하며 비웃곤 했다. 리드 부인은 잘 차려입었고, 멋진 차림새를 돋보이게 하는 풍채와 태도를 지녔다.

나는 몇 미터 떨어진 낮은 걸상에 앉아 안락의자에 앉은 리드 부인의 모습을 관찰하고 이목구비를 살폈다. 내 손에는 나에게 주는 적절한 경고처럼 얘기된, 갑작스럽게 죽은 거짓말쟁이 이야기가 적힌 소책자가 들려 있었다. 방금 무슨 일이 있었던가. 리드 부인은 브로클허스트 씨에게 나에 관해 무슨 말을 했던가. 생생하고 선연하게 되살아난 그 대화가 아프게 마음을 찔러댔다. 잠자코 얘기를 듣던 때만큼이나 한 단어 한 단어가 예리하게 느껴지더니, 이제 속에서 분노의 감정이 끓어올랐다.

리드 부인이 숙이고 있던 고개를 들었다. 나를 보고는 민첩하게 움직이던 손이 뚝 멈췄다.

"나가. 놀이방으로 돌아가." 명령이었다. 짜증을 억누르긴 했지만 격하게 말하는 것으로 보아, 내 시선이나 다른 무엇에 갑자기 기분이 상한 모양이었다. 나는 자리에서 일어나 문으로 걸어갔다. 그러다 돌아섰다. 나는 방을 가로질러 창문 쪽으로, 다시 부인에게 다가갔다.

말해야 한다. 나는 가혹하게 짓밟혔다. 돌려줘야 한다. 하지만 어떻게? 내게 나를 적대하는 자에게 앙갚음해줄 무슨 힘이 있지? 나는 사력을 다해 무딘 문장으로 내뱉었다.

"전 사람을 속이지 않아요. 만약 사람을 속인다면, 당신을 좋아한다고 말하겠죠. 하지만 전 당신을 좋아하지 않는다고 분명히 말해요. 전 이 세상에서 존 리드를 빼면 당신을 제일 싫어해요. 그리고 거짓말쟁이에 관한 이 책요, 이건 당신 딸 조지아나에게 주는 게 좋겠어요. 거짓말을 하는 사람은 제가 아니라 조지아나니까요."

바느질감을 쥔 리드 부인의 손이 여전히 움직이지 않았다. 얼음 장 같은 눈이 계속해서 냉담한 시선으로 나를 쳐다보았다.

"할 말 더 있어?" 일반적으로 어린아이보다는 성인 나이의 적수를 대할 때나 쓸 만한 어조로 부인이 물었다. 그 시선, 그 목소리가 내 안에 있던 모든 반감을 일깨웠다. 나는 머리끝에서 발끝까지 부들부들 떨면서, 억제할 수 없는 흥분에 휩싸인 채 말을 이었다.

"당신이 저와 피를 나눈 사이가 아니라서 다행이에요. 전 살아 있는 한 다시는 당신을 외숙모라고 부르지 않을 거예요. 어른이 돼도 절대로 당신을 보러 오지 않을 거예요. 그리고 누가 저에게 당신을 어떻게 생각하는지, 당신이 저를 어떻게 대해줬는지 묻는다면, 당신 생각만 해도 속이 뒤집힌다고, 당신이 저를 비참하고 잔인하게 대했다고 말할 거예요."

"제인 에어, 네가 어떻게 감히 그런 소리를?"

"제가 어떻게 감히요, 리드 부인? 제가 어떻게 감히 그러냐고요? 사실이 그러니까요. 저는 감정이 없다고, 사랑이나 친절 같은 것 없이도 살 수 있다고 생각하시죠? 하지만 전 그렇게는 못 살아요. 그런데 당신에겐 동정심이 없어요. 당신이 어떻게 저를 붉은 방에 처넣었는지, 얼마나 우악스럽고 거칠게 밀어 넣고 가뒀는지, 죽는 날까지 기억할 거예요. 제가 몸부림치는데도, 고통에 숨이 막혀서 '살려주세요! 리드 외숙모님, 살려주세요!' 하며 울부짖는데도 말이에요. 그리고 당신이 제게 그런 벌을 준 이유는 당신의 심술궂은 아들이 절 때렸기 때문이었어요. 아무 이유 없이 말이에요. 전 물어보는 사람마다 이 틀림없는 이야기를 들려줄 거예요. 사람들은 당신을 좋은 사람이라 생각하지만, 당신은 나쁜, 매정한 사람이에요. 당신이야말로 사람들을 속이고 있어요!"

이 대답을 마치기도 전에 내 마음은 지금껏 느끼지 못한 강렬한 해방감과 승리감에 부풀어 오르기 시작했다. 마치 보이지 않던 족쇄가 풀리고 발버둥질 끝에 예상치 못했던 자유에 다다른 느낌이었다. 이런 감정에 이유가 없는 건 아니었다. 리드 부인은 겁을 먹은 듯이 보였다. 무릎에 있던 바느질감은 바닥에 떨어지고, 부인은 두 손을 든 채 몸을 앞뒤로 흔들었다. 심지어는 울 것처럼 얼굴을 찡그린 채.

"제인, 넌 잘못 생각하고 있어. 대체 왜 그러니? 왜 그렇게 벌벌 떨고 있어? 물이라도 좀 마실래?"

"아니요, 리드 부인."

"그러면 다른 뭐라도 원하는 게 있니, 제인? 난 정말이지, 너와 친구가 되고 싶어."

"아니요. 당신은 브로클허스트 씨에게 제가 성격이 나쁜 데다 남을 속이는 버릇이 있다고 말씀하셨어요. 그러니 전 로우드에 있는 모든 사람에게 당신이 어떤 사람이고 어떤 짓을 했는지 알려야겠어요."

"제인, 네가 뭘 몰라서 그래. 어린애들의 결점은 꼭 고쳐줘야 하는 거야."

"남을 속이는 건 제 결점이 아니에요!" 나는 새된 소리로 격렬하게 외쳤다.

"하지만 제인, 넌 성을 잘 내, 그건 인정해야지. 이제 놀이방으로 돌아가, 자, 착하지, 그리고 잠시 누워 있어."

"전 당신의 착한 아이가 아니에요. 누워 있을 수도 없어요. 얼른 학교에 보내주세요, 리드 부인, 전 여기서 살기 싫으니까요."

"정말 얼른 학교에 보내버려야지." 리드 부인이 혼잣말로 나직하게 중얼거리고는 바느질감을 챙겨 부리나케 방을 나갔다.

　나는 홀로 남았다. 전장의 승자로서. 지금껏 싸운 전투 중 가장 치열한 전투였고, 처음으로 얻은 승리였다. 나는 브로클허스트 씨가 섰던 양탄자에 서서 잠시 정복자의 고독을 즐겼다. 처음엔 혼자 웃으며 의기양양했다. 하지만 이 강렬한 기쁨은 빠르게 고동치는 맥박처럼 빠르게 가라앉았다. 어린애가 나처럼 연장자들에게 대들고 나면, 나처럼 사납게 날뛰는 감정을 제멋대로 풀어놓고 나면, 비통한 후회와 가슴 서늘한 반작용을 겪기 마련이다. 살아서 이글거리며 모든 것을 집어삼키는 불타는 히스 능선은 리드 부인을 비난하고 위협할 때의 내 마음을 표현하기에 적당한 상징이었을 것이다. 그리고 불길이 사그라든 뒤에 남은 시커멓게 타 죽은 능선은 반시간의 침묵과 반성을 통해 내가 한 행동이 얼마나 미친 짓이었는지, 내가 품은 미움과 남을 미워하는 나의 처지가 얼마나 황량한지 안 이후의 내 상황을 표현하기에 딱 적당한 상징이었다.

　처음으로 맛본 복수였다. 삼킬 때는 뜨끈하게 활력을 돋우는 향기로운 포도주 같았지만, 녹슨 쇠 같은 뒷맛은 마치 독을 마신 듯한 느낌이었다. 이제라도 부인에게 가서 용서를 빌고 싶었다. 그러나 나는 알았다. 어느 정도는 경험에서, 어느 정도는 본능으로. 지금 가서 용서를 빌어봐야 부인은 갑절의 경멸로 나를 거부할 테고, 그래서 내 격한 성질을 다시 충동질하게 될 뿐이라는 것을.

　사납게 말할 줄 아는 재능보다는 뭔가 더 나은 재능을 발휘하고 싶었다. 우울한 분노보다는 뭔가 덜 불쾌한 감정을 키울 자양분을 찾고 싶었다. 나는 책을 한 권 뽑아 들었다. 아라비아 이야기였다. 나는 앉아서 읽어보려 애썼다. 읽어도 무슨 이야기인지 머리에 들어오지 않았다. 늘 매혹적이었던 책과 나 사이를 상념이 가로막은 채 맴돌았다. 나는 조반용 식당의 유리문을 열었다. 관목숲은 매우 고요했다. 햇볕과 미풍에도 녹지 않은 된서리가 정원을 뒤덮고 있었다. 나는 겉옷 자락으로 머리와 두 팔을 감싸고 제법 외떨어진 숲으로 산책을 하러 나섰다. 하지만 고요한 나무들과 떨어지는 전나무 솔방울들과 지나는 바람에 쓸려 무더기로 쌓인 채 이제는 한데 굳어버린 가을의 잔해들인 적갈색 낙엽들을 봐도 전혀 기쁘지 않았다. 나는 쪽문에 기대 잎끝이 뜯긴 키 작은 풀들이 하얗게 얼어 있는, 이제는 풀 뜯는 양 한 마리 없는 텅 빈 들판을 바라보았다. 몹시 흐린 날이었다. 눈을 암시하는 잔뜩 찌푸린 하늘이 천지를 덮고 있었다. 하늘에서 이따금 눈송이가 날려 굳은 오솔길과 회백색 풀밭에 녹지도 않고 쌓였다. 비참할 대로 비참한 아이가 된 나는 서서 혼잣말을 중얼거리고 또 중얼거렸다. "어떻게 해야 하지? 어떻게 해야 할까?"

갑자기 나를 부르는 또렷한 목소리가 들렸다. "제인 아가씨! 어디 있어요? 와서 점심 먹어요!"

베시 목소리가 분명했다. 하지만 나는 꼼짝도 하지 않았다. 베시가 가벼운 발걸음으로 경쾌하게 오솔길을 걸어왔다.

"참 말도 안 듣는 아이라니까! 부르는데 왜 안 와요?"

지금까지 잠겨 있던 생각들에 비하면 베시와 함께 있는 것이 사뭇 유쾌하게 느껴졌다. 비록 늘 그렇듯이 베시는 약간 성이 나 있었지만 말이다. 사실, 리드 부인과 충돌하여 승리한 뒤라 보모의 일시적인 화쯤은 크게 신경 쓰고 싶지 않았다. 그리고 나는 베시의 젊고 밝은 마음에 기대고 싶었다. 나는 베시를 껴안으며 말했다. "베시,

제발! 야단치지 마."

지금껏 익숙했던 나의 태도보다 훨씬 솔직하고 대담한 행동이었기에, 베시는 그게 기뻤던 모양이었다.

"참 이상한 아이야, 제인 아가씨는!" 베시가 나를 내려다보면서 말했다. "혼자 방랑하는 꼬마 아가씨. 그런데 학교에 가게 된다면서요?"

나는 고개를 끄덕였다.

"그럼 불쌍한 베시와 헤어지는 게 섭섭하지 않겠어요?"

"베시가 날 신경 쓰기나 해? 늘 야단만 치는데."

"아가씨가 하도 유난스럽게 겁을 잘 내고 수줍어하니까 그러는 거잖아요. 아가씨는 좀 더 대담해져야 해요."

"뭐! 그러다 더 얻어맞게?"

"말도 안 돼! 하지만 아가씨가 좀 심한 대우를 받는 건 사실이죠. 우리 어머니가 지난주에 절 보러 오셨다가, 자기 자식 같으면 아가씨 같은 처지에 두지는 않겠다고 하시더라고요. 자, 들어가요. 아가씨한테 좋은 소식이 있어요."

"그런 게 있을 리가 없어, 베시."

"아가씨! 그게 무슨 소리예요? 왜 그런 슬픈 눈으로 쳐다보는 거예요! 흠, 하지만 오늘 오후에는 마님과 아가씨들과 존 도련님이 차모임에 가시니까, 아가씨는 저와 함께 차를 마실 거예요. 제가 요리사에게 부탁해서 작은 케이크를 구워달라고 할게요. 차를 마시고 나면 아가씨 옷장 정리하는 일을 도와줘요. 곧 짐을 꾸려야 하니까요. 마님께서는 아가씨를 이삼일 안에 게이츠헤드에서 내보내실 작정이세요. 가져가고 싶은 장난감이 있으면 맘대로 고르세요."

"베시, 내가 떠날 때까지 더는 야단치지 않겠다고 약속해줘."

"음, 그럴게요. 그렇지만 아가씨도 아주 착한 애가 돼야 해요. 절 무서워하지도 말고요. 어쩌다 제가 좀 엄하게 말을 하더라도 펄쩍 뛰면서 놀라지 말아요. 그러면 막 짜증이 나거든요."

"앞으로 다시는 무서워할 것 같지 않아, 베시. 베시한테는 익숙해졌지만, 내겐 곧 다른 무서운 사람들이 생길 테니까."

"남을 무서워하면 남도 아가씨를 싫어할 거예요."

"베시처럼?"

"전 아가씨를 싫어하지 않아요. 다른 누구보다 아가씨를 좋아한다고 생각하는데요."

"그걸 드러내지도 않잖아."

"이 똑똑한 아가씨 좀 보게! 말하는 투도 아주 달라졌어요. 어떻게 이리 대담하고 용감해졌담?"

"뭐, 곧 베시와 헤어져야 하잖아. 게다가⋯." 나는 리드 부인과의 사이에 있던 일을 막 얘기할 참이었지만, 다시 생각해보니 그 문제에 대해서는 조용히 있는 편이 나을 것 같았다.

"그래서 저와 헤어지게 돼서 기뻐요?"

"전혀 아니야, 베시. 사실, 지금으로서는 꽤 슬퍼."

"'지금으로서는'! '꽤'라니요! 이 꼬마 아가씨는 어쩌면 이렇게 냉정하게 말을 할까! 지금 아가씨에게 뽀뽀해달라고 하면 절대 안 해주시겠네요. '안 하는 편이 나을 거 같아'라고 하면서요."

"기꺼이 뽀뽀해 주고말고. 고개를 숙여봐." 베시가 허리를 굽혔다. 우리는 서로를 껴안았고, 나는 상당히 위로를 받고서 베시를 따라 집으로 들어갔다. 그날 오후는 평화롭고 순조롭게 지나갔다. 밤에는 베시가 제일 재미있는 이야기 몇 편을 들려주었고, 제일 듣기 좋은 노래도 몇 곡 불러주었다. 살다 보면 가끔 나 같은 사람에게도 햇볕이 비치는 날이 있는 법이었다.

5장

일월 십구 일 새벽, 시계가 다섯 시를 치자마자 베시가 촛불을 들고 내 별실로 들어왔다. 나는 벌써 일어나서 옷을 거의 다 입은 참이었다. 베시가 오기 삼십 분 전에 일어나서 작은 침대 옆에 난 좁은 창으로 드는 막 지는 반달 빛으로 세수를 하고 옷을 입었다. 나는 그날 아침 여섯 시에 문지기 오두막 앞을 지나는 역마차를 타고 게이츠헤드 저택을 떠나기로 되어 있었다. 일어난 사람은 베시뿐이었다. 놀이방에 난롯불을 지핀 베시가 이제 내 아침을 차리기 시작했다. 여행 생각에 흥분한 상태로 밥을 먹을 수 있는 아이는 별로 없을 것이다. 나도 그랬다. 베시가 빵과 끓인 우유를 준비했으니 몇 술이라도 뜨라고 권하다가 소용이 없자 비스킷 몇 개를 종이에 싸서 가방에 넣어주었다. 그러고는 나를 도와 외투를 입히고 모자를 씌우고는 숄을 단단히 둘러주었다. 우리는 같이 놀이방을 나섰다. 리드 부인의 침실 앞을 지날 때 베시가 말했다. "들어가서 마님께 작별 인사할래요?"

"아니, 베시. 어젯밤에 베시가 저녁 먹으러 내려갔을 때, 리드 부인이 내 침대로 와서 내일 아침에 굳이 자기나 사촌들의 잠을 깨울 필요가 없다고 했어. 그리고 자기가 언제나 나의 제일 좋은 벗이었다는 걸 기억하라고, 남들한테도 그렇게 말해야 한다고, 또 응당 자기에게 고마워해야 한다고 했어."

"아가씨는 뭐라고 대답했어요?"

"아무 말도 안 했어. 이불을 뒤집어쓰고 돌아누웠어."

"그러면 안 되죠, 제인 아가씨."

"그건 아주 잘한 일이었어, 베시. 베시의 마님은 내 친구였던 적이 없어. 내 적이었지."

"어머나 제인 아가씨! 그런 말 하는 거 아니에요!"

"게이츠헤드야, 안녕!" 홀을 지나 현관문으로 나오면서 나는 외쳤다.

달이 진 뒤라 매우 어두웠다. 베시가 든 등불 빛이 젖은 계단과 최근에 녹아 질퍽대는 자갈길을 비추었다. 겨울 아침은 습하고 추웠다. 나는 이를 덜덜 떨면서 급히 진입로를 내려갔다. 문지기 오두막에서 불빛이 보였다. 그곳에 도착하니 문지기의 아내가 막 불을 피우는 참이었다. 어제저녁에 날라다 놓은, 밧줄로 묶은 내 트렁크가 문간에 놓여 있었다. 여섯 시 몇 분 전이었다. 시계가 여섯 시를 치자마자 멀리서 들리는 바퀴 소리가 마차가 오고 있음을 알렸다. 나는 문으로 가서 어둠을 뚫고 신속하게 다가오는 마차의 등불을 지켜보았다.

"이 애 혼자 가?" 문지기의 아내가 베시에게 물었다.

"예."

"거리가 얼마나 되는데?"

"오십 마일요."

"정말 머네! 그렇게 먼 곳에 아가씨를 혼자 맡기면서 리드 부인은 걱정도 안 되실까?"

마차가 다가왔다. 말 네 필이 끄는 마차가 저택 정문 앞에 섰다. 마차 지붕에는 승객들이 타고 있었고, 차장과 마부가 빨리 타라고 큰 소리로 재촉했다. 트렁크가 실렸다. 작별의 입맞춤을 하느라 베시의 목을 끌어안고 있던 나도 끌려 들어갔다.

"이 애를 잘 좀 보살펴줘요." 차장이 나를 들어 올려 마차 안에 태울 때, 베시가 큰 소리로 외쳤다.

"네, 네!" 그가 대답했다. 문이 꽝 닫히고, 누군가가 외쳤다. "출발." 마차가 달리기 시작했다. 그렇게 나는 베시와 게이츠헤드와 작별했고, 그렇게 나는 덜컹거리며 알 수 없는, 그때 생각으로는, 멀고도 신비로운 지방으로 향했다.

그 여정에 관해서는 기억나는 것이 별로 없다. 다만 하루가 이상하리만치 길었고, 수백 마일쯤은 간 듯한 기분이었던 것만 기억난다. 우리 마차는 몇몇 마을을 지나치다가 어느 제법 큰 마을에서 멈춰 섰다. 말들이 어디론가로 가고, 손님들도 내려 식사를 하러 갔다. 나는 어느 여관으로 끌려갔다. 차장이 무얼 좀 먹으라고 했지만, 내가 아무 식욕을 보이지 않자 엄청나게 큰 방에 나를 혼자 두고 가버렸다. 양쪽에 벽난로가 있고, 천장에는 샹들리에가 매달리고, 벽 높은 곳에 매달린 붉게 칠한 작은 회랑에 악기들이 즐비한 방이었다. 거기서 나는 아주 이상한 기분으로, 누군가가 들어와서 나를 유괴해 갈까 봐 신경을 바짝 곤두세운 채 오랫동안 서성거렸다. 나는 유괴범들의 존재를 믿었다. 베시가 난롯가에서 들려준 이야기들에 그런 놈들의 소행이 자주 나왔으니까. 마침내 차장이 돌아왔다. 나는 또 한 번 마차에 태워졌고, 나의 보호자도 자기 자리에 올라타서는 속이 빈 뿔나팔을 불었다. 우리는 LXXXX 마을의 돌투성이 도로를 덜컹거리며 지났다.

오후에는 비가 오고 안개도 좀 끼었다. 저녁녘이 되어서야 게이츠헤드에서 정말 멀어지고 있다는 것이 느껴지기 시작했다. 마차는 이제 더는 마을을 통과하지 않았다. 경치가 바뀌었다. 지평선을 둘러싸고 거대한 회색 산들이 불룩불룩 솟았다. 어스름이 짙어질 때쯤 우리는 숲이 우거져 어두운 어느 계곡을 따라 내려갔는데, 밤의 어둠이 시야를 가린 지 한참 지나고서도 나무들 사이로 몰아치는 바람 소리가 들렸다.

그 소리에 마음이 놓인 나는 마침내 잠이 들었다. 그다지 오래 잔것 같지도 않은데, 마차가 갑자기 서는 바람에 잠이 깼다. 마차 문이 열리자, 하녀 같은 사람이 서 있었다. 마차의 등불 빛에 여자의 얼굴과 옷차림이 드러났다.

"여기 혹시 제인 에어라는 아이가 있어요?" 여자가 물었다. "응." 내 대답이 떨어지자마자 마차는 나와 트렁크를 내려놓고 재빨리 떠나버렸다.

오래 앉아 있어서 몸이 뻣뻣했고, 마차의 소음과 진동 때문에 얼떨떨했다. 나는 정신을 차리고 주위를 둘러보았다. 주위는 비와 바람과 어둠이 가득했다. 그래도 눈앞에 있는 담과 열린 문 하나를 어슴푸레하게 알아볼 수 있었다. 나는 새로운 안내자와 함께 그 문을 지나 안으로 들어갔다. 여자가 문을 닫고 자물쇠를 채웠다. 그러자 넓게 펼쳐져 있어서 한 건물인지 여러 건물인지 알 수 없는 건물이 보였다. 창문이 많고, 그중 몇 개에는 불이 밝혀져 있었다. 우리는 철벅거리면서 넓은 자갈길을 걸어 올라 어느 문을 통해 안으로 들어갔다. 하녀가 복도를 지나 불이 지펴진 어느 방으로 안내하더니, 나를 홀로 남겨두고 가버렸다.

나는 선 채로 곱은 손을 불에 쬐면서 사방을 둘러보았다. 촛불은 켜져 있지 않았으나 흔들리는 난로 불빛으로 벽지를 바른 벽과 양탄자와 커튼과 반짝이는 마호가니 가구들이 간간이 보였다. 그곳은 응접실이었다. 게이츠헤드 저택의 응접실처럼 넓거나 화려하지는 않아도 꽤 아늑했다. 벽에 걸린 그림이 뭘 그린 걸까 생각하고 있는데, 문이 열리면서 등불을 든 사람이 들어왔고, 바로 뒤따라 또 한 사람이 들어왔다.

먼저 들어온 사람은 검은 머리와 검은 눈을 한 키가 큰 여자로 이마가 희고 넓었다. 몸에는 숄을 둘렀고, 표정은 엄숙했으며, 자세가 꼿꼿했다.

"이 아이는 혼자 보내기에는 너무 어린데." 여자가 촛불을 탁자에 내려놓으며 말했다. 그러고는 일이 분 정도 나를 주의 깊게 살피더니 덧붙여 말했다.

"곧 재우는 게 좋겠어. 피곤해 보여. 피곤하니, 얘야?" 여자가 내 어깨에 손을 얹으며 말했다.

"조금요."

"그리고 당연히 배도 고프겠지. 밀러 양, 이 애를 재우기 전에 뭘 좀 먹이세요. 얘야, 부모님 곁을 떠난 게 이번이 처음이니?"

부모님이 안 계신다고 설명했더니 돌아가신 지 몇 해나 되었냐고 여자가 물었다. 그러고는 내 나이가 몇인지, 이름이나 글을 쓸 줄 아는지, 또 바느질은 좀 할 줄 아는지 물었다. 그러더니 검지로 내 뺨을 부드럽게 어루만지며 "착한 애가 되거라"라고 말하고는 밀러 양과 함께 나가보라고 했다.

그 여자는 스물아홉쯤 되어 보였고, 나와 함께 나온 여자는 그보다 서너 살쯤 젊어 보였다. 안에서 본 여자의 목소리와 용모, 태도가 몹시 인상적이었다. 밀러 양은 훨씬 평범했다. 걱정이 많은 표정이었으나 혈색은 좋았다. 늘 할 일이 쌓여 있는 사람처럼 걸음과 행동거지가 조급했다. 나중에 실제로도 그렇다는 걸 알게 되긴 했지만, 딱 수습 교사처럼 보였다. 나는 그녀를 따라 크고 불규칙한 건물의 이 구역에서 저 구역으로, 이 복도에서 저 복도로 나아갔다. 한동안 아무 소리도 들리지 않는 으스스한 구역을 지났고, 어디선가 많은 사람이 웅성거리는 소리가 들리더니, 이윽고 어느 넓고 긴 방이 나타났다. 촛불 한 쌍이 놓인 거대한 전나무 널빤지 책상이 양쪽 끝에 두 개씩 놓이고, 책상마다 빙 돌아가며 놓인 벤치에 아홉 살 또는 열 살부터 스무 살에 이르는 다양한 연령대의 여자애들이 모여 앉아 있었다. 실제로는 여든 명을 넘지 않았지만, 흐릿한 양초 불빛에 비친 그들은 헤아릴 수 없이 많아 보였다. 다들 기묘한 모양의 갈색 모직 원피스에 긴 삼베 앞치마를 두르고 있었다. 공부하는 시간이라 다들 내일 배울 과목의 글을 암송하는 중이었고, 아까 들은 웅성거리는 소리는 각자가 나지막하게 암송하는 소리가 뒤섞인 결과였다.

밀러 양이 나더러 문에서 가까운 벤치에 앉으라는 손짓을 하고는 긴 방의 맨 끝으로 가서 큰 소리로 외쳤다.

"반장들, 교과서를 모아서 치우세요!"

책상마다 키가 큰 학생 한 명이 일어나 빙 돌아가며 책을 거뒀다. 밀러 양이 다시 지시를 내렸다.

"반장들, 저녁 식사 쟁반을 가져와요!"

그 키 큰 학생들이 나갔다가 곧바로 물 주전자와 컵이 놓인 쟁반을 들고 돌아왔다. 중앙에 정체를 알 수 없는, 조각조각 나뉜 무언가가 놓여 있었다. 그 쟁반이 차례차례 돌았다. 물을 마시고 싶은 사람은 물을 한 모금씩 마셨다. 컵은 공용이었다. 내 차례가 오자 목이 말라 물을 마시긴 했으나, 음식에는 손을 대지 않았다. 흥분과 피로 때문에 아무것도 먹고 싶은 마음이 들지 않았다. 어쨌든 그제야 보니, 그건 얇게 자른 귀리 케이크였다.

식사가 끝나자 밀러 양이 기도문을 낭독했고, 학생들이 둘씩 짝을 지어 사열 종대로 위층으로 이동했다. 그때쯤 나는 피로에 짓눌려, 교실과 마찬가지로 아주 긴 방이라는 사실 외에는, 침실이 어떻게 생겼는지도 거의 눈에 들어오지 않았다. 그날은 밀러 양과 한 침대에서 자게 돼 있었다. 밀러 양이 옷 벗는 걸 도와주었다. 나는 누워서 줄지어 길게 늘어선 빈 침대들이 재빨리 두 명의 주인으로 채워지는 것을 흘긋 보았다. 십 분 뒤에 한 자루 켜져 있던 촛불마저 꺼지고, 나는 침묵과 어둠 속에서 잠들었다.

밤은 재빨리 지나갔다. 어찌나 피곤했는지 꿈도 꾸지 않았다. 딱 한 번, 사납게 울부짖는 맹렬한 바람과 억수처럼 쏟아지는 빗소리에 깼을 때, 옆에 밀러 양이 누워 있는 것이 느껴졌다. 다시 눈을 떴을 때는 종소리가 요란하게 울리고 있었다. 학생들이 일어나 옷을 입는 중이었다. 아직 동도 트기 전이었고, 방 안에는 골풀 양초[13] 한 두 개가 타고 있을 뿐이었다. 나도 마지못해 일어났다. 몹시 추운 날이라 덜덜 떨면서 옷을 갖춰 입고는 방 중앙에 있는 세면대에서 세수를 했다. 대야가 여섯 명당 하나꼴이라 자리가 날 때까지 제법 기다려야 했다. 또 종이 울렸다. 다들 둘씩 짝지어 사열 종대로 줄을 서더니, 순서대로 층계를 내려가 어둑하고 싸늘한 교실로 들어갔다. 밀러 선생이 기도문을 낭독했다. 낭독이 끝나자 선생이 외쳤다.

"반별로 모이세요!"

몇 분 동안 소란이 일고, 밀러 선생이 연방 "조용히!"와 "질서!"를 외치는 소리가 들렸다. 소동이 가라앉고 보니, 책상마다 한 면을 비운 채 학생들이 반원형으로 앉아 있었다. 다들 손에 책을 들고 있었고, 책상의 빈 면에는 빈 의자 하나와 성경으로 보이는 커다란 책이 놓여 있었다. 여러 사람이 나지막하게 웅얼거리는 소리가 몇 초간 이어졌다. 밀러 선생이 이 반 저 반 돌아다니며 웅얼거리는 소리를 가라앉혔다.

멀리서 딸랑거리는 종소리가 들렸다. 곧 세 명의 숙녀가 방으로 들어와 각자 맡은 책상으로 가서 자리에 앉았다. 밀러 선생은 제일 어린 학생들이 모인, 문에서 제일 가까운 책상의 빈자리에 앉았다. 나도 제일 하급반인 이 반으로 불려 가 맨 끝자리에 앉았다.

일과가 시작되었다. 그날의 특도特禱[14]가 반복되더니 특정한 성

---

13 골풀 양초rushlight는 말린 골풀 심지를 동물성 지방이나 식물성 수지에 적셔 굳힌 것으로, 불을 붙여 주위를 밝히는 데 쓰는 일종의 양초다. 빛이 약하고 지속 시간이 짧으나 제작이 간편하고 값이 싸서 가난한 사람들이 즐겨 썼다.

14 특도Collect는 성공회에서 예배의 주제를 드러내는 기도문을 뜻한다. 주일 특도와 주간 특도로 나뉜다.

경 구절들이 암송되고, 그 뒤로 한 시간쯤 성경 몇 장章을 질질 끌면서 낭독하는 시간이 이어졌다. 의식이 끝났을 때는 날이 완전히 밝아 있었다. 지치지도 않는 종이 네 번째로 울렸다. 각 반 학생들이 줄을 서서 아침을 먹으러 다른 방으로 이동했다. 이제야 무얼 좀 먹게 되겠다는 생각에 나는 얼마나 기뻤던가! 전날 먹은 것이 너무 없었던 탓에 배가 고파 거의 죽을 지경이었다.

식당은 크고 천정이 낮은 음침한 방이었다. 기다란 식탁이 두 개 있고, 뭔가 뜨거운 것이 담긴 연기에 그을린 대야 같은 것들이 놓여 있었는데, 실망스럽게도 식욕을 돋우는 것과는 거리가 먼 고약한 냄새가 났다. 그걸 삼켜야 할 운명인 이들의 코가 그 냄새를 만나자 다들 불만의 빛을 나타냈다. 행렬 선두에 선 상급반의 키 큰 학생들 사이에서 수군대는 소리가 일었다.

"역겨워! 또 탄 귀리죽이야!"

"조용히!" 갑자기 누군가가 외쳤다. 밀러 선생이 아니라 다른 선임 선생의 목소리였다. 몸집이 작고 까무잡잡한 피부에다 말쑥하게 차려입었지만 어쩐지 성미가 까다로워 보이는 인물로, 한쪽 식탁의 상석에 앉아 있었다. 다른 식탁에는 좀 더 쾌활해 보이는 숙녀가 앉아 있었다. 어젯밤에 처음 봤던 사람을 찾아봤으나 눈에 띄지 않았다. 밀러 선생이 내가 앉은 식탁의 끝자리에 앉았고, 다른 식탁 끝자리에는 외국인 같아 보이는 나이 든 사람이 앉았는데, 나중에 알고 보니 프랑스어 선생님이었다. 긴 기도가 올려지고 찬송이 끝나자, 하인 한 명이 선생님들이 마실 차를 들고 왔다. 드디어 식사가 시작되었다.

굶주린 나머지 이제는 정신마저 아득해진 나는 맛을 따질 겨를도 없이 내 몫의 죽을 두어 술 떠먹었지만, 시장기가 아주 조금 무뎌지자마자 그것이 구역질 나는 음식이라는 걸 알아챌 수밖에 없었다. 탄 죽이란 썩은 감자만큼이나 못 먹을 음식으로, 굶어 죽어 가는 사람도 구역질할 그런 것이었다. 숟가락들이 느릿느릿 움직였다. 다들 맛을 보고는 삼켜보려 애를 썼다. 그러나 대부분은 곧 그런 노력을 포기하고 말았다. 아침 식사가 끝났지만, 아침을 먹은 사람은 아무도 없었다. 우리가 먹지 않은 음식에 감사 기도가 올려지고, 두 번째 찬송이 불리고, 우리는 식당을 나와 교실로 향했다. 내가 제일 늦게 나온 축이었는데, 식탁을 지나다가 한 선생이 귀리 죽 대접을 들고 맛을 보는 걸 보았다. 그 선생이 다른 선생들을 쳐다보았다. 다들 불쾌한 표정이었다. 그중에서 뚱뚱한 한 선생이 속삭였다.

"가증스러운 음식이야! 정말 낯부끄러워서, 원!"

수업이 시작되기 전에 십오 분쯤 시간이 있었는데, 그동안 교실에서는 대단한 소동이 일었다. 그 시간만큼은 학생들이 좀 자유로이 큰 소리로 떠들어도 허용되는 듯했는데, 학생들은 이 특권을 십분 활용했다. 화제는 줄곧 아침 식사였고, 다들 대놓고 욕을 해댔다. 불쌍한 학생들! 그것이 그들이 누릴 수 있는 유일한 위안이었다. 교실에 선생은 밀러 선생밖에 없었다. 키 큰 소녀 한 무리가 선생을 둘러싸고 심각하고도 부루퉁한 표정으로 얘기를 나누었다. 누군가의 입에서 브로클허스트 씨라는 이름이 나왔다. 그 말을 들은 밀러 선생이 못마땅하다는 듯이 고개를 저었다. 그러나 밀러 선생은 딱히 그 대중적인 분노를 저지하려고는 하지 않았다. 필시 선생도 화가 났던 탓이리라.

교실에 있는 시계가 아홉 시를 쳤다. 밀러 선생이 둘러싼 학생들을 떠나 교실 한가운데로 와서 외쳤다.

"다들 조용히! 제자리에 앉아요."

규율이 잡혔다. 오 분 만에 혼란스러운 군중이 질서를 찾고, 상대적인 침묵이 왁자지껄했던 아우성을 진압했다. 선임 선생들이 시간에 딱 맞춰 제자리로 돌아왔다. 하지만 그러고도 다들 무언가를 기다리는 듯했다. 교실 양쪽에 놓인 벤치들에 학생 팔십 명이 허리를 꼿꼿이 세운 채 부동자세로 앉아 있었다. 모여 있으니 기묘해 보였다. 다들 빗질해서 넘긴 머리를 수수한 타래로 늘였고, 곱슬곱슬하게 지진 머리는 어디서도 보이지 않았다. 목선이 높고 끝에 좁은 깃 장식이 달린 갈색 옷을 입었고, 긴 앞치마에는 반짇고리 용도로 쓰일 운명인, 스코틀랜드 고지대에서 쓰는 지갑처럼 생긴 작은 삼베 주머니가 달려 있었다. 또한 모두가 모직 스타킹과 놋쇠 버클로 여미는 촌스러운 구두를 신고 있었다. 그런 차림을 한 학생 중 스무 명 이상이 다 큰 아가씨 또는 젊은 성인 여성이었다. 그들에게는 그런 복장이 전혀 어울리지 않아서, 제일 예쁜 사람마저도 좀 괴상하게 보였다.

나는 계속해서 그들을 살펴보았고, 이따금 선생들을 자세히 살피기도 했다. 딱히 마음에 드는 선생은 없었다. 그 뚱뚱한 선생은 약간 거칠어 보였고, 피부가 가무잡잡한 선생은 약간 사나워 보였으며, 외국인 선생은 가혹하고 괴팍해 보이는 데다, 밀러 선생, 가여운 밀러 선생은 과로와 풍파에 시달리는 듯 낯빛이 자주색이었다. 그렇게 이 얼굴 저 얼굴을 살피고 있는데, 교실 안에 있던 전원이 용수철이라도 달린 듯이 벌떡 일어섰다.

'무슨 일이지? 아무 지시도 못 들었는데.' 나는 당혹스러웠다. 내가 미처 정신을 차리기도 전에 전원이 다시 자리에 앉았다. 하지만 그때는 모두의 시선이 한 점에 맞춰져 있어서, 그 시선을 따라가 보니 어젯밤에 나를 맞아준 인물이 보였다. 그 사람이 긴 교실 끝에 있는 난롯가에 서서(교실 양쪽 끝에 난로가 있었다) 양쪽으로 벌여 앉은 학생들을 말없이 엄숙하게 훑어보고 있었다. 밀러 선생이 다가가 무언가를 묻는 듯했고, 답을 얻었는지 자기 자리로 돌아가 큰 소리로 외쳤다.

"상급반 반장, 지구의를 가져오세요!"

지시가 이행되는 동안, 앞서 말한 귀부인이 천천히 교실 앞쪽으로 이동했다. 나는 나에게 남을 존경할 줄 아는 심성이 꽤 있다고 생각한다. 눈으로 그분의 발걸음을 쫓으며 느꼈던 두려움 섞인 감탄이 지금도 생생하기 때문이다. 이제 밝은 대낮에 보니, 그분은 키가 크고 피부가 흰 맵시 있는 사람이었다. 인자한 빛을 띤 갈색 눈과 그린 듯이 길고 우아한 눈썹이 넓고 흰 이마를 돋보이게 해주었다. 짙은 갈색 머리는 당시 유행에 따라 양쪽 관자놀이께에 둥글둥글게 말려 있었다. 머리를 매끈하게 묶거나 고수머리를 길게 늘어뜨리는 것은 당시의 유행이 아니었다. 옷도 자줏빛 천에 그때 유행하던, 검은 벨벳으로 만든 일종의 에스파냐식 장식을 달아 변화를 주었다. 지금처럼 시계가 흔하지 않은 때였는데도, 그분의 허리춤에는 금시계가 반짝거렸다. 여기에다 고상한 얼굴 생김새를 더하면, 독자도 그분의 그림을 완성할 수 있을 것이다. 안색은 창백하긴 했지만 맑았고, 당당한 분위기와 태도를 지녔다. 이러면 독자도 템플 선생, 나중에 심부름으로 성당에 가져다 준 기도서에 적힌 바에 따르면, 마리아 템플 선생의 외양을 글로나마 분명하게 알 수 있을 것이다.

로우드 학교의 교장 선생(이 숙녀가 교장 선생이었다)은 책상에 한 쌍의 지구의를 놓고 앉아 상급반 학생들을 가까이 불러 지리 수업을 시작했다. 다른 반 학생들도 각자의 선생에게 불려 갔다. 한 시간 동안 역사 암송과 문법 수업 등이 진행되었다. 산수와 작문이 뒤를 이었고, 몇몇 나이 많은 학생들에게는 템플 선생이 음악을 가르쳤다. 각 수업 시간은 시계로 측정했는데, 마침내 그 시계가 열두시를 쳤다. 교장 선생이 일어섰다.

"학생들에게 할 이야기가 있습니다."

수업 후의 소란이 이미 시작되었지만, 교장 선생의 목소리를 듣고는 잦아들었다. 템플 선생이 말을 이었다.

"여러분은 오늘 아침에 먹을 수 없는 아침밥을 받았지요. 다들 시장할 겁니다. 제가 간식으로 치즈 바른 빵을 내도록 말해놓았습니다."

선생들이 뭔가 놀란 표정으로 교장 선생을 쳐다보았다.

"제가 책임을 지겠습니다." 교장이 선생들에게 설명하듯이 말하고는 이내 교실을 나갔다.

곧바로 날라져 온 치즈 바른 빵이 학생들에게 나누어지고, 온 학교가 기쁨과 활기를 띠었다. 그때 '정원으로!'라는 지시가 내려졌다. 학생들이 알록달록한 천 끈이 달린 조잡한 밀짚 보닛을 쓰고 거칠고 두꺼운 회색 모직 외투를 둘렀다. 나도 비슷하게 챙겨 입고서 밀려가는 행렬을 따라 밖으로 나갔다.

정원이란 곳은 밖이 전혀 보이지 않도록 높은 벽을 둘러친 넓은 안마당이었다. 한쪽에는 지붕이 달린 기다란 베란다가 있고, 중앙에는 넓은 길을 따라 여러 개로 나눠진 작은 화단들이 있었다. 학생들이 가꾸는 화단에는 저마다 지정된 주인이 있었다. 꽃이 한창인 계절에는 분명 예뻤을 것이다. 하지만 일월 중순을 넘어가는 지금은 모두 싸늘하게 말라 시든 갈색이었다. 주의를 둘러보며 서 있자니 몸이 떨렸다. 야외 활동을 하기에는 궂은 날씨였다. 딱히 비가 오지는 않았지만, 부슬부슬 내리는 누런 안개 때문에 어둑했다. 땅은 어제 내린 큰비로 흠뻑 젖어 있었다. 학생 중에서 그나마 튼튼한 아이들은 이리저리 뛰어다니며 활동적인 놀이를 시작했지만, 여러 이유로 창백하고 가냘픈 아이들은 안개를 피할 곳과 온기를 찾아 베란다에 몰려 있었다. 추위로 덜덜 떠는 육체에 스미는 자욱한 안개 탓에 여기저기서 힘없는 기침 소리가 들렸다.

나는 아직 아무에게도 말을 걸지 않았고, 나를 눈여겨보는 이도 아무도 없는 듯했다. 나는 적이 외롭게 서 있었지만, 고립된 느낌에는 이미 익숙했기 때문에 딱히 괴롭거나 하지는 않았다. 나는 회색 망토를 꼭 여미고 베란다 기둥에 기댄 채 밖으로는 살을 에는 추위와 안으로는 창자를 갉는 듯한 충족되지 못한 허기를 잊으려 애쓰며, 주위를 살피고 생각하는 일에 억지로 몰두했다. 생각이라 해봐야 너무 막연하고 단편적이라서 기록할 이유도 없는 것들이었다. 그곳이 어떤 곳인지도 거의 모르다시피 했으니까. 게이츠헤드와 옛 생활은 아득히 멀리 흘러가버린 듯했다. 현재는 흐릿하고 기이했으며, 미래는 짐작조차 할 수 없었다. 나는 수녀원 같은 정원을 둘러보고는 건물을 올려다보았다. 커다란 건물이었다. 반은 잿빛에 오래된 듯했지만, 나머지 반은 아주 새것이었다. 교실과 기숙사가 있는 새 구역에는 중간 문설주와 격자 창문들이 달려서 교회 같은 느낌을 주었다. 문 위에 달린 석판에 이런 글이 새겨져 있었다.

로우드 시설

XXXX년 본 고장 브로클허스트 저택의 나오미 브로클허스트가 이 구역을 재건하다.

"이같이 너희 빛을 사람 앞에 비치게 하여 그들로 너희 착한 행실을 보고 하늘에 계신 너희 아버지께 영광을 돌리게 하라."
- 〈마태복음〉 5장 16절.

나는 그 글을 반복해서 읽었다. 무슨 설명이 추가되어야 할 듯했다. 의미가 완전히 파악되지 않았다. '시설'이란 말이 무슨 뜻일까 궁리하며, 앞의 말과 뒤의 성경 구절이 무슨 관계인지 파악하려 애를 쓰고 있는데, 뒤에서 기침 소리가 들렸다. 나는 돌아보았다. 가까운 돌 벤치에 앉은 여자애가 보였다. 웬 책을 들고 앉아서는 그걸 읽는 데 푹 빠져 있는 듯했다. 내가 선 곳에서도 책 제목이 보였다. 《라셀라스》[15]라는 제목이 처음엔 이상하다 싶었으나 이내 마음이 끌렸다. 나는 여자애가 책장을 넘기면서 고개를 드는 틈에 말을 걸었다.

"그 책 재미있어?" 나는 벌써 언제고 저 책을 빌려달라고 해야지, 하고 마음을 먹었다.

---

15 《아비시니아의 왕자 라셀라스 이야기》는 18세기 후반의 영국을 대표하는 작가이자 비평가였던 새뮤얼 존슨Samuel Johnson(1709~1784)이 1759년에 출간한 철학적이고 교훈적인 전기 소설이다.

"나는 좋아해." 그 애가 잠시 나를 살펴보고는 대답했다.

"어떤 내용이야?" 나는 계속해서 물었다. 낯선 사람과 대화를 트는 대담함이 어디서 나왔는지 알다가도 모를 일이었다. 내 평소의 성격이나 습관에는 반하는 행동이었다. 하지만 그 아이가 하고 있던 일이 어쩐지 공감을 불러일으켰다고 생각한다. 나도 책 읽는 걸 좋아했다. 시시하고 유치한 쪽이라서 진지하거나 깊이 있는 책은 소화하거나 이해할 수 없었지만 말이다.

"한번 볼래?" 그 애가 책을 내밀었다.

나는 순순히 따랐다. 슬쩍 훑어보기만 해도 제목보다는 훨씬 덜 끌리는 내용이라는 확신이 들었다. 내 하찮은 취향에 《라셀라스》는 지루해 보였다. 요정 얘기도 없었고, 귀신 얘기도 없었다. 빽빽하게 인쇄된 그 책장들 어딘가에 긍정적인 변화가 있을 것 같지도 않았다. 나는 책을 돌려주었다. 여자애는 조용히 책을 받아서는 아무 말도 없이 예의 그 학문적인 분위기로 돌아가려는 기색이었다. 나는 대담하게 다시 방해에 나섰다.

"문 위쪽 석판에 적힌 문구가 무슨 뜻인지 알아? '로우드 시설'이 뭐야?"

"네가 살게 된 이 건물이야."

"그럼 왜 시설이라고 불러? 다른 학교와 뭐 다른 게 있어?"

"여긴 반쯤은 자선 학교야. 너와 나, 그리고 다른 애들도 전부 자선 아동이지. 너도 아마 고아일 거야. 아버지나 어머니가 돌아가시지 않았어?"

"두 분 다 내가 기억도 못 할 때 돌아가셨어."

"그래, 여기 학생들은 다 한쪽 부모 아니면 양친이 없는 애들이야. 그래서 여기가 고아들을 교육하는 시설이라고 불리는 거고."

"그럼 우리는 돈을 안 내? 여기 무료로 있는 거야?"

"돈을 내, 아니면 우리 후원자들이 내든지. 한 사람당 일 년에 십오 파운드야."

"그럼 왜 우리를 자선 아동이라고 불러?"

"십오 파운드로는 기숙사비와 수업료로 모자라니까, 그리고 그 부족한 돈을 기부금으로 충당하니까."

"누가 기부를 해?"

"이 근처나 런던에 사는 인정 많은 여러 신사와 귀부인들이야."

"나오미 브로클허스트는 누구야?"

"저 석판에 적힌 대로 이 건물의 새 구역을 지은 분이야. 그분 아드님이 여기 일을 전부 감독하고 관리하셔."

"어째서?"

"그분이 이 시설의 재무 담당자이자 관리자니까 그렇지."

"그럼 이 학교가 그 시계 찬 키 큰 귀부인, 우리에게 치즈 바른 빵을 주겠다고 한 그분 것이 아니야?"

"템플 선생님? 아, 아니야! 나도 그랬으면 좋겠지만, 템플 선생님은 무슨 일을 하든 브로클허스트 씨의 지휘를 받아야 해. 브로클허스트 씨가 우리가 먹고 입는 것 전부를 사 오시거든."

"브로클허스트 씨는 여기서 살아?"

"아니, 이 마일쯤 떨어진 큰 저택에 사셔."

"좋은 사람이야?"

"그분은 성직자고, 좋은 일을 많이 한다고들 하지."

"그 키 큰 숙녀분을 템플 선생님이라 부른다고?"

"그래."

"그럼 다른 선생님들 이름은 어떻게 돼?"

"얼굴이 붉은 분이 스미스 선생님이고, 수예를 담당하고 있어. 재봉도 하시고. 우리는 각자 입을 옷과 덧옷과 외투와 그 외의 모든 걸 직접 만드니까. 머리가 검고 키가 작은 분은 스캐처드 선생님이야. 역사와 문법을 가르치시고 이 반 암송을 담당하시지. 그리고 숄을 두르고 허리에 노란 띠로 손수건을 매단 분은 마담 피에르, 프랑스 릴 출신이시고, 프랑스어를 가르치셔."

"넌 선생님들 좋아해?"

"그럭저럭."

"그 키 작은 검은 머리 선생님도 좋아? 그리고 그 마담 …? 나는 너처럼 발음을 못 하겠네."

"스캐처드 선생님은 성미가 급해. 기분 상하게 하지 않도록 조심해야 해. 마담 피에르는 나쁜 사람은 아니야."

"하지만 템플 선생님이 최고지, 그렇지 않아?"

"템플 선생님은 정말 좋은 분이고 정말 똑똑하셔. 다른 선생님들보다 뛰어나시지. 다른 분들보다 아는 것이 훨씬 많으시니까."

"넌 여기 오래 있었어?"

"이 년 됐어."

"너도 고아야?"

"어머니가 안 계셔."

"여기 생활은 마음에 들어?"

"넌 어째 질문이 너무 많아. 이 정도면 대답은 충분히 한 것 같아. 난 이제 책을 읽어야겠어."

하지만 그때 식사 시간을 알리는 소집 종이 울렸다. 우리는 다시 안으로 들어갔다. 식당을 채운 냄새는 아침 식사 때 우리 콧구멍을 후하게 대접했던 냄새보다 조금도 나을 것이 없었다. 두 개의 커다란 양철 그릇에 담긴 점심거리에서는 썩은 동물성 지방 냄새를 품은 김이 무럭무럭 피어올랐다. 알고 보니 평범한 감자와 수상한 썩은 고기 조각을 섞어 함께 조리한 형편없는 음식이었다. 그런 음식이 학생들 접시마다 제법 많은 양이 배분되었다. 나는 속으로 여기 음식은 매일 이렇게 나오는지 의아해하면서 먹을 수 있는 만큼 먹었다.

식사가 끝나자 우리는 곧바로 교실로 자리를 옮겼다. 수업이 다시 시작되었고, 다섯 시까지 계속됐다.

그날 오후에 있었던 단 하나의 주목할 만한 사건은 베란다에서 대화를 나눴던 애가 스캐처드 선생님한테서 꾸중을 듣고 역사 수업에서 쫓겨나 그 큰 교실 한복판에 서 있게 된 사건이었다. 내가 보기에는 더할 나위 없이 불명예스러운 벌 같았다. 더욱이 그처럼 큰 여자애에게는. 그 애는 열세 살? 아니면 그보다 더 들어 보였다. 나는 그 아이가 몹시 난처하고 부끄러운 기색을 보이리라 짐작했는데, 놀랍게도 그 아이는 울지도 않고 낯을 붉히지도 않았다. 굳은 표정이긴 했지만 침착하게 모든 사람의 시선을 받아내고 있었다. '저 애는 어쩜 저런 벌을 저렇게 얌전하게, 저렇게 꿋꿋하게 견딜 수 있지?' 나는 자문했다. '내가 저런 벌을 받는다면 쥐구멍에라도 들어가고 싶을 거야.' 그 애는 지금 자신이 받는 벌이나 자신이 처한 상황 같은 건 초월해서 주변에도 눈앞에도 있지 않은 다른 무언가를 생각하는 듯했다. 백일몽이란 말을 들어본 적이 있었다. '지금 저 애는 백일몽을 꾸고 있을까?' 그 애의 시선은 바닥에 고정돼 있지만, 바닥을 보는 게 아니라고 나는 확신했다. 그 아이의 시선은 안으로, 자신의 마음속 깊은 곳에 닿아 있는 듯했다. '저 애는 지금 실제로 있는 것들이 아니라 기억 속에 있는 것들을 바라보고 있어, 확실해. 저 애는 어떤 애일까, 좋은 애일까 나쁜 애일까?'

오후 다섯 시가 지나자마자 우리는 작은 잔에 담긴 커피와 검은 빵 반쪽으로 식사를 했다. 나는 게걸스럽게 빵을 먹고 달게 커피를 마셨다. 그러나 양이 조금만 더 많았더라면 좋았을 텐데. 나는 여전히 배가 고팠다. 그 후에 삼십 분간 휴식 시간이 이어지고, 다음엔 공부 시간이었다. 그러고는 물과 귀리 케이크 한 조각, 기도, 취침. 이것이 내가 로우드에서 보낸 첫날이었다.

6장

다음 날도 전날과 마찬가지로 일어나 골풀 양초 빛으로 옷을 입으면서 시작됐다. 하지만 그날은 부득이하게 세수 의식을 면제받았다. 물주전자에 든 물이 얼어붙었기 때문이었다. 전날 밤에 날씨가 바뀌어 매서운 북동풍이 밤새도록 침실 창틈으로 횡횡 불어 들어 침대에 든 우리를 떨게 하더니, 물주전자에 든 물도 얼음으로 바뀌 놓았다.

한 시간 반이 걸리는 긴 기도와 성경 낭독 시간이 끝나기도 전에, 나는 추워서 금방이라도 죽을 것만 같았다. 드디어 아침 식사 시간이 왔는데, 그날 아침엔 귀리죽이 타지 않았다. 질은 먹을 만했지만, 양이 적었다. 내 몫이라고 나온 것이 얼마나 적어 보이던지! 두 배만 돼도 좋겠다 싶었다.

그날 나는 사 반 학생으로 편입되었고, 정규 수업과 할 일도 배정받았다. 그때까지는 로우드에서 벌어지는 일들을 지켜보는 구경꾼이었지만, 그때부터는 행동을 함께하는 일원이었다. 처음에는 뭔가를 암기하는 데 익숙하지 않아서 수업 시간이 길고 힘들게 느껴졌다. 이 과목에서 저 과목으로 자꾸 바뀌는 것도 당황스러웠다. 그래서 오후 세 시경에 스미스 선생이 두 마쯤 되는 덧대기 장식용 모슬린 천과 바늘, 골무 등을 쥐여 주면서 조용한 교실 구석에 앉아 가장자리를 똑같이 감치라고 지시했을 때는 반가웠다. 그 시간에는 다른 학생들도 마찬가지로 바느질을 했는데, 한 반만은 여전히 의자에 앉은 스캐처드 선생을 둘러싸고 서서 책을 읽고 있었다. 교실이 조용해서 한 명씩 돌아가며 책 읽는 소리와 스캐처드 선생이 칭찬하거나 꾸짖는 소리가 다 들렸다. 영국사 수업이었다. 학생 중에 어제 베란다에서 만난 애도 있었는데, 수업이 시작될 때는 학급 맨 앞에 있더니, 뭘 잘못 발음하거나 잘못 끊어 읽기라도 했는지, 갑자기 맨 꼴찌 자리로 보내졌다. 그렇게 잘 안 보이는 자리에 있는데도 스캐처드 선생은 계속해서 그 애에게 사람들의 이목을 집중시켰다. 선생은 번번이 그 애를 지적하며 이런 말을 해댔다.

"번스!"(그 애의 성인 듯했다. 이 학교는 다른 남학교들이 그러듯이 학생을 성으로 불렀다.)"번스, 너 안짱다리로 서 있구나. 당장 똑바로 서지 못해!""번스, 누가 그렇게 보기 싫게 턱을 내밀래, 턱 당겨.""번스, 내가 고개 똑바로 들라고 했지. 내 앞에서 그런 꼴은 용납 못 해."기타 등등.

책의 한 장章을 두 번 읽고 나서, 학생들은 책을 덮고 시험을 치렀다. 찰스 1세[16] 시대를 다루는 부분이었는데, 톤세니 파운드세니 군

---

16 찰스 1세Charles I(1600~1649)는 1625년부터 1649년까지 잉글랜드를 통치한 국왕이다. 왕권신수설을 지지하여 의회와 대립했고, 로마 가톨릭 신자인 헨리에타 마리아

함 건조세 같은 세금 정책에 관한 문제가 나와 대부분이 대답을 못하는 듯했다. 그래도 번스 차례가 되면 아무리 어려운 문제도 금방 해결됐다. 그 애는 그 과목 내용을 전부 외기라도 한 듯, 어떤 문제에도 대답할 준비가 되어 있었다. 나는 스캐처드 선생이 그 애의 열성을 칭찬하리라 예상했다. 하지만, 웬걸, 선생이 갑자기 소리를 질렀다.

"이 더럽고 역겨운 애 같으니! 아침에 손도 안 씻었어!"

번스는 아무 대답도 하지 않았다. 나는 왜 아무 말도 하지 않는지 의아했다.

'오늘 아침에는 물이 얼어서 손도 얼굴도 씻을 수 없었다는 말을 왜 안 하지?' 나는 생각했다.

그때 스미스 선생이 나를 불러 실타래를 잡아달라더니, 실을 감으면서 띄엄띄엄 전에 학교를 다녀본 적이 있는지, 실로 표식을 수놓거나 바느질이나 뜨개질을 할 줄 아는지 따위를 물었다. 스미스 선생이 놓아줄 때까지는 스캐처드 선생이 어떻게 하고 있는지 지켜볼 수 없었다. 내 자리로 돌아와서 보니, 스캐처드 선생이 막 어떤 지시를 내리는 참이었는데, 무슨 뜻인지는 알아듣지 못했다. 번스가 곧장 자리를 떠나 책을 넣어두는 작은 내실로 들어가더니, 잠시 후에 한쪽 끝을 묶은 잔가지 다발을 들고 돌아왔다. 그 애는 그 불길한 물건을 스캐처드 선생에게 공손히 바친 다음, 아무 지시가

와 결혼한 이후 영국 국교회의 기도서를 로마 가톨릭교회와 유사하게 개정하는 한편, 스코틀랜드 장로교회에 장로정치를 폐지하고 영국 국교회의 의식을 따를 것을 강요하여 종교 갈등을 일으켰다. 두 번에 걸친 내전을 치른 끝에 1649년 올리버 크롬웰이 이끄는 의회 세력에 의해 폐위된 후 처형되었다.

없는 데도 잠자코 앞치마 끈을 풀었고, 선생은 그 즉시 잔가지 다발로 그 애의 목을 십여 번이나 호되게 내리쳤다. 번스의 눈에서는 눈물 한 방울 나지 않았다. 나는 그걸 보고 헛되고 무력한 분노가 치미는 바람에 손이 떨려 바느질을 멈추었는데, 생각에 잠긴 듯한 그 애의 표정은 평소와 조금도 다름이 없었다.

"뻔뻔한 것!" 스캐처드 선생이 고함쳤다. "그 칠칠치 못한 버릇을 대체 누가 고치겠어. 회초리 치워!"

번스가 지시에 따랐다. 나는 책방에서 나오는 그 애를 주의 깊게 살폈다. 막 주머니에 손수건을 집어넣는 참이었는데, 여윈 뺨에 눈물 자국이 반짝였다.

저녁 휴식 시간은 로우드의 일과 중에서 제일 즐거운 시간인 듯했다. 다섯 시에 삼킨 약간의 빵과 한 모금의 커피가 허기를 채우지는 못해도 원기는 회복시켜주었다. 긴 하루의 긴장이 느슨해지고, 교실도 오전보다 따뜻하게 느껴졌다. 아직 들여오지 않은 촛불 대신 난롯불을 조금 더 환하게 지피도록 허용했기 때문이었다. 불그스름한 불빛, 허가받은 잡담, 여러 목소리가 섞인 소란이 흔쾌하고 자유로운 기분이 들게 했다.

스캐처드 선생이 자기 학생인 번스를 매질하는 걸 본 날 저녁, 나는 평소처럼 딱히 외롭다는 느낌도 없이 혼자 긴 걸상과 책상, 깔깔대는 학생들 사이를 이리저리 돌아다녔다. 창가를 지날 때는 이따금 블라인드를 올리고 밖을 내다보았다. 눈이 몰아쳐서 벌써 창틀 아래쪽에 들이친 눈이 쌓이고 있었다. 창문 가까이 귀를 대면 방안에서 들리는 떠들썩한 소란과 바깥에서 들리는 우울한 신음을 구분할 수 있었다.

내가 좋은 집과 다정한 부모를 떠나왔더라면, 아마 가장 뼈아프게 이별을 후회할 시간이었으리라. 그러면 저 바람은 한층 더 가슴에 사무치고, 그 어두침침한 혼돈은 더욱더 마음의 평화를 뒤흔들었으리라! 그러나 나는 사실 이상한 흥분과 무모함과 열렬함에 휩싸여, 바람이 더욱 거칠게 울부짖기를, 어스름이 암흑으로 깊어지기를, 혼란이 아우성으로 자라나기를 바랐다.

나는 긴 걸상을 뛰어넘고 책상 밑을 기어 한쪽 난롯가로 갔다. 거기 높은 난로망 옆에서 조용히 무릎을 꿇고 앉아 주변의 온갖 소란에도 아랑곳없이 잔불의 침침한 빛으로 책 읽기에 여념이 없는 번스를 발견했기 때문이었다.

"여전히《라셀라스》야?" 나는 뒤에서 다가가며 물었다.

"응, 이제 다 읽은 참이야."

오 분쯤 있다 그 애가 책을 덮었다. 나는 기뻤다.

'이제는 말을 걸어도 괜찮겠지.' 나는 옆에 앉았다.

"번스 말고 이름은 뭐야?"

"헬렌."

"멀리서 왔어?"

"아주 먼 북쪽에서 왔어. 스코틀랜드와 맞붙다시피 한 국경지대야."

"다시 돌아갈 거야?"

"그러고 싶어. 하지만 앞날은 아무도 모르니까."

"여기를 나가고 싶겠다."

"아니! 내가 왜? 난 교육을 받기 위해 로우드에 왔어. 목적을 달성하기 전까진 여길 나가봐야 아무 소용이 없어."

"그렇지만 저 선생, 스캐처드 선생 말이야, 널 지독하게 대하잖아?"

"지독하다고? 전혀! 선생님이 좀 엄하시긴 하지. 내 결점들을 싫어하시니까."

"나 같으면 그 선생을 싫어할 거야. 반항할 거고. 그 선생이 때리면, 난 회초리를 뺏어서 보는 앞에서 분질러버릴 거야."

"설마 그런 짓을 하지는 않겠지. 만일 그런 짓을 하면, 브로클허스트 씨가 학교에서 쫓아낼 거야. 그러면 네 친척들에게는 몹시 슬픈 일이 되겠지. 성급하게 행동해서 너와 관련된 모든 이에게 폐를 끼치느니, 너만 참으면 아무도 겪지 않을 고통을 인내하며 견디는 편이 훨씬 나아. 게다가, 성경 말씀도 악을 선으로 갚으라고 하잖아!"

"그렇지만 매질을 당하고, 또 사람 많은 교실 복판에 서 있는 건 불명예스러운 것 같아. 그리고 넌 이렇게 다 컸잖아. 난 너보다 훨씬 어리지만, 그런 건 못 참아."

"하지만 피할 수 없다면 견디는 것이 의무겠지. 견뎌야 할 운명을 못 견디겠다고 해봐야 나약하고 어리석은 일일 뿐이야."

의아한 말이었다. 그 인내의 교리가 이해되지 않았다. 헬렌이 자신을 심하게 벌하는 이에게 보여주는 관용이 나로서는 아무래도 이해하거나 공감하기가 어려웠다. 그래도 헬렌 번스가 내 눈에는 보이지 않는 어떤 빛으로 세상을 본다는 느낌은 있었다. 그 애가 옳고 내가 틀렸을지도 모른다는 생각 말이다. 하지만 그 문제를 깊이 생각하지는 않았다. 펠릭스[17]가 그랬듯이, 더 적당한 때가 올 때까

---

17 〈사도행전〉 24장 25절. "바울로가 정의와 절제와 장차 다가올 심판에 관해서 설명하자 펠릭스는 두려운 생각이 들어 '이제 그만하고 가보아라. 기회가 있으면 다시 부르

지 미뤄두기로 했다.

"너한테 결점이 있다고 했지, 헬렌. 어떤 거야? 내가 보기에 넌 정말 훌륭한데."

"그럼 내 경우를 보고 배워, 겉만 보고 판단하지 말고. 스캐처드 선생님 말씀대로, 난 칠칠치 못해. 물건들을 잘 챙기지 않을뿐더러 가지런히 정돈해놓지도 않아. 조심성도 없어. 늘 교칙을 잊어버리지. 수업을 들어야 할 때 다른 책을 읽어. 일머리도 없어. 그리고 가끔 너처럼 체계적인 규정에 따라야 하는 상황을 못 견디겠다고 해. 이 모든 것이 스캐처드 선생님의 비위를 거스르는 거야. 그 선생님은 타고나기를 깔끔하고 빈틈없고 꼼꼼하니까."

"그리고 성을 잘 내고 모질지." 내가 말을 보탰지만, 헬렌 번스는 수긍하지 않는 듯했다. 아무 말이 없었다.

"템플 선생님도 스캐처드 선생처럼 너한테 가혹하셔?"

템플 선생님의 이름이 나오자 그 애의 엄숙한 얼굴에 부드러운 미소가 스쳤다.

"그분은 정말 선한 분이야. 누구에게든, 심지어 학교에서 제일 나쁜 학생에게도 가혹하게 대하는 걸 마음 아파하시거든. 템플 선생님은 내가 잘못하는 걸 보면 상냥하게 일러주셔. 그리고 내가 뭐라도 칭찬받을 일을 하면 아주 후하게 칭찬해주시지. 내가 비참할 정도로 나쁜 성격을 타고났다는 강력한 증거가, 그렇게 다정하고 타당한 템플 선생님의 충고조차 내 결점을 고치지 못한다는 거야. 난 선생님의 칭찬을 제일 귀하게 여기면서도, 내내 조심하지도 신

겠다.' 하고 말하였다." (공동번역성서)

중하지도 못해."

"이상하네." 나는 말했다. "조심하는 건 아주 쉽잖아."

"너한테는 그럴 거야. 오늘 오전에 네가 수업받는 걸 봤어. 굉장히 집중하고 있던걸. 밀러 선생님이 수업 내용을 설명하고 너한테 질문하는 동안에도 생각이 딴 데로 새지 않는 것 같았어. 그런데 내 생각은 자꾸 엉뚱한 데로 가. 스캐처드 선생님의 말씀을 귀담아들으면서 하나도 빠짐없이 열심히 익혀야 할 때, 난 자꾸 선생님 목소리 자체를 놓치곤 해. 일종의 꿈에 빠져드는 거지. 어떨 때는 노섬벌랜드[18]에 있다고 생각해서, 주변 소리를 우리 집 근처에 흐르는 디프든 시냇물 소리라고 여겨버려. 그러다 내가 대답할 차례가 닥쳐서야 어쩔 수 없이 깨어나지. 하지만 꿈속의 시냇물 소리를 듣느라 수업을 전혀 안 들었으니, 대답을 할 수 있을 턱이 없잖아."

"하지만 오늘 오후에는 정말 대답을 잘하던데."

"그냥 우연이야. 우리가 읽고 있던 주제가 마침 흥미로워서 그래. 오늘 오후에는 디프든 꿈 대신에, 찰스 1세가 종종 그랬듯이, 잘해보려는 사람이 어떻게 그렇게 부당하고 어리석은 행동을 하게 되는 걸까, 생각하고 있었어. 그런 고결한 마음과 양심을 가지고도 왕위에 따르는 특권 말고는 아무것도 보지 못했으니, 정말로 애석한 일이라고 말이야. 그분이 조금만 더 멀리 보고, 시대 정신이라는 것이 어디로 향하는지 알았다면 좋았을 텐데! 그래도 난 찰스 1세가 좋아. 그분을 존경해. 가엾은 분이야. 살해당한 불쌍한 왕! 맞아, 그분의 적들이 제일 나빠. 흘리지 말았어야 할 피를 부당하게 흘리

18 Northumberland. 영국 잉글랜드 북동부에 위치한 주써로 현재 주도는 뉴캐슬이다.

게 했으니까. 감히 찰스 1세를 죽이다니!"

헬렌은 지금 혼잣말을 하는 중이었다. 내가 그게 무슨 얘기인지 잘 이해하지 못한다는 걸, 내가 그 주제에 관해서는 전혀, 또는 거의 모른다는 걸 잊고 있었다. 나는 그 애를 내 수준으로 끌어내렸다.

"그럼 템플 선생님이 가르칠 때는, 그때도 딴생각이 들어?"

"아니, 정말로, 자주는 아니야. 템플 선생님은 보통 내 생각보다 더 새로운 걸 말씀해주시거든. 그 선생님 말씀은 이상하게 나와 잘 맞는 데다, 전해주시는 내용이 내가 알고 싶었던 것일 때가 많아."

"음, 그럼, 템플 선생님과 있으면 좋은 사람이 된다는 말이야?"

"그래, 수동적으로. 내가 노력하는 건 아니야. 그냥 마음이 가는 대로 따를 뿐이니까. 그런 식으로 좋은 사람이 돼봐야 아무 가치도 없어."

"많지! 넌 너한테 잘해주는 사람들한테 잘하는 사람이야. 딱 내가 되고 싶은 사람이지. 잔인하고 불공평한 사람들에게 늘 친절하고 공손하게 대해주면, 그 사악한 사람들은 뭐든 자기들 마음대로 하려고 들어. 무서운 줄도 모를 테고, 그래서 절대 바뀌지도 않고 갈수록 나빠지기만 할 거야. 이유 없이 맞으면 아주 세게 맞받아쳐 줘야 해. 그래야지, 우릴 때린 사람이 다시는 그러면 안 되겠구나, 하고 깨달을 정도로 세게 말이야."

"너도 아마 나이가 들면 생각이 달라질 거야. 넌 아직 배우지 않은 어린아이니까."

"그렇지만 난 그렇게 생각해, 헬렌. 아무리 마음에 들려고 애를 써도 끝내 나를 싫어하는 사람은 나도 싫어해야 하고, 부당하게 벌을 주는 사람에겐 나도 저항해야 한다고 말이야. 그건 말이지, 애정을 보여주는 사람들을 사랑하거나 정당하게 느껴지는 벌을 달게 받는 것만큼이나 자연스러워."

"이교도와 야만족들은 그런 원칙을 갖고 있지만, 기독교도나 문명국들은 그런 걸 인정하지 않아."

"어째서? 이해가 안 돼."

"증오를 이기는 가장 좋은 방법은 폭력이 아니고, 상처를 치료하는 가장 확실한 방법도 복수가 아니니까."

"그럼 뭐야?"

"신약성서를 읽어봐. 그리고 예수님이 무슨 말씀을 하셨는지, 어떻게 행하셨는지 잘 살펴봐. 예수님의 말씀을 규범으로 삼고, 그분의 행하심을 본보기로 삼는 거야."

"예수님이 뭐라고 하시는데?"

"네 원수를 사랑하라, 너희를 저주하는 자를 축복하라. 너희를 미워하고 박해하는 자에게 선을 행하라."

"그러면 리드 부인을 사랑해야 하는데, 난 못해. 그리고 부인의 아들인 존을 축복해야 하는데, 그건 불가능해."

이번에는 헬렌 번스가 무슨 얘기인지 설명해달라고 했고, 나는 나름대로 내가 겪은 수난과 울분의 얘기를 쏟아놓았다. 흥분하면 신랄하고 잔혹해지는 나는 말을 가리거나 누그러뜨리지 않고 느끼는 대로 이야기했다.

헬렌은 침착하게 내 말을 끝까지 들어주었다. 무어라 한마디쯤 할 법도 했는데, 그 애는 아무 말도 하지 않았다.

나는 조바심을 내며 물었다. "자, 리드 부인은 몰인정한, 나쁜 여자 아니야?"

"확실히 그분은 너에게 친절하지 않았어. 그건 그러니까, 그분이 네 생겨먹은 성격을 싫어하기 때문이야. 스캐처드 선생님이 내 성격을 싫어하시듯이 말이야. 하지만 넌 그분이 한 말과 행동을 정말 소상하게 기억하고 있구나! 그분의 부당한 처사가 네 마음에 정말 유달리 깊은 인상을 남겼나 봐! 어떤 혹사도 나한테는 그렇게까지 깊은 낙인을 새기지 않아. 그분의 가혹한 처사와 그 때문에 느낀 부글대는 감정들을 다 잊어버리려고만 하면, 너도 더 행복해지지 않을까? 원한을 품고 살거나 나쁜 일을 일일이 새기기에 인생은 너무 짧은 것 같아. 우리는 이 세상에서 너 나 할 것 없이 악행의 부담을 지고 있고, 또 져야만 해. 하지만 나는 믿어, 우리가 이 타락하기 쉬운 육신을 벗음으로써 그 악행 또한 벗을 때가 곧 올 거야. 이 성가신 육신의 틀과 함께 타락과 죄악도 떨어져 나가고, 영혼의 불꽃만이, 손에 잡히지 않는 빛과 사고의 신념만이 피조물에 생기를 불어넣기 위해 창조주를 떠날 때의 모습 그대로 순수하게 남아 왔던 곳으로 돌아갈 때가 말이야. 어쩌면 다시 인간보다 높은 존재들과 소통하게 되겠지. 영광의 계단을 올라 파리한 인간의 영혼에서부터 점점 밝아지며 가장 높은 천사에까지 이르게 될 거야. 확실히 그와 반대로 인간에서 악마로 타락하는 고통을 겪는 일은 없겠지? 아니야. 그건 믿을 수 없어. 내겐 다른 신념이 있어. 아무도 가르쳐주지 않았고, 누구한테도 말한 적은 없지만, 내가 그 안에서 기뻐하고, 내가 의지하는 신념이. 그 신념이 모든 일에 희망을 주기 때문이야. 그 신념은 내세를 안식처로, 공포나 지옥이 아닌 훌륭한 집으로 만들어줘. 게다가, 그 신념만 있으면 나는 죄와 죄인을 분명하게 구별할 수 있어. 나는 죄는 증오해도 죄인은 진심으로 용서할 수 있어.

그 신념만 있으면 나는 원한으로 마음을 끓일 일도 없고, 어떤 불명예에도 깊이 상처 입지 않고, 어떤 부당함에도 납작하게 짓이겨지지 않아. 나는 마지막을 기다리며 고요히 살고 있어."

늘 수그리고 있던 헬렌의 고개가 이 말을 마칠 즈음에는 더욱 깊숙이 수그러져 있었다. 그 애의 표정을 보니 나와 더 얘기하기보다는 자기 마음속 생각과 대화를 나누고 싶어 하는 것 같았다. 그러나 생각에 잠겨 있을 시간도 많지 않았다. 이내 몸집이 크고 투박한 반장이 와서 강한 컴벌랜드 억양으로 외쳤다.

"헬렌 번스, 지금 당장 가서 서랍 정리하고 바느질거리 치워놓지 않으면, 스캐처드 선생님께 와서 보시라고 이를 거야."

몽상이 사라지자 헬렌은 한숨을 지었다. 그러고는 일어나 아무 대꾸 없이 곧바로 반장의 지시에 따랐다.

7장

로우드에서 보낸 첫 삼 개월은 한없이 길게만 느껴졌다. 좋은 시기도 아니었다. 그때는 새로운 규칙과 익숙지 않은 수업에 적응하려 고군분투하던 시기였다. 그런 데에서 실수하면 어쩌나 하는 두려움이 내 운명이 맞은 육체적 고난보다 더 괴로웠다. 그렇다고 육체적 고난이 대수롭지 않은 건 아니었다.

일월과 이월, 그리고 삼월 들어서도 눈은 깊게 쌓여 녹을 줄 몰랐고, 눈이 녹은 뒤에도 한동안은 길이 거의 나다닐 수 없는 지경이라, 우리는 성당에 갈 때 말고는 정원 담장 밖으로 얼씬도 하지 못했다. 하지만 그런 상황에서도 우리는 매일 한 시간을 바깥에서 보내야 했다. 우리 옷은 심한 추위를 막기에는 역부족이었다. 장화도 없어서 눈이 신발 안에 들어와 녹았고, 장갑을 못 낀 손들은 발과 마찬가지로 감각이 없어졌다가 동상에 걸렸다. 그 때문에 매일 밤 겪어야 했던, 발이 타는 듯이 화끈거릴 때의 미칠 듯한 아픔과 아침마다 부어오르고 껍질이 벗겨진 뻣뻣한 발가락을 신발에 밀어 넣어야 했던 고문은 지금도 생생하다. 그리고 보잘것없는 음식의 양 때문에 몹시 괴로웠다. 한창 자랄 때라 식욕이 왕성한 우리가 허약한 병자나 겨우 연명할까 싶은 양으로 만족해야 했다. 그런 영양부족 탓에 어린 학생들에게는 몹시 혹독한 악습이 생겨났다. 굶주린 덩치 큰 아이들이 기회만 있으면 작은 아이들을 구슬리거나 위협해서 몫을 뺏어갔다. 나도 차 마시는 시간에 받은 귀중한 흑빵 조각을 두 상급생에게 나눠주고, 머그잔에 든 커피는 또 다른 한 명에게 반이나 뺏기고서, 절박한 배고픔에 남몰래 눈물 흘리며 남은 것을 삼킨 적이 한두 번이 아니었다.

그런 겨울에는 일요일이 우울한 날이었다. 우리의 후원자가 미사를 집전하는 브로클브리지 성당까지 이 마일 길을 걸어야 했기 때문이었다. 우리는 언 몸으로 길을 나서 더욱 꽁꽁 언 몸으로 성당에 도착했다. 아침 미사를 올리는 사이에 우리 몸은 거의 마비되다시피 했다. 점심을 먹으러 돌아오기엔 너무 먼 거리였기 때문에, 미사와 미사 사이에 여느 식사 때와 마찬가지로 인색하기 짝이 없는 양의 싸늘한 고기와 빵이 분배되었다.

오후 미사가 끝나면 우리는 바람이 들이치는 언덕길을 통해 학교로 돌아왔다. 눈 덮인 북쪽 산등성이를 넘어 불어오는 차가운 겨울바람이 얼굴 가죽을 벗겨 가는 것만 같았다.

얼어붙을 듯한 바람에 펄럭이는 격자무늬 외투를 꼭 여민 채 가볍고 민첩한 발걸음으로 풀 죽은 우리 행렬을 지나치며 이런저런 격언과 사례를 들어가며 기운을 내라고, '굳건한 병사들처럼' 앞으로 진군하라고 격려하시던 템플 선생님의 모습이 선연하다. 다른 선생님들은 애처롭게도 다들 낙심해서 다른 사람을 격려할 엄두조차 내지 못했다.

학교로 돌아가면 있을, 타오르는 난롯불의 빛과 열기를 우리는 얼마나 갈망했던가! 하지만 어린 학생들에게는 그마저도 허용되지 않았다. 교실에 있는 두 난로는 금세 큰 아이들이 이중으로 둘러싸버리고, 어린 학생들은 그 뒤에 오종종하니 모여 열기에 굶주린 두 팔을 앞치마로 감싼 채 쭈그리고 앉아 있곤 했다.

그나마 차 마시는 시간에 평소보다 두 배나 큰 빵이 나오는 것이 자그만 위안이었다. 반쪽짜리가 아닌 온전한 조각에 금상첨화로 버터까지 얇게 발라져 있었다. 그것이 모두가 일주일에 한 번, 안식일마다 고대하는 향연이었다. 나는 대개 그 후한 음식의 절반은 어떻게든 지켰지만, 나머지 반은 으레 누군가에게 내줄 수밖에 없었다.

일요일 저녁은 교리문답과 〈마태복음〉 5, 6, 7장을 반복해서 암송하고, 밀러 선생이 피로를 증명하듯이 연신 하품을 해대며 읽는 기나긴 강론을 들으며 보냈다. 이런 공연에서는 반쯤 졸다 끝내 잠의 위력에 굴복한 어린 학생들이 유두고[19] 역할을 맡아 삼층은 아니지만 네 번째 줄 벤치 같은 데서 떨어졌다가 반쯤 죽은 사람처럼 끌어올려지는 막간극이 대여섯 번이나 벌어졌다. 처방은 그 학생들을 교실 한복판으로 끌어내 강론이 끝날 때까지 세워놓는 것이었다. 때로는 누군가의 다리가 꺾이는 바람에 한꺼번에 쓰러지기

---

19 〈사도행전〉 20장에 나오는 청년으로 창턱에 앉아 바울의 설교를 듣다가 조는 바람에 삼층에서 떨어져 죽었으나 바울에 의해 소생한다. '유두고'라는 이름은 신분이 낮고 천한 이들이 주로 쓰는 이름이라고 한다.

도 했다. 그럴 때는 넘어지지 않도록 반장이 앉는 높은 걸상을 받쳐주었다.

여태 브로클허스트 씨가 학교에 왔던 일을 언급하지 않았는데, 사실 그분은 내가 로우드에 온 지 한 달이 다 되도록 집을 떠나 있었다. 아마 친구라는 대집사 댁에 더 오래 머물게 된 것이리라. 그의 부재는 나로서는 안심이었다. 내게 그가 돌아오는 걸 두려워할 만한 이유가 있었다는 걸 굳이 말할 필요는 없을 것이다. 그러나 결국 그는 돌아왔다.

어느 날 오후(내가 로우드에 온 지 삼 주가 지났을 때였다), 석판을 들고 앉아서 긴 나눗셈 문제를 푸느라 골몰하던 나는 창문에 무언가가 언뜻 비치기에 고개를 들었다가 막 지나가는 인물의 윤곽을 보았다. 나는 거의 직감으로 그 수척한 윤곽을 알아보았다. 이 분 후에 선생님들을 포함한 전원이 일제히 기립했을 때, 누가 그런 인사를 받으며 들어오는지 확인하러 고개를 들고 볼 필요도 없었다. 게이츠헤드 난롯가 양탄자 위에 우뚝 서서 더없이 불길하게 눈살을 찌푸리며 나를 굽어보던 검은 기둥이 성큼성큼 교실을 가로질러 기립한 템플 선생님 옆에 가 섰다. 나는 곁눈으로 건축물의 일부분 같은 그 형상을 살펴보았다. 그랬다, 내가 맞았다. 외투를 목까지 단추를 꼭꼭 채워 입은, 전보다 더 길고 가늘고 엄격해 보이는 브로클허스트 씨였다.

내가 그의 출현에 당황할 만한 이유는 있었다. 리드 부인이 내 성격 등등에 관해 언급한 나쁜 암시를, 브로클허스트 씨가 템플 선생님과 다른 선생들에게 내 악덕한 성질을 알리겠다고 맹세한 약속을 너무나 생생히 기억하기 때문이었다. 나는 그 약속이 이행되는 순간을 내내 두려워했다. 나를 영원히 나쁜 아이로 낙인찍어버릴, 내 과거의 삶과 사람들에 관한 정보를 가지고 '도래할 사람'을 나는 매일 경계하며 살았다. 지금 그가 나타났다. 그가 옆에 선 템플 선생님의 귀에 무언가를 속삭였다. 내 얘기를 하는 게 틀림없었다. 템플 선생님의 검은 눈동자가 언제 혐오와 멸시를 담고서 내 쪽을 향할까, 나는 가슴이 아프도록 불안한 심정으로 그 눈을 지켜보았다. 또 귀도 기울였다. 마침 꽤 앞쪽에 앉은 덕분에, 브로클허스트 씨가 하는 얘기 대부분을 엿들을 수 있었다. 내용을 알고 나니 긴박한 걱정은 덜어졌다.

"템플 선생, 내가 로우튼에서 사 온 실이 적당할 거요. 무명 속옷에 쓰면 딱 맞겠다는 생각이 들었거든. 거기에 맞는 바늘도 골라놨소. 스미스 선생에게 내가 짜깁기 바늘을 적어놓는다는 걸 깜빡했는데, 그래도 다음 주에는 꾸러미 몇 개가 도착할 거라 전해주시오. 그리고 무슨 일이 있어도 학생들에게 바늘을 한 개 이상 주지 않게 하시오. 여분이 있으면 부주의해져서 잃어버리기 쉬우니까 말이오. 그리고, 아 참, 선생! 모직 스타킹을 좀 더 신경 써야겠소! 지난번에 왔을 때 텃밭에 나가 줄에 널린 빨래를 살펴봤는데, 제대로 손질하지 않은 검은 스타킹이 수두룩하더군요. 뚫린 구멍의 크기로 보아 제때 수선을 하지 않은 것이 분명했소."

그가 말을 멈추었다.

"지시대로 따르겠습니다." 템플 선생이 말했다.

"그리고, 선생," 그가 말을 이었다. "세탁부가 하는 말이, 어떤 학생들이 일주일에 깨끗한 터커[20]를 두 개나 쓴답니다. 이건 도가 지나쳐요. 교칙에는 한 개로 제한되어 있소."

"그건 제가 설명할 수 있을 듯합니다. 애그니스와 캐서린 존스톤이 지난 목요일에 로우튼에 있는 친구들로부터 차모임 초대를 받았는데, 제가 그 경우에 한해 새 터커를 착용하도록 허가해주었습니다."

브로클허스트 씨가 고개를 끄덕였다.

"흠, 한 번이라면 괜찮겠지. 하지만 그런 경우가 너무 자주 발생하지 않도록 해주시오. 그리고 내가 깜짝 놀란 일이 또 하나 있소. 가사 관리인과 출납을 결산하다가 지난 보름 사이에 학생들에게 간식이, 치즈와 빵으로 구성된 간식이 두 번이나 나간 사실을 발견했다오. 이건 무슨 일이오? 규정을 아무리 살펴보아도, 그런 간식 얘기는 어디에도 없어요. 누가 그런 개혁을 시도했소? 무슨 권한으로 말이요?"

"그 일의 책임은 제게 있습니다." 템플 선생님이 대답했다. "아침 거리가 잘못 조리되는 바람에 도저히 먹을 수가 없었습니다. 학생들더러 점심때까지 그냥 굶으라고 할 수가 없었습니다."

"선생, 내 잠깐 한마디만 하겠소! 이 학생들에 관한 내 양육방침이 사치와 방종의 습관을 익히도록 하는 것이 아니라, 강인하고 끈기 있는 극기심을 기르도록 하는 것임을 잘 아실 것이오. 조리가 잘못됐다거나, 음식이 싱겁거나 짜다거나 하는, 그런 사소하고 우연한 일로 식욕을 만족시키지 못했다고 해서, 놓친 음식보다 더 맛있는 무언가로 육신의 욕망을 채우는, 이 학교의 교육 목표를 그르치는 식으로 보충하려 해서는 안 됩니다. 그럴 때는 일시적인 결핍을

---

20 여성의 목과 어깨를 덮는 장식용 레이스나 천.

견디는 강인한 정신을 드러내도록 학생들을 격려함으로써 그런 상황을 영적 교화의 기회로 삼아야 합니다. 간단한 훈계를 할 수 있는 그런 기회를 놓쳐서는 안 되지요. 현명한 교사라면 그 기회를 잡아 초기 기독교인들이 한 고생이라든가, 순교자들이 겪은 고난이라든가, 제자들에게 십자가를 짊어지고 뒤따르라고 하신 주 예수의 간곡한 권고라든가, '사람은 빵만으로 사는 것이 아니라 하느님의 입에서 나오는 모든 말씀으로 살리라'라는 경고라든가, '만일 너희 중에 나를 위하여 주리고 목마른 자는 복이 있나니'라는 신성한 위로의 말씀을 일러주겠지요. 아, 선생, 탄 죽 대신에 치즈 바른 빵을 아이들의 입에 넣어주면서, 아이들의 사악한 육신은 먹였겠으나 그 불멸의 영혼들을 굶긴다는 생각은 통 못하셨구려!"

감정이 북받친 듯, 브로클허스트 씨가 또 말을 멈추었다. 그가 말을 시작할 때 시선을 떨구고 있던 템플 선생님이 지금은 고개를 빳빳이 들고 정면을 바라보고 있었다. 원래도 대리석처럼 하얀 선생님의 얼굴이 이제는 그 차갑고 딱딱한 성질까지 닮는 듯했다. 특히 입술은 조각가의 끌이라도 있어야 열리겠다고 생각될 만큼 꾹 다물렸고, 표정은 점점 돌처럼 딱딱하게 굳어갔다.

그 사이에 브로클허스트 씨는 뒷짐을 지고 난로 앞에 서서 당당하게 좌중을 둘러보았다. 갑자기 그가 눈부시거나 충격적인 무언가를 본 듯이 눈을 깜빡거리더니, 돌아서서 지금껏 쓰던 말투보다 좀 더 빠른 어조로 말했다.

"템플 선생, 템플 선생, 저, 저 머리를 지진 애는 무슨 일이오, 선생, 머리를, 빨간 머리를, 온통 지진 저 애 말이오?" 그러고는 들고 있던 지팡이를 내밀어 그 무서운 대상을 가리켰다. 손이 부들부들 떨렸다.

"줄리아 세번입니다." 템플 선생님이 아주 침착하게 대답했다.

"줄리아 세번이라니, 선생! 저 애가, 아니 다른 누구라도, 왜 머리를 지졌느냔 말이오? 어째서, 여기 이 복음주의 자선 학교에서, 교훈과 교칙을 완전히 무시하고, 저처럼 대놓고 속세 흉내를 내면서, 머리를 지지고 다니냔 말입니다."

"줄리아의 곱슬머리는 타고난 겁니다." 템플 선생님이 여전히 더없이 침착하게 대답했다.

"타고났다! 그래요, 하지만 우리는 자연에 순응해서는 안 됩니다. 나는 이 학생들이 하느님의 은총을 받는 아이들이 되기를 바랍니다. 그런데 저게 웬일입니까? 나는 다들 머리를 검소하게, 수수하게, 꾸밈없이 간수하기를 바란다고 거듭 통고해왔습니다. 템플 선생, 저 아이 머리를 바짝 깎아야 하겠소. 내가 내일 이발사를 보내지요. 그리고 필요 이상으로 머리를 땋아 올린 학생들도 보이는 군요. 저 키 큰 학생, 돌아서 보라고 하시오. 상급반 학생 전원에게 일어나 벽을 보고 돌아서라고 해요."

템플 선생님이 저도 모르게 떠오른 미소를 지우려는 듯이 손수건으로 입술을 슥 닦았다. 그러나 선생님은 지시를 내렸고, 상급반 학생들은 내용을 알아듣고는 순순히 지시에 따랐다. 벤치에 앉은 채 몸을 좀 뒤로 젖히니, 그 학생들이 이 지시를 어떻게 생각하는지 알려주는 찌푸린 표정들이 보였다. 브로클허스트 씨가 그 얼굴들을 못 보는 것이 유감이었다. 봤다면 겉으로 드러나는 부분을 아무리 통제해도, 학생들의 속마음은 상상 이상으로 자신의 통제 밖에 있다는 사실을 깨달았을 텐데 말이다.

그가 아이들의 뒷모습을 오 분쯤 뜯어보더니 선고를 내렸다. 한 마디 한 마디가 운명의 조종 소리처럼 울렸다.

"저 틀어 올린 머리들은 모두 잘라버리시오."

템플 선생님이 항의하려는 것 같았다.

"선생." 그가 말을 이었다. "나의 주인님은 이 속세가 아닌 다른 왕국에 임하시오. 나의 사명은 이 아이들에게서 육신의 욕망을 억제하는 것입니다. 땋은 머리나 값비싼 옷이 아니라 정숙함과 절제로 단장하도록 가르치는 것이지요. 그런데 우리 눈앞의 젊은이들은 죄다 가닥가닥 허영심을 엮어 땋은 머리 타래를 두르고 있소. 이것은, 내 다시 한번 말하지만, 잘라버려야 하오. 낭비되는 시간을 생각해보시오, 이ー"

브로클허스트 씨의 말은 여기서 중단됐다. 세 명의 귀부인 방문객이 교실로 들어섰기 때문이었다. 벨벳과 비단, 모피를 휘황찬란하게 두른 그 귀부인들이야말로 좀 더 빨리 와서 옷차림에 관한 브로클허스트 씨의 강의를 들었어야 했다. 세 사람 중에서 젊은 두 사람(열여섯과 열일곱 살 먹은 아름다운 아가씨들이었다)은 당시 유행하던 타조 깃털로 장식한 회색 수달피 모자를 썼는데, 우아한 모자 챙 밑으로 공들여 곱슬곱슬하게 지져서 만 머리 타래가 탐스럽게 늘어져 있었다. 연장자로 보이는 부인은 흰담비 모피로 테를 두른 값비싼 벨벳 숄을 둘렀고, 앞이마에 동글동글하게 만 가짜 머리 타래를 늘였다.

귀부인들은 브로클허스트 씨의 부인과 딸들로, 템플 선생님의 정중한 영접을 받으며 교실 앞쪽의 상석으로 안내되었다. 그들은 브로클허스트 신부와 같은 마차를 타고 와서, 그가 가사 관리인과 함께 사무를 보고, 세탁부에게 질문을 하고, 교장에게 설교를 늘어놓는 동안, 위층 방을 샅샅이 뒤져본 듯했다. 귀부인들이 침구 관리와 기숙사 점검 업무를 맡은 스미스 선생에게 몇 마디 평가와 질책을 퍼부으려는 참이었으나, 무슨 얘기를 하는지 들을 시간이 없었다. 다른 일이 벌어지는 바람에 정신을 완전히 빼앗겨버렸기 때문이었다.

나는 그때까지 브로클허스트 씨와 템플 선생님의 대화에 집중하면서도 내 안전을 도모하는 데에도 경계를 게을리하지 않았다. 시선을 피할 수만 있으면 무사하리라고 생각했다. 그래서 벤치 깊숙이 앉아 석판으로 얼굴을 가리고 나눗셈 문제를 푸느라 열심인 체했다. 그때 무심코 석판을 놓치지만 않았더라면, 석판이 떨어지며 무시무시하게 큰 소리로 모두의 시선을 끌지만 않았더라면, 들키지 않고 무사히 지나갈 수 있었을 것이다. 나는 이제 다 틀렸다고 생각하면서 허리를 굽혀 두 동강 난 석판을 주우며 최악의 상황에 대비해 마음을 가다듬었다. 때가 오고야 말았다.

"조심성 없는 애 같으니!" 브로클허스트 씨가 말했다. 그러고는 이내 덧붙였다. "아, 새로 온 학생이로군." 그리고는 숨돌릴 틈도 주지 않고 말했다. "저 아이에 관해서 해둘 말이 있었지." 그러더니 큰 소리로, 내게는 천둥처럼 들리는 소리로 말했다. "석판을 깨뜨린 학생을 이리 나오게 하시오!"

내 힘으로는 꼼짝달싹도 할 수 없었다. 마비되었기 때문이었다. 하지만 양쪽에 앉은 큰 학생 둘이 나를 일으켜 세워 재판관 쪽으로 떠밀자, 템플 선생님이 다정하게 나를 감싸 그의 발치로 데려갔다. 선생님이 나직이 조언하는 소리가 들렸다.

"제인, 걱정하지 마. 실수였으니까, 벌은 안 받을 거야."

그 상냥한 속삭임이 비수처럼 내 가슴을 찔렀다.

'이제 곧 이분도 나를 거짓말쟁이라고 경멸하시겠지.' 나는 생각했다. 그러자 리드 부인과 브로클허스트 씨와 기타 등등에 대한 분노가 확 치밀어 심장이 쿵쿵 울려댔다. 나는 헬렌 번스가 아니었다.

"그 걸상을 가져와." 브로클허스트 씨가 어느 반장 학생이 앉았다 일어난 높은 걸상을 가리키며 말했다. 반장이 걸상을 가져왔다.

"그 애를 그 위에 세우시오."

그래서 나는 거기에 세워졌다. 누가 올려서 세웠는지도 모르겠다. 그런 세세한 사항을 알아챌 상태가 아니었다. 나는 그저 내가 브로클허스트 씨의 코와 높이가 같아졌다는 것, 그가 내 지척에 있다는 것, 그리고 눈 밑에 어룽어룽한 주황색과 자주색 비단 외투들과 구름 같은 은색 깃털들이 한없이 펼쳐져 물결치고 있다는 것만 알아차렸을 뿐이었다.

브로클허스트 씨가 목청을 가다듬었다.

"숙녀 여러분." 브로클허스트 씨가 가족들을 돌아보며 말했다. "템플 선생님과 선생님들, 그리고 학생 여러분, 다들 이 아이를 보고 있습니까?"

물론 다들 보고 있었다. 뚫어져라 처다보는 시선들이 내 피부를 찌르는 듯했다.

"보시다시피 이 아이는 아직 어립니다. 평범한 어린아이 형상을 한 것도 보이겠지요. 하느님께서는 은혜롭게도 우리 모두에게 주신 형상을 이 아이에게도 주셨습니다. 이 아이의 나쁜 성격을 드러내는 육체적인 결함은 어디에도 보이지 않습니다. 이 아이가 벌써 악마의 종이자 심부름꾼이 되었다고 누가 생각이나 하겠습니까? 하지만, 슬프게도 그건 사실입니다."

잠깐 말이 끊겼다. 그 틈에 나는 마비된 신경을 다잡기 시작했다. 이미 루비콘강을 건너버렸으니, 더는 회피할 수 없는 이 시험을 꿋꿋이 버텨내야 한다는 느낌이 들었다.

"친애하는 학생 여러분." 검은 대리석 기둥 같은 신부가 비장한 어조로 말을 이었다. "참으로 슬프고 가슴 아픈 일이 아닐 수 없습니다. 왜냐하면 제겐 여러분에게 경고해줄 의무가 있기 때문입니다. 이 아이는, 하느님의 어린 양이었을 이 아이는, 어린 타락자입니다. 진짜 양 떼의 일원이 아니라, 분명한 침입자이고 이방인입니다. 여러분은 이 아이를 경계해야 합니다. 여러분은 이 아이를 본받지 말아야 합니다. 필요하다면, 이 아이에게 곁을 내주지 말고, 놀이에 끼워주지도 말 것이며, 대화에도 끼워주지 말아야 합니다. 선생님들, 여러분은 이 아이를 잘 감시해야 합니다. 이 아이의 거동을 끊임없이 살피십시오. 이 아이의 말을 잘 따져보시고, 이 아이의 행동을 잘 파헤치시고, 이 아이의 영혼을 구하기 위해 이 아이의 육신을 벌하십시오. 만약에, 진실로, 그런 구원이 가능하다면 말입니다. 왜냐하면, 이런 말을 하려니 입이 안 떨어집니다만, 이 아이는, 이 여자애는, 우리 기독교 국가에 태어난 이 어린아이는, 브라흐마에게 기도하고 자간나트 앞에 무릎 꿇는 이교도 아이보다 나쁜, 거짓말쟁이입니다!"

십 분쯤 침묵이 이어졌다. 이제 완전히 정신을 차린 나는 브로클허스트가의 귀부인들이 손수건을 꺼내 눈가를 찍어대는 것을 지켜보았다. 나이 든 부인은 몸을 앞뒤로 흔들었고, 두 젊은 아가씨는

'말도 안 돼!'라고 속삭였다.

브로클허스트 씨가 다시 입을 열었다.

"저는 이 사실을 이 아이의 후원자에게서 들었습니다. 고아 신세가 된 이 아이를 맡아서 자기 딸처럼 돌봐준 경건하고 자비로운 부인에게서요. 그 자비심을 이 불행한 아이는 더없이 못되고 더없이 끔찍한 배은망덕으로 보답했습니다. 그래서 그 훌륭한 후원자는 이 아이의 사악한 본보기가 순결한 자기 자식들을 오염시킬까 두려워, 마침내 이 아이를 떼어놓게 되고야 만 것입니다. 그 부인은 옛날 유대 사람들이 베데스다의 요동치는 연못으로 환자들을 보냈듯이, 이 아이를 고치고자 이곳으로 보냈습니다. 그러니, 교장 선생님, 선생님들, 저는 이 아이 주변에 물이 고이지 않도록 특별히 주의해주실 것을 간청하는 바입니다."

이런 장엄한 결론을 내리고서, 브로클허스트 씨는 프록코트의 맨 위 단추를 만지작거리며 가족들에게 무어라고 중얼거렸다. 가족들이 모두 일어나 템플 선생님에게 인사를 하고는 훌륭한 분들답게 위엄 있는 태도로 교실을 가로질러 나갔다. 나의 재판관이 문턱에서 돌아보더니 이렇게 말했다.

"저 아이를 걸상 위에 삼십 분 더 세워두시오. 그리고 오늘은 누구도 저 아이에게 말을 걸지 못하도록 하시오."

그래서 나는 높은 걸상 위에 서 있었다. 교실 한복판에 내 발로 서 있는 것도 부끄러워 견딜 수 없을 거라고 했던 내가, 지금은 불명예의 대좌 위에 서서 모두의 시선을 받고 있었다. 그때 내 심정이 어땠는지는 어떤 말로도 설명할 수 없으리라. 그러나 그 모든 감정이 북받치는 순간, 숨이 막히고 목구멍이 조여오던 그때, 한 아이가 지나가면서 고개를 들어 나를 쳐다보았다. 그 눈에 얼마나 신비로운 빛이 서렸던가! 그 얼마나 기이한 느낌을 던졌던가! 그 새로운 감정이 얼마나 내 힘을 북돋워주었던가! 마치 순교자가, 아니면 영웅이 지나가면서 옆에 있던 노예나 피해자에게 힘을 나누어 준 것과도 같았다. 나는 북받쳐 오르는 극도의 흥분 상태를 다스리고는 걸상 위에 꼿꼿이 섰다. 헬렌 번스가 스미스 선생님에게 바느질에 관해 뭔가 사소한 질문을 했다가 하찮은 걸 묻는다는 꾸중을 듣고 제자리로 돌아가는 길에 다시 나를 보며 웃어주었다. 아, 그 미소! 지금도 생생하다. 나는 그것이 고결한 지성과 참된 용기에서 나오는 미소였음을 안다. 그 미소는 마치 천사가 비추는 빛처럼 그 애의 두드러진 골격을, 가냘픈 얼굴을, 푹 꺼진 회색 눈을 밝혀주었다. 하지만 그때에도 그 아이의 팔에는 '게으름뱅이의 표식'이 달려 있었다. 한 시간쯤 전에는 스캐처드 선생이 헬렌에게 연습 문제를 베끼다가 잉크 얼룩을 만들었다는 이유로 내일 점심에 빵과 물만 먹으라고 처분하는 소리를 들었다. 원래 사람이란 그런 불완전한 존재인데! 세상에서 제일 깨끗한 행성의 고리에도 그런 얼룩은 있다. 스캐처드 선생 같은 사람의 눈에는 그런 사소한 결점만 들어올 뿐, 행성 전체가 내뿜는 환한 빛은 보이지 않는 법이다.

8장

삼십 분이 채 되기 전에 다섯 시 종이 쳤다. 수업이 파하자 다들 차를 마시러 식당으로 가버렸다. 나는 과감하게 걸상에서 내려왔다. 해거름이라 어둑했다. 나는 한쪽 구석으로 가서 바닥에 주저앉았다. 여태 나를 지탱해주던 마법이 사라지기 시작했다. 반동이 일어났고, 이내 압도적인 비탄이 덮쳐왔다. 나는 바닥에 엎어졌다. 엉엉 울었다. 헬렌 번스도 없었다. 아무것도 나를 지탱해주지 않았다. 나는 혼자 남겨졌고, 눈물이 마룻바닥을 적셨다. 로우드에서는 정말 잘하고 싶었고, 또 많은 걸 하고 싶었다. 친구를 많이 사귀고, 신뢰와 애정도 얻고 싶었다. 나는 벌써 눈에 띄게 나아졌다. 바로 그날 아침에 반에서 제일 앞자리를 차지한 것이다. 밀러 선생님이 열렬히 칭찬해주었고, 템플 선생님도 인정한다는 듯이 웃어주셨다. 템플 선생님은 그림을 가르쳐주겠다고 약속했고, 앞으로 두 달 동안 계속 그런 진보를 보여주면 프랑스어를 배우게 해주겠다고도 약속했다. 그리고 나는 동료 학생들과도 잘 어울렸다. 또래들 사이에서 동등한 동료로 취급받았고, 누구에게서도 괴롭힘을 당하지 않았다. 그런데, 지금, 나는 또다시 짓밟히고 짓뭉개진 채 여기 쓰러져 있다. 다시 일어설 수 있을까?

'틀렸어.' 정말로 죽어버렸으면 싶었다. 울면서 죽고 싶다고 끅끅거리는데 누가 다가왔다. 나는 깜짝 놀라 고개를 들었다. 또 헬렌 번스였다. 그 애가 다가오고 있었다. 꺼져가는 난롯불이 텅 빈 긴 교실을 가로지르는 그 애를 간신히 비춰주었다. 내 커피와 빵을 들고 있었다.

"자, 뭐라도 좀 먹어." 헬렌이 말했다. 하지만 지금 상태로는 커피 한 방울이나 빵 부스러기 하나에도 목이 멜 듯해서, 나는 둘 다 밀어내고 말았다. 헬렌이 나를 물끄러미 쳐다보았다. 아마 놀랐을 것이다. 아무리 애를 써도 요동치는 감정을 진정시킬 수가 없었다. 나는 그저 엉엉 울 뿐이었다. 헬렌은 옆에 인도 사람처럼 다리를 감싸안고 무릎에 턱을 괴고 앉아서는 아무 말이 없었다. 먼저 입을 연 사람은 나였다.

"헬렌, 너는 왜 모두가 거짓말쟁이라고 생각하는 애 옆에 있어?"

"모두라니, 제인? 글쎄, 그 소리를 들은 사람은 겨우 팔십 명밖에 안 돼. 세상에는 수억 명의 사람들이 있고."

"그렇지만 그 수억 명의 사람이 나와 무슨 상관이야? 내가 아는 팔십 명이 나를 경멸하는데."

"제인, 그건 잘못 생각하는 거야. 이 학교에서 너를 경멸하거나 싫어하는 사람은 아마 한 명도 없을걸. 되려 널 불쌍히 여기는 사람이 많을 게 확실해."

"브로클허스트 씨가 그런 말을 했는데, 어떻게 나를 불쌍하게 여기겠어?"

"브로클허스트 씨는 신이 아니야. 존경받는 위대한 사람도 아니고. 여기선 아무도 그 사람을 좋아하지 않아. 남의 호감을 살 만한 일을 하는 법이 없으니까. 오히려 그 사람이 너를 유달리 아꼈다면, 공공연하게든 암암리에든 사방에 적이 생겼겠지. 하지만 상황이 이러니까, 대다수가 할 수만 있다면 너를 위로하려 들 거야. 하루 이틀 정도는 선생님들이나 학생들이 좀 차갑게 대하는 것처럼 보이겠지만, 그 속에는 다정한 마음들이 숨겨져 있어. 그러니 네가 꾹 참으면서 잘해나가면, 머지않아 잠시 억눌렸던 마음들이 더 확실하게 드러날 거야. 그리고, 제인…." 헬렌이 말을 멈췄다.

"왜, 헬렌?" 나는 헬렌에게 손을 잡힌 채 말했다. 헬렌이 내 손을 녹여주려 두 손으로 가볍게 비비며 말을 이었다.

"설사 세상 사람들이 모두 널 나쁜 아이라 생각하고 미워해도, 네 양심이 널 정당하다고 인정하고 죄를 용서한다면, 친구가 없는 건 아닐 거야."

"아니야. 나도 날 좋게 생각해야 한다는 건 알아. 하지만 그걸로는 충분하지 않아. 다른 사람들이 나를 사랑해주지 않는다면 차라리 죽는 편이 나아. 헬렌, 나는 외톨이로 미움받는 건 견딜 수 없어. 이걸 봐, 너한테서, 아니면 템플 선생님이나 내가 정말로 사랑하는 다른 누구한테서 조금이라도 진짜 애정을 얻을 수 있다면, 난 팔이 부러지거나 황소에게 받히거나 발길질하는 말 뒤에 서서 발굽에 가슴을 차인대도 아무렇지 않아."

"쉿, 제인! 넌 인간의 사랑을 너무 대단하게 생각해. 넌 너무 충동적이고, 너무 격렬해. 네 형상을 빚으시고 생명을 불어넣으신 주님은 너에게 그 연약한 육체 말고도, 또는 너처럼 연약한 피조물들 말고도 다른 자원들을 주셨어. 이 지구와 인류 외에, 눈에 보이지 않는 세계와 영혼의 왕국이 있어. 그 세계는 우리 주변에 있어, 그 세계는 어디에나 있으니까. 그리고 그 영혼들이 우리를 보호하는 임무를 맡아서 우리를 지켜보고 있어. 그리고 우리가 고통과 치욕 속에서 죽어가더라도, 경멸이 사방에서 우리를 치고, 증오가 우리를 짓눌러도, 천사들은 우리의 고통을 이해하고 우리의 결백을 알아주셔. 우리가 결백하다면 말이야. 브로클허스트 씨가 젠체하면서 리드 부인에게서 들은 고대로 덮어씌운 그 혐의가 거짓이라는 걸, 네가 결백하다는 걸 내가 알 듯이 말이야. 왜냐하면 나는 네 열렬한 눈과 맑은 얼굴에서 성실한 성정을 읽으니까. 그리고 하느님은 우리에게 후한 상을 내려주시려고 영혼이 육신과 분리되기만을 기다리시지. 자, 그러면, 우리가 비탄에 빠질 이유가 있을까? 생은 너무나 빨리 끝나고, 죽음은 행복으로, 영광으로 통하는 문이라는 게 이처럼 확실한데?"

나는 잠잠해졌다. 헬렌이 나를 진정시켰다. 그러나 헬렌이 나눠준 평온함에는 뭐라 말할 수 없는 슬픔이 깃들어 있었다. 그 애가 말할 때 비애의 느낌을 받았지만, 그게 어디서 오는지는 짚어낼 수 없었다. 말을 마친 헬렌이 숨을 약간 가쁘게 쉬면서 잔기침을 하자, 나는 그 애에 관한 막연한 불안감에 잠시 내 슬픔을 잊고 말았다.

나는 헬렌의 어깨에 머리를 기대고 두 팔로 허리를 껴안았다. 헬렌도 나를 꼭 끌어안아, 우리는 잠시 아무 말 없이 서로 기대고 있었다. 그러나 누가 들어오는 바람에 그렇게 오래 있지는 못했다. 점점 거세지는 바람이 무겁게 드리웠던 구름을 몰아가고, 하늘에는 달만 휘영청 떴다. 가까운 창문으로 쏟아져 들어온 달빛이 우리 둘과 다가오는 사람의 형체를 환히 비추었다. 언뜻 보아도 템플 선생님이었다.

"제인 에어, 널 찾으러 왔어." 선생님이 말했다. "내 방으로 가자. 헬렌 번스도 같이 있으니, 같이 가도 좋아."

우리는 교장 선생님을 따라갔다. 그 방으로 가려면 복잡하게 얽힌 복도를 몇 개나 지나서 층계를 올라가야 했다. 난롯불이 활활 타는 방은 쾌적해 보였다. 템플 선생님은 헬렌 번스에게 난롯가에 놓인 낮은 안락의자를 권한 다음, 다른 의자에 앉아 나를 곁으로 불렀다.

"다 울었어?" 선생님이 내 얼굴을 살피며 말했다. "슬픔이 사라질 때까지 실컷 울었어?"

"도저히 그렇게 안 될 것 같아요."

"왜?"

"억울하게 누명을 썼으니까요. 이제 선생님도, 다른 사람들도 다, 저를 나쁜 애라 생각할 거예요."

"애야, 우리는 네가 어떻게 하느냐에 따라 생각할 거야. 계속해서 착한 아이가 되도록 해, 그러면 우리에겐 충분한 답이 될 거야."

"제가 그럴 수 있을까요, 선생님?"

"그럼." 선생님이 나를 안아주었다. "그럼 이제 브로클허스트 씨가 네 후원자라고 했던 부인이 어떤 분인지 얘기해줄래?"

"리드 부인, 제 외숙모예요. 외삼촌은 돌아가셨는데, 외삼촌이 저를 리드 부인에게 맡기셨어요."

"그럼 그 부인이 자청해서 너를 맡은 게 아니야?"

"네, 선생님. 외숙모는 탐탁지 않아 하셨어요. 하지만 외삼촌께서, 하인들이 하는 말로는, 돌아가시기 전에 리드 부인에게 저를 평생 거두겠다고 약속하게 하셨대요."

"자 그럼, 제인, 너도 알겠지만, 몰랐더라도 어쨌든, 범죄자로 몰린 사람에게는 자신을 변호하는 말을 할 기회도 주어지는 법이란다. 넌 거짓말쟁이로 몰렸어. 나에게 자신을 최대한 잘 변호해봐. 네가 사실이라고 기억하는 건 뭐든 얘기해도 좋아. 하지만 아무것도 보태거나 과장해서는 안 돼."

나는 가장 공정하게, 가장 정확하게 얘기하리라 가슴속 깊이 다짐하며, 몇 분간 할 얘기를 속으로 조리 있게 정리한 다음, 내 슬픈 어린 시절 이야기를 몽땅 선생님에게 털어놓았다. 감정을 있는 대로 다 써버린 후라, 내 어조는 그 슬픈 주제를 자세히 늘어놓을 때면 대체로 그랬던 것보다 훨씬 차분했다. 그리고 너무 쉽게 분개한다는 헬렌의 주의를 염두에 두었기 때문에, 나는 평소보다 줄거리에 원통한 감정을 덜 섞었다. 그래서 절제되고 간소화된 이야기는 훨씬 믿음직하게 들렸다. 말을 하면서도 템플 선생님이 내 말을 완전히 믿고 있다는 것이 느껴졌다.

얘기를 하는 중에 기절한 나를 진찰하러 오신 로이드 씨 얘기가 나왔다. 나로서는 그 끔찍한 붉은 방 사건을 절대 잊을 수 없으니까. 그 사건을 세세히 얘기하는 사이에 내가 어느 정도 과하게 흥분한 것은 사실이었다. 리드 부인이 용서해달라고 미친 듯이 빌며 애원하는 내 말은 들은 체도 않고 그 캄캄하고 유령 나오는 방에 나를 다시 가두었을 때, 가슴에 사무치던 그 찢어질 듯한 고통의 기억은 무엇으로도 누그러질 수 없기 때문이었다.

나는 이야기를 마쳤다. 템플 선생님은 한동안 아무 말 없이 나를 바라보다가 이윽고 입을 열었다.

"로이드 씨라면 나도 좀 알아. 그분에게 편지를 보내야겠어. 그분의 답장이 네 말과 일치한다면, 넌 공식적으로 모든 누명을 벗게 될 거야. 그리고 제인, 나한테 넌 지금도 결백해."

템플 선생님이 내 뺨에 입을 맞추고는 여전히 나를 곁에 둔 채(나는 거기 서 있는 것이 무척 마음에 들었는데, 선생님의 얼굴과 옷과 두어 가지 장신구와 하얀 앞이마와 둥글둥글 만 반짝이는 고수머리와 빛나는 검은 눈을 보면서 어린애다운 기쁨을 느꼈기 때문이었다), 헬렌 번스에게 말을 걸었다.

"오늘 밤은 좀 어떠니, 헬렌? 오늘도 기침이 많이 났어?"

"아주 심하지는 않았던 거 같아요, 선생님."

"가슴 쪽이 아픈 건?"

"조금 나아졌어요."

템플 선생님이 자리에서 일어나 헬렌의 손목을 잡고 맥을 살폈다. 그러고는 다시 자리로 돌아와 앉는데, 나지막한 한숨 소리가 들렸다. 선생님은 잠시 생각에 잠긴 듯하더니, 이내 정신을 가다듬으며 쾌활하게 말했다.

"어쨌든 오늘 밤 너희는 내 손님들이야. 마땅히 손님 대접을 해야겠지." 선생님이 종을 울렸다.

종소리를 듣고 온 하인에게 선생님이 말했다. "바바라, 난 아직 차를 못 마셨어. 차 쟁반을 가져오고, 이 두 아가씨가 쓸 찻잔도 챙겨 줘."

곧 쟁반이 들어왔다. 난롯가의 자그마한 둥근 탁자에 놓인 도자기 찻잔과 환한 찻주전자가 내 눈에는 얼마나 아름다워 보이던지! 차가 뿜어내는 김과 토스트 냄새는 또 얼마나 향기롭던지! 하지만 슬슬 배가 고프기 시작하던 참이라 실망스럽게도, 토스트의 양이 너무 적었다. 템플 선생님도 그걸 알아차렸다.

"바바라, 버터 바른 빵을 좀 더 갖다줄 수 없을까? 세 사람 몫으론 부족해."

바바라가 나갔다가 곧 돌아왔다.

"아씨, 하든 부인이 평소 분량대로 드렸다고 하는데요."

하든 부인은 가사 관리인이었는데, 평을 하자면, 마음 씀씀이가 브로클허스트 씨와 똑같은, 고래수염과 쇳덩이를 반반 섞은 것 같은 여자였다.

"아, 알았어!" 템플 선생님이 대꾸했다. "이걸로 어떻게든 해볼게, 바라라." 어린 하녀가 나가자 선생님이 싱긋 웃으며 덧붙였다. "다행히, 이번만큼은 내 힘으로 모자라는 걸 보충할 수 있지."

선생님은 헬렌과 나를 탁자에 다가앉으라고 권하고는 각자의 앞에 홍차 한 잔과 맛있지만 얇은 토스트 한 조각씩을 놓아주었다. 그러고는 일어나 서랍의 자물쇠를 열고 종이로 싸인 꾸러미를 꺼내더니, 이윽고 우리 앞에 큼지막한 씨앗 케이크를 내놓았다.

"너희들 갈 때 조금씩 싸주려고 했는데, 토스트가 너무 적어서 지금 먹어야겠다." 선생님은 이렇게 말하고 케이크를 큼직큼직하게 잘랐다.

그날 밤 우리는 신들의 음료와 음식으로 성찬을 즐겼다. 맛있는 음식을 아낌없이 내어준 뒤 굶주린 배를 채우는 우리를 바라보는 주인의 만족스러운 미소도 그 즐거움에 이바지하는 몫이 적지 않았다. 차를 다 마시고 쟁반을 물리자, 선생님은 우리를 다시 난로 앞에 불러 앉혔다. 우리를 양쪽에 앉히고 나서 선생님은 헬렌과 이야기를 나누기 시작했는데, 그 대화를 들을 수 있었던 건 정말이지 특혜라 할 만했다.

템플 선생님에게는 늘 뭔가 고요한 분위기와 위엄있는 태도와 세련되고 교양 있는 말투가 있어서, 상대방이 열을 올리거나 흥분하거나 초조해지는 일이 없도록, 또 그때 내가 그랬듯이 선생님의 모습을 바라보고 선생님의 말씀을 듣는 사람들의 기쁨을 외경심이 억누르는 일이 없도록 막아주었다. 하지만 헬렌 번스에 관해서라면, 나는 정말 깜짝 놀랐다.

기운을 돋우는 음식과 활활 타오르는 난롯불, 다정하게 곁에 있는 사모하는 선생님이, 아니, 그보다는 아마 그 애의 특별한 마음속에 있는 무언가가 활력을 북돋운 것이리라. 활력이 깨어나 불타올랐다. 먼저 여태 창백하고 핏기 없던 그 아이의 뺨이 나로서는 본 적이 없는 선명한 홍조로 달아올랐고, 그러고는 갑자기 그 눈이 템플 선생님의 눈보다도 뛰어난 아름다움을, 섬세한 색이나 긴 속눈썹이나 연필로 그린 눈썹의 아름다움이 아니라 의미의, 움직임의, 광휘의 아름다움을 띠며 촉촉한 광택을 발하면서 빛났다. 그러고는 그 아이의 영혼이 그 입술에 앉았고, 나로서는 알 수 없는 곳에서부터 말이 흘러나왔다. 열네 살짜리 여자애의 심장은 끊임없이 솟아오르는 순수하고 완전하고 열정적인 웅변의 샘을 품을 만큼 크고 강건한가? 내게는 그 기념할 만한 밤에 헬렌이 한 이야기들이 그런 인상을 주었다. 그 애의 영혼은 마치 보통 사람들이 일생을 거쳐 살

아닐 많은 것들을 아주 짧은 시간 안에 살아버리려고 서두르는 것 같았다.

두 사람은 내가 들어본 적도 없는 것들을 이야기했다. 과거의 민족들과 그 시대를, 아주 먼 나라들을, 발견되었거나 추측되는 자연의 비밀들을. 둘은 책 이야기도 했다. 둘은 얼마나 많은 책을 읽었던가! 둘은 얼마나 방대한 지식을 쌓았던가! 그리고 둘은 프랑스어 이름들과 프랑스 작가들도 아주 잘 아는 것 같았다. 템플 선생님이 헬렌에게 아버지한테서 배운 라틴어를 잊지 않게 복습할 짬이 있었냐고 물으면서 책장에서 책 한 권을 꺼내 베르길리우스의 시 한 구절을 읽고 해석해보라고 했을 때, 나의 경탄은 절정에 달했다. 헬렌은 시키는 대로 했고, 그 애가 한 줄 한 줄 읽고 해석할 때마다 숭배하는 내 마음은 더욱 커질 따름이었다. 헬렌이 다 마치기도 전에 취침 시간을 알리는 종이 울렸다. 지각은 허용되지 않았다. 템플 선생님은 우리를 품에 꼭 껴안으며 말했다.

"나의 아이들에게 신의 가호가 있기를!"

템플 선생님은 나보다 헬렌을 조금 더 오래 껴안았고, 아쉬워하며 마지못해 보냈다. 선생님의 시선이 문간까지 헬렌을 쫓았다. 선생님이 두 번째로 서글픈 한숨을 내쉰 것도 헬렌 때문이었고, 뺨에 흐르는 눈물을 닦은 것도 헬렌 때문이었다.

침실에 도착하자 스캐처드 선생의 목소리가 들렸다. 서랍을 검사하는 중이었다. 선생은 막 헬렌 번스의 서랍을 연 참이었고, 헬렌 번스는 침실로 들어가자마자 날카로운 꾸중과 함께 깔끔하게 정리해놓지 않은 잡동사니 대여섯 개를 내일 어깨에다 주렁주렁 달아놓겠다는 엄포를 들었다.

"내 물건들은 정말 창피할 정도로 뒤죽박죽이야." 헬렌이 나지막하게 속삭였다. "정리하려고 했는데, 잊어버렸어."

다음 날 아침, 스캐처드 선생이 두꺼운 종이에 화려한 글씨체로 '게으름뱅이'라고 써서 헬렌의 넓고 온화하고 지혜롭고 상냥해 보이는 이마에 성구함[21]처럼 둘러주었다. 헬렌은 그걸 당연히 받아야 할 벌이라 여기며 묵묵히, 아무 원망도 없이 저녁때까지 달고 있었다. 오후 수업이 끝나고 스캐처드 선생이 나가자마자 나는 헬렌에게 달려가 그걸 잡아채 난롯불에 던져버렸다. 헬렌은 전혀 느끼지 않은 분노가 온종일 내 영혼을 불태웠고, 눈물이, 뜨겁고 굵은 눈물이 끊임없이 내 뺨을 적셨다. 체념한 헬렌의 슬픈 모습이 내 가슴에 참을 수 없는 고통을 안겼기 때문이었다.

이런 사건들이 있은 지 일주일쯤 지나, 로이드 씨에게 편지를 낸 템플 선생님이 답장을 받았다. 로이드 씨의 얘기가 내 말과 일치했던 것 같다. 템플 선생님이 전교생을 모아놓고 제인 에어에게 제기된 혐의를 조사한 결과, 대단히 기쁘게도 모든 누명을 완전히 벗게 되었다고 발표했다. 그러자 다른 선생님들이 내 손을 잡고 뺨에 입을 맞추어주었고, 줄지어 선 학생들 사이로 기쁨의 속삭임이 퍼져갔다.

그렇게 해서 고통스러운 짐을 벗게 된 나는 어떠한 어려움이 있더라도 내 길을 개척해나가겠노라고 결심하고 그 순간부터 새로운 마음으로 공부에 매진했다. 나는 열심히 했고, 노력한 만큼 성공이

---

21 성구함聖句函(Phylactery)은 유대교에서 아침 기도 시에 쓰는 성물로, 구약 성서의 구절을 기록한 양피지 또는 그 양피지를 넣은 두 개의 작은 상자를 말하며 가죽띠를 달아 이마나 팔에 두른다.

따랐다. 별 볼 일 없이 타고난 기억력도 단련할수록 나아졌고, 이해력도 연습할수록 예리해졌다. 몇 주 만에 나는 상급반으로 진급했고, 두 달도 못 되어 프랑스어와 그림 공부를 시작해도 된다는 허락을 받았다. 나는 동사 être('이다' 또는 '있다'를 뜻하는 프랑스어 동사)의 현재와 과거 시제를 배웠고, 같은 날에 처음으로 작은 시골집을 스케치했다. (말이 났으니 말이지만, 벽이 죄다 피사의 사탑보다 더 기울어진 그림이었다.) 그날 밤 잠자리에 들 때는 위장의 갈망을 달래기 위해 늘 준비해두는 뜨거운 구운 감자나 흰 빵과 신선한 우유가 나오는 상상 속의 만찬을 깜박 잊었다. 대신에 어둠 속에서 상상 속 그림들을 실컷 즐겼다. 모두 내가 그린, 연필로 자유롭게 그린 집과 나무, 제멋대로 생긴 바위와 폐허, 코이프[22] 풍의 소 떼들, 아직 피지 않은 장미꽃 위에서 너울대는 나비와 잘 익은 버찌를 쪼는 새, 어린 담쟁이덩굴 가지 속에 숨은, 진주 같은 알들이 담긴 굴뚝새 둥지를 그린 사랑스러운 그림들이었다. 또 나는 속으로 그날 마담 피에로가 보여준 짧은 프랑스어 소설을 술술 번역할 수 있게 되는 날이 올까도 생각했다. 그러나 그 문제를 만족스럽게 풀기도 전에 곤히 잠들어버렸다.

솔로몬이 말했다. "사랑이 있는 곳의 풀 밥상이 증오 섞인 고기 만찬보다 낫다."

나는 이제 궁핍하기 짝이 없는 로우드 생활을 사치스러운 게이츠헤드 생활과도 바꾸지 않을 작정이었다.

---

22 알베르트 코이프Aelbert Cuyp(1620~1691)는 네덜란드 황금기의 주요 화가로서 풍경화를 즐겨 그렸다.

9장

그러나 로우드에서의 어려운, 아니 곤란한 생활은 점차 나아졌다. 봄이 다가왔다. 사실은 이미 와 있었다. 겨울 서리도 더는 내리지 않았고, 눈도 녹아버렸으며, 살을 에는 듯하던 바람도 누그러졌다. 일월의 혹한으로 절룩거릴 정도로 퉁퉁 붓고 껍질이 벗겨지던 내 비참한 발은 부드러운 사월의 숨결 아래 차츰 가라앉고 나아갔다. 밤이나 새벽도 더는 그 캐나다에서나 볼 수 있을 듯한 온도로 우리 혈관 속의 피를 얼리지 않았고, 이제는 정원에서 보내는 놀이 시간마저도 견딜 만했다. 때로 햇볕이 좋은 날에는 쾌적하고 따스한 느낌마저 들기 시작했고, 누렇던 화단을 뒤덮으며 자라는 녹색 것들이 나날이 싱그러워져서, 밤마다 희망의 여신이 들렀다 아침마다 더 환한 발자취를 남기고 가는 게 아닌가 싶을 정도였다. 스노드롭, 크로커스, 자주 프리뮬러, 노란 팬지 등, 잎들 사이로 꽃이 고개를 내밀었다. 이제 우리는 반휴일인 목요일 오후마다 산책하러 나가 길가와 산울타리 밑에서 더 아름다운 꽃들을 만났다.

나는 또 우리 정원을 둘러싼 위에 대못을 박은 높은 담만 벗어나면 사방에 커다란 즐거움이, 오직 지평선만이 제한할 수 있는 기쁨이 널려 있다는 사실을 알게 되었다. 푸름과 그늘이 풍성하게 깔린 넓은 분지를 둘러싼 고고한 산봉우리들의 모습과 검은 돌멩이와 반짝이는 소용돌이가 가득한 빛나는 개울이 주는 기쁨이었다. 강철 같은 겨울 하늘 밑에 눈의 수의를 입고 서리를 덮어쓴 채 얼어붙어 있을 때는 얼마나 다른 풍경이었던가! 죽음처럼 차가운 안개가 동풍이 부는 대로 그 자줏빛 산봉우리들을 따라 서성거리다가 물가 저지대까지 굴러떨어져 마침내 개울이 내뿜는 얼어붙은 안개에 섞여들 때는 또 어땠는가! 개울 자체는 거침없이 쏟아져 내리는 탁한 격류였다. 그 개울이 비바람이나 몰아치는 진눈깨비로 가득한 대기에 한층 깊어지는 천둥소리를 내뿜으며 숲을 가로질렀다. 그리고 개울 양쪽 기슭에 선 숲으로 말하자면, 줄줄이 늘어선 뼈다귀들로밖에 보이지 않았다.

사월이 오월로 이어졌다. 그야말로 오월이었다. 푸른 하늘과 평온한 햇살, 부드러운 서풍과 이따금 몰아치는 남풍의 나날이 오월 내내 계속되었다. 이제는 초목이 무성해졌다. 로우드는 땋았던 머리채를 온통 풀어헤쳤다. 사방이 초록으로 변하고, 천지가 꽃밭이었다. 거대한 뼈다귀 같던 느릅나무와 물푸레나무, 참나무가 저마다 웅장한 모습을 되찾았다. 쉬고 있던 숲의 식물들도 남김없이 잠에서 깨어났다. 셀 수 없이 많은 종류의 이끼가 골짜기들을 뒤덮고, 지천으로 핀 야생 앵초들은 땅에 고인 기묘한 햇살 같았다. 담황색 앵초가 그늘진 곳에 점점이 흩어져 세상에서 가장 달콤한 광택처럼 어스름하게 빛났다. 나는 이 모든 것을 자주, 자유로이, 아무 감시하는 이 없이, 거의 혼자서 흡족하게 즐겼다. 이 흔치 않은 자유와 기쁨에는 이유가 있었다. 이제 그 이유를 이야기해야겠다.

산과 숲에 둘러싸인 개울가라고 하면 사람이 살기 좋은 곳처럼 들리지 않는가? 확실히 살기 좋긴 할 것이다. 하지만 건강에 좋은지 아닌지는 또 다른 문제다.

로우드 학교가 위치한 숲속의 작은 골짜기는 안개와 안개가 키우는 전염병의 요람이었다. 그 전염병이 만물이 소생하는 봄을 맞아 되살아나 이 고아원으로 기어들었고, 여럿이 모이는 교실과 기숙사에 발진티푸스를 불어넣는 바람에 오월이 되기도 전에 학교가 통째로 병원이 되어버렸다.

영양실조와 방치한 감기 탓에 학생 대부분이 전염되기 쉬운 상태였다. 여든 명 중에서 마흔다섯 명이 일시에 병석에 눕고 말았다. 수업은 취소되고, 규칙은 느슨해졌다. 병에 걸리지 않은 건강한 학생들에게는 거의 무제한의 자유가 허용되었다. 의사가 학생들의 건강을 유지하려면 끊임없는 운동이 필요하다고 주장했기 때문이었다. 그렇지 않아도, 학생들을 감시하거나 구속할 여유가 있는 사람이 아무도 없었다. 템플 선생님은 온 신경을 환자들에게 쏟았다. 병실에서 기거하다시피 하며 밤에 몇 시간 눈을 붙일 때를 제외하면 절대 병실을 떠나지 않았다. 다른 선생님들은 다행히 이 전염병 소굴에서 구해줄 여력과 뜻이 있는 가족이나 친지가 있는 학생들을 떠나보내기 위해 짐을 꾸리거나 다른 필요한 준비를 하느라고 여념이 없었다. 그리고 이미 전염된 많은 수의 학생들은 그저 죽기 위해 고향으로 돌아갔다. 몇몇은 학교에서 죽어 은밀하고 신속하게 매장되었다. 병의 성질상 지체할 수 없었기 때문이었다.

그렇게 전염병이 로우드의 주인이 되어 뻔질나게 드나드는 죽음이라는 손님을 맞이하는 동안, 벽으로 둘러싸인 학교 안에는 우울과 공포가 자리 잡아 방과 복도마다 병원 냄새가 진동하였고, 약품과 훈증제가 죽음의 악취를 지워보려 헛되이 애쓰는 동안, 찬란한 오월은 바깥의 깎아지른 산들과 아름다운 숲을 거침없이 환히 비추고 있었다. 로우드의 정원도 꽃들로 찬란했다. 접시꽃이 나무처럼 높이 솟아올랐고, 나리꽃이 봉오리를 열었으며, 튤립과 장미가 꽃을 피웠다. 작은 화단들은 가장자리를 두른 연분홍 아르메리아와 진홍색 겹데이지로 화사했다. 들장미가 아침저녁으로 향신료와 사과를 섞은 듯한 향을 풍겼다. 그러나 그 향기로운 보물들은 이따금 잎과 꽃 한 줌을 관에 넣어 장식할 때 말고는 대다수의 로우드 식구들에게 아무 소용이 없었다.

그러나 나는, 그리고 다행히 건강한 다른 학생들은 이 경관과 계절의 아름다움을 마음껏 즐겼다. 아침부터 밤까지 집시처럼 숲속을 헤매 다녀도 아무도 간섭하지 않았다. 우리는 뭐든 마음대로 하고 마음대로 돌아다녔다. 생활하기도 훨씬 나아졌다. 브로클허스트 씨와 그 가족들은 이제 로우드 근처에 얼씬도 하지 않게 되었고, 학교 행정도 일일이 검토받지 않게 됐으며, 심술 사나운 가사 관리인은 전염될까 두려워 달아나버렸다. 로우튼 진료소의 관리자였던 후임자는 새로운 거처의 운영 방식에 익숙하지 않아서 뭐든 비교적 후하게 내주는 편이었다. 게다가 먹을 입이 크게 줄었다. 환자들이 거의 먹지를 못하기 때문이었다. 아침 식사용 대접에 담기는 양이 많아졌다. 시간에 맞춰 점심 식사를 준비할 여력이 없는 경우도

잦았는데, 그럴 때마다 새 가사 관리인은 큼직한 식은 파이 조각이나 두툼하게 자른 빵과 치즈를 내주었고, 우리는 그걸 들고 숲으로 가서 저마다 제일 좋아하는 자리를 차지하고 앉아 호화스러운 식사를 즐겼다.

내가 제일 좋아하는 자리는 개울 한가운데에 솟은 하얗고 평평한 넓은 바위였는데, 거기에 가려면 물을 건너가는 수밖에 없었다. 나는 맨발로 위업을 달성했다. 바위는 나와 당시에 가장 친했던 여자애 한 명이 편히 앉기에 딱 알맞은 넓이였다. 메리 앤 윌슨이라는 그 친구는 영리하고 주의 깊은 성격으로 같이 지내기 좋은 아이였는데, 재치 있고 기발한 데다 남을 편안하게 해주는 성품을 지녔기 때문이었다. 그 애는 나보다 나이가 몇 살 더 많고 세상 물정도 잘 알아서 흥미로운 얘기들을 많이 들려주었다. 그 애와 있으면 호기심이 충족되었다. 그 애는 이야기를 재미있게 하는 재주가 있었고, 나는 꼬치꼬치 따지고 드는 재주가 있었다. 그 애는 뭔가를 알려주길 좋아했고, 나는 질문하기를 좋아했다. 그래서 우리는 거침없이 함께 어울렸고, 비록 서로의 진보에 큰 도움은 안 됐을지 몰라도, 아주 즐거운 교제를 이어갔다.

그러면 그동안 헬렌 번스는 어디에 있었을까? 왜 나는 달콤한 자유의 나날을 그 애와 함께 보내지 않았을까? 그 애를 잊었을까? 아니면 그 애와의 순수한 사귐에 싫증을 낼 정도로 형편없는 아이였을까? 방금 말한 메리 앤 윌슨과의 교제는 아무래도 내 첫 교제만은 못했다. 메리 앤은 웃기는 얘기들 외에는 할 얘기가 없었고, 어쩌다 내가 관심을 두게 된 신기하고 자극적인 소문들 말고는 서로 주고받을 것이 없었다. 반면에, 사실대로 얘기하자면, 헬렌은 누구든 귀

담아듣는 특혜를 누리는 이들에게 훨씬 고상한 것들을 맛보게 해주는 자질을 지니고 있었다.

독자여, 그건 사실이었다. 나도 그걸 알았고, 또 느꼈다. 그래서 결점투성이에다 장점도 별로 없는 보잘것없는 나였지만, 헬렌 번스에게 싫증을 내는 일 같은 건 절대 없었다. 그리고 그 애에게 그때까지 내 심장을 뛰게 했던 그 어떤 감정보다 더 강력하고 다정하고 정중한 애정의 감정을 품는 일을 한시도 중단한 적이 없었다. 헬렌은 언제 어떤 상황에서도 언짢은 심기를 드러내거나 짜증을 내 나를 곤란하게 만드는 일 한 번 없이 고요하고 충실한 우정을 보여주었다. 그러니 내가 어떻게 그러지 않을 수 있겠는가? 그러나 그때 헬렌은 아팠다. 나로서는 위층의 어느 방이라고밖에 알 수 없는 곳으로 옮겨져, 벌써 몇 주째 보지 못했다. 그 애가 병동으로 쓰이는 구역에 다른 전염병 환자들과 같이 있지 않다는 얘기는 들었다. 그 아이의 병이 티푸스가 아니라 폐결핵이었기 때문이었다. 그리고 무지했던 나는 폐결핵을 시간을 들여 간호하면 틀림없이 낫는 가벼운 병쯤으로 알았다.

한 번인가 두 번, 아주 따뜻하고 화창한 날 오후에, 그 애가 아래층으로 내려와 템플 선생님에게 이끌려 정원으로 나가는 것을 본 뒤로는 그런 생각이 굳어졌다. 하지만 그런 때에도 가서 말을 거는 것은 허용되지 않았다. 나는 그저 교실 창문 너머로, 그마저도 언뜻 보았을 뿐이었다. 그 애가 몸 전체를 꽁꽁 싸맨 데다, 멀리 베란다 지붕 밑에 앉아 있었기 때문이었다.

유월 초순의 어느 날 저녁, 나와 메리 앤은 아주 늦은 시각까지 숲에 있었다. 우리는 여느 때처럼 다른 아이들과 떨어져 멀리까지 돌아다녔다. 너무 멀리까지 돌아다니는 바람에 그만 길을 잃고 숲 속에서 도토리를 먹는 돼지 떼를 반쯤 풀어 키우는 부부의 외딴 오두막집에 들러 길을 물어봐야 했다. 학교로 돌아오고 보니 이미 달도 떠오른 뒤였다. 의사 선생님이 타고 다니는 것이 분명한 조랑말이 정원으로 통하는 문간에 서 있었다. 메리 앤이 이 밤에 베이츠 선생님을 모셔온 걸 보니 누가 많이 아픈 게 틀림없다고 말했다. 메리 앤은 건물 안으로 들어가고, 나는 숲에서 캐 온 한 움큼의 나무뿌리들을 아침까지 뒀다가는 시들지 싶어서 내 화단에 바로 심느라 잠시 남았다. 다 심고 나서도 좀 더 바깥에 머물렀다. 밤이슬이 내려 꽃들이 너무도 달콤한 향을 풍겼다. 참으로 고요하고 따뜻한 기분 좋은 밤이었다. 아직도 밝은 서쪽 하늘이 화창한 내일 날씨를 약속했다. 어두컴한 동쪽 하늘에는 장엄하게 달이 떠올랐다. 그런 것들을 눈여겨보며 어린애다운 기쁨을 누리고 있는데, 전에 없던 생각이 불쑥 떠올랐다.

'지금 병석에 누워 죽음의 고비를 겪고 있다면 얼마나 슬플까! 세상이 이렇게 아름다운데, 여기서 불려 나가 어딘지 모를 곳으로 가야 한다면 얼마나 쓸쓸할까?'

그때 나는 처음으로 그간 들어온 천국과 지옥에 관한 얘기들을 이해하려고 진지하게 애를 썼다. 나의 마음은 처음으로 당황하여 움찔거리며 움츠러들었다. 그리고 처음으로 뒤를, 양옆을, 앞을 곁눈질하며 사방을 둘러싼 깊이를 알 수 없는 심연을 보았다. 나의 마음은 자신이 서 있는 한 지점, 현재를 느꼈다. 다른 모든 것들은 형체 없는 연기였고 텅 빈 공허였다. 자칫 발을 헛디뎌 그 혼돈 속으로 떨어지면 어쩌나 하는 생각에 몸서리를 쳤다. 이런 낯선 생각에 잠겨 있는데, 현관문 열리는 소리가 들렸다. 베이츠 선생님이 나왔고, 간호사가 따라 나왔다. 나는 조랑말을 타고 떠나는 베이츠 선생님을 배웅한 뒤에 막 문을 닫고 들어가려는 간호사에게 뛰어갔다.

"헬렌 번스는 어때요?"

"아주 안 좋아."

"베이츠 선생님이 헬렌을 보러 오신 거예요?"

"응."

"그럼 헬렌에 대해서 뭐라고 하셨어요?"

"여기 오래 있지 못할 거라고 하셨어."

그 말을 전날쯤에 들었더라면, 헬렌이 고향인 노섬벌랜드로 갈 참이라고만 이해했을 것이다. 헬렌이 죽어가고 있다는 뜻이라고는 상상도 못 했을 것이다. 하지만 그때의 나는 곧바로 알아들었다. 헬렌 번스가 이 세상에서의 마지막 날들을 세고 있다는 사실, 그리고 그 애가 영혼의 나라로, 그런 나라가 있다면 말이지만, 끌려가리라는 사실이 머릿속에 선명하게 새겨졌다. 나는 엄습하는 공포를 느꼈고, 이내 강한 슬픔에 전율했다. 그러고는 한 가지 바람, 꼭 그 애를 만나야 한다는 긴급한 바람이 생겼다. 나는 그 애가 어느 방에 있는지 물었다.

"그 애는 템플 선생님 방에 있어."

"헬렌을 보러 가도 돼요?"

"아, 얘야, 안 돼! 그건 안 될 거야. 그리고 넌 이제 들어가야 할 시간이야. 밖에서 이슬을 맞고 있다가는 티푸스에 걸려."

간호사가 현관문을 닫았다. 나는 교실로 통하는 옆문으로 들어갔다. 시간을 딱 맞췄다. 아홉 시였다. 밀러 선생님이 학생들에게 침대에 들라고 지시하는 중이었다.

두 시간이나 지났을까, 아마 열한 시쯤 되었을 것이다. 잠을 이룰 수 없었던 나는 기숙사 안이 완전히 고요해지자 다들 깊이 잠들었다고 생각하고 살며시 일어나 잠옷 위에 겉옷을 걸치고 신발도 없이 침실을 빠져나와 템플 선생님의 방을 찾아 나섰다. 그 방은 거의 건물의 반대쪽 끝에 있었다. 하지만 나는 가는 길을 알았고, 복도 창문 여기저기에서 들어오는 구름 없는 여름밤의 달빛 덕분에 어려움 없이 길을 찾을 수 있었다. 티푸스 병실에 가까워지자 경고하듯이 장뇌와 초산 태운 냄새가 풍겨왔다. 나는 야간 근무를 하는 간호사가 내 발소리라도 들을세라 황급히 병실 문을 지나쳤다. 들켜서 기숙사 침실로 돌아가게 될까 봐 두려웠다. 헬렌을 꼭 만나야 했기 때문이었다. 헬렌이 죽기 전에 꼭 안아줘야 했기 때문이었다. 마지막으로 입을 맞추고, 마지막으로 얘기를 주고받아야 했기 때문이었다.

층계를 내려가 건물 아래층을 한참 지난 다음, 아무 소리도 내지 않고 문 두 개를 여닫는 데 성공하자 또 다른 층계가 나타났다. 나는 층계를 올랐다. 정면에 템플 선생님의 방이 나타났다. 열쇠 구멍과 문 밑 틈새로 불빛이 새 나왔다. 사방은 깊은 적막뿐이었다. 가까이 다가가 보니 문이 살짝 열려 있었다. 아마도 꽉 막힌 병실에 신선한 공기를 들이기 위해서이리라. 주저하고 싶지 않았던, 조급한 충동으로 몸과 영혼이 모두 찌르는 듯한 고통에 떨고 있던 나는 문을 열고 안을 들여다보았다. 눈으로 헬렌을 찾아 헤매면서도 시체를 보게 되면 어쩌나 싶어 두려움에 떨었다.

템플 선생님의 침대 근처에 하얀 커튼으로 반쯤 가려진 작은 침대가 있었다. 이불을 덮고 누운 사람의 윤곽이 보였지만 얼굴은 장막에 가려 보이지 않았다. 정원에서 얘기를 나눴던 간호사가 안락의자에 앉아 졸고 있었다. 탁자에 놓인 심지를 자르지 않은 양초 한 자루가 어둑한 빛을 발했다. 템플 선생님의 모습은 보이지 않았다. 나중에 안 일이지만, 헛소리를 하는 환자 때문에 티푸스 병동으로 불려 간 참이었다. 나는 안으로 들어섰다. 그러고는 작은 침대로 다가갔다. 커튼을 잡았지만, 들추기 전에 말을 걸고 싶었다. 시체를 볼까 싶은 두려움에 여전히 주춤거렸다.

"헬렌!" 나는 나직이 속삭였다. "자?"

헬렌이 몸을 일으켜 커튼을 걷었다. 창백하고 수척하지만 아주 침착한 얼굴이 보였다. 달라진 것이 거의 없어 보여서, 보자마자 두려움이 사라졌다.

"제인, 어떻게 여기까지?" 헬렌이 특유의 다정한 목소리로 물었다.

나는 생각했다. '아, 헬렌은 죽지 않아. 사람들이 착각한 거야. 그렇지 않다면, 이렇게 침착하게 보고 말할 리가 없지.'

나는 침대로 다가가 헬렌에게 입을 맞췄다. 이마가 싸늘했고, 뺨도 싸늘한 데다 핼쑥했다. 손도 그랬고, 손목도 그랬다. 하지만 헬렌은 예전과 똑같이 미소 짓고 있었다.

"제인, 왜 왔어? 열한 시가 넘었는데. 조금 전에 시계 종 치는 소리가 들렸어."

"널 보러 왔어, 헬렌. 많이 아프다는 말을 들었어. 널 보기 전에는 잠을 못 잘 거 같았어."

"그럼, 나한테 작별 인사를 하러 온 거구나. 마침 때맞추어 잘 왔어."

"어디 가, 헬렌? 집에 가?"

"응, 내 오랜 집, 마지막 집으로."

"안 돼, 안 돼, 헬렌!" 나는 슬픔에 목이 메어 말을 잇지 못했다. 내가 눈물을 삼키느라 애쓰는 사이에 발작적인 기침이 그 애를 엄습했다. 그러나 간호사가 깨지는 않았다. 기침이 가라앉자 헬렌은 지친 듯이 한동안 가만히 누워 있었다. 그러다가 나지막이 속삭였다.

"제인, 너 맨발이구나. 침대로 올라와서 이불을 덮어."

나는 그 말을 따랐다. 헬렌이 한 팔을 둘러 나를 안았고, 나도 바짝 달라붙었다. 긴 침묵이 지난 뒤에 헬렌이 여전히 속삭이며 말했다.

"난 정말 행복해, 제인. 그러니 내가 죽었다는 소릴 들어도, 넌 내 말을 믿고 절대 슬퍼해선 안 돼. 슬퍼할 건 아무것도 없어. 우리는 다 언젠가는 죽어야 하고, 나를 데려가는 이 병은 고통스럽지 않으니까. 상냥하고 느리지. 나는 편안해. 내가 가도 크게 슬퍼할 사람은 없어. 내겐 아버지뿐인데, 최근에 재혼하셨으니, 내가 없어도 섭섭해하지 않으실 거야. 난 어려서 죽는 거니까, 큰 고생을 모면하는 셈이지. 나한테는 이 세상을 잘 헤쳐나갈 만한 자질이나 재능이 없어. 계속 어찌할 바를 몰랐을 거야."

"하지만 헬렌, 어디로 가? 넌 보여? 어디인지 알아?"

"난 믿어. 내겐 믿음이 있어. 난 하느님께로 가."

"하느님은 어디에 있어? 하느님이란 어떤 분이야?"

"나를 만드시고 너를 만드신 분이지. 그분은 절대로 당신이 만드신 것을 파괴하지 않으셔. 나는 그분의 권능에 오롯이 의지하고, 그분의 선하심을 전적으로 믿어. 난 그분에게 돌아가는 순간을, 그분이 내게 모습을 보이실 그 중대한 순간을 시시각각 고대하고 있어."

"그럼 헬렌, 넌 천당이란 곳이 있어서 우리가 죽으면 영혼이 거기로 간다고 확신해?"

"어떤 미래의 상태가 있는 것은 확실해. 난 하느님의 선하심을 믿으니까. 아무 걱정 없이 내 불멸하는 부분을 그분께 맡길 수 있어. 하느님은 나의 아버지이시고 나의 친구이셔. 난 하느님을 사랑해. 하느님께서도 날 사랑하신다고 믿어."

"그럼 널 다시 만날 수 있을까, 헬렌, 내가 죽으면?"

"친애하는 제인, 너도 그 행복의 나라로 올 거야. 그 전능한 분께서, 모든 사람의 아버이께서 널 받아주실 거야, 틀림없이."

나는 또 질문을 했지만, 이번에는 속으로만 물었다. '그곳은 어디에 있어? 정말로 있어?' 그러고는 헬렌을 더욱 꼭 껴안았다. 헬렌이 그 어느 때보다 소중하게 느껴졌다. 도저히 그 애를 놓아줄 수 없을 듯한 기분이어서, 나는 그 애의 목덜미에 얼굴을 묻었다. 그러자 헬렌이 더없이 다정한 어조로 말했다.

"아 어쩜 이렇게 기분이 좋을까! 아까 그 기침 때문에 좀 지치긴 했어. 잠이 오는 것 같아. 하지만 제인, 날 두고 가지 마. 네가 옆에 있어주면 좋겠어."

"난 너랑 있을 거야, 친애하는 헬렌. 아무도 날 떼놓지 못해."

"따뜻하니, 제인?"

"응."

"잘 자, 제인."

"잘 자, 헬렌."

헬렌은 나에게, 나는 헬렌에게 입을 맞추었다. 우리는 곧 잠이 들었다.

눈을 떴을 때는 아침이었고, 몸이 이상하게 흔들렸다. 나는 고개를 들었다. 누군가의 품에 안겨 있었다. 간호사가 나를 안고 기숙사로 가는 복도를 걷고 있었다. 몰래 나간 일로 꾸중을 듣지는 않았다. 다들 뭔가 다른 생각을 하는 듯했다. 열심히 물어보아도 아무도 설명해주지 않았다. 하지만 이삼일 뒤에, 새벽녘에 자기 방으로 돌아온 템플 선생님이 내가 작은 침대에 누워 있는 것을 발견했다는 얘기를 들었다. 나는 헬렌 번스의 목덜미에 얼굴을 묻고 두 팔로 헬렌 번스의 목을 끌어안고 있었다. 나는 자고 있었고, 헬렌은… 죽어 있었다.

헬렌의 무덤은 브로클브리지 성당 묘지에 있다. 그 애가 죽고 나서 십오 년 동안은 풀이 무성한 흙무덤에 불과했으나, 지금은 그 애의 이름과 '나는 부활하리라'라는 글귀가 새겨진 대리석 묘비가 무덤의 위치를 알려주고 있다.

10장

지금까지 내 보잘것없는 생애의 첫 십 년간 일어난 사건들을 거의 그만큼의 장을 써가며 미주알고주알 기록했다. 하지만 이 책이 통상적인 자서전이 되지는 않을 것이다. 나는 어느 정도 흥미로운 반응이 있을 만한 기억만 불러낼 작정이니까. 그래서 이제 팔 년의 세월을 조용히 건너뛰려 한다. 전후 사정을 잇기에는 몇 줄 정도의 언급만으로도 충분하리라.

티푸스는 로우드를 유린하는 임무를 달성하고 서서히 소멸했다. 하지만 그때는 이미 그 맹렬한 독성과 희생자 수가 대중의 이목을 학교로 집중시키고 난 뒤였다. 재앙의 원인에 대한 조사가 진행되었고, 차차 여러 사실이 드러나면서 극심한 공분이 일었다. 건강에 해로운 위치, 아이들이 먹는 음식의 양과 질, 조리할 때 쓰는 찝찔하고 냄새나는 물, 학생들의 비참한 의복 사정과 거주 환경… 이 모든 것들이 밝혀졌고, 그런 발견이, 브로클허스트 씨에게는 원통한 일이지만, 학교에는 유익한 결과를 낳았다.

부유하고 인정 많은 지역 유지 몇 사람이 더 좋은 위치에 더 알맞은 건물을 세울 수 있도록 거금을 기부했다. 새로운 규정들이 만들어지고, 먹는 것과 입는 것이 개선되고, 학교 기금 관리는 위원회에 맡겨졌다. 브로클허스트 씨는 재산과 집안 인맥을 봐서도 무시해서는 안 될 인물이었으므로 계속 재무 관리자 자리에 남았지만 훨씬 마음이 넓고 동정적인 분들의 도움을 받으며 일을 나누어야 했고, 감독관의 임무 역시 상식과 원칙을, 안락과 절약을, 동정과 강직함을 조화시킬 줄 아는 분들과 분담하게 되었다. 그렇게 개선된 학교는 얼마 안 가 정말로 유용하고 당당한 시설이 되었다. 나는 그 개혁 이후 팔 년을 그곳 구성원으로 머물렀다. 학생으로서 육 년, 교사로서 이 년이었다. 그래서 나는 그 학교의 가치와 중요성을 두 가지 자격으로 증언할 수 있다.

여덟 해 동안 생활은 한결같았지만 정체돼 있지 않았으므로 불행하지는 않았다. 손만 뻗으면 닿는 곳에 훌륭한 교육 수단들이 있었다. 특정 학과들에 대한 애착, 모든 학과에서 뛰어나고 싶은 욕망, 그리고 선생님들, 특히 내가 사랑하는 선생님들을 기쁘게 해드릴 때의 더없는 희열이 나를 부추겨댔다. 나는 내게 주어진 이점들을 십분 활용했다. 머지않아 최상급 반에서 최우수 학생이 되었고, 그러고는 교사 직책을 부여받아 이 년 동안 열심히 일했다. 하지만 이 년째 해가 끝날 때쯤, 나는 달라졌다.

그런 변화 속에서도 템플 선생님은 변함없이 교장의 직무를 이어갔다. 내가 얻은 것들에서 가장 좋은 것은 다 그분의 지도 덕분이었다. 그분이 보여주는 우정과 그분과의 교제가 내게는 끊임없는 위안이었다. 그분은 내게 어머니셨고, 가정교사셨고, 근래에 들어서는 동료이기도 했다. 그런 선생님이 그즈음 결혼하여 남편(성직자로서 부인과 비교해 과히 모자라지 않는 훌륭한 사람이었다)과 먼 고장으로 가시는 바람에, 나는 그분을 잃고 말았다.

선생님이 떠나던 날부터 나는 더는 예전의 내가 아니었다. 로우드를 어느 정도 내 집처럼 느끼게 해주었던 안정감이나 소속감도 선생님과 함께 모조리 사라져버렸다. 나는 그새 선생님의 성품을 조금, 그리고 선생님의 습관을 많이 받아들였다. 더 조화로운 생각들, 더 잘 조절되어 보이는 감정들이 내 마음의 구성원이 되었다. 나는 임무와 명령에 충실했다. 나는 평화로웠다. 나는 내가 만족한다고 믿었다. 다른 사람들의 눈에도, 대개는 내 눈에도, 나는 잘 단련된 자제력 있는 사람으로 보였다.

그러나 운명은 네이스미스 신부님의 모습으로 템플 선생님과 나 사이를 갈라놓았다. 결혼식 직후, 나는 여행복 차림으로 역마차에 오르는 템플 선생님을 배웅했고, 마차가 언덕을 올라 고개 너머로 사라질 때까지 지켜보았다. 그러고는 홀로 돌아와 방에 틀어박혔다.

나는 그 행사를 기념하기 위해 반휴일로 지정된 그 날을 대체로 방 안을 서성거리며 보냈다. 나는 내가 상실을 슬퍼하고 있다고만 여겼다. 그걸 어떻게 치유할지 생각하고 있는 줄만 알았다. 긴 생각에 잠겼다 고개를 드니 오후가 이미 지나 밤이 제법 깊은 시각이었다. 또 다른 생각이 떠올랐는데, 내가 그새 어떤 변화의 과정을 겪기라도 한 듯이, 내 마음이 템플 선생님에게서 빌린 것들을 모조리 내던져버린 듯이, 아니 그보다는, 선생님이 가시면서 그 곁에서 숨

쉴 수 있었던 차분한 대기까지 모두 가져가버린 듯이, 이제 나는 타고난 성질로 남아 옛날의 그 감정적 동요를 다시 느끼기 시작했다는 깨달음이었다. 나를 받쳐주던 지주가 아니라 동기 자체가 사라진 것 같았다. 평정을 유지할 힘이 아니라 평정을 유지해야 할 이유를 찾을 수 없었다. 오랫동안 내 세계는 로우드 안이었다. 경험이라야 로우드의 규칙과 체계뿐이었다. 나는 그제야 진짜 세계가 드넓다는 걸, 다양한 희망과 공포의 영역이, 감각과 흥분의 영역이 그 광대함 속으로 나아가 위험 속에서 진짜 삶의 지식을 구하려는 용감한 이들을 기다리고 있다는 사실을 떠올렸다.

나는 창가로 가 창을 열고 밖을 내다보았다. 본관에 이어진 두 부속건물이 보였다. 정원이 보였다. 로우드의 경계가 보였다. 언덕들로 이루어진 지평선이 보였다. 나의 시선은 다른 모든 것들을 건너 제일 멀리 있는 푸른 봉우리들에 가 닿았다. 넘어가고 싶었다. 그 바위와 히스의 경계 안쪽은 온통 감옥의 뜰, 유형지 같았다. 산자락을 감아 돌다 어느 골짜기를 따라 사라지는 하얀 길을 나는 눈으로 더듬었다. 얼마나 그 길을 따라가고 싶었던가! 마차를 타고 바로 그 길로 온 때를 떠올렸다. 해거름 무렵에 저 언덕을 내려온 기억이 났다. 처음 로우드에 온 그날로부터 한세월이 흐른 듯했다. 그날 이후로 난 한 번도 로우드를 떠난 적이 없었다. 모든 방학은 학교에서 보냈다. 리드 부인은 한 번도 나를 게이츠헤드로 부르지 않았고, 부인은 물론, 그 가족 누구도 나를 만나러 오지 않았다. 바깥 세계의 누군가와 편지나 전갈을 주고받는 일도 없었다. 학교의 규정, 학교의 임무, 학교의 관습과 학교의 이상, 그리고 학교의 목소리들, 그리고 학교의 얼굴들, 그리고 학교의 말들, 그리고 학교의 복장들, 그리고 학교가 좋아하는 것들, 그리고 학교가 싫어하는 것들… 그런 것들이 내가 아는 생활이었다. 그걸로는 이제 충분치 않았다. 한나절 만에 팔 년의 일상에 싫증이 났다. 나는 자유를 갈망했다. 자유를, 나는 헐떡였다. 자유를, 나는 소리 내어 빌었다. 그 순간 그 소리는 살랑살랑 부는 바람에 흩어져버리는 듯했다. 나는 자유를 버리는 대신 더 겸손한 탄원을 떠올렸다. 변화를, 자극을. 그 간청도 흐릿한 공간 속으로 쓸려가버리는 것 같았다. "그렇다면!" 나는 반쯤은 절박한 심정으로 외쳤다. "하다못해 새로운 쓰임 정도는 허하소서!"

그때 종소리가, 아래층에서 저녁 식사를 알리는 종소리가 나를 불렀다.

잠자리에 들 때까지는 중단된 생각의 고리를 다시 이을 짬이 나지 않았다. 그때에도 같이 방을 쓰는 선생이 잡담을 오래 늘어놓는 바람에, 조바심은 나는데도 그 주제로 돌아갈 수 없었다. 그 선생이 잠들기를 얼마나 바랐던가. 아까 창가에 있을 때 마지막으로 들었던 생각으로 돌아갈 수 있다면 나를 구해줄 뭔가 창의적인 계획이 떠오를 것만 같았다.

그라이스 선생이 마침내 코를 골았다. 몸집 큰 웨일스인인 그 선생의 습관적인 코골이가 불쾌한 소리 이상으로 여겨진 적은 그때가 처음이었다. 그날 밤, 나는 그 묵직한 소리가 시작되자 만족스러운 기분으로 환호했다. 방해꾼이 사라졌다. 반쯤 지워졌던 생각이 곧바로 되살아났다.

'새로운 쓰임! 거기에 뭔가가 있어.' 나는 혼잣말을 했다(물론 속으로, 나는 소리 내어 말하지 않았다). '난 알아. 그 말은 너무 달콤하게 들리지 않으니까. 자유니 자극이니 기쁨이니 하는 그런 말들과는 달라. 참 기분 좋게 들리는 말들이긴 하지. 하지만 나에겐 그냥 소리일 뿐이야. 그리고 너무 공허하고 덧없어서, 그런 말들에 귀를 기울이는 건 그냥 시간 낭비지. 하지만 쓰임이라니! 그건 현실의 문제가 틀림없어. 누구나 쓰임이 있어. 나는 여기서 팔 년을 쓰였지. 이제 내가 원하는 것은 어딘가 다른 곳에서 쓰이는 거야. 그 정도는 내 의지대로 할 수 있지 않을까? 그 정도는 실행해볼 만하지 않아? 그래, 그래, 그런 목표라면, 그렇게 어렵지 않아. 그걸 달성한 수단을 짜낼 정도로 돌아가는 머리만 있다면.'

나는 방금 말한 머리를 깨워보려고 침대에서 일어나 앉았다. 싸늘한 밤이었다. 나는 숄을 두르고 다시 온 힘을 다해 '생각'하기 시작했다.

'내가 원하는 게 뭐지? 새로운 일자리야. 새로운 집이 있는, 새로운 얼굴이 있는, 새로운 환경이 있는 일자리. 더 나은 걸 바라도 소용이 없으니, 그 정도면 돼. 사람들은 어떻게 새 일자리를 구하지? 다들 가족들에게 부탁하는 거 같아. 난 가족이 없지. 세상에는 가족이 없는 사람도 많아. 자기가 자기를 돌보고, 자기가 자기를 도와야 해. 그런 사람들은 이럴 때 어떻게 할까?'

말할 수 없었다. 아무 답도 떠오르지 않았다. 나는 답을 찾아내라고, 빨리 찾아내라고 머리에 명령했다. 머리가 점점 빨리 돌아가기 시작했다. 머릿속에서, 관자놀이에서, 뛰는 맥박이 느껴졌다. 하지만 거의 한 시간이 지나도록 머리는 혼돈 속에서 돌기만 할 뿐, 아무 결과도 내놓지 않았다. 헛된 노력에 열이 오른 나는 일어나 방을 한 바퀴 돌았고, 커튼을 열고 별을 한두 개 보고는 추위에 떨면서 다시 침대로 기어들었다.

잠시 비운 사이에 친절한 요정이 베개에 필요한 조언을 떨궈놓은 것이 틀림없었다. 자리에 눕는데, 아무 예고도 없이 슬그머니 이런 생각이 떠올랐기 때문이었다. '일자리를 구하는 사람은 광고를 내지. 너는 광고를 내야 해, XX주 신문에.'

　'어떻게? 광고에 대해선 아무것도 모르는데.'

　이제 대답이 술술 떠올랐다.

　'너는 광고문과 광고를 내는 데 필요한 돈을 잘 싼 다음 거기에다 그 신문 편집장 앞으로 가는 주소를 적어야 해. 그걸 로우튼에 갈 일이 생기는 대로 가져가서 거기 우체통에 넣는 거야. 답장은 J.E. 앞으로, 거기 우체국으로 보내달라고 해야지. 편지를 보내고 일주일쯤 있다가 우체국에 가서 편지 온 게 있는지 물어봐. 뭐라도 온 게 있으면, 거기에 따라 행동하면 돼.'

　나는 이 계획을 두 번 세 번 검토했다. 그러자 계획이 완전히 머리에 들어왔다. 명확하고 현실적인 계획이었다. 나는 흡족한 기분으로 잠들었다.

　꼭두새벽에 일어난 나는 학교를 깨우는 기상 종이 울리기 전에 광고문을 쓰고 편지를 봉하고 주소까지 적어 넣었다. 내용은 다음과 같았다.

　"교직 경험이 있는(난 이 년 동안 교사로 일했잖아?) 젊은 여성이 십사 세 미만의 아동들이 있는(이제 겨우 열여덟 살이 된 내가 또래 학생을 지도하기는 어렵다고 생각했다) 가정에서 일자리를 구하고자 함. 올바른 영국식 교육의 정규 과목들은 물론, 프랑스어, 미술, 음악 교수 자격 보유(독자여, 지금 보기엔 빈약해 보이는 이 교양 목록이 저 때는 제법 포괄적인 것으로 평가될 만했다). 주소, J.E., 로우튼 우체국, ○○주."

편지는 종일 내 서랍에 갇혀 있었다. 차 마시는 시간이 지나자 나는 새 교장 선생님에게 내 볼일도 볼 겸 다른 교사 두어 명이 부탁한 소소한 심부름도 할 겸 로우튼에 다녀오겠다고 말했다. 당장 허가가 떨어져 나는 길을 나섰다. 이 마일이 넘는 거리인 데다 비 오는 오후였지만 아직 해는 길었다. 나는 한두 군데 가게를 들르고는 편지를 우체통에 밀어 넣은 다음 쏟아지는 비를 뚫고서, 옷에서 물을 뚝뚝 흘리면서도 한결 편안해진 마음으로 돌아왔다.

다음 주는 무척 길게 느껴졌다. 그러나 세상의 모든 일이 그렇듯이 그 주도 마침내 끝이 났고, 어느 쾌청한 가을날이 저물어갈 때쯤, 나는 다시 한번 로우튼으로 향하는 길로 나섰다. 말이 났으니 말이지만, 그 길은 그림 같았다. 시냇물을 끼고 그 골짜기에서 가장 아름다운 굽이들을 지나는 길이었다. 하지만 그날은 황홀한 풀밭과 시냇물보다 저 앞의 소읍에서 나를 기다리고 있을지 없을지 모르는 편지들에 더 마음이 쏠려 있었다.

이번의 명목상 용무는 구두를 맞추기 위해 치수를 재는 것이었다. 그래서 우선은 그 용무를 먼저 보고, 일이 다 끝나자 구둣방을 나와 깨끗하고 조용한 좁은 길을 건너 우체국으로 갔다. 콧등에 뿔테 안경을 걸치고 손가락 없는 검은 장갑을 낀 나이 든 부인이 자리를 지키고 있었다.

"J.E. 앞으로 온 편지가 있나요?"

부인이 안경 너머로 나를 자세히 살피더니 서랍을 열고 안에 든 것을 한참 뒤적거렸는데, 어찌나 오래 뒤적거리는지, 희망이 막 무너질 참이었다. 마침내, 편지 한 통을 꺼낸 부인이 바짝 안경을 들이대고 족히 오 분쯤 들여다보더니 또 한 번 호기심과 의심이 가득한 눈초리를 던지며 창구 너머로 편지를 내밀었다. J.E. 앞으로 온 편지였다.

"한 통뿐이에요?"

"다른 건 없어요." 부인이 대답했다. 나는 편지를 주머니에 넣고 학교로 향했다. 그 자리에서 뜯어볼 수는 없었다. 교칙에 따라 여덟 시까지는 돌아가야 했는데, 그때가 벌써 일곱 시 반이었다.

학교에 도착하니 여러 할 일이 기다리고 있었다. 자습 시간에는 학생들 옆에 앉아 있어야 했다. 그리고 그날은 내가 기도문을 낭독하고 학생들의 취침 상태를 감독할 당번이었다. 그 뒤에는 다른 선생들과 같이 저녁을 먹었다. 드디어 일과를 마치고 방으로 돌아온 뒤에도 여전히 같이 방을 쓰는 그레이스 선생을 피할 길이 없었다. 촛대에 초가 아주 조금밖에 남지 않아서, 그게 다 탈 때까지 떠들어 대면 어쩌나 싶어 걱정이었다. 그러나 다행히 푸짐하게 먹은 저녁 식사가 수면제 효과를 냈는지, 그라이스 선생은 내가 옷을 다 벗기도 전에 이미 코를 골고 있었다. 초가 아직 한 치 정도 남았다. 나는 그제야 편지를 꺼냈다. 봉인에는 'F'라는 머리글자가 찍혀 있었다. 내용은 간결했다.

"지난 목요일 XX주 신문에 광고를 내신 J.E. 씨가 말씀하신 대로의 학식을 갖추었고, 또 인성과 능력에 관한 만족스러운 추천서를 보내줄 수 있다면, 십 세 미만의 어린 여자아이 한 명을 가르치는 일자리를 제공할 수 있습니다. 보수는 일 년에 삼십 파운드입니다. J.E.는 추천서와 성함, 주소, 기타 상세한 정보를 아래 주소로 보내주시기 바랍니다. XX주 밀코트 인근 손필드, 페어팩스 부인."

나는 그 편지를 오래 뜯어보았다. 나이 많은 부인이 쓴 듯이 고풍스럽고 다소 주저하는 듯한 글씨체였다. 그 점이 마음에 들었다. 이렇게 혼자, 혼자만의 판단으로 행동하다가 무슨 곤경에나 빠지지 않을까 싶은 개인적인 공포가 나를 사로잡고 있었기 때문이었다. 그리고 무엇보다, 나는 내 노력의 결과가 존중받을 만하고 바람직하고 정당하기를 바랐다. 내가 벌이는 이 일에 노부인이 한 명 정도 끼는 것도 나쁘지 않은 느낌이었다. 페어팩스 부인이라니! 나는 검은 드레스에 과부들이 쓰는 검은 모자를 쓴 부인을 상상했다. 아무래도 냉담하긴 하겠지만 무례하지는 않은, 존경할 만한 전형적인 영국 노부인의 모습이었다. 손필드! 이건 틀림없이 부인이 사는 집의 이름일 것이다. 깔끔하고 잘 정돈된 집일 거라고 나는 확신했다. 아무리 애를 써도 정확한 구조는 그려볼 수 없었지만 말이다. XX주 밀코트. 영국 지도를 떠올려보았다. 그렇지, 본 적이 있었다. 주 이름도 도시도. XX주는 그때 내가 있던 외진 ○○주보다 줄잡아 백 킬로미터는 더 런던에 가까웠다. 내게는 그것도 장점이었다. 나는 사람 많은 활기찬 곳으로 가고 싶었다. 밀코트는 A강변에 있는 큰 공업도시였다. 분명 북적거리는 곳이겠지. 더욱 마음에 들었다. 적어도 완전한 변화 정도는 될 터였다. 그렇다고 높은 굴뚝과 자욱한 연기에 썩 마음이 끌리는 건 아니라서, 나는 속으로 강변했다. '하지만 손필드는 아마 도심과 뚝 떨어진 데 있을 거야.'

그때 초가 다 녹아 심지가 떨어지면서 불이 꺼졌다.

다음 날에는 새로운 단계들을 밟아야 했다. 내 계획을 더는 내 머릿속에 가둬둘 수 없었다. 계획을 성공시키려면 알려야 했다. 나는 정오 휴식 시간을 틈타 교장 선생님을 찾아뵙고, 지금 받는 보수의 두 배(로우드에서는 일 년에 겨우 십오 파운드를 받았다)를 받는 새 일자리를 얻을 가능성이 있으니, 나를 대신하여 이 건을 브로클허스트 씨나 위원회의 다른 위원들에게 알리고, 내가 그분들을 신원 보증인으로 언급해도 되는지 확인해주십사 부탁드렸다. 교장 선생님은 흔쾌히 이 건의 중개자 역할을 승낙했다. 다음 날 교장 선생님이 브로클허스트 씨에게 이 건을 알리자, 브로클허스트 씨는 나의 본래 보호자는 리드 부인이니 그분에게 편지를 보내야 한다고 말했다. 그래서 리드 부인에게 전갈이 갔고, 자신은 이미 오래전에 내 문제에 관해서는 일절 간섭하지 않기로 했으니, 나 하고 싶은 대로 해도 좋다는 답장이 왔다. 위원회 위원들이 그 답장을 돌려보았다. 나로서는 지루하기 짝이 없게 느껴졌던 그 회람 후에, 가능하다면 나의 지위를 높여도 좋다는 공식적인 허가가 떨어졌다. 거기에는 내가 로우드에서 학생으로서나 교사로서나 늘 모범적으로 처신했으므로 나의 인성과 능력을 증명하는, 로우드 시설 감독관들이 서명한 추천장이 곧 나올 것이라는 확답이 딸려 있었다.

그에 따라 나는 약 한 달 뒤에 추천장을 받아 한 부를 페어팩스 부인에게 전달했고, 자신은 만족하니 자기 집 가정교사직을 맡아달라며 이 주 후의 날짜를 시작일로 지정한 답장을 받았다. 나는 이제 준비로 바빠졌다. 이 주가 쏜살같이 지나갔다. 옷은 필요한 만큼은 있지만, 많지는 않았다. 트렁크는 마지막 날에 싸도 충분했다. 팔 년 전에 게이츠헤드에서 올 때 가져온 바로 그 트렁크였다.

트렁크를 밧줄로 묶고 이름표를 박았다. 삼십 분 후에 짐꾼이 와서 로우튼으로 날라놓으면, 나는 내일 새벽에 가서 짐을 찾아 역마차에 탈 예정이었다. 검은 모직 여행복을 솔질하고 보닛과 장갑과 머프[23]를 준비했다. 미처 못 챙긴 물건이 없는지 서랍들을 살피고 나니, 더는 할 일이 없었다. 나는 앉아서 좀 쉬어볼 요량이었다. 그런데 그럴 수가 없었다. 종일 서서 종종거렸는데도, 한시도 가만히 있을 수가 없었다. 너무 흥분한 탓이었다. 내 삶의 한 단계가 오늘 밤 막을 내리고, 내일은 새로운 단계가 시작되는 셈이었다. 그 사이를 잠으로 때울 수는 없었다. 나는 그 변화가 성취되는 순간을 두 눈 부릅뜨고 지켜봐야 했다.

근심에 잠긴 유령처럼 로비를 어슬렁거리고 있는데, 어느 하인이 와서 말했다. "어떤 분이 선생님을 뵙겠다고 아래층에 와 계십니다."

'짐꾼이 왔구나.' 그렇게 생각한 나는 더 묻지도 않고 서둘러 아래층으로 내려갔다. 주방으로 가려고 교사용 응접실로 쓰는 뒷방을 지나치려는데, 반쯤 열린 문으로 누가 뛰쳐나왔다.

"아가씨! 맞죠? 난 어딜 가도 아가씨를 알아볼 수 있다니까!" 그 사람이 앞을 가로막고 서서 내 손을 잡으며 외쳤다.

나는 누군가 싶어 쳐다보았다. 잘 차려입은 하인 같은 복장을 한, 기혼 부인처럼 보이지만 아직 젊은 여자였다. 검은 머리와 검은 눈에, 생기 넘치는 얼굴이 아주 아름다웠다.

"자아, 내가 누군지 알겠어요?" 그 목소리와 미소가 어쩐지 낯이 익었다. "날 까맣게 잊은 건 아니겠지요, 제인 아가씨?"

나는 미친 듯이 여자를 끌어안고 입을 맞췄다. "베시! 베시! 베시!" 달리 아무 말도 할 수 없었다. 베시는 반쯤은 웃고 반쯤은 울었

| 23   손을 넣을 수 있도록 안에 털을 댄 원통형 보온 토시.

다. 우리는 응접실로 들어갔다. 난롯가에 격자무늬 덧옷에 바지를 입은 세 살쯤 된 사내아이가 서 있었다.

"제 아들이에요." 얼른 베시가 말했다.

"그럼 결혼했어, 베시?"

"네, 벌써 오 년이 돼가요. 로버트 리븐, 그 마부 말이에요, 그 사람과 결혼했어요. 이 애 보비 말고 딸도 하나 있는데, 이름을 제인이라고 지었죠."

"그럼 게이츠헤드에서 사는 게 아니고?"

"문지기 집에서 살아요. 예전에 있던 문지기가 떠났거든요."

"그렇군, 다들 어떻게 지내? 베시, 다 얘기해줘. 하지만 우선 좀 앉아. 그리고, 보비, 여기 와서 내 무릎에 앉을래? 응?" 그러나 보비는 슬금슬금 자기 어머니 곁으로 가버렸다.

"키는 별로 안 컸네요, 제인 아가씨. 그다지 통통하지도 않고요." 리븐 부인이 말을 이었다. "학교에서 아가씨를 아주 잘 돌봐주지는 않은 모양이군요. 일라이자 아가씨는 아가씨보다 머리 하나는 더 크고, 조지아나 아가씨는 아가씨 몸집의 두 배는 될 거예요."

"조지아나는 예쁘겠지, 베시?"

"그럼요. 지난겨울에 조지아나 아가씨가 마님과 함께 런던에 갔는데, 거기 사람들이 다들 난리였대요. 어느 젊은 귀족 나리가 조지아나 아가씨에게 푹 빠졌는데, 그분 가족들이 결혼에 반대했지 뭐예요. 그래서, 어떻게 된 줄 아세요? 그분과 조지아나 아가씨가 같이 달아났다니까요. 발각되는 바람에 다 끝나긴 했지만요. 둘을 찾아낸 사람이 일라이자 아가씨였어요. 아무래도 일라이자 아가씨가 질투했던 게 아닌가 싶어요. 지금은 두 아가씨가 앙숙이 돼서 허구한 날 싸워대는데-"

"그럼, 존 리드는 어때?"

"아, 존 도련님은 마님이 원하시는 만큼 잘 지내지는 않아요. 대학에 갔는데, 뭐라더라, 낙제라고 하던가, 그런 걸 했대요. 그러고는 도련님 삼촌들이 법정 변호사가 되라고, 법률 공부를 하라고 하셨는데, 도련님이 워낙 방탕한 젊은이니, 그분들도 크게 기대하지는 않을 거 같아요."

"겉으로 보기에는 어때?"

"키가 아주 커요. 어떤 사람들은 잘생겼다고도 하지만, 그렇게 입술이 두꺼워서야, 원."

"그럼 리드 부인은?"

"마님은 여전히 당당한 체격에 얼굴도 아주 좋아 보이시지만, 마음이 썩 편치는 않으실 거 같아요. 존 도련님의 행실이 마음에 들지 않으시거든요. 돈을 물 쓰듯 하시니까요."

"리드 부인이 보낸 거야, 베시?"

"아니, 천만에요. 예전부터 아가씨를 한번 보고 싶었는데, 듣자하니 아가씨한테서 편지가 왔는데, 다른 지역으로 갈 예정이라는 거예요. 그래서 아가씨가 멀리 떠나기 전에 가서 얼굴이라도 한번 보자 싶었어요."

"날 보고 실망해서 어쩌지, 베시?" 나는 웃으면서 말했다. 나를 보는 베시의 시선에 애정은 있어도 감탄하는 기색은 전혀 없다는 걸 알아차렸기 때문이었다.

"아니에요, 제인 아가씨, 그렇지 않아요. 아가씨는 아주 고상해요. 귀부인처럼 보여요. 게다가 전 아가씨가 딱 이 정도일 줄 알았어요. 아가씨는 어렸을 때도 예쁜 편은 아니었으니까요.”

나는 베시의 솔직한 대답에 미소를 지었다. 말은 맞는 말이지만, 솔직히 말해 그 말에 신경이 쓰이지 않는 건 아니었다. 열여덟쯤 되고 보면 누구든 남의 눈에 좋게 보이기를 바라는 법인데, 그런 바람을 뒷받침해줄 용모를 갖지 못했다는 판정이 만족스럽게 들릴 리 없었다.

“그래도 아가씨가 총명한 것 하나는 내가 장담하죠.” 베시가 나를 위로할 양으로 말을 이었다. “어떤 걸 할 줄 알아요? 피아노 칠 줄 아세요?”

“조금.”

그 방에 피아노가 있었다. 베시가 가서 피아노 뚜껑을 열더니 앉아서 아무 곡이나 쳐달라고 했다. 내가 왈츠를 한두 곡 쳐주니 베시가 황홀한 표정을 지었다.

“리드가 아가씨들도 이렇게 잘은 못 쳐요!” 베시가 몹시 기뻐하며 말했다. “전 늘 공부로는 아가씨가 그분들보다 훨씬 나을 거라고 했었죠. 그림도 그릴 줄 알아요?”

“저기 벽난로 선반 위에 걸린 그림이 내가 그린 거야.” 그건 수채로 그린 풍경화로, 나를 대신해서 위원회와의 교섭을 기꺼이 중재해준 교장 선생님에게 드린 감사의 선물이었다. 교장 선생님은 그 그림을 판유리까지 끼워 액자로 만들었다.

“어머, 멋져요, 제인 아가씨! 일라이자 아가씨의 그림 선생만큼 훌륭한 그림이에요. 리드 아가씨들은 말할 필요도 없고요, 이 그림 근처에도 못 오니까요. 프랑스어도 배웠어요?”

“그럼, 베시. 읽을 줄도 알고 말할 줄도 알아.”

"그럼 모슬린이나 캔버스 천에 수 놓을 줄도 알아요?"

"알고말고."

"아, 제인 아가씨, 정말 어엿한 귀부인이 되셨어요! 전 그럴 줄 알았어요. 아가씨는 친척들이 알아주든 말든 잘해나가실 거예요. 그러고 보니, 물어볼 게 있어요. 혹시 아가씨 친가에서 무슨 연락 오지 않았어요?"

"내 평생에 한 번도 없었어."

"음, 아시다시피, 마님께서는 늘 아가씨 친가 분들이 가난하고 아주 비천하다는 듯이 말씀하셨죠. 가난한지는 모르겠어요. 하지만 저는 그분들이 리드가 만큼이나 점잖은 상류계급 사람들이라고 생각해요. 왜냐면 언젠가, 칠 년쯤 전에 게이츠헤드에 에어 씨라는 분이 오셔서 아가씨를 만나고 싶다고 하셨거든요. 마님이 아가씨가 오십 마일 떨어진 학교에 있다고 말씀드리자, 그분은 지체할 시간이 없다며 몹시 실망하는 눈치였어요. 배를 타고 외국으로 나가야 하는데, 그 배가 하루인가 이틀 뒤에 런던에서 출발하게 되어 있다고요. 아주 점잖은 신사처럼 보였는데, 아가씨 아버님의 형제분이 아닌가 싶어요."

"어느 나라로 가신다고 했어, 베시?"

"수천 마일 떨어진 무슨 섬인데, 집사 말로는 거기서 포도주가 난다고…."

"마데이라?" 나는 추측했다.

"아, 맞아요. 그런 이름이었어요."

"그래서 그냥 가셨어?"

"예. 그리 오래 있지도 않으셨어요. 마님이 그분을 몹시 거만하

게 대하셨거든요. 나중에 그분을 '천한 장사꾼'이라고 하시더라고
요. 우리 집 바깥양반은 그분이 포도주 무역상일 거래요."

"그럴 수도 있지." 나는 대꾸했다. "아니면 포도주 무역상의 사무
원 아니면 대리인이거나."

우리는 한 시간이 넘도록 옛이야기들을 나누었다. 그러고는 베
시가 가야 할 시간이었다. 다음 날 새벽에 로우튼에서 역마차를 기
다리다가 아주 잠깐 베시를 다시 만났다. 우리는 마침내 '브로클허
스트 암즈' 여관 문간에서 헤어져 각자의 길로 나섰다. 베시는 게이
츠헤드로 데려다줄 마차를 기다리러 로우드 펠 고개로 향하고, 나
는 새로운 임무와 새로운 삶이 기다리는, 밀코트 인근에 있는 미지
의 곳으로 가는 마차에 올랐다.

11장

　소설의 새 장章은 연극의 새 장場과 비슷하다. 그러니 독자여, 내가 지금 막을 올리면, 밀코트에 있는 조지 여관의 어느 방을 보고 있다고 상상하시라. 여관방들이 으레 그렇듯이 큰 무늬 벽지가 발린 벽과 여관방에나 어울릴 양탄자와 가구들과 벽난로 위의 장식품들과 조지 3세와 왕세자의 초상화와 울프 장군의 전사 장면을 그린 역사화의 인쇄본 그림 같은 것들 말이다. 천장에 매달린 기름 등불과 활활 타오르는 벽난로 불빛이 방 안을 비추고 있다. 나는 머프와 우산만 탁자에 내려놓고 입은 망토와 보닛 차림 그대로 벽난로 곁에 앉아 있다. 으슬으슬한 시월의 추위 속을 열여섯 시간이나 달려온 탓에 굳고 무감각해진 몸을 녹이는 중이었다. 새벽 네 시에 로우튼을 떠났는데, 여기 밀코트의 시계는 지금 여덟 시를 치는 중이었다.

　독자여, 내가 겉으로는 편안해 보일지 모르겠지만, 속은 딱히 그렇지 않다. 마차가 이곳에 닿으면 누군가가 기다리고 있을 줄 알았다. 여관 하인이 놓아준 나무 발판을 딛고 마차에서 내리면서, 나는 내 이름을 부르는 소리와 나를 손필드로 데려가려고 기다리는 마차를 기대하며 초조하게 주위를 둘러보았다. 그 비슷한 것도 보이지 않았다. 여관 급사에게 미스 에어를 찾는 사람이 없더냐고 물었지만, 없었다는 답뿐이었다. 독실로 안내해달라고 요청하는 것 말고는 달리 어쩔 도리가 없었다. 그렇게 하여 나는 마음을 괴롭히는 온갖 의심과 두려움을 안고 여기 이렇게 기다리고 있다.

세상 경험이라곤 없는 젊은이에게 떠나온 항구는 너무 멀고 가려는 항구는 보이지 않는, 세상의 모든 관계와 단절되어 홀로 떠도는 듯한 기분은 아주 이상한 느낌이다. 모험의 매혹이 그런 느낌에 달콤한 맛을 더하고, 자부심의 열기가 훈기를 더한다. 그러나 그러다가도 이내 고동치는 불안이 마음을 어지럽힌다. 삼십 분이 지났는데도 찾는 사람이 없자, 불안이 덮쳤다. 나는 생각 끝에 종을 울렸다.

"이 근방에 손필드라는 저택이 있소?" 나는 호출을 받고 온 급사에게 물었다.

"손필드요? 저는 모르겠습니다, 아씨. 주점에 가서 물어보겠습니다." 그가 나가더니 금방 돌아왔다.

"아씨 성함이, 에어입니까?"

"그렇네."

"아씨를 기다리는 사람이 있어요."

나는 벌떡 일어나 머프와 우산을 집어 들고 서둘러 복도로 나갔다. 열린 문간에 남자가 하나 서 있고, 등불 빛이 비치는 바깥의 길에 말 한 필이 끄는 마차가 서 있는 것이 어렴풋이 보였다.

"이게 아씨 짐이지요?" 남자가 나를 보고는 복도에 놓인 내 트렁크를 가리키며 다소 퉁명스럽게 말했다.

"그렇네." 그가 마차에 트렁크를 실었다. 마차는 간소했다. 나는 마차에 타고 그가 문을 닫기 전에 손필드까지 얼마나 가야 하느냐고 물었다.

"십 킬로미터쯤 갑지요."

"시간은?"

"한 시간 반쯤요."

그가 마차 문을 닫고 마부석에 올라타자, 우리는 출발했다. 마차가 아주 천천히 나아가는 덕분에 곰곰이 생각해볼 시간은 충분했다. 마침내 이렇게 여행의 종착지에 가까워지다니, 만족스러웠다. 나는 딱히 우아하지는 않지만 편안한 마차 좌석에 편히 기대앉아서 안심하고 이런저런 생각에 잠겼다.

'하인과 마차가 검소한 걸 보면, 페어팩스 부인은 아주 화려한 사람은 아닌 것 같아. 너무 잘된 일이지. 화려한 사람들 틈에서 살아본 적은 딱 한 번뿐이지만, 그때 나는 정말 비참했으니까. 어린 딸과 둘이서만 사는 걸까? 그렇다면, 그리고 그분이 어느 정도 친근한 성품이라면, 난 그분과 잘 지내야 해. 최선을 다해야지. 최선이 늘 보답을 받는 건 아니라는 사실은 좀 슬프지만. 하기는, 로우드에서도 그렇게 결심했고, 결심을 지켰고, 사람들과 잘 지내는 데 성공했잖아. 하지만 리드 부인과는, 아무리 최선을 다해도 늘 비웃음과 함께 내쳐진 걸 기억해야 해. 페어팩스 부인이 또 다른 리드 부인이 아니기를 하느님께 빌어야지. 하지만 만약 그렇다면, 내가 그 부인과 반드시 함께 살아야 한다는 법은 없지. 최악의 상황이 오더라도, 다시 광고를 내면 돼. 이제 어디쯤 왔을까?'

나는 창문을 내려 밖을 내다보았다. 뒤에 밀코트가 보였다. 불빛의 숫자로 미루어봤을 때, 밀코트는 상당히 큰 곳이었고, 로우튼에 비하면 훨씬 넓었다. 주변을 보니 우리는 지금 일종의 공유 목초지를 지나는 중이었다. 그러나 집들이 여기저기 흩어져 있었다. 로우드가 아닌 다른 지역에, 사람은 더 많고 풍광은 덜한, 더 부산하면서 덜 낭만적인 곳에 왔다는 실감이 들었다.

길은 험하고 밤안개가 끼었다. 마부가 줄곧 말을 걸기만 해서, 한 시간 반이라던 거리가 두 시간 거리가 될 것이 분명했다. 마침내 그가 돌아보며 말했다.

"이제 손필드에 거의 다 왔습니다요."

나는 다시 바깥을 내다보았다. 성당을 지나고 있었다. 하늘을 배경으로 솟은 낮고 폭이 넓은 종탑이 보였다. 종이 십오 분을 알렸다. 산 중턱에 얇게 띠를 이룬 불빛들을 봐서는 마을도 있는 듯했다. 십 분쯤 후에 마부가 마차에서 내려 큰 대문을 열었다. 우리가 지난 뒤에 문이 철컹 닫히는 소리가 들렸다. 마차는 이제 천천히 진입로를 올랐고, 길쭉한 저택 정면이 나타났다. 커튼을 드리운 어느 내닫이창에서 촛불 빛이 비쳤다. 마차가 현관 앞에 멎었다. 하녀가 마차 문을 열어주었다. 나는 마차에서 내려 안으로 들어갔다.

"이리로 오십시오." 어린 하녀가 말했다. 나는 빙 둘러 높은 문이 난 넓은 정사각형 홀을 지났다. 하녀가 안내한 방에는 난롯불과 촛불이 이중으로 밝혀져, 처음 들어갔을 때는 지난 두 시간 동안 어둠에 익숙해진 탓에 눈이 부셨다. 그러나 적응하고 나서 보니, 편안하고 기분 좋은 광경이었다.

아늑한 작은 방이었다. 활활 타오르는 난롯불 옆에 둥근 탁자가 하나 있고, 등받이가 높은 구식 안락의자에는 과부 모자와 검은 비단 드레스와 눈처럼 하얀 모슬린 앞치마를 두른, 상상 속에서 튀어나온 듯한 깔끔하고 자그마한 나이 든 부인이 앉아 있었다. 조금 덜 위풍당당하고 조금 더 온화한 인상일 뿐, 내가 상상한 페어팩스 부인 그대로였다. 부인은 뜨개질에 빠져 있었다. 발치에는 커다란 고양이 한 마리가 얌전하게 앉아 있었다. 가정의 안락이라는 최고의 이상을 표현하기에 부족함이 없는 광경이었다. 풋내기 가정교사로서, 그보다 더 안도감을 주는 영접은 생각할 수도 없었다. 위협적인 웅장함도 당황스러운 위엄도 없었다. 내가 안으로 들어서자 노부인이 자리에서 일어나더니 신속하고 친절한 태도로 다가와 나를 맞았다.

"어서 오세요. 마차 타고 오느라 지루했을 거예요. 존은 마차를 너무 천천히 모니까. 춥겠어요, 여기 난롯가로 와요."

"페어팩스 부인 되십니까?"

"예, 맞아요. 어서 앉아요."

부인이 자기가 앉았던 의자에 나를 앉히고는 내 숄을 벗기고 보닛의 끈을 풀기 시작했다. 나는 성가실 텐데 그러시지 말라고 사양했다.

"아니, 성가실 일이 뭐 있나요. 추운데 오느라 손이 다 곱았을 텐데. 리어, 따끈한 니거스[24] 좀 만들고 샌드위치 몇 개 잘라 와. 여기,

---

| 24 포도주에 뜨거운 물과 설탕, 육두구, 레몬 등을 섞어서 만든 음료.

저장실 열쇠."

부인이 주머니에서 더없이 주부다운 물건인 열쇠 꾸러미를 꺼
내 하녀에게 건넸다.

"자, 그럼, 불가로 더 다가앉아요. 짐도 같이 왔지요?"

"네."

"짐을 쓰실 방에 들여놓으라고 할게요." 부인이 급히 밖으로 나
갔다.

'날 손님처럼 대하시네.' 나는 생각했다. '이런 대우는 기대도 안
했어. 차갑고 무뚝뚝하게 대하시리라 예상했는데. 그간 익숙하게
들었던 가정교사에 대한 일반적인 대우와는 달라. 하지만 너무 서
둘러 기뻐하진 말아야겠지.'

노부인이 돌아왔다. 탁자 위에 있던 뜨개질감과 책 두어 권을 손
수 치우면서 리어가 들고 온 쟁반을 놓을 자리를 만들더니, 다과도
손수 건네주었다. 여태 받아본 적 없는 극진한 대접을, 그것도 손윗
사람인 고용주로부터 받게 되자, 나는 약간 어리둥절해졌다. 하지
만 부인은 자신이 본분에 벗어난 일을 하고 있다고는 전혀 생각지
않는 듯해서, 나는 그 정중한 대접을 그냥 잠자코 받는 것이 좋겠다
고 생각했다.

"자기 전에 페어팩스 양을 만나 볼 수 있을까요?" 나는 부인이 내
준 다과를 먹고 나서 물었다.

"뭐라고 했어요? 내가 귀가 좀 어두워서." 친절한 부인은 내 입
쪽으로 귀를 돌리며 말했다.

나는 좀 더 또렷하게 다시 물었다.

"페어팩스 양? 아, 바랑스 아가씨 말씀이군요! 이제부터 선생의

제자가 될 아이의 이름은 바랑스예요."

"그렇군요! 그럼 부인의 따님이 아닌가요?"

"아니에요. 나는 가족이 없어요."

앞선 질문에 이어 바랑스 양과는 어떤 관계냐고 물어봤어야 했겠지만, 너무 질문을 많이 하는 것도 예의가 아니라는 생각이 들었다. 분명 머지않아 알게 될 터였다.

"정말 반가워요." 노부인이 맞은편 의자에 앉아 고양이를 무릎에 올려놓으며 말을 이었다. "선생이 와서 정말 기뻐요. 이제 동료가 생겼으니, 이 집에서 지내기가 퍽 좋아질 거예요. 하기야, 이곳은 어느 때라도 지내기 좋긴 해요. 손필드는 유서 깊은 훌륭한 저택이니까. 최근에 관리가 좀 소홀해지긴 했지만, 그래도 여전히 보기에 나쁘지 않고요. 하지만 아무리 좋은 곳이라도 겨울에 혼자 있으면 좀 적적해요. 내가 혼자라고 하는 건, 리어가 좋은 애인 건 확실하고, 존과 존의 아내도 무척 점잖은 사람들이지만, 아시다시피, 그래도 하인들이잖아요. 하인들과 동등한 입장에서 얘기를 나눌 수는 없는 법이죠. 자칫하면 권위를 잃을 수도 있으니까, 하인들과는 적당한 거리를 둬야 해요. 정말이지 작년 겨울은, 기억하시겠지만, 지독한 겨울이었어요. 눈이 그쳤나 싶으면 비가 오고 바람이 불었으니까요. 십일월부터 이월까지 푸줏간 사람과 우체부 말고는 이 집에 개미 한 마리도 얼씬거리지 않았다니까요. 밤이면 밤마다 혼자 앉아 있으려니, 정말로 몹시 우울해지더라고요. 가끔 리어를 불러다 책을 읽어달라고 했지만, 그 불쌍한 애가 썩 좋아했던 것 같지는 않아요. 갇힌 듯이 느껴졌겠죠. 그래도 봄과 여름에는 훨씬 나았어요. 햇빛이 강해지고 낮이 길어지면 확 달라지니까요. 그러고는 가을이 막 시작되는 때에 저 아델 바랑스와 보모가 왔어요. 어린애가 있으면 집이 순식간에 사람 사는 집 같아지죠. 그리고 이제 선생까지 왔으니, 얼마나 기쁜지 모르겠어요."

그 말을 듣고 있자니, 이 다정한 부인에 대한 호감이 더욱 커졌다. 나는 의자를 더 당겨 앉고는 기대하신 만큼 좋은 동료가 되고 싶다고 진심을 담아 말했다.

"하지만 오늘은 늦게까지 잡아두면 안 되겠지요." 부인이 말했다. "지금 열두 시를 치네요. 종일 마차를 타고 이동했으니, 피곤할 거예요. 발이 좀 녹았으면, 쓰실 방을 보여드리죠. 내 옆방을 준비해 놓으라고 했어요. 아주 작은 방이지만, 저 정면 쪽 커다란 방들보다 그쪽을 더 좋아할 것 같았어요. 확실히 그 큰 방들이 가구가 더 좋긴 하지만, 너무 적적하고 쓸쓸해서, 나는 절대 거기서 자지 않거든요."

나는 부인의 사려 깊은 선택에 감사한 다음, 정말로 오랜 여행으로 피곤했기 때문에 이만 쉬고 싶다는 뜻을 전했다. 부인이 촛불을 들었고, 나는 부인을 따라 방을 나섰다. 부인은 먼저 현관문이 닫혔는지 확인하고, 자물쇠에서 열쇠를 빼낸 다음 나를 위층으로 안내했다. 층계와 난간은 참나무였고, 층계에 난 높은 창에는 격자 창살이 달려 있었다. 그 창문도 그렇고, 침실 문들이 죽 늘어선 긴 회랑도 그렇고, 가정집이라기보다는 예배당처럼 보였다. 층계와 회랑에는 지하실 같은 싸늘한 냉기가 가득해서, 활기 없이 정체된 쓸쓸한 공간처럼 느껴졌다. 마침내 내 방으로 안내되었을 때, 평범한 현대식 가구가 놓인 작은 방인 걸 보고는 마음이 놓였다.

페어팩스 부인이 잘 자라는 다정한 인사를 남기고 나간 뒤에, 나는 문을 잠그고 천천히 방을 둘러보았다. 훨씬 명랑한 내 작은 방의 면모로 인해 그 넓은 홀과 어둡고 텅 빈 층계, 길고 싸늘한 회랑에서 받은 으스스한 느낌이 조금 가시자, 육체적으로 피곤하고 정신적으로 불안했던 하루를 끝내고 이제야 마침내 안전한 항구에 닿았다는 실감이 들었다. 문득 감사의 마음이 차올라, 나는 침대 곁에 무릎을 꿇고 감사를 받아야 마땅한 분께 감사를 드렸다. 일어서기 전에 앞으로도 계속해서 도와주십사, 이처럼 아무 조건 없이 주어진 가식 없는 친절에 부응할 힘을 주십사 간청하는 것도 잊지 않았다. 그날 밤, 내 침상에는 아무 가시도 없었고, 나 혼자만의 방에는 아무 불안도 없었다. 지쳤지만 만족스러운 기분으로, 나는 금방 단잠에 들었다. 깨어 보니 날이 훤히 밝아 있었다.

화사한 푸른색 사라사 무명 커튼 사이로 들어온 햇빛이 벽지를 바른 벽과 양탄자가 깔린 바닥을 비추었다. 로우드의 맨 판자벽과 얼룩덜룩한 회반죽 바닥과는 천양지차였다. 어쩜 이렇게 환하고 아늑해 보이는지, 가슴이 벅차올랐다. 젊은 사람에게는 외부 환경이 큰 영향을 주는 법이다. 나는 내 삶이 더 나은 시기로, 가시와 고역뿐만 아니라 꽃과 즐거움도 있는 시기로 접어들기 시작했다고 생각했다. 눈에 보이는 환경의 변화와 희망을 품게 하는 새로운 삶의 장에 내 모든 정신과 육체가 깨어 꿈틀대는 듯했다. 그것들이 무엇을 기대하는지 정확히 정의할 수는 없어도 뭔가 즐거운 것을 기대하는 것은 분명했다. 그날 혹은 그달은 아니겠지만, 알 수 없는 미래의 어느 때에 올 즐거움 말이다.

나는 일어나 신경 써서 단장했다. 극단적으로 단순하게 지은 옷밖에 없으니 수수해 보일 수밖에 없지만, 그래도 나는 천성적으로 맵시 나게 보이려 애쓰는 사람이었다. 나는 외양을 무시하거나 남에게 주는 인상에 무심한 그런 사람이 아니었다. 오히려 반대로, 가능하면 근사하게 보이려 했고, 부족한 미모가 허락하는 한 남의 눈을 즐겁게 해주려고 애썼다. 가끔은 내가 예쁘지 않은 것이 아쉬웠다. 가끔은 장밋빛 뺨과 오뚝한 코와 앙증맞은 앵두 같은 입술을 갖고 싶다고 생각했다. 훤칠하고 당당하고 잘 발달한 몸매를 바랐다. 이처럼 작고 이처럼 창백해서, 이처럼 불균형하고 이처럼 불거지는 이목구비라서 불행하다고 느꼈다. 나는 왜 그런 열망과 유감을 품었던가? 말로 설명하기는 어려웠을 것이다. 그때는 나 자신에게도 정확하게 설명할 수 없었다. 하지만 이유가, 그것도 논리적이고 타당한 이유가 있었다. 어쨌든, 머리를 매끄럽게 빗어 단장하고, 엄숙한 퀘이커교도처럼 보이기는 하지만, 그나마 몸에 잘 맞는 검은 드레스를 입고 깨끗한 흰 목깃을 두르고 나니, 페어팩스 부인 앞에 나서도 될 만큼 단정한 데다 새로운 학생이 보고 질색하며 뒷걸음질할 정도는 아니라는 판단이 들었다. 나는 침실 창문을 열고 화장대 위의 물건들이 모두 가지런히 정리돼 있는지 확인한 다음, 마음을 다잡고 방을 나섰다.

두꺼운 직물을 깐 긴 회랑을 지나 매끄러운 참나무 계단을 내려가니 홀이었다. 나는 잠시 멈춰 서서 벽에 걸린 그림들(갑옷을 입은 험상궂은 남자 그림과 머리에 분을 바르고 진주 목걸이를 두른 여자 그림이 기억난다)과 천장에서 늘어진 청동 샹들리에와 오래 손때가 묻어 흑단처럼 새까매진, 신기한 조각이 새겨진 커다란 참나무 괘종시계를 살펴보았다. 모든 것이 몹시 위풍당당하고 위압적으로 보였다. 그때 나는 웅장한 것들에 전혀 익숙하지 않았으니까. 반은 유리로 된 홀의 문이 열려 있었다. 나는 밖으로 나갔다. 화창한 가을날 아침이었다. 아침 햇살이 갈색으로 물든 작은 관목숲들과 아직 푸른 들판을 고요히 비추었다. 나는 잔디밭으로 나가 고개를 들고 저택의 정면을 찬찬히 살펴보았다. 삼층 높이 건물은 상당히 크지만 거대하다고 할 정도는 아닌, 귀족의 저택이 아닌 신사의 저택이었다. 지붕을 두른 총안이 있는 홍벽이 독특한 인상을 주었다. 저택의 회색 벽면이 뒤에 있는 숲과 극명하게 대비되어 도드라졌다. 그때 그 숲의 세입자들이 까옥거리며 날아오르더니 저택 잔디밭과 정원을 가로지르며 날아가 드넓은 들판에 내려앉았다. 들판과 저택의 정원은 낮은 울타리로 구분돼 있었고, 울타리를 따라 참나무만큼이나 넓게 가지를 펼친 억세고 옹이투성이인 거대한 늙은 산사나무들이 늘어서 있었다. 손필드(산사나무 들판)라는 이 저택의 이름이 어디에서 유래했는지 단박에 설명이 되었다. 더 멀리에는 산이 있었다. 로우드 주변의 산처럼 높지도 바위투성이지도 현실 세계와 분리하는 방벽 같지도 않았다. 다만 아주 고요하고 쓸쓸한 산들이라, 손필드를 감싼 그 모양새가 번잡한 밀코트 인근에서 마주치리라고는 예상치 못했던 고립된 느낌을 주었다. 멀리 산중턱에 위치한 작은 마을의 나무들 사이로 집 지붕들이 언뜻언뜻 보였다. 이 지역 성당이 손필드 저택 가까이에 있었다. 저택과 바깥 대문 사이에 있는 나지막한 언덕 너머로 성당의 낡은 첨탑이 보였다.

고요한 경치와 상쾌하고 신선한 공기를 즐기며, 까옥거리는 떼까마귀 소리에 기쁘게 귀를 기울이기도 하고 넓고 고색창연한 저택의 정취를 살피기도 하면서, 페어팩스 부인처럼 자그마한 부인이 가족도 없이 살기에는 너무 큰 집이라는 생각을 하고 있는데, 바로 그분이 문간에 나타났다.

"아니, 벌써 일어났어요? 일찍 일어나는 편인가 보군요." 부인이
말했다. 내가 다가가자 부인이 상냥한 입맞춤과 악수로 맞아주었
다.

"손필드는 마음에 들어요?" 부인이 물었다. 나는 아주 마음에 든
다고 대답했다.

"맞아요. 아름다운 곳이에요. 하지만 로체스터 님이 여기로 오
셔서 아주 사시든가, 아니면 하다못해 더 자주 오시기라도 해야지,
안 그러면 엉망이 돼버릴 것 같아서 전 걱정이에요. 훌륭한 저택과
멋진 정원에는 아무래도 주인이 있어야 하니까요."

"로체스터 님이라고요?" 나는 큰 소리로 물었다. "그분은 누구세
요?"

"손필드의 주인이시지요." 부인이 침착하게 대답했다. "이 댁 주
인이 로체스터 님이라는 걸 몰랐어요?"

당연히 몰랐다. 그런 사람 얘기는 들어본 적도 없었다. 그러나 부
인은 그의 존재가 보편적으로 알려진, 누구나 본능적으로 알아야
하는 사실이라도 된다는 듯이 말했다.

"전 손필드가 부인 것이라고 생각했어요."

"내 것요? 맙소사, 무슨 그런 생각을! 내 것이라니요? 난 그저 가
정부, 가사 관리인일 뿐이에요. 사실, 따지자면 로체스터 님의 먼
외가 친척이긴 해요. 적어도 우리 영감님은 그랬지요. 영감님은 신
부님이었는데, 헤이 마을, 저 산 중턱에 있는 작은 마을 말이에요,
거기서 봉직하셨어요. 바깥 대문 근처에 있는 성당이 그분 것이었
지요. 지금 로체스터 님의 어머니께서 페어팩스 가문 분이신데, 제

남편의 육촌 동생이랍니다. 하지만 난 그런 인척 관계를 내세울 생각은 전혀 없어요. 사실 내게 그런 건 중요하지 않으니까요. 나는 날 보통의 가사 관리인과 전혀 다름없이 생각하고 있어요. 이곳의 고용주는 늘 점잖으시니, 나는 그 이상 바라는 게 없어요."

"그럼 그 아이, 제가 가르칠 학생은요?"

"그 애는 로체스터 님이 후견인으로 돌봐주는 아이예요. 주인님이 가정교사 구하는 일을 나에게 일임하신 거고요. 그분은 그 애를 여기서 키울 작정인 것 같아요. 아, 저기 그 애가 오는군요. '본느'하고 같이요. 저 애는 제 보모를 그렇게 부른답니다." 이렇게 해서 수수께끼가 풀렸다. 이 붙임성 있고 친절한 자그마한 부인은 대단한 귀부인이 아니라 나와 같은 고용인 신분이었다. 그런 얘기를 들었다고 부인이 덜 좋아지지는 않았다. 오히려, 훨씬 더 기뻐졌다. 그분과 내가 동등하다는 건 사실이었다. 그저 부인이 겸손해서 그렇게 말한 것이 아니었다. 그게 훨씬 좋았다. 내 지위가 훨씬 더 자유로워졌으니까.

이 새로이 알게 된 사실을 곰곰이 생각하고 있는데, 어린 여자애가 보모를 데리고 잔디밭을 뛰어왔다. 나는 내 학생을 살펴보았다. 처음에 아이는 나를 미처 보지 못한 듯했다. 일곱이나 여덟 살쯤 되어 보이는 아직 어린 꼬마로, 가냘픈 체격에 창백하고 오밀조밀한 얼굴에다 풍성한 고수머리를 허리께까지 늘이고 있었다.

"잘 잤어요, 아델 아가씨?" 페어팩스 부인이 말했다. "이리 와서 인사드려. 너를 가르쳐주시고 똑똑한 사람으로 만들어주실 분이야." 아이가 가까이 다가왔다.

"세 라 마 구베르낭트?(저 분이 내 가정교사야?)" 아이가 나를 가리키면서 보모에게 프랑스어로 물었고, 보모도 프랑스어로 대답했다.

"매 위, 서탠멍.(예, 확실해요.)"

"이분들은 외국인이에요?" 나는 프랑스어를 듣고 의아해서 페어팩스 부인에게 물었다.

"보모는 외국인이고, 아델은 대륙에서 태어났어요. 그리고 내가 알기로는 육 개월 전까지만 해도 대륙을 떠나본 적이 없어요. 이 애가 처음 여기 왔을 때는 영어를 전혀 못 했는데, 지금은 조금 할 수 있게 됐고요. 그래도 어찌나 프랑스어를 섞어대는지, 난 이 애 말은 통 알아들을 수가 없어요. 하지만 선생은 이 애가 하는 말을 잘 알아듣겠지요."

나는 다행히 원어민에게서 프랑스어를 배우는 혜택을 받았다. 그리고 기회가 있을 때마다 마담 피에로와 자주 대화를 나누려 애쓴 데다, 지난 칠 년 동안 억양에 유념하며 선생님의 발음을 최대한 똑같이 모방하면서 매일 꾸준하게 프랑스어를 외운 덕분에 그 언어에 한해서는 상당히 유창하고 정확하게 구사할 수 있으니, 아델 양을 상대해도 크게 당황할 일은 없을 듯했다. 아이는 내가 자신의 가정교사라는 말을 듣자 다가와 내 손을 잡고 흔들었다. 아침을 먹으러 데리고 들어가면서 프랑스어로 두세 마디 건네봤는데, 처음에는 찔끔찔끔 대답하더니 식탁에 앉아 그 커다란 엷은 갈색 눈으로 십여 분쯤 나를 살핀 다음에는 갑자기 마구 재잘대기 시작했다.

"아!" 아이가 프랑스어로 외쳤다. "선생님은 로체스터 아저씨만큼이나 우리 말을 잘하시네요. 선생님하고는 로체스터 아저씨께 하듯이 얘기할 수 있겠어요. 소피도요. 소피도 기뻐할 거예요. 여기선 아무도 소피 말을 알아듣지 못하거든요. 마담 페어팩스는 영어밖에 안 해요. 소피는 제 보모예요. 저랑 같이 연기가 펑펑 나는 굴뚝이 달린 커다란 배를 타고 바다를 건너왔어요. 연기가 얼마나 많이 났다고요! 그리고 전 멀미를 했고, 소피도 그랬고, 로체스터 아저씨도 그랬어요. 아저씨는 살롱이라고 하는 예쁜 방 소파에 누웠고요, 저와 소피는 다른 곳에 침대가 있었어요. 전 하마터면 침대에서 떨어질 뻔했어요. 침대가 꼭 선반 같았거든요. 그런데 선생님, 선생님은 이름이 뭐예요?"

"에어, 제인 에어야."

"애르? 와, 발음을 못 하겠어요. 그런데 아침에, 날이 아주 밝기도 전에, 우리 배가 큰 도시에 닿았어요. 엄청나게 큰 도시였어요. 진짜 새까만 집들이 있고, 온통 연기가 가득해서, 제가 있던 깨끗하고 예쁜 도시하고는 딴판이었어요. 그리고 로체스터 아저씨가 저를 안고 널판지를 건너 뭍으로 건너갔고, 소피가 뒤따라왔어요. 그리고 우리는 모두 마차를 타고 아주 예쁜 커다란 집으로 갔어요. 이 집보다 더 크고 더 예뻤는데, 호텔이라고 한대요. 우리는 거기서 거의 일주일이나 있었어요. 저와 소피는 매일 나무가 가득하고 풀이 자라는, 공원이라고 부르는 아주 넓은 곳을 돌아다녔어요. 거기엔 저 말고도 아이들이 많았어요. 예쁜 새들이 있는 연못도 있었는데, 제가 빵부스러기를 줬어요."

"저렇게 빨리 말해도 다 알아들을 수 있어요?"페어팩스 부인이 물었다.

나는 마담 피에로의 유창한 프랑스어에 익숙했기 때문에, 아델이 하는 말을 알아듣는 건 일도 아니었다.

선량한 부인이 말을 이었다. "그러면 이 애 부모에 관해서 한두 가지만 좀 물어봐주면 좋겠어요. 이 애가 제 부모를 기억할까요?"

"아델." 나는 물었다. "아까 얘기한 깨끗하고 예쁜 도시에 살 때는 누구하고 같이 살았어?"

"오래전에는 엄마하고 같이 살았는데, 엄마는 성모 마리아님한 테 가셨어요. 엄마는 춤추는 거랑 노래하는 거랑, 그리고 시 외는 걸 가르쳐주셨어요. 엄청나게 많은 신사와 숙녀가 엄마를 보러 왔어요. 그럼 전 그 앞에서 춤을 추거나 사람들 무릎에 앉아서 노래를 불렀는데, 재미있었어요. 지금 노래 불러드릴까요?"

아이가 아침을 다 먹은 상태라, 나는 아이에게 배운 걸 보여주도록 허락했다. 아이가 의자에서 내려와 내 무릎에 올라앉았다. 그러고는 조그만 손을 얌전히 모으고 머리를 흔들어 고수머리를 뒤로 넘기더니 눈을 들어 천장을 쳐다보면서 어느 오페라에 나오는 노래를 부르기 시작했다. 남자에게서 버림받은 여자의 노래였다. 배신한 애인 때문에 비탄에 빠져 있다가 애써 자존심을 세우며 하녀에게 가장 빛나는 보석과 가장 아름다운 의상으로 치장해달라고 이르며 그날 밤 무도회에서 배신자를 만나면 쾌활한 태도로 그의 배신이 자신에게 아무 영향도 못 준다는 걸 보여주리라 결심하는 내용이었다.

이렇게 어린 가수에게 부르게 하려고 선택한 노래치고는 이상한 주제였다. 그러나 이 공연의 요점은 어린아이의 혀짧은 소리로 부르는 사랑과 질투의 노래를 듣는 데에 있는 듯하니, 참으로 악취미라 할 것이었다. 적어도 나는 그렇게 생각했다.

아델은 이 소곡을 제법 장단을 맞춰가며 나이에 걸맞게 천진난

만하게 불렀다. 노래를 마친 아이가 내 무릎에서 뛰어내리더니 말했다. "선생님, 이번엔 시를 읊어드릴게요."

아이가 자세를 가다듬더니 라퐁텐의 우화시 〈쥐들의 동맹〉을 읊기 시작했다. 구두점이며 강조점이며 목소리의 강약에다 적절하게 곁들이는 몸짓까지, 나무랄 데 없는 낭독이었다. 나이에 비하면 참으로 비범하다 할 만했는데, 그것으로 그 아이가 얼마나 세심하게 훈련을 받았는지 알 수 있었다.

"그 시는 엄마가 가르쳐주셨어?"

"네, 엄마는 늘 이걸 이런 식으로 알려주셨어요. '카베 부 동? 루이 디텅 드 세 라. 팔레!(그래서 넌 무슨 용건이야? 쥐들 중 한 마리가 말했다. 말해!)' 그리고 제 손을 들라고 했어요. 이렇게요. 질문을 할 때는 끝을 올려야 한다는 걸 기억하라고요. 이번엔 춤을 춰드릴까요?"

"아니, 그만하면 됐어. 그런데 엄마가 네 말대로 성모님께 가신 뒤로는 누구와 같이 살았어?"

"마담 프레데릭과 그분의 남편하고요. 부인이 절 돌봐주셨지만, 친척은 아니에요. 그리고 가난했던 것 같아요. 엄마처럼 좋은 집이 없었으니까요. 거기 오래 있지는 않았어요. 로체스터 아저씨가 영국에 가서 같이 살지 않겠냐고 하시기에, 그러겠다고 했어요. 프레데릭 부인을 알기 전부터 로체스터 아저씨를 알았고, 아저씨는 늘 저한테 친절하신 데다 예쁜 옷과 장난감도 사주셨으니까요. 하지만 보시다시피, 아저씨는 약속을 지키지 않았어요. 절 영국에 데려다놓고 아저씨는 돌아가버리셨잖아요. 그 후론 한 번도 못 봤어요."

아침을 먹은 다음, 나는 아델과 함께 서재로 갔다. 로체스터 씨가 그 방을 공부방으로 쓰도록 지시한 듯했다. 유리문이 달린 책장은 대부분 잠겼지만, 열린 책장 하나에 초급 교육에 필요할 만한 갖가지 책들과 가벼운 고전과 시, 전기, 여행서, 소설 몇 권이 꽂혀 있었다. 로체스터 씨는 그 정도면 가정교사가 개인적으로 읽을 용도로는 충분하다고 생각했으리라. 사실, 당장은 그 정도만 해도 상당히 만족스러웠다. 로우드에서 드문드문 어렵사리 손에 넣을 수 있었던 그 빈약하기 짝이 없던 장서와 비교하면, 그 책장은 풍성한 즐거움과 정보의 수확을 약속하고 있었다. 또 그 방에는 아주 새것인 데다 음색이 좋은 업라이트 피아노는 물론, 회화용 이젤과 한 쌍의 지구의도 갖춰져 있었다.

내 학생은 통 집중하려 들지를 않아서 그렇지, 가르치기는 쉬운 편이었다. 그 아이는 어떤 종류든 규칙적으로 하는 일에는 익숙하지 않았다. 처음부터 너무 오래 앉혀둬서 될 일이 아닐 듯했다. 그래서 내가 어지간히 말을 많이 했고, 또 아이가 어느 정도 배웠다는 판단이 든 데다 점심때가 가까워지자, 보모에게 가도 좋다고 허락해주었다. 그러고 나는 저녁때까지 아이의 교재로 쓸 소소한 그림을 그리며 시간을 보낼 작정이었다.

화첩과 화필을 가지러 위층으로 향하는데, 페어팩스 부인이 불렀다. "아침 수업이 이제 끝났나 보네요." 부인은 접이식 문을 열어놓은 어느 방 안에 있었다. 나는 그 방으로 들어갔다. 고상하게 쇠시리[25]를 댄 높은 천장과 아낌없이 색유리를 넣은 커다란 창문, 호두

---

25 나무의 모서리나 표면을 도드라지거나 오목하게 깎아 모양을 내는 일. 또는 그런 것.

나무 판재를 댄 벽, 자주색 의자와 커튼에 터키산 카펫이 깔린 넓고 위풍당당한 방이었다. 페어팩스 부인은 장식장 위에 놓인 아름다운 자주색 방해석 꽃병들의 먼지를 떨고 있었다.

"정말 아름다운 방이에요!" 나는 방 안을 둘러보며 감탄했다. 그 방의 반만큼 인상적인 방도 본 적이 없었다.

"그렇죠, 여기는 식당이에요. 바람과 햇빛을 좀 쐬려고 방금 창문을 열었어요. 방을 자주 사용하지 않으면 안에 있는 것들이 죄 눅눅해지거든요. 저쪽에 있는 응접실은 무슨 지하실 같다니까요."

부인이 넓은 아치를 가리켰다. 창문에 걸린 커튼과 마찬가지로 자주색으로 물들인 폭이 넓은 커튼이 고리에 묶여 있었다. 넓은 층계 두 단을 올라 안을 들여다보니, 내 풋내기 눈에는 너무 눈부셔서 꼭 요정의 나라를 목격한 것만 같았다. 하지만 그냥 아주 아름다운 응접실일 뿐이었다. 그 안은 여성용 내실이었는데, 응접실과 마찬가지로 하얀 카펫이 깔려서 마치 하얀 눈 위에 화려한 화환들이 놓인 듯했다. 두 곳 모두 천장을 하얀 포도와 포도잎을 조각한 눈처럼 하얀 쇠시리로 장식해서 밑에 있는 반짝이는 진홍색 긴 의자들과 쿠션을 댄 낮은 의자들과 극명한 대조를 이루었다. 하얀 대리석 벽난로 위에 놓인 장식품들은 반짝이는 루비처럼 붉은 보헤미아 유리였고, 창문 사이에 걸린 커다란 거울들이 이 전체적인 눈과 불의 조화를 되비추고 있었다.

"대체 이런 방들을 어떻게 관리하세요, 페어팩스 부인! 먼지도 없고 덮개도 없어요. 공기만 좀 차다 뿐이지, 매일 사람이 쓰는 방 같아요."

"그게, 에어 선생, 로체스터 님이 여기로 오시는 일이 드물기는 하지만, 오실 때는 또 늘 예상치 못하게, 갑자기 오신답니다. 제가 지켜본 바로, 가구가 죄 덮여 있다든지, 오신 걸 알고 부산을 떤다든지 하는 걸 보시면, 여기 있고 싶은 마음이 식는 듯해서, 언제든 방을 쓸 수 있게 준비해놓는 게 상책이라 생각했어요."

"로체스터 씨가 엄격하고 까다로운 편이신가요?"

"딱히 그렇지는 않지만, 신사다운 취향과 습관이란 게 있으시니까, 무슨 일이든 거기에 맞게 관리되기를 바라시지요."

"그분을 좋아하세요? 다들 그분을 좋아하나요?"

"오, 그럼요. 로체스터가는 이 고장에서 늘 존경받는 가문인걸요. 이 근방 일대가, 눈에 보이는 땅 전부가요, 아주 오랜 옛날부터 로체스터가 소유랍니다."

"음, 하지만, 땅 문제와는 별개로, 그분을 좋아하세요? 사람 자체로 좋아할 만한 분인가요?"

"저야 달리 그분을 좋아하지 않을 이유가 없지요. 그리고 소작인들도 그분을 공정하고 관대한 지주로 여기리라 생각해요. 그분이 소작인들과 같이 지낸 적은 거의 없지만 말이에요."

"하지만 좀 특이한 데는 없으세요? 그러니까, 간단하게 말해서, 성격은 어떠세요?"

"아! 성격이라면 나쁘게 말할 구석이 없으시지 싶어요. 좀 특이할 순 있어요. 여행을 아주 많이 하셨고, 세상 돌아가는 것도 아주 많이 보셨다고 생각해야겠죠. 감히 말하자면, 영리한 분이에요. 뭐, 저야 그분과 얘기를 많이 해본 적은 없지만요."

"어떤 식으로 특이하세요?"

"글쎄요, 말로 설명하기는 좀 어려운데, 대단한 건 없어요. 하지만 그분이 말할 때 보면 느껴질 거예요. 농담을 하시는 건지, 아니면 진담을 하시는 건지, 기분이 좋으신 건지, 아니면 그 반대인 건지, 영 알 수가 없거든요. 간단하게 말하자면, 그분의 심중을 완전히 이해할 수가 없다는 거지요. 적어도, 저는 못 하겠어요. 그래도 그런 건 중요하지 않아요. 그분은 아주 훌륭한 주인님이시니까요."

공통의 고용주에 관해 페어팩스 부인에게서 얻어낸 정보는 그게 다였다. 세상에는 인물이나 사물의 성격을 설명하거나 특징을 관찰하고 묘사하는 일을 전혀 못 하는 사람들이 있다. 이 친절한 부인은 틀림없이 그런 부류에 속하는 사람이리라. 내 질문은 그저 부인을 당황스럽게 만들 뿐, 듣고자 하는 얘기를 끌어내지는 못했다. 부인의 눈에 로체스터 씨는 그냥 로체스터 씨였다. 신사에 지주, 그뿐이었다. 부인은 그 이상은 묻지도 궁금해하지도 않았으니, 그분이 어떤 분인지 좀 더 명확하게 알고 싶어 하는 나를 이상하게 여길 게 분명했다.

식당을 나오면서 페어팩스 부인이 집의 다른 부분도 구경시켜 주겠다고 했다. 나는 위층으로 아래층으로 부인을 따라다니며 가는 곳마다 감탄을 연발했다. 어느 방이나 할 것 없이 아름답게 잘 꾸며져 있었기 때문이었다. 건물 앞쪽의 널따란 침실들이 특히 화려해 보였다. 그리고 삼층에 있는 방 중에 몇몇이, 어둡고 천정이 낮기는 했지만, 고풍스러운 분위기를 풍기는 것이 흥미를 끌었다. 원래 아래층 방들에 두고 쓰다가 유행에 뒤떨어지게 된 가구들이 때때로 여기로 옮겨졌다. 좁고 긴 여닫이창으로 들어오는 희미한 빛이 백 살쯤 먹은 듯한 낡은 침대 뼈대를 비추었다. 기묘하게도 종려나무 가지와 아기 천사의 머리통이 조각된, 참나무 아니면 호두나무로 만든 것 같은 서랍장들은 크고 볼품없는 히브리인의 방주 같았다. 높고 좁은 등받이가 달린 유서 깊은 의자들도 줄줄이 늘어섰다. 걸상들은 그보다 더 고풍스러웠지만, 쿠션을 댄 윗면에는 이미 두 세대 전에 관 속의 먼지가 됐을 손이 놓은 자수가 반쯤 바래기는 했지만 여전히 선명했다. 이런 유물들이 들어찬 손필드 저택의 삼층 방들은 과거의 전당 같았다. 이 고적하고 어둑하고 기묘한 외딴 방들이 낮에는 마음에 들었지만, 그 크고 육중한 침대들에 누워 하룻밤을 보내고 싶은 마음은 조금도 들지 않았다. 참나무 문이 잠겨 들어갈 수 없는 방들도 있었고, 어떤 방들은 파리하게 빛나는 달빛에 비춰 봤다면 정말이지 이상하게 보였을, 이상한 꽃들과 이상한 새들과 더없이 이상한 인간들의 형상을 묘사한 조밀한 자수가 놓인 옛 영국식 벽걸이 천이 드리워져 있었다.

"이 방들은 하인들이 써요?"

"아니요. 하인들은 뒤쪽에 있는 작은 방들을 써요. 여기선 아무도 안 자요. 손필드 저택에 유령이 나온다면, 아마 다들 여기라고 생각할걸요."

"저도 그렇게 생각해요. 그럼, 여기, 유령은 없나요?"

"내가 지금껏 들어본 바로는 없어요." 페어팩스 부인이 웃으며 대꾸했다.

"전해지는 얘기도 없어요? 전설이라든가 유령 이야기라든가?"

"내가 알기로는 없어요. 하지만 옛날에 로체스터가는 평화롭다기보다는 좀 난폭한 일족이었다고 하니까, 아마 그래서 지금은 다들 무덤 속에서 편히 쉬고 계시는지도 모르죠."

"그렇군요. '인생의 변덕스러운 열병을 다 치르고 그들은 편히 잠들었도다.'[26]" 나는 이렇게 중얼거리고는 부인이 걸음을 옮기기에 물었다. "페어팩스 부인, 이젠 어디로 가요?"

"지붕 위로요. 같이 가서 경치 구경할래요?" 나는 말없이 부인을 따라 몹시 좁은 층계를 올라 다락방으로 가서, 다시 사다리를 타고 지붕 들창을 통과해 저택 지붕 위로 나갔다. 떼까마귀 서식지와 높이가 같아진 덕분에 둥지들 안이 들여다보였다. 나는 흉벽 너머로 상체를 내밀고 지도라도 펼친 듯이 내뻗은 저택 주변의 지형들을 살폈다. 반짝이는 벨벳 같은 잔디밭이 저택의 회색 기단을 빙 둘러쌌다. 공원만큼이나 넓은 정원에는 고목들이 점점이 서 있었다. 시들고 마른 회갈색 숲에서는 웃자란 풀과 이끼 탓에 무성한 여름날 나무들보다 더 밝은 초록색을 띠게 된 오솔길이 눈에 띄게 도드라져 보였다. 바깥 대문 옆의 성당과 길, 고요한 언덕들 모두가 가을 햇볕을 쬐며 잘 쉬고 있었고, 지평선이 진주처럼 하얀 구름이 섞인 상서로운 푸른 하늘에 맞닿아 있었다. 특별할 것 하나 없는 풍경이었지만 모든 것이 흔쾌했다. 돌아서서 다시 들창을 통과하고 보니, 사다리 밑이 거의 보이지 않았다. 조금 전에 올려다보았던 창공과 저 위에서 더할 나위 없이 기쁜 마음으로 살펴본, 햇볕이 가득한 작은 숲과 목초지, 푸른 언덕과 비교하면 다락방은 캄캄한 지하실이나 마찬가지였다.

페어팩스 부인은 지붕 들창을 닫느라고 잠시 뒤처졌다. 나는 더듬거리며 다락방 입구를 찾아 그 좁은 층계를 내려와서는 삼층의 앞쪽 방들과 뒤쪽 방들을 갈라놓는 긴 복도에서 좀 서성거렸다. 반

---

26 《맥베스》3막 2장에서 맥베스가 덩컨을 언급하며 불안한 마음으로 사느니, 차라리 죽어 편안한 것이 낫다는 의미로 하는 말.

대쪽 끝에 창문이 하나 있는, 비좁고 천장이 낮은 데다 푸른 수염이 사는 성이라도 되는 듯이 양쪽으로 꽉 닫힌 작고 검은 문들이 줄줄이 난 어둑한 복도였다.

조용조용히 걷는데, 이처럼 사람 없는 곳에서는 전혀 예상치 못했던 소리가 들렸다. 괴상한 웃음소리였다. 또렷하고 형식적이고 무자비한 웃음소리. 나는 걸음을 멈추었다. 웃음소리도 멎었지만, 잠깐이었다. 웃음소리가 다시, 더욱 크게 들렸다. 처음에는 또렷하기는 해도 아주 나지막했다. 그 소리가 고독한 방마다 메아리를 울리려는 듯이 떠들썩하게 커졌다가 사라졌다. 어느 방에서 난 소리가 분명했지만, 어느 방에서 났는지 딱히 짚어낼 수가 없었다.

"페어팩스 부인!" 부인이 좁은 층계를 내려오는 소리가 나기에 나는 소리쳤다. "저 요란한 웃음소리, 들으셨어요? 대체 누구예요?"

"아마 하인 중 한 사람이겠죠." 부인이 대답했다. "그레이스 풀일 거예요."

"그 소리, 들으셨어요?" 나는 다시 물었다.

"네, 똑똑히요. 자주 듣는 소리예요. 그레이스는 저 방 어딘가에서 바느질을 해요. 리어가 같이 있을 때도 있고요. 둘이 같이 있으면 시끄러울 때가 많아요."

그 나지막하고 뚝뚝 끊어지는 웃음소리가 다시 나더니 괴상한 중얼거림이 되어 사라졌다.

"그레이스!" 페어팩스 부인이 소리쳤다.

나는 그레이스든 누구든 대답을 하리라고 기대하지 않았다. 그 웃음소리는 지금껏 들어본 적이 없는 참혹하고도 기괴한 웃음소리였으니까. 하지만 그때는 밝은 한낮이었고, 그 괴상한 껄껄웃음에 유령이 연루될 만한 상황도 아니었다. 때도 장소도 공포를 불러일으킬 만하지 않아서 그렇지, 다른 때였다면 미신적인 공포에 사로잡혔을 터였다. 어쨌거나, 그 사건으로 나는 내가 놀람조차 즐기지 못하는 바보임을 알게 되었다.

내가 선 곳에서 제일 가까운 문이 열리더니, 하인 한 명이 나왔다. 서른 살에서 마흔 살 사이로 보이는 여자였다. 단단하고 떡 벌어진 체격에다 붉은 머리였고, 엄숙하고 수수한 얼굴이었다. 그보다 덜 낭만적이고 덜 유령다운 인물은 상상하기도 어려울 것이다.

"그레이스, 너무 시끄러워. 지시한 걸 잊지 마!" 페어팩스 부인이 꾸짖자, 그레이스는 아무 대꾸도 없이 무릎을 굽혀 절하고는 들어가버렸다.

"저 사람은 바느질을 하거나 리어를 도와 하녀 일을 하도록 데리고 있는 사람이에요. 몇 가지 나무랄 데가 없는 건 아니지만, 꽤 일을 잘해요. 그건 그렇고, 오늘 오전에 새 학생하고는 어땠어요?"

대화는 아델로 주제를 옮겨 밝고 활기찬 아래층에 닿을 때까지 계속됐다. 아델이 홀에 있다가 우리를 맞으러 달려오며 외쳤다.

"메담, 부 제트 셀비! (식사 준비 다 됐어요!)" 그러고는 덧붙였다. "쟤 비앙 팡, 무아! (나, 배고파요!)"

페어팩스 부인의 응접실에 차려진 점심상이 우리를 기다리고 있었다.

12장

　손필드 저택과의 고요한 첫 만남이 보증한 순조로운 앞날의 희망은 그 공간과 그곳 사람들을 더 많이 알게 되어도 어그러지지 않았다. 페어팩스 부인은 겉모습 그대로 차분하고 선량한 성품과 상당한 교육 수준에다 남 부럽지 않은 지성을 지닌 분이었다. 내 학생은 활기찬 아이로, 여태 응석을 부리며 오냐오냐 떠받들려 자라 가끔 말을 안 듣는 경우가 있었지만, 전적으로 내 손에 맡겨진 뒤로 그 아이의 버릇을 고쳐보려는 내 계획을 훼방 놓는 분별없는 간섭이 전혀 없었기 때문에, 아이는 곧 변덕 부리는 것을 잊고 가르치기 쉬운 말 잘 듣는 학생이 되었다. 딱히 대단한 재능은 없고, 두드러지는 성격적 특징도 없고, 일반적인 어린이 수준을 조금이라도 뛰어넘는 특출난 감성이나 취향의 발달도 없지만, 일반적인 수준 이하로 떨어지는 결함이나 단점 같은 것도 없었다. 아이는 온당한 진보를 보였고, 아주 깊지는 않겠지만, 그래도 생기 넘치는 애정을 보여주었다. 그리고 아이의 그 순진함과 명랑한 수다와 날 기쁘게 해주려는 노력이 나를 감동시켰고, 그 답례로 나도 아이에게 상당한 애착을 갖게 되어 서로에게 곧잘 만족하며 지내게 되었다.

말이 났으니 말이지만, 아이들의 천성이 천사와 같고 그 교육을 맡은 이들의 의무는 아이들에 대한 맹목적인 헌신이라고 엄숙하게 믿는 사람들에게 내 말은 냉담하게 느껴질 것이다. 그러나 나는 어버이들의 자기중심주의에 아첨하거나 위선적인 말들을 답습하거나 거짓말을 두둔하려고 글을 쓰는 것이 아니다. 나는 그저 사실을 말하고 있을 뿐이다. 나는 아델의 행복과 발전을 진심으로 바랐고, 그 어린 존재에게 고요한 애정을 느꼈다. 내가 페어팩스 부인이 보여주는 친절과 조용한 호감, 그 온화한 마음씨와 성격에서 얻는 즐거움에 감사의 마음을 품는 것과 마찬가지였다.

내가 이런 소리를 하면 다들 비난하겠지만, 더 덧붙이자면, 혼자 정원을 산책할 때, 바깥 대문까지 내려가 문틈으로 멀리 이어진 길을 볼 때, 또는 아델이 보모와 놀고 페어팩스 부인이 저장실에서 젤리는 만드는 틈을 타 층계를 세 번 올라 다락방의 들창을 열고 지붕 위로 나가 외딴 목초지와 언덕 너머, 그리고 사람들로 가득한, 듣기만 하고 본 적은 없는 곳들, 그 바쁘게 돌아가는 세계와 도시들에 닿을지도 모르는 저 아스라한 하늘가를 쳐다볼 때, 아, 그때 나는 얼마나 그 한계 너머를 볼 수 있는 시력을 바랐던가, 그때 나는 그곳에 있기보다 얼마나 더 많은 실질적인 경험을, 얼마나 더 많은 나와 비슷한 사람들과의 만남을, 얼마나 더 다양한 인물들과의 사귐을 갈망했던가. 나는 페어팩스 부인과 아델의 선함을 귀히 여겼지만, 다른, 더욱 생생한 종류의 선이 존재함을 믿었고, 내가 존재한다고 믿는 그것을 직접 보고 싶었다.

누가 나를 탓할까? 물론, 다들 탓할 것이다. 그리고 나는 불평분자라고 부를 것이다. 어쩔 수 없는 일이다. 끊임없이 동요하는 것은 내 천성이라서, 때로는 그 충동들 때문에 괴로울 지경이었다. 그럴 때 유일한 위안은 삼층 복도를 이리저리 거닐면서, 그곳의 정적과 고독 속에서 아무 방해 없이 눈앞에 떠오르는 선명한 환상, 정말이지 많고도 생생한 그 환상들에 마음의 시선을 뺏기는 것이었고, 내 심장을 그 의기양양한 전개에 쿵쿵 뛰게 하고, 그 고난에 부풀리고, 그 활기로 팽창시키는 것이었으며, 무엇보다 내 안의 귀를 열어 절대 끝나지 않는 이야기, 내 상상력이 끊임없이 지어내어 들려주는, 욕망했으나 실제로 겪어보지는 못한 온갖 사건들과 삶과 열정과 감정들로 부글대는 이야기에 귀를 기울이는 것이었다.

인간은 평정에 만족해야 한다고 말해봐야 소용없다. 인간에게는 활동이 있어야 한다. 인간은 그런 걸 찾아내지 못하면 만들어낼 것이다. 수백만이 나보다 더 정체된 운명의 저주를 받았고, 수백만이 말없이 자기 운명을 거역하는 반란을 일으키고 있다. 정치적 반란 말고도 사람들을 감싼 이 삶의 덩어리들 속에서 부글대는 반란이 얼마나 많은지, 아무도 모른다. 여자는 대체로 아주 조용해야 한다고 여겨진다. 하지만 여자도 남자와 똑같이 느낀다. 여자들도 남자 형제들과 똑같이 자신의 재능을 펼칠 활동이, 노력의 결실을 거둘 장이 필요하다. 여자들도 남자들과 한 치도 다르지 않게 똑같이 너무 엄격한 구속에, 너무 절대적인 침체에 고통받는다. 그리고 여자들보다 특혜받는 인간 족속들이 여자는 푸딩을 만들고 스타킹을 짜는 일에, 피아노를 치고 손가방에 수놓는 일에 전념해야 한다고 말하는 건 편협하다. 이 성별에는 이게 필요하다고 정해놓은 관습보다 더 많은 것을 원하거나 배운다고 해서 여자들을 비난하거나 비웃는 건 경솔하다.

그렇게 혼자 있을 때, 심심치 않게 그레이스 풀이 웃는 소리를 들었다. 처음 듣고서 오싹했던, 여전히 윙윙 울리는 낮고 느린 하! 하! 소리였다. 그리고 그 여자가 중얼거리는 기괴한 소리도 들었다. 그게 웃음소리보다 더 괴이했다. 아주 조용한 날이 있는가 하면, 셀 수 없이 많은 소리를 듣는 날도 있었다. 가끔은 그 여자를 보기도 했다. 늘 대야나 접시나 아니면 쟁반을 손에 들고 자기 방에서 나와 부엌으로 내려갔다가, 대개는 (아, 낭만적인 독자여, 이렇게 노골적으로 사실을 말하는 걸 용서하시라!) 커다란 흑맥주 항아리를 들고 금방 돌아오곤 했다. 그 여자의 외모는 늘 그 입과 관련된 기괴함에서 생긴 호기심에 찬물을 끼얹는 역할을 했다. 험상궂고 근엄한 얼굴에는 흥미를 두려야 둘 구석이 없었다. 말을 시켜보려고 몇 번 시도했지만, 말수가 적은 사람인 듯했다. 그런 종류의 노력을 기울일 때마다 여자의 한 마디짜리 대답에 막혀버리곤 했다.

이 집의 다른 사람들, 즉 존과 그의 처, 하녀인 리어, 프랑스인 보모인 소피는 나무랄 데 없는 사람들이었으나, 그렇다고 딱히 치켜세울 만한 것도 없는 사람들이었다. 소피와는 줄곧 프랑스어로 대화했고 가끔 이전에 살던 나라에 관해 묻기도 했지만, 소피는 무언가를 자세하게 설명하거나 이야기를 재미있게 하는 성격이 아니어서 질문이 더 나오기 전에 막으려는 속셈이라도 있는 듯이 알아듣기 힘든 맥 빠지는 대답을 내놓곤 했다.

시월, 십일월, 십이월이 지났다. 일월의 어느 날 오후, 아델이 감기에 걸렸으니 하루 쉬게 해달라는 페어팩스 부인의 요청이 있었다. 게다가 아델도 어찌나 열심히 청을 하는지, 내게도 어린 시절에 어쩌다 한 번 있는 휴일이 얼마나 귀중했는지가 떠올라 이런 때는 유연함을 보여주는 것도 좋다고 생각하여 허락해주었다. 몹시 추웠으나 맑고 바람이 잠잠한 날이었다. 나는 긴 아침나절 내내 서재에 가만히 앉아 있은 것에 싫증이 났다. 마침 페어팩스 부인이 쓴 편지가 우체국에 갈 때를 기다리고 있기에 나는 보닛과 소매 없는 외투를 걸치며 헤이 마을까지 가서 부쳐주겠다고 자원했다. 이 마일 정도 거리이니 겨울날 오후 산책으로 꼭 알맞을 성싶었다. 아델이 페어팩스 부인의 응접실 난롯가에 놓인 자신의 작은 의자에 편안하게 앉아 있는 것을 확인한 뒤에 아이가 제일 좋아하는 밀랍 인형 (나는 보통 은박지에 싸서 서랍에 넣어두곤 했다)을 가지고 놀라고 주고 또 다른 기분전환 거리가 필요할 때를 대비하여 이야기책도 한 권 주었다. "르브네 비앙또, 마 보나미, 마 셰어 마드모아젤, 쟈네트 (얼른 다녀오세요, 저의 좋은 친구, 친애하는 제인 선생님.)" 아이의 인사에 입맞춤으로 답하고서 나는 출발했다.

땅은 굳었고, 대기는 고요했으며, 길은 고적했다. 나는 걸음을 재게 놀리다가 몸이 데워지자 속도를 늦추어 그 시간 그 장소에 웅크린 생물 종들을 기쁜 마음으로 살피며 탐했다. 세 시였다. 종탑 밑을 지나는데 성당의 종이 세 번 울렸다. 그 시각의 매력은 다가오는 어스름에, 차차 낮아지며 창백하게 빛나는 태양에 있었다. 나는 손필드와 헤이 마을의 중간쯤 되는, 여름에는 들장미로, 가을에는 호두와 검은 딸기로 이름난 길을 걷고 있었다. 들장미와 아가위나무가 이 계절에도 군데군데 산호 같은 열매를 달고 있었지만, 뭐니 뭐니 해도 이런 겨울날의 가장 큰 즐거움은 완전한 고독에, 잎도 다 져 버린 적막에 있었다. 여기서는 바람이 불어도 아무 소리가 나지 않았다. 잎사귀를 살랑거릴 물푸레나무나 상록수 한 그루도 없기 때문이었다. 벌거벗은 산사나무와 개암나무 덤불들이 포장길 한가운데에 깔린 닳아빠진 하얀 돌멩이처럼 잠잠했다. 양쪽으로는 드넓게 펼쳐진 목초지뿐, 지금은 풀 뜯는 가축 한 마리 보이지 않고, 이따금 산울타리를 건드리는 작은 적갈색 새들은 깜박 잊고 아직 떨어지지 않은 적갈색 나뭇잎처럼 보였다.

헤이 마을까지 가는 길은 내내 오르막이었다. 중간쯤에 다다른 나는 목초지로 나가는 목책 계단에 걸터앉았다. 얼어붙을 듯한 추위였지만, 망토를 꼭 여미고 두 손을 머프로 감싼 덕분에 춥지는 않았다. 길이 얼음판이 된 것만 보아도 추위가 어느 정도인지 짐작할 수 있었다. 며칠 전에 갑자기 얼음이 녹는 바람에 넘쳐흘렀던 길가 실개천이 지금은 완전히 얼어붙었다. 앉은 곳에서 손필드가 내려다보였다. 아래쪽으로 펼쳐진 골짜기에서 총안이 있는 흉벽을 두른 회색 저택은 확연히 두드러졌다. 저택에 딸린 숲과 검은 땅까마귀 떼의 보금자리가 서쪽 하늘에 우뚝 솟았다. 자리를 뜨지 못하고 미적거리는 사이, 태양이 나무들 사이로 기울다 진홍색으로 가라앉으며 사라졌다. 나는 동쪽으로 고개를 돌렸다.

언덕 위로 달이 솟았다. 아직은 구름처럼 희미하지만 시시각각 빛을 더해가는 달이 헤이 마을을 굽어보았다. 반쯤 나무들에 가린 마을의 굴뚝마다 파란 연기를 피워 올렸다. 마을까지는 아직 온 길만큼 더 가야 했지만, 고요한 적막 속에서 가냘픈 생명의 속삭임이 또렷하게 들렸다. 물 흐르는 소리도 들렸다. 어느 골짜기, 어느 깊은 곳에서인지는 알 수 없었다. 헤이 마을 너머에는 산이 많으니, 그 사이를 흐르는 작은 시내도 여럿일 터였다. 해거름의 고요 덕분에 아주 멀리서 흐르는 시냇물 소리가 바로 옆에서 나는 듯이 들렸다.

그 미세한 물소리와 속삭임을 뚫고 난데없는 소음이 들렸다. 멀면서도 또렷했다. 그림의 전경에 짙은 색으로 힘차게 그려 넣은 단단한 바윗덩어리나 거대한 참나무의 거친 줄기가 공기원근법으로 묘사한 원경의 연하늘색 언덕과 햇볕 비치는 지평선과 옅은 색조들이 섞인 구름을 가리듯이, 확고하게 따그닥따그닥 울리는 금속성 말발굽 소리가 물결치며 떠도는 희미한 여러 소리를 묻어버렸다.

둑길에서 나는 소리였다. 말이었다. 구부러진 길 때문에 아직 보이지는 않지만, 다가오고 있었다. 막 돌층계를 떠나려던 나는 길이 좁으니 말을 먼저 보내야겠다는 생각에 그냥 앉아 있었다. 그 시절의 나는 어려서, 마음속에 온갖 밝고 어두운 공상들이 가득했다. 그 잡동사니 중에는 놀이방에서 들은 이야기들도 있었는데, 성숙기의 젊음은 그런 이야기가 떠오를 때마다 아동기에는 떠올리기 불가능한 강렬함과 생생함을 새로이 더하곤 했다. 말이 다가와 어스름 속에서 모습을 드러내기를 기다리고 있자니, 베시가 해준 이야기에 나오는 '가이트래쉬'가 떠올랐다. 그 영국 북부의 유령은 말이나 노새, 아니면 큰 개 모양을 하고 외진 길에 도사리고 있다가 이따금, 지금 다가오는 저 말처럼 밤길을 가는 나그네 앞에 나타난다고 했다.

소리는 지척이지만, 아직 보이지는 않았다. 따그닥따그닥 하는 소리 말고도 산울타리 밑에서 뭔가 스치는 소리가 난다 했을 때, 거대한 개가 개암나무들 밑동 쪽에 바짝 붙어서 날 듯이 달려왔다. 검고 흰 털이 나무들을 배경으로 도드라져 보였다. 베시가 말한 '가이트래쉬' 그대로였다. 털이 길고 머리가 커다란 사자처럼 생긴 생물. 그러나 그것은 멈춰서서 개 같지 않은 기묘한 눈으로 쳐다봐주기를 반쯤은 기대했던 내 바람과 달리, 서지도 않고 너무나 조용히 지나가버렸다. 뒤이어 말이 나타났다. 키 큰 승마용 말이었고, 등에 사람이 타고 있었다. 그 사람, 그 남자를 보자 순식간에 마법이 깨졌다. 가이트래쉬는 아무것도 태우지 않고 늘 혼자 다녔다. 그리고 내가 알기에, 고블린들은 말 못 하는 짐승 사체에 깃들지는 몰라도 평범한 인간의 형상을 안식처로 탐하는 일은 드물었다. 가이트래쉬가 아니었다. 그저 밀코트로 가는 지름길을 택한 나그네일 뿐이었다.

그가 지나간 뒤에 길로 나선 나는 몇 발자국 걷다가 뒤를 돌아보았다. 미끄러지는 소리와 '어이쿠, 이런 제기랄!'이라는 외침과 덜커덕거리며 구르는 소리가 주의를 끌었기 때문이었다. 남자와 말이 넘어져 있었다. 길에 깔린 얼음판에 미끄러진 것이었다. 개가 튀듯이 돌아와 주인이 곤경에 빠진 것을 보고 또 말이 신음하는 소리를 듣고는 몸집에 걸맞은 굵은 소리로 저물녘의 산들이 다 울리도록 짖어댔다. 개가 쓰러진 사람과 말 주위를 쿵쿵거리며 돌더니 내게로 달려왔다. 개로서는 어쩔 수가 없었다. 주변에 달리 도와줄 사람이 없었으니 말이다. 나는 개가 이끄는 대로 나그네 쪽으로 걸어갔다. 남자가 말 밑에서 빠져나오려고 용을 쓰는 중이었다. 애쓰는 모습을 보니 크게 다친 데는 없겠다 싶었지만, 어쨌든 물어보았다.

"다치셨어요?"

남자가 욕설을 내뱉고 있었다고 생각하지만, 확실치는 않다. 어쨌든 무슨 말을 중얼거리느라 내 질문에 곧바로 답을 하지 않았다.

"도와드릴까요?" 나는 다시 물었다.

"그냥 한쪽으로 비켜서시오."

그가 대답하고는 몸을 일으켜 무릎을 꿇었다가 두 발로 섰다. 나는 한쪽으로 비켜섰다. 그러고는 개가 짖고 으르렁거리는 가운데, 말이 버둥거리며 몸을 일으키고는 발을 구르다가 덜걱거리며 앞으로 나서는 바람에, 저절로 몇 발자국 뒤로 밀려났다. 그러나 상황을 제대로 보지 못할 정도로 밀려나지는 않았다. 결국 상황은 잘 마무리되었다. 말은 제자리에 섰고, 개는 '파일럿, 앉아!'라는 말에 조용해졌다. 나그네는 그제야 허리를 숙이고 발과 다리가 멀쩡한지 시험하듯이 만져보았다. 그러다가 절뚝거리며 내가 조금 전까지 앉았던 계단에 가서 앉는 것을 보니, 어딘가 아픈 게 분명했다.

나는 뭔가 도움을 주고 싶은 기분이었다. 아니면, 다시 남자에게 다가가는 것을 보니, 어쩌면 좀 참견하고 싶은 기분이었는지도 모르겠다.

"다쳐서 도움이 필요하신 거라면, 제가 손필드 저택이나 헤이 마을에서 사람을 불러올게요."

"고맙지만, 괜찮을 거 같소. 부러진 데는 없으니까, 그냥 삔 것뿐이오." 그가 다시 몸을 일으키더니, 시험 삼아 한 발을 딛었다가 저도 모르게 "윽!" 소리를 내고 말았다.

아직 남은 햇빛이 좀 있는 데다 달이 점차 밝아지는 중이라 그의 모습이 훤히 보였다. 그는 모피로 깃을 대고 금속 장식으로 여민 승마용 외투로 몸을 감싸고 있었다. 자세한 사항은 알 수 없지만, 보통 정도의 키에 가슴이 상당히 넓다는 정도는 알아볼 수 있었다. 엄격한 이목구비에 눈썹이 짙은 거무스름한 얼굴이었다. 그때로서는 눈과 찌푸린 눈썹이 화를 내거나 언짢아하는 듯이 보였다. 청년기는 지났으나 아직 중년기에는 이르지 못한 나이였다. 아마 서른다섯쯤 되었으리라. 나는 그가 전혀 두렵지 않았고, 부끄러움을 느끼지도 않았다. 그가 잘생긴, 영웅처럼 보이는 젊은 신사였다면, 감히 그처럼 선 채로 반기지 않는 질문을 하면서 원하지 않는 도움을 주겠다고 나서는 일은 없었을 것이다. 나는 잘생긴 청년을 본 적도 거의 없거니와 말을 건네본 적은 평생에 단 한 번도 없었다. 이론적으로는 아름다움과 우아함, 화려함, 매혹 따위를 존중하고 경의를 표하지만, 남성의 형체를 입고 육화된 그런 성질들을 만난다면, 나는 본능적으로 그것들이 내 안에 있는 어떤 것에도 공명하지 않을뿐더러 공명할 수도 없으리라는 사실을 알아채고 불이나 번개, 아니면 반짝이지만 비위에 맞지 않는 뭔가를 피하듯이 피해버렸을 것이다.

이 낯선 사람만 하더라도, 내가 말을 건넸을 때 미소를 짓거나 상냥하게 답했다면, 내가 도와주겠다고 했을 때 감사를 표하며 유쾌하게 거절했다면, 나는 다시 물어볼 필요를 전혀 느끼지 않은 채 갈 길을 갔을 것이다. 그러나 그 나그네의 찌푸린 표정과 거친 태도 덕분에 나는 마음이 편해졌다. 그가 가라고 손을 흔들었을 때, 나는 제자리를 고수한 채 공표했다.

"이렇게 늦은 시간에 인적도 없는 길바닥에 두고 갈 수는 없어요. 말에 오르실 수 있는지 봐야겠어요."

그렇게 말하자 그가 나를 쳐다보았다. 여태 내 쪽을 돌아보지도 않던 참이었다.

"당신이야말로 댁에 있어야 할 것 같소만. 댁이 이 근처라면, 어디에서 오셨소?"

"바로 저 밑이에요. 그리고 전 달빛이 있을 때는 늦게 나와 있어도 전혀 무섭지 않아요. 원하신다면, 기꺼이 헤이 마을에 들러드릴게요. 사실은 편지를 부치러 거기로 가던 참이니까요."

"바로 저 밑에 산다니, 저 흉벽이 있는 집 말이오?" 그가 손필드 저택을 가리켰다. 희뿌연 달빛을 받은 저택이 지금은 한 덩어리 그림자가 되어 서쪽 하늘과 대조를 이룬 숲을 배경으로 희게 도드라져 보였다.

"네."

"저건 누구의 집이요?"

"로체스터 씨의 집입니다."

"로체스터 씨를 아시오?"

"아뇨, 뵌 적은 없어요."

"그럼, 그 사람은 저기에 살지 않소?"

"네."

"그 사람이 어디 있는지 아시오?"

"모르겠어요."

"당신은 저 저택의 하녀는 아니겠고, 당신은...." 그가 말을 멈추고 내 차림새를 훑어보았다. 여느 때와 마찬가지로 아주 검소한 차림새였다. 검은 메리노직 외투에 검은 비버 보닛. 어느 것이나 화려하기로는 시녀의 반에도 못 미치는 것들이었다. 그는 내 신분을 판정하는 데 어려움을 겪는 듯했다. 내가 도움을 주었다.

"가정교사예요."

"아, 가정교사! 그렇지. 그 생각은 못 했군! 가정교사!" 그러고는 또 내 옷차림을 샅샅이 살폈다. 이 분쯤 지나 그가 계단에서 일어나 걸어보려 하더니 아픈 표정을 지었다.

"사람을 불러달라는 부탁은 못 하겠지만, 직접 좀 도와주면 좋겠소, 원한다면 말이오."

"네."

"지팡이로 쓸 만한 우산 같은 거 없소?"

"없어요."

"그럼 말고삐를 잡아서 나에게 끌어다 주시오. 무서워하진 않겠지요?"

혼자였다면 말에 손대는 것이 무서웠겠지만, 그런 부탁을 받았으니 해보기로 했다. 나는 머프를 계단에 놓고 키 큰 말 쪽으로 걸어 갔다. 고삐를 붙잡으려고 애를 썼지만, 고집이 센 녀석이라 머리 근처엔 손도 얼씬 못 하게 했다. 애를 쓰고 또 썼지만 소용없었다. 게다가 마구 짓밟아대는 녀석의 앞발이 너무 두려웠다. 남자는 한참 기다리며 지켜보다가 마침내 웃음을 터트렸다.

"됐소. 산이 마호메트에게 오지는 않을 듯하니, 당신이 할 수 있는 일은 마호메트가 산으로 가도록 돕는 일이겠소. 미안하지만 이리로 좀 와주시오."

나는 갔다. "실례지만," 그가 말을 이었다. "어쩔 수 없이 당신의 도움을 좀 받아야겠소." 그가 묵직한 손으로 내 어깨를 짚고 몸을 기댄 채 절뚝거리며 말 쪽으로 걸었다. 일단 고삐를 잡자 그는 곧바로 말을 제압하고 휙 안장에 올라탔으나, 그 와중에 삔 데가 비틀렸는지, 얼굴을 심하게 찡그렸다.

그가 꽉 깨물었던 아랫입술을 풀며 말했다. "자아, 이제 채찍을 집어주시오. 저 산울타리 밑에 떨어져 있을게요."

나는 그쪽을 살펴 채찍을 찾아냈다.

"고맙소. 이제 속히 헤이로 가서 편지를 부치시오. 그리고 될 수 있는 대로 빨리 돌아오시오."

박차 달린 발에 챈 말이 놀라서 뒷발로 섰다가는 이내 앞으로 튀어 나갔다. 개가 뒤따라 달려갔다. 셋 다 사라졌다.

거친 바람이 휘몰아 가는
저 황야의 히스처럼.[27]

나는 머프를 집어 들고 걷기 시작했다. 사건이 일어났고, 끝났다. 어떤 의미로나 중요하지도, 낭만적이지도, 흥미롭지도 않은 사건이었지만, 단조로운 삶의 한때에 변화를 아로새겼다. 내 도움이 필요해지고 요청되는 일이 있었다. 나는 도움을 주었다. 뭐라도 도움이 된 듯해서 기뻤다. 사소하고 일시적인 일에 불과하지만, 그래도 적극적인 행위였고, 나는 수동적이기만 한 삶의 방식에 지쳐 있었으니까. 그 새로운 얼굴 역시 기억의 박물관에 들어온 새 그림이나 마찬가지였다. 거기 걸린 다른 그림들과는 달랐다. 첫째로는 남성이기 때문이었고, 둘째로는 거무스레하고 억세고 엄격했기 때문이었다. 헤이 마을에 도착해서 편지를 우체통에 넣을 때까지도

27 이스라엘의 몰락에 관한 토머스 무어Thomas Moore(1799~1852)의 시 〈그대의 왕좌는 쓰러지고〉에서 인용.

그 얼굴이 눈앞에서 어른거렸다. 집으로 돌아오는 내리막길을 서둘러 걷는 동안에도 그 얼굴이 내내 눈에 밟혔다. 목책 계단에 다다르자, 나는 잠시 걸음을 멈추고 주위를 살피며 귀를 기울였다. 말발굽 소리가 다시 포장길을 울리고, 망토를 두른 기수가, 그리고 가이트래쉬처럼 생긴 뉴펀들랜드 종 개가 다시 모습을 드러낼 것만 같았다. 그러나 눈앞에는 산울타리와 꼼짝도 없이 꼿꼿하게 서서 달빛을 받는 짧게 가지 친 버드나무 한 그루뿐이었고, 멀리 일 마일이나 떨어진 손필드를 둘러싼 숲에서 간간이 희미한 바람 소리가 들릴 뿐이었다. 소리가 나는 쪽으로 힐긋 던진 시선이 저택 정면을 가로지르다가 불빛을 발하는 어느 창문에 닿았다. 그제야 늦었다는 생각이 든 나는 서둘러 걸음을 옮겼다.

손필드로 다시 들어가고 싶지 않은 기분이었다. 그 저택의 문지방을 넘는 건 침체 상태로 돌아가는 것이었다. 고요한 홀을 가로지르고 어두컴컴한 층계를 올라 내 고적한 작은 방을 찾는 것은, 그러고는 차분한 페어팩스 부인을 만나 긴 겨울밤을 둘이서, 둘이서만 보내는 것은 지금껏 산책으로 일깨운 희미한 흥분마저 완전히 짓뭉개는 일이었고, 나의 재능들에 단조롭고 너무 정적인 삶이라는, 눈에 보이지 않는 족쇄를 채우는 일이었다. 나는 저택이 주는 안전하고 편안한 삶이라는 특권을 점점 감사하게 여기지 않게 되었다. 불확실하고 곤궁한 삶의 폭풍우 속으로 내던져져 거칠고 쓰라린 경험을 통해 평온함이야말로 바라마지 않을 것이라는 교훈을 얻었다 한들, 평온함을 불평하는 그런 때에는 무슨 소용이 있을까! 그렇다, '너무 안락한 의자'에 가만히 앉아 있는 데에 지친 사람에게는 긴 산책이 도움이 되는 것과 마찬가지다. 그런 상황에서는 몸을 움직이고자 하는 욕구가 자연스러운 것처럼, 나도 그랬다.

나는 바깥 대문에서 머뭇거렸다. 나는 잔디밭에서 서성거렸다.
나는 마찻길을 오락가락 거닐었다. 유리문에는 덧문이 닫혀서 안
을 들여다볼 수 없었다. 시선과 마음이 모두 그 음침한 건물, 내게
는 컴컴한 작은 방들이 들어찬 회색 동굴로만 보이는 건물을 떠나
눈 앞에 펼쳐진 하늘, 그 구름 한 점 없는 푸른 바다로 끌려가는 것
같았다. 그 하늘로 달이 장중하게 솟고 있었다. 달은 언덕을 떠나 위
를 향해, 한없이 깊고 끝없이 먼 하늘 꼭대기를 열망하며 멀리 더
멀리 나아가는 듯했고, 달의 궤적을 따르는 전율하는 별들에 관해
말하자면, 별들을 볼 때마다 내 심장도 전율하며 핏줄기가 달아올
랐다. 우리를 지상으로 불러들이는 건 보잘것없는 것들이다. 홀에
서 괘종시계가 울렸다. 그만하면 족했다. 나는 달과 별을 두고 돌아
서서 샛문을 열고 안으로 들어갔다.

높이 매단 청동 램프만 불을 밝힌 홀은 캄캄하지도, 그렇다고 밝
지도 않았지만, 홀과 참나무 층계의 낮은 단에는 따뜻한 빛이 가득
했다. 그 불그스름한 빛은 식당에서 나오는 것이었다. 두 짝 여닫이
문이 열린 틈으로 벽난로 쇠살대 안에서 타는 온화한 불길과 그 불
빛에 번쩍거리는 대리석 벽난로와 난로용 놋쇠 용구들, 그리고 더
없이 기분 좋은 빛에 드러난 두꺼운 자주색 커튼과 윤을 낸 가구들
이 보였다. 벽난로 선반 가까이 모여 앉은 사람들도 보였다. 잘 보
이지도 않았고 웅성거리는 그 활기찬 목소리들을 알아들을 수도
없었지만, 그 속에서 아델의 목소리를 들었다고 느낀 순간, 문이
닫혔다.

나는 급히 페어팩스 부인의 응접실로 향했다. 거기에도 난롯불

은 타고 있었지만, 촛불도 페어팩스 부인도 없었다. 대신에 난롯가 깔개에 혼자 의젓하게 고개를 쳐들고 앉아 진지하게 불길을 들여다보고 있는 검은색과 흰색이 섞인 털이 긴, 길에서 만난 가이트래쉬를 꼭 닮은 커다란 개가 있었다. 어찌나 닮아 보였던지, 나는 앞으로 나서며 시험 삼아 불러보았다. "파일럿." 개가 일어나더니 다가와 킁킁거렸다. 쓰다듬어주니 커다란 꼬리를 흔들었다. 하지만 단둘이 있기에는 어쩐지 으스스하게 느껴졌는데, 어디서 온 녀석인지 도무지 영문을 알 수 없었기 때문이었다. 촛불이 필요해서 종을 울렸다. 이 방문객에 관한 자초지종을 듣고 싶기도 했다. 리어가 들어왔다.

"이건 웬 개야?"

"주인 나리께서 데리고 오셨어요."

"누구?"

"주인 나리요. 로체스터 씨 말씀이에요. 방금 도착하셨어요."

"그렇군! 페어팩스 부인은 그분과 같이 계시고?"

"네, 아델 아가씨도요. 다들 식당에 계세요. 존은 의사 선생님을 모시러 갔고요. 주인어른께서 사고를 당하셨거든요. 말이 굴러서 발목을 삐셨다네요."

"말이 헤이 쪽 길에서 굴렀대?"

"네, 언덕을 내려오시다가요. 얼음판에서 미끄러지셨대요."

"그렇군. 촛불 좀 갖다줄래, 리어?"

리어가 촛불을 가지고 왔다. 그 뒤를 페어팩스 부인이 따라 들어오더니 앞서 들은 얘기를 그대로 되풀이하고는 의사인 카터 씨가 와서 지금 로체스터 씨와 함께 있다는 소식을 추가한 다음 서둘러 차를 준비시키러 나갔고, 나는 옷을 갈아입으러 위층으로 올라왔다.

13장

로체스터 씨는 그날 밤 의사의 지시에 따라 일찍 잠자리에 든 듯했고, 다음 날 아침에도 일찍 일어나지 않았다. 마침내 그가 아래층으로 내려왔을 때는 일을 처리하기 위해서였다. 대리인과 소작인 몇 명이 도착해 그를 만나려고 기다리고 있었다.

아델과 나는 서재를 비워줘야 했다. 그곳은 이제 매일 방문객들이 쓸 응접실로 징발될 예정이었다. 위층에 있는 방 하나에 난롯불이 지펴지고, 나는 우리 책들을 거기로 옮긴 다음 공부방으로 쓸 수 있도록 정돈했다. 아침나절을 지내보니 손필드 저택이 완전히 달라진 것이 느껴졌다. 더는 성당처럼 고요하지 않아서, 한두 시간마다 현관을 두드리는 노크 소리나 초인종 소리가 울렸고, 홀을 가로지르는 발소리들과 아래층에서 들리는 높낮이가 제각각인 낯선 목소리들도 마찬가지였다. 바깥 세계에서 뻗어온 시냇물이 집을 관통해 흘렀다. 손필드 저택에 주인이 생겼다. 나로 말하자면, 그편이 더 좋았다.

그날은 아델을 가르치기가 쉽지 않았다. 아이는 통 집중을 못 했다. 자꾸 문으로 달려가서 혹시나 로체스터 씨를 볼 수 있을까 하며 난간 너머를 기웃거리더니, 이윽고 아래층으로 내려갈 구실들을 꾸며대기 시작했는데, 내가 보기에는 서재에 들르려는 속셈이었다. 그러나 거기는 아이가 환영받을 곳이 아니었다. 그러다 내가 좀 화를 내면서 가만히 앉아 있으라고 하니, 아이는 "내 친구, 무슈 에 두아르 페어팩스 '드' 로체스터"(나는 그의 세례명을 그때 처음 들었다) 얘기를 쉬지도 않고 쏟아내며, 어떤 선물을 가져왔을지 끊임없이 추측을 늘어놓았다. 지난밤에 그가 밀코트에서 올 짐 속에 아이가 관심을 가질 만한 작은 상자가 있다고 넌지시 암시한 듯했다.

아이가 말했다. "에 슬라 두아 시그니피에, 킬 리 오랄 라 드당 전 카도 풀 모아, 에 프테트르 풀 부 오시, 마드모아젤. 무슈 아 팔레 드 부. 일 마 드망데 르 농 드 마 구베르낭트, 에 시 엘 네때 파 윈 프띠 페르손느, 아세 맹스 에 엉 푸 팔르. 재 디 퀴이. 카 세 브래, 네스 파, 마드모아젤?(그리고 그건 그 속에 제 선물이 있다는 뜻이 분명해요. 어쩌면 선생님 선물도 있을지 몰라요. 아저씨가 선생님 얘기를 했거든요. 저한테 선생님 이름을 물어보셨어요. 그리고 선생님이 자그마하고 마르고 약간 창백해 보이는 사람 아니냐고도 물으셨고요. 전 그렇다고 했어요. 사실이니까요. 그렇지 않아요, 선생님?)"

나와 아델은 여느 때처럼 페어팩스 부인의 응접실에서 점심을 먹었다. 오후에는 바람이 일고 눈이 내려서 공부방에 틀어박혔다. 그러다 날이 어두워지자, 나는 아델에게 책과 바느질거리를 치우고 아래층으로 내려가도 좋다고 허락했다. 아래층이 꽤 조용해지고 현관 초인종 소리도 끊긴 것으로 미루어, 로체스터 씨도 지금은 시간이 날 것이라 짐작했기 때문이었다. 혼자 남은 나는 창가로 갔지만 볼 만한 것이 없었다. 어스름과 눈발로 대기가 흐려서 잔디밭에 있는 관목들조차 보이지 않았다. 나는 커튼을 내리고 난롯가로 돌아왔다.

선명한 잔불 속에서 언젠가 본 라인강변 하이델베르크 성 그림과 닮은 경치를 그려보고 있는데 페어팩스 부인이 들어오는 바람에, 꿰어맞추고 있던 불꽃 모자이크와 함께 고독을 틈타 몰려들기 시작하던 반갑지 않은 무거운 생각들도 흩어져버렸다.

"로체스터 씨가 오늘 저녁에 선생과 아델과 함께 응접실에서 차를 마시고 싶다고 하시네요. 종일 너무 바쁘셔서 진작에 뵙자는 요청을 못 드렸다고 하시면서요."

"몇 시에 차를 드세요?" 나는 물었다.

"아, 여섯 시예요. 시골에 계실 때는 일찍 주무시고 일찍 일어나시니까요. 지금 옷을 갈아입는 게 좋겠어요. 내가 같이 가서 도와드리지요. 초는 여기 있어요."

"옷을 꼭 갈아입어야 해요?"

"네, 그러는 게 좋아요. 로체스터 씨가 계시는 동안에는 나도 늘 저녁에는 옷을 갈아입는답니다."

이런 부가적인 의식은 다소 과하게 격식을 차리는 듯했지만, 어쨌든 나는 방으로 가서 페어팩스 부인의 도움을 받아 검은 모직옷을 벗고 검은 비단옷으로 갈아입었다. 로우드식 몸치장 개념으로 봤을 때 아주 특별한 경우가 아니고서는 입기에 너무 화려하다고 판단되는 연회색 옷을 제외하면, 내가 가진 제일 좋은 옷이자 유일한 다른 옷이었다.

"브로치가 있어야겠어요." 페어팩스 부인이 말했다. 템플 선생님이 작별 선물로 주신 자그만 진주 장식품이 하나 있었다. 그걸 달고 우리는 아래층으로 내려갔다. 낯선 사람에 익숙지 않은 나로서는 그처럼 격식을 차리고 로체스터 씨 앞으로 불려 가는 일이 어쩐지 시련을 겪는 듯이 느껴졌다. 나는 페어팩스 부인을 앞세우고 식당으로 들어가, 그 그림자에 몸을 숨긴 채 방을 가로질렀다. 그러고는 커튼을 드리워놓은 아치를 지나 우아한 내실로 들어섰다.

불을 밝힌 밀랍 초가 탁자 위에 두 자루, 벽난로 선반 위에 두 자루 서 있었다. 그 빛과 활활 타는 난롯불의 열기를 쬐며 파일럿이 누워 있었고, 아델이 그 옆에 무릎을 꿇고 앉아 있었다. 로체스터 씨는 쿠션에 발을 올려놓고 긴 의자에 반쯤 누운 채 아델과 개를 바라보고 있었다. 난롯불이 그의 얼굴을 환하게 밝혔다. 굵고 검은 그 눈썹을 보니 나의 나그네가 맞았다. 네모진 이마가 옆으로 빗어넘긴 검은 머리카락 덕분에 더 네모지게 보였다. 아름다움보다는 성격을 더 잘 드러내는 저 툭 불거진 코. 나는 그 벌름한 콧구멍이 담즙형[28] 체질을 나타낸다고 생각했다. 꽉 다문 입매 하며 턱과 하관… 그랬다, 셋 다 매우 엄했다. 틀림없었다. 이제 망토를 벗은 그의 몸매를 보니, 딱딱하게 각진 것이 얼굴과 잘 어울렸다. 운동선수를 하면 좋을 체형이라고 생각했다. 키가 크거나 우아하지는 않아도, 가슴이 떡 벌어지고 허리가 가늘었다.

---

28 히포크라테스가 분류한 네 가지 체질 중 하나로 성취와 지배를 원하는 목표 지향적 유형이다. 무엇에든 지기 싫어하고 독립적이지만 남의 말을 듣지 않고 오만하고 냉정하다는 단점이 있다.

페어팩스 부인과 내가 들어온 것을 알았을 텐데, 다가가도 고개를 들지 않는 것을 보니 로체스터 씨는 우리에게 신경을 쓰고 싶은 기분이 아닌 듯했다.

"에어 선생이 왔습니다." 페어팩스 부인이 늘 그렇듯이 조용조용하게 말했다. 그가 개와 아이에게서 시선을 떼지도 않은 채 고개만 까딱해 보였다.

"앉으라고 하세요." 정말이지 마지못한 듯한 뻣뻣한 인사에다, '에어 선생이 오거나 말거나 나와 무슨 상관이야? 난 지금 그 여자에게 말을 걸 기분이 아니야'라고 말하는 듯한 조급하고도 형식적인 말투였다. 나는 퍽 마음을 놓으며 자리에 앉았다. 깍듯이 정중한 대접을 받았다면 아마 어리둥절해서 오히려 내 쪽에서 그에 걸맞게 우아하고 섬세하게 대응하거나 대답할 수 없었을 것이다. 그러나 냉담한 변덕은 내게 아무 의무도 지우지 않았다. 반대로 그 기묘한 태도에 깔린 관대한 침묵이 내게는 이점이었다. 게다가 그 남다른 진행 상황이 흥미를 돋웠다. 나는 그가 어떻게 나오는지 보고 싶어졌다.

그는 계속해서 동상처럼 굴었다. 즉, 아무 말도 하지 않고 움직이지도 않았다는 뜻이다. 페어팩스 부인이 누구라도 좀 붙임성 있게 굴어야겠다고 마음먹은 듯이 말을 꺼내기 시작했다. 언제나처럼 친절하게, 그리고 언제나처럼 판에 박힌 말로, 종일 일하느라 힘드셨겠다고, 또 그렇게 발을 삐어서 아프고 성가셨겠다고, 그를 위로했다. 그러고는 하루를 잘 끝낸 그의 참을성과 인내를 칭찬했다.

"부인, 차나 좀 마십시다." 그것이 부인이 받은 유일한 대꾸였다. 부인이 서둘러 종을 울렸고, 쟁반이 들어오자 세심하고 민첩하게 컵과 찻숟가락 등등을 늘어놓기 시작했다. 나와 아델은 탁자로 갔지만, 주인은 긴 의자를 떠나지 않았다.

"로체스터 씨 잔을 좀 가져다 줄래요?" 페어팩스 부인이 내게 말했다. "아델은 엎지를지도 모르니까."

나는 요청에 따랐다. 그가 내 손에서 잔을 받아드는 순간, 그때가 나를 위한 부탁을 하기에 적기라고 생각한 아델이 외쳤다.

"네스 파, 무슈, 킬 리 아 엉 카도 푸어 마드모아젤 에어 당 보트르 프티 코프르?(있잖아요, 아저씨, 아저씨가 말한 작은 상자에 에어 선생님 선물도 있어요?)"

"누가 선물 얘기를 해?" 그가 퉁명스럽게 말했다. "선물을 기대했소, 미스 에어? 선물을 좋아하시오?" 그가 검고 노한, 찌르는 듯한 시선으로 내 얼굴을 살폈다.

"잘 모르겠습니다. 경험해본 적이 별로 없어서요. 일반적으로는 기분 좋은 것으로 생각되는 듯합니다만."

"일반적으로 생각된다? 하지만 '당신'은 어떻게 생각하오?"

"드려도 될 만한 답을 드리려면 시간이 좀 걸릴 것 같습니다. 선물에는 여러 측면이 있어서요, 그렇지 않나요? 그러니 그 성질에 관해 의견을 말하기 전에 모든 측면을 생각해봐야겠어요."

"미스 에어, 당신은 아델처럼 단순하지 않아. 저 애는 나를 보자마자 '카도(선물)'를 내놓으라고 난리인데, 당신은 말을 빙빙 돌리는 군."

"제가 아델보다 선물을 받을 자격에 대한 확신이 없으니 그렇겠지요. 저 애는 오래전부터 아는 사이이니 선물을 요구할 법도 하고, 관습적으로 그럴 권리도 있어요. 저 애 말로는, 늘 장난감을 사다

주셨다면서요. 하지만 제가 그런 요구를 해야 한다면, 당황할 겁니다. 저는 낯선 사람인 데다, 사례를 받을 만한 일을 한 적이 없으니까요."

"아, 지나치게 겸손해할 필요는 없소! 아델을 살펴봤는데, 선생이 애를 많이 쓴 것을 알겠소. 저 애는 영리하지도 않고 재주도 없는 아이인데, 잠깐 사이에 상당히 나아졌어."

"로체스터 씨, 방금 저에게 '카도'를 주셨어요. 고맙습니다. 선생들이 가장 바라는 상이지요. 학생이 나아졌다는 칭찬 말이에요."

"으흠!" 로체스터 씨가 잠자코 차를 마셨다.

"불가로 오시오." 차 쟁반이 나가고, 페어팩스 부인이 뜨개질감을 가지고 방 한구석에 자리를 잡자, 로체스터 씨가 말했다. 그 사이에 아델은 내 손을 끌고 이리저리 방안을 돌아다니며 선반과 탁자에 놓인 예쁜 책들과 장식품들을 구경시켜주고 있었다. 우리는 의무적으로 지시에 따랐다. 아델이 내 무릎에 앉고 싶어 했지만, 가서 파일럿과 같이 놀라는 지시를 받았다.

"내 집에 온 지 석 달 됐다고요?"

"예."

"그러면 어디에 있다–?"

"로우드 학교에 있었어요. ○○주에 있는."

"아, 자선 학교! 거기 몇 년이나 있었소?"

"팔 년요."

"팔 년! 참을성이 대단한 모양이오. 나는 그런 곳에서는 누구라도 그 반도 못 버티고 나가떨어지리라 생각했는데! 당신이 딴 세상 사람 같은 표정을 한 것도 당연하지. 나는 당신이 어디서 그런 표정을 얻었을까 의아했소. 어젯밤 헤이 길에서 다가오는 당신을 보고 기묘하게도 요정 얘기들이 떠오르는 바람에, 자칫하면 내 말에 요술을 걸었느냐고 물어볼 뻔했소. 아직도 확신한 건 아니오. 양친은 어떤 분들이오?"

"다 안 계세요."

"아니면 처음부터 없었거나. 기억은 하시오?"

"아뇨."

"그럴 줄 알았지. 그럼 그 계단에 앉아서 당신네 족속을 기다리고 있었군?"

"누구요?"

"초록색 옷 입은 사람들 말이오. 그들이 나타나기 딱 알맞은 달밤이었으니까. 내가 당신네 요정의 고리를 흩트렸소? 그래서 당신이 길에다 그 빌어먹을 얼음판을 펼쳐놓았고?"

나는 고개를 저었다. "초록색 옷 입은 사람들은 백 년 전에 다 영국을 떠났어요." 나도 그에 못지않게 진지하게 말했다. "헤이 길에도, 이 근처 들판에도 흔적조차 없어요. 여름 달이든 중추의 만월이든, 아니면 겨울 달이든, 달이 그들의 주연을 밝히는 일이 더 있으리라고는 생각지 않습니다."

페어팩스 부인이 뜨개질하던 손을 멈추고는 눈썹을 치켜올린 채 이게 대체 무슨 얘기인지 의아해하는 듯했다.

로체스터 씨가 다시 입을 열었다. "음, 양친은 없어도 친척 같은 건 있겠지, 삼촌들과 숙모들?"

"아니요. 본 적이 없어요."

"그럼 집은?"

"없어요."

"형제자매들은 어디에 살고 있소?"

"형제자매도 없어요."

"누가 추천해서 여기로 오게 됐소?"

"제가 광고를 냈어요. 페어팩스 부인이 광고를 보고 답장을 주셨고요." "맞아요." 선량한 부인이 그제야 우리가 무슨 얘기를 하고 있는지 알아차렸다. "저는 하느님께서 이분을 선택하도록 인도해 주신 것에 매일 감사하고 있답니다. 미스 에어는 저에게 둘도 없는 동료이고, 아델에게는 친절하고 자상한 선생님이세요."

"굳이 알려주실 필요 없어요." 로체스터 씨가 대꾸했다. "칭찬해 봤자 나한테는 소용없으니까. 나는 직접 판단해요. 이 사람은 내 말부터 넘어뜨리고 시작했으니까."

"예?" 페어팩스 부인이 물었다.

"발을 삐게 해줘서 고맙다고 해야 하지."

페어팩스 부인은 당황한 것 같았다.

"미스 에어, 도시에서 살아본 적 있소?"

"아니요."

"사람들을 많이 만나봤소?"

"로우드 학생들과 선생들, 그리고 여기 손필드 식구들 말고는 전혀요."

"책은 많이 읽었소?"

"그냥 어쩌다 손에 들어오는 정도요. 별로 많지는 않고, 수준도 높지 않아요."

"당신은 수녀 생활을 했군. 틀림없이 종교적인 쪽으로 잘 단련됐을 거야. 브로클허스트가 로우드를 관리하는 걸로 아는데, 그자는 신부요, 그렇지 않소?"

"맞습니다."

"그리고 수도원 수사들이 수도원장을 떠받들 듯이, 당신네 여학생들은 그를 떠받들었겠고."

"오, 아니요!"

"아주 냉정하군! 아니라니! 풋내기 수녀가 신부님을 떠받들지 않는다니! 불경스럽게 들리는데."

"전 브로클허스트 씨를 싫어했어요. 그런 사람이 저만이 아니었고요. 그분은 가혹한 사람이에요. 젠체하면서 꼬치꼬치 간섭하는 사람이고요. 우리 머리카락을 잘라버리고, 절약한답시고 쓰지도 못할 형편없는 바늘과 실을 사줬어요."

"그건 아주 잘못된 절약이에요." 이제 다시 우리 얘기의 갈피를 잡은 페어팩스 부인이 한마디 거들었다.

"그게 그 사람이 저지른 제일 큰 잘못이오?" 로체스터 씨가 물었다.

"그분이 혼자 식량 관리부를 감독할 때는, 위원회가 구성되기 전에요, 우릴 거의 굶기다시피 했어요. 그리고 일주일에 한 번씩 긴 설교를 늘어놓아 우리를 지루하게 만들었고. 그리고 그분이 직접 지은 갑작스러운 죽음과 심판에 관한 책을 밤마다 읽어야 해서, 우린 잠드는 걸 무서워했어요."

"로우드에 들어갈 때는 몇 살이었소?"

"열 살쯤요."

"그리고 거기에서 팔 년 있었으니, 그러면, 지금은 열여덟?"

나는 고개를 끄덕였다.

"보다시피, 산수는 유용하다니까. 그 덕이 아니라면, 당신 나이를 짐작도 못 했을 거야. 당신 경우처럼 얼굴 생김새와 표정이 그렇게 크게 차이가 나면, 알아맞히기가 어려워. 자, 그러면 로우드에서 무얼 배웠소? 피아노 칠 줄 아오?"

"조금요."

"그렇겠지. 그게 공식적인 답이니까. 서재로 가시오. 내 말은, 가주시면 좋겠소. 명령투로 말해도 이해해요. 난 이래라저래라 지시하는 데 익숙한 사람이니까. 새로 온 사람 하나 때문에 몸에 익은 버릇을 바꿀 수는 없지. 자, 그럼, 서재로 가시오. 촛불을 가져가요. 문을 열어놓고, 피아노 앞에 앉아서 뭐라도 쳐보시오."

나는 지시에 따라 방을 나섰다.

"그만!" 몇 분 후에 그가 소리쳤다. "그래, 조금은 치는군. 여느 영국 여학생 정도는 말이오. 보통보다 약간 나을지도 모르겠지만, 잘 치는 건 아니야."

나는 피아노 뚜껑을 닫고 돌아왔다. 로체스터 씨가 말을 이었다.

"아델이 아침에 스케치 몇 장을 보여주면서 당신 거라고 하던데, 온전히 다 당신이 그린 것인지는 모르겠어. 아마 선생이 도와줬겠지?"

"아뇨, 그럴 리가요!" 나는 불쑥 내뱉었다.

"아! 내 말이 자존심을 건드렸군. 자, 가서 화첩을 가져와요. 그게 다 당신 창작품이라고 보증할 수 있다면 말이오. 하지만 확실하지 않다면 말도 꺼내지 말아요. 여기저기서 따온 건 나도 보면 아니까."

"그러면 전 아무 말도 안 할 테니, 직접 판단하세요."

나는 공부방에서 화첩을 가져왔다.

"탁자를 가져오시오." 그가 말했다. 나는 탁자를 긴 의자 쪽으로 날랐다. 아델과 페어팩스 부인이 그림을 보려고 가까이 다가왔다.

"모여들지 말아요." 로체스터 씨가 말했다. "내가 다 보고 나면 넘겨줄 테니, 머리로 그림을 가리지 말아요."

그는 스케치와 수채화를 한 장씩 신중하게 살펴보았다. 세 장을 한쪽에 내려놓고, 나머지는 다 살펴보고 나서 밀어냈다.

"페어팩스 부인, 이것들을 다른 탁자로 가져가서 아델과 같이 봐요. 당신은 (나를 힐끗 보며) 앉아서 내 질문에 대답하시오. 이 그림들이 한 사람 손으로 그려졌다는 건 인정하지. 그게 당신 손이오?"

"예."

"언제 이런 걸 그렸소? 이렇게 그리려면 시간이 꽤 많이 들었을 텐데, 구상도 그렇고."

"로우드에서 보낸 최근의 두 방학 동안 그렸어요. 그때는 달리 할 일이 없었으니까요."

"무얼 보고 베꼈소?"

"제 머릿속요."

"당신 어깨 위에 있는 그 머리 말이오?"

"네."

"거기에 이런 것들이 더 있소?"

"있으리라고 생각해요. 더 나은 것이 있으면 좋겠지만요."

그가 눈앞에 그림들을 펼쳐놓고 번갈아가며 다시 살펴보았다.

독자여, 그가 정신이 팔린 틈을 타서 그 그림들이 어떤 그림인지 알려주겠다. 먼저, 대단한 그림들은 아니라는 걸 미리 말해둬야겠다. 그 주제들이 머릿속에 생생하게 떠오른 것은 사실이다. 구체화하려 시도하기 전에, 마음의 눈으로 봤을 때는 놀라웠다. 하지만 손은 공상을 뒷받침하지 못하고, 매번 상상했던 것의 흐릿한 초상만을 내놓을 뿐이었다.

그 그림들은 다 수채화였다. 첫 번째는 일렁이는 바다 위로 검푸른 낮은 구름이 잔뜩 깔린 그림이었다. 원경은 전체적으로 어두웠다. 땅은 없고 굽이치는 큰 물결만 보이는 전경도 마찬가지였다. 한 줄기 빛이 반쯤 가라앉은 돛대를 비추고, 돛대에는 날개에 물거품이 묻은 커다란 검은 가마우지가 앉아 있었다. 부리에 보석이 박힌 황금 팔찌를 물고 있는데, 나는 그 팔찌에다 내 팔레트에서 가장 찬란한 색들을 칠하고 내 붓이 묘사할 수 있는 가장 반짝이는 효과를 더했다. 새와 돛대 밑으로는 녹색 바닷물에 잠긴 익사체가 어렴풋이 보였다. 분명하게 보이는 건 하얀 팔 하나뿐인데, 거기서 팔찌가 빠졌거나 빼냈거나 했을 것이다.

두 번째 그림의 전경에는 바람이라도 부는지 기울어진 풀과 나뭇잎들이 있는 흐릿한 산꼭대기만 보였다. 산 뒤와 위로 어스름이 질 때와 같은 암청색 하늘이 광활하게 펼쳐졌다. 가능한 한 어슴푸레하면서도 부드러운 색조로 묘사한 여자의 상반신 형상이 그 하늘로 솟아오르고 있었다. 흐릿한 이마에는 별이 하나 달렸고, 그 밑의 이목구비는 수증기에 가린 듯했다. 검은 눈은 야생적으로 빛나고, 머리카락이 폭풍우나 번갯불로 찢긴 둔탁한 구름처럼 어둡게 흘러내렸다. 목에는 달빛 같은 파리한 반사광이 비추고, 거기서 피어올라 이 저녁별의 환상에 절하듯이 구부러지는 구름 줄기에도 마찬가지로 희미한 광채가 서렸다.

세 번째 그림에는 극지의 겨울 하늘을 찌를 듯이 솟은 빙산이 보였다. 북극광이 흐릿한 창날을 세운 채 빽빽하게 지평선을 따라 늘어서 있었다. 멀리 원경에 그런 것들을 두고, 전경에는 머리가, 거대한 머리 하나가 솟아 고개를 기울여 빙산에 기대 쉬고 있었다. 이마를 받친 마주 잡은 야윈 두 손이 얼굴 아랫부분에 검은 베일을 드리워, 뼈처럼 하얀, 핏기라곤 없는 이마와 절망의 무감각 말고는 아무 의미도 담기지 않은, 움직이지 않는 공허한 한쪽 눈만 보였다. 관자놀이 위를 덮은, 검은 천을 칭칭 감은 터번 한가운데에 구름처럼 막연하고 흐릿한 하얀 불꽃 고리가 어스레하게 빛났고, 약간 붉은 색조의 반짝임이 군데군데 찍혀 있었다. 이 파리한 초승달은 '왕관과 같은 것'이었고, 그 왕관이 장식하고 있는 것은 '형상이 없는 형상'이었다.

"이 그림들을 그릴 때 행복했소?" 이윽고 로체스터 씨가 물었다.

"전 몰입했어요. 네, 행복했어요. 그림은, 간단하게 말씀드리면, 제가 아는 가장 강렬한 기쁨이에요."

"당연하지. 당신이 직접 한 말에 따르면, 당신에겐 기쁨이랄 게 거의 없었으니까. 하지만 이 이상한 색들을 섞고 배치하는 동안은 예술가의 꿈나라 같은 곳에 있었다고 할 수 있겠지. 매일, 오랫동안 그렸소?"

"방학이라 달리 할 일이 없어서, 아침부터 정오까지, 또 정오부터 밤까지 붙잡고 있었어요. 한여름에는 해도 길어서 집중하는 데 유리했고요."

"그리고 당신은 그 열렬한 노력의 결과에 만족했고?"

"반대예요. 머릿속 그림과 손이 그려낸 그림이 달라서 괴로웠어요. 매번, 제게는 상상한 것을 묘사해낼 능력이 없었어요."

"전혀 없는 건 아니야. 당신 생각의 그림자 정도는 표현됐어. 그이상은 아니겠지만, 아마도. 당신에겐 그걸 완전히 묘사해낼 예술가의 기교와 지식이 충분치 않아. 하지만 이 그림들은, 여학생이 그린 것치고는, 특이해. 구상을 보면, 요정 같은 데가 있어. 이 저녁별의 눈은 꿈속에서 봤겠지. 어떻게 이렇게 맑아 보이면서도 전혀 빛나지 않게 그릴 수가 있지? 위에 있는 천체가 눈의 광채를 억누르니 그렇겠지. 그리고 이 엄숙한 깊이에는 어떤 의미가 있소? 그리고 누가 바람을 그리는 법을 가르쳐줬소? 저 하늘에는 강풍이 불고 있어, 그리고 이 산꼭대기에도. 라트무스[29]는 어디에서 봤소? 이건 라트무스니까. 자! 그림을 치우시오!"

내가 미처 화첩의 끈을 다 묶기도 전에 회중시계를 본 로체스터 씨가 갑자기 외쳤다.

"아홉 시로군. 어찌 된 일입니까, 미스 에어? 아델을 이렇게 늦게까지 재우지 않다니! 침대로 데려가시오."

아델이 방을 나가기 전에 그의 뺨에 입을 맞추었다. 그는 묵묵히 입맞춤을 받았지만, 파일럿이 입을 맞췄어도 그보다는 기뻐했을 듯했다.

"그럼, 다들 편안히 주무시오." 그가 우리와 어울리는 데 지쳤으

---

29 그리스 신화에서 티탄족 달의 여신인 셀레네는 미소년 목동인 엔디미온을 사랑해 밤마다 라트무스산 동굴에서 밀회를 이어간다. 인간의 늙음과 죽음을 슬퍼한 여신은 제우스 신에게 간청하여 엔디미온을 영원한 잠에 빠뜨린다. 둘은 50명의 딸과 유일한 아들 나르키소스를 두었다. 라트무스산은 지금의 튀르키예에 있는 바위산으로 500개의 동굴이 있다고 알려져 있다.

니 나가쳤으면 좋겠다는 표시로 문 쪽으로 손짓을 하면서 말했다. 페어팩스 부인이 뜨던 것을 접어 개고, 나는 화첩을 챙겼다. 우리는 그에게 무릎을 굽혀 절하고, 고개만 까닥이는 냉정한 답례를 받은 다음 물러 나왔다.

"페어팩스 부인, 로체스터 씨가 딱히 특이한 분은 아니라고 하셨죠." 아델을 재우고 다시 부인의 방으로 갔을 때, 나는 말했다.

"음, 특이하신가요?"

"그렇다고 생각해요. 아주 변덕스럽고 느닷없는 분이에요."

"맞아요. 익숙지 않은 사람들에겐 그렇게 보일 거예요. 하지만 난 그분의 방식에 너무 익숙해져서, 그런 생각이 들지도 않아요. 설사, 그분 기질이 좀 특이하다 해도, 이해해드려야죠."

"왜요?"

"그게 그분의 천성이기도 하고, 누구도 자기 천성은 어쩌지 못하잖아요. 그리고 그분에겐 고통스러운 고민거리들이 있으니, 틀림없어요, 그게 그분을 괴롭히고 영혼을 변덕스럽게 만드니까요."

"무슨 고민요?"

"우선, 가정 문제가 있죠."

"하지만 그분에겐 가정이 없잖아요."

"지금이야 없죠, 하지만 예전에는… 아니면, 적어도, 형제는 계셨어요. 그분 형님이 몇 년 전에 돌아가셨어요."

"형님이요?"

"예. 지금의 로체스터 씨는 재산을 상속받은 지 얼마 안 됐어요. 구 년 정도밖에 안 됐으니까요."

"구 년이면 꽤 긴 시간이죠. 형님이 돌아가신 것을 여태 슬퍼할 만큼 로체스터 씨가 형님을 좋아하셨어요?"

"그게, 아니요, 그렇지는 않았을 거예요. 전 두 분 사이에 어떤 오해가 있었다고 봐요. 롤런드 로체스터 씨가 에드워드 씨를 좀 부당하게 대하시긴 했죠. 그리고 부친을 부추겨 에드워드 씨에게 편견을 갖게 하셨던 것 같고요. 선대 로체스터 씨는 돈을 좋아하고, 가문의 재산을 온전히 지키고자 노심초사하는 분이었어요. 재산을 분배해주고 싶어 하지는 않으셨지만, 에드워드 씨에게도 가문의 이름값을 할 만한 재산이 있어야 한다고 몹시 걱정하셨죠. 그래서 에드워드 씨가 성년이 되자마자 딱히 공정하다고는 할 수 없는 어떤 방법을 취하셨는데, 그게 큰 해악이 되고 말았답니다. 선대 로체스터 씨와 롤런드 씨가 결탁해서 에드워드 씨에게 재산을 만들어주기 위해 당사자로서는 고통스러운 처지에 몰아넣었어요. 그 처지가 정확하게 어떤 건지, 저야 자세하게 알 도리가 없지만, 그분의 영혼은 그때 겪어야 했던 고통을 견뎌내지 못한 거예요. 그분은 그다지 관대한 성품은 아니니까요. 에드워드 씨는 가족과 연을 끊었고, 벌써 수년째, 떠도신다고 해야 하나, 그런 생활을 하고 계세요. 형님 되시는 분이 에드워드 씨에게 영지를 넘긴다는 유언도 없이 별세하신 뒤로도, 그분은 보름 이상 손필드에 머무른 적이 없어요. 그리고 정말이지, 그분이 이 오래된 저택을 꺼리는 것도 이상한 일은 아니죠."

"왜 여기를 꺼리세요?"

"아마 음침하다고 생각하시는 거겠죠."

적당히 둘러대는 대답이었다. 나는 좀 더 확실한 답을 듣고 싶었다. 그러나 페어팩스 부인은 로체스터 씨가 겪는 고통의 원인이나 성질에 관해 더 말해줄 확실한 정보가 없거나, 아니면 있어도 알려주고 싶지 않은 듯했다. 부인은 자기도 잘 모르겠다고, 자기가 아는 것도 대부분 어림짐작에 불과하다고 말을 딱 잘랐다. 더는 그 주제를 꺼내지 말아줬으면 하는 기색이 역력하기에, 나도 더 캐묻지 않았다.

14장

그 뒤로 한동안은 로체스터 씨를 거의 보지 못했다. 오전에는 일을 처리하느라 바쁜 듯했고, 오후에는 밀코트나 이웃에서 방문한 신사분들을 맞아 때로는 만찬까지 함께하는 듯했다. 말을 탈 수 있을 만큼 발 상태가 나아지자, 그는 자주 말을 타고 나갔다. 아마도 신사분들의 방문에 대한 답방일 듯한데, 대개는 밤이 늦어서야 돌아왔다.

그 기간에는 아델조차 그에게 불려 가는 일이 드물었고, 내가 그를 보는 일은 홀이나 층계나 회랑에서 어쩌다 마주치는 경우가 다였다. 그럴 때 그는 내 존재를 확인했다는 표시로 희미하게 고개를 까닥이거나 차가운 시선을 던지며 거만하고 냉정하게 지나칠 때도 있고, 신사다운 친절한 태도로 절을 하고 미소를 지을 때도 있었다. 오락가락하는 그의 기분에 마음이 상하지는 않았다. 나와는 상관없는 일이란 걸 알았기 때문이었다. 그 변덕은 나와 전혀 상관없는 요인들에 달려 있었다.

어느 날 손님들과 만찬을 들던 로체스터 씨가 화첩을 가지러 사람을 보냈다. 그림들을 보여주려는 게 분명했다. 페어팩스 부인이 알려준 바로, 신사분들은 밀코트에서 열리는 공회에 참석하러 일찍 떠난다고 했다. 하지만 밤이 되자 비가 오고 날씨가 험악해져 로체스터 씨는 손님들과 동행하지 않았다. 손님들이 가버리고 얼마 안 돼 로체스터 씨가 종을 울렸다. 나와 아델에게 아래층으로 내려오라는 전갈이 당도했다. 나는 아델의 머리를 빗어 단정하게 매만져준 다음 평소와 다름없이 더 손볼 필요도 없는, 땋아서 감아 붙인 머리 모양까지 모든 것이 너무 단정하고 수수해서 흐트러질 만한 데도 없는 퀘이커교도 같은 내 매무새를 점검하고는 층계를 내려갔다. 아델은 드디어 그 '프티 코프르(작은 상자)'가 온 게 아닌가 짐작했다. 무슨 착오가 있었는지, 그 작은 상자가 여태 도착하지 않았기 때문이었다. 아이의 짐작이 맞았다. 식당에 들어서니 탁자 위에 놓인 웬 작은 상자가 보였다. 아이는 그게 그것이라는 걸 직감한 듯했다.

"마 부아트! 마 부아트!(내 상자! 내 상자!)" 아이가 소리치며 달려갔다.

"그래, 마침내 네 '부아트'가 왔다. 자, 이 진짜배기 파리 아가씨야, 그걸 가지고 구석으로 가서 내장이나 파내면서 놀아." 난롯가에 놓인 거대한 안락의자 깊숙이에서 굵은, 어쩐지 빈정대는 듯한 로체스터 씨의 목소리가 들렸다. 그가 말을 이었다. "그리고 명심해. 해부 과정이 이러니저러니, 내장 상태가 어쩌니저쩌니 하며 나를 귀찮게 하지 마. 수술은 잠자코 하도록 해. 티앙 투아 트랑퀼, 앙

팡. 콩프랑 투(조용히 하는 거다, 꼬맹이, 알겠어)?"

아델에게 그런 경고를 할 필요도 없었다. 아이는 벌써 자기 보물을 들고 한쪽 소파로 물러나 뚜껑을 묶은 끈을 푸느라 바빴다. 방해물을 제거하고 얇은 은색 종이를 들춘 아이는 그저 탄성을 지를 뿐이었다.

"오 시엘! 크 세 보!(오 세상에! 너무 예뻐!)" 그러고는 황홀경에 빠져 홀린 듯이 바라보고만 있었다.

"미스 에어, 거기 있소?" 로체스터 씨가 아직 문가에 서 있는 나를 찾으러 반쯤 자리에서 몸을 일으켜 문 쪽을 돌아보며 말했다.

"아! 자, 이리 와요. 여기 앉으시오." 그가 의자 하나를 옆으로 끌어당겼다. "난 아이들이 종알거리는 소리를 좋아하지 않아요. 나 같은 노총각에겐 애들 혀짧은 소리를 듣고 연상할 만한 즐거운 추억이 없거든. 저녁 내 귀찮은 꼬맹이가 종알종알 떠드는 소리를 듣는 건 참을 수 없는 일이지. 미스 에어, 의자를 끌고 가지 말아요. 내가 놓아둔 그 자리 그대로 앉으시오. 그러니까, 괜찮으시다면 말이오. 빌어먹을 예의범절 같으니! 자꾸 까먹는단 말이야. 뭐, 그렇다고 내가 딱히 머리 둔한 노부인들을 좋아하는 것도 아니오. 말이 났으니, 내 집의 노부인을 잊으면 안 되지. 그분을 무시해서는 안 될 일이야. 그분은 페어팩스가 사람이거든, 아니, 페어팩스가 사람과 결혼했지. 그리고 피는 물보다 진하다고 하잖소."

그가 종을 울려 페어팩스 부인을 부르러 사람을 보냈다. 페어팩스 부인이 이내 뜨개질 바구니를 들고 당도했다.

"어서 오시오, 부인. 인정을 좀 베풀어주십사 하고 불렀소. 아델에게 나한테는 선물에 관해서 아무 말도 하지 말라고 일러두었는데, 할 말이 많아서 속이 터질 지경일 거요. 저 애의 말을 들어주면서 말동무가 돼주시오. 그렇게만 해주시면 더없는 은혜를 베푸는 일이 될 겁니다."

정말로 아델은 페어팩스 부인을 보자마자 자기 소파로 불러 앉히고는, 자기 '부아트'에 든 도자기와 상아와 밀랍으로 만든 내용물을 재빨리 무릎 위에 늘어놓으며 자기가 할 수 있는 어설픈 영어로 설명과 감탄을 쏟아놓기 시작했다.

"이걸로 좋은 주인 연기는 마쳤군." 로체스터 씨가 말을 이었다. "손님들끼리 즐겁게 지내도록 해놓았으니, 나도 자유로이 내 즐거움을 찾아도 되겠지. 미스 에어, 의자를 조금 더 가까이 끌어와요. 아직도 너무 멀어. 앉은 자세를 바꾸지 않으면 당신이 보이지 않는단 말이야. 난 이 편안한 의자에서 움직일 생각이 없거든."

나는 지시대로 움직였다. 생각 같아서는 그늘진 곳에 남아 있고 싶은 마음이 간절했지만, 로체스터 씨가 그처럼 직접적으로 명령을 내리니, 시키는 대로 신속하게 복종해야 할 듯했다.

앞서 말했듯이, 우리는 식당에 있었다. 만찬을 위해 밝혀둔 휘황한 불빛이 축제처럼 방 안을 넓게 비췄고, 활활 타는 난롯불은 붉고 선명했다. 높은 창문과 더 높은 아치에는 자주색 커튼이 풍성하고 넉넉하게 걸려 있었다. 아델이 숨죽여 재잘거리는 소리(아이는 감히 목소리를 높이지 못했다) 말고는 사방이 고요해서, 얘기가 잠시 그칠 때마다 유리창에 부딪는 겨울비 소리가 들렸다.

다마스크 천으로 싼 의자에 앉은 로체스터 씨는 전에 본 모습과는 달라 보였다. 그다지 엄격해 보이지 않았고, 침울한 분위기도 훨씬 덜했다. 포도주 탓인지 아닌지는 모르겠지만, 입가에는 미소가 떠돌고 눈이 빛났다. 그는 간단하게 말해, 만찬을 즐긴 뒤의 기분 상태였다. 아침나절의 냉담하고 무뚝뚝한 기분보다 더 개방적이고 온화한, 그리고 더 제멋대로이기도 한 상태. 화강암을 다듬은 듯한 이목구비와 그 커다란 검은 눈에 난로 불빛을 받으면서 푹신한 의자 등받이에 커다란 머리를 기댄 그는 여전히 몹시 험상궂어 보였다. 그의 눈은 크고 검었고, 파악하기가 아주 힘들기도 했다. 그래도 때때로 그 깊숙한 곳에서 이는 변화가 없지는 않아서, 부드러움은 아닐지라도, 적어도 그런 비슷한 느낌 정도는 연상하게 해주었다.

그는 이 분쯤 난롯불을 쳐다보았고, 나는 같은 시간 동안 그를 쳐다보았다. 갑자기 고개를 돌린 그가 자기 얼굴을 살피던 내 시선을 포착했다.

"날 살피고 있군, 미스 에어." 그가 말했다. "잘생겼다고 생각하오?"

신중했더라면, 뭔가 애매하면서도 예의 바른 답을 내놓아야 했다. 하지만 미처 알아차리기도 전에 대답이 튀어나오고 말았다. "아니요."

"허! 이런! 당신에겐 뭔가 특이한 데가 있어. 어린 수녀 같은 분위기가 있단 말이야. 기묘하고, 고요하고, 진지하고, 단순하고, 그렇게 손을 모으고 앉아서는, 말이 났으니 말이지만, 내 얼굴을, 예컨대 지금처럼, 꿰뚫을 듯이 쳐다볼 때가 아니면, 시선은 대체로 양탄자를 향해 있지. 그러다 누가 질문이라도 하면, 또는 대답해야 하는 언급이라도 하면, 당신은 톡 퉁명스러운 정도는 아니더라도 무뚝뚝하다고는 할 수 있는 솔직한 답을 내놓는단 말이오. 그건 왜 그런 거요?"

"제가 너무 솔직했어요. 죄송합니다. 용모에 관한 질문에 곧바로 대답하는 게 쉬운 일이 아니라고 말씀드렸어야 했는데. 사람마다 취향이 다른 법이라거나, 아름다움은 별로 중요하지 않다거나 하는 식으로요."

"그런 대답은 안 하는 편이 나아. 아름다움은 별로 중요하지 않다니, 정말이지! 그런 말로 앞선 무례를 무마하는 척하면서, 나를 다독이고 진정시키는 척하면서, 음흉한 주머니칼로 내 목덜미를 찌르는군! 더 말해봐요. 내게서 어떤 결점을 찾아냈소? 나도 딴 사람들 못지않은 사지와 용모를 지니고 있다고 생각하오만?"

"로체스터 씨, 앞서 드린 답변을 취소하게 해주세요. 정확한 답을 하고자 의도한 게 아니에요. 그저 말이 헛나간 거예요."

"그렇겠지. 나도 그렇게 생각해요. 그래도 답에 대한 책임은 져야지요. 나를 평해 보시오. 이 이마가 마음에 드시오?"

그가 좌우 일직선으로 이마를 덮은 새까만 고수머리를 쓸어올리자 단단해 보이는 지적 기관의 덩어리가 보였는데, 유순한 자비심의 기색이 떠올라 있어야 할 그곳은 뜻밖에 텅 비어 있었다.

"자, 선생님, 전 바보입니까?"

"그 반대예요. 하지만, 제가 '당신은 박애주의자입니까'라고 되묻는다면, 무례하다고 생각하시겠지요?"

"또 나왔군! 이분이 내 머리를 쓰다듬어주는 척하면서 또 칼로 찔렀어. 그리고 그건 내가 애들이나 노부인들과, 이런, 작게 말해야겠군, 어울리는 걸 좋아하지 않는다고 말했기 때문이겠지. 아니요, 아가씨. 나는 일반적으로 말하는 박애주의자는 아니요. 하지만 옳고 그름을 구분하는 판단력은 있소." 그가 그런 능력을 나타낸다고들 얘기하는 그 돌출된 부위를 가리켰다. 그로서는 다행하게도, 머리 위쪽 상당 부분을 차지하는 그것은 정말이지 확연히 눈에 띄었다. "그뿐만 아니라, 한때는 내 마음에도 일종의 순박한 다정함이 있었소. 당신만 한 나이였을 때는 나도 동정심 많은 청년이었지. 미숙하고, 버림받고, 불운한 사람들에게 유달리 마음을 쏟았소. 하지만 그 뒤에 운명이 날 쓰러뜨렸어. 심지어 주먹으로 잔뜩 짓이겨져서, 지금 난 인도 고무로 만든 공처럼 딱딱하고 질기다고 자부하오. 그래도 아직 한두 군데 뚫린 데는 있고, 이 덩어리 중앙에는 아직 감각이 남은 데가 한 군데 있지. 그래, 이것으로 내게 희망이 있겠소?"

"어떤 희망요?"

"인도 고무에서 피가 도는 인간으로 돌아갈 마지막 희망?"

'확실히 술을 너무 많이 드셨어.' 나는 생각했다. 그의 기묘한 질문에는 어떤 답을 해야 할지 알 수 없었다. 그가 돌아갈 수 있을지 없을지, 내가 어떻게 알겠는가?

"몹시 당황하는 것 같군, 미스 에어. 내가 잘생기지 않았듯이 당신도 예쁘지는 않지만, 당황한 모습이 잘 어울리오. 게다가 내 인상을 분석하던 당신의 날카로운 시선이 깔개의 털실 꽃들을 살피느라 바쁘니, 편리하기도 하단 말이지. 그러니 계속 당황하고 있어요, 아가씨. 나는 오늘 밤 사교적이고 수다스러워질 작정이니까."

그 선언과 함께 그가 자리에서 일어나 대리석 벽난로 선반에 한 팔을 걸치고 섰다. 그런 자세에서는 그의 몸매가 얼굴만큼 똑똑하게 보였다. 가슴이 유달리 넓어서 팔다리와 거의 비례가 맞지 않을 정도였다. 사람들 대부분은 그를 못생긴 남자라 생각할 게 틀림없었다. 하지만 그의 태도에는 무의식적인 자부심이 잔뜩 배었고, 행동거지에는 아무 거리낌이 없었다. 자기 외모에는 완전히 무관심한 모양새였다. 타고난 것인지 아니면 우연한 것인지, 자신의 다른 자질들이 단순히 신체적 매력이 좀 부족한 것쯤은 상쇄하고도 남는다는 믿음이 어쩌나 오만한지, 그를 보고 있으면 누구나 어쩔 수 없이 그 무관심을 공유하게 되고, 눈멀고 불완전한 감각으로도 그 자신감을 신뢰하게 되는 것이었다.

"나는 오늘 밤 사교적이고 수다스러워질 작정이야." 그가 같은 말을 되풀이했다. "그래서 당신을 불러온 거요. 난롯불이나 샹들리에는 내 상대로 충분하지 않고, 파일럿도 그렇겠지. 다들 말을 못 하니까. 아델이 약간 낫긴 하지만, 여전히 기준에서는 한참 멀고, 페어팩스 부인도 마찬가지요. 내 보아하니, 당신은 마음만 먹으면 내게 적당한 상대가 될 수 있소. 내가 여기로 초대한 첫날 밤에 당신은 나를 어리둥절하게 만들었지. 그날 이후로 나는 당신을 거의 잊고 있었소. 다른 생각들이 내 머릿속에서 당신을 몰아내버렸어. 하지만 오늘 밤 나는 마음을 편히 먹기로 했소. 끈덕지게 괴롭히는 생각은 떨치고 즐거운 생각만 하기로 말이오. 지금 내게는 당신에게 말을 시키는 것이, 당신에 관해 좀 더 아는 것이 즐거운 일이야. 그러니, 말을 하시오."

나는 말 대신에 미소를 지었다. 딱히 상냥하거나 유순한 미소는 아니었다.

"말을 하라니까." 그가 재촉했다.

"무슨 말을요?"

"뭐든 좋을 대로. 주제도 방식도 전적으로 당신 선택에 맡기겠소."

그래서 나는 아무 말도 하지 않고 앉아 있었다. '내가 그냥 말솜씨를 뽐내려고 아무 말이나 입에 올리리라 기대한다면, 사람 잘못 봤다는 걸 아시게 되겠지.'

"말이 없군, 미스 에어."

나는 가만히 침묵했다. 그가 내 쪽으로 고개를 약간 숙이며 조급한 시선을 던지는 품이 내 눈 속으로 뛰어들기라도 할 기세였다.

"고집?" 그가 말했다. "그리고 화가 났군. 아! 일리가 있어. 내가 좀 부조리하게, 거의 무례한 투로 부탁을 했군. 미스 에어, 용서하시오. 사실은, 딱 잘라 말하건대, 내가 당신을 지위 낮은 사람으로 취급하는 건 아니오. 즉, (자세를 바로잡으며) 나는 그저 스무 살의 나이 차이와 한 세기쯤은 되는 경험의 차이에서 오는 그런 우월함을 주장하는 것이오. 이건 정당하오. '에 쥐 티앙(나는 그걸 주장하는 바요)', 아델이 자주 하는 말대로 말이오. 그리고 내가 지금 당신에게 부디 선한 마음으로 무슨 말씀이라도 해주기를, 그래서 한 곳에 들러붙어 녹슨 못처럼 서서히 사람을 좀먹는 내 생각들에서 좀 벗어나게 해주십사 요구하는 근거는 이 우월함, 이것 하나뿐이오."

황송하게도 그가 거의 변명에 가까운 설명을 늘어놓는 바람에, 나는 그 겸손한 태도에 무감각할 수 없었고, 또 무감각하게 보이고 싶지도 않은 기분이 들었다.

"할 수만 있으면 기꺼이 즐겁게 해드리고 싶어요, 정말로요. 하지만 적당한 주제를 못 찾겠어요. 무얼 흥미로워하실지 제가 어떻게 알겠어요? 질문을 해주시면, 제가 최선을 다해서 답을 해볼게요."

"그럼, 맨 먼저, 당신은 내가 말한 근거로, 즉, 내가 당신의 아버지뻘이라 할 만큼 나이가 많고 당신이 한 집에서 한 무리의 사람들과 조용히 사는 동안, 내가 여러 나라의 여러 사람과 함께 산전수전을 다 겪으며 지구의 반을 돌아다녔다는 근거로, 내게 약간은 권위적이고 퉁명스럽게, 어쩌면 가끔은 엄격하게 굴 권리가 있다는 데 동의하시오?"

"좋을 대로 하세요."

"그건 답이 아니야. 오히려 아주 약을 올리는 답이지, 몹시 모호하니까. 똑바로 대답해요."

"단순히 저보다 나이가 많다거나 저보다 세상을 많이 보셨다는 이유로 저에게 명령할 권리가 있다고는 생각지 않습니다. 주장하시는 우월성은 그 시간과 경험을 어떻게 쓰고 계시느냐에 달려 있겠지요."

"흠! 또 그 신속한 답이군. 하지만 난 그 두 가지 이점을 나쁘게는 아니더라도 무심하게 쓰고 있으니, 그 말이 내 경우에 절대 맞지 않을 걸 아니까, 그렇다고 인정하면 안 되겠지. 그럼, 우월의 문제는 제쳐 두고, 당신은 이따금 내 명령을 받더라도 그 어투에 화를 내거나 기분 상하지 않겠다고 동의해줘야겠소. 어떻소?"

나는 슬며시 웃었다. 속으로는 로체스터 씨가 특이하다고 생각하면서. 그는 자기 명령을 받는 대가로 내게 일 년에 삼십 파운드를 지불하고 있다는 사실을 잊어버린 듯했다.

"웃는 것도 대단히 좋지만," 그가 순간적으로 스친 표정을 즉각 알아차리고 말했다. "말도 좀 해보시지."

"그런 생각이 들었어요. 자기 명령 때문에 화가 나거나 기분이

상하지 않는지, 봉급을 받는 고용인에게 굳이 물어보는 고용주는 아주 드물지 않을까 하는 생각요."

"봉급을 받는 고용인이라! 이런! 당신은 내게서 봉급을 받는 고용인이지? 아 그래, 내가 봉급 생각은 깜빡했군! 그렇다면, 그런 금전상의 이유로, 내가 좀 못살게 굴어도 괜찮겠소?"

"아니요, 그런 이유로는 안 돼요. 하지만, 그걸 잊으셨다는 이유로, 그리고 고용인이 자기 밑에서 편안하게 지내는지 어떤지 살피시는 이유로, 저는 진심으로 동의하는 바입니다."

"그럼 관습적인 형식들과 인사치레를 대폭 생략하는 것에는 동의하시겠소? 그런 생략이 무례에서 나오는 것이라 여기지 않고 말이오."

"제가 약식과 무례를 착각하는 일은 없으리라 확신합니다. 하나는 저도 좋아하는 편이지만, 다른 하나는 비록 봉급을 받는 처지라 해도 자유로운 몸으로 태어난 사람이라면 감수해서는 안 되는 것이니까요."

"거짓말! 자유로운 몸으로 태어난 사람 대부분이 봉급을 위해서라면 어떤 일도 감수할 거요. 그러니, 그건 비밀로 해둬요. 그리고 당신이 전혀 모르는 일반론들에 무턱대고 덤비지 마시오. 어쨌거나, 부정확하긴 했지만, 나는 당신의 답변에 정신의 악수를 청하는 바이오. 말하는 내용도 그렇지만, 말하는 방식에도 말이오. 솔직하고 성실한 태도니까. 그런 태도는 흔하게 볼 수 있는 게 아니지. 아니, 반대로, 솔직함에 대한 보수는 보통 가식이나 냉담함이나 멍청함, 상스러운 방식의 곡해요. 미숙한 여학생 가정교사 삼천 명 중에 단 세 사람도 방금 당신이 한 것 같은 답은 못 할 거야. 하지만 난 당신에게 사탕발림할 생각은 없소. 당신이 대다수 사람과는 다른 틀에서 빚어졌더라도, 그건 당신의 공로가 아니야. 자연이 그렇게 한 거니까. 그리고, 어쨌거나, 내가 너무 빨리 결론을 내렸으니까. 내가 이미 아는 것들에도 불구하고, 당신은 다른 사람들에 비해 별반 나을 것이 없는 사람일지도 몰라. 몇 가지 안 되는 장점들을 상쇄할 만한 참을 수 없는 결점들이 있을지도 모르고 말이야."

'그건 당신도 그럴지 모르지요.' 나는 생각했다. 그 생각이 머릿속을 스칠 때 그와 눈이 마주쳤다. 그는 내 시선을 읽은 듯이, 그 생각이 머릿속이 아니라 내 입으로도 흘러나온 듯이 응답했다.

"맞아요, 맞아. 당신 말이 맞아. 나는 결점이 많은 사람이오. 나도 알고 있고, 장담하건대, 그걸 변명하고 싶지도 않아. 내가 다른 사람들에게 가혹하게 굴 처지가 아니라는 걸 하느님은 아시지. 내게도 과거가 있고, 했던 일들이 있고, 가슴에 손을 얹고 고민해봐야 할 삶의 일면이 있고, 그런 것들을 생각하면 이웃들을 비웃고 비난할 게 아니라 나 자신을 비웃고 비난해야겠지. 나는 스물한 살 때 엇나가기 시작했다가, 아니, 그보다, 불량한 자들이 다 그렇듯이, 나도 비난의 반 정도는 불운과 불리한 환경 탓으로 돌리고 싶으니, 나는 스물한 살 때 잘못된 방향으로 떠밀렸다가 그 뒤로 다시는 바른길로 돌아오지 못했소. 하지만 나는 아주 다른 사람이 될 수 있었소. 당신만큼 선량한, 더 지혜로운, 거의 흠결 없는 사람이 될 수도 있었지. 나는 당신의 평화로운 마음과 깨끗한 양심과 더럽혀지지 않은 추억이 부럽소. 아가씨, 오점이나 얼룩 없는 추억은 더없이 아름다운 보물, 맑은 기운을 채워주는 마르지 않는 샘이오, 그렇지 않소?"

"열여덟 살 때는 어떠셨어요?"

"그때는 괜찮았어. 평온하고, 건전했소. 썩은 물이 덮쳐 냄새나는 웅덩이를 만드는 일도 없었어. 열여덟 살 때는 나도 당신 같았소. 아주 똑같았지. 천성대로라면 대체로 선량한 사람이 되었을 테니까, 미스 에어. 더 나은 종류의 인간 말이오. 하지만 보시다시피 나는 그렇지 않소. 당신은 잘 모르겠다고 생각하지. 나는 적어도 당신 눈에서 그 정도는 읽을 수 있다고 자찬하오. 말이 났으니 말이지만, 조심하시오. 당신이 그 신체 기관으로 표현하는 것 말이오. 나는 그것의 언어를 해석하는 데 빠르니까. 그러니 내 말을 믿어요. 그렇다고 악한은 아니오. 당신은 그렇게 생각하면 안 돼. 내게 그런 악명 같은 걸 씌우면 안 된단 말이지. 나는 내가 타고난 성향보다는 환경 탓에, 부유하고 쓸모없는 자들이 삶인 척하는 온갖 형편없는 열등한 방탕에 빠진 흔하고 시시한 죄인이라고 굳게 믿고 있으니까. 내가 이런 고백을 해서 놀랐소? 알아둬요, 당신은 살면서 앞으로도 종종 본의 아니게 지인들의 절친한 친구로 선발되어 비밀 이야기를 듣게 될 거요. 내가 그랬듯이, 사람들은 당신이 자기 얘기를 하기보다 남의 얘기를 듣는 것에 강점이 있다는 걸 본능적으로 알아볼 거요. 또 당신이 자기들의 비밀을 악의적인 경멸이 아니라 타고난 연민 같은 걸 품고 듣는다는 것도 느끼겠지. 그게 잘 드러나지 않는다고 해서 덜 위안이 되고 덜 격려가 되는 건 아니니까."

"어떻게 아세요? 그런 걸 다 어떻게 짐작하세요?"

"나는 그런 걸 잘 알아요. 그러니 일기라도 쓰는 것처럼 내 생각을 스스럼없이 말하는 거지. 당신은 말할 거요, 환경을 이겨냈어야 했다고. 그랬어야 했지. 그랬어야 했어. 하지만 보다시피, 나는 그러지 않았소. 운명이 나를 그르쳤을 때, 내겐 냉정을 유지할 지혜가 없었소. 난 절망했고, 그러고는 타락했지. 지금은 어느 부도덕한 얼간이가 어떤 상스러운 짓거리로 비위를 상하게 해도, 내가 그놈보다는 낫다고 자찬할 수가 없어요. 그런 놈과 내가 동급이라고 인정할 수밖에 없단 말이오. 아, 꿋꿋하게 버텼더라면! 하느님은 아시겠지! 미스 에어, 죄의 유혹을 받거든 후회할 일을 두려워하시오. 후회는 인생의 독이니까."

"참회가 치유법이라고들 하지요."

"참회는 아니오. 갱생이 치유법이겠지. 그리고 난 갱생할 수 있어요, 아직은 그럴 힘이 있어, 만약… 하지만 그런 생각을 해봐야 무슨 소용이 있겠소, 나처럼 속박당하고 짐 지고 저주받은 자가 말이오? 게다가, 행복이 돌이킬 수 없이 나를 거부하니, 내게도 인생에서 즐거움을 얻을 권리 정도는 있겠지. 난 그걸 얻을 거요, 어떤 대가가 따르든지 말이오."

"그러면 더 타락하시겠군요."

"그럴지도 모르지. 하지만 달콤하고 신선한 즐거움을 얻을 수 있다면, 반드시 타락한다는 법은 없지 않소? 그리고 난 꿀벌이 모은 황무지의 야생 꿀처럼 달콤하고 신선한 것을 얻을지도 모르오."

"쏘일 거예요, 맛도 쓸 테고요."

"당신이 어떻게 아시오? 해본 적도 없으면서. 당신 표정이 참으로 심각하고 참으로 엄숙하군요. 그런 문제에는 이 조각상 머리만큼이나 무지하면서 말이오." 그가 벽난로 선반에 놓인 조각상 하나를 집어 들며 말했다. "당신은 내게 설교할 권리가 없어요, 풋내기 씨. 당신은 아직 인생의 출발선도 지나지 않았고, 인생의 신비 같은 건 전혀 알지도 못하오."

"전 다만 앞서 하신 말씀을 돌려드리는 것뿐이에요. 과오는 후회를 불러오고, 후회는 존재의 독이라는 말씀요."

"누가 과오 얘기를 한다고 그러시오? 난 내 머릿속을 스친 생각을 과오라고 생각하지 않소. 유혹이라기보다는 영감이었소. 아주 다정하고 몹시 안심되는. 나는 확신하오. 자, 또 왔군! 장담하건대, 이건 악마가 아니오. 설사 악마라 하더라도 빛나는 천사의 옷을 입고 있지. 이처럼 아름다운 손님이 내 가슴에 들고자 청한다면, 받아들여야 마땅하다고 생각하오."

"믿지 마세요. 진짜 천사가 아니에요."

"다시 한번 말하지만, 당신이 어떻게 아시오? 대체 무슨 감으로 나락에 떨어진 타락 천사와 천상의 옥좌에서 보낸 사자를, 안내자와 유혹자를 구별할 수 있는 체하는 거요?"

"전 그저 표정을 보고 판단했을 뿐이에요. 그런 청이 들어왔다고 말씀하실 때 안색이 흐려지셨으니까요. 그것에 귀를 기울이면 더 괴로워지실 거라는 느낌이 들어요."

"천만에. 이건 세상에서 제일 자비로운 계시를 품고 있소. 나머지에 대해서는, 당신이 내 양심을 지키는 사람도 아니니, 괜히 불편해할 것 없어요. 자, 들어오시오, 아름다운 방랑자여!"

그는 자기 눈 말고는 아무에게도 보이지 않는 환상에 말을 건네듯이 말했다. 그러고는 반쯤 펼쳤던 두 팔을 거둬 가슴께에서 겹쳤는데, 눈에 보이지 않는 존재를 품에 안는 듯했다.

"자아," 그는 다시 내 쪽을 향해 말을 이었다. "이제 나는 순례자를 받아들였소. 변장한 신성한 존재가 틀림없어요. 벌써 내게 선을 행했소. 내 가슴은 일종의 납골당이었는데, 이제는 신전이 될 것이오."

"솔직하게 말씀드리면, 무슨 말씀이신지 전혀 이해가 안 돼요. 대화를 따라가지 못하겠어요. 제 이해력의 범위를 벗어나는 얘기라서요. 딱 하나는 알겠어요. 자신이 원하는 만큼 훌륭하지 못하다고 말씀하셨다는 것, 그리고 자신의 불완전함이 유감이라고 말씀하셨다는 것이요. 제가 이해한 한 가지는, 더럽혀진 추억을 갖는 것이 영원한 파멸이라 암시하셨다는 거예요. 저로서는, 열심히 노력하신다면 스스로 인정할 만한 사람이 되는 것이 가능하다는 걸 조만간 아시게 되리라 생각합니다. 그리고 오늘부터라도 결심하고 생각과 행동을 고치기 시작하신다면, 몇 년 안에 즐겁게 회상하실 수 있는, 결점 없는 새로운 추억들을 가득 쌓으시리라 생각합니다."

"당연한 생각이고 지당하신 말씀이오, 미스 에어. 그리고 바로 지금, 나는 지옥으로 가는 길을 열심히 닦고 있지."

"예?"

"난 그 길을 선의로 포장하고 있어요. 부싯돌만큼이나 튼튼할 거요. 확실히, 어울리는 사람들이나 하고 다니는 짓들도 이전과는 달라져야겠지."

"이전보다 낫게요?"

"이전보다 낫게, 더러운 쇠똥보다 순금 덩어리가 낫듯이 훨씬 낫게. 당신은 내 말을 의심하는 것 같지만, 난 의심하지 않아요. 난 내목적이 무엇인지, 내 동기가 무엇인지 아니까. 그리고 바로 지금 난그 둘이 정당하다는, 메디아 사람들이나 페르시아 사람들의 법률처럼 절대 바꿀 수 없는 법률을 선포하는 바이오."

"그것들을 정당화하기 위해 새로운 법률이 필요하다면, 그것들이 정당할 리가 없어요."

"정당하오, 미스 에어, 절대적으로 새로운 법률이 필요하지만 말이오. 전례 없는 상황에는 전례 없는 규칙이 필요한 법이니까."

"그건 위험한 격언처럼 들려요. 남용되기 쉽다는 걸 금방 알 수 있으니까요."

"참 설교도 잘하는 현자시로군! 바로 그렇소. 하지만 난 우리 가문의 수호신들을 걸고 절대 남용하지 않을 것을 맹세하오."

"인간은 오류에 빠지기 쉽습니다."

"난 인간이오. 당신도 그렇고. 그래서 어쨌단 말이오?"

"오류에 빠지기 쉬운 인간이 성스럽고 완벽한 이에게 안전하게 맡겨진 힘을 부당하게 써서는 안 되는 법입니다."

"무슨 힘 말이오?"

"이상한, 허가되지 않는 종류의 행위를 가리키며 이렇게 말하는 힘이죠. '이는 정당하노라.'"

"'이는 정당하노라.' 바로 그거야. 방금 당신이 선언했어."

"그럼 정당하기를 바랄게요." 나는 자리에서 일어나며 말했다. 전혀 이해할 수 없는 대화를 계속해봐야 무익하다고 생각해서였다. 게다가 대화 상대의 성격이, 내 식견으로는 갈피를 잡을 수 없었다. 적어도 그때의 내 식견으로는 그랬다. 그리고 알지 못한다는 확신이 들자 불안정한, 모호한 불안이 일었다.

"어딜 가시오?"

"아델을 재우러요. 잘 시간이 지났어요."

"스핑크스 같은 얘기를 하니까 내가 무서워진 게로군."

"하시는 말씀이 수수께끼 같아요. 하지만 당황스럽기는 해도 무섭지는 않습니다."

"무서워하고 있어. 당신의 자애심自愛心은 사고를 칠까 봐 두려운 거야."

"그런 의미에서는 확실히 신경이 쓰입니다. 허튼소리를 지껄이고 싶지는 않으니까요."

"당신은 허튼소리를 지껄여도 그처럼 진지하고 침착한 태도로 할 테니, 난 제대로 된 소리라 착각하겠지. 당신은 웃는 법이 없소, 미스 에어? 굳이 대답할 필요 없어요. 당신이 웃는 걸 좀처럼 본 적이 없으니까. 하지만 당신은 매우 명랑하게 웃을 수 있는 사람이야. 내 말을 믿어요, 내가 천성적으로 나쁜 사람이 아니듯이, 당신도 천성적으로 근엄한 사람이 아니야. 당신에게는 여전히 로우드의 압박이 어느 정도 배어 있어서, 당신의 용모를 통제하고, 목소리를 억누르고, 수족을 구속하고 있어. 그리고 당신은 남자나 남자 형제, 아니면 아버지, 아니면 고용주, 아니면 뭐가 됐든, 그 앞에서 너무 즐겁게 웃거나 너무 스스럼없이 얘기하거나 너무 재빨리 움직이는 걸 두려워하지. 하지만 머지않아, 내가 당신과 있을 때 격식을 차리기 힘든 걸 알게 됐듯이, 당신도 나와 있을 때 자연스러워지는 법을 알게 되리라 생각하오. 그러면 당신의 표정과 행동도 지금보다 훨씬 생기 있고 다채로워지겠지. 내게는 가끔 꽉 닫힌 새장 창살 틈으로 힐끔거리는 호기심 가득한 새가 보이거든. 거기, 기운차고, 활달하고, 굳센 포로가 있소. 풀려나기만 하면 구름까지라도 날아오를 거요. 그래도 가야겠소?"

"아홉 시 종이 쳤어요."

"신경 쓰지 말아요. 아, 잠깐만, 아델은 아직 잘 준비가 안 됐소. 내 위치가, 미스 에어, 난롯불을 등지고 방 안을 향하고 있으니, 관찰하기가 좋단 말이오. 당신과 얘기하면서 이따금 아델을 지켜봤는데, 내겐 아델을 진기한 관찰 대상으로 삼을 만한 나름의 이유가 있어서 말이오. 이유는 언젠가 당신에게 말할지도, 아니, 말해주겠소. 여하튼 아델이 십 분 전쯤에 상자에서 작은 분홍색 명주옷을 꺼냈는데, 그걸 펼치더니 얼굴에 황홀한 빛이 퍼졌소. 그 애의 핏속엔 교태가 흘러 뇌에도 섞여들고 골수에도 스며들지. '일 포 크 주 레 세! 에 아 랑스탕 멤!(이건 입어봐야 해! 그것도 지금 당장!)'이라고 외치고는 달려 나갔어. 지금 소피와 함께 옷을 입어보는 중이야. 조금 있으면 돌아올 거요. 난 무엇을 보게 될지 알아. 막이 오르면 무대에 나타나던 모습 그대로의, 축소판 셀린 바랑스겠지. 하지만 그건 신경 쓰지 말아요. 어쨌든, 내 가장 상처 입기 쉬운 감정들이 곧 충격을 받을 참이오. 내 예감이 그렇소. 있어봐요, 예감이 실현되는지 봅시다."

얼마 지나지 않아 경쾌하게 홀을 건너오는 아델의 작은 발소리가 들렸다. 후견인이 예언한 대로 아이는 딴사람이 되어 있었다. 앞서 입었던 갈색 원피스 대신 아주 짧고 주름을 있는 대로 잡은 장밋빛 공단 드레스를 입고, 머리에는 장미봉오리 화관을 쓰고, 발에는 비단 스타킹과 작은 흰 공단 샌들을 신었다.

"에스 크 마 로브 바 비앙?(제 옷 어때요?)" 아이가 콩콩 뛰어오며 외쳤다. "에 메 술리에? 에 메 바? 트네, 주 크루아 크 주 배 당세!(제 신발은요? 스타킹은요? 보세요, 저 춤도 출 수 있을 거 같아요!)"

아델이 치맛자락을 펼치고 발레 동작으로 방을 가로질러 로체스터 씨 앞까지 가더니 발끝으로 가볍게 한 바퀴 돌고는 한쪽 무릎을 꿇고 앉아 외쳤다.

"무슈, 주 부 르메르시 밀 푸아 드 보트르 본테(아저씨의 친절에 천 번 감사드려요)." 그러고는 일어나 덧붙였다. "세 콤 슬라 크 마망 패재, 네스 파, 무슈(엄마가 이렇게 했죠, 그렇지 않아요, 아저씨)?"

"정-확-하-게!" 로체스터 씨가 대꾸했다. "그리고, '콤 슬라(그렇게)', 내 영국제 바지 주머니에서 영국 금화를 우려냈지. 나도 풋내기였소, 미스 에어, 아, 새파란 풋내기였지. 한때 나를 물들인 봄의 빛깔도 지금 당신을 신선하게 물들이는 봄의 빛깔에 못지않았어. 그러나 나의 봄은 갔소. 하지만 내 품에 작은 프랑스제 꽃 한 송이를 남겨두고 갔지. 어떨 때는 기꺼이 내다 버리고 싶은 기분이 드는 꽃을 말이오. 이제 뿌리는 귀히 여기지 않소. 황금 가루만이 비료가 되는 종류라는 걸 알았으니까. 꽃도 반쯤밖에 좋아하지 않아요. 특히 지금처럼 인공적으로 보일 때는 말이오. 어느 쪽이냐면, 나는 한 가지 선행으로 여러 크고 작은 죄를 갚을 수 있다는 로마 가톨릭의 교리에 따라 그걸 가꾸고 기르는 중이오. 내가 언젠가 다 설명해주리다. 잘 자요."

15장

로체스터 씨는 정말로 나중에 기회를 보아 그 일을 설명해주었다.

어느 날 오후, 아델과 함께 정원에 나가 있다가 우연히 그를 만났다. 그는 아델이 깃털공을 가지고 파일럿과 노는 동안 너도밤나무가 늘어선 긴 진입로를 산책하자고 했다. 거기에서라면 아델을 계속 지켜볼 수 있었다.

그는 아델이 자신이 한때 '그랑 파시옹(대단한 열정)'이라는 것을 품었던 프랑스의 오페라 무용수 셀린 바랑스의 딸이라고 했다. 셀린은 그 열정을 한층 더한 열정으로 돌려주겠노라 공언했다. 그는 그녀가 못생긴 자기를 숭배한다고 생각했다. 우아한 아폴론 조각상보다 자신의 '운동선수 같은 체격'을 더 좋아한다는 그 여자의 말을 믿었다고 그는 말했다.

"그래서 말이오, 미스 에어, 프랑스 요정이 영국 도깨비를 편애

해주는 것이 너무 기분 좋은 나머지, 그 여자를 호텔로 모시고 하인들과 마차와 캐시미어와 다이아몬드와 레이스 등등을 완벽하게 갖춰주었소. 간단하게 말하면, 다른 여느 얼간이들과 똑같은 표준적인 방식으로 자멸의 과정을 시작한 거지. 나한테는 수치와 파멸로 가는 새로운 길을 그려내는 독창성은 없는 듯하오. 수많은 사람이 앞서간 뻔한 길을 미련할 만큼 정확하게, 한 치의 어김도 없이 따라갔으니까. 나는, 당연한 일이지만, 다른 얼간이들과 똑같은 운명을 맞게 되었소. 어느 날 밤에 어쩌다 예고 없이 셀린을 찾아가게 됐는데, 그 여자는 외출하고 없었소. 그러나 더운 밤인 데다 파리 시내를 돌아다니느라 지친 나는 그 여자의 내실에 앉아서 조금 전까지 그곳에 있었던 여자의 존재로 신성해진 공기를 기쁘게 들이마셨지. 아니, 이건 과장이오. 난 그 여자에게 뭐라도 신성하게 만드는 미덕이 있다고는 생각해본 적이 없어. 그 여자가 남겨둔 건 오히려 일종의 훈향 냄새였어. 거룩함의 냄새가 아니라 사향과 용연향이었지. 온실의 꽃 냄새와 방 안에서 나는 향수 냄새에 숨이 막힐 듯해서, 나는 창을 열고 발코니로 나가야겠다고 생각했소. 달빛과 가스등 불빛만 있는, 아주 고요하고 맑은 밤이었지. 발코니에 의자가 몇개 있어서 나는 앉아서 여송연을 꺼냈소. 음, 지금도 한 대 피워야겠군, 당신이 괜찮다면."

여기서 이야기는 잠시 멈추고, 여송연을 꺼내고 불을 붙이는 동작이 이어졌다. 그는 여송연을 입에 물었고, 해도 없는 얼어붙은 공중으로 쿠바산 담뱃잎 연기를 길게 뿜어내고는 다시 말을 이었다.

"그 시절에 나는 봉봉도 좋아했다오, 미스 에어. 그래서 여송연을 피우는 간간이 초콜릿 과자를 우적거리면서 근처에 있는 오페라하우스를 향해 화려한 거리를 달려가는 마차들을 보고 있었지. 그때 아름다운 영국산 말 두 필이 끄는 우아한 유개마차 한 대가 눈에 띄었소. 환한 도시의 불빛을 받아 뚜렷하게 보이는 그 마차는 내가 셀린에게 준 것이었소. 셀린이 돌아오는 것이오. 나는 당연히 조바심으로 심장을 두근거리며 철제 난간에 붙어 섰소. 마차는 내가 예상한 대로 호텔 앞에 멈췄지. 나의 불꽃이(오페라 무용수 정부에게 딱 맞는 호칭이지) 내렸소. 망토를 휘감고 있었지만, 말이 났으니 말이지만, 그처럼 더운 유월 밤에는 필요도 없는 거추장스러운 물건이었소, 나는 여자가 마차 계단에서 내릴 때 치맛자락 밑으로 슬쩍 보인 그 작은 발을 바로 알아보았소. 내가 발코니 밖으로 몸을 내밀고 막 '나의 천사'라고, 사랑하는 이의 귀에만 들릴 만한 소리로 중얼거리려는 찰나, 어떤 사람이 뒤따라 마차에서 뛰어내렸소. 역시 망토를 두르고 있었지만, 보도를 울린 발뒤꿈치에는 박차가 달려 있었고, 호텔의 마차용 아치 현관을 지나는 머리에는 모자가 씌어 있었지."

"당신은 질투를 느낀 적이 없어요, 그렇지 않소, 미스 에어? 당연히 없겠지. 물어볼 필요도 없어. 사랑을 느껴본 적이 없으니까. 두 감정 다 아직 느껴보지 못한 거지. 당신의 영혼은 잠자고 있소. 그 잠을 깨울 충격이 아직 닥치지 않았으니까. 당신은 당신 인생이 지금까지 흘러온 것처럼 고요하게 흘러가리라 생각하지. 눈을 감고 귀를 막은 채 떠내려가면 가까이 솟은 바위들도 보이지 않고, 바위에 부딪는 물결 소리도 들리지 않아. 하지만, 내가 하는 말을 잘 듣고 명심하시오, 당신은 어느 날 삶의 흐름 전체가 소용돌이와 격랑과 물거품과 굉음이 돼버리는 바위투성이 좁은 물길에 당도할 거요. 당신은 울퉁불퉁한 바위 모서리에 걸려 산산조각으로 부서지든가, 아니면 더 큰 파도 같은 것을 올라타고 빠져나와 잔잔한 물길로 나올 것이오. 지금의 나처럼 말이오.

오늘 날씨가 마음에 들어요. 저 철회색 하늘도 마음에 들고, 서리 덮인 이 엄숙하고 고요한 세계도 마음에 들어. 난 손필드를 좋아하오. 이 고풍스러움과 한적함, 오래된 까마귀 나무들과 산사나무들, 저 회색 건물, 강철색 하늘을 비추는 줄지어 선 검은 창문들을 말이오. 하지만 내가 얼마나 오랫동안 이 집이라면 생각조차 끔찍하게 여겼는지! 이곳을 무슨 거대한 전염병 병동이라도 되는 듯이 피해 다녔는지! 지금도 여전히 내가 얼마나—"

그가 이를 갈더니 이내 조용해졌다. 그는 걸음을 멈추고 부츠로 단단한 바닥을 찼다. 어떤 지독한 생각이 그를 사로잡아서는 앞으로 나가지 못하게 꽉 붙들고 있는 듯했다. 그가 이처럼 걸음을 멈췄을 때, 우리는 진입로 끝까지 갔다가 돌아오는 중이어서 앞에 저택이 보였다. 그가 고개를 들더니 나로서는 이전에도 이후에도 본 적 없는 눈길로 그 흉벽을 노려보았다. 고통, 치욕, 분노, 조바심, 증오, 혐오 같은 것들이 일순간 그의 검은 눈썹 아래 열린 커다란 동공 속에서 진동하며 서로 충돌하는 듯했다. 승리를 위한 싸움은 치열했지만, 다른 감정 하나가 솟아오르더니 모든 걸 장악해버렸다. 뭔가 단단하고 냉소적인, 고집스러운 데다 단호한 것이 그의 격정을 가라앉히고 표정을 굳혔다. 그가 말을 이었다.

"미스 에어, 잠시 말을 멈춘 사이에 나는 어떤 걸 놓고 내 운명과 흥정을 했소. 운명이 저기, 너도밤나무 둥치 옆에 서 있었소. 포레스 광야에서 맥베스 앞에 나타난 마녀 같았지. 운명이 '네가 손필드를 좋아한다고?'라고 말하고는 손가락을 들어 허공에다 경고문을 적었소. 저택 정면, 위층과 아래층 창문들 사이로 타는 듯이 붉은 상형문자가 걸렸어. '좋아할 수 있다면 좋아해봐! 좋아할 용기가 있다면 좋아해봐!' 나는 대답했소. '좋아할 거야. 나는 좋아할 용기가 있어.'"그가 침울하게 덧붙였다. "난 내 말을 지킬 거요. 나는 행복으로, 선량함으로, 그래, 선량함으로 가는 길을 막는 장애물들을 부술 거요. 나는 이전의 나보다, 지금의 나보다 더 나은 사람이 되고 싶소. 욥의 리바이어던이 창과 투창과 갑옷을 부숴버리듯이, 세상 사람들이 강철이나 황동으로 여기는 방해물들을 나는 지푸라기나 썩은 나무처럼 부숴버릴 것이오."

이때 아델이 깃털공을 가지고 그에게 달려왔다. "저리 가!" 그가 엄하게 소리쳤다. "가까이 오지 마. 아니면 소피에게 가든지!" 나는 말없이 따라 걷다가 그가 갑자기 말을 돌려버리기 전에 하던 얘기를 조심스럽게 일깨웠다.

"바랑스 양이 들어왔을 때, 내실로 들어가셨어요?"

이런 때에 이처럼 적절하지 않은 질문을 했으니 퇴짜 맞겠지 싶었는데, 반대로 얼굴을 찌푸린 채 생각에 잠겨 있던 그가 정신을 차리며 나를 쳐다보았고, 얼굴에 드리웠던 그림자도 걷히는 듯했다.

"아, 셀린을 잊고 있었군! 음, 다시 시작합시다. 그렇게 내 애인이 어떤 기사를 대동하고 오는 것을 본 순간, 달빛 비추는 발코니에서 질투라는 녹색 뱀이 구불구불 똬리를 풀고 일어나며 쉿쉿대는 소리가 들리는 듯했소. 뱀은 내 양복 조끼 속으로 기어들어 순식간에 심장 한복판까지 파먹어버렸지. 이상해!" 그가 문득 다시 놀라며 별안간 외쳤다. "내가 이런 이야기를 털어놓을 상대로 당신을 고르다니, 이상해. 더 이상한 건, 나 같은 남자가 당신처럼 기묘한, 물정 모르는 젊은 여자에게 오페라 무용수 정부 이야기를 하는 것이 세상에서 제일 흔한 일이라는 듯이 조용히 내 말을 듣고 있는 당신이오! 하지만 전에도 한 번 비슷한 얘기를 했듯이, 후자의 특이점이 전자를 설명해주지. 당신이, 당신의 그 진지함과 이해심과 조심성이 스스로를 비밀을 듣는 자로 만드는 거야. 게다가, 나는 내 마음과 대화하고 있는 상대의 마음이 어떤 종류의 마음인지 알아. 잘 감염되지 않는 마음이지. 특이한 마음이야. 독특한 마음이고. 다행히 나는 그 마음을 해칠 생각이 없어. 하지만, 있다 해도, 그 마음은 내게서 해를 입지 않을 거야. 당신과 나는 이야기를 많이 할수록 좋아. 나는 당신을 망칠 수 없고, 당신은 나를 새롭게 하니까." 이렇게 샛길로 빠진 뒤에야 그는 본래 얘기로 돌아왔다.

"나는 그냥 발코니에 있었소. '둘이 틀림없이 내실로 오겠지. 숨어 있자.' 그렇게 생각했으니까. 그래서 열린 창으로 손을 집어넣어 안을 살필 수 있는 정도만 남겨두고 커튼을 쳤소. 그리고는 연인들이 속삭이는 사랑의 맹세가 흘러나올 정도의 틈만 남겨두고 창을 닫았지. 그리고 살며시 의자로 돌아와 앉는 순간 두 사람이 들어왔소. 나는 재빨리 창틈으로 살펴보았지. 셀린의 시녀가 들어와 램프에 불을 밝혀서 탁자에 두고 나갔소. 그래서 둘이 똑똑히 보였소. 둘이 망토를 벗자 공단과 보석으로, 당연히 내가 준 선물이었지, 눈부시게 치장한 '그 바랑스'와 장교 제복을 입은 동행인이 모습을 드러냈소. 그는 내가 아는 젊은 자작 놈팡이였소. 어리석고 부도덕한 청년으로, 사교계에서 몇 번 만났지만, 철저하게 경멸했기 때문에 미워할 생각도 못 했던 놈이었어. 그놈을 알아보자마자 질투라는 뱀의 독니가 부러져버렸소. 그 순간에 셸린에 대한 사랑도 촛불 덮개를 덮은 듯이 꺼져버렸기 때문이오. 그런 놈 때문에 나를 배신하는 여자라면 싸울 가치가 없지. 그 여자에게 어울리는 건 경멸뿐이었소, 하지만 나만큼 경멸이 어울리는 사람도 없었소. 나는 그런 여자에게 감쪽같이 속았으니까.

둘이 얘기를 시작했소. 둘의 대화를 듣고 나는 완전히 마음이 편해졌소. 천박하고 탐욕스럽고 무성의한 데다 몰상식해서, 듣는 사람은 화가 나기는커녕 지루해졌지. 탁자에 내 명함이 있는 걸 보더니 둘이 내 이름을 거론하기 시작했소. 나를 욕할 에너지도 재치도 없는 인사들이었지만 할 수 있는 시시한 방법으로는 꽤 훌륭하게 나를 모욕했지. 특히 셸린은 내 신체적인 결함들을 기형이라고 부르면서 꽤 멋지게 과장까지 하면서 말이오. 그게, 그 여자는 습관적으로 나의 '보테 말르(남성적 아름다움)'에 대한 열렬한 찬사를 늘어놓았거든. 그게 그 여자와 당신이 극적으로 다른 점이야. 두 번째 만났을 때, 당신은 나를 잘생겼다고 생각하지 않는다고 똑바로 겨누어 말했소. 그때 그 대비가 너무 인상적이어서-"

그때 아델이 또 달려왔다.

"아저씨, 존이 아저씨 대리인이 와서 뵙기를 청한다고 전해드리래요."

"아, 그렇다면 간단하게 말해야겠군. 나는 창을 열고 들어가서 셸린을 내 품에서 놓아 주었소. 호텔을 비우라고 통지하고, 급한 대로 쓸 돈을 주고, 절규와 히스테리와 기도와 항의와 경련을 무시했소. 그 자작과는 볼로뉴 숲에서 만나기로 약속했지. 다음 날 아침에 나는 흔쾌하게 그자를 만났소. 그리고 병 걸린 병아리 날개처럼 가냘픈 그의 허약하고 창백한 팔에 총알을 한 방 먹이고는, 그걸로 그 패거리와는 완전히 연을 끊었다고 생각했소. 그러나 불행히도 바랑스가 그 육 개월 전에 저 애, 아델을 내게 안겨주었단 말이오. 내 딸이라고 하는데, 어쩌면 그럴지도 모르지. 아이의 얼굴에서 이런 험상궂은 아비의 증거는 전혀 찾아볼 수 없지만 말이오. 그 애보다는 차라리 파일럿이 나를 닮았지. 내가 관계를 끊은 지 몇 년 뒤에, 그 여자는 아이를 버리고 무슨 음악가인지 가수인지와 함께 이탈리아로 달아났소. 나는 아델에게 나의 지원을 받을 당연한 권리가 있다는 그 여자의 주장을 인정하지 않았고, 지금도 전혀 인정하지 않소. 왜냐면 난 저 애의 아비가 아니니까. 하지만 저 애가 아주 빈곤하게 살고 있다는 얘기를 듣고는, 저 불쌍한 것을 파리의 시궁창에서 캐내서 여기, 영국 시골 정원의 건전한 흙에서 깨끗하게 자랄 수 있도록 옮겨 심었소. 페어팩스 부인이 저것을 가르치려고 당신을 불렀지. 하지만 이제 당신은 저것이 프랑스 오페라 무용수의 사생아라는 걸 알게 됐으니, 아마 자기 일이나 제자를 달리 생각하게 되겠지. 곧 나를 찾아와 다른 일자리를 찾았으니 부디 다른 가정교사를 찾아보시라 어쩌고저쩌고 통지하겠고, 그렇지?"

"아니요. 아델은 누구의 과실에도 책임이 없습니다. 전 저 아이를 소중하게 생각해요. 이제 저 아이가 자기 어머니로부터도 버림받고, 당신으로부터도 관계를 부정당해, 어떤 의미에서는 고아라는 걸 알았으니, 전 예전보다 더 살뜰히 저 애를 챙길 겁니다. 제가 어떻게 가정교사를 친구라고 믿고 의지하는 외로운 어린 고아보다 가정교사를 귀찮은 방해꾼 취급하며 미워하는 막돼먹은 부잣집 응석받이를 더 좋아할 수 있겠어요?"

"아, 당신은 그걸 그런 시각으로 보는군! 음, 난 이제 들어가봐야 겠소. 그리고 당신도. 어두워지고 있소."

그러나 나는 아델과 파일럿과 함께 조금 더 바깥에 머물면서 아델과 달리기 경주도 하고, 깃털공과 배틀도어[30]를 가지고 놀기도 했다. 안으로 들어와서는 아이의 보닛과 외투를 벗긴 다음 내 무릎에 앉히고 어느 정도 무례하게 굴거나 제멋대로 행동해도 야단치지 않고 한 시간 정도나 마음대로 조잘대도록 허용했다. 아이는 관심을 받으면 금방 제멋대로 행동하곤 했는데, 어머니로부터 물려받았을 성싶은 천박한 성격으로, 영국적 기질과는 맞지 않았다. 그래도 아이에게는 저만의 장점이 있었고, 나는 아이가 가진 좋은 점들을 최대한 정당하게 평가해주기로 했다. 나는 아이의 표정과 용모에서 로체스터 씨와 닮은 점을 찾아봤지만, 하나도 찾아내지 못했다. 어떤 특질도, 어떤 표정의 변화도 연관성을 보여주지 않았다. 안된 일이었다. 아이가 그를 닮았다는 걸 증명할 수만 있다면, 그도 아이를 좀 더 생각해주었을 것이다.

하루를 마치고 내 방으로 물러나고 나서야, 나는 로체스터 씨가 한 이야기를 곰곰이 곱씹어보았다. 그가 말한 대로, 내용 자체에는 특별할 것이 전혀 없었다. 부유한 영국 신사가 프랑스 무용수에게 열정을 쏟았다가 배신당하는 일은 사교계에선 흔한 사건이 분명했다. 하지만 그가 요즘의 만족스러운 기분을, 최근에 이 오래된 저택과 주변의 풍경에서 다시 느끼게 된 기쁨을 표현할 때, 불현듯 그를

---

30 배드민턴의 원형이 되는 놀이 또는 그 놀이에 쓰는 나무 또는 나무 테두리에 끈을 엮어 만든 채.

사로잡았던 격렬한 감정적 동요에는 뭔가 확실히 이상한 점이 있었다. 나는 그 일을 이상하게 여기고 곰곰이 생각했지만 당장은 설명할 도리가 없음을 깨닫고 점차 생각을 접는 대신, 나를 대하는 로체스터 씨의 태도 쪽으로 초점을 옮겼다. 나를 신뢰해도 되겠다고 생각했다는 그의 신임은 내 분별에 대한 칭찬인 듯했다. 나는 그렇게 여기고 받아들였다. 최근 몇 주 동안 나를 대하는 그의 태도는 처음에 비하면 훨씬 일관적이었다. 그는 나를 전혀 방해물로 여기지 않는 듯했다. 이따금 싸늘하고 거만해지던 것도 없어졌다. 우연히 만났을 때는 반가워하는 것 같았다. 그는 늘 말을 건넸고, 때로는 나를 보고 웃기도 했다. 정식으로 그의 앞에 불려 갈 때는 진심으로 환대받는 영예를 누렸고, 그래서 나는 내게 정말로 그를 즐겁게 하는 힘이 있다고, 그런 저녁의 대화들을 나만큼이나 그도 즐기고 있다고 느끼게 되었다.

실제로 나는 상대적으로 적게 말하면서 그의 말을 음미하며 들었다. 그는 천성적으로 말하기를 좋아하는 사람이었다. 세상 물정에 익숙지 않은 나에게 세상의 여러 풍경과 삶의 방식을 (부패하고 사악한 세상의 풍경과 삶의 방식이 아니라, 각각의 풍경과 삶의 방식이 저마다 세상의 어느 한 곳에 만연한 데다 기이하고 진귀해서 사람의 흥미를 끄는 것들을 뜻한다) 일별할 수 있도록 펼쳐주기를 좋아했다. 그리고 나는 그가 주는 새로운 개념들을 받아들이는 데에서, 그가 그리는 낯선 장면들을 상상하는 데에서 강렬한 기쁨을 느꼈다. 그가 보여주는 새로운 영역들을 마음속으로 따라가면서 불건전한 암시를 받고 당황하거나 곤란을 겪은 적은 단 한 번도 없었다.

그의 자연스러운 태도가 나를 고통스러운 구속에서 벗어나게 해주었다. 나를 대할 때 보여주는, 진정성만큼이나 틀림없는, 친구를 대하는 듯한 솔직함 덕분에 나는 그에게 가까워졌다. 때로는 그가 고용주라기보다는 친척처럼 느껴졌다. 그는 여전히 때때로 고압적이었지만, 나는 개의치 않았다. 그의 버릇이라고 봤기 때문이었다. 너무 행복해서, 너무 만족해서, 내 삶에 더해진 이 새로운 흥미의 대상으로 인해, 나는 피붙이를 그리워하지 않게 되었다. 야윈 초승달 같던 내 운명이 차오르는 듯했다. 존재의 빈 자리들이 채워졌다. 신체적 건강도 나아졌다. 나는 체중이 늘고 힘도 세졌다.

그리고 내 눈에 로체스터 씨가 여전히 못생겨 보였던가? 독자여, 아니었다. 감사하는 마음과 하나같이 즐겁고 정다운 여러 연상 덕분에, 그의 얼굴은 내가 제일 보고 싶어 하는 대상이 되었다. 그가 방 안에 있는 것이 활활 타는 그 어떤 난롯불보다 더 기운을 돋았다. 하지만 그의 결점들을 잊지는 않았다. 사실은, 잊을 수가 없었다. 그가 자주 내 앞에 펼쳐놓았기 때문이었다. 그는 자신보다 열등한 모든 것에 오만하고 냉소적이고 가혹했다. 마음속 비밀스러운 곳에서, 나는 나를 향한 그의 극진한 친절이 다른 많은 이에 대한 부당한 가혹함에 비례한다는 사실을 알았다. 그는 또한 침울했다. 불가사의하게 그랬다. 책을 읽어달라는 전갈을 받고 갔다가 머리를 싸맨 채 서재에 홀로 앉아 있는 그를 발견한 경우가 한두 번이 아니었다. 그럴 때 고개를 드는 그의 얼굴에는 찌푸린, 거의 악의를 품은 듯한 언짢은 표정이 서려 있었다. 그러나 나는 그의 침울함도 가혹함도, 그리고 과거의 도덕적 과실들도(지금은 고친 듯 보였기 때문에 '과거의'라고 말했다) 뭔가 잔인한 운명의 장난 탓이라고 믿었다. 나는 환경이 키웠거나 교육이 가르쳤거나, 아니면 운명이 부추긴 그런 모습보다 그가 천성적으로 더 나은 성품과 더 고상한 원칙과 더 순수한 취향을 타고난 사람이라고 믿었다. 나는 그에게 아주 뛰어난 자질들이 있다고 생각했다. 비록 지금은 한데 뭉개져 망가지고 엉클어졌지만 말이다. 그가 품은 비탄의 정체가 무엇이든, 내가 그의 슬픔을 슬퍼했다는 사실은 부정할 수 없다. 그리고 그걸 달래보려 무척 애를 썼다는 사실도.

촛불을 끄고 침대에 누워서도 진입로에서 그가 걸음을 멈추고 자기 운명이 눈앞에 나타났다고, 그리고 손필드에서 행복할 수 있다면 어디 해보라며 부추겼다고 얘기할 때의 표정을 생각하자 잠을 이룰 수 없었다.

'왜 안 되지?' 나는 마음속으로 물었다. '왜 그는 이 저택을 멀리하지? 곧 다시 여기를 떠날까? 페어팩스 부인 말로는 한 번에 보름 이상 머문 적이 없다는데, 이번에는 이미 팔 주나 됐지. 그가 가 버리면, 너무 슬플 거야. 그가 없는 봄과 여름과 가을을 상상하면, 햇볕도 화창한 날씨도 얼마나 쓸쓸하게 느껴질까!'

그런 생각을 하다가 잠이 들었는지 어땠는지 잘 모르겠다. 어쨌든, 나는 희미하게 들리는 중얼거리는 소리에 소스라치며 정신을 차렸다. 기묘하고 가련한 그 소리는, 내 생각에는, 바로 위에서 들렸다. 촛불을 켜두었더라면 좋았을 텐데. 음산하게 캄캄한 밤이었다. 나는 침대에서 몸을 일으켜 앉아 귀를 기울였다. 소리가 잠잠해졌다.

나는 자려고 다시 누웠다. 그러나 심장이 쿵쾅거렸다. 마음의 평온이 깨졌다. 저 아래 홀에서 시계가 두 시를 쳤다. 바로 그때 내 방문을 누가 건드리는 것 같았다. 어두운 바깥 회랑을 따라 더듬던 손가락이 나무판을 스치는 것처럼. "누구세요?" 나는 물었다. 아무 대답이 없었다. 나는 공포로 오싹해졌다.

이내 파일럿일지도 모른다는 생각이 들었다. 간혹 부엌 문이 열려 있으면 파일럿이 로체스터 씨의 방문 앞까지 찾아오는 일이 드물지 않았다. 아침에 거기 누워 있는 파일럿을 내 눈으로 본 적도 있었다. 그렇게 생각하자 마음이 좀 가라앉았다. 나는 누웠다. 적막이 신경을 가라앉혔다. 아무 방해받지 않는 고요가 다시 집 안을 장악하면서, 잠이 오는 것이 느껴지기 시작했다. 하지만 그날 밤은 잠을 못 잘 운명이었다. 간신히 내 귓가까지 다가왔던 꿈은 골수까지 얼어붙을 만한 사건에 깜짝 놀라 두려움에 떨며 달아나버렸다.

마귀 같은 웃음소리였다. 낮고 억눌린, 굵은 웃음소리가 바로 내 방문 열쇠 구멍에서 나는 듯했다. 침대 머리가 방문에 가까워서, 처음에는 악귀가 침대 옆에서, 아니 그보다는 베개 옆에 웅크린 채 웃고 있는 줄 알았다. 하지만 일어나 주위를 둘러보니 아무것도 없었다. 그때, 내가 두리번거리는 사이에, 그 기괴한 소리가 다시 들렸다. 그제야 문밖에서 나는 소리라는 걸 알 수 있었다. 나는 반사적으로 일어나 문에 빗장을 질렀다. 그러고는 나도 모르게 외쳤다. "누구세요?"

뭔가가 목구멍을 꾸르륵거리며 신음했다. 얼마 지나지 않아 발소리가 회랑을 따라 삼층으로 가는 계단 쪽으로 멀어졌다. 최근에 문을 달아 막아 놓은 계단이었다. 그 문이 열렸다 닫히는 소리가 들리더니, 사방이 고요해졌다.

'그레이스 풀인가? 마귀에라도 씌었나?' 나는 생각했다. '이제 더는 혼자 못 있겠어. 페어팩스 부인에게 가자.' 나는 서둘러 옷을 입고 숄을 두른 다음, 빗장을 열고 떨리는 손으로 문을 열었다. 바로 바깥 회랑 깔개 위에 불이 켜진 초가 한 자루 놓여 있었다. 나는 그걸 보고 깜짝 놀랐다. 하지만 사방이 연기로 가득 찬 듯이 어둑한 것을 알고는 더욱 놀랐다. 그 푸른 연기가 어디서 나오는지 알아보려 좌우를 살피는데, 심한 탄내도 느껴졌다.

무언가가 삐걱거렸다. 문이 열리는 소리였다. 로체스터 씨의 침실 문이 열리고, 거기서 연기가 구름처럼 뭉클뭉클 뿜겨져 나왔다. 페어팩스 부인 생각은 사라졌다. 그레이스 풀도, 그 웃음소리도 더는 생각나지 않았다. 나는 곧장 그 방으로 뛰어들었다. 침대를 둘러 불꽃이 혀를 날름거리고 있었다. 커튼에 불이 붙었다. 그 불길과 연기 한가운데에 로체스터 씨가 꼼짝도 없이 누워 깊이 잠들어 있었다.

"일어나요! 일어나세요!" 나는 외쳤다. 몸을 흔들어봤지만 그는 그저 뭐라고 중얼거리며 돌아누울 뿐이었다. 연기에 감각이 마비된 것이었다. 한시가 급했다. 불이 시트에 옮겨붙고 있었다. 나는 그 방에 있는 대야와 물단지로 달려갔다. 다행히 대야는 크고 물단지는 깊었으며, 둘 다 물이 담겨 있었다. 나는 그것들을 집어 들고 침대와 잠든 사람에게 끼얹은 다음, 내 방으로 날 듯이 달려가 물병을 들고 와서 새로이 침대에 세례를 주었다. 그리고 천만다행으로 침대를 삼키려던 불길을 잡는 데에 성공했다.

불이 꺼진 데서 나는 쉭쉭거리는 소리가, 물을 끼얹고 내동댕이친 물병이 깨지는 소리가, 그리고 무엇보다 내가 아낌없이 쏟아부은 물벼락이 마침내 로체스터 씨를 깨웠다. 이제 사방이 캄캄해졌지만, 나는 그가 깬 것을 알았다. 물구덩이에 누운 것을 안 그가 알아들을 수 없는 저주를 퍼붓는 소리가 들렸기 때문이었다.

"홍수라도 났나?" 그가 외쳤다.

"아니요." 내가 대꾸했다. "불이 났어요. 일어나세요. 다 젖었어요. 촛불을 갖다 드릴게요."

"이건 무슨, 세상의 모든 요정을 걸고, 거기 제인 에어요?" 그가 물었다. "이 마녀, 이 마법사, 나한테 무슨 짓을 한 거야? 이 방에 당신 말고 또 누가 있어? 나를 물에 빠뜨려 죽일 속셈이오?"

"촛불을 갖다 드릴게요. 그리고, 제발 좀 일어나세요. 누군가가 뭔가 음모를 꾸몄어요. 당장 누가 무슨 일을 꾸몄는지, 알아보셔야 해요."

"자! 이제 일어났어. 하지만 아직 촛불을 가져오면 안 돼. 뭔가 마른 옷을 찾아 입을 때까지 이 분만 기다려요. 뭐라도 마른 게 있다면 말이지만, 그래, 여기 가운이 있군. 자, 뛰어요!"

나는 정말로 뛰었다. 뛰어가서 여태 회랑에 놓여 있던 촛불을 들고 왔다. 로체스터 씨가 촛불을 받아 높이 쳐들고 침대를 살폈다. 온통 다 까맣게 타고 그을렸고, 시트는 흠뻑 젖었으며, 양탄자는 물에 둥둥 떠 있다시피 했다.

"이게 무슨 일이야? 누가 그랬소?"

나는 무슨 일이 있었는지 간략하게 설명했다. 회랑에서 난 이상한 웃음소리, 삼층으로 올라간 발소리, 연기, 날 그의 침실로 이끈 타는 냄새, 거기서 본 광경, 그리고 내가 손에 잡히는 대로 물을 가져다 끼얹었던 이야기를.

그는 매우 진지하게 귀를 기울였다. 내가 얘기를 할수록 그의 표정은 놀라움보다는 근심을 띠었다. 내가 말을 마치자, 그는 한동안 아무 말도 하지 않았다.

"페어팩스 부인을 모셔올까요?"

"페어팩스 부인? 아니요. 대체 무엇 때문에 부른단 말이오? 그 부인이 뭘 할 수 있소? 괜히 깨우지 말고, 그냥 자게 내버려둬요."

"그럼, 리어를 불러올게요. 존 내외도 깨우고요."

"됐소, 그냥 가만히 있어요. 숄을 둘렀군. 그래도 따뜻하지 않으면, 저기 내 망토가 있소. 그걸로 잘 싸매고 안락의자에 앉아요. 자, 내가 둘러주겠소. 이제 발을 발판에 올려요. 발이 젖지 않도록 말이오. 나는 잠깐 나갔다 올 거요. 촛불은 내가 가지고 가야겠소. 내가 돌아올 때까지 꼼짝 말고 있어요. 쥐 죽은 듯이 조용히. 난 저 삼층에 가봐야겠소. 명심해요, 움직이지 말고, 아무도 부르지 말아요."

그가 갔다. 나는 멀어지는 불빛을 지켜보았다. 그는 아주 조용히 회랑을 지나, 될 수 있는 대로 소리를 내지 않고 층계 문을 열고, 잠시 후에 닫았다. 마지막 빛이 사라졌다. 나는 완전한 어둠 속에 남겨졌다. 무슨 소리라도 들리는지 귀를 기울였지만, 아무 소리도 들리지 않았다. 아주 긴 시간이 흘렀다. 나는 점점 지루해졌다. 망토를 둘렀어도 추웠다. 그리고 집 안 사람들을 깨울 일도 없는데, 내가 여기 남아 있을 이유가 없는 것 같았다. 막 지시를 어기고 로체스터 씨의 심기를 거스르려는 참에 회랑 벽에 어스레한 불빛이 다시 비쳤고, 그의 맨발이 바닥 깔개를 밟는 소리가 들렸다. '부디 그분이기를.' 나는 생각했다. '뭔가 다른 나쁜 것이 아니기를.'

그가 창백하고 몹시 침울한 얼굴로 돌아왔다. "어떻게 된 일인지 알아냈소." 그가 촛불을 세면대에 내려놓으며 말했다. "예상한 대로였어."

"어떻게요?"

그는 아무 대꾸 없이 팔짱을 끼고 고개를 숙인 채 서 있었다. 몇 분이 지난 뒤에, 그가 좀 기묘한 어투로 물었다.

"당신이 방문을 열었을 때, 누군가를 보았다고 했는지 어땠는지, 잊어버렸소."

"아니요, 바닥에 그 촛대만 있었어요."

"하지만 이상한 웃음소리를 들었다고 했소? 전에도 그 웃음소리를, 혹은 그와 비슷한 소리를 들었을 듯한데?"

"네. 여기서 바느질 일을 하는 그레이스 풀이라는 여자가 있는데, 그 사람이 그런 식으로 웃어요. 좀 특이한 사람이에요."

"그렇지. 그레이스 풀, 당신이 맞혔소. 그 여자는, 당신 말마따나, 특이해. 대단히. 음, 난 이 문제를 좀 생각해봐야겠소. 그건 그렇고, 오늘 밤 사건의 정확한 내막을 아는 사람이 나 말고는 당신뿐이라 다행이야. 당신은 수다쟁이가 아니니까. 이 일에 대해선 아무 말도 하지 말아요. (침대를 가리키며) 이건 내가 잘 얘기하겠소. 이제 방으로 돌아가요. 난 날이 밝을 때까지 서재 소파에서 자면 되오. 네 시가 다 됐군. 두 시간만 있으면 하인들이 일어날 거요."

"그럼, 안녕히 주무세요." 나는 걸음을 떼며 말했다.

그는 놀란 듯했다. 방금 나더러 돌아가라고 하고서는, 앞뒤가 맞지 않는 노릇이지만.

"뭐라고!" 그가 외쳤다. "벌써 날 떠나겠단 말이오? 그것도 그냥 이렇게?"

"가도 좋다고 하셨잖아요."

"하지만 작별 인사도 없이는 안 되지. 감사와 선의의 말 한두 마디도 없이는 안 될 일이야. 간단하게 말해서, 그처럼 쌀쌀맞은, 무미건조한 방식으로는 안 된단 말이오. 아니, 당신은 내 생명을 구했잖소! 날 끔찍하고 극도로 고통스러운 죽음에서 꺼내주었단 말이오! 그런데 우리가 서로 모르는 사이라도 되는 듯이 그냥 지나치려 하다니! 하다못해 악수라도 합시다."

그가 손을 내밀었다. 나도 손을 내밀었다. 그가 처음에는 한 손으로 잡더니, 이내 두 손으로 내 손을 감쌌다.

"당신이 내 목숨을 구했소. 당신에게 이처럼 막대한 빚을 지게 되어 기쁘오. 더 말을 못 하겠소. 다른 빚쟁이가 내게 이렇게 큰 채무를 지운다면, 난 그게 누구라도 견디지 못할 거요. 하지만 당신이니까, 이건 달라. 당신의 은혜는 부담으로 느껴지지 않소, 제인."

그가 말을 멈추고 나를 뚫어지게 쳐다보았다. 그의 입술 위에서 떨리는 말들이 보이는 듯했다. 하지만 그의 목소리는 이내 막혔다.

"그럼 편히 주무세요. 이런 일에는 빚도 은혜도 부담도 채무도 없어요."

"난 알았소." 그가 말을 이었다. "당신이 언제고 어떤 방식으로든 내게 도움을 주리라는 걸. 당신을 처음 만났을 때, 당신의 눈을 보고 그걸 알았소. 그 표정과 미소가-" 그가 말을 멈추었다. "그게-" 그가 재빨리 말했다. "내 마음 가장 깊은 곳에 기쁨으로 다가온 것이 아무 이유 없는 일이 아니었어. 타고난 동정심이란 게 있소. 착한 요정이 있다는 이야기를 들었지. 엉터리 동화에도 실낱같은 진실은 있는 법이오. 나의 소중한 수호자여, 잘 자요!"

그의 목소리에는 이상한 힘이 깃들었고, 그의 표정에는 이상한 격정이 떠돌았다.

"제가 제때 일어나서 다행이에요." 나는 발길을 돌렸다.

"아니! 가려는 게요?"

"추워요."

"춥다고? 그렇지, 물웅덩이에 서 있으니! 그럼, 가시오, 제인, 가요!" 하지만 그가 여전히 내 손을 잡고 있어서 뺄 수가 없었다. 나는 뭔가 수단을 강구해보기로 했다.

"페어팩스 부인이 깬 것 같아요."

"음, 그럼 가시오." 그의 손가락들이 느슨해진 틈을 타 나는 그곳을 빠져나왔다.

다시 잠자리에 들었지만, 잠 생각은 전혀 없었다. 아침이 밝을 때까지 기쁨의 파도 밑에서 고통의 물결이 소용돌이치는, 황홀하면서도 불온한 바다 위에서 나는 뒤척거렸다. 때로 그 거친 파도 너머로 뷸러의 언덕들[31]만큼이나 아름다운 해안을 본 듯도 했다. 그리고 이따금 희망이 실어다 주는 상쾌한 바람이 내 영혼을 의기양양하게 그 해안으로 날라다 주는 듯도 했다. 그러나 나는 공상 속에서조차 그곳에 닿지 못했다. 육지에서 맞바람이 불어와 자꾸 나를 뒤로 떠밀었다. 의식이 환상에 저항했다. 잠이 들기에는 너무 들떠서, 나는 날이 밝자마자 일어나버렸다.

---

31 17세기 영국 작가이자 설교가인 존 번연John Bunyan(1628~1688)이 쓴 우화 형식의 소설 《천로역정》에 나오는 평화의 도시로 죽음의 강을 사이에 두고 천상의 도시와 마주 보고 있다. 성실한 기독교인들이 내세로 건너가기 전에 잠시 머무르는 곳이다.

16장

뜬눈으로 밤을 새우고 날이 밝자, 로체스터 씨를 만날 때가 기다려지면서도 두려운 기분이었다. 그의 목소리를 다시 듣고 싶었지만, 그와 시선을 마주치기는 두려웠다. 이른 아침나절에 나는 이제나저제나 그가 오기를 기다렸다. 자주 공부방에 발을 들이는 버릇은 없는 사람이지만 때때로 잠깐씩 들르는 경우가 있었으니, 그날은 틀림없이 그가 들르리라는 느낌이 들었기 때문이었다.

하지만 아침나절은 여느 때처럼 흘러갔다. 아무 일도 조용히 이어지는 아델의 수업을 방해하지 않았다. 다만 아침 식사가 끝난 직후부터 로체스터 씨의 침실 주변에서 부산하게 움직이는 소리가 들렸을 뿐. 페어팩스 부인과 리어와 존의 아내인 요리사와 심지어 존의 퉁명스러운 목소리까지 들렸다. "주인님이 주무시다 화마를 입지 않아서 얼마나 다행인지!" "밤에 촛불을 켜두는 건 정말 위험해요." "물주전자를 생각할 겨를이 있으셨다니, 하늘이 도우셨지!"

"왜 아무도 안 깨우셨을까?" "서재 소파에서 주무셨다니, 감기나 걸리시지 않기를 바라야지." 호들갑스러운 말들이 이어졌다.

왁자지껄한 잡담에 이어 무언가를 문지르고 정돈하는 소리가 들렸다. 점심을 먹으러 아래층으로 내려가는 길에 그 방을 지나며 열린 문틈으로 보니, 침대에 걸렸던 커튼만 없을 뿐, 모든 것이 다시 원래대로 정돈돼 있었다. 리어가 창턱 자리에 올라서서 연기에 그을린 유리창을 닦고 있었다. 어젯밤 일이 어떻게 알려졌는지 알고 싶어서 리어에게 말을 붙여보려는 참이었다. 그런데 방 안에 들어가서 보니 다른 사람이 있었다. 침대 옆에 의자를 놓고 앉아서 새 커튼에 고리를 달고 있는 여자. 다름 아닌 그레이스 풀이었다.

그 여자가 갈색 모직 옷과 바둑판무늬 앞치마와 흰 손수건과 머리덮개 차림으로, 여느 때와 마찬가지로 침착하고 과묵한 표정으로 앉아 있었다. 여자는 하는 일에 온통 정신을 쏟고 있는 듯했다. 그 딱딱한 이마에도, 그 평범한 이목구비에도, 어젯밤에 살인을 기도했다가 (내가 알기로는) 되레 자기 굴까지 쫓아온 피해자로부터 죄의 추궁을 당한 여자의 표정에서 나타나리라 기대할 만한 창백함이나 절망 같은 것은 흔적도 없었다. 나는 깜짝 놀랐고, 당황했다. 여자가 고개를 들었다. 놀라는 기색도, 감정이나 죄책감이나 발각에 대한 공포를 드러내는 얼굴색의 변화도 없었다. 여자는 평소의 냉담하고 간결한 태도로, "안녕히 주무셨어요, 선생님"이라 말하고는 고리와 끈을 더 집어서 바느질을 계속해나갔다.

'저 여자를 좀 시험해봐야겠어.' 나는 생각했다. '저렇게까지 아무렇지 않다는 건 이해가 안 돼.'

"아, 그레이스? 여기, 무슨 일이 있었어? 아까 하인들이 모여서

254

얘기하는 것 같던데."

"그게, 어젯밤에 주인님이 침대에서 책을 읽으시다가, 촛불을 켜 둔 채로 잠드시는 바람에, 커튼에 불이 붙었어요. 다행히 침구나 가구에 불이 붙기 전에 깨셔서, 물주전자에 든 물로 불을 끄셨고요."

"그런 이상한 일이!" 나는 나지막하게 말했다. 그러고는 여자를 뚫어지게 쳐다보며 물었다. "로체스터 씨는 아무도 안 깨우셨다던 가? 그분의 기척을 들은 사람도 없고?"

여자가 다시 고개를 들었다. 이번에는 뭔가를 생각하는 듯한 기색이 서린 표정이었다. 여자가 나를 조심스럽게 관찰하는 듯하더니 답했다.

"아시다시피 하인들은 멀찍이 떨어진 데서 자니까요, 선생님, 안 들렸을 거예요. 페어팩스 부인의 침실과 선생님 침실이 주인님 침실과 제일 가까운데, 페어팩스 부인은 아무 소리도 못 들으셨다네 요. 사람이 나이를 먹으면 잠이 깊이 들 때가 많죠." 여자가 말을 멈추더니 부러 무심한 체하는, 하지만 어딘지 모르게 여전히 의미심장한 어조로 덧붙였다. "하지만 선생님은 젊으시고 잠귀도 밝으실 테니, 혹여 무슨 소리라도 들으셨어요?"

"들었어." 나는 유리창을 닦고 있는 리어에게 들리지 않도록 목소리를 낮추며 말했다. "처음엔 파일럿인 줄 알았지. 하지만 파일럿은 못 웃잖는가. 그런데 난 분명 웃음소리를 들었거든. 괴상한 웃음소리를."

여자가 새로 실을 끊어서 조심스럽게 밀랍을 먹이고는 흔들림 없는 손으로 바늘귀에 꿰었다. 그러고는 그지없이 침착한 태도로 말했다.

"주인님이 그렇게 위험한 상황에서 웃으셨을 리가요, 선생님. 분명 꿈을 꾸신 게지요."

"꿈이 아니었어." 나는 뻔뻔스러울 정도로 침착한 여자의 태도에 화가 나, 약간 열을 내며 말했다. 여자가 다시 나를 쳐다보았다. 조금 전과 마찬가지로 뭔가를 살피는 듯한, 뭔가를 아는 듯한 시선이었다.

"웃음소리를 들었다고 주인님께 말씀드리셨어요?" 여자가 캐물었다.

"오늘 아침에는 말씀드릴 기회가 없었어."

"방문을 열고 회랑을 내다볼 생각은 안 하셨어요?" 여자가 더 캐물었다.

그 여자는 날 반대 신문하며 내가 무심코 정보를 흘리도록 유도하려는 듯했다. 내가 자신의 소행을 알거나 의심하는 걸 알게 되면, 내게도 악의적인 장난을 칠지 모른다는 생각이 퍼뜩 들었다. 경계를 늦추지 않는 편이 낫겠다 싶었다.

"그런 생각은커녕 문에 빗장을 질렀지."

"그럼 선생님은 매일 밤 주무시기 전에 문에 빗장을 지르지 않으세요?"

'이런 악마 같으니! 이 여자는 내 습관을 알고 싶은 거야. 그걸로 흉계를 꾸미려고!' 다시금 분노가 신중함을 이겼다. 나는 날카롭게 대꾸했다. "지금까지는 문단속에 그다지 신경 쓰지 않았어. 필요하다고 생각지 않았으니까. 손필드 저택에 두려워해야 할 위험이나 골칫거리가 있는지 몰랐거든. 하지만 '앞으로는', 눕기 전에 잊지 말고 단속을 철저히 해야겠어."

"그렇게 하시는 게 좋겠죠"라는 대답이었다. "제가 알기로 이 근방은 무척 조용한 곳이라서, 이 저택에 사람이 살기 시작한 이래로 도둑이 들었다는 말은 한 번도 들어보지 못했어요. 이 댁 찬장에 몇백 파운드나 나가는 값진 그릇들이 있다는 걸 다들 아는데도요. 아시다시피 여긴 이렇게 큰 집치고는 하인도 아주 적어요. 주인님께서 오래 머물러 계시지 않을뿐더러, 계실 때라도 총각이신지라, 옆에서 시중들 필요가 별로 없으니까요. 그렇지만 전 늘 생각하는 것이, 지나칠 정도로 조심하는 편이 오히려 좋다고 생각해요. 문에 빗장을 질러놓는 일은 간단해요. 어쩌면 일어날지도 모르는 재앙과 자기 사이에 빗장을 질러놓는 게 좋겠지요. 세상 사람들은 만사를 하느님에게만 맡기고 안심하지만, 하느님이라고 해도 그런 도구들을 제쳐두시지는 않을 거예요. 다만 신중하게 사용될 때 그 도구들에 축복을 주시지요." 여기서 그 여자의 열변이 끝났다. 그 여자로서는 드물게 긴, 퀘이커교도처럼 차분하게 읊조리는 말이었다.

나로서는 기적처럼만 보이는 그 침착한 태도와 도저히 이해할 수 없는 위선적인 말에 완전히 어리둥절해져서 망연히 서 있자니, 요리사가 들어왔다.

"풀 부인." 요리사가 그레이스를 향해 말했다. "하인들 식사가 곧 준비될 텐데, 내려올 거야?"

"아니, 흑맥주 한 주전자와 푸딩을 좀 쟁반에 담아줘. 위층으로 갖고 올라갈게."

"고기도 좀 줄까?"

"조금만 줘, 치즈 조금 하고. 그거면 돼."

"사고[32]는?"

"지금은 괜찮아. 차 마시는 시간 전에 내가 내려가서 직접 만들게."

요리사가 페어팩스 부인이 기다린다고 내게 귀띔했다. 나는 그 방을 나왔다.

식사하는 동안 커튼 화재 사건을 설명하는 페어팩스 부인의 말이 거의 귀에 들어오지 않았다. 그레이스 풀이라는 수수께끼 같은 인물에 혼란스러워하느라, 그리고 손필드 저택에서 그 여자가 차지하는 위치에 관해 더욱 골똘히 생각하느라, 그리고 왜 그 여자가 그날 아침에 체포되지 않았는지, 아니 적어도 왜 이 집에서 해고되지 않았는지 질문하느라 내 머리는 꽉 차 있었다. 어젯밤에 그는 그 여자가 범죄를 저질렀다고 단언하다시피 했다. 어떤 비밀스러운 이유가 있기에 그 여자를 신고하기 주저하는 것일까? 그는 왜 나에게까지 비밀을 지키라고 명령했을까? 참으로 이상한 일이었다. 대담하고 복수심 강하고 거만한 신사가 어쩐지 자기 고용인 가운데에서도 가장 천한 자의 손에 좌우되고 있는 듯했다. 게다가 얼마나 꽉 잡혀 있기에, 그 여자가 목숨을 빼앗으려고 했는데도 죄를 벌하기는커녕 공개적으로 죄를 묻지도 못하다니.

그레이스가 젊고 아름다웠다면 분별이나 공포보다는 부드러운 감정이 로체스터 씨에게 영향을 주어 그 여자를 감싸게 했다고 생각해볼 만도 하겠지만, 그처럼 험상궂은 데다 뚱뚱한 여자이고 보니, 그런 생각을 받아들일 수는 없는 것이었다. '그렇지만' 하고 나

---

32 사고sago는 다양한 열대 야자나무, 특히 사고야자 줄기에서 추출한 녹말로 생산지에서는 주식이나 밀가루 대용으로 쓰인다. 타피오카처럼 작은 구슬로 빚어 달콤한 디저트나 푸딩을 만들어 먹기도 한다.

는 생각했다. '그 여자도 한때는 젊었겠지. 그때는 로체스터 씨도 젊은 시절이었을 테고. 그레이스가 이곳에 산 지 오래됐다고 페어 팩스 부인이 말한 적이 있어. 그 여자가 한때라도 아름다웠으리라 고는 생각되지 않지만, 혹시 모르지, 부족한 외모를 보상할 만한 뭔 가 독특하고 강한 성격이라도 지녔는지. 로체스터 씨는 성격이 분 명하고 별난 사람에게 약해. 적어도 그레이스가 별나기는 하잖아. 그 옛날의 일시적인 기분으로(그처럼 성급하고 고집 센 성격에는 흔 히 있을 수 있는 변덕이지) 분별없이 그 여자와 관계해서 약점을 드 러낸 결과, 지금 그 여자가 그의 행동에 남모르는 힘을 미쳐도 뿌리 치지도 무시하지도 못하게 된 것이 아닐까?' 그러나 내 추측이 여 기까지 미쳤을 때, 그레이스 풀의 네모지고 평평한 몸매와 애교 따 윈 없는 흉하고 초라한 얼굴이 너무나 또렷하게 떠올랐다. '아니, 있을 수 없는 일이야! 이 추측이 맞을 리가 없어. 그렇지만…' 마음 속에서 남모르게 속삭이는 비밀스러운 목소리가 다시 들렸다. '너 도 아름답지는 않아. 그런데 로체스터 씨는 널 호의적으로 본단 말 이야. 적어도, 너는 그분이 그렇게 본다고 자주 느꼈지. 그리고 어 젯밤, 그가 한 말들을 생각해봐. 그 얼굴을, 그 음성을 기억해봐!'

물론 다 기억하고 있었다. 그러자 그때 그의 말이며 눈길이며 말 투가 생생하게 되살아나는 듯했다. 그때 나는 공부방에 있었다. 아 델이 그림을 그리고 있었고, 나는 아델의 어깨 너머로 몸을 구부린 채 연필 쓰는 법을 가르쳐주고 있었다. 아델이 문득 놀라며 고개를 들었다.

"카베 부, 마드모아젤? 보 두아 트랑블랑 콤 라 퓌유, 에 보 주 송 루즈. 매, 루즈 콤 데 세리즈!(왜 그러세요, 선생님? 손이 나뭇잎처럼 떨려요. 뺨이 빨개요, 체리처럼 빨개요!)"

"더워서 그래, 아델. 허리를 구부리고 있으니까!" 아이는 하던 스케치로 돌아가고, 나는 하던 생각으로 돌아갔다.

문득 그레이스 풀에 관한 지긋지긋한 생각들을 서둘러 마음에서 몰아냈다. 그 생각 때문에 기분이 상했기 때문이었다. 나는 나 자신을 그 여자와 비교했고, 우리가 다르다는 걸 확인했다. 베시 레븐이 나를 보고 귀부인이 다 됐다고 했었다. 사실이었다. 나는 귀부인이었다. 그리고 지금의 나는 베시가 봤을 때보다 훨씬 더 나아 보였다. 그때보다 혈색도 좋아지고, 살도 붙었고, 훨씬 생기에 차 있고, 쾌활해졌다. 왜냐하면 그때보다 더 밝은 희망과 더 강렬한 기쁨을 품었기 때문에.

"저녁이 다 됐네." 창을 내다보며 나는 혼자 중얼거렸다. '오늘은 종일 이 집에서 로체스터 씨의 목소리도 발소리도 못 들었어. 하지만 밤이 되기 전에는 뵙게 되겠지. 아침나절에는 만나는 것이 두려웠지만, 지금은 몹시 기다려져. 기대가 너무 오래 어그러지는 바람에 초조해져서 그래.'

실제로 땅거미가 드리우고, 아델이 나를 두고 소피와 놀려고 놀이방으로 가버리자, 그를 만나고 싶은 마음이 더없이 간절해졌다. 나는 아래층에서 종을 울리는 소리가 나지 않는지, 리어가 전갈을 전하러 올라오는 소리가 나지 않는지 귀를 기울였고, 때로는 로체스터 씨의 발소리를 들었다고 착각하고는 문을 쳐다보며 문이 열리기를, 그가 들어오기를 기다렸다. 문은 닫힌 채 꼼짝하지 않았다. 창으로는 어둠만이 밀려들 뿐이었다. 그래도 아직 늦지 않았다. 그는 일곱 시나 여덟 시에도 나를 부르러 사람을 보내곤 했고, 지금은 아직 여섯 시밖에 안 됐으니까. 할 얘기가 이렇게 많은데, 오늘 같은 날 완전히 실망하게 될 리는 없어! 나는 그레이스 풀 얘기를 다시 꺼내고, 그가 어떻게 대답하는지 듣고 싶었다. 나는 그에게 어젯밤의 그 가증스러운 일을 시도한 사람이 그 여자라고 정말로 믿느냐고, 만약 그렇다면 왜 사악한 그 여자의 정체를 비밀에 부치느냐고, 솔직하게 물어보고 싶었다. 내 호기심이 그를 성나게 하든 말든, 그건 문제가 아니었다. 나는 그를 살살 자극했다가 이어서 누그러뜨리는 즐거움을 알았다. 그건 내가 제일 즐기는 일이었고, 나는 늘 본능적으로 넘지 말아야 할 선에서 멈출 줄을 알았다. 나는 도발의 한계 너머로는 절대 발을 딛지 않았다. 아슬아슬한 경계에서 내 기술을 시험해보는 것을 즐긴 것이었다. 내 위치에 합당한 모든 사소한 존중의 형식과 모든 예의를 지키면서도 두려움이나 불편한 속박 없이 그와 논쟁을 주고받을 수 있었다. 그것이 그와 나, 둘 다에게 잘 맞았기 때문이었다.

드디어 층계를 밟는 소리가 났다. 리어가 들어왔다. 그러나 페어팩스 부인의 응접실에 차가 준비됐다고 알리러 온 것뿐이었다. 그러나 나는 아래층으로 내려가는 것만으로도 기뻤다. 로체스터 씨와 좀 더 가까워지는 것이었으니까.

"차 생각이 났을 거예요." 내가 내려가자 선량한 부인이 말했다. "점심을 그렇게 적게 먹었으니. 혹시 오늘 어디 편찮은 건 아니에요? 안색이 불그레한 게 열이 있는 것 같아요."

"아, 아주 건강해요! 어느 때보다 좋은걸요."

"그럼 왕성한 식욕으로 증거를 보여줘야죠. 이 줄만 다 짜고 마칠 테니, 저 찻주전자에 물만 좀 부어주겠어요?" 부인은 뜨개질을 다 마치자 자리에서 일어나 여태 걷어두었던 창의 블라인드를 내렸다. 햇빛을 최대한 이용해보려고 그때까지 블라인드를 걷어두었던 모양이었다. 이제 땅거미는 완전한 어둠으로 빠르게 깊어지고 있었다.

"오늘 밤은 날씨가 좋아요." 부인이 유리창으로 밖을 내다보고 말했다. "별은 안 보이지만, 이만하면 로체스터 씨가 여행하는 날을 잘 잡으신 거 같아요."

"여행이라니요! 로체스터 씨께서 어딜 가셨어요? 전 나가셨는지도 모르고 있었어요."

"아, 아침 드시자마자 곧 떠나셨어요! 리스로 있는, 에쉬튼 씨 댁으로요. 밀코트 건너편으로 십 마일쯤 떨어진 곳이죠. 그곳에 꽤 많은 분이 모이시나 보더라고요. 잉그럼 남작, 조지 린 경, 덴트 대령, 그 밖에도 여러 분이요."

"오늘 밤에 돌아오실 것 같으세요?"

"아뇨. 내일도 안 오실걸요. 거기서 일주일이나 그 이상 계실 가능성이 커요. 그런 훌륭한 사교계 분들이 모이게 되면, 즐겁고 유쾌하게 놀 수 있도록 잘 준비된 우아하고 화려한 것들이 사방을 둘러싸게 되니, 서둘러 헤어지시려고들 하지 않지요. 특히 그런 때에는 신사 양반들이 필요한 법이고요. 게다가 로체스터 씨는 사교에도 아주 재능이 있고 활기차시니까, 누구에게나 인기가 있으신 모양이에요. 귀부인들이 그분을 아주 좋아해요. 그분 외모가 귀부인들의 눈에 차리라 생각하지 않으시겠지만, 그분의 학식이라든가 재능에다, 아마도 가진 재산과 좋은 혈통이 외모의 사소한 결점 정도는 메워주지 싶어요."

"리스에 귀부인들이 계세요?"

"에쉬튼 부인과 세 따님이 있지요. 참으로 우아하고 아름다운 분들이에요. 그리고 남작가 영애이신 블란치 잉그럼과 메리 잉그럼 아가씨가 있는데, 아주 절세미인들이시죠. 블란치 아가씨를 뵌 적이 있어요. 육 년인가 칠 년 전에, 아가씨가 열여덟 살일 때였죠. 로체스터 씨가 연 크리스마스 무도회와 파티에 오셨더랬죠. 그날 식당을 보셨어야 하는데! 얼마나 화려하게 장식했던지, 불은 또 얼마나 휘황하게 밝혔고요! 귀부인들과 신사분들이 쉰 명은 됐다니까요. 모두 이 고장에서 내노라하는 명문가들의 분들이셨죠. 그리고 블란치 잉그럼 아가씨는 그날 밤의 최고 미인이셨고요."

"그분을 보셨다고요, 페어팩스 부인, 어떻게 생기신 분이에요?"

"그럼요, 뵈었지요. 식당 문이 활짝 열려 있었거든요. 게다가 크리스마스인지라, 하인들도 홀에 모여 아가씨들이 피아노를 치면서 노래하는 것을 들어도 좋다는 허가가 내려졌었지요. 로체스터 씨가 저에겐 안으로 들어오라고 말씀하시기에, 조용히 구석에 앉아서 그분들을 구경했어요. 생전에 그처럼 아름다운 광경은 본 적이 없어요. 귀부인들은 더없이 화려하게 옷을 차려입었고, 대부분이, 적어도 젊은 아가씨들은 다 아름다웠죠. 하지만 블란치 잉그럼 아가씨가 확실히 으뜸이었어요."

"그래서, 어떻게 생기셨어요?"

"큰 키에 풍만한 가슴, 어깨선이 경사가 져서 목이 길고 우아하지요. 거무스레하면서 맑은 올리브색 피부에 고상한 이목구비 하며, 눈은 약간 로체스터 씨를 닮았어요. 크고 검은 눈이 몸에 단 보석처럼 반짝이고 있었죠. 게다가 머리가 정말 아름다웠어요. 까마귀처럼 새까만 머리를 어쩌면 그렇게 잘 어울리게 손질했는지, 뒤로 굵게 땋은 타래를 왕관처럼 두르고, 앞머리에는 지금껏 본 적이 없는 길고 윤기 있는 컬을 늘어뜨렸어요. 눈처럼 새하얀 옷에다 호박색 스카프를 한쪽 어깨에 비스듬하게 둘러 허리께에서 고정했는데, 긴 술이 달린 끝자락이 무릎 아래까지 늘어지더군요. 머리에는 또 호박색 꽃을 꽂았는데, 그게 둥글둥글 지져 올린 새까만 고수머리와 잘 어울렸어요."

"물론 다들 찬사를 던졌겠죠?"

"그럼요. 아름다움뿐만 아니라 기예 때문에도 그랬죠. 그분도 노래를 부른 귀부인 중 한 명이었답니다. 어떤 신사분이 피아노 반주를 하고요. 로체스터 씨와 같이 이중창도 불렀고요."

"로체스터 씨가요? 전 노래를 부르시는 줄은 몰랐어요."

"어머나! 멋진 베이스 음색을 가지신 데다 음악 취향이 뛰어나세요."

"그럼 잉그럼 양은요, 어떤 목소리인가요?"

"성량이 풍부하고 힘찬 목소리예요. 아주 즐겁게 노래하셨지요. 그 아가씨의 노래를 듣다니, 참 기쁜 일이었죠. 나중에 피아노도 치셨고요. 나야 음악은 잘 모르지만, 로체스터 씨는 잘 아시죠. 아가씨 연주가 대단히 좋았다고 말씀하시는 걸 들었어요."

"그러면 그 아름답고 재주 있는 아가씨가 아직 결혼하지 않으신 거예요?"

"안 하신 것 같아요. 그분도 그 동생분도 재산은 그다지 없는 것 같아요. 돌아가신 잉그럼 남작의 재산은 대부분 한정 상속되어서, 장남 되시는 분이 거의 다 가져가신 모양이고요."

"하지만 돈 많은 귀족이나 신사가 아무도 그분을 좋아하지 않았는지 의아하네요. 가령 로체스터 씨 같은 분요. 로체스터 씨는 부자죠, 그렇지 않아요?"

"오! 그렇죠. 하지만 나이 차가 좀 많이 나잖아요. 로체스터 씨는 마흔이 다 됐는데, 그 아가씨는 고작 스물다섯밖에 안 됐어요."

"그게 무슨 상관이겠어요? 그보다 나이 차가 많이 나는 결혼도 다반사인데요."

"그렇긴 하죠. 하지만 나는 로체스터 씨가 그런 종류의 생각을 하리라고는 상상이 잘 안 되는군요. 그런데 왜 아무것도 안 드세요? 차를 들기 시작한 후로 거의 아무것도 안 드셨어요."

"괜찮아요. 뭘 먹으려니 목이 너무 말라서요. 차 한 잔 더 주시겠어요?"

나는 로체스터 씨와 아름다운 잉그럼 양의 결혼 가능성 얘기로 다시 돌아갈 참이었다. 그런데 아델이 들어오는 바람에 대화가 다른 방향으로 흘러가버리고 말았다.

다시 혼자 있게 되자, 나는 들은 정보를 다시 검토했다. 내 마음을 들여다보고, 그 생각과 느낌을 살피고, 끝도 없고 길도 없는 상상의 황야를 헤매고 있는 마음을 엄한 손으로 잡아끌고 돌아와 상식이라는 안전한 울타리 안으로 밀어 넣으려고 애를 썼다.

마음속에 법정이 꾸려지고, '기억'이 어젯밤부터 내가 소중히 품어 온 희망과 소망과 감정을, 거의 지난 보름간 탐닉했던 전반적인 마음의 상태를 증언했다. '이성'이 앞으로 나서 예의 그 조용한 방식으로 내가 어떻게 현실을 외면했는지, 얼마나 게걸스럽게 이상을 탐식했는지 보여주는 솔직하고 꾸밈없는 이야기를 털어놓았다.

나는 이런 취지의 판정을 내렸다. 일찍이 제인 에어보다 어리석은 인간이 이 세상에서 숨을 쉬며 산 적이 없다고, 제인 에어보다 더한 바보도 그처럼 달콤한 거짓말을 폭식하고 독을 넥타[33]인 양 마구 들이킨 적은 없다고.

'너.' 나는 말했다. '로체스터 씨의 마음에 들었다고? 그분을 기쁘게 하는 재능을 타고났다고? 너 같은 것이 어떤 식으로든 그분에게 소중하다고? 가! 네 어리석음에 진저리가 나. 게다가 너는 가끔 편애의 표식에서, 훌륭한 가문의 신사가, 게다가 세상 물정 잘 아는 사내가 고용인에게, 풋내기에게 보여준 수상쩍은 표식에서 즐거움을 얻곤 했지. 네가 어딜 감히? 불쌍한 멍청이 같으니! 자신을 생각해서라도 좀 더 현명해질 수 없어? 간밤에 잠깐 있었던 그 광경을 오늘 아침에 몇 번이나 곱씹어보았지? 얼굴을 들 수 있겠어? 부끄러운 줄 알아! 그가 네 눈을 칭찬하는 무슨 말을 했어, 그렇지 않아? 눈먼 강아지 같으니라고! 그 흐려진 눈을 뜨고 자신의 저주받을 어리석음을 봐! 결혼할 의도가 있을 리 없는 지위 높은 사람에게서 감언을 들어봐야 어떤 여자에게도 좋을 리가 없어. 비밀스러운 사랑이 불붙도록 놔두는 건 여자들이 흔히 저지르는 미친 짓이야. 전해지지 못하고 보답받지 못하면, 종국에는 그걸 키우는 생명을 갉아먹어버리지. 그리고 혹시라도 전해지고 보답받는다면, 도깨비불처럼 탈출할 수도 없는 수렁 같은 황야로 이끌고야 말 거야.

그러니, 듣거라, 제인 에어여, 판결은 이렇다. 내일 거울을 앞에 놓고 네 얼굴을 충실하게 그려라. 결점 하나 손보지 말고, 거친 선

---

33 그리스 신화에서 올림포스의 신들이 마시는 음료.

하나 빼지 말고, 보기 싫은 비대칭 하나 손대지 말고. 그 밑에 적어라. '의지할 곳 없는 가난하고 평범한 어느 가정교사의 초상화'라고.

다음엔 매끈한 상아지를 꺼내라. 그림 상자에 한 장이 있는 거 아니까. 그러고는 팔레트를 꺼내 제일 산뜻하고 제일 선명하고 제일 맑은 색을 혼합하고, 제일 정밀한 낙타털 붓을 골라 정성껏 상상할 수 있는 가장 사랑스러운 얼굴을 그려라. 가장 부드러운 색조와 가장 달콤한 선들로 페어팩스 부인이 설명한 대로 블란치 잉그럼을 그려라. 새까만 고수머리와 동양적인 눈을 잊어선 안 돼. 이런! 모델로 로체스터 씨의 눈을 떠올렸군그래! 정신 차려! 눈물은 안 돼! 감정은 안 돼! 후회는 안 돼! 나는 상식과 단호한 의지만을 상대하니까. 위엄있지만 조화로운 이목구비를, 그리스적인 목과 가슴을 기억해! 둥글고 눈부신 팔이 보이게 해, 그리고 섬세한 손도. 다이아몬드 반지도 금팔찌도 빼놓아선 안 돼. 옷차림도 충실하게 그려야 해. 얇은 레이스, 번쩍이는 공단 옷, 우아한 스카프, 황금빛 장미꽃. 그 그림을 '재능이 출중한 귀족 영애 블란치의 초상화'라고 부르도록 해.

이제부터 로체스터 씨가 널 좋게 생각한다는 상상을 하는 경우가 있거든 언제든지 이 두 장의 그림을 꺼내서 비교해보는 게 좋아. 로체스터 씨는 원하기만 하면 그 귀족 영애의 사랑을 얻을 수 있을 거야. 그런데 그분이 이 가난하고 보잘것없는 여자를 진지하게 생각할 리 있겠어?'

'그렇게 하자.' 나는 결심했다. 결정을 내리자 마음이 가라앉았고, 나는 잠들었다.

나는 내 말을 지켰다. 크레용으로 자화상을 그리는 데는 한두 시간이면 충분했다. 그리고 보름도 안 돼서 상아지에 그린 상상의 블란치 잉그럼 초상화가 완성되었다. 충분히 아름다운 얼굴이어서, 크레용으로 그린 내 자화상과 비교하니 그 대비는 내 자제심도 더는 바랄 수 없을 정도로 굉장했다. 그 과제가 도움이 되었다. 머리와 손을 바쁘게 해주었고, 내 마음에 지워지지 않게 새겨놓고자 했던 새로운 생각들에 힘과 확고함을 부여해주었다.

얼마 안 가서 이처럼 자신의 감정을 굴복시킨 건전한 훈련 과정을 자축할 이유가 생겼다. 그 훈련 덕분에 나는 뒤이어 일어난 일들을 상당히 침착하게 맞을 수 있었다. 대비가 되어 있지 않았더라면, 나는 아마 겉으로도 그런 침착성을 유지할 수 없었을 것이다.

17장

　일주일이 지났고, 로체스터 씨로부터는 아무 소식이 없었다. 열흘이 지나도 그는 돌아오지 않았다. 페어팩스 부인은 그가 리스에서 곧장 런던으로 갔다가, 거기서 대륙으로 건너가 앞으로 일 년간 손필드에 코빼기를 비치지 않는대도 놀랄 일이 아니라고 했다. 그렇게 예고 없이 갑자기 저택을 떠난 경우가 드물지 않기 때문이었다. 그 말을 듣자 이상한 한기가 덮치면서 심장이 불규칙하게 뛰기 시작했다. 나는 무참한 실망감을 경험하는 것을 나 자신에게 허용하고야 말았다. 그러나 이내 정신을 가다듬고 원칙들을 되새기면서 마음을 바로잡았다. 내가 그 일시적인 실책, 내가 로체스터 씨의 행적에 긴요한 관심을 둘 이유가 있다고 여긴 착각을 해결한 방식은 내가 생각해도 대견했다. 나는 열등한 지위에 관한 노예적인 생각으로 스스로를 초라하게 만들지 않았다. 반대로 나는 그저 이렇게 말했을 뿐이다.

'너는 손필드 주인의 피보호자를 가르치는 대가로 봉급을 받고 네 의무를 다했을 때 응당 받으리라 기대할 권리가 있는 정중하고 친절한 대우를 감사히 받은 것 외에는 그와 아무 관계가 없어. 로체스터 씨가 진지하게 생각하는 너와의 관계는 그뿐이라는 점을 명심해. 그러니까 로체스터 씨를 너의 호감이나 환희, 고뇌 같은 것의 대상으로 삼아서는 안 돼. 그는 같은 계급의 사람이 아니야. 분수를 지켜. 그리고 온 마음과 영혼과 힘을 다한 사랑을 그런 선물이 환영받기는커녕 멸시당할 곳에 바치지 않도록, 스스로를 더 아끼도록 해.'

나는 차분하게 매일의 일과를 이어갔다. 그러나 때때로 손필드 일을 그만두어야 할 이유에 관한 막연한 생각들이 자꾸 머릿속을 오락가락하는 바람에 나도 모르게 광고 문구를 짜거나 새로운 일자리에 관한 이런저런 공상을 하곤 했다. 막아야겠다고는 생각지 않았다. 그런 생각들이 싹을 틔워 열매를 맺게 될지도 모르는 일이니까.

로체스터 씨가 집을 비운 지 이 주일이 되어갈 무렵, 우체부가 페어팩스 부인에게 편지 한 통을 가져왔다.

"주인님 편지예요." 부인이 발신자를 확인하고 말했다. "자, 이제 그분이 돌아오실지 아닐지 알 수 있겠군요."

부인이 봉인을 뜯고 편지를 읽는 동안 나는 커피를 마셨다. (우리는 아침을 먹는 중이었다.) 커피가 뜨거워서, 나는 갑자기 얼굴이 타는 듯이 붉어진 것을 커피 탓으로 돌렸다. 손이 떨려서 컵에 든 커피를 접시에 반이나 엎지른 연유는 짐짓 외면했다.

"음, 이 집이 너무 적적하다는 생각을 가끔 했는데, 이제 꽤 바빠지겠어요. 적어도 한동안은요." 돋보기안경을 끼고 여전히 편지를 들고 살피면서 페어팩스 부인이 말했다.

나는 무슨 얘기인지 묻기 전에 마침 풀어질 참인 아델의 앞치마 끈을 다시 매어주었다. 그 참에 아델에게 빵도 하나 더 집어주고 잔에 우유도 다시 따라주면서, 나는 무심한 듯이 물었다.

"로체스터 씨가 곧 돌아오시지는 않겠지요?"

"웬걸요, 곧 오세요, 사흘 뒤라고 하시네요. 이번 목요일이 되겠군요. 게다가 혼자도 아니세요. 리스에 계신 귀한 분들이 몇 분이나 같이 오시는지는 모르겠지만, 특실을 전부 준비해놓고, 서재와 응접실을 깨끗이 정돈하라고 지시하셨어요. 밀코트 조지 여관이나 어디서든 주방 일손을 좀 구해야겠어요. 귀부인들은 시녀들을 데려올 테고, 신사분들은 시종들을 데려오시겠죠. 집 안이 사람들로 꽉 찰 거예요." 페어팩스 부인이 허둥지둥 아침 식사를 끝내고는 황급히 손님 맞을 채비를 시작하러 나갔다.

부인이 예견한 대로 사흘이 분주하게 지나갔다. 손필드 저택의 방들이 참으로 깨끗하게 잘 정돈돼 있다고 생각했는데, 그게 아닌 모양이었다. 일을 거들 여자 일꾼 세 명이 새로 들어왔고, 쓸고 닦고 얼룩을 씻어내고 양탄자를 털고 그림을 내리고 걸고 거울과 촛대에 윤을 내고 침실마다 불을 지피고 침대보와 깃털 침구들을 난롯불에 쬐어 거풍시키는 등, 그런 소동은 이전에도 이후에도 본 적이 없었다. 아델은 그 법석 속을 제멋대로 뛰어다녔다. 사교계 손님들을 맞을 준비와 손님들이 오신다는 소식 자체가 아이를 무아경에 빠뜨리는 듯했다. 아이는 소피를 시켜 '의상'이라 부르는 자기 옷을 전부 살펴서 유행이 지난 것들은 손을 보게 하고 새것들은 거풍해서 잘 정리해놓게 했다. 그러면서 자신은 아무 일도 하지 않고 앞쪽 큰 방들을 뛰어다니며 풀쩍풀쩍 침대를 오르내리고 불이 활활 타는 벽난로 앞마다 놓인 매트리스와 수북이 쌓인 덧베개와 베개들에 드러눕기나 할 뿐이었다. 아이는 학과 공부에서도 해방되었다. 페어팩스 부인이 거들어달라고 부탁하는 바람에 나도 종일 식품 저장실에서 부인과 요리사를 도우며(또는 방해하며) 커스터드와 치즈케이크와 프랑스식 빵과자 만드는 법과 요리용 새 날개 묶는 법과 디저트 접시 장식하는 법을 배웠다.

손님들은 목요일 여섯 시 만찬 시간에 맞추어 도착할 예정이었다. 그때까지는 망상의 괴물을 키울 시간이 없었다. 아델을 제외하면, 나는 그 누구보다 활기차고 명랑했다고 자부한다. 그래도 내 쾌활한 기분에는 이따금씩 제동이 걸렸다. 그러고는 내 의지와 무관하게 의심과 불길한 전조와 음울한 억측의 영역으로 내던져졌다. 삼층으로 통하는 계단문(최근에는 늘 잠겨 있었다)이 천천히 열리고 깔끔한 머리쓰개를 쓰고 흰 앞치마를 두르고 허리에 손수건을 찬 그레이스 풀이 나타나는 것을 우연히 보는 때가 그랬고, 자투리 천으로 만든 덧신을 신고 조용한 걸음으로 소리 없이 미끄러지듯이 회랑을 지나는 그 여자를 보는 때가 그랬고, 그 여자가 뒤죽박죽 부산한 침실들을 들여다보며, 아마도 삯일꾼에게 하는 말이겠지만, 쇠살대 윤내는 법이나 대리석 벽난로 선반 닦는 법이나 벽지 얼룩 제거하는 법에 관해 한마디씩 조언을 던지고 지나가는 것을 보는 때가 그랬다. 그 여자는 하루에 한 번 부엌으로 내려와 식사를 하고는 한동안 난롯불을 쬐며 파이프 담배를 피우다가 은밀한 위안거리인 듯한 흑맥주 단지를 들고 음침한 자기 소굴로 돌아갔다. 그 여자는 하루 스물네 시간 중 단 한 시간만 아래층에서 동료 하인들과 지낼 뿐, 나머지 시간은 삼층에 있는, 참나무 판재를 두른 천장이 낮은 방에서 보냈다. 거기 앉아서, 토굴 속 죄수처럼 말 상대도 없이, 그렇게 혼자 음침하게 웃어가며 바느질을 하는 것이었다.

무엇보다도 이상한 건, 이 집에서 그 여자의 습관을 눈여겨보거나 이상하게 여기는 사람이 나 말고는 아무도 없다는 점이었다. 아무도 그 여자의 처지나 일에 관해 논하지 않았고, 아무도 그 여자의 고독이나 고립을 동정하지 않았다. 사실은 리어와 삯일꾼 한 명이 그레이스를 두고 얘기하는 걸 얼핏 엿들은 적이 있었다. 리어가 하는 말은 알아듣지 못했지만, 삯일꾼이 하는 말은 이랬다.

"그 사람 봉급은 많이 받을 거야, 그렇겠지?"

"맞아요." 리어가 말했다. "저도 그만큼 받으면 좋겠어요. 봉급에 불만이 있는 건 아니에요. 손필드는 절대 인색하지 않으니까요. 하지만 그래봐야 풀 부인이 받는 것의 오 분의 일도 안 돼요. 그리고 그 사람은 저축도 하고 있어요. 분기마다 밀코트에 있는 은행에 간다니까요. 떠나려고만 하면, 충분히 독립해서 살 수 있을 만큼 저축을 해뒀을지도 몰라요. 하지만 이곳이 익숙하겠죠. 어쨌든 아직 마흔도 안 됐고, 튼튼한 데다, 무엇보다 유능하니까요. 일을 그만두기엔 아직 이르죠."

"분명, 일을 잘하겠지?" 삯일꾼이 말했다.

"아! 뭘 해야 하는지 잘 알죠. 그건 아무도 못 따라가요." 리어가 의미심장하게 맞장구를 쳤다. "게다가 아무나 할 수 있는 일이 아니니까요. 그 사람이 받는 봉급을 다 준대도 말이에요."

"그건 그래!" 삯일꾼이 대답했다. "내가 이상하다고 생각하는 건 주인님께서-"

삯일꾼이 계속 말을 이으려는데, 리어가 뒤를 돌아보다가 나를
발견하고는 재빨리 팔꿈치로 상대방을 꾹 찔렀다.

"저분은 모르시나?" 삯일꾼이 속삭이는 소리가 들렸다.

리어가 고개를 끄덕였다. 당연히 대화는 그것으로 끝이 났다. 그
대화에서 내가 유추해낸 것은, 손필드에 비밀이 있다는 것, 그리고
그 비밀에서 나는 의도적으로 배제되어 있다는 것, 그게 다였다.

목요일이 왔다. 손님맞이 준비는 전날 밤에 마무리되었다. 양탄
자들이 깔리고, 침대 커튼마다 꽃줄 장식이 달리고, 침대에는 새하
얗게 빛나는 덮개가 깔리고, 화장대들이 정돈되고, 가구는 전부 닦
이고, 꽃병마다 꽃이 잔뜩 꽂혔다. 침실이고 응접실이고 할 것 없
이, 모든 방이 더할 나위 없이 산뜻하고 환했다. 홀도 깨끗하게 닦
였고, 나무를 깎아 만든 커다란 괘종시계도 계단 층계나 난간과 마
찬가지로 유리처럼 반짝반짝 윤이 났다. 식당에서는 접시류로 장
식한 찬장이 눈부시게 빛났고, 응접실과 내실에서는 사방에 놓인
꽃병들이 이국적인 꽃을 풍성하게 피워냈다.

오후가 되었다. 페어팩스 부인이 제일 좋은 검은 공단 옷을 입고
장갑을 끼고 금시계를 찼다. 손님들을 맞이하고 귀부인들을 각자
의 방으로 안내하는 것이 부인의 임무였다. 아델도 옷을 갈아입었
다. 내가 보기엔, 적어도 그날은 아델이 손님들에게 인사할 기회가
있을 듯하지 않았지만, 나는 아이를 기쁘게 해주려고 소피에게 일
러 짧고 풍성한 모슬린 원피스를 입히게 했다. 나는 옷을 갈아입을
필요가 없었다. 내가 공부방에서 불려 나갈 일은 없을 테니까. 이제
공부방은 나의 성역이 되었다. '곤란의 시기를 피할 아주 쾌적한 피

난처' 말이다.

온화하고 맑게 갠 봄날이었다. 삼월 말이나 사월 초에 볼 수 있는, 환한 태양이 여름의 전령인 양 지상을 밝게 비추며 떠오르는 그런 날이었다. 해는 이제 끝을 향하고 있었다. 하지만 저녁에도 따뜻해서, 나는 공부방 창문을 열어두고 수업을 했다.

"늦어지시네요." 페어팩스 부인이 치맛자락을 버석거리며 들어와 말했다. "만찬을 로체스터 씨가 지시하신 시간보다 한 시간 늦춰 준비시킨 게 다행이지 뭐예요. 벌써 여섯 시가 지났으니까요. 길에 뭐라도 보일까 해서 존을 정문까지 나가보라고 했어요. 거기선 밀코트 쪽이 멀리까지 보이니까요." 부인이 창가로 갔다. "존이 오네요!" 부인이 말했다. "저기, 존, (창밖으로 몸을 내밀며) 무슨 소식이라도?"

"오고들 계세요." 존이 대답했다. "십 분 뒤에 도착하실 겁니다요."

아델이 날 듯이 창가로 달려갔다. 나도 따라가 남의 눈에 띄지 않게 커튼에 가려지도록 주의하면서 한구석에 서서 밖을 내다보았다.

존이 말한 십 분이 몹시 길게 느껴졌으나, 마침내 마차 바퀴 구르는 소리가 들리기 시작했다. 말을 탄 기수 네 명이 진입로를 오르고, 무개 마차 두 대가 뒤를 따랐다. 마차마다 펄럭거리는 베일과 흔들리는 깃털이 가득했다. 기수 중 두 사람은 기세가 당당해 보이는 젊은 신사였고, 세 번째는 흑마 메스루어[34]를 탄 로체스터 씨였다. 파일럿이 앞장서 달리고 있었다. 그의 옆에서 한 귀부인이 말

---

34 '메스루어'는 '행복한', '즐거운'이라는 뜻을 가진 아랍어 단어로 《아라비안 나이트》에 메스루어라는 이름을 가진 인물의 이야기가 두 편 포함돼 있다.

을 달렸는데, 둘이 일행의 선두였다. 그 귀부인의 보라색 승마복 자락은 거의 땅을 스칠 정도였고, 미풍을 받은 베일이 길게 나부꼈다. 너울거리는 그 투명한 주름들 사이로 반짝거리는 풍성한 검은 고수머리가 비쳐 보였다.

"미스 잉그럼!" 페어팩스 부인이 소리치더니 황급히 아래층 자기 자리로 돌아갔다.

기마행렬이 순식간에 진입로를 따라 저택 모퉁이를 돌자, 더는 보이지 않게 되었다. 아델이 이번에는 아래층으로 내려가게 해달라고 졸라서 나는 아이를 무릎에 앉히고 지금이나 앞으로나 특별히 사람을 보내 부르지 않는 한, 어떤 경우에라도 귀부인들의 눈에 띨 생각을 하면 안 된다는 점과 자칫하면 로체스터 씨가 심하게 화를 내실지 모른다는 등의 얘기를 잘 알아듣게 타일렀다. 그 말을 들은 아델이 눈물을 흘렸지만, 내가 아주 엄한 표정을 짓기 시작하자 마침내 눈물을 거두는 데 동의했다.

홀에서 기쁨에 찬 떠들썩한 소리가 들려왔다. 신사들의 굵직한 목소리와 귀부인들의 은방울 굴리는 듯한 음조가 조화롭게 뒤섞이는데, 그중에서도 두드러지는 소리는 아름답고 화려한 손님들을 자기 집 안으로 맞아들이는 손필드 주인의 크지는 않지만 낭랑한 목소리였다. 그러고는 계단을 오르는 가벼운 발소리들, 그러고는 회랑을 지나는 경쾌한 소리와 온화하고 명랑한 웃음소리들, 그러고는 문이 열리고 닫히는 소리들, 그러고는 한동안 침묵이 내려앉았다.

"엘 샹즈 드 투알레트(귀부인들이 옷을 갈아입고 있어요)." 열심히 귀를 기울이며 속으로 손님들의 일거수일투족을 그리던 아델이 한

숨을 쉬었다.

"쉐 마망, 캉 일리 아베 듀 몽드, 쥬 르 수이베 파투, 오 살롱 에 딸
러 샹브르. 수방 쥬 르갸르데 레 팜므 드 샹브르 쿠아페 에 따비에
레 담, 에 세떼 시 아뮤장. 콤 슬라 옹 아프랑(엄마 집에 있을 때는, 손
님들이 있을 때 말이에요. 응접실이든 침실이든 어디든 따라다녔어요.
시녀들이 귀부인들의 머리를 매만지고 옷을 입히는 걸 구경하곤 했는데,
진짜 재미있었어요. 그렇게 배우는 거예요)."

"아델, 배고프지 않니?"

"매 위, 마드모아젤. 부알라 생크 우 시저 크 누 나봉 파 망제(예,
배고파요, 선생님. 우리, 대여섯 시간 째 먹지를 못했어요)."

"자 그럼, 귀부인들이 각자의 방에 계신 틈을 타서, 내가 아래층
으로 내려가 먹을 걸 좀 가져올게."

나는 조심스럽게 나의 피난처를 나와 부엌으로 곧장 통하는 뒷
계단으로 갔다. 부엌 쪽은 사방이 불과 부산한 움직임으로 가득했
다. 수프와 생선은 막 내갈 준비를 마쳤고, 요리사는 몸과 마음이
동시에 폭발할 듯한 상태로 자신에게 닥친 가혹한 시련들을 돌보
고 있었다. 하인용 홀에는 마부 두 명과 시종 세 명이 난롯가에 앉거
나 서 있었다. 시녀들은 여주인들과 함께 위층에 있는 듯했다. 밀코
트에서 구해 온 새 일꾼들이 부산하게 돌아다니고 있었다. 나는 그
혼돈을 헤치고 겨우 식품 저장실에 들어가 차가운 닭고기와 빵 한
덩어리와 타르트 몇 개와 접시 한두 장과 나이프와 포크를 챙겼다.
나는 이 전리품들을 챙겨 황급히 물러났다. 위층 회랑으로 돌아와
뒷계단 문을 닫는 순간, 더 빨라진 웅성거리는 소리를 듣고서 귀부
인들이 막 방을 나설 참이라는 걸 깨달았다. 공부방으로 가려면 귀

부인들의 방을 몇 개 지나야 했는데, 음식을 들고 가다가 불시에 마주치는 낭패를 볼까 싶어서 나는 창이 없는 어두운 복도 끝에 가만히 서 있기로 했다. 해가 지고 어스름이 몰려들어서 이제는 꽤 어두워졌다.

이윽고 방들이 차례로 문을 열고 아름다운 자기 손님을 내보냈다. 하나같이 어스름 속에서도 반짝거리는 눈부신 옷을 입고서 쾌활하고 경쾌하게 걸어 나왔다. 그들은 잠시 회랑 반대쪽 끝에 모여 서서 낮은 어조로 달콤하고 생기 있게 이야기를 나누더니, 산을 따라 흘러내리는 환한 안개처럼 거의 아무 소리도 내지 않고 충계를 내려갔다. 그들이 모여 선 광경은 일찍이 본 적 없는, 태생부터 고귀한 우아함이란 이런 것이구나, 하는 인상을 남겼다.

아델이 공부방 문을 살짝 열고 몰래 내다보고 있었다. "어쩜 저렇게들 아름다울까!" 아이가 영어로 부르짖었다. "아, 저분들한테 가면 얼마나 좋을까! 선생님, 로체스터 아저씨가 곧 우리를 부르실까요? 만찬 후에요?"

"아니, 절대 그렇지 않을 거야. 로체스터 씨에겐 신경 써야 할 다른 일들이 있으니까. 오늘 밤에는 귀부인들 생각을 하지 마. 아마 내일에는 뵙게 되겠지. 자, 저녁거리 가져왔어."

아이는 정말로 배가 고팠던지 한동안 닭고기와 타르트에 정신이 팔렸다. 그렇게 먹을 걸 챙겨 온 것이 다행이었다. 그러지 않았더라면 아이나 나나, 먹을거리를 나눠 준 소피까지도 저녁은 구경도 못 할 뻔했다. 아래층에서는 다들 너무 바빠서 우리까지 생각할 겨를이 없었다. 아홉 시가 넘도록 디저트도 아직 나가지 않았고, 열 시에도 제복을 빼입은 하인들이 쟁반과 커피잔을 들고 이리저리 뛰어다니고 있었다. 나는 아델이 보통 때보다 훨씬 늦게까지 일어나 있는 걸 허락했다. 아이가 아래층에서 쉴 새 없이 문 여닫히는 소리와 떠들썩한 사람 소리가 들리는 통에 잠이 안 올 것 같다고 선언했기 때문이었다. 게다가 아이는 자기가 잠옷 바람인데 로체스터 아저씨의 전갈이 올 수도 있지 않냐고 덧붙였다. "에 알로 켈 도마쥬!(그러면 얼마나 아깝겠어요!)"

나는 아델이 싫증을 낼 때까지 이야기를 들려주었다. 그러고는 기분전환 삼아 아이를 데리고 회랑으로 나갔다. 이제는 홀의 램프에도 불이 밝혀져 있었다. 아이는 난간 너머로 밑에서 오가는 하인들을 구경하며 즐거워했다. 밤이 꽤 깊었을 때, 피아노를 옮겨놓았던지 응접실에서 음악 소리가 들렸다. 아델과 나는 층계 꼭대기 계단에 앉아 연주를 들었다. 이윽고 낭랑한 악기 소리에 사람 소리가 섞여들었다. 어느 귀부인이 노래를 부르는데, 참으로 달콤한 목소리였다. 독창이 끝나자 이중창이 이어졌고, 그러고는 합창이 뒤따랐다. 즐겁게 대화를 나누는 웅얼거리는 소리가 사이사이를 채웠다. 나는 오래 귀를 기울였다. 그러다 문득 내 귀가 한데 섞인 그 소리를 낱낱이 분석하여 혼란한 음조들 속에서 로체스터 씨의 목소리를 분간해내려고 애를 쓰고 있다는 사실을 깨달았다. 그리고 오래지 않아 그의 목소리를 분간해내자, 내 귀는 이제 멀리 떨어진 탓에 똑똑히 들리지 않은 그 소리를 말로 구성해내는 과제에 착수했다.

괘종시계가 열한 시를 쳤다. 내 어깨에 머리를 기댄 아델을 살펴보니 눈이 점점 감기고 있어서, 나는 아이를 안아 침대로 데려갔다. 신사들과 귀부인들은 거의 한 시가 되어서야 각자의 방으로 돌아

Jane Eyre

279

갔다.

다음 날도 전날과 마찬가지로 맑았다. 그날은 손님들이 가까운 곳으로 소풍을 나가기로 되어 있었다. 손님들은 오전 일찍 길을 나섰다. 일부는 말을 타고, 나머지는 마차를 탔다. 나는 그들이 나고 드는 것을 다 보았다. 전날과 마찬가지로, 귀부인 중에 말을 타는 사람은 미스 잉그럼이 유일했다. 그리고 전날과 마찬가지로, 로체스터 씨가 나란히 말을 달렸다. 둘은 일행과 약간 떨어져서 달렸다. 나는 그 모습을 가리키며 같이 창가에 서 있던 페어팩스 부인에게 말했다.

"부인께서는 저분들이 결혼 생각을 할 것 같지 않다고 하셨지만, 보다시피, 아무래도 로체스터 씨는 다른 어떤 귀부인보다 저 아가씨가 마음에 드시는 듯한데요."

"네, 그런 것 같네요. 주인님이 저 아가씨를 숭배하는 건 틀림없어요."

"그리고 저 아가씨도 그렇고요." 나는 덧붙였다. "저렇게 비밀 이야기라도 하는 듯이 로체스터 씨 쪽으로 고개를 기울이는 것 좀 보세요. 저분 얼굴을 봤으면 좋겠어요. 아직 얼굴을 못 봤거든요."

"오늘 저녁엔 보시게 될 거예요." 페어팩스 부인이 대답했다. "내가 어쩌다 로체스터 씨께 아델이 귀부인들에게 인사를 드리고 싶어 안달이라는 얘기를 했더니, '아! 만찬 후에 응접실로 내려보내요. 그리고 미스 에어에게도 같이 오라고 일러주시오'라고 하셨답니다."

"네. 그건 그냥 예의상 하시는 말씀이겠죠. 전 갈 필요 없을 거예요."

"그게, 나도 에어 선생은 손님들과 어울리는 데 익숙지 않아서, 저렇게 쾌활하신 분들, 게다가 낯선 분들만 있는 곳에 나서는 걸 좋아하지 않을 거라고 말씀드렸지요. 그랬더니 그 성급한 말투로 대답하시기를, '터무니없는 소리! 미스 에어가 싫다고 하면 내가 특별히 청했다고 하시오. 그래도 거부하면, 끝내 말을 듣지 않으면, 내가 직접 가서 데려오겠다고 전해요'라고 말씀하셨어요."

"그런 수고를 끼쳐드려서는 안 될 일이죠." 나는 대답했다. "가야죠, 달리 좋은 수가 없다면요. 하지만 가기 싫어요. 거기 같이 계실 거예요, 페어팩스 부인?"

"아뇨. 난 제발 빼달라고 했어요. 주인님이 내 간청은 들어주셨답니다. 이런 일이 있을 때마다 제일 불편한 게 격식 차린 자리에 얼굴을 내밀어야 하는 건데, 난처한 상황을 피할 방법을 알려드리리다. 귀부인들이 만찬 식탁을 떠나기 전에, 응접실이 비었을 때 들어가야 해요. 어디든 마음에 드는, 눈에 띄지 않는 구석을 찾아서 앉아요. 신사분들이 들어오고 나면 더는 오래 머물러 있을 필요 없어요. 더 있고 싶지 않다면 말이에요. 그냥 로체스터 씨에게 왔다는 것만 보여주고 빠져나오세요. 아무도 눈치채지 못할 거예요."

"저분들은 오래 머무르실까요, 어떻게 생각하세요?"

"아무래도 두서너 주는 계시겠죠. 그보다 오래 계시지는 않을 거예요. 부활절 휴회 기간이 끝나면 조지 린 경은, 최근에 밀코트를 대표하는 의원으로 선출되셨거든요, 런던으로 가서 등원하셔야 하니까요. 아마 로체스터 씨도 동행하시겠지요. 주인님이 이렇게 오래 손필드에 계신 적은 처음이라서, 나도 놀랐어요."

아델을 데리고 응접실로 갈 시간이 다가오자 좀 떨렸다. 아델은 저녁에 귀부인들에게 인사하게 된다는 말을 들은 뒤로 종일 황홀경에 빠져 있다가 소피가 옷을 입히기 시작할 때가 되어서야 제정신으로 돌아왔다. 그게 얼마나 중요한 일인지 상기한 아이는 재빨리 진정했고, 곱게 빗긴 고수머리를 다발로 묶어 늘어뜨리고 분홍색 공단 드레스를 입히고 긴 장식용 허리띠를 둘러주고 손등을 덮는 레이스 장갑까지 끼우고 보니, 법관이라도 된 듯한 엄숙한 표정을 짓고 있었다. 매무새를 흐트러뜨리지 말라고 잔소리할 필요도 없었다. 옷을 다 입은 아이는 공단 치마를 들어 올려 구김이 가지 않도록 미리 조심하면서 제 조그만 의자에 새침하게 앉았다. 내가 준비를 마칠 때까지 꼼짝도 하지 않으려는 작정인 듯했다. 내 준비는 금방 끝났다. 템플 선생님의 결혼식 때 사서 그 뒤로는 한 번도 입은 적 없는 제일 좋은 은회색 드레스를 입고 머리를 빗은 다음, 유일한 장신구인 진주 브로치를 다는 것이 다였다. 우리는 아래층으로 내려갔다.

다행히 손님들이 모여 만찬을 들고 있는 식당을 통하지 않고 응접실로 들어갈 수 있는 다른 출입구가 있었다. 응접실은 텅 비어 있었다. 대리석 벽난로에서 난롯불이 소리도 없이 활활 탔고, 탁자마다 장식된 이국적인 꽃들 사이로 밀랍 초들만 환하게 불을 밝혔다. 아치 앞에는 진홍색 커튼이 드리워져 있었다. 식당에 있는 사람들과는 고작 그 천 하나로 분리돼 있을 뿐이지만, 사람들이 나직하게 얘기를 나누고 있어서 조용하게 웅얼거리는 소리밖에 들리지 않았다.

아직도 의식을 치르는 듯한 엄숙한 분위기에서 벗어나지 못한 듯한 아델이 내가 가리킨 걸상에 군말 없이 앉았다. 나는 창가 자리

로 물러나 가까운 탁자에 놓인 책을 한 권 가져다 애써 신경을 집중
했다. 아델이 걸상을 내 발치로 옮겨다 놓고 앉더니, 잠시 후에 내
무릎을 톡톡 쳤다.

"왜 그러니, 아델?"

"에-스 크 쥬 느 퓌이 파 프랑드르 윈 슬 드 세 플러 마그니피크,
마드모아젤? 슬망 푸어 콤플레테 마 투알레트(저 예쁜 꽃 한 송이만
주시면 안 될까요, 선생님? 저것만 있으면 제 의상이 완벽해질 거예요.)"

"아델, '의상'에 너무 신경을 많이 쓰는구나. 하지만 꽃은 줄게."
나는 꽃병에서 장미 한 송이를 가져와 아델의 장식띠에 꽂아주었
다. 그제야 겨우 행복의 잔이 채워졌다는 듯이, 아이가 형언할 수
없이 만족스러운 한숨을 내쉬었다. 나는 절로 떠오르는 웃음을 숨
기려고 고개를 돌렸다. 이 어린 파리 아가씨가 옷에 쏟는 타고난 진
지한 헌신은 안쓰러우면서도 어쩐지 웃음을 자아내는 데가 있었
다.

자리에서 일어나는 희미한 소리가 들리더니 아치를 가린 커튼
이 젖혀졌다. 그 틈으로 휘황하게 밝혀진 샹들리에 불빛을 받아 반
짝이는 은과 유리로 만든 격조 높은 디저트용 식기들로 뒤덮인 식
당의 긴 식탁이 보였다. 아치 앞에 섰던 귀부인 무리가 안으로 들어
오자 커튼이 다시 내려졌다.

여덟 명밖에 안 됐지만, 한꺼번에 몰려 들어올 때는 훨씬 숫자가
많게 느껴졌다. 몇 명은 아주 키가 컸고, 흰 드레스를 입은 사람이
많았다. 안개가 달을 커 보이게 하듯이, 하나 같이 길게 늘어뜨린
폭이 넓은 치마 덕분에 더 커 보이는 듯했다. 나는 일어나 무릎을 굽
혀 절했다. 한두 명이 고개를 숙여 답했지만, 나머지는 그냥 쳐다보

기만 했다.

귀부인들이 방안 여기저기로 흩어졌다. 가볍게 떠다니는 듯한 움직임이 하얀 새 떼 같았다. 몇 명은 안락의자나 긴 의자에 반쯤 누운 자세로 쉬고, 또 몇 명은 탁자에 놓인 책이나 꽃을 살펴보았고, 나머지는 난롯가에 모여 그네들 습관인 듯한 낮으면서도 또렷한 어조로 이야기를 나눴다. 그분들 이름은 나중에야 알게 되었지만, 지금 얘기해두는 편이 나을 듯하다.

먼저, 에쉬튼 부인과 두 따님이 있었다. 젊을 때 미인이었을 게 분명한 부인은 지금도 여전한 미모를 뽐냈다. 두 딸 중 큰딸인 에이미는 키가 작은 편이었는데, 표정이나 태도에 순진하고 어린애 같은 데가 있었으며, 몸매도 경쾌했다. 하얀 모슬린 드레스와 푸른 장식 띠가 잘 어울렸다. 둘째인 루이자는 키가 더 크고 용모도 더 우아했으며, 프랑스 말로 '미누아 쉬포네minois chiffoné'[35]라고 칭하는 유의 아주 귀여운 얼굴을 하고 있었다. 두 자매가 모두 백합처럼 고상했다.

레이디 린[36]은 마흔 살쯤 된 몸집이 크고 뚱뚱한 데다 빛에 따라 다른 광택을 내는 공단 드레스로 화려하게 치장한, 매우 꼿꼿하고 오만한 인상을 풍기는 인물이었다. 매끄럽게 빛나는 검은 머리는 하늘색 깃털로 장식했고, 이마에는 보석이 박힌 띠를 두르고 있었다.

---

35 고전적인 아름다움보다는 개성적인 매력이 있는 용모를 뜻한다.

36 '레이디lady'는 백작가 이상의 귀족 여성에게 붙이는 경칭으로 귀족 부인은 '레이디 + 성'으로, 귀족의 딸은 '레이디 + 이름'으로 불린다. 실생활에서는 하급 귀족들에게도 쓰였다.

텐트 대령 부인은 덜 화려했지만, 나는 그쪽이 더 귀부인답다고 생각했다. 가냘픈 몸매와 희고 온화한 얼굴에다 금발이었다. 검은 공단 드레스에 이국의 레이스로 만든 풍성한 스카프를 둘렀는데, 나는 그분의 진주 장식품들이 귀족 마나님의 이마에 걸린 무지갯빛 광채보다 더 마음에 들었다.

그러나 무리 중에서 제일 키들이 커서 그렇기도 하겠지만, 가장 눈에 띄는 세 사람은 노老 잉그럼 남작부인과 두 딸인 블란치와 메리였다. 셋이 여자 중에서는 제일 키가 큰 편이었다. 노 남작부인은 나이가 마흔에서 쉰 사이로 보였는데, 여전히 용모가 훌륭했다. 머리도 (적어도 촛불 빛 밑에서는) 아직 검었고, 빠진 이도 없어 보였다. 누가 봐도 그 나이대치고는 더할 나위 없이 훌륭한 용모라고 할 만했다. 겉으로만 봐서는 확실히 그랬다. 하지만 그 사람의 태도와 표정에는 거의 참을 수 없을 정도로 거만한 기색이 엿보였다. 매부리코에다 늘어진 턱밑이 곧장 목으로 이어져 기둥처럼 보였는데, 내게는 부풀어 오르고 음침해진 데다 주름까지 팬 그런 특징들이 모두 오만에 기인한 것 같았다. 그 턱이 거의 초자연적이라 할 만큼 곧추선 것도 같은 원리였다. 그 사람의 눈 또한 매섭고 사나웠다. 리드 부인의 눈이 떠올랐다. 말할 때는 연설하는 듯했고, 목소리는 굵었으며, 억양은 또 아주 젠체하는 몹시 독단적인 억양이어서, 한마디로 도저히 참아줄 수 없는 말투였다. 진홍색 벨벳 드레스를 입고 금실로 장식한 인도산 천 같은 것을 터번처럼 머리에도 두르고 어깨에도 둘렀는데, 그 모습이 정말이지 당당하고 위엄있게 보였다 (고 그 사람은 생각했으리라).

블란치와 메리는 키가 똑같았는데, 포플러처럼 곧고 우뚝했다.

메리는 키에 비해 너무 호리호리했지만, 블란치는 다이아나 여신 같은 체형이었다. 당연히 나는 특별한 관심을 가지고 그 사람을 주시했다. 첫째로, 나는 그 사람의 용모가 페어팩스 부인이 묘사한 바와 같은지 알고 싶었다. 둘째로, 나는 그 사람이 내가 상상으로 그린 초상화와 조금이라도 닮았는지 보고 싶었다. 셋째로, 결국은 입밖에 내고야 마는데, 나는 그 사람이 로체스터 씨의 취향에 맞을 만하다고 생각해야 할 그런 사람인지 알고 싶었다.

체격에 관한 한, 그 사람은 내 그림과 페어팩스 부인의 묘사 모두에 하나하나 들어맞았다. 당당한 앞가슴, 경사진 어깨, 우아한 목, 검은 눈과 검은 고수머리는 완전히 일치했다. 하지만 얼굴은? 얼굴은 제 어머니를 그대로 빼닮았는데, 젊고 주름만 없을 뿐이었다. 똑같은 움푹한 눈, 똑같은 큼직큼직한 이목구비, 똑같은 오만. 하지만 어머니처럼 음울한 오만은 아니었다. 그 사람은 빈번하게 웃었다. 하지만 웃음소리는 비꼬는 듯했고, 휘어진 오만한 입술에 서린 습관적인 표정도 그랬다.

천재는 자기를 의식한다고 한다. 미스 잉그럼[37]이 천재인지는 알 수 없지만, 그 사람은 자기를 의식했다. 그것도 정말이지 놀랄 정도로. 그 사람이 상냥한 덴트 부인과 식물 얘기를 나누기 시작했다. 덴트 부인은 식물학을 배운 적은 없는 듯했지만, 자기 입으로 말했듯이, 꽃을, "특히 야생화를" 좋아했다. 미스 잉그럼은 식물학을 배운 적이 있는 듯했는데, 점잔을 빼며 끝없이 전문 용어들을 늘어놓았다. 나는 이윽고 그 사람이 덴트 부인을 (속된 말로 표현하자면)

---

37 남작가 이하 품계의 귀족 자녀들에게는 별도의 경칭이 붙지 않으며, 맏아들을 '미스터 + 성', 맏딸을 '미스 + 성'으로 부른다.

가지고 놀고 있음을 알아차렸다. 즉, 덴트 부인의 무지를 장난감으로 삼고 있었다. 그 사람의 놀이가 영리했는지는 몰라도 확실히 선량한 짓은 아니었다. 그 사람은 피아노도 쳤다. 솜씨가 뛰어났다. 그 사람은 노래도 불렀다. 목소리가 고왔다. 그 사람은 자기 어머니에게는 따로 프랑스어로 말했는데, 유창하고 악센트가 정확한 훌륭한 프랑스어였다.

메리의 용모는 블란치보다 온화하고 더 개방적이었다. 이목구비도 더 부드럽고, 살결도 더 하얬다(블란치는 에스파냐 사람처럼 거무스름했다). 그러나 메리에게는 생기가 부족했다. 얼굴에는 표정이 없었고, 눈에는 광채가 없었다. 말할 거리도 없는지, 일단 자리에 앉으면 벽감 안에 든 조각상처럼 그 자리에서 꼼짝하지 않았다. 자매는 모두 티 한 점 없는 흰 드레스를 차려입었다.

나는 이제 미스 잉그럼이야말로 로체스터 씨가 선택할 만한 그런 사람이라고 생각하게 됐을까? 그건 알 수 없었다. 여성의 아름다움에 관한 그의 취향을 모르니까. 그가 위엄 있는 사람을 좋아한다면, 미스 잉그럼이야말로 위엄 있는 사람의 전형이었다. 그리고 다재다능하고 명랑했다. 신사라면 누구나 그 사람을 숭배하리라고 나는 생각했다. 그리고 로체스터 씨는 그 사람을 숭배했다. 나는 이미 증거를 얻은 듯싶었다. 이제 둘이 같이 있는 장면만 보면, 마지막 남은 의심까지 사라질 것 같았다.

독자여, 이러는 내내 아델이 내 발치에 놓인 걸상에 가만히 앉아 있었으리라고 생각해서는 안 된다. 아니었다. 귀부인들이 들어왔을 때 아이는 자리에서 일어나 그들을 맞으러 가서는 당당하게 절을 하고 진지하게 말했다.

"봉주르, 메담."

그러자 미스 잉그럼이 깔보듯이 아이를 내려다보며 외쳤다. "아, 웬 꼬마 꼭두각시람!"

레이디 린이 한마디 거들었다. "로체스터 씨가 후견하는 아이인가 보군. 그분이 말하던 그 프랑스에서 온 아이 말이야."

덴트 부인이 친절하게 아델의 손을 잡고는 볼에 입을 맞추었다. 에이미 에쉬튼과 루이자 에쉬튼이 이구동성으로 외쳤다.

"어쩜 이렇게 예쁠까!"

그러고는 둘이 아이를 한쪽 소파로 데려갔다. 아델은 지금 두 아가씨 사이에 앉아 프랑스어와 서투른 영어를 번갈아 조잘대면서, 젊은 아가씨들뿐만 아니라 에쉬튼 부인과 레이디 린의 관심까지 받으며 마음껏 응석을 부리는 중이었다.

마침내 커피가 들어오고, 신사들이 소환된다. 나는 그늘진 곳에 앉아 있다. 이렇게 환하게 불이 밝혀진 방에 그늘 같은 것이 있을 리 없지만, 창의 커튼이 반쯤 나를 가리고 있다. 다시 아치가 하품을 하고, 신사들이 들어온다. 신사들이 단체로 등장하는 광경도 귀부인들 때처럼 몹시 인상적이다. 다들 검은 옷을 차려입었다. 대부분이 키가 크고, 몇몇은 젊다. 헨리 린과 프레데릭 린은 과연 기세가 당당한 멋쟁이들이다. 덴트 대령은 더할 나위 없이 군인다운 사람이다. 이 지역의 치안판사인 에쉬튼 씨는 신사답게 생겼다. 머리는 아주 하얗고 눈썹과 수염은 아직 검은데, 그 덕분에 '페어 노블 드 테아트르père noble de théâtre'[38] 같은 인상을 풍긴다. 잉그럼 남작

---

38 어느 정도 나이가 든, 진중하고 위엄 있으며 다소 다혈질적인 남성 배역을 일컫는 프랑스어 표현.

은 누이들과 마찬가지로 키가 몹시 크다. 역시 누이들과 마찬가지로 미남이지만, 메리와 똑같이 무표정하고 생기 없는 표정을 하고 있다. 팔다리가 그 혈기나 두뇌가 감당할 수 있는 수준보다 길어 보인다.

그러면 로체스터 씨는 어디에?

그가 마지막에 들어온다. 아치 쪽을 보지 않고서도 나는 그가 들어오는 것을 안다. 나는 뜨개바늘에, 뜨고 있는 지갑의 그물코에 집중하려 애쓴다. 손에 들고 있는 일거리만 생각하기를, 무릎에 놓인 은구슬과 명주실만 바라보기를 빈다. 그런데도 나는 그의 형체를 뚜렷이 보고, 어쩔 수 없이 그 모습을 마지막으로 봤던 순간을 떠올린다. 내가 그에게 아주 중요하게 여겨지는 도움을 준 직후, 그가 내 손을 잡고서, 또 내 얼굴을 내려다보면서, 마음을 고스란히 드러내다 못해 흘러넘칠 듯한 눈으로 날 살피던 그때를. 그때 그 감정에는 내가 관여되어 있었다. 그때 나는 얼마나 그에게 가까이 다가가 있었던가! 그 뒤로 무슨 일이 있었기에, 그와 나의 상대적 위치가 이렇게 바뀌었는가? 그리고 지금, 우리는 이 얼마나 멀고, 이 얼마나 서먹한 사이가 되었는가? 너무 서먹해서, 나는 그가 내게로 와 아는 체해주리라는 기대조차 하지 않았다. 그를 쳐다보지는 않았지만, 그가 방 반대쪽에 자리를 잡고 몇몇 귀부인과 대화를 나누기 시작했을 때, 나는 놀라지 않았다.

그의 주의가 귀부인들에게 쏠려 있다는 걸 알자마자, 남의 눈에 띄지 않고 볼 수 있다는 걸 알자마자, 내 시선은 나도 모르게 그의 얼굴로 이끌려갔다. 눈꺼풀을 통제할 수 없었다. 눈꺼풀은 자꾸 치켜 뜨이고 눈동자는 자꾸 그에게 고정되었다. 나는 보았고, 강렬한 기쁨을 느꼈다. 귀중하지만 통렬한 기쁨을, 격심한 고통의 강철 바늘이 달린 순수한 황금을, 갈증으로 죽어가는 사람이 기어서 도착한 샘에서 독이 든 걸 알면서도 고개 숙여 그 성스러운 물을 마시며 느낄 그런 기쁨을.

'아름다움은 보는 사람의 눈에 달렸다'라는 말은 더없는 진리다. 내 주인의 혈기 없는 거무스름한 얼굴과 네모지고 넓은 이마, 시커먼 굵은 눈썹, 푹 꺼진 눈, 두드러진 코, 굳게 다문 단호한 입술, 정력과 결단력과 의지만을 나타내는 그 이목구비는 원칙대로 보자면 아름답지 않지만, 내게는 아름다움 이상이었다. 거기엔 나를 완전히 지배할, 내 감정을 내 수중에서 빼앗아 그의 손에 쥐여줄 감흥이, 영향력이 가득했다. 그를 사랑할 의도는 아니었다. 내가 내 영혼 속에서 발견한 사랑의 싹을 뿌리째 뽑아버리려고 얼마나 애썼는지 독자는 알리라. 그런데 지금, 그를 다시 보는 바로 그 순간, 그 싹이 저절로, 그것도 푸르고 튼튼하게 소생하지 않는가! 그는 나를 쳐다보지도 않고서 자신을 사랑하도록 만들었다.

나는 그를 다른 손님들과 비교했다. 린 형제의 당당한 매력도, 잉그럼 남작의 나른한 우아함도, 덴트 대령의 군인다운 특징마저도 타고난 정력과 진정한 힘이 드러나는 그의 외모에 비하면 아무것도 아니다! 나는 그들의 외모와 그들의 표정에 전혀 공감하지 못했다. 그러나 세상 사람들은 대체로 그들을 매력적이고 잘생기고 인상적이라 말하면서, 로체스터 씨는 보자마자 거친 용모에 우울해 보이는 인상이라 말할 것이 안 봐도 뻔했다. 나는 그들이 미소 짓고 웃는 것을 보았다. 아무것도 아니었다. 촛불 빛에도 그들의 미소에 깃든 정도의 혼은 있었다. 딸랑거리는 종소리에도 그들의 웃음에 깃든 정도의 의미는 있었다. 나는 로체스터 씨가 웃는 것을 보았다. 엄격한 얼굴이 부드러워졌다. 눈이 빛나면서도 다정해졌고, 눈길은 날카로우면서도 달콤했다. 그는 이때 에쉬튼 자매와 얘기를 나누고 있었다. 내게는 꿰뚫는 듯이 느껴지던 그의 시선을 두 아가씨가 평온하게 받아들이는 것을 보자니 이상했다. 그런 눈길을 받으면 누구나 시선을 떨구고 얼굴을 붉히리라 예상했다. 하지만 그들이 무감각한 것을 알고는 기뻤다. '저들이 느끼는 그는 내가 느끼는 그가 아니야.' 나는 생각했다. '그는 저들과 같은 부류가 아니야. 난 그가 나와 같은 부류라고 믿어. 틀림없어. 난 그에게서 동질감을 느껴. 난 그의 표정과 몸짓의 언어를 이해해. 신분과 재산의 차이가 우리를 멀리 갈라놓지만, 내 머리와 심장에, 내 핏줄과 신경에, 나를 정신적으로 그와 동화시키는 무언가가 있어. 불과 며칠 전에 그에게서 봉급을 받는 것 외에, 나는 그와 아무 관계가 없다고 말했던가? 그를 고용주 이외의 다른 어떤 측면에서도 생각해서는 안 된다고 자신을 단속했던가? 자연에 대한 불경이야! 내가 가진 모든 선하고 참되고 격렬한 느낌이 감정에 이끌려 그를 에워싸고 있어. 이런 감정을 숨겨야 한다는 건 알아. 희망을 짓밟아야 해. 그가 나를 대수로이 여길 리가 없다는 걸 기억해야 해. 그가 나와 같은 부류라고 말한다고 해서 그가 뻗치는 영향력에, 그가 미치는 마력에 휘둘리겠다는 의미는 아니니까. 다만 우리가 어떤 취향과 느낌을 공유하고 있다는 뜻일 뿐이지. 그렇다면 나는 우리가 영원히 이어질 수 없다는 사실을 끊임없이 되뇌어야 해. 하지만, 목숨과 정신이 붙어 있는 한, 나는 그를 사랑할 수밖에 없어.'

커피가 돌려진다. 귀부인들은 신사들이 들어온 후로 종달새처럼 쾌활해졌다. 대화가 점차 활발해지고 명랑해진다. 덴트 대령과 에쉬튼 씨가 정치를 논하고 있다. 부인들은 남편들의 이야기에 귀를 기울인다. 거만한 두 명의 귀족 부인, 즉 레이디 린과 레이디 잉그럼이 담소를 나눈다. 조지 경,[39] 말이 났으니 말이지만, 이분을 설명하는 걸 잊었는데, 굉장히 몸집이 크고 대단히 기운차 보이는 지역 신사인 조지 경은 커피잔을 손에 들고 두 부인이 앉은 소파 앞에 서서 한마디씩 참견을 하고 있다. 프레데릭 린 씨가 메리 잉그럼 양 옆에 앉아 화려한 책 속의 판화들을 보여준다. 메리 양은 보면서 이따금 미소를 짓지만, 확실히 말은 별로 없는 듯하다. 키가 크고 점액질[40] 기질인 잉그럼 남작은 자그마하고 생기 있는 에이미 에쉬튼의 의자 등받이에 팔을 포갠 채 몸을 숙이고 있다. 에이미 양은 그를 올려다보면서 굴뚝새처럼 재잘거린다. 저 사람은 로체스터 씨보다 잉그럼 남작을 더 좋아한다. 헨리 린 씨는 루이자 양의 발치에 있는 쿠션을 댄 긴 의자에 앉아 있다. 아델이 같이 앉아 있다. 그는 아델에게 프랑스어로 말을 걸려고 애쓰고, 루이자 양은 그가 실수할 때마다 웃음을 터뜨린다. 블란치 잉그럼 양은 누구와 짝이 될까? 블란치 양은 혼자 탁자 곁에 서서 우아하게 허리를 굽힌 채 앨범[41]을 보고 있다. 누군가가 찾아오기를 기다리는 듯하다. 하지만 오래 기

---

39 조지 린을 뜻하며 경(sir)이라는 경칭을 이름에 붙여 쓰는 것으로 보아 준남작 작위를 가진 것으로 추정된다.

40 히포크라테스가 정리한 인간의 네 가지 기질 중 하나로, 매사에 느긋하고 내성적이며 안정을 추구하는 한편 의욕이 부족하고 우유부단하다고 평가된다.

41 앨범은 글과 시, 스케치, 자르거나 찢은 종이쪽 등을 붙여서 장식할 수 있는 백지를 엮은 책을 이른다. 앨범이 유행하면서 앨범을 꾸미기 위해 이름난 문인들에게 서명이나 글을 요청하는 일이 빈번해졌다.

다리지는 않으리라. 블란치 양은 스스로 짝을 고른다.

에쉬튼 자매를 떠난 로체스터 씨가 탁자 곁에 홀로 선 블란치 양처럼 벽난로 가로 가서 홀로 선다. 블란치 양이 맞은편 벽난로 가로 가서 로체스터 씨와 마주 선다.

"로체스터 씨, 아이들을 좋아하시지 않는 줄 알았는데요?"

"좋아하지 않습니다."

"그럼, 어쩌다 저런 (아델을 가리키며) 조그만 인형을 떠맡게 되셨어요? 어디서 주워 오셨어요?"

"제가 주운 게 아니라, 제 수중에 버려진 애죠."

"학교에 보내버려도 될 텐데요."

"그럴 형편이 안 돼서요. 학교는 너무 비싸요."

"아니, 애한테 가정교사까지 두시고서. 방금 저 애와 같이 있는 사람을 봤어요. 가버렸나? 아, 아니군요! 아직 있어요, 창문 커튼 뒤에요. 물론 저 사람에게 봉급을 지급하시겠죠. 학교만큼 비쌀 거예요. 더할지도 모르고요. 두 사람을 부양하는 비용이 추가로 들 테니까요."

나를 언급하는 말에 로체스터 씨가 내 쪽을 볼까 싶어 나는 겁에 질렸다. 아니, 바랐다고 해야 할까? 나는 나도 모르게 그늘 속으로 더 움츠러들었다. 하지만 그는 눈도 돌리지 않았다.

"그런 생각은 못 했군요." 그는 앞만 쳐다보며 무심하게 말했다.

"그렇겠죠. 남자들이란 경제와 상식을 생각하는 법이 없으니까요. 가정교사에 관해서라면 마마 얘기를 들어보셔야 해요. 우리 때는, 메리와 제게 못 해도 열두 명은 두셨을 거예요. 반은 가증스럽고, 반은 어리석었는데, 하나같이 악몽이었죠, 그렇지 않았어요?

마마?"

"내 보물단지, 뭐라고 했니?"

노 남작 부인의 특별한 소유물인 양 불린 젊은 아가씨가 설명과 함께 질문을 되풀이했다.

"친애하는 딸아, 가정교사 얘긴 꺼내지도 마. 말만 들어도 신경이 떨리니까. 난 그 사람들의 무능과 변덕 때문에 순교의 고통을 겪었단다. 이제 그 사람들 볼 일이 없으니, 하늘에 감사할 따름이야!"

그때 덴트 대령 부인이 그 경건한 귀부인에게 허리를 굽히고 뭔가를 귓가에 속삭였다. 그 뒤에 나온 대답으로 봐서는 그 저주받은 족속의 일원이 그 자리에 있음을 상기시킨 듯했다.

"탕 피tant pis(괜찮아요)!" 귀족 마나님께서 말씀하셨다. "저 사람에게도 도움이 될 거예요." 그리고는 목소리를 낮췄지만, 여전히 내게 들릴 만한 소리로 말을 이었다. "저 사람이 있는 건 나도 알아요. 내가 관상을 볼 줄 아는데, 저 사람 관상에 저 계급 사람들의 결점이 다 나타나 있더군요."

"어떤 것들입니까, 부인?" 로체스터 씨가 큰 소리로 물었다.

"나중에 따로 일러드리지요." 귀족 마나님이 의미심장하게 터번을 세 번 흔들며 대답했다.

"하지만 전 배고픈 건 참아도 궁금한 건 못 참는 사람입니다. 지금 당장 들어야겠어요."

"블란치에게 물어보세요. 저보다는 그 애가 가까이 있으니까요."

"오, 마마, 저한테 미루시면 어떡해요! 제가 그 족속에 대해 할 말은 한마디밖에 없어요. 그들은 귀찮은 존재예요. 그렇다고 제가 그 사람들에게 많이 시달렸다는 뜻은 아니에요. 전 용의주도하게 형세를 역전시키곤 했거든요. 테오도르와 같이 미스 윌슨이며 그레이 부인이며 마담 주베르에게 얼마나 장난을 치곤 했는데요! 메리는 늘 졸려서 우리 장난에 제대로 끼지 못했지만요. 마담 주베르에게 장난칠 때가 제일 재미있었죠. 미스 윌슨은 가여운 약골에 울보에다 기운도 없어서, 한마디로 굳이 항복시킬 가치도 없었어요. 그리고 그레이 부인은 야비하고 둔했지요. 아무리 장난을 쳐도 까딱도 없었어요. 하지만 불쌍한 마담 주베르! 길길이 날뛰던 모습이 지금도 눈에 선하다니까요. 우리가 극단까지 밀어붙였을 때 말이에요. 차를 엎고, 버터 바른 빵을 부스러뜨리고, 책을 천장에 던지고, 자로 책상과 난로망과 부젓가락 같은 걸 마구 두드리면서요. 시어도어, 그 즐거웠던 시절 기억나?"

"그으럼, 기억나고말고." 잉그럼 남작이 느릿느릿하게 말했다. "그러면 그 불쌍한 늙은 꼬챙이가 '오 이 망나니 녀석들아!'라고 소리치곤 했지. 그러면 우리는 아무것도 모르는 주제에 감히 우리 같이 영리한 아이들을 가르칠 수 있다고 생각했냐며 설교를 했고."

"그랬지. 그리고 시어도어, 생각나? 네 가정교사였던, 그 얼굴이 창백했던 바이닝 씨 있잖아, 우리가 늘 우울한 목사라고 부르던 사람. 네가 그 사람 일러바칠 때도 내가 도와줬잖아. 그 사람하고 미스 윌슨이 자기들 멋대로 사랑에 빠져서는 말이에요, 적어도 시어도어와 전 그렇다고 생각했어요. 우리는 어느 순간 이런저런 부드러운 시선과 한숨을 눈치채고는, 그게 '라 벨 파시옹la belle passion(아름다운 열정)'의 징표라고 해석했어요. 그리고 장담하건대, 우리의 발견으로 곧 모두가 이익을 봤지요. 우리는 그 사실을 일종의 지렛대로 삼아 우리 집에서 가정교사라는 무거운 짐덩어리를 덜어냈거

든요. 저기 계시는 친애하는 마마도 기미를 알아채자마자 풍기문
란 건이라는 걸 아셨죠. 그렇지 않아요, 친애하는 어머니?"

"내 딸아, 그렇고말고. 그리고 내 생각이 맞았지. 확실해. 반듯한
집안에서 여자 가정교사와 남자 가정교사가 사귀는 걸 한시도 용
납해선 안 되는 이유는 수천 가지가 있지. 첫째로-"

"오, 세상에, 마마! 일일이 셀 생각은 마세요! 우리도 다 아는걸
요. 순진한 아이들에게 나쁜 본을 보일 위험이 있어서죠. 애착을 느
끼는 사람들 쪽에서는 마음이 산란해진 결과 의무를 게을리할 위
험이 있고요. 서로 믿고 의지하게 되는 것도 그래요. 그러면 대담해
지고, 그 결과 오만이 따르고, 그러면 윗사람에게 반항하게 되고,
그 결과는 대개 폭발이겠죠. 제 말이 맞죠? 잉그럼 파크의 잉그럼
남작 부인?"

"내 백합꽃아, 네 말이 맞지. 언제나 그렇듯이."

"그럼 더 말할 것 없네요. 화제를 바꿔요."

이 의견이 안 들렸는지, 아니면 안 들었는지, 에이미 에쉬튼이 부
드러운 아이 같은 어조로 말을 얹었다. "루이자와 저도 가정교사를
놀리곤 했어요. 하지만 우리 가정교사는 참으로 좋은 분이라 무슨
일이든 참아줬어요. 무슨 짓을 해도 화를 내지 않았죠. 우리한테 화
낸 적이 한 번도 없었지, 그렇지 않아, 루이자?"

"맞아. 한 번도 없었어. 우린 뭐든 마음대로 했어요. 그분 책상이
나 반짇고리를 뒤지고, 서랍을 뒤집어 쏟았죠. 그분은 참으로 성격
이 좋아서, 우리가 하자는 대로 다 해주셨어요."

미스 잉그럼이 빈정대듯이 입꼬리를 치켜올리며 말했다. "자,
이러다간 현존하는 온갖 가정교사 회고록의 요약본을 듣게 되겠

어요. 그런 불쾌한 일을 피하려면 제가 다시 수완을 발휘하여 새로운 화제를 제시해야겠군요. 로체스터 씨, 저의 제안에 동의하십니까?"

"전 다른 모든 일에서와 마찬가지로 이 점에서도 아씨를 지지합니다."

"그럼 새로운 주제를 제시할 무거운 임무가 저에게 있군요. 시뇨르 에두아르도, 오늘 밤 노래하실 준비는 되셨나요?"

"돈나 비앙카, 명령하신다면 해야죠."

"그럼, 시뇨르, 내 군주로서 명하노니, 그대는 그대의 폐와 기타 발성 기관들을 새로이 갈고닦아 짐의 분부를 받들게 하라."

"누가 이처럼 신성한 메리 여왕의 리치오[42]가 되기를 마다하겠나이까?"

"리치오는 엿이나 먹으라지!" 블란치 양이 피아노로 가면서 고수머리가 다 흔들리도록 고개를 홱 젖히며 소리쳤다. "사기꾼 리치오는 무미건조한 부류의 작자임이 틀림없다는 게 제 판단이에요. 전 검은 보스웰[43]이 더 좋아요. 제가 생각하기에 약간의 악한 구석이 없는 남자는 시시해요. 역사야 보스웰 백작에 대해 뭐라고 하든 말든, 제 생각은 그래요, 그는 제가 기꺼이 손을 내주었을, 거칠고

---

42 이탈리아 출신 음악가인 데이비드 리치오는 스코틀랜드의 메리 여왕이 총애하던 개인비서였는데, 여왕의 두 번째 남편인 단리 백작이 여왕에게 불만을 품고 임신 6개월째인 여왕이 보는 앞에서 리치오를 살해한다.

43 스코틀랜드 메리 여왕의 세 번째이자 마지막 남편으로 여왕의 두 번째 남편인 단리 백작을 살해하고 여왕을 납치해 강간하고 결혼을 종용했다는 의혹을 받는다. 그 결혼으로 스코틀랜드는 친 여왕파와 반 여왕파로 갈려 대립했고, 결국 메리는 구금당하고 보스웰 백작은 노르웨이로 도망친 뒤 덴마크에서 사망한다.

사나운 무법자 영웅 같은 사람이었어요."

"신사 여러분, 들으셨지요! 자, 누가 제일 보스웰을 닮았습니까?" 로체스터 씨가 소리쳤다.

"우선권은 자네에게 있다고 해야겠지." 덴트 대령이 대꾸했다.

"황송하게도, 대단히 감사합니다." 로체스터 씨가 대답했다.

이때 눈처럼 하얀 옷자락을 넓게 펼치고 여왕처럼 오만하고 우아하게 피아노 앞에 앉은 미스 잉그럼이 멋진 전주곡을 치기 시작했다. 그러면서 얘기를 계속했다. 블란치 양은 오늘 밤 잔뜩 뽐을 내려는 듯했다. 말이나 태도가 듣는 이들의 감탄뿐만 아니라 놀라움을 얻어내려고 의도된 것이었다. 아무래도 블란치 양은 정말로 위세 당당하고 대담한 사람이라는 인상을 주고자 작정한 것 같았다.

"아, 요즘 젊은 남자들에게는 질렸어요!" 블란치 양이 피아노를 빠르게 두드리며 외쳤다. "불쌍한, 허약한 인물들이죠. 아빠의 영지 대문 밖으로는 한 발짝도 내딛지 못하고, 엄마의 허가나 보호 없이는 대문까지도 못 가요! 자기들 예쁘장한 얼굴이나 하얀 손, 조그만 발 같은 걸 돌보는 데 정신이 팔린 작자들이에요. 남자가 아름다움과 무슨 관계라도 있는 듯이, 사랑스러움이 여자만의 특권이 아니라는 듯이 말이에요! 여성의 정당한 속성이자 천성을 말이죠! 못생긴 '여자'가 아름답게 창조해놓은 얼굴에 묻은 얼룩이라는 데는 동의하지만, '신사분들'에 관해 말씀드리자면, 그저 힘과 용기만 가지려고 애써주세요. 신사분들의 좌우명은 사냥, 사격, 싸움이지요. 나머지는 돌아볼 가치조차 없어요. 제가 남자라면, 제 신조는 그걸로 할 거예요."

블란치 양이 잠시 말을 멈추었다가 아무도 끼어들지 않자 다시 말을 이었다. "제가 결혼한다면, 제 남편은 저의 경쟁자가 아니라 절 돋보이게 하는 사람이어야 해요. 전 옥좌 가까이에 경쟁자를 두지 않을 거예요. 절대적인 충성을 요구할 거예요. 남편의 헌신이 저와 거울에 비치는 자기 자신에게로 나뉘어선 안 돼요. 로체스터 씨, 이제 노래하세요. 제가 반주할게요."

"분부대로 따르겠습니다." 로체스터 씨가 대답했다.

"그럼, 여기 해적의 노래가 있어요. 제가 해적의 노래를 굉장히 좋아한다는 것을 기억하세요. 그런 이유로, 이 노래를 '콘 스피리토(활발하게)'로 부르세요."

"미스 잉그럼의 입에서 나온 명령이라면 물 탄 우유라도 번쩍 정신을 차릴 겁니다."

"그럼 조심하세요. 절 기쁘게 해주시지 않으면, 그런 경우에는 어떻게 '해야' 하는지 보여줘서 망신을 드릴 테니까요."

"그건 잘못 부르면 상을 주시겠단 말씀이군요. 기를 쓰고 잘못 불러야겠습니다."

"가르데-부 정 비앙Gardez-vous en bien(조심하세요)! 일부러 잘못 부르면 제가 그에 합당한 벌을 생각해낼 테니까요."

"미스 잉그럼께서는 너그러우셔야 합니다. 인간이 견딜 수 없는 징벌을 가할 힘을 지니고 계시니까요."

"이런! 설명해보세요!" 귀족 아가씨가 명령했다.

"죄송합니다. 설명할 필요가 없어요. 그 얼굴이 찌푸려지는 것만 봐도 사형에 맞먹는 징벌이 된다는 걸 그 섬세한 감각으로 잘 아실 테니 말입니다."

"노래하세요!" 블란치 양이 말하고는 다시 피아노에 손을 얹고 활기차게 반주를 시작했다.

'지금이야말로 몰래 빠져나갈 때야.' 나는 생각했다. 하지만 그
때 대기를 가르는 노랫소리가 나를 붙들었다. 페어팩스 부인이 로
체스터 씨가 노래를 잘한다고 했었다. 과연 그랬다. 부드럽고 힘찬
베이스에 그의 감정과 그의 힘을 불어넣은 노랫소리는 귀에서 심
장으로 스며들어 기묘한 감동을 일깨웠다. 나는 그 깊고 풍부한 마
지막 울림이 사라질 때까지, 순간적으로 멈추었던 말소리의 물결
이 다시 밀려들 때까지 기다렸다. 그러고는 숨어 있던 구석을 떠나,
다행히 가까이 있는 옆문을 통해 밖으로 나왔다.

그 문은 좁은 복도를 통해 홀로 이어졌다. 홀을 가로지르다가 보
니 샌들 끈이 풀어져 있었다. 나는 끈을 묶으려고 가던 길을 멈추고
층계 밑 깔개에 무릎을 꿇었다. 식당 문이 열리는 소리가 났다. 신사
한 분이 밖으로 나왔다. 황급히 몸을 일으킨 나는 그와 얼굴을 마주
하게 되었다. 로체스터 씨였다.

"잘 지내셨소?"

"잘 지내고 있습니다."

"안에 있을 때 왜 와서 인사도 안 했소?"

질문한 사람에게 그 질문을 그대로 돌려줄까 싶었지만, 그렇게
스스럼없이 굴 수는 없었다.

"바쁘신 것 같아서, 방해하고 싶지 않았습니다."

"내가 없는 동안 뭘 하고 지냈소?"

"특별한 건 없었어요. 평소처럼 아델을 가르쳤지요."

"그런데 안색이 전보다 많이 창백해졌소. 처음 봤을 때처럼 말이
오. 무슨 일이오?"

"아무 일도 없습니다."

"날 물에 빠뜨릴 뻔한 그날 밤에 감기라도 든 건 아니오?"

"아뇨, 전혀요."

"응접실로 돌아가요. 자리를 뜨기엔 너무 일러요."

"좀 피곤해서요."

그가 잠시 내 얼굴을 쳐다보았다.

"그리고 좀 의기소침하군." 그가 말했다. "무슨 일이오? 말해봐요."

"아무것도, 아무것도 아니에요. 의기소침하지 않아요."

"하지만 확실해. 너무 의기소침해서 몇 마디만 더하면 눈물을 보일 정도야. 저 봐, 이제 나왔군. 반짝이면서 흘러넘쳐. 방울 하나가 속눈썹을 타고 미끄러져 판석에 떨어졌어. 내가 시간만 있다면, 그리고 지나다니는 수다스러운 하인들이 엿듣는 게 끔찍하게 두렵지만 않다면, 이 모든 일이 무슨 의미인지 알아냈을 거요. 자, 오늘 밤은 용서해주리다. 하지만 손님들이 있는 동안 매일 저녁 당신이 응접실에 나와 있는 걸로 알고 있을 테니, 그리 아시오. 이건 내 바람이오. 등한시해선 안 되오. 이제 가요. 그리고 소피를 보내 아델을 데려가게 하시오. 잘 자요, 내―" 그가 말을 멈추고 입술을 깨물더니 획 자리를 떴다.

18장

손필드 저택에서는 즐거운 나날이 이어졌다. 분주하기도 했다. 내가 그 지붕 밑에서 보낸 고요하고 단조롭고 쓸쓸했던 첫 삼 개월 과는 얼마나 다르던지! 이제 저택에 감돌던 서글픈 기운은 전부 내 쫓기고, 침울한 연상들은 모두 잊혔다. 어디에나 생기가 흐르고, 종 일 활기가 넘쳤다. 한때 더없이 고요했던 회랑을 지날 때도, 아무도 없이 텅 비었던 앞쪽 방들에 들어갈 때도, 이제는 말쑥하게 차려입 은 시녀나 멋쟁이 시종 한 명쯤은 꼭 마주치게 마련이었다.

부엌과 식료품 저장실, 하인 대기실, 현관홀도 마찬가지로 북적 거렸다. 큰 방들은 따스한 봄날의 푸른 하늘과 평화로운 햇볕이 주 인들을 정원으로 불러낼 때만 텅 비어 고요했다. 날씨가 나빠져서 며칠 동안 계속해서 비가 내렸던 때도 유흥에 찬물을 끼얹지는 못 했다. 바깥에서 즐기는 떠들썩한 놀이가 중단된 결과, 실내 오락들 이 더 활기를 띠며 다양해졌을 뿐이었다.

오락거리를 바꾸어보자는 제안이 나온 첫날 밤, 나는 그들이 뭘 하려는지 궁금했다. '샤레이드Chrades'를 하자고들 하는데, 무지한 나는 그 말이 무슨 뜻인지 알지 못했다. 하인들이 불려 와 식당 탁자들을 치우고, 촛불을 달리 배치하고, 아치 맞은편에 의자들을 반원형으로 놓았다. 로체스터 씨와 다른 신사분들이 이리저리 배치를 지시하는 동안, 귀부인들은 종을 울려 시녀들을 찾으며 부산하게 층계를 오르내렸다. 페어팩스 부인이 소환되어 집 안에 있는 온갖 종류의 숄이니 드레스니 커튼 등에 관한 정보를 주었다. 그래서 삼층에 있는 특정 옷장들이 샅샅이 뒤짐을 당하고, 버팀대를 댄 화려한 양단 페티코트니 앞을 트고 뒷자락을 늘인 옛 드레스니 오래전에 유행했던 검은 의상이니 레이스 장식떠니 하는 내용물들이 시녀들의 품에 한 아름씩 안겨 내려왔다. 그러고는 선별이 있었고, 선택된 것들은 응접실 안에 있는 내실로 옮겨졌다.

그 사이에 로체스터 씨는 다시 귀부인들을 불러 모아 같은 편이 될 사람을 골랐다. "미스 잉그럼은 당연히 제 편이죠." 그러고는 에쉬튼 자매와 덴트 부인을 호명했다. 그가 나를 쳐다보았다. 덴트 부인의 팔찌가 끌러지는 바람에 고리를 다시 채워주느라 우연히 옆에 있었기 때문이었다.

"해보겠소?" 그가 물었다. 나는 고개를 저었다. 혹시라도 강요하면 어쩌나 하는 불안한 마음이 들었지만, 그는 순순히 내가 늘 앉는 자리로 조용히 돌아가도록 허용해주었다.

로체스터 씨와 같은 편 사람들이 커튼 뒤로 물러가고, 덴트 대령을 필두로 다른 편 사람들이 반원형으로 놓인 의자에 앉았다. 신사분들 중 한 사람인 에쉬튼 씨가 나를 보더니 자기 편에 들어오려는

지 물어보면 어떠냐고 제안하는 듯했으나, 잉그럼 남작 부인이 즉각 반대하고 나섰다.

"아니요." 남작 부인의 말소리가 들렸다. "저렇게 둔해 보이는데, 이런 놀이를 할 수 있을 리가요."

잠시 뒤에 종소리가 나더니 커튼이 걷혔다. 아치 너머로 흰 시트로 커다란 몸을 감싼, 역시 로체스터 씨가 같은 편으로 고른 조지 린 경이 보였다. 앞에 놓인 탁자에는 커다란 책이 펼쳐져 있었다. 옆에는 로체스터 씨의 망토를 걸치고 손에 책을 든 에이미 에쉬튼 양이 서 있었다. 보이지 않는 누군가가 명랑하게 종을 울렸다. 그러자 (자기 보호자와 같은 편에 들겠다고 고집한) 꽃바구니를 든 아델이 사방에 꽃을 뿌리며 사뿐사뿐 걸어 나왔다. 그때 하얀 옷을 입고 긴 베일을 쓰고 머리에 장미 화관을 두른 장엄한 모습의 미스 잉그럼이 로체스터 씨와 나란히 걸어 나와 탁자 쪽으로 향했다. 두 사람이 무릎을 꿇었다. 역시 흰 옷을 입은 덴트 부인과 루이자 에쉬튼 양이 그들 뒤에 와 섰다. 말 없는 가운데 의식이 이어졌다. 결혼식 무언극이라는 걸 쉬이 알 수 있었다. 그 극이 끝나자 덴트 대령 쪽 사람들이 이 분 정도 속삭이며 의논을 하더니, 대령이 외쳤다.

"브라이드Bride(신부)!" 로체스터 씨가 꾸벅 절을 하고, 커튼이 내려졌다.

시간이 제법 흐른 뒤에야 다시 커튼이 올라갔다. 이번에는 아까보다 훨씬 공들여 준비한 무대가 보였다. 전에 본 대로 응접실은 식당보다 두 단이 높았는데, 윗 단에서 안쪽으로 일이 미터쯤 들어간 곳에 커다란 대리석 수반이 서 있었다. 늘 금붕어를 담고 이국적인 화초에 둘러싸여 온실에 서 있던 장식용 수반이었다. 크기나 무게로 봤을 때, 운반에 꽤 애를 먹었을 게 분명했다.

수반 옆 양탄자 바닥에 몸에는 숄을 칭칭 감고 머리에는 터번을 쓰고 앉은 로체스터 씨가 보였다. 검은 눈과 거무스레한 피부, 회교도 같은 용모에 꼭 어울리는 의상이었다. 그는 전형적인 동방의 제후, 아니면 첩자, 아니면 교수형의 희생자 같았다. 이윽고 미스 잉그럼이 앞으로 걸어 나왔다. 미스 잉그럼도 동양풍 차림을 하고 있었다. 진홍색 스카프를 장식띠처럼 허리에 두르고, 머리에는 수 놓은 손수건을 매듭을 지어 두건처럼 썼다. 아름다운 두 팔을 드러내고 있었는데, 한 손은 우아하게 머리에 인 물주전자를 받치고 있었다. 용모와 몸매 모두가, 그 피부색과 전체적인 분위기가 뭔가 이스라엘 족장 시대의 왕녀 같은 느낌을 주었다. 그리고 미스 잉그럼이 표현하고자 하는 역할도 그것이 틀림없었다.

미스 잉그럼이 수반으로 다가가 허리를 굽히고 물주전자를 채우는 시늉을 하고는 다시 머리에 이었다. 우물가에 있던 인물이 이제 미스 잉그럼에게 말을 걸어 뭔가를 청하는 듯했다. 여자가 서둘러 물주전자를 내려 들고서 그에게 마시게 했다. 그러자 남자는 품속에서 상자를 하나 꺼내 열고 눈부신 팔찌와 귀걸이를 보여주었다. 여자는 놀라고 감탄하는 연기를 했다. 남자가 무릎을 꿇고서 여자의 발치에 보물을 늘어놓았다. 여자가 표정과 몸짓으로 의심과 기쁨을 표현했다. 이방인은 팔찌를 여자의 팔에 끼워주고 귀에 귀걸이를 달아주었다. 엘리저와 리브가[44]였다. 낙타만 없을 뿐이었다.

<hr />

[44] 〈창세기〉 24장 15-67절. 아브라함이 아들 이삭의 배필을 구하려고 하인장 엘리저를 보내는데, 먼 길을 간 엘리저가 어느 우물가에 이르러 자신과 낙타에게 물을 주는 사람을 이삭의 배필로 정하겠다고 하느님께 맹세하고 기다리자, 물 길러 온 리브가

맞히는 쪽 사람들이 또 이마를 맞댔다. 그 장면이 어떤 단어 또는 음절을 묘사하는지에 관해 의견이 분분한 것이 분명했다. 대변자인 덴트 대령이 '전체 장면'을 요구했고, 그래서 다시 커튼이 내려졌다.

세 번째로 커튼이 올라갔을 때는 응접실 일부밖에 보이지 않았다. 검고 거친 휘장 같은 것이 늘어져 한쪽을 가리고 있었다. 대리석 수반이 치워진 자리에 카드용 탁자와 부엌 의자가 놓여 있었다. 밀랍 초는 모두 꺼지고, 휴대용 램프 하나에서 나오는 아주 희미한 빛이 무대를 비추고 있었다.

이 침침한 무대 한가운데에 한 남자가 주먹 쥔 손을 무릎에 놓고 고개를 푹 숙인 채 앉아 있었다. 검댕을 칠한 얼굴과 흐트러진 옷차림과(드잡이를 하다가 등 솔기가 터지기라도 한 듯이 웃옷 소매 한쪽이 축 늘어져 있었다), 잔뜩 찌푸린 절망적인 표정, 거칠고 곤두선 머리카락으로 잘 변장하긴 했지만, 나는 로체스터 씨를 알아보았다. 그가 움직이자 쇠사슬이 철컹거렸다. 손목에 쇠고랑이 채워져 있었다.

"브라이드웰Bridewell[45]!" 덴트 대령이 외쳤고, 수수께끼가 풀렸다.

출연자들이 평상시 복장으로 갈아입고 식당으로 들어올 때까지

라는 처녀가 엘리저와 낙타들에게 마실 물을 준다.

45 첫 번째 장면은 '신부bride', 두 번째 장면은 '우물well'을 나타내며, 두 글자를 합치면 세 번째 장면에서 묘사되는 '브라이드웰bridewell(감옥)'이 된다. 원래는 헨리 8세의 궁전 중 하나였던 런던 브라이드웰 궁이 아들인 에드워드 6세 시절부터 고아원과 여성 교정원, 부랑자 수용소로 쓰이다가 1556년에 일부가 감옥으로 쓰이게 되면서 '브라이드웰'이 '감옥'을 뜻하는 일반명사처럼 쓰이게 되었다.

는 한참 시간이 걸렸다. 로체스터 씨가 미스 잉그럼을 호위하며 들어왔다. 미스 잉그럼은 그의 연기를 칭찬하는 중이었다.

"그거 아세요? 제가 당신이 맡은 세 가지 역할 중에서 마지막 역할을 제일 좋아한다는 거요? 아, 당신이 몇 년만 더 일찍 태어났다면, 얼마나 씩씩한 신사 노상강도가 되셨을까!"

"제 얼굴의 검댕은 다 지워졌습니까?" 로체스터 씨가 미스 잉그럼을 향해 얼굴을 돌리며 물었다.

"이런! 그래요. 지워질수록 유감이네요! 당신 안색에 그 악한의 혈기보다 더 잘 어울리는 건 없을 거예요."

"그럼 노상강도를 좋아하시겠군요?"

"영국의 노상강도는 이탈리아 산적 다음으로 좋아하죠. 이탈리아 산적을 넘어설 수 있는 건 지중해 해적뿐이고요."

"음, 제가 뭐가 되더라도, 이제는 제 아내라는 걸 잊지 마세요. 우린 한 시간 전에 이 모든 증인 앞에서 결혼했으니까요." 미스 잉그럼이 키득거리며 얼굴을 붉혔다.

"자아, 덴트." 로체스터 씨가 말을 이었다. "당신들 차례요."

상대편 사람들이 물러가자 로체스터 씨 편 사람들이 빈자리에 앉았다. 대표인 로체스터 씨의 오른쪽에 미스 잉그럼이 앉고, 두 사람을 중심으로 양쪽으로 다른 점쟁이들이 자리를 잡았다. 나는 이제 배우들을 기다리지 않았다. 더는 흥미진진하게 커튼이 올라갈 때를 기다리지 않았다. 내 관심은 관객들 쪽으로 빨려 들어갔다. 지금껏 아치에 고정돼 있던 내 시선은 이제 꼼짝없이 반원형으로 놓인 의자들 쪽으로 이끌렸다. 덴트 대령 편에서 어떤 샤레이드를 연기했는지, 어떤 단어를 골랐는지, 어떻게 역을 수행했는지, 나는 더는 기억하지 못한다. 하지만 각 장면 뒤에 이어진 논의 광경은 아직도 눈에 선하다. 로체스터 씨가 미스 잉그럼을 쳐다보고, 미스 잉그럼이 고개를 들어 시선을 맞추는 광경이 눈에 선하다. 미스 잉그럼이 그 새까만 고수머리가 그의 어깨에 닿아 뺨에 스칠 정도로 고개를 기울이는 모습이 눈에 선하다. 두 사람이 속삭이는 소리가 들린다. 두 사람이 주고받던 시선이 보인다. 지금도 그 광경을 보고 일었던 감정의 어떤 조각이 생생히 떠오른다.

독자여, 내가 로체스터 씨를 사랑하는 걸 깨달았다는 말은 이미 했다. 이제는 그가 나를 아는 체도 않는 걸 알게 되었을지라도, 같은 공간에 몇 시간이나 있으면서 내 쪽으로는 눈길 한 번 주지 않을지라도, 그의 관심이 나와는 지나가다가 치맛자락 스치는 것조차 경멸하는 멋진 귀부인에게, 어쩌다 그 까맣고 도도한 시선이 나와 마주치기라도 하면 살펴볼 가치도 없는 천한 것이라도 되는 양 휙 고개를 돌려버리는 멋진 귀부인에게 온통 쏠려 있을지라도, 나는 그를 사랑하지 않을 수 없었다. 머지않아 그가 바로 그 귀부인과 결혼하리라는 느낌을 확실히 받았어도, 매일 그 귀부인에게서 그의 결혼 의사에 기인하는 오만함을 읽었어도, 매시간 그에게서, 무심한 데다 구애하기보다는 구애를 당하는 쪽을 선택하기는 했지만, 무심해서 매혹적이고 오만해서 저항할 수 없는 일종의 구애를 목격했어도, 나는 그를 사랑하지 않을 수 없었다.

그런 상황에서도 사랑이 식거나 사라지는 일은 없었다. 비록 절망을 빚는 일은 많았지만 말이다. 독자여, 질투를 빚는 일도 많았으리라 생각할 것이다. 나 같은 지위의 여성이 미스 잉그럼 같은 지위에 있는 여성을 질투할 수 있다고 하면 말이다. 하지만 나는 질투하지 않았다. 아니, 아주 드물었다. 내가 겪은 고통은 그 단어로 설명 될 수 없었다. 미스 잉그럼은 질투의 대상이 되지 못했다. 그런 감정 을 불러일으키기에 그 사람은 너무 열등했다. 이 역설 같은 말을 용 서하시라. 나는 진심이다. 그 사람은 매우 화려했지만, 진짜가 아니 었다. 그 사람은 훌륭한 자태와 뛰어난 학식을 지녔지만, 정신은 가 난했고 마음은 타고나기를 황량했다. 그 흙에서는 아무것도 저절 로 꽃피지 않았다. 그 흙에서 열매 맺은 것 중에 신선한 맛으로 기쁨 을 주는 것은 아무것도 없었다. 그 사람은 선하지 않았다. 그 사람 은 독창적이지 않았다. 그 사람은 책에 나오는 잘난 체하는 구절들 을 되풀이하곤 했다. 그 사람은 저만의 의견을 제시한 적도 가진 적 도 없었다. 그 사람은 고결한 감성을 옹호했지만, 공감과 연민의 감 정을 알지 못했다. 그 사람 안에는 다정함이나 진실함이 없었다. 그 사람은 어린 아델에게 품은 악의적인 반감을 과하게 분출함으로써 너무 자주 그 사실을 누설했다. 어쩌다 아이가 가까이 가면 오만불 손한 언사로 밀어내버리고, 때로는 방에서 나가라고 명령하기도 했으며, 늘 차갑고 매섭게 대했다. 나 말고도 다른 눈이 그렇게 드 러나는 그 사람의 성격을 지켜보고 있었다. 면밀하게, 날카롭게, 빈 틈없이. 그랬다, 미래의 남편인 로체스터 씨 본인이 자신의 결혼 상 대를 상대로 끊임없는 감시 활동을 벌이고 있었다. 그의 그 현명함, 신중함, 그가 자신의 가인佳人이 지닌 결점을 완벽히, 분명히 알고 있다는 사실, 그 가인을 향한 그의 감정에 열정이 빠져 있음이 분명 하다는 사실, 그것이 내게 더없는 고통을 안겼다.

나는 그가 집안을 위해, 아마도 정치적인 이유로, 신분과 집안의 인맥이 자신에게 맞기 때문에 미스 잉그럼과 결혼하려 한다는 걸 알았다. 나는 그가 미스 잉그럼에게 사랑을 주지 않았음을, 미스 잉그럼의 자질이 그에게서 그런 보물을 얻어내기에 적당치 않음을 느꼈다. 문제는 이것이었다. 내 신경을 건드리고 괴롭히는 것은 이것이었다. 열병이 지속되고 심해지는 이유는 이것이었다. '미스 잉그럼은 그에게 마법을 걸지 못했다.'

미스 잉그럼이 단번에 승리를 거두었다면, 그리고 그가 항복하고 진정으로 자신의 심장을 미스 잉그럼의 발치에 바쳤다면, 나는 얼굴을 가리고 벽 쪽으로 돌아서서 (비유적으로 말하자면) 두 사람을 위해 죽었으리라. 미스 잉그럼이 힘과 열정과 친절과 지각을 갖춘 선하고 고귀한 여성이었다면, 나는 질투와 절망이라는 두 마리 호랑이와 목숨을 건 싸움을 벌여야 했으리라. 그랬다면 내 심장은 찢겨 파먹혔을 테고, 나는 미스 잉그럼을 숭배했을 것이다. 그 사람의 탁월함을 인정하고, 남은 생을 침묵했을 것이다. 그 사람의 우월함이 절대적일수록 내 숭배는 더 깊어져 내 침묵도 더욱 참되게 고요했을 것이다. 그러나 실상은 그러하니, 미스 잉그럼이 로체스터 씨를 매혹하려 애쓰는 모습을 지켜보는 것은, 그 시도들이 연이어 실패하는 광경을 목도하는 것은, 본인은 그 시도들이 실패한 줄도 모르는 채 화살 하나하나가 목표에 적중했다고 헛되이 공상하며 그 성공으로 자신을 치장하는 데 정신이 팔려 그 오만과 자기만족으로 유혹하려던 대상을 더 멀리 쫓아버리는 장면을 목격하는 것은 끊임없는 자극과 무자비한 속박에 동시에 휘둘리는 일이었다.

왜냐하면, 미스 잉그럼이 실패했을 때, 어떻게 하면 성공했을지를 나는 알았기 때문이었다. 번번이 로체스터 씨의 가슴을 빗나가 무용하게 그의 발치에 떨어지는 그 화살들이, 좀 더 확실한 사수가 쏘았다면 그의 거만한 심장에 박혀 부르르 떨었으리라는 걸, 그 엄격한 눈에 사랑을, 그 냉소적인 표정에 부드러움을 소환했으리라는 걸 나는 알았기 때문이었다. 아니, 그보다 무기 같은 것 없이도 무언의 정복이 가능했으리라는 걸 나는 알았기 때문이었다.

'저분은 저렇게 로체스터 씨와 가까이 있으면서도 왜 좀 더 영향을 끼치지 못하지?' 나는 속으로 생각했다. '분명 그를 정말로 좋아할 수 없는 거야, 아니면 좋아해도 진정한 애정이 아니거나! 그렇지 않고서야 저렇게 헤프게 웃음을 짓고, 저렇게 꾸준하게 시선을 던지고, 저렇게 공들여 표정을 꾸미고, 저렇게 쉼 없이 사랑스러운 동작을 취할 필요가 없지. 내가 보기엔 그저 그의 옆에 가만히 앉아서 적게 말하고 적게 쳐다보는 편이 그의 마음을 더 끌 수 있을 듯한데. 미스 잉그럼이 저렇게 활기차게 말을 걸어도 저렇게 굳어 있는 그의 얼굴에서 나는 아주 다른 표정을 본 적이 있어. 그 표정은 저절로 나온 것이었지. 저속한 기교와 계산된 책략에 이끌려 나온 것이 아니었어. 그런 표정은 누구나 받아들일 수밖에 없어. 그가 요구하는 것에 가식 없이 응답하고, 그가 필요로 할 때 찡그리지 않고 응해야 해. 그러면 그 표정은 더욱 친절해지고 더욱 다정해져서 만물을 키우는 햇살처럼 따뜻하게 감싸주지. 저 둘이 결혼하면, 미스 잉그럼은 그를 즐겁게 해줄 수 있을까? 할 수 있을 것 같지 않아. 하지만 만약 해낸다면, 그의 아내는 틀림없이 세상에서 가장 행복한 여자가 될 거야.'

이해관계와 인맥을 좇아 결혼하려는 로체스터 씨의 계획에 관해 나는 아직 한마디도 비난하지 않았다. 그의 의도가 그렇다는 걸 처음 알았을 때는 놀랐다. 나는 그가 아내를 고를 때 그런 평범한 동기들로부터 영향을 받을 사람이라고는 생각지 않았었다. 하지만 그 집단의 지위와 교육 수준 등등을 오래 생각하면 할수록, 틀림없이 어릴 때부터 주입되었을 관념과 원리에 기반하여 행동하는 것으로 느껴졌다. 그것으로 그나 미스 잉그럼을 판단하고 비난하는 것이 정당하다는 느낌은 덜해졌다. 그 계급 전체가 그런 원리들을 지켰다. 그래서 그들이 그 원리들을 그렇게 지키는 데는 내가 이해하지 못하는 어떤 이유가 있으리라 짐작했다. 내가 로체스터 씨 같은 신사라면, 사랑할 수 있는 아내만을 품에 안을 텐데. 그러는 편이 남편된 입장에서도 더 행복할 게 분명한데도 그러는 것을 보면, 나로서는 전혀 알 수 없는, 일반적인 사고에 반하는 어떤 요점이 있는 것이 틀림없었다. 그렇지 않고서야, 나는 세상 사람 모두가 나와 똑같이 행동할 거라고 확신했다.

그러나 이뿐만 아니라 다른 문제에서도 나는 갈수록 나의 주인에게 상당히 너그러워졌다. 나는 한때 예민하게 경계했던 그의 모든 결점을 잊고 있었다. 이전에는 그 성격의 모든 측면을 연구하려 했었다. 결점과 장점을 다 간파하려고, 그리고 둘을 엄밀하게 저울질해서 공정한 판단을 내리려고 말이다. 지금은 아무 결점도 보이지 않았다. 사람을 떨쳐내는 빈정거림도, 한때는 소스라쳤던 그 가혹함도 고급 요리에 친 톡 쏘는 향신료처럼 느껴질 뿐이었다. 있으면 자극적이지만, 없으면 상대적으로 무미건조하게 느껴지는 그런 것 말이다. 그리고 사악하다고 해야 할지, 아니면 비통하다고 해야 할지, 또는 음흉하다고 해야 할지, 아니면 낙담한 기색이라 해야 할지, 주의 깊게 관찰하는 사람에게만 이따금 보이는, 그의 눈에 드러나는 모호한 무언가에 대해 말하자면, 나는 부분적으로 드러났다가 그 기묘한 깊이를 추측해보기도 전에 다시 닫히고 마는 그 무언가를, 화산 같은 언덕 사이를 헤매다가 별안간 땅이 흔들리며 쩍쩍 갈라지는 걸 보는 듯이 두렵고 마음을 졸아들게 만드는 그 무언가를 이따금 가만히 주시하게 되었다. 마비된 신경이 아니라 두근거리는 심장으로 말이다. 나는 그것에 도전하여 꿰뚫어 볼 수 있기를 갈망했다. 언제고 차분하게 그 심연을 들여다보며 그 비밀을 탐험하고 그 성질을 헤아릴 수 있을 테니, 미스 잉그럼이야말로 행복한 사람이라고 나는 생각했다.

내가 내 주인과 내 주인의 예비 신부만을 생각하며 그 둘만을 보고 그 둘의 대화만을 듣고 그 둘의 행동만을 중요하게 고려하는 동안, 나머지 사람들은 저마다의 흥미와 오락 거리에 빠져 있었다. 레이디 린과 레이디 잉그럼은 잡담을 이어가면서 한 쌍의 커다란 꼭두각시처럼 두 터번을 서로를 향해 끄덕거리기도 하고 놀람이나 의문이나 공포에 어울리는 몸짓으로 두 손을 치켜들기도 하면서 계속해서 심각한 대화를 이어갔다. 온화한 덴트 부인은 성격 좋은 에쉬튼 부인과 담소를 나누었다. 두 부인은 가끔 내게도 정중한 말이나 미소를 건넸다. 조지 린 경과 덴트 대령, 에쉬튼 씨는 정치나 주 행정이나 사법 문제 같은 것을 놓고 토론을 벌였다. 잉그럼 남작은 에이미 에쉬튼과 시시덕거렸고, 루이자 양은 피아노를 치면서 린가 형제 중 한 사람에게 노래를 들려주고 또 같이 부르기도 했다. 메리 잉그럼 양은 다른 린가 형제의 잘난 척하는 얘기를 맥없이 듣고 있었다. 가끔 모두가 일시에 하던 측면 연기를 멈추고 주역들을 살피며 귀를 기울이는 때가 있었다. 무엇보다 로체스터 씨가, 그리고 그와 밀접하게 관련된 까닭에 미스 잉그럼이, 그 무리의 생명이

자 영혼이었기 때문이었다. 그가 한 시간만 방에 없으면 지루함이 손님들의 정신을 가로채는 것이 확연히 느껴졌고, 그가 다시 나타나면 신선한 자극을 받은 대화가 활기를 띠는 것이 분명히 느껴졌다.

생기를 불러일으키는 그의 영향력이 특히 절실하게 느껴진 때가, 그가 볼일 때문에 밀코트로 불려 가 아주 늦어서나 돌아올 예정이던 어느 날이었다. 그날 오후에는 비가 내려서 최근에 헤이 마을 건너편 공유지에 세워진 집시촌을 보러 가기로 했던 손님들의 소풍 계획이 연기되었다. 몇몇 신사들은 마구간으로 가고, 젊은 신사들은 젊은 숙녀들과 함께 당구실에서 당구를 쳤다. 레이디 잉그럼과 레이디 린은 조용히 카드놀이를 하면서 위안을 찾았다. 블란치 잉그럼 양은 대화에 끌어들이려는 덴트 부인과 에쉬튼 부인의 몇 차례 시도를 거만한 침묵으로 물리치고는, 처음에는 피아노로 감상적인 곡을 몇 곡 치고 노래도 좀 하더니, 이내 서재에서 소설 한 권을 가져와 내키지 않는 듯이 오만하게 소파에 몸을 묻고는, 로체스터 씨가 없는 지루한 시간을 소설의 마법으로 때울 채비를 했다. 응접실과 집 전체가 조용했고, 이따금 이층에서 당구 치는 사람들의 흥겨운 소리만 들려올 뿐이었다.

해가 질 무렵이 되고, 시계는 이미 만찬을 위해 옷을 갈아입을 시간임을 알렸다. 그때 나와 나란히 응접실 창가 자리에 앉았던 어린 아델이 갑자기 외쳤다.

"부알라 무슈 로체스터, 키 르비앙!(저기 로체스터 아저씨가 오세요!)"

나는 돌아보았고, 미스 잉그럼은 앉았던 소파에서 쏜살같이 뛰어나왔다. 다른 사람들도 하던 일을 멈추고 고개를 들었다. 그와 동시에 삐걱거리는 바퀴 소리와 철벅거리며 바닥을 차는 말굽 소리가 젖은 자갈길에서 들려왔다. 역마차가 다가오고 있었다.

"저런 식으로 돌아오시다니, 대체 무슨 생각이실까?" 미스 잉그럼이 말했다. "나가실 땐 메스루어를 타고 가셨잖아? 파일럿도 같이 갔고. 그 짐승들은 어떻게 하시고?"

풍성한 의상을 걸친 그 길고 큰 체구가 이렇게 말하면서 창에 바싹 다가서는 바람에, 나는 허리가 꺾일 정도로 몸을 뒤로 젖혀야 했다. 미스 잉그럼은 너무 열중하느라 처음에는 나인 줄 모르다가, 나인 줄 알고서는 입을 삐죽거리며 다른 창으로 옮겨갔다. 역마차가 섰다. 마부가 현관의 초인종을 울렸고, 여행복을 입은 신사 한 명이 내렸는데, 로체스터 씨는 아니었다. 키가 크고 상류 사회 사람처럼 보이는, 낯선 남자였다.

"아, 짜증 나!" 미스 잉그럼이 소리치더니 아델에게 말했다. "요 귀찮은 원숭이야! 누가 널 창가에 앉히고 거짓말하라고 시켰어?" 그러고는 마치 내 탓이라는 듯이 성난 눈길로 나를 쳐다보았다.

홀에서 뭔가 말소리가 들리더니, 이내 방금 도착한 신사가 들어왔다. 그는 레이디 잉그럼이 우리 중 최연장자라고 생각했는지, 그리로 가서 고개 숙여 절했다.

"마담, 제가 하필 부적당한 날에 온 것 같습니다. 친구인 로체스터 군이 부재중이라니 말입니다. 하지만 제가 워낙 먼 길을 온 데다, 오래도록 친하게 알고 지낸 사이이기도 하니, 그가 돌아올 때까지 여기서 기다릴까 합니다."

그의 태도는 정중했다. 그러나 말할 때 억양이 약간 특이하다는 느낌이 들었다. 딱히 이국적이지는 않았지만, 그렇다고 순수한 영어도 아니었다. 나이는 로체스터 씨와 비슷한, 서른에서 마흔 사이였고, 안색이 이상하게 누르게했다. 그것만 아니면 잘생긴 사람이었다. 특히 첫눈에 봤을 때는. 그러나 잘 살펴보면 그 얼굴에는 불쾌한, 아니 그보다는 느낌이 좋지 않은 무언가가 있었다. 그의 이목구비는 반듯하면서도 너무 느슨했다. 눈은 크고 잘생겼지만, 그 눈에서 엿보이는 생명은 무기력하고 공허한 생명이었다. 적어도 나는 그렇게 생각했다.

옷을 갈아입으라는 종소리가 울리자 일행은 흩어졌다. 그 남자를 다시 본 건 만찬이 끝난 다음이었다. 그때는 상당히 편안해진 품새였다. 그러나 나는 그의 인상이 전보다도 더 싫어졌다. 불안정한 동시에 활기라곤 없이 느껴졌다. 눈이 사방을 두리번거렸지만, 그 두리번거림에는 아무 의미가 없었다. 그 탓에 그의 표정은 지금껏 본 적이 없을 정도로 기묘한 느낌을 주었다. 미남인 데다 무뚝뚝해 보이는 사람도 아닌데, 나는 그에게서 굉장한 불쾌감을 느꼈다. 완전한 타원형에다 피부가 매끈한 얼굴에는 아무 힘도 없고, 매부리코와 조그만 앵두 같은 입에는 아무 결단력도 없었다. 좁고 판판한 이마에도 아무 사유도 없었고, 그 공허한 갈색 눈에는 아무 위엄도 없었다.

나는 늘 앉는 구석 자리에 앉아서 벽난로 선반에 놓인 가지 달린 장식 촛대의 불빛을 담뿍 받는 그를 살펴보며 로체스터 씨와 비교했다. 그는 안락의자를 난롯불 가까이 끌어 놓고 앉아서도 춥다는 듯이 자꾸 몸을 웅크리며 불 쪽으로 다가들었다. (그나마 경의를 표하며 하는 말이지만) 둘의 차이는 매끈한 수거위와 매서운 매의 차이였고, 굴종적인 양과 그 양을 지키는 거친 털가죽에 예리한 눈을 가진 개의 차이였다.

그는 로체스터 씨가 오랜 친구라고 했다. 분명 기묘한 우정이었으리라. '극과 극은 통한다'라는 옛 금언의 적확한 사례였음이 분명했다.

그와 가까운 자리에 두어 명의 신사가 앉아 있어서, 이따금 대화의 단편이 방을 건너 내 귀에까지 들려왔다. 처음에는 무슨 말인지 잘 알아듣지 못했다. 간간이 들리는 그 대화의 단편들에 나와 더 가까운 곳에 앉은 루이자 에쉬튼과 메리 잉그럼이 나누는 이야기가 끼어들어 헛갈리게 했기 때문이었다. 둘은 그 낯선 신사를 놓고 이러쿵저러쿵하고 있었는데, 둘 다 그를 '아름다운 분'이라 불렀다. 루이자는 그가 '사랑스러운 사람'이며 자신은 '저분을 숭배한다'라고 말했고, 메리는 그의 '예쁘고 작은 입과 멋진 코'를 자신이 생각하는 이상적인 매력으로 들었다.

"게다가 저 이마는 얼마나 부드러운지!" 루이자 양이 외쳤다. "정말 매끈해. 내가 정말 싫어하는 험상궂은 주름은 하나도 없어. 그리고 눈과 미소는 또 어쩜 저렇게 평온한지!"

그때 정말 다행스럽게도 헨리 린 씨가 연기된 헤이 마을 공유지로의 소풍 건에 대해 뭔가 결정할 것이 있다며 둘을 방 저쪽으로 불러갔다.

나는 그제야 난롯가에 모여 앉은 사람들에게 집중할 수 있었다. 이내 그 신사가 메이슨 씨라고 불린다는 것, 방금 영국에 도착했다는 것, 어딘가 더운 나라에서 왔다는 것을 알게 되었다. 그의 얼굴이 그처럼 누르께하고, 그처럼 난로 가까이 앉아서도 외투를 벗지 않는 이유가 아마 그래서였으리라. 이윽고 자메이카니 킹스턴이니 스패니쉬타운이니 하는 단어들이 그가 사는 곳이 서인도제도임을 알려주었다. 그리고 그가 거기서 로체스터 씨를 처음 만나 친해졌다는 얘기를 듣고 나는 적잖이 놀랐다. 그는 친구인 로체스터 씨가 그 지역의 타는 듯한 열기와 허리케인과 우기를 싫어한다는 따위의 얘기를 했다. 로체스터 씨가 여행을 다녔다는 건 알고 있었다. 페어팩스 부인이 그렇게 말했으니까. 그러나 나는 그의 방랑이 유럽대륙에 한정되어 있다고만 생각했다. 지금껏 더 먼 땅을 밟아보았다는 얘기 같은 건 들어본 적이 없었다.

그런 것들을 생각하고 있는데 어떤 사건이, 다소 예상치 못한 사건이 일어나 내 생각의 줄을 끊고 말았다. 누군가가 문을 열자 덜덜 떨던 메이슨 씨가 뜨겁고 붉은 재만 남고 불꽃은 거의 타오르지 않는 난롯불에 석탄을 더 넣어달라고 요청했다. 석탄을 날라 온 하인이 나가는 길에 에쉬튼 씨의 의자 곁에서 걸음을 멈추더니 낮은 목소리로 뭔가를 말했다. 내게는 "할멈이– 아주 성가십니다"라는 소리만 들렸다.

"안 나가면 족쇄 달린 칼을 씌우겠다고 해." 치안판사가 대답했다.

"아니, 잠깐만!" 덴트 대령이 끼어들었다. "에쉬튼, 그냥 쫓아버리면 안 되지. 그걸 이용해볼 수도 있으니까. 부인들과 의논해보는 게 좋겠어." 그러고는 큰 소리로 말을 이었다. "숙녀분들, 집시촌을 구경하러 헤이 공유지로 가자는 말씀들을 하셨는데, 여기 샘 얘기가, 지금 하인 대기실에 웬 집시 할멈이 와서 '귀하신 분들'의 운수를 점치고 싶으니 그분들 앞으로 안내해달라고 고집을 부리고 있답니다. 그 할멈을 만나보시겠습니까?"

레이디 잉그럼이 외쳤다. "대령님, 설마 그런 천한 사기꾼을 우리에게 권하시는 건 아니겠지요? 쫓아내세요, 부디, 당장요!"

"하지만 저로서는 쫓아낼 방도가 없습니다, 마님." 하인이 말했다. "다른 하인들도 어쩌지를 못하고요. 지금 페어팩스 부인이 그 할멈에게 돌아가달라고 간청하고 있습니다만, 난롯가 의자에 버티고 앉아서는 여기로 불려 올 때까지는 무슨 일이 있어도 꼼짝하지 않겠다고 합니다요."

"원하는 게 뭐래?" 에쉬튼 부인이 물었다.

"할멈 말로는 귀한 분들의 점을 쳐드리겠답니다, 마님. 반드시 점을 쳐야 하고, 치게 될 거라고 하네요."

"어떻게 생겼어?" 에쉬튼 자매가 한목소리로 물었다.

"지독하게 못생긴 노파예요, 아가씨. 오지단지처럼 새까매요."

"그럼, 진짜 마술사로군!" 프레데릭 린이 외쳤다. "들어오라고 해야지, 당연히."

그의 형제가 맞장구를 쳤다. "확실히, 이렇게 재미있는 기회를 놓치면 정말 유감일 거야."

"얘들아, 대체 무슨 생각들인 게냐?" 레이디 린이 외쳤다.

"전 이런 돌출적인 전개는 지지할 수 없을 듯하군요." 레이디 잉그럼이 목소리를 높였다.

"정말이지, 마마, 하지만 하실 수 있어요, 하셔야 하고요." 피아노 걸상에 앉아서 여태 이런저런 악보를 뒤적거리고 있는 듯했던 블란치가 돌아앉으며 거만한 목소리로 선언했다. "전 제 운명이 어떻게 점쳐질지 궁금해요. 그러니 샘, 노파를 불러줘."

"친애하는 딸 블란치! 생각-."

"네. 어머니께서 무슨 말씀하실지는 다 알아요. 그래도 전 하고 싶은 대로 해야겠어요. 빨리, 샘!"

"어서, 어서, 어서!" 숙녀나 신사나 할 것 없이 젊은 사람들이 입을 모아 외쳤다. "불러줘. 멋진 오락거리가 될 거야!"

그래도 하인은 망설였다. "그 할멈 몰골이 영 사나워서요."

"가!" 미스 잉그럼이 꽥 소리를 지르고서야 하인이 나갔다.

흥분이 일시에 모두를 사로잡았다. 희롱과 농담이 난무하듯 오가는 중에 샘이 돌아왔다.

"이젠 또 안 오겠답니다. 할멈 말이 '저속한 무리', 할멈 표현으로요, 앞에 나서는 게 자기 할 일이 아니라네요. 자기한테 따로 방을 하나 내주고, 점을 볼 사람들이 한 명씩 와야 한답니다."

"그것 봐라, 블란치, 내 여왕 같은 딸아." 레이디 잉그럼이 입을 열었다. "슬금슬금 들어오려고 하잖니. 내 말을 들어요, 내 천사 아가씨, 그리고-"

"물론, 서재로 안내해야지." '천사 아가씨'가 말을 잘랐다. "저속한 무리 앞에서 점을 보는 건 제가 할 일도 아니에요. 전 혼자 듣고 싶어요. 서재에 불은 지펴져 있어?"

"네, 아가씨. 하지만 정말 떠돌이 집시처럼 보이는 할멈인데요."

"그만 떠들어, 멍청이! 시키는 일이나 해."

샘이 또 사라졌다. 호기심과 활기와 기대감이 다시 터질 듯이 부풀어 올랐다.

"준비가 다 됐습니다." 하인이 다시 나타나 말했다. "어떤 분이 제일 먼저 오실지 알고 싶답니다."

"숙녀분들이 가시기 전에 내가 한 번 들여다보는 게 좋을 것 같군."텐트 대령이 말했다."샘, 신사가 간다고 전해줘."

샘이 갔다가 이내 돌아왔다.

"나리, 할멈 얘기가, 신사는 안 받을 테니 굳이 오실 필요 없답니다. 그리고," 하인이 비어져 나오는 웃음을 가까스로 참으며 덧붙였다."숙녀분들 중에서도 젊고 미혼인 분 아니면 오시지 말랍니다."

"어이쿠, 그 주제에 이것저것 가리다니!" 헨리 린이 소리쳤다.

미스 잉그럼이 엄숙하게 일어섰다. "제가 먼저 가겠어요." 병사들을 이끌고 터진 성벽을 넘으려는 고독한 장군에게나 어울릴 만한 어조였다.

"오, 내 귀한 딸! 오, 내 소중한 딸! 멈춰라. 다시 생각해보렴!"마마가 외쳤으나 미스 잉그럼은 아무 대꾸도 없이 위엄 있게 지나쳐 텐트 대령이 열어놓은 문으로 나갔다. 미스 잉그럼이 서재로 들어가는 소리가 들렸다.

비교적 조용하게 시간이 흘렀다. 레이디 잉그럼은 그 일이 손을 쥐어짤 만한 '사건'이라 생각하는지, 생각에 맞게 행동했다. 메리 양은 자기는 모험 같은 건 절대 못 할 듯하다고 선언했다. 에이미 에쉬튼과 루이자 에쉬튼은 낮은 소리로 킥킥거렸고, 약간 겁먹은 듯이 보였다.

시간이 몹시 더디 흘렀다. 서재 문이 다시 열릴 때까지 십오 분이 걸렸다. 미스 잉그럼이 아치를 지나 우리에게로 돌아왔다.

웃음을 터트릴까? 그냥 농담으로 치부할까? 모두의 시선이 열렬한 호기심을 품고 집중됐으나, 미스 잉그럼은 차갑게 거부하는 눈초리로 모두의 시선을 받아쳤다. 당황하지도 즐거워하지도 않는 표정이었다. 미스 잉그럼은 뻣뻣하게 자기 자리로 걸어가더니, 아무 말 없이 앉았다.

"자, 블란치?" 잉그럼 남작이 말했다.

"점쟁이가 뭐래, 언니?" 메리도 물었다.

"어땠어요? 괜찮아요? 그 사람 진짜 점쟁이예요?" 에쉬튼 자매가 캐물었다.

"자아, 자아, 여러분." 미스 잉그럼이 대꾸했다. "재촉하지 마세요. 정말이지 잘 놀라고 잘 믿는 여러분의 머리는 쉽게도 흥분하는 군요. 여러분은 모두, 제 선하신 마마까지 포함해서, 이 일에 뭔가 중요성을 부여하시고, 이 집에 악마와 긴밀한 동맹을 맺은 진짜 마녀가 있다고 절대적으로 믿고 있군요. 제가 본 건 떠돌이 집시였어요. 고리타분한 방식으로 손금을 보자고 하더니, 보통 그런 치들이 하는 뻔한 소리를 하더군요. 제 호기심은 만족했어요. 그러니 이제 에쉬튼 씨께서는 경고하신 대로 내일 아침에 저 추한 노파에게 칼을 씌우시는 게 온당하다고 생각해요."

미스 잉그럼이 책을 집어 들고 등받이에 푹 기대며 더는 대화할 생각이 없다는 뜻을 드러냈다. 나는 거의 삼십 분 가까이 그 모습을 지켜보았다. 책은 한 장도 넘어가지 않았고, 얼굴은 시시각각 어두워지고 갈수록 불만스러워졌으며, 점점 더 씁쓸한 실망의 표정이 나타났다. 좋은 얘기를 하나도 듣지 못한 것이 분명했다. 그리고 내가 보기에는, 그 사람의 침울함과 침묵이 길어지는 것으로 보아, 신경 쓰지 않는다는 공언에도 불구하고, 집시에게서 들은 뭔지 모를 그 폭로의 중요성에 본인이 과도하게 집착하고 있는 듯했다.

한편, 메리 잉그럼과 에쉬튼 자매는 차마 혼자는 못 가겠다고 선언했다. 하지만 다들 가보고는 싶어 했다. 대사 역할을 떠맡은 샘을 매개로 교섭이 시작되었다. 저렇게 부산하게 움직이니 종아리께나 아프겠다는 생각이 들 정도로 샘이 이쪽저쪽을 오간 뒤에, 마침내 그 엄격한 점쟁이 할멈에게서 세 사람이 한꺼번에 와도 좋다는 허락이 가까스로 떨어졌다.

이번에는 미스 잉그럼 때처럼 조용하지 않았다. 서재에서 신경질적으로 킬킬거리는 소리와 낮은 비명들이 들렸다. 이십여 분 정도가 지난 뒤에 아가씨들이 서재 문을 벌컥 열고 뛰쳐나와서는 반쯤은 혼비백산한 표정으로 홀을 가로질러 뛰어 들어왔다.

"저 할멈은 예사 사람이 아니에요!" 세 사람이 입을 모아 외쳤다. "그런 얘기들을 하다니! 우리에 관해 모르는 게 없었어요!" 아가씨들은 가쁜 숨을 몰아쉬며 신사들이 서둘러 대령한 의자를 하나씩 차지하며 주저앉았다.

자세히 좀 설명해보라는 재촉을 받자, 아가씨들은 그 할멈이 자기네들이 어릴 적에 했던 말이나 행동을 얘기하고, 자기네들 내실에 둔 책이며 장식품이며 다양한 관계의 사람들로부터 받은 기념품 따위를 세세히 설명했다고 주장했다. 아가씨들은 그 할멈이 자기네들이 생각하고 있는 바를 맞히기도 했고, 각자의 귀에다 대고 세상에서 제일 좋아하는 사람의 이름과 그들이 가장 원하는 것이 무엇인지 속살거리기도 했다고 단언했다.

이 말에 신사분들이 마지막 두 가지 요점에 대해 좀 더 자세히 알려달라는 진지한 청원을 제기했지만, 아가씨들은 그 끈덕진 요구에도 그저 얼굴을 붉히며 갑자기 비명을 지르거나 몸을 떨면서 소리 죽여 킬킬거릴 뿐이었다. 그러는 동안 부인들은 정신이 드는 약병을 건네기도 하고 부채질을 해주기도 하면서, 그러기에 애초에 가지 말라는 얘기를 왜 듣지 않았냐며 몇 번이고 걱정스러운 잔소리를 늘어놓았다. 나이 많은 신사들은 껄껄 웃었고, 젊은 신사들은 흥분한 아름다운 아가씨들에게 뭐든 필요한 게 있으면 분부만 내려달라고 졸라댔다.

이런 야단법석 속에서, 내 눈과 귀가 눈앞에서 벌어지는 광경에 완전히 몰두하고 있을 때, 옆에서 헛기침 소리가 났다. 돌아보니 샘이었다.

"저어, 선생님, 그 집시가 이 방에 아직 자기한테 안 온 젊은 미혼 아가씨가 한 명 있다면서, 점을 다 치기 전에는 돌아가지 않겠다고 버티는데, 제 생각에는 선생님 얘기인 것 같습니다. 달리 그런 분이 안 계시니까요. 집시에게 뭐라고 할까요?"

"아, 꼭 가야지." 나는 대답했다. 나는 상당히 커진 호기심을 충족시킬 예상치 못한 기회가 주어져서 기뻤다. 마침 사람들이 방금 돌아와 벌벌 떠는 세 아가씨 주위에 한 덩어리로 몰려 있는 덕에, 나는 누구의 눈에도 띄지 않고 방을 나와 조용히 문을 닫았다.

"괜찮으시다면," 샘이 말했다. "제가 홀에서 기다리고 있겠습니다. 집시가 겁을 주거든, 부르기만 하세요. 제가 들어가겠습니다."

"아니야, 샘. 부엌으로 돌아가. 난 전혀 무섭지 않아." 그랬다. 나는 오히려 상당한 흥미와 흥분을 느꼈다.

19장

서재는 아주 조용했고, 진짜 점쟁이인지는 모르겠지만, 어쨌든 점쟁이라는 사람은 난롯가 안락의자에 아주 편안하게 앉아 있었다. 붉은 망토를 두르고 검은 보닛을, 아니 보닛이라기보다는 차양이 넓은 집시 모자를 눌러 쓰고 줄무늬 손수건을 둘러 턱밑에서 잡아맸다. 탁자에 놓인 초는 꺼져 있었다. 집시는 난로 쪽으로 몸을 숙이고 그 불빛으로 기도서처럼 보이는 조그만 검은 책을 읽고 있는 듯했다. 나이 많은 여자들이 대개 그러듯이, 읽으면서 혼자 웅얼거렸다. 내가 들어갔는데도 곧바로 고개를 들지 않았다. 읽던 단락을 마저 읽으려는 듯했다.

나는 양탄자 위에 서서 손을 녹였다. 응접실 난로에서 멀리 떨어져 앉아 있었더니 꽤 차가워졌다. 나는 그 어느 때보다 태연한 느낌이었다. 집시의 외모에는 보는 사람을 불안하게 만들 만한 점이 전혀 없었다. 집시가 책을 덮고 천천히 고개를 들었다. 모자 차양에 일부가 가리긴 했어도, 고개를 드는 그 얼굴을 보니 과연 이상했다. 온통 갈색과 검정이었다. 턱밑에서 잡아 묶은 흰 끈 밑으로 헝클어진 머리가 비어져 나와 뺨을, 아니, 턱을 반쯤 가리고 있었다. 일순간 집시와 눈이 마주쳤다. 대담하고 노골적인 시선이었다.

"그래, 점을 보려고?" 그 시선처럼 단호하고 생김새처럼 거친 목소리였다.

"아무거나 좋아요, 할머니. 좋으실 대로 하세요. 하지만 미리 말씀드리자면, 전 믿지 않아요."

"너 같은 뻔뻔한 것이 할 만한 소리지. 그런 말이 나올 줄 알았다니까. 네가 방문턱을 넘을 때 발소리를 듣고 알았어."

"그래요? 굉장히 귀가 밝으시군요."

"그렇지, 게다가 눈도 빠르고 머리도 빨라."

"다 장사하시는 데에 필요하겠지요."

"맞아. 특히 너 같은 손님을 대할 때는 말이야. 너는 왜 떨지 않아?" "춥지 않으니까요."

"너는 왜 창백해지지 않아?"

"아프지 않으니까요."

"너는 왜 알고 싶은 걸 묻지 않아?"

"어리석지 않으니까요."

늙은 쪼그랑할멈이 모자와 끈에 가린 채 낄낄거리며 웃었다. 그러고는 짤막한 검은 파이프를 꺼내 불을 붙이고 피우기 시작했다. 한동안 그 진정제를 탐닉하던 집시가 수그렸던 몸을 펴면서 입에 물었던 파이프를 떼고 한동안 난롯불을 물끄러미 바라보더니 아주 신중하게 말했다.

"너는 추워. 너는 아파. 너는 어리석어."

"증명해보세요."

"그러지, 간단하게 말이야. 너는 추워. 혼자니까. 아무도 네 안에 있는 그 불을 켜주지 않아. 너는 아파. 사람에게 주어진 가장 좋은 감정이, 가장 숭고하고 달콤한 감정이 멀리 있으니까. 너는 어리석어. 괴로워할지언정 오라고 손짓하지도, 거기로 가지도 않을 테니까. 그것이 널 기다리고 있는데도 말이야."

집시가 다시 짤막한 검은 파이프를 물고 뻑뻑 빨아댔다.

"단신으로 큰 저택에서 고용살이하는 사람에게는 거의 누구한테나 그런 소리를 하시겠죠."

"거의 누구한테나 이런 소리를 할 수야 있지. 하지만 이런 말이 거의 누구한테나 맞겠어?"

"저 같은 경우들은요."

"그래, 그렇지, '너 같은' 경우들은. 하지만 너와 꼭 같은 처지에 있는 사람을 하나만 더 찾아줘봐."

"수천 명이라도 쉽게 찾을걸요."

"아마 한 사람도 못 찾을걸. 아는지 모르겠지만, 넌 기묘한 위치에 있어. 행복 바로 옆이지. 맞아, 손만 뻗으면 닿을 곳이야. 재료는 다 준비됐어. 엮기만 하면 돼. 운명의 신이 좀 흩어놓았으니까. 한 번 모아봐. 더없는 기쁨이 올 테니까."

"전 수수께끼 같은 건 몰라요. 평생 한 번도 수수께끼를 맞혀본 적이 없어요."

"좀 더 쉬운 말로 듣고 싶으면 손을 줘봐."

"그리고 돈도 드려야겠죠?"

"물론이지."

나는 일 실링을 주었다. 집시는 호주머니에서 헌 스타킹 한 짝을 꺼내 돈을 넣고는 묶어서 다시 호주머니에 넣은 다음, 손을 내밀라고 했다. 나는 시키는 대로 했다. 점쟁이는 내 손바닥에 얼굴을 들이대더니 건드리지는 않고 골똘히 쳐다보기만 했다.

"너무 가늘어. 난 이런 손은 못 읽어. 금이 거의 없다시피 하니까. 게다가, 손바닥에 뭐가 있겠어? 운명은 여기 적혀 있지 않아."

"그럴 테지요."

"그래, 운명은 얼굴에 있지. 이마에, 눈가에, 입가 주름에 말이야. 무릎을 꿇고 얼굴을 들어봐."

"아! 이제 현실로 돌아오시는군요." 나는 시키는 대로 무릎을 꿇으며 말했다. "당장 할머니 말씀에 조금씩 믿음이 가기 시작해요."

나는 집시 가까이에 무릎을 꿇고 앉았다. 집시가 난롯불을 휘젓자 쑤석거려진 석탄에서 펄럭이는 불빛이 확 일었다. 그러나 집시가 앉고 보니 불빛은 그 얼굴에 더 짙은 그늘을 드리울 뿐, 내 얼굴만 환히 비추었다.

"오늘 밤 어떤 기분으로 나한테 왔는지 모르겠어." 집시가 한동안 나를 살피고는 말했다. "저쪽 방에서 환등기로 비추는 형체들처럼 경쾌하게 돌아다니는 사람들을 눈앞에 두고 앉은 그 마음이 어떤 생각들로 바쁜지도 모르겠어. 저 사람들이 사실은 진짜 실체가 아니라 그저 인간의 형상을 한 그림자에 불과하기라도 한 듯이, 너와 저 사람들 사이에는 공감 같은 건 거의 오가지 않지."

"자주 지루하고 가끔 졸리지만, 슬플 때는 드물어요."

"그러면 미래의 속삭임으로 기운을 돋아주고 기쁘게 해주는, 남

모르는 희망 같은 것이 있는 게로군?"

"아니요. 제가 바라는 건 기껏해야 봉급을 받아 언젠가 작은 셋집에 직접 학교를 차릴 만한 돈을 모으는 게 다예요."

"영혼이 살아가기엔 빈약한 자양분이야. 그래서 저 창가 자리에 앉아서- 내가 네 버릇을 잘 알지-"

"하인들한테서 들었겠죠."

"아! 자기가 똑똑하다고 생각하는군. 그래, 들었을 거야. 사실, 아는 사람이 한 명 있거든, 풀 부인이라고-"나는 그 이름을 듣고 벌떡 일어섰다.

"뭐- 뭐라고요?" 나는 생각했다. '그렇다면, 역시 그 일에는 악마의 술수가 끼어 있었어!'

"놀랄 것 없어." 그 수상한 존재가 말을 이었다. "풀 부인이야 믿을 수 있는 사람이지. 입이 무겁고 차분해. 누구라도 그 사람을 신임할 거야. 그런데, 하던 말로 돌아가면, 저 창가 자리에 앉아서 미래의 학교 생각밖에 안 한단 말이야? 당장 눈앞에 있는 소파며 의자에 앉은 무리 중에는 흥미가 가는 사람이 없어? 찬찬히 살피는 얼굴 하나 없단 말이야? 하다못해 호기심을 가지고 행동 하나하나 따라가는 인물이 하나도 없어?"

"저는 모든 얼굴과 모든 인물을 살펴보는 걸 좋아해요."

"그래도 한 사람만 따로 주목해본 적 없어? 아니, 어쩌면 둘?"

"자주 그러죠. 어떤 한 쌍의 몸짓이나 표정이 뭔가 이야기를 하는 것 같을 때는요. 그런 사람들을 보는 게 재미있어요."

"어떤 이야기를 제일 듣고 싶어?"

"아, 선택지는 별로 없어요. 그 사람들은 보통 같은 주제를 반복하니까요. 구애죠. 그리고 끝은 하나의 재앙으로 정해져 있고요. 결혼 말이에요."

"그리고 너는 그런 단조로운 주제를 좋아하고?"

"물론 전 신경 안 써요. 저와는 상관없는 일이니까요."

"상관이 없다고? 젊고 생기발랄하고 건강한 귀부인이, 아름다움과 재능과 신분과 재산을 물려받은 귀부인이 그 신사 옆에 앉아 시선을 맞추며 미소를 짓는데, 네―"

"제 뭐요?"

"네가 아는― 그리고 아마도 좋게 생각하는 신사 말이야."

"전 여기 있는 신사분들을 몰라요. 누구하고도 말 한마디 나눠본 적이 없는데요, 뭘. 좋게 생각하는 문제에 관해서라면, 몇몇은 존경할 만한 당당한 중년 신사들이고, 또 몇몇은 젊고 늠름하고 잘생기고 활기차다고 생각하지만, 확실히 다들 누구든지 원하는 사람의 미소를 받을 자유는 있지요. 어느 때라도 제 기분이 상하거나 하는 일 없이 말이에요."

"여기 있는 신사분들을 모른다고? 누구하고도 말 한마디 안 나눠봤다고? 이 집 주인한테도 그런 말을 할 셈이야?"

"그는 집에 없어요."

"심오한 논평이군! 아주 독창적인 둘러대기고! 그는 오늘 아침 밀코트에 가서 오늘 밤 아니면 내일 돌아오지. 그렇다고 그게 네 지인 목록에서 그를 제외할 사정이 된다는 말이야? 마치 그의 존재를 지우듯이?"

"아뇨. 하지만 전 할머니가 하시던 얘기와 로체스터 씨가 무슨 상관이 있는지 모르겠어요."

"난 신사들의 눈을 바라보며 미소 짓는 귀부인들 얘기를 하고 있었지. 그리고 요즘 로체스터 씨의 눈에는 쏟아지는 미소가 너무 많아서 꽉 찬 두 개의 컵처럼 흘러넘치고 있단 말이야. 알아채지 못했어?"

"로체스터 씨는 손님들과 어울려 즐기실 권리가 있어요."

"그의 권리 얘기가 아니야. 이 집에 떠돌아다니는 온갖 결혼 얘기 중에서도 로체스터 씨 얘기가 제일 활발하고 제일 끊임없이 나오고 있는데, 넌 알아챈 적이 없다고?"

"듣는 사람의 열성이 말하는 사람의 혀를 재촉하는 법이죠." 나는 집시에게 말한다기보다는 나 자신을 향해 말했다. 이즈음 집시의 기괴한 이야기와 목소리와 태도가 일종의 꿈처럼 나를 감쌌다. 집시의 입에서 연달아 예상치 않은 말이 이어졌고, 나는 결국 홀리듯이 거미줄에 걸린 채, 눈에 보이지 않는 어느 유령이 몇 주 동안이나 내 심장 곁에 앉아 내 움직임을 지켜보면서 박동 하나하나를 기록이라도 했나 의심했다.

"듣는 사람의 열성! 그렇지, 로체스터 씨는 몇 시간이나 앉아서 소통이라는 자기 임무를 무척이나 즐기는 매혹적인 입술에 귀를 기울였고, 또 로체스터 씨는 자신에게 주어진 오락거리를 아주 흔쾌히 받아들이며 몹시 감사해하는 것처럼 보였지. 그것도 알아차렸어?"

"감사라니! 전 그의 얼굴에서 감사의 기색을 찾아낸 기억이 없어요."

"찾아낸다고! 그럼, 분석했군. 감사가 아니라면, 뭘 찾아냈어?"

나는 아무 말도 하지 않았다.

"사랑을 보았군. 그렇지 않아? 그리고 나아가, 그가 결혼하는 것을, 그리고 그의 신부가 행복한 것을 보았겠지?"

"흠! 천만에요. 당신네 마녀의 기술도 때로는 틀리는군요."

"그럼 도대체 뭘 봤단 말이야?"

"신경 쓰지 마세요. 전 여기 물으러 온 거지, 고백하러 온 게 아니니까요. 로체스터 씨는 결혼하시게 되나요?"

"그럼. 그것도 저 아름다운 미스 잉그럼과."

"곧이요?"

"돌아가는 걸로 봐서는 그렇겠지. 그리고 둘은 틀림없이 최고로 행복한 한 쌍이 될 거야. 비록 넌 호되게 책망을 받아야 마땅한 그 대담한 성정으로 그 사실을 의심하는 듯하지만 말이야. 그가 그처럼 아름답고 고귀하고 재치 있고 다재다능한 귀부인을 사랑하는 건 당연해. 그리고 아마 그 귀부인도 그를 사랑하겠지. 아니, 그의 인물은 아니라도 그의 지갑은. 나는 미스 잉그럼이 로체스터가의 재산에 눈독을 들이고 있는 걸 알아. 그 점에 대해서는, 하느님 절 용서하소서, 한 시간쯤 전에 그 아가씨 표정이 놀랄 만큼 심각해질 이야기를 해줬지만 말이야. 양쪽 입꼬리가 한 치는 축 처지더군. 난 거무튀튀한 구혼자를 조심하라고 충고했어. 좀 더 두둑하거나 더 깨끗한 소작 장부를 가진 다른 구혼자가 나타나면, 로체스터 씨는 옆어지는ㅡ"

"하지만 할머니, 전 로체스터 씨의 운수를 들으러 온 게 아니에요. 제 운수를 들으러 왔는데, 제 얘기는 전혀 없으시네요."

"네 운수는 아직 불안해. 얼굴을 살펴봤지만, 하나가 있으면 다른 하나가 부딪혀. 운명의 신은 너에게 어느 정도의 행복을 할당해놓았어. 내가 알아. 오늘 밤 여기로 오기 전부터 알았어. 운명의 신은 그걸 네 옆에 조심스럽게 놓아두었지. 내가 봤어. 손을 뻗어서 잡는 건 너한테 달렸어. 하지만 네가 그렇게 할지 안 할지가 내가 살펴보려는 문제야. 다시 여기 양탄자에 무릎을 꿇어봐."

"오래 두지는 마세요. 불이 너무 뜨거워요."

나는 무릎을 꿇었다. 집시는 내 쪽으로 몸을 숙이지도 않고 그저 의자 등받이에 기댄 채 쳐다보기만 했다. 집시가 중얼거리기 시작했다.

"눈 속에서 불꽃이 깜박거려. 눈이 이슬처럼 빛나는군. 부드럽고 다정해 보여. 내 지껄이는 말에 미소 짓는군. 민감한 눈이야. 여러 감정이 연이어 그 맑은 눈동자를 스쳐 가. 미소가 그치면, 슬퍼. 무의식적인 권태가 눈꺼풀을 누르고 있어. 그건 외로움에서 기인하는 우울을 나타내지. 눈길을 피하는군. 살피는 눈길을 더는 못 견뎌. 비웃는 듯이 힐끗 보는 시선이, 내가 방금 밝혀낸 진실을 부정하려는 듯해. 민감함과 우울, 두 혐의를 모두 부인하려고 말이야. 그 자존심과 자제력이 내 의견을 확증해줄 뿐이지. 눈은 좋아.

입으로 말하자면, 때로 웃음을 터트리며 즐거워하지. 머리가 생각하는 건 뭐든 전하고 싶어 해. 아마 심장이 경험하는 건 뭐든 대체로 침묵할 테지만 말이야. 활기차고 유연해. 고독의 영원한 침묵속에 꽉 닫혀 있을 것은 절대 아니야. 그건 더 많이 말하고 더 자주 웃고 대화 상대로 더 많은 인간의 애정을 받아야 할 입이야. 그 입도 상서로워.

운수에 관한 한, 방해가 되는 건 이마뿐이야. 그 이마는 이렇게 말하는 듯하지. '난 혼자 살 수 있어. 자긍심과 환경이 나더러 그렇게 하라고 한다면 말이야. 행복을 사려고 영혼을 팔 필요는 없어. 내겐 타고난 내부의 보물이 있고, 외부의 모든 기쁨을 억눌러야 하거나 내가 감당할 수 없는 대가를 내놓으라는 요구를 받더라도, 내 안의 보물이 나를 살아 있게 해줄 거야.' 그 이마는 또 이렇게 선언하지. '이성이 꿋꿋하게 앉아서 고삐를 붙잡고 있어. 감정이 튀어나와 위험한 바위틈으로 몰아넣도록 가만두지는 않을 거야. 정념은 있는 그대로 진짜 이교도처럼 미친 듯이 격노하겠지. 욕망은 온갖 종류의 헛된 것을 상상할 거야. 하지만 그래도 판단력이 모든 논쟁의 최종 결정권과 모든 결정의 최종 투표권을 가지고 있어. 폭풍도, 지진도, 불도 지나갈 거야. 하지만 난 양심의 명령을 전하는 저 고요하고 작은 목소리를 따라가야 하리라.'

전적으로 옳은 말이다, 이마여. 너의 선언은 존중받을 것이다. 난 계획을 세웠어, 올바르다고 생각한 계획을. 그리고 그때 나는 양심의 요구를, 이성의 조언을 따랐지. 나는 알아, 내민 기쁨의 잔에 한 방울의 치욕이나 한 오리의 가책만 섞여도 얼마나 빨리 젊음이 시들고 꽃송이가 말라버리는지. 그리고 나는 희생도, 슬픔도, 죽음도 원치 않아. 그런 건 내 취향이 아니야. 난 말려 죽이는 게 아니라 키우고 싶어. 피눈물을 짜내는 게 아니라, 피눈물이라니, 안될 말이지, 눈물도 안 돼, 나는 감사를 얻고 싶어. 나의 수확은 미소에, 애무에, 밀어에 있어야 해. 그러면 돼. 내가 더없이 아름다운 환각에 취해 헛소리를 지껄이고 있군. 이제는 이 순간을 무한히 연장하고 싶어졌어. 하지만 감히 그럴 순 없지. 지금까지는 나 자신을 철저하게 다스렸어. 지금까지는 속으로 맹세한 대로 행동했지. 하지만 여기서 더 나가면, 나도 나를 어쩌지 못할 거야. 미스 에어, 일어서요. 이

제 가시오. '연극은 끝났소.'[46]"

여기가 어디지? 이건 꿈인가 생시인가? 내가 꿈을 꾸고 있었나? 아직도 꿈을 꾸고 있나? 그새 노파의 목소리가 바뀌었다. 억양이, 몸짓이, 그리고 모든 것이 유리에 비친 내 얼굴처럼, 내 입에서 나온 말처럼 익숙했다. 나는 일어섰지만 나가지는 않았다. 나는 살펴보았다. 난롯불을 뒤적이고는 다시 살펴보았다. 하지만 집시는 모자와 끈을 얼굴 쪽으로 더욱 바짝 끌어당기며 다시 나가라고 손짓했다. 불꽃이 앞으로 내민 노파의 손을 비추었다. 이제 제정신이 든데다 무슨 일인지 알아내고자 신경을 곤두세운 나는 단번에 그 손을 알아보았다. 그건 더는 노인의 시든 손이 아니었다. 매끈한 손가락들이 달린, 균형 잡혀 움직이는, 둥글고 나긋나긋한 손이었다. 새끼손가락에서 굵은 반지가 빛났다. 나는 몸을 숙여 반지를 살펴보았다. 백 번쯤 본 보석이 박혀 있었다. 나는 다시 얼굴을 쳐다보았다. 얼굴은 더는 나를 외면하지 않았다. 반대로, 모자가 벗겨지고, 끈이 풀어지고, 머리가 드러났다.

"자, 제인, 날 알아보겠소?" 귀에 익은 목소리가 물었다.

"그 붉은 망토 좀 벗어보세요, 그리고-"

"그런데 매듭이 안 풀려. 좀 도와주오."

"끊어버려요."

"자, 그럼- '가거라, 너 빌려 입은 옷이여!'[47]" 로체스터 씨가 변장을 벗고 일어섰다.

"아니, 이런 이상한 일을 벌이시다니!"

| 46   셰익스피어의 희곡 《헨리 4세》에 나오는 대사.
| 47   셰익스피어 《리어왕》 제3막에 나오는 대사.

"하지만 잘했지, 응? 그렇게 생각하지 않소?"

"숙녀분들에겐 잘하셨겠죠."

"당신에게 그렇지 않단 말인가?"

"저에겐 집시 역할을 하지 않으셨어요."

"그럼 누구의 역할을 했단 말이야? 나 자신?"

"아뇨. 뭔가, 설명을 못 하겠어요. 간단히 말해, 절 끌어내려고, 아니, 끌어들이려고 하셨어요. 말도 안 되는 이야기를 하시면서 제 입에서 말도 안 되는 이야기를 끌어내려고 하셨다고요. 이건 공정하다고 할 수 없어요."

"용서해주겠소, 제인?"

"곰곰이 생각해보기 전에는 말씀드릴 수 없어요. 잘 생각해봐서, 제가 크게 어리석은 짓을 하지 않았다면, 용서해드리도록 해보지요. 하지만 이건 옳지 못한 일이에요."

"아! 당신은 아주 정확했어. 아주 조심스러웠고, 아주 현명했지."

나는 곰곰이 되짚었고, 대체로 그러했다고 생각했다. 위안이 되었다. 사실은 얘기를 나누기 시작할 때부터 경계하고 있었다. 꾸밈새가 어쩐지 수상해 보였다. 나는 집시와 점쟁이가 겉으로는 노파처럼 보이는 이 사람처럼 자신을 표현하지 않는다는 걸 알았다. 게다가 그 꾸민 목소리와 얼굴을 숨기려고 애쓰는 몸짓도 알아챘다. 하지만 내 생각은 살아 있는 수수께끼이자 불가사의 중의 불가사의처럼 여겨지는 그레이스 풀에게로 흘러갔지, 로체스터 씨일 거라고는 상상도 못 했다.

"자, 뭘 골똘히 생각하고 있소? 그 심각한 미소는 무슨 의미요?"

"놀라움과 자축요. 저는 이제 가도 괜찮겠지요?"

"아니, 잠시만. 저기 응접실에 있는 사람들이 뭘 하고 있는지 좀 알려줘요."

"아마 집시 얘기를 하고 있겠지요."

"좀 앉아요! 다들 나에 대해 무슨 얘길 했는지 말해봐요."

"전 오래 지체하지 않는 편이 좋겠어요. 벌써 열한 시가 다 됐을 거예요. 아! 오늘 아침에 떠나신 뒤에 손님이 오신 건 알고 계세요?"

"손님! 아니. 누구지? 올 사람이 없는데. 그 사람은 돌아갔소?"

"아뇨. 옛날부터 아는 사이라고, 돌아오실 때까지 여기서 기다려도 괜찮다고 하셨어요."

"그런 소리를 하다니! 이름을 말했소?"

"메이슨이라고 하셨어요. 서인도 제도에서 왔고요. 자메이카 스패니시타운이라는 것 같았어요."

그때 로체스터 씨는 나를 의자로 이끌려는 듯이 내 손을 잡고 곁에 서 있었다. 내가 대답하자 그가 발작적으로 내 손목을 움켜잡았다. 입술에 감돌던 미소도 얼어붙었다. 경련으로 숨마저 멎은 듯이 보였다.

"메이슨! 서인도 제도!" 외마디 말만 내뱉는 자동인형이 있다면 딱 그렇겠다 싶은 말투로 그가 말했다. "메이슨! 서인도 제도!" 그가 다시 내뱉었다. 그는 그 음절들을 세 번이나 되풀이했는데, 말할 때마다 확연히 더 창백해졌다. 그는 자신이 하는 행동도 거의 의식하지 못하는 듯했다.

"어디 아프세요?"

"제인, 충격이야! 난 충격을 받았어, 제인!" 그가 비틀거렸다.

"아, 제게 기대세요!"

"제인, 전에도 한 번 어깨를 빌려줬었지. 지금도 빌려야겠소."

"예, 그럼요, 제 팔도요."

그는 의자에 앉은 다음, 나를 옆에 앉혔다. 두 손으로 내 손을 잡고 쓰다듬으며, 한편으로는 더없이 침통하고 근심스러운 표정으로 나를 바라보았다.

"내 작은 친구! 당신과 단둘이 조용한 섬에 있다면, 그래서 괴로움도 위험도 끔찍한 기억들도 다 떨칠 수 있다면 얼마나 좋을까."

"제가 뭐라도 도울 수 있을까요? 도움이 된다면 제 목숨이라도 바치겠어요."

"제인, 도움이 필요하면 당신에게서 구하겠소. 그건 약속하오."

"고마워요. 무얼 하면 되는지 말해줘요. 뭐든, 애써볼게요."

"제인, 식당에서 포도주를 한 잔 가져다 줘요. 다들 밤참을 들고 있을 거요. 그리고 메이슨이 손님들과 함께 있는지, 뭘 하고 있는지 알려줘요."

나는 식당으로 갔다. 로체스터 씨가 말한 대로, 다들 식당에 모여 밤참을 드는 중이었다. 식탁에 앉아 있지는 않았다. 밤참은 식기대에 차려져 있고, 각자가 먹을 것을 고른 다음 접시와 잔을 든 채 여기저기 무리 지어 서 있었다. 다들 기분이 좋아 보였다. 웃음소리와 대화 소리가 끊이지 않고 활기에 넘쳤다. 메이슨 씨는 난롯가에서 덴트 대령 부처와 이야기를 나누고 있었는데, 다른 사람들과 마찬가지로 명랑해 보였다. 나는 포도주잔을 채워 (미스 잉그럼이 얼굴을 찌푸린 채 내가 포도주를 따르는 걸 지켜보았다. 내가 주제넘은 짓을 한다고 생각했음이 틀림없으리라) 서재로 돌아왔다.

극도로 창백했던 안색이 사라진 로체스터 씨는 다시 딱딱하고 무뚝뚝해 보였다. 잔을 내밀자 그가 받아 들었다.

"날 돕는 요정 아가씨, 당신의 건강을 위하여!" 그가 내용물을 삼키고는 잔을 돌려주었다. "제인, 다들 뭘 하고 있소?"

"웃고 얘기하고 있어요."

"심각하고 비밀스러워 보이지는 않았소? 뭔가 이상한 얘기라도 들은 것처럼?"

"전혀요. 다들 농담도 하시고, 즐거워 보이세요."

"그럼 메이슨은?"

"그분도 웃고 계셨어요."

"만일 저 사람들이 떼로 몰려와서 내게 침을 뱉는다면, 당신은 어떻게 하겠소, 제인?"

"여기서 내쫓아버리죠, 제가 할 수만 있다면요."

로체스터 씨가 어정쩡하게 미소를 지었다. "하지만 내가 저 사람들에게 갔더니 다들 나를 냉담하게 쳐다보면서 자기들끼리 냉소적으로 속삭거리기만 하다가 한 사람씩 한 사람씩 나를 버리고 사라지면 어떡하지? 당신도 그들과 같이 가겠소?"

"아닐 것 같아요. 여기 함께 남아 있는 게 더 즐거울 거예요."

"나를 위로하려고?"

"네. 제가 할 수 있는 한 잘 위로하려고요."

"나와 같이 있다는 이유로 사람들이 당신을 저주하면?"

"전 아마 그들의 저주 같은 건 전혀 모를 거예요. 설사 안다 해도, 신경 쓰지 않을 거고요."

"그럼, 나 때문에 세상의 비난을 무릅쓸 수도 있단 말이오?"

"제 아낌을 받을 만한 친구를 위해서라면, 비난쯤은 무릅쓸 수 있어요. 그건 당신도 마찬가지일 거예요."

"그럼 응접실로 돌아가요. 눈에 띄지 않게 메이슨에게 가서, 로체스터 씨가 돌아와 만나고 싶어 한다고 조용히 전해요. 그 사람을 여기로 안내해주고, 당신은 가봐요."

"네."

나는 로체스터 씨의 명령에 따랐다. 손님들은 자기들 사이로 지나가는 나를 빤히 쳐다보았다. 나는 메이슨 씨를 찾아서 말씀을 전한 후, 메이슨 씨를 이끌고 나와 서재로 안내했다. 그러고는 이층으로 올라갔다.

늦은 밤, 잠자리에 들고도 꽤 시간이 흐른 뒤에, 손님들이 각자의 방으로 돌아가는 소리가 들렸다. 나는 로체스터 씨의 목소리를 분간해 그가 말하는 소리를 들었다. "메이슨, 이쪽이야. 여기가 자네 방일세."

쾌활한 목소리였다. 그 명랑한 어조에 내 마음도 편안해졌다. 나는 곧바로 잠들었다.

20장

나는 늘 치던 침대 커튼 치는 것도, 창문의 해 가리개 내리는 것도 잊었다. 그 결과, 밝은(그날 밤은 구름 없이 맑았다) 만월이 내 여닫이창의 맞은편 하늘로 떠올라 가리는 것 없는 유리창 안을 들여다보며 그 장려한 시선으로 나를 깨웠다. 한밤중에 잠이 깬 나는 눈을 뜨고 은처럼 희고 수정처럼 맑은 둥근 달과 시선을 마주쳤다. 아름다웠지만 너무 장엄했다. 나는 몸을 반쯤 일으켜 커튼을 치려고 팔을 뻗었다.

세상에! 저 비명!

야만적이고 날카로운 새된 소리가 손필드 저택을 관통하며 밤을, 밤의 적막을, 밤의 평온을 찢어놓았다.

맥박이 멈추었다. 심장이 멎었다. 뻗은 손도 마비되었다. 비명이 스러지더니, 다시 들리지 않았다. 정말이지, 무엇이 비명을 질렀든, 그런 무서운 비명을 금방 또 지를 수는 없었을 것이다. 안데스산맥에 산다는 거대한 날개 달린 콘도르도 구름을 두른 둥지에서 그런 울음소리를 두 번 연달아 내지는 못할 것이다. 그런 수고를 되풀이하려면, 뭐가 됐든 쉬어야 하리라.

비명은 삼층에서 났다. 그 소리가 내 머리 위를 지나갔으니까. 그리고 머리 위에서, 그랬다, 바로 내 방 천장 위에서, 이제는 버둥거리는 소리가 들렸다. 소리로 짐작했을 때는 필사적이었다. 그러다가 누군가가 반쯤 목이 졸린 소리로 외쳤다.

"살려줘! 사람 살려! 사람 살려!" 빠르게 세 번이었다.

"누구 없소!" 또 외치는 소리. 그러고는 비틀대며 마루를 쾅쾅 구르는 요란한 소리 속에서도, 널빤지와 회벽을 뚫고 나는 분명히 들었다.

"로체스터! 로체스터! 제발, 살려줘!"

어느 침실 문이 열렸다. 누가 복도를 따라 뛰었다, 아니, 질주했다. 머리 위에서 또 다른 발소리가 쿵쿵 마루를 울렸고, 무언가가 넘어졌다. 그러고는 침묵.

공포로 온몸이 덜덜 떨렸지만, 나는 옷을 대충 걸치고 밖으로 나갔다. 자던 사람들이 다 깼다. 모든 방에서 외침과 공포에 질린 중얼거리는 소리가 들렸다. 차례로 문이 열리고, 사람들이 내다보았다. 회랑이 꽉 찼다. 신사들도 숙녀들도 다들 침대를 박차고 나왔다. "아! 무슨 일이에요?", "누가 다쳤나?", "무슨 일이 일어났소?", "초를 가져와!", "불이 났어요?", "도둑이 들었나?", "어디로 도망가지?" 다들 혼란에 빠져 묻고들 있었다. 달빛이 없었더라면, 모두 완전한 암흑 속에 있었을 것이다. 사람들이 우왕좌왕했다. 한데 모여 일부는 훌쩍거리고 일부는 비틀거렸다. 혼란이 가라앉을 성싶지 않았다.

"대체 로체스터는 어딜 갔어?" 덴트 대령이 외쳤다. "침대에도 없던데."

"여깁니다! 여기요!" 응답하는 외침 소리가 있었다. "다들 진정하세요. 제가 갈게요."

그리고 회랑 끝에 있는 문이 열리고, 로체스터 씨가 촛불을 들고 나타났다. 막 삼층에서 내려오는 참이었다. 숙녀 중 한 사람이 곧장 그에게 달려가 팔을 붙들었다. 미스 잉그럼이었다.

"무슨 끔찍한 사건이 생긴 거예요? 말해요! 아무리 끔찍한 일이더라도 당장 알려줘요!"

"하지만 매달리거나 목을 조르지는 말아요." 로체스터 씨가 대답했다. 그때 에쉬튼 자매가 그에게 매달렸고, 풍성한 흰 실내복을 입은 두 귀족 부인이 바람을 잔뜩 받은 돛단배처럼 그에게 접근하고 있었기 때문이었다.

"자, 괜찮아요! 다 괜찮습니다!" 그가 소리쳤다. "이건 그냥《헛소동》⁴⁸ 연습일 뿐이에요. 숙녀분들, 떨어지세요, 아니면 전 위험해질지도 모릅니다."

아닌 게 아니라, 그는 위험해 보였다. 검은 눈에서 불꽃이 튀었다. 가까스로 자제하며 그가 덧붙였다.

"하녀 하나가 악몽을 꾸었어요. 그뿐이에요. 흥분하기 쉬운, 신경질적인 사람이죠. 꿈을 꾸고는 유령이나 뭐 그런 게 나타났다고 착각한 게 틀림없어요. 그러고는 겁에 질려 발작을 일으켰어요.

---

48 셰익스피어의 희곡. 셰익스피어의 작품 중에서 가장 유쾌하고 발랄한 작품으로, 사랑에 빠진 연인이 음모와 오해로 인해 헤어질 뻔하다가 결혼하게 되는 줄거리이다.

자, 이제, 전 여러분이 모두 방으로 돌아가는 걸 봐야겠습니다. 집 안이 조용해져야 그 여자를 돌볼 수 있으니까요. 신사 여러분, 숙녀분들에게 모범을 보여주시죠. 미스 잉그럼, 하찮은 공포 따위에는 초연하실 것으로 믿습니다. 에이미 양도 루이자 양도 한 쌍의 비둘기처럼 제 둥지로 돌아가요. (귀족 부인들에게) 이 추운 회랑에 더 계셨다가는 틀림없이 감기 드실 겁니다."

그렇게 그는 번갈아 어르기도 하고 명령하기도 하면서 겨우 손님들을 각자의 방으로 돌려보냈다. 나는 명령이 떨어지기를 기다리지 않고 나올 때와 마찬가지로 눈에 띄지 않게 방으로 돌아왔다.

그러나 잠자리에 들지는 않았다. 반대로, 나는 조심스럽게 옷을 갖춰 입기 시작했다. 그 고함 뒤에 난 소리, 그리고 누군가가 내뱉은 말, 그건 아마 나한테만 들렸을 것이다. 바로 내 윗방에서 난 소리였으니까. 하지만 그 소리로 미루어, 나는 저택 전체를 공포로 밀어 넣은 것이 하녀의 꿈이 아니라는 것, 그리고 로체스터 씨의 설명이 그저 손님들을 안심시키기 위해 꾸며낸 이야기라는 것을 확신했다. 그래서 나는 긴급 상황에 대비하여 옷을 입었다. 옷을 입고 나서는 창가에 앉아 고요한 정원과 은빛으로 빛나는 들판을 내다보며 나도 모를 무언가를 오래 기다렸다. 그 기괴한 고함, 그 버둥거리는 소리, 그 부르는 소리에는 반드시 어떤 사건이 뒤따를 것 같았다.

아니었다. 정적이 돌아왔다. 중얼거리는 소리와 움직이는 소리가 점차 그치고, 한 시간쯤 지나자 손필드 저택은 다시 사막처럼 고요해졌다. 잠과 밤이 제 제국을 다시 차지한 듯했다. 그새 달이 기울었다. 막 질 참이었다. 추위와 어둠 속에 앉아 있고 싶지 않아서, 나는 옷을 입은 채 침대에 누울까 생각했다. 나는 창가를 떠나 소리 없이 양탄자 위를 걸었다. 신을 벗으려 몸을 숙이는 참에 조심스러운 어떤 손이 조용히 문을 두드렸다.

"무슨 일이에요?"

"일어나 있소?" 예상했던 음성, 즉 내 주인의 목소리가 물었다.

"네."

"옷도 입었고?"

"네."

"그럼 나와요, 조용히."

나는 지시에 따랐다. 로체스터 씨가 촛불을 들고 회랑에 서 있었다.

"부탁이 있소. 이리로 와요. 서두르지 말고, 소리 내지 말고."

내 실내화는 얇아서 깔개를 깐 바닥을 고양이처럼 살금살금 걸을 수 있었다. 그는 소리 없이 회랑을 지나 층계를 올라가더니, 어둡고 낮은 불길한 삼층 복도에 멈춰 섰다. 나도 그를 따라가 옆에 섰다.

"방에 해면 있소?" 그가 속삭이듯이 물었다.

"예."

"혹시 소금도, 약소금도 있소?"

"있어요."

"가서 둘 다 가지고 와요."

나는 방으로 돌아가 세면대 위에 있던 해면과 서랍에 넣어뒀던 약소금을 찾아 걸음을 되돌렸다. 그가 손에 열쇠를 들고 기다리고 있다가 작고 검은 문 앞으로 가서 열쇠 구멍에 꽂고는 잠시 손을 멈추고 나에게 말했다.

"피를 보면 기분이 나빠지거나 하지는 않겠지?"

"그럴 것 같지는 않아요. 겪어본 적은 없지만요."

나는 대답하면서도 전율을 느꼈다. 그러나 몸이 싸늘해지거나 정신이 혼미해지지는 않았다.

"손을 쥐봐요. 정신이라도 잃으면 큰일이니까."

나는 내 손을 쥐여 주었다. "따뜻하고 확실해." 그가 말하고는 열쇠를 돌리고 문을 열었다.

일전에 페어팩스 부인이 집 안을 안내해줬던 날에 본 기억이 있는 방이었다. 그때는 태피스트리가 걸려 있었다. 지금은 태피스트리 한쪽을 걷어냈는데, 그때는 가려져 있던 문이 분명히 보였다. 그 문이 열려 있었다. 안쪽 방에서 불빛이 비쳐 나왔고, 싸우는 개 소리와 비슷한, 으르렁거리며 달려드는 듯한 소리가 들렸다. 로체스터 씨가 촛불을 내려놓으며 내게 말했다. "잠깐 기다려요." 그가 안쪽 방으로 들어갔다. 들어가는 그를 한바탕 웃음소리가 맞았다. 처음에는 시끄러웠으나 마지막은 예의 그 악귀 같은 그레이스 풀의 하! 하! 소리로 끝을 맺었다. 그렇다면 '그 여자'가 거기 있는 것이다. 그에게 말을 거는 낮은 목소리가 들렸지만, 그는 아무 대꾸 없이 뭔가를 정돈하는 듯했다. 그가 나오더니 문을 닫았다.

"여기요, 제인!" 나는 커튼을 쳐놔서 방의 상당 부분을 가리고 있는 침대를 돌아 맞은편으로 갔다. 침대 머리 쪽에 안락의자가 하나 있는데, 외투를 벗은 웬 남자가 앉아 있었다. 남자는 꿈쩍하지 않았다. 고개는 뒤로 젖혀지고, 눈은 감겼다. 로체스터 씨가 촛불을 들어 남자를 비추었다. 나는 그 창백하고 활기 없는 얼굴을 알아보았다. 낯선 손님, 메이슨 씨였다. 한쪽 셔츠와 소매가 거의 피에 담근 듯했다.

"촛불 좀 들어봐요." 나는 촛불을 받아 들었다. 그가 세면대에서 대야를 가져왔다. "이걸 들어요." 나는 시키는 대로 했다. 그가 해면을 집어 대야의 물에 적셔 그 송장 같은 얼굴을 닦았다. 그러고는 정신 들게 하는 약병을 달라고 하여 메이슨 씨의 콧구멍에 갖다 댔다. 곧 메이슨 씨가 눈을 뜨고 신음했다. 로체스터 씨가 상처 입은 사람의 셔츠를 벌렸다. 팔과 어깨에 붕대가 감겨 있었다. 그가 방울방울 흐르는 피를 해면으로 닦았다.

"나는 곧 죽게 되나?" 메이슨 씨가 중얼댔다.

"무슨 소리! 아니야, 그냥 긁힌 정도야. 이봐, 너무 축 늘어지지 말고, 기운 차려! 난 이제 의사를 부르러 갈 거야. 아침까지는 자넬 옮길 수 있겠지. 제인!"

"예?"

"당신을 이 신사분과 여기 두고 난 한 시간, 아니 아마 두 시간쯤 자리를 비워야 할 것 같소. 피가 흐르면 내가 했듯이 해면으로 닦아 줘요. 정신을 잃을 것 같으면 저 세면대에 있는 물잔으로 입술을 축여주고 약소금을 코에 대줘요. 무슨 일이 있어도 말을 걸어서는 안 되오. 리처드, 이 사람에게 말을 하면 자네 목숨이 위태롭게 될 거야. 입을 열면, 흥분하게 되면, 난 결과를 책임지지 못하네."

가엾은 남자가 또 신음했다. 감히 꿈쩍할 생각도 못 하는 듯 보였다. 죽음 또는 다른 무언가에 대한 공포로 거의 마비된 듯했다. 로체스터 씨가 피 묻은 해면을 내 손에 쥐여 주었고, 나는 그가 하던 대로 피를 닦았다. 그가 잠시 나를 쳐다보다가 말했다. "명심해요! 아무 말도 해선 안 돼요." 그가 방을 나갔다. 열쇠가 열쇠 구멍을 긁는 소리가 나고, 멀어지는 그의 발소리가 들리지 않게 되자 이상한 기분이 들었다.

나는 이제 삼층에, 비밀스러운 작은 방들 어딘가에 갇혔다. 밤이 주위를 에워쌌다. 눈앞에는 창백한 피투성이 장면이 펼쳐져 있다. 나와 살인자 사이에는 겨우 문짝 하나가 있을 뿐이다. 그렇다, 그것이 소름 끼쳤다. 나머지는 참을 수 있었다. 하지만 그레이스 풀이 뛰쳐나와 덮치는 생각을 하면 몸서리가 쳐졌다.

하지만 난 자리를 지켜야 한다. 이 송장 같은 얼굴을, 말을 금지당한 이 파랗게 굳은 입술을, 감았다가 떴다가 방안을 두리번거렸다가 나를 뚫어지게 쳐다보는, 내내 공포로 흐려진 이 눈을 지켜봐야 한다. 핏물이 담긴 대야에 자꾸자꾸 손을 담그고 방울방울 흘러내리는 피를 닦아내야 한다. 그러느라 심지를 잘라주지 못한 촛불 빛이 약해지는 것을 봐야 한다. 그림자들이 주변의 장식용 골동품 태피스트리 위에서 짙어지고, 거대한 오래된 침대의 커튼 밑에서 어두워지고, 맞은편 커다란 장식장, 꼭대기에 솟은 흑단 십자가에서는 그리스도가 죽어가고, 열두 칸으로 나뉜 앞면의 칸마다 그려진, 액자에 든 그림처럼 으스스한 분위기를 풍기는 열두 사도의 두상들이 장식장 문 위에서 기이하게 떨리는 것을 봐야 한다.

여기 맴돌다 저기 힐끗거리는 너울거리는 불분명한 그림자와 가물거리는 번득임 때문에, 수염 난 의사 루카인가 하고 보면 물결 치는 긴 머리를 늘어뜨린 성 요한이었다가 이내 유다가 되고마는 악마 같은 얼굴이 나무판에서 떠올라 생명의 기를 모으며 제 형상 안에 도사린 자신의 주인, 사탄을 드러내려 위협하는 듯했다.

이런 가운데에서도 나는 지켜볼 뿐만 아니라 귀도 기울여야 했다. 이 동굴 저쪽 편에 있는 사나운 짐승 또는 악마의 움직임에 바짝 귀를 세워야 했다. 하지만 로체스터 씨가 들른 뒤로 그 짐승은 마법에라도 걸린 듯했다. 밤새 긴 시간적 격차를 두고 딱 세 번 소리가 났을 뿐이었다. 삐걱거리는 발소리 한 번, 개가 내는 듯한 순간적으로 으르렁거리는 소리 한 번, 그리고 인간의 굵은 신음 한 번.

그러고는 머릿속 생각이 나를 괴롭혔다. 이건 대체 어떤 죄악인가, 이처럼 외딴 저택에, 주인조차 쫓아내지도 굴복시키지도 못하는 저런 살아 있는 악마의 화신이라니? 캄캄한 한밤중에, 저번에는 불을 내더니, 이번에는 피를 부르다니, 대체 무슨 비밀일까? 평범한 여자의 얼굴과 형체를 하고서 때로는 조롱하는 악마의 소리를, 때로는 썩은 고기를 노리는 맹금의 소리를 내는 저 생물은 대체 뭘까?

그리고 내가 보살피고 있는 이 남자, 이 평범하고 조용한 이방인은 어쩌다 공포의 거미줄에 얽히게 됐을까? 그리고 그 악귀는 왜 이 남자에게 달려들었을까? 대체 이 남자는 왜 때아닌 시간에, 침대에 누워 자고 있어야 할 이런 때에 하필 이런 곳을 찾게 됐을까? 로체스터 씨가 이 사람에게 아래층 방을 안내해주는 소리를 들었다. 대체 무엇 때문에 여기로 왔을까! 그리고 지금은 또 자신에게 가해진 폭력이나 배신에 왜 이리 무기력할까? 로체스터 씨가 종용한 침묵에는 왜 이리 고분고분하게 순종하는 것일까? 로체스터 씨는 왜 이런 침묵을 강요했을까? 자신의 손님이 공격을 당하고, 앞서는 자신의 목숨마저 끔찍한 계략에 희생될 뻔하지 않았던가. 그런데 그는 두 번 다 비밀로 은폐하고 망각에 빠뜨릴 셈이지! 마지막으로, 나는 메이슨 씨가 로체스터 씨에게 순종적인 것을, 의지력이 강한 로체스터 씨가 기가 약한 메이슨 씨를 '완전히' 압도하는 것을 보았다. 두 사람 사이에 오고 간 몇 마디 안 되는 말에서도 확실하게 느껴졌다. 두 사람의 예전 교제에서도 한쪽의 수동적인 성질이 끊임없이 다른 쪽이 발휘하는 능동적인 활동력의 영향을 받았을 것이 분명했다. 그렇다면 메이슨 씨가 왔다는 소식을 들었을 때 로체스터 씨가 그처럼 당황한 건 무슨 이유일까? 이 저항할 줄 모르는 인물, 로체스터 씨가 말만으로도 어린애 다루듯 다룰 수 있는 이 사람의 이름 따위가 왜 불과 몇 시간 전에는 참나무에 떨어지는 벼락이라도 되는 듯이 그를 내리친 것일까?

아! "제인, 충격이야! 난 충격을 받았어, 제인!"이라고 속삭이던 그의 표정과 창백한 얼굴을 잊을 수 없었다. 내 어깨를 짚은 그의 팔이 얼마나 떨렸는지 잊을 수 없었다. 그리고 페어팩스 로체스터의 단호한 정신을 꺾고 정력적인 육체를 전율케 할 수 있는 일이라면 절대 사소한 일일 리가 없었다.

'언제 오시지? 언제 오실까?' 밤이 좀처럼 물러가지 않자 나는 속으로 외쳤다. 피 흘리는 내 환자는 축 늘어져 신음하고 아파하는데, 날은 좀처럼 새지 않고 도움의 손길도 오지 않았다. 나는 자꾸 메이슨 씨의 하얗게 질린 입술에 물을 축였고, 자꾸자꾸 정신 드는 약소금을 들이댔지만, 애를 써봐도 아무 효과가 없는 듯이 몸의 고통이, 아니면 마음의 고통이, 아니면 출혈이, 아니면 셋 다가 빠르게 그의 기력을 앗아가고 있었다. 그가 어찌나 심하게 신음하고 또 어찌나 허약하고 혼미한 데다 정신을 놓은 듯 보였는지, 나는 그가 죽어가고 있는가 싶어 두려웠다. 그런데도 말 한마디 건넬 수가 없었다.

점점 작아지던 촛불이 결국 꺼졌다. 불이 꺼지자 창문 커튼 사이로 비쳐드는 한 줄기 희부연 빛이 보였다. 날이 새고 있었다. 이윽고 저 아래, 저 멀리 안마당에 있는 개집에서 파일럿이 짖는 소리가 들렸다. 희망이 살아났다. 이유가 없지도 않았다. 오 분쯤 지났을까, 열쇠가 돌아가고 자물쇠가 열리는 소리가 내 불침번이 끝났다는 사실을 알렸다. 두 시간이 넘지는 않았을 테지만, 족히 몇 주는 지난 느낌이었다.

로체스터 씨가 들어왔다. 데리러 갔던 외과 의사와 함께였다.

"자, 카터, 서둘러." 그가 의사에게 말했다. "삼십 분을 줄 테니, 그 안에 상처를 치료하고 붕대를 감고 환자를 아래층으로 나르는 일 등등을 끝내줘."

"하지만 움직여도 괜찮을까요?"

"괜찮고말고. 대수로운 건 아니야. 그냥 불안해하는 거니까, 기운을 북돋아주면 돼. 자, 시작해."

로체스터 씨가 두꺼운 커튼을 걷고 삼베 해 가리개를 올려 바깥의 빛을 최대한으로 들였다. 벌써 날이 얼마나 밝았는지를 보고 나는 놀라면서도 환호했다. 동쪽을 밝히기 시작하는 저 장밋빛 줄무늬들 좀 보라지. 그는 그리고 의사의 처치를 받는 메이슨 씨에게 다가갔다.

"자, 친구, 좀 어때?"

"난 죽을 거야." 희미한 대답 소리가 들렸다.

"그럴 리가! 용기를 내! 이 주일만 지나면 이전과 똑같아질 거야. 피를 좀 흘렸지만, 그뿐이야. 카터, 생명엔 지장이 없다고 안심시켜줘."

"그건 제가 양심적으로 보증하지요." 붕대를 다 감고 난 카터가 말했다. "다만 제가 좀 더 빨리 왔더라면 좋았을 걸 그랬습니다. 그 랬으면 이렇게 피를 많이 흘리지 않아도 됐을 거예요. 그건 그렇고, 대체 무슨 일입니까? 어깨 살점이 베였을 뿐 아니라 뜯기기도 했어 요. 이 상처는 칼에 베인 게 아니에요. 이빨 자국이 있다고요!"

"물었어." 메이슨 씨가 중얼댔다. "로체스터가 칼을 빼앗자 암호 랑이처럼 나를 물고 흔들었어."

"굴복해선 안 됐어. 즉각 맞잡고 버텼어야 했어." 로체스터 씨가 말했다.

"하지만 그런 상황에서, 뭘 할 수 있겠어?" 메이슨 씨가 대꾸했 다. "아, 끔찍했어!" 그가 몸서리를 치면서 덧붙였다. "게다가 예상 을 못 했어. 처음엔 아주 차분해 보였거든."

"내가 경고했지." 메이슨 씨의 친구가 말했다. "말해줬잖아. 가 까이 있을 땐 조심하라고. 게다가, 오늘까지 기다렸다가 나와 같이 왔어야 했어. 어젯밤에, 그것도 혼자서 보려고 했다니, 어리석기 짝 이 없지."

"어떻게든 도움이 되리라 생각했지."

"생각했다고! 자네가, 생각을 했다고! 그래, 대체 무슨 생각을 했는지 듣고 싶어서 참을 수가 없군. 하지만, 어쨌든, 자네는 상처 를 입었고, 내 충고를 안 들은 대가로 충분할 만큼 혼이 났어. 그러 니 더는 말 않겠네. 카터, 빨리! 서둘러! 해가 곧 떠오를 테고, 난 이 친구를 보내야 해."

"곧 됩니다, 나리. 어깨 붕대는 다 감았으니까요. 팔에 난 다른 상 처만 보면 됩니다. 여기도 이로 물었군요."

"피를 빨았어. 내 심장의 피를 다 빨아 마시겠다고 했어."메이슨
이 말했다.

나는 로체스터 씨가 몸서리치는 것을 보았다. 혐오와 공포, 증오
를 드러내는 기묘한 표정으로 얼굴이 거의 일그러지다시피 했지
만, 말은 그렇지 않았다.

"자, 조용히 해, 리처드, 횡설수설하는 그런 여자의 말은 신경 쓰
지 마. 다시는 꺼내지도 말아."

"잊어버릴 수 있으면 좋겠어."메이슨 씨가 대답했다.

"영국을 떠나면 잊을 거야. 스패니시타운에 돌아가면 저 여자는
죽어서 묻힌 사람이라고 생각해, 아니 그보다, 자네는 저 여자를 생
각할 필요가 전혀 없어."

"오늘 밤을 잊는다는 건 불가능해!"

"불가능하지 않아. 기운 좀 내, 친구. 두 시간 전만 해도 꼼짝없이
죽는다고 생각했지만, 지금은 이렇게 살아서 얘기도 하고 있잖아.
자! 카터 일이 끝났어. 거의. 내가 자넬 순식간에 말쑥하게 해주지.
제인, (그가 돌아온 이후 처음으로 나를 돌아보았다) 이 열쇠 받아요.
아래층 내 침실로 내려가서 곧장 옷방으로 가요. 옷장 맨 위 서랍에
서 깨끗한 셔츠와 네커치프를 챙겨서 가져와요. 서둘러요."

나는 가서 그가 이른 대로 옷장을 뒤져 지시받은 물건을 챙겨서
돌아왔다.

"자, 내가 옷을 갈아입히는 동안 침대 저쪽 편에 가 있어요. 하지
만 밖으로 나가지는 말아요. 또 부탁할 일이 있을 테니까."

나는 지시받은 대로 물러났다.

"제인, 아래층에 내려갔을 때 누가 일어나 있진 않았소?"이윽고

로체스터 씨가 물었다.

"아뇨, 아주 조용했어요."

"리처드, 우린 자넬 아주 은밀하게 보낼 거야. 자네에게나 저기 있는 저 불쌍한 것에게나 그러는 편이 나을 거야. 난 오랫동안 드러나지 않도록 조심해왔어. 그게 지금에 와서 드러나는 건 반갑지 않아. 자, 카터, 겉옷 입히는 걸 좀 도와줘. 자네 털 망토는 어디 뒀나? 자네가 이 빌어먹을 추운 기후에 그런 망토 없이는 한 발짝도 못 움직인다는 걸 내가 알지. 자네 방에 있어? 제인, 서둘러 메이슨 씨 방으로 가서, 내 방 옆방이오, 거기 있는 외투를 가져와요."

나는 또 뛰어가서 안쪽과 가장자리에 모피를 댄 거대한 망토를 안고 돌아왔다.

"자, 심부름할 일이 또 있소." 지칠 줄 모르는 주인이 말했다. "다시 내 방으로 가줘야겠어. 제인, 당신이 벨벳 신을 신고 있어서 얼마나 다행인지 모르겠어! 조심성 없는 심부름꾼은 이런 때 아무 쓸모가 없지. 내 세면대 중간 서랍을 열면 작은 약병과 작은 잔이 있을 게요. 그걸 가져와요. 빨리!"

나는 날 듯이 달려가서 필요한 물건을 가지고 돌아왔다.

"좋아! 자, 의사 선생, 내가 책임지고 내 마음대로 약을 좀 먹여야겠소. 이 강심제는 로마에서, 카터, 자네라면 걷어차버렸을 웬 이탈리아 돌팔이 의사한테서 구한 거야. 마구잡이로 쓰면 안 되는 물건이지만, 때에 따라서는 효과가 있지. 예를 들어, 지금 같은 때. 제인, 물을 좀 부어줘요."

로체스터 씨가 작은 유리잔을 내밀었다. 나는 세면대에 있던 물병으로 잔을 반쯤 채웠다.

"그만하면 됐어요. 이제 아주 천천히 약을 부어요."

나는 그렇게 했다. 그가 진홍빛 액체를 열두 방울까지 세더니 메이슨 씨에게 내밀었다.

"마시게, 리처드. 이게 자네에게 없는 기력을 줄 거야, 한 시간 정도는."

"그렇지만 해롭지 않을까? 심장을 격하게 만들지 않아?"

"마시게! 마셔! 마시라니까!"

메이슨 씨는 마셨다. 저항해봤자 소용없는 것이 명백했기 때문이었다. 그는 이제 옷을 다 차려입었다. 여전히 창백해 보였지만, 더는 피가 묻어 있거나 지저분하지 않았다. 로체스터 씨는 약을 먹인 후 삼 분 동안 메이슨 씨를 가만히 앉혀두었다. 그러고는 메이슨 씨의 팔을 잡았다.

"이젠 혼자 일어날 수 있을 거야." 그가 말했다. "자."

환자가 일어섰다.

"카터, 저쪽을 부축해줘. 리처드, 기운을 내야 해. 걸어봐. 그렇지!"

"좀 나아진 것 같아." 메이슨 씨가 말했다.

"그렇고말고. 자, 제인, 먼저 뒷계단으로 가서 옆문의 빗장을 열어두고, 거기 마당에 있는 역마차 마부에게 우리가 나올 테니 준비하라고 일러둬요. 거기 아니면 마당 바로 바깥에 있을 거요. 덜컹거리는 바퀴로 보도 위에는 올라오지 말라고 일러뒀으니. 그리고 제인, 혹 누가 일어난 기척이 있거든 층계 밑까지 와서 헛기침을 해줘요."

이때가 다섯 시 반이었고, 해가 막 솟으려는 참이었지만, 주방은 여전히 어둡고 고요했다. 옆문은 잠겨 있었다. 나는 가능한 한 아무소리도 나지 않게 문을 열었다. 옆마당은 사방이 고요했으나 출입문이 활짝 열려 있었고, 말을 맨 역마차 한 대가 대기하며 서 있었다. 마부가 마부석에 앉아 있었다. 나는 다가가 신사분들이 나오신다고 알렸다. 마부가 고개를 끄덕였다. 그러고 나는 조심스럽게 주위를 둘러보고 귀를 기울였다. 사위는 온통 이른 아침의 적막에 잠겨 있었다. 하인들 방 창문마다 커튼이 아직 드리워져 있었다. 마당 한쪽을 두른 담 너머로 흰 화환처럼 가지를 늘어뜨린 흰 꽃이 만발한 과수원 나무들 사이에서 작은 새들이 지저귀었다. 바짝 붙어 선역마차 말들이 이따금 발을 굴렀다. 그 외에는 사방이 고요했다.

신사들이 나타났다. 로체스터 씨와 외과 의사의 부축을 받은 메이슨 씨는 꽤 수월하게 걷는 듯했다. 둘이 메이슨 씨를 도와 마차에 태우고, 카터가 뒤따라 탔다.

"잘 돌봐줘." 로체스터 씨가 의사에게 말했다. "회복할 때까지 자네 집에 있게 해주게. 나도 하루나 이틀 내로 어떤지 보러 들를 테니. 리처드, 기분은 어때?"

"페어팩스, 신선한 공기를 마시니 살 것 같아."

"카터, 이 사람 쪽 창문은 열어둬, 바람은 없으니까. 잘 가게, 리처드."

"페어팩스—"

"왜, 무슨 일이야?"

"잘 돌봐주게. 되도록 상냥하게. 저 ……." 메이슨 씨가 말을 멈추더니 왈칵 울음을 터뜨렸다.

"최선을 다하고 있네. 여태 그래 왔고, 앞으로도 그럴 거야." 로체스터 씨가 대답하고는 마차 문을 닫았다. 마차가 달려갔다.

"하지만 신에 맹세코, 이 모든 일에 끝이 있기를!"무거운 옆마당 출입문을 닫고 빗장을 지르며 로체스터 씨가 덧붙였다.

일을 마치자, 그는 얼이 빠진 듯이 과수원 담에 난 문을 향해 느릿느릿 걸어갔다. 이제 용건이 끝났다고 생각한 나는 집으로 들어갈 참이었다. 그러나 또다시 "제인!"하고 부르는 소리가 들렸다. 그가 과수원 쪽문을 열고 서서 나를 기다리고 있었다.

"잠깐이라도 신선한 공기가 있는 데로 갑시다. 저 집은 그냥 지하 감옥이야. 그렇게 느껴지지 않소?"

"제게는 훌륭한 저택으로 보입니다."

"무경험이라는 마법이 당신 눈을 가리고 있어."그가 대답했다. "그래서 당신은 마법에 걸린 매개물을 통해 저걸 보지. 금박이 진흙이고 비단 커튼이 거미집이라는 걸, 대리석은 칙칙한 석판이고 윤을 낸 나무들은 폐목 부스러기에다 벗겨진 나무껍질이라는 걸 당신은 보고도 몰라. 자, 여기는, (그가 우리가 들어선 신록이 무성한 과수원을 가리켰다) 모든 것이 참되고 감미롭고 순수해."

그는 꽃밭을 지나 한쪽에는 사과나무와 배나무, 벚나무 들이 있고, 다른 쪽에는 비단향꽃무와 패랭이꽃, 앵초, 팬지 같은 온갖 종류의 고풍스러운 꽃들이 개사철쑥과 들장미 같은 여러 가지 향기로운 초본들과 뒤섞여 무성하게 우거진 오솔길을 거닐었다. 사월의 연이은 소나기와 햇빛을 받은 데다 상쾌한 봄날 아침을 맞은 초목들은 더할 나위 없이 신선했다. 태양은 막 구름 낀 동쪽 하늘로 떠오르는 중이었고, 햇빛은 만발한 꽃과 이슬을 매단 과수원 나무들을 비추고는 그 가지 아래로 난 고요한 오솔길에서 빛났다.

"제인, 꽃을 줄까?"

그가 덤불에서 반쯤 핀 그해의 첫 장미꽃을 따서 주었다.

"고맙습니다."

"제인, 이렇게 해 뜰 무렵을 좋아하오? 저런 하늘, 저렇게 높고 엷은 구름은 날이 더워지면 사라질 게 확실하지만, 이 평온하고 향긋한 대기를 좋아하오?"

"좋아해요, 아주 많이요."

"괴상한 하룻밤을 보냈지, 제인?"

"그래요."

"그리고 그 탓에 핼쑥하군. 내가 당신을 메이슨 곁에 남겨두고 갔을 때, 무서웠소?"

"안쪽 방에서 누가 나오지나 않을까 해서 무서웠어요."

"하지만 그 문은 내가 잠갔는걸. 열쇠가 내 호주머니에 있었지. 늑대 굴 옆에 새끼 양을, 내가 아끼는 새끼 양을 아무 방비도 없이 두고 갔다면, 난 부주의한 목동이었겠지. 당신은 안전했소."

"그레이스 풀은 여전히 여기서 살게 되나요?"

"아, 그렇소! 그 여자 일엔 신경 쓰지 말아요. 그런 일은 아예 머릿속에서 지워버려요."

"하지만 그 여자가 여기 있는 한 당신 목숨이 안전하지 않을 것 같아요."

"걱정하지 말아요. 내 일은 내가 알아서 하오."

"어젯밤 염려하시던 위험은 이제 다 사라졌나요?"

"메이슨이 영국을 떠날 때까지는 단정할 수 없소. 떠나고 난 다음에도 마찬가지지. 제인, 내게 산다는 건 언제 불을 뿜을지 모르는 분화구 위에 서 있는 것과 같소."

"하지만 메이슨 씨는 쉽게 영향을 받는 사람처럼 보여요. 당신의 영향력이 그분에게 강력하게 미치는 게 분명해요. 그분은 절대 당신에게 반항하거나 고의로 해치지 않을 거예요."

"아, 그렇지! 메이슨은 내게 반항하지 않을 거야. 알면서 나를 해치지도 않겠지. 하지만 의도치 않게, 부주의한 한마디 말로, 한순간에, 내 생명은 아닐지라도 내 행복을 영원히 앗아갈지 모르오."

"메이슨 씨에게 주의하라고 말씀하세요. 당신이 걱정하시는 걸 알려주시고, 그 위험을 어떻게 피하는지 가르쳐주세요."

그가 냉소적인 웃음을 터트리더니 갑자기 내 손을 잡았다가 허둥지둥 내쳤다.

"내가 그럴 걸 할 수 있다면, 이 바보 아가씨야, 위험 같은 게 어디 있겠소? 당장에 사라지겠지. 내가 메이슨을 알게 된 이후로, 그냥 그 사람에게 '이렇게 해'라고 말하기만 하면 모든 일이 이루어졌소. 하지만 이 경우에는 그에게 명령할 수 없어. '리처드, 나한테 해를 끼치지 마'라고 말할 수 없단 말이오. 내게 해를 끼칠 수 있다는 걸 그자가 모르도록 하는 것이 지상과제니까. 어리둥절한 표정이군. 그럼 더 어리둥절하게 만들어주지. 당신은 내 귀여운 친구요, 그렇지 않소?"

"전 도움이 되고 싶어요. 올바른 일이라면 어떤 말씀이든 따르고 싶고요."

"정확해. 당신이 그렇다는 걸 난 알지. 당신이 특징적으로 말하는 그 '올바른' 일로 당신이 나를 도와주고 나를 기쁘게 해줄 때, 나를 위해 일하고 나와 함께 있을 때, 나는 당신의 걸음걸이와 태도에서, 당신의 눈과 얼굴에서 순수한 만족감을 보곤 해. 내가 당신 보기에 잘못된 일을 하라고 하면, 가볍게 뛰어가는 발걸음도, 손끝 야무진 민첩함도, 생기 있는 시선과 활기찬 표정도 없을 테지. 그럴 때 내 친구는 말없이 창백한 얼굴로 와서 말하겠지. '아니요, 그건 불가능해요. 전 할 수 없어요. 왜냐면 잘못된 일이니까요.' 그러고는 하늘에 박힌 별처럼 절대 바뀌지 않을 거야. 자, 당신 또한 내게 힘을 가지고 있고, 날 해칠 수 있소. 그래서 난 내 약점이 어디인지 차마 보여줄 수 없어. 당신처럼 충실하고 다정한 사람이 순식간에 날 찔러버리면 안 되니까."

"제게서 두려워할 것이 없는 것처럼 메이슨 씨에게서 더는 두려워할 것이 없으시다면, 당신은 아주 안전하실 거예요."

"제발 그랬으면 좋겠군! 여기, 제인, 정자가 있소. 앉아요."

그 정자라는 건 담에 난 담쟁이덩굴을 두른 아치로 그 안에 소박한 벤치가 있었다. 로체스터 씨가 벤치에 걸터앉았다. 내가 앉을 자리를 남겨두고. 그러나 나는 앞에 서 있었다.

"앉아요. 이 벤치는 두 사람 앉을 자리가 충분하오. 내 옆에 앉기를 주저하는 건 아니겠지, 그렇소? 잘못된 일이오, 제인?"

나는 대답 대신 자리에 앉았다. 거절하는 건 어리석은 일일 듯했다.

"자, 내 귀여운 친구, 태양이 이슬을 마시는 동안, 이 오래된 정원의 모든 꽃이 깨어나 꽃잎을 펼치고 새들이 손필드에서 어린 것들의 아침거리를 물어 나르고 일찍 나온 벌들이 첫 작업을 하는 동안, 내가 당신에게 한 가지 사례를 제시하겠소. 당신은 그걸 당신 일처럼 생각하도록 애써보시오. 하지만 먼저, 날 봐요. 그리고 마음이 편안하다고, 내가 여기 당신을 잡아두는 것이 잘못이거나 당신이 여기 있는 것이 잘못이라서 불안한 게 아니라고 말해요."

"불안하지 않아요. 저는 편안해요."

"자 그럼, 제인, 상상력을 펼쳐봐요. 자신이 좋은 집안에서 양육돼 훌륭한 교육을 받은 소녀가 아니라, 어릴 때부터 제멋대로 자란 버릇없는 소년이라고, 자신이 먼 이국땅에 있다고 상상해보시오. 거기서 중대한 과실을 범한다고 상상해보는 거요. 그게 어떤 성질의 과실이든, 또는 어떤 동기에서 생긴 과실이든, 그 과실의 결과가 평생 따라다니며 당신의 모든 존재에 오점이 된다고 말이오. 주의해요, 난 '범죄' 얘기를 하는 게 아니오. 가해자를 법에 저촉되게 할, 피를 보거나 하는 어떤 범죄 행위 얘기가 아니니까 말이오. 내가 말하는 건 '과실'이오. 당신이 범한 과실의 결과가 조만간 도저히 견딜 수 없는 지경이 되오. 당신은 구원을 얻을 수단을 취해요. 별난 수단이지만 불법이거나 책잡힐 만한 건 아니지. 그래도 당신은 불행해. 생의 경계 안에서는 희망이 당신을 저버렸으니까 말이오. 당신의 태양은 한낮에 일식으로 어두워졌고, 당신은 그게 해가 질 때까지 계속될 것 같단 말이야. 쓸쓸하고 천한 교제들만이 당신 기억의 유일한 식량이 되었소. 당신은 망명지에서 안식을, 쾌락 속에서 행복을 구하며 여기저기 떠돌아다니지. 내 말은, 둔한 지성들과 말라빠진 감성들처럼, 무정하고 감각적인 쾌락 속에서 말이오. 피곤한 마음과 시든 영혼으로, 당신은 수년에 걸친 자발적인 추방 끝에 집으로 돌아와요. 당신은 새로운 사람을 만나오. 어떻게, 또는 어디서는 상관없소. 당신은 이 낯선 사람에게서 지난 이십 년간 찾아 헤맸지만 한 번도 만난 적 없는 선함과 밝은 성질들을 많이 발견하오. 그리고 그것들은 한결같이 티 하나 없이, 얼룩 하나 없이 신선하고 건전하오. 그런 교제는 사람을 소생시키고 갱생시키지. 당신은 좋은 날들이 돌아온다고 느끼오. 더 고상한 소망들이, 더 순수한 감정들이 말이오. 당신은 삶을 다시 시작하고 싶은, 당신에게 남은 날들을 불멸의 존재에게 더 가치 있는 방식으로 보내고 싶은 열망을 가지게 되오. 그 목표에 도달하기 위해, 당신이라면 관습의 장벽을, 당신의 양심이 정당화하지도 당신의 판단이 승인하지도 않는 그저 틀에 박힌 방해물일 뿐인 관습의 장벽을 뛰어넘는 것을 정당화하겠소?"

로체스터 씨가 대답을 들으려고 말을 멈췄다. 나는 무슨 말을 해야 했을까? 아, 선한 요정이라도 있어서 현명하고 만족스러운 답을 일러주었으면! 헛된 기대였다. 서풍이 나를 둘러싼 담쟁이덩굴에 속삭였지만, 말의 매개물로 자신의 숨결을 빌려줄 다정한 공기의 요정은 없었다. 새들이 나무 꼭대기마다 앉아 노래했지만, 아무리 달콤하다 한들 그 뜻을 분명히 알 수는 없었다.

로체스터 씨가 다시 질문했다.

"그 떠돌아다니는 죄 많은, 하지만 지금은 안식을 구하며 회개한 남자가 이 다정하고 상냥하고 정다운 새 친구를 영원히 곁에 두기 위해, 그래서 자기 마음의 평화와 갱생을 얻기 위해 세상의 통념을 무시하는 것은 정당화되오?"

나는 대답했다. "방랑자의 안식이나 죄인의 갱생은 절대 동료 인간에게 달려 있지 않아요. 남자와 여자는 죽습니다. 철학자들도 지혜가 모자라고, 기독교인들도 선함이 모자라죠. 아시는 분이 상처 입고 잘못을 했다면, 바로잡을 힘과 치유할 위안을 동등한 자들이 아니라 더 높은 곳에서 찾으시게 해주세요."

"하지만 수단은, 수단 말이오! 사역하시는 하느님께서는 수단을 정하시오. 나는 말이오, 이제 비유는 그만두고 말하지만, 나는 세속적이고, 방탕하고, 불안에 사로잡힌 사람이었소. 그리고 나는 내 구원의 수단을 찾았다고 믿고 있소, 제인-"

그가 말을 멈췄다. 새들이 기쁨의 노래를 지저귀고, 나뭇잎들이 가볍게 속살거렸다. 나는 왜 그것들이 중단된 폭로를 듣기 위해 노래와 속삭임을 그치지 않는지 의아해질 지경이었다. 그러나 그것들은 오래 기다렸어야 했을 것이다. 침묵이 너무 오래 계속됐으니까. 마침내 나는 고개를 들고 그 굼뜬 화자를 쳐다보았다. 그가 열렬한 시선으로 나를 지켜보고 있었다.

"귀여운 친구." 그가 아주 달라진 어조로 말했다. 그 사이 그의 얼굴도 부드럽고 진지하던 표정을 모두 잃고 가혹하고 빈정대는 듯한 표정으로 바뀌어 있었다. "당신은 내가 미스 잉그럼에게 다정한 마음을 품고 있는 것을 눈치챘겠지. 내가 그 사람과 결혼하면, 그 사람이 그에 대한 복수로 나를 갱생시켜줄 것 같지 않소?"

그가 벌떡 일어나더니 오솔길 저쪽 끝까지 걸어갔다. 돌아왔을 때는 어떤 노래를 흥얼거리고 있었다.

"제인, 제인," 그가 내 앞에 서서 말했다. "밤을 새우는 통에 아주 창백하군. 당신의 안식을 방해했다고 나를 저주하지는 않소?"

"저주라고요? 천만에요."

"그 말이 사실이란 증거로 악수합시다. 손이 이렇게 차다니! 어젯밤에 그 괴상한 방문 앞에서 잡았을 땐 이보다 따뜻했었소. 제인, 언제고 다시 나와 밤샘을 해주겠소?"

"언제든 제가 도움이 된다면요."

"가령, 결혼식 전날 밤! 난 틀림없이 잠을 못 잘 거요. 나와 밤새 말동무를 해주겠다고 약속하겠소? 당신에겐 내 사랑하는 이 얘기도 할 수 있지. 우선 당신은 그 사람을 봤고, 그 사람을 아니까."

"네."

"그런 사람은 드물지, 그렇지 않소, 제인?"

"네."

"거인, 진짜 거인이야, 제인. 크고, 거무스름하고, 풍만해. 카르타고의 여인들이 딱 그런 머리를 가졌겠지. 어이쿠! 저기 마구간에 덴트와 린이 있어! 관목 숲 옆으로 해서 저 작은 문으로 들어가요."

나는 이 길로, 그는 저 길로 가는데, 마당에서 쾌활하게 얘기하는 그의 목소리가 들렸다.

"메이슨이 오늘 아침 일찍 떠났네. 해가 뜨기도 전에 갔지. 그를 배웅하느라 네 시에 일어났어."

21장

예감이란 이상한 것이다! 인연도 그렇고, 징조도 그렇다. 이 셋이 결합하여 인간이 아직 열쇠를 찾아내지 못한 하나의 수수께끼를 만든다. 나는 평생 예감을 비웃어본 적이 없다. 나도 이상한 예감들을 경험했기 때문이다. 필멸자로서는 이해할 수 없는 방식으로 작용하는 인연의 존재를 나는 믿는다(예컨대, 아주 먼, 오래 만나지 못한, 완전히 남남이 된 두 친척이 서로 알지 못하면서도 근원을 따지다가 공통의 조상을 알게 되는 경우). 그리고 우리가 아는 한, 징조는 자연과 인간의 어떤 인연에 불과한 것인지도 모른다.

내가 겨우 여섯 살 먹은 어린애이던 어느 날 밤, 베시가 아버트에게 어린애가 나오는 꿈을 꿨다고 말하는 소리를 들었다. 어린애가 나오는 꿈은 자기나 가족 누군가에게 곤란한 일이 생길 확실한 징조라고 했다. 곧바로 벌어진 어떤 상황으로 그 말이 뇌리에 박히지 않았더라면, 나는 그 말을 기억하지 못했을 것이다. 바로 다음 날,

베시는 어린 여동생이 죽었다는 소식에 집으로 불려 갔다.

최근에 나는 그 말과 그 사건을 자주 떠올렸다. 지난주 내내 밤마다 갓난아기 꿈을 꾸었기 때문이었다. 때로는 품에 안고 달래기도 하고, 때로는 무릎에 앉혀 어르기도 하고, 때로는 잔디밭에서 데이지꽃을 가지고 놀거나 흐르는 물에 손을 담그고 물장난하는 걸 지켜보기도 했다. 하루는 구슬프게 우는 어린애였다면, 다음 날에는 방글방글 웃는 어린애였다. 한 번은 내게 찰싹 달라붙었다가, 다음번엔 나를 피해 달아났다. 하지만 어떤 기분, 어떤 표정으로든, 그 환영은 일곱 밤을 연속으로, 내가 꿈의 나라로 들어가는 순간 어김없이 앞에 나타났다.

나는 한 가지 관념이 되풀이되는 이 현상이, 한 가지 상이 기묘하게 되풀이되는 이 현상이 마음에 들지 않았고, 잠자리에 들 시간이 다가와 환상을 볼 시간이 가까워지면 가까워질수록 불안해졌다. 비명을 들은 달 밝은 그날 밤에도 아기 유령과 같이 있다가 깬 참이었다. 누가 나를 찾아와 부엌 쪽에서 기다리고 있다는 전갈을 받고 아래층으로 내려간 것은 그다음 날이었다. 사람들 출입이 많은 한쪽에 웬 신사계급의 하인처럼 보이는 남자가 앉아 있었다. 상복을 입었고, 손에 든 모자에도 검은 띠가 둘려 있었다.

내가 들어가자 그가 일어서며 말했다. "아가씨, 아마 저를 기억하지 못하시겠지만, 저는 리븐이라고 합니다. 아가씨가 팔구 년 전에 게이츠헤드에 계실 때 리드 마님의 마부로 일했죠. 지금도 거기서 살고요."

"아, 로버트! 안녕한가? 기억하고말고. 가끔 날 조지아나의 밤색 조랑말에 태워주곤 했었지. 베시는 잘 지내? 베시와 결혼했다 들었는데?"

"예, 아가씨. 아내는 아주 잘 지냅니다, 고맙습니다. 두 달 전쯤에 또 아이를 낳았는데, 이제 저희는 애가 셋이에요, 산모와 아기 모두 건강합니다."

"저택 식구들도 무고하시고?"

"그분들에 대해서는 더 좋은 소식을 전해드리지 못해서 유감입니다, 아가씨. 그분들은 지금 아주 안 좋아요. 큰 곤란에 빠지셨답니다."

"누가 돌아가신 건 아니겠지." 나는 그의 상복을 힐끗 쳐다보며 말했다. 그도 자기 모자에 두른 상장을 힐끔 내려다보았다.

"존 도련님이 런던 셋집에서 돌아가신 지 어제로 일주일이 됐습니다요."

"존이?"

"네."

"그분 어머님은 어쩌고 계셔?"

"그게, 말씀도 마세요, 에어 아가씨. 그게 어디 흔한 사고였어야죠. 존 도련님은 아주 방탕하게 사셨습죠. 최근 삼 년간은 이상한 데에 빠져 계셨던 데다, 돌아가신 것도 충격적이었어요."

"베시한테서 그분 행실이 썩 좋지 않다는 얘긴 들었어."

"좋지 않다니요! 그보다 나쁠 수도 없었을 겁니다. 최악의 잡배들과 어울리느라 건강과 재산을 탕진하셨어요. 빚을 지고 감옥에도 들어가셨죠. 마님이 두 번이나 빼내주셨지만, 풀려나자마자 옛 패거리와 그 생활로 돌아가셨어요. 머리가 좋은 분이 아니라서, 같이 지내던 악당들이 어디서 듣도 보도 못할 정도로 속여 먹었답니다요. 삼 주쯤 전에 존 도련님이 게이츠헤드로 오셔서 마님께 재산을 있는 대로 다 달라고 하셨어요. 마님께선 거절하셨고요. 존 도련님의 사치로 마님 재산이 확 줄어든 지도 오래거든요. 그래서 도련님이 다시 가셨는데, 다음으로 온 것이 돌아가셨다는 소식이에요. 어떻게 돌아가셨는지, 누가 알겠습니까. 사람들은 자살했다고들 하지만요."

나는 아무 말도 하지 않았다. 무서운 소식이었다. 로버트 리븐이 말을 이었다.

"마님도 건강이 안 좋아지신 지 제법 됐어요. 아주 튼튼하셨는데, 보기보다 강하지는 않으셨나 봐요. 돈을 잃고 가난의 공포가 덮치자 상당히 약해지셨어요. 존 도련님의 사망 소식과 그에 얽힌 얘기들이 너무 갑자기 들이닥치는 바람에, 쓰러지셨어요. 사흘이나 말 한마디도 못 하셨지요. 그러다 지난 화요일에 좀 나아지신 듯했는데, 뭔가를 말씀하고 싶으신 듯이 제 아내에게 자꾸 신호를 보내며 중얼거리더랍니다. 하지만 어제 아침에서야 마님이 아가씨 이름을 말씀하시는 걸 알아들었어요. 그러다 마침내 무슨 말인지 이해했지요. '제인을 데려와. 가서 제인 에어를 데려와. 내가 할 말이 있어.' 베시도 마님께서 제정신이신지, 또 어쩔 심산이신지 확신은 없지만, 어쨌든 미스 리드와 조지아나 아가씨에게 알리고, 아가씨에게 사람을 보내는 게 좋겠다고 말씀드렸죠. 아가씨들이 처음에는 펄쩍 뛰었어요. 하지만 자기들 어머니가 갈수록 초조하게 자꾸 '제인, 제인' 하시니까, 결국은 승낙하셨죠. 전 어제 게이츠헤드를 떠났습니다. 아가씨, 채비가 되시면, 제가 내일 아침 일찍 아가씨를 모시고 돌아갈까 하는데요."

"그래, 로버트, 채비할게. 내가 가봐야 할 것 같아."

"저도 그렇게 생각합니다, 아가씨. 아내도 아가씨는 틀림없이 거절하지 않을 거라고 했어요. 하지만 떠나시기 전에 휴가를 얻으셔야겠지요?"

"그렇지. 지금 할게." 나는 그를 하인 대기실로 데려가 존의 아내에게 살펴달라 부탁하고, 또 존에게도 따로 신경 써달라 부탁하고 나서 로체스터 씨를 찾으러 갔다.

아래층 어느 방에도 그는 없었다. 마당에도, 마구간에도, 정원에도 없었다. 나는 페어팩스 부인에게 그를 보았느냐고 물었다. 그랬다. 부인은 로체스터 씨가 미스 잉그럼과 함께 당구를 치고 계신다고 했다. 나는 급히 당구실로 향했다. 공이 부딪는 소리와 웅성거리는 사람 소리가 들려왔다. 로체스터 씨와 미스 잉그럼, 에쉬튼 자매와 그녀들의 구애자들이 당구 놀이를 하느라 바빴다. 이처럼 즐겁게 노는 사람들을 방해하는 데는 어느 정도 용기가 필요했다. 그러나 지체할 수 없는 용건이었기에, 나는 미스 잉그럼과 나란히 선 로체스터 씨에게 다가갔다. 내가 가까이 가자 미스 잉그럼이 몸을 돌려 거만하게 쳐다보았다. 그 눈은 '이 살금살금 돌아다니는 생물이 이번엔 무슨 볼일이지?'라고 묻는 듯했고, 내가 나지막하게 "로체스터 씨"라고 부르자, 썩 물러가라고 명령하고 싶은 듯한 기색이 역력했다. 그때 미스 잉그럼의 자태가 지금도 기억난다. 참으로 우아하고 또 몹시 이목을 끄는 모습이었다. 까슬까슬한 재질의 하늘색 실내용 드레스를 입고, 머리는 얇게 비치는 하늘색 스카프를 드려 땋았다. 당구를 치느라 아주 활기에 넘쳐 있었지만, 화가 난 자존심은 그 오만한 이목구비의 표정을 누그러뜨리지 못했다.

"저 사람, 당신을 원하나 봐요?"미스 잉그럼이 로체스터 씨에게
말했다. 로체스터 씨가 고개를 돌려 '저 사람'이 누구인지 보았다.
그가 특유의 이상하고 모호한 표정 중 하나인 호기심 어린 찡그린
표정을 짓고는 큐를 던지고 나를 따라 방을 나왔다.

"무슨 일이오, 제인?"그가 공부방 문을 닫고 들어와 문짝에 기
대서며 말했다.

"괜찮으시면, 한두 주 정도 휴가를 받았으면 해서요."

"뭣 때문에? 어딜 가려고?"

"병중의 부인이 사람을 보내와서, 만나 뵈려고요."

"어느 병중의 부인? 어디 사는 사람이오?"

"게이츠헤드요. XX주에 있는."

"XX주? 거긴 백 마일이나 떨어진 곳이잖아! 어떤 사람이기에 그
렇게 멀리서 당신에게 사람을 보냈단 말이오?"

"성함이 리드예요. 리드 부인이요."

"게이츠헤드의 리드? 게이츠헤드의 리드라는 치안판사가 있었
지."

"그분의 부인이세요."

"그 부인과 당신이 무슨 관계요? 당신은 어떻게 그 부인을 아는
거요?"

"리드 씨가 제 외삼촌이에요. 어머니의 오빠요."

"빌어먹을, 그랬군! 그런 얘기 한 번도 없었잖소. 늘 아무 친척도
없다고 했지."

"절 친척으로 인정해줄 사람은 아무도 없어요. 리드 씨는 돌아가
셨고, 부인은 절 내치셨으니까요."

370

"왜?"

"제가 가난한 데다 성가신 존재이고, 또 그분이 절 싫어하셨으니까요."

"하지만 자식들이 있지? 당신에겐 사촌들도 있을 텐데? 어제 조지 린 경이 게이츠헤드의 리드라는 작자 얘기를 하던데, 수도에서도 파렴치하기로는 짝이 없는 악한이라더군. 그리고 잉그럼 자작도 그 집의 조지아나 리드 얘기를 잠깐 했는데, 작년인가 재작년 런던 사교계에서 미인이란 평판이 자자했다고 했소."

"존 리드가 죽었어요. 자신을 망가뜨리고 가족들도 반쯤 망가뜨리고는, 자살했다는 것 같아요. 그 소식에 부인이 큰 충격을 받아 뇌졸중 발작을 일으키셨답니다."

"그럼 당신이 가봐야 그 부인에게 무슨 소용이요? 허튼소리요, 제인! 도착하기 전에 죽어버릴지도 모르는 노파를 위해 백 마일이나 되는 먼 길을 가다니. 게다가 그 사람이 당신을 내쳤다면서?"

"예, 하지만 그건 오래전 얘기예요. 그분 형편이 아주 달랐던 때 일이고요. 이제 그분의 소원을 무시하고는 제 마음이 편치 않을 것 같아요."

"얼마나 있을 거요?"

"가능한 한 짧게요."

"일주일만이라고 약속해요."

"그러지 않는 편이 좋겠어요. 어기게 될지도 모르니까요."

"어떤 경우에라도 돌아와야 해. 그 부인이 갖은 구실을 대며 영원히 같이 살자고 꾀어도 넘어가진 않겠지?"

"아, 절대로요! 일이 정리되는 대로 확실히 돌아올 거예요."

"그럼 누구와 같이 가오? 백 마일 길을 혼자 갈 순 없잖소."

"그렇죠. 부인이 마부를 보내셨어요."

"믿을 수 있는 사람이오?"

"예, 그 집에서 십 년이나 일해온 사람이에요."

로체스터 씨는 곰곰이 생각에 잠겼다. "언제 출발할 예정이오?"

"내일 아침 일찍이요."

"음, 그럼 돈이 좀 있어야겠지. 돈 없이 여행할 순 없으니까. 당신은 분명 돈이 별로 없을 거야. 아직 봉급을 안 줬으니까. 대체 얼마나 갖고 있소, 제인?" 그가 빙그레 웃으며 물었다.

나는 지갑을 꺼냈다. 홀쭉했다. "오 실링이요." 그가 지갑을 받아 내용물을 손바닥에 쏟더니 그 빈약함이 재미있다는 듯이 바라보며 킬킬 웃었다. 그러더니 자기 돈지갑을 꺼냈다. "자." 그가 지폐 한 장을 내밀었다. 오십 파운드짜리 지폐였다. 하지만 내가 받을 돈은 십오 파운드였다. 나는 거슬러 줄 돈이 없다고 말했다.

"거스름돈은 필요 없소. 알면서도 그러는군. 당신 봉급이니, 받아요."

나는 정해진 금액 이상의 봉급은 받을 수 없다고 거절했다. 그는 얼굴을 찌푸렸지만, 이내 뭔가 생각난 듯이 말했다.

"그래, 그렇지! 지금 다 주지 않는 편이 낫겠어. 오십 파운드가 있으면, 석 달쯤 가 있을지도 모르니까. 여기, 십 파운드요. 이걸로 충분하지 않소?"

"충분해요. 그렇지만 이번엔 저에게 오 파운드 빚지셨어요."

"그럼 그걸 받으러 돌아와요. 내가 당신의 사십 파운드를 맡아놓고 있으니까."

"로체스터 씨, 기회가 있을 때 다른 용건 하나도 말씀드리고 싶은데요."

"용건이라고? 무슨 얘긴지 듣고 싶군."

"제게 하신 말씀이, 곧 결혼하실 계획이라 여겨도 될까요?"

"그렇소. 그게 왜?"

"그렇게 되면, 아델은 학교로 가야 해요. 그럴 필요성은 잘 이해하시리라 생각합니다."

"내 신부에게 걸리적거리지 않도록 애를 치워버리기 위해서지. 안 그러면 내 신부가 좀 너무 단호하다 싶게 그 애를 짓밟아버릴지도 모르니까? 그 제안에는 일리가 있어. 그건 틀림없지. 당신 말대로, 아델은 학교로 가야 해. 그리고 당신은, 당연히, 곧장 떠나야 한다? 제기랄!"

"아니면 좋겠어요. 하지만 전 어딘가 다른 일자리를 찾아야 해요."

"결국!" 그가 휑하니 울리는 목소리와 기묘하면서도 우스꽝스럽게 찌푸린 얼굴로 외쳤다. 그는 한동안 말없이 나를 쳐다보았다.

"그러면 그 리드 노부인, 아니면 그 아가씨들, 부인의 딸들에게 일자리를 구해달라고 부탁할 생각인가 보군?"

"아뇨, 제 친척들과는 그런 부탁을 할 만한 사이가 아니에요. 그보다는, 광고를 내야겠죠."

"차라리 이집트 피라미드에 올라가겠다고 해!" 그가 으르렁거렸다. "광고 같은 걸 내면 가만 안 둘 거야! 십 파운드가 아니라 일 파운드를 줬어야 했어. 구 파운드 돌려줘, 제인. 내가 쓸 데가 있으니까."

"저도 그래요." 나는 지갑을 등 뒤로 숨기며 대꾸했다. "무슨 말씀을 하셔도 이 돈은 나눠드릴 수 없어요."

"쩨쩨한 구두쇠! 내 금전 부탁을 거절하다니! 제인, 오 파운드만 줘."

"오 실링도 안 돼요. 오 펜스도요."

"잠깐만 돈 좀 보여줘."

"안 돼요. 믿을 수 없는 분이니까요."

"제인!"

"예?"

"한 가지만 약속해줘."

"무엇이든 약속하겠어요, 제가 할 수 있는 일이라고 생각되는 건 뭐든지요."

"광고 내지 않겠다고, 일자리 구하는 건 내게 맡기겠다고 약속해요. 때가 되면 내가 구해주겠소."

"기꺼이 약속하겠어요. 만일, 역으로, 새 신부가 이 집에 들어오기 전에 저와 아델이 안전하게 이곳을 나갈 수 있도록 해주신다고 약속하시면요."

"좋아! 좋아! 내, 맹세하지. 그럼, 내일 가오?"

"예, 아침 일찍."

"만찬 후에 응접실로 오겠소?"

"아뇨, 여행 준비를 해야 해서요."

"그럼, 당신과 나는 잠시 작별을 고해야겠군?"

"그렇겠지요."

"사람들은 이런 작별 의식을 어떻게 치르지, 제인? 가르쳐줘요. 난 잘 모르겠어."

"사람들은 '안녕히'라고, 아니면 각자 좋을 대로 말을 하죠."

"그럼 말해봐요."

"로체스터 씨, 다시 만날 때까지, 안녕히 계세요."

"난 뭐라고 해?"

"똑같이 하셔도 돼요."

"미스 에어, 다시 만날 때까지, 안녕히 가시오. 이게 다요?"

"예."

"인색해, 내가 보기에는, 건조하고 우호적이지 않아. 난 뭔가 다른 게 있으면 좋겠어. 이 의식에 덧붙여서 말이야. 예컨대, 악수를 할 수도 있지. 아니, 아니야, 그것도 만족스럽지 않아. 제인, 당신은 '안녕히'라는 말만으로 충분하오?"

"충분해요. 진심 어린 말 한마디가 천 마디 말보다 더 많은 호의를 전하는 법이니까요."

"그렇겠지. 하지만 이건 공허하고 쌀쌀맞은 '안녕히'야."

'언제까지 저렇게 문에 기대서 계실 작정이지?' 나는 속으로 생각했다. '짐을 꾸리고 싶은데.' 만찬을 알리는 종이 울렸다. 그가 벌떡 몸을 일으키더니 아무 말도 없이 나가버렸다. 그날은 더는 그를 보지 못했고, 나는 다음 날 아침 그가 일어나기 전에 집을 나섰다.

나는 오월의 첫날 오후 다섯 시경에 게이츠헤드 저택의 문지기 집에 도착했다. 저택으로 가기 전에 먼저 문지기 집에 들렀다. 아주 깨끗하고 정갈한 집이었다. 장식을 두른 창문마다 작고 하얀 커튼이 걸리고, 마루에는 먼지 하나 없었다. 난로와 연장들은 반짝반짝 윤이 나고, 난로에는 불이 활활 타고 있었다. 베시가 난로 앞에 앉아서 갓난아기에게 젖을 먹였고, 꼬마 로버트와 누이동생은 한쪽 구석에서 얌전하게 놀고 있었다.

"어머나! 오실 줄 알았어요!" 내가 들어서자 리븐 부인이 외쳤다.

"그래, 베시." 나는 베시의 볼에 입을 맞춘 다음 말했다. "너무 늦지는 않았겠지. 리드 부인은 어때? 아직, 살아 계시겠지?"

"네, 살아 계세요. 전보다 의식도 또렷해지시고 마음도 가라앉으셨어요. 의사 선생님이 일이 주 정도는 근근이 버티실 것 같다고 하셨어요. 하지만 완전히 회복하실 듯하진 않대요."

"최근에 나에 대해서 뭐라 말씀하신 적이 있어?"

"오늘 아침만 해도 아가씨 얘기를 하면서 아가씨가 오기를 바라고 계셨어요. 하지만 지금은, 아니 십 분 전에 제가 저택에 가봤을 때는 주무시고 계셨어요. 마님은 오후 내내 혼수상태처럼 누워 계시다가 여섯 시나 일곱 시가 되어야 눈을 뜨신답니다. 아가씨, 여기서 한 시간쯤 쉬었다가 저와 같이 올라가실래요?"

이때 로버트가 들어오자 베시는 잠든 갓난아이를 요람에 눕혀 놓고 가서 남편을 맞이했다. 그러고 나서는 나더러 보닛을 벗고 차를 마시라고 자꾸 권했다. 내가 창백하고 피곤해 보인다는 이유에서였다. 나는 베시의 환대를 기꺼이 받아들여 어린아이 때처럼 여행용 덧옷을 벗기는 베시의 손길에 순순히 몸을 내맡겼다.

베시가 제일 좋은 잔을 꺼내 찻상을 차리고 빵과 버터를 자르고 곁들일 과자를 굽고, 예전에 나에게 하던 대로 로버트나 제인을 가볍게 치거나 밀쳐가며 부산하게 움직이는 것을 보고 있자니, 옛날 생각이 났다. 베시는 경쾌한 걸음걸이나 예쁜 얼굴은 말할 것도 없고, 화를 잘 내는 성미까지 옛날 그대로였다.

차가 준비되었다. 내가 식탁으로 가려니까 베시가 예전의 그 고압적인 어투로 가만히 앉아 계시면 좋겠다고 했다. 내가 난롯가에서 대접을 받아야 한다는 것이었다. 몰래 숨겨온 맛있는 것을 놀이방 의자에 올려놓고 대접해주던 때와 똑같이, 베시가 잔과 과자 접시가 놓인 동그란 작은 탁자를 내 앞에 놓아주었다. 나는 웃으며 옛시절에 그랬듯이 베시가 하라는 대로 따랐다.

베시는 내가 손필드 저택에서 잘 지내는지, 그 댁의 마님은 어떤 사람인지 알고 싶어 했다. 내가 주인어른밖에 없다고 하자, 그가 점잖은 신사인지, 내가 그를 마음에 들어 하는지 궁금해했다. 나는 그가 좀 못생긴 편이긴 하지만 아주 점잖은 데다 친절하게 대해준다고, 나는 만족한다고 말했다. 그러고는 최근에 그 저택에 체류 중인 화려한 손님들 이야기를 자세히 들려주었다. 베시는 흥미진진하게 그런 세세한 묘사들에 귀 기울였다. 그런 이야기들이야말로 베시가 좋아하는 종류의 이야기들이었다.

그런 이야기를 나누다 보니 한 시간이 후딱 지나갔다. 베시가 내 보닛과 덧옷 등등을 다시 입혀주었다. 우리는 문지기 집을 나서 저택으로 향했다. 거의 구 년 전, 지금 올라가는 이 길을 내려올 때도 베시와 함께였다. 그 어둡고 안개 낀 일월의 첫새벽에 나는 절박하고 분노에 불타는 심정으로, 버림받고 배척된 기분으로 적의만 가득한 지붕 밑을 떠나 전혀 알지도 못하는 로우드라는 저 멀고 차디찬 피난처로 향했다. 이제 그 적의의 집이 다시 눈앞에 솟아올랐다. 내 앞길은 여전히 분명치 않았다. 게다가 내 심장은 여전히 아팠다. 나는 여전히 이 지구상을 떠돌아다니는 '방랑자' 같았다. 하지만 나는 나 자신과 내가 가진 힘에 대한 더 굳은 신뢰를 경험했고, 사람을 말려 죽이는 억압을 덜 두려워하게 되었다. 스스로가 저지른 잘못으로 입은 깊은 상처 역시도 이제는 상당히 치유되었고, 분노의 불길은 꺼져 사라졌다.

"먼저 조반 식당으로 가세요." 베시가 앞장서서 홀을 지나며 말했다. "아가씨들이 거기 계실 거예요."

잠시 후에 나는 조반 식당에 들어섰다. 그곳의 모든 가구가 내가 처음으로 브로클허스트 씨에게 인사하던 날 아침과 조금도 다르지 않아 보였다. 그가 서 있던 난로 앞 양탄자가 지금도 난로 앞에 깔려 있었다. 책장을 곁눈질하니 여전히 세 번째 선반 자리를 차지하고 있는 비윅의 《영국 조류사》두 권과 바로 그 윗단에 가지런히 꽂힌 《걸리버 여행기》와 《아라비안나이트》를 알아볼 수 있었다. 생명 없는 물체들은 변하지 않았지만, 살아있는 것들은 알아볼 수 없을 정도로 변했다.

젊은 귀부인 두 명이 보였다. 한 사람은 키가 아주 커서 거의 미스 잉그럼만 한데, 아주 여윈 데다 누르께한 얼굴과 엄격한 태도를 가진 사람이었다. 그 표정에는 뭔가 금욕적인 데가 있었고, 극도로 수수한 폭이 좁은 검은 모직 드레스와 풀 먹인 아마 옷깃, 바싹 빗질해 넘긴 머리 모양, 흑단 구슬 목걸이와 십자가 같은 수녀풍 장식품 등으로 그런 인상이 더욱 강화되었다. 나는 그 사람이 일라이자가 틀림없다고 생각했다. 그 기다랗고 혈색 없는 얼굴에서 이전의 일라이자와 닮은 구석이라곤 거의 찾아볼 수 없었지만 말이다.

다른 사람은 당연히 조지아나였다. 그러나 내가 기억하는 호리호리한 요정 같은 열한 살짜리 여자아이 조지아나는 아니었다. 눈앞에 있는 사람은 아름답고 가지런한 이목구비와 슬픈 듯한 푸른 눈과 둥글둥글 말린 노란 머리를 한, 밀랍 인형처럼 곱고 꽃처럼 활짝 핀 아주 포동포동한 처녀였다. 드레스는 역시 검은색이었지만, 모양은 언니의 드레스와는 딴판으로, 훨씬 풍성하고 또 잘 어울렸다. 일라이자의 옷이 엄격해 보이는 만큼, 그 옷은 더욱 맵시 있게 보였다.

자매에게는 각기 어머니를 닮은 데가 있었다. 딱 한 가지씩이었다. 여위고 혈색이 나쁜 언니는 제 어머니의 흑수정 같은 눈을 갖고 있었다. 꽃처럼 피어난 화려한 동생은 제 어머니의 하관과 턱을 가져서, 아마 조금 부드러워지긴 했겠지만, 그 선이 더없이 육감적이고 풍만했을 인상에 뭔가 모호한 딱딱한 느낌을 가미했다.

내가 다가가자 두 사람이 자리에서 일어나 맞이했다. 둘 다 나를 '미스 에어'라고, 성으로 불렀다. 일라이자는 웃음기도 없이 짧고 무뚝뚝한 인사말을 건네고는 다시 자리에 앉아, 마치 내 존재는 잊어버린 듯 난롯불만 골똘히 쳐다보았다. 조지아나는 '안녕하세요?'라는 인사 뒤에 다소 느릿한 어조로 오는 길이라든가 날씨 같은 것에 대해 진부한 몇 마디 말을 덧붙였고, 그 사이 분주한 곁눈질로 내가 두른 담갈색 메리노 양모 외투의 주름을 살피다가 머리에 쓴 보닛의 수수한 장식을 뜯어보는 식으로, 나를 머리끝에서 발끝까지 평가했다. 젊은 숙녀들이란 자신이 상대방을 '별종'이라 생각한다는 사실을 말없이도 상대방에게 알리는 비범한 방식들을 터득하고 있는 법이다. 특정한 깔보는 시선, 쌀쌀한 태도, 무뚝뚝한 어투 등, 말이나 행동으로 드러나게 무례한 태도를 보이지 않더라도 그런 것들이 마음속에 품은 감정을 유감없이 상대방에게 드러내는 것이다.

그러나 은밀하든 공공연하든, 이제 조소는 내게 예전과 같은 힘을 발휘하지 못했다. 사촌들 사이에 앉으면서, 나는 한 사람의 완전한 무시와 다른 한 사람의 반쯤 빈정거리는 관심을 받으면서도 내가 얼마나 태연한지 알고서 놀랐다. 일라이자에게서 굴욕을 느끼지 않았고, 조지아나에게도 주눅 들지 않았다. 사실 내게는 다른 생각할 거리가 있었다. 지난 몇 달간 내 안의 감정은 더할 수 없이 강력하게 휘저어졌고, 고통과 기쁨은 더할 수 없을 정도로 격렬하고 정교하게 일깨워졌다. 그래서 둘의 태도가 좋은 쪽으로든 나쁜 쪽으로든 내게 아무 문제가 되지 않은 것이었다.

"리드 부인은 좀 어떠세요?" 나는 이내 태연하게 조지아나를 쳐다보며 물었다. 조지아나는 이런 서슴없는 질문이 마치 예상치 못한 무례라도 되는 듯이 거만하게 대하기로 작정한 듯했다.

"리드 부인? 아! 마마 말이군요. 건강이 극도로 나빠지셨어요. 오늘 밤 뵐 수 있을지 모르겠네요."

나는 말했다. "이층으로 올라가서 제가 왔다고 알려주시면 아주 감사하겠어요."

조지아나는 거의 펄쩍 뛸 정도로 놀라 푸른 눈을 휘둥그레 뜨고 희번덕거렸다. 나는 말을 덧붙였다. "리드 부인이 특별히 나를 만나고 싶어 하신다고 들어서, 그분의 원을 들어드리는 일을 필요 이상으로 늦추고 싶지 않아요."

"마마는 저녁때에 누가 귀찮게 하는 걸 싫어하세요." 일라이자가 대꾸했다. 나는 곧바로 자리에서 일어나 권하는 사람 없이도 보닛과 장갑을 벗고는, 잠깐 나가서 아마 부엌에 있을 베시에게 리드 부인이 오늘 밤 나를 만나실 생각이 있는지 확인해달라 요청하겠다고 말했다. 나는 가서 베시를 찾아 심부름을 부탁하고는, 그 밖의 필요한 사항들을 처리하기 시작했다. 늘 오만에 위축되는 것이 지금까지의 내 버릇이었다. 오늘 같은 취급을 일 년 전에 받았더라면, 날이 밝는 대로 당장 게이츠헤드를 떠나리라 결심했을 것이다. 그러나 지금은 문득 그런 계획이 어리석다는 생각이 들었다.

나는 외숙모를 보기 위해 백 마일을 왔고, 외숙모가 쾌차할 때까지, 아니면 돌아가실 때까지 곁을 지켜야 한다. 딸들의 오만함이나 어리석음에 관해서는, 그냥 한쪽으로 치워두고 영향을 받지 말아야 한다. 그래서 나는 가사 관리인을 찾아 방을 하나 보여달라고 요청했고, 일이 주 정도 이 집의 손님으로 묵을 거라 이르며 트렁크를 날라달라고 부탁하고는 그 뒤를 따랐다. 그러다 층계참에서 베시와 마주쳤다.

"마님이 깨셨어요. 아가씨가 오셨다는 말씀을 드렸으니, 가서 아가씨를 알아보시는지 어떤지 한번 보지요."

예전에 체벌을 받거나 꾸지람을 들으러 얼마나 자주 불려 갔는지, 익히 아는 그 방으로 안내를 받을 필요는 없었다. 나는 베시를 앞질러 가서 조용히 문을 열었다. 점점 어두워지는 때라 갓을 씌운 등불이 탁자에 놓여 있었다.

예전의 그 호박색 커튼이 달린, 귀퉁이마다 기둥을 세운 거대한 침대가 있었다. 화장대와 안락의자, 그리고 발판. 나는 그 발판에 무릎을 꿇고 저지르지도 않은 죄의 용서를 빌라는 명령을 수백 번쯤 받았다. 나는 근처의 구석 자리를 들여다보며 한때 거기 숨어 있다 꼬마 도깨비처럼 튀어나와 떨리는 내 손바닥이나 움츠러드는 목덜미를 치던 무시무시한 회초리 같은 기다란 무언가가 보이지 않나 살폈다. 나는 침대로 다가갔다. 커튼을 열고 높이 쌓아 올린 베개를 들여다보았다.

리드 부인의 얼굴은 선명하게 기억했다. 나는 그 익숙한 얼굴을 열심히 찾았다. 시간이 복수의 갈망을 억누르고 분노와 증오의 불길을 잠재우는 건 다행한 일이다. 나는 반감과 혐오를 품고 이 여인을 떠났으나, 이제 이 사람의 크나큰 고통에 대한 일종의 연민과 모든 상처를 잊고 용서하고 화해하고픈, 친선의 마음으로 손을 맞잡고픈 강렬한 열망 말고는 다른 묵은 감정 없이 돌아왔다.

잘 아는 얼굴이 거기 있었다. 언제나처럼 엄하고 무자비한 얼굴. 어떤 일에도 부드러워지는 법이 없는 특유의 눈과 약간 치켜올라간 거만하고 위압적인 눈썹이 있었다. 그것이 내게 얼마나 자주 증오와 혐오를 부렸던가! 그 가혹한 선을 훑는 사이에 어린 시절의 공포와 비애의 감정이 얼마나 생생하게 되살아났던가! 그러나 나는 몸을 숙여 그 뺨에 입을 맞추었다. 리드 부인이 나를 쳐다보았다.

"제인 에어냐?"

"네, 리드 외숙모, 좀 어떠세요?"

다시는 그 사람을 외숙모라고 부르지 않겠다고 맹세한 적이 있었다. 지금은 그 맹세를 잊고 깨뜨려도 죄가 안 되리라는 생각이 들었다. 내 손은 시트 밖으로 나와 있던 그 사람의 손을 감싸 쥐었다. 그 사람이 상냥하게 내 손을 마주 잡아주었더라면, 나는 그 순간 진정한 기쁨을 경험했을 것이다. 그러나 냉담한 성격은 그처럼 쉬이 부드러워지지 않고, 타고난 반감은 그처럼 쾌히 뿌리 뽑히지 않는 법이다. 리드 부인은 내 손을 뿌리치고 고개를 돌려 외면하면서 밤공기가 따뜻하다고 말했다. 그러고는 다시 너무나 차가운 시선으로 나를 쳐다보았다. 나는 나에 대한 그 사람의 의견이, 나를 향한 그 사람의 감정이 바뀌지 않았고 바뀔 수 없음을 즉각 느꼈다. 그 사람의 냉혹한 눈에서 다정함으로 흐려지지 않고 눈물로 분해될 수 없는 그 눈에서 그 사람이 마지막까지 나를 나쁘게 여기기로 마음먹었다는 사실을 알 수 있었다. 그 사람으로서는 나를 좋은 사람이라 믿어봐야 관대한 기쁨이 아니라 굴욕감만 느낄 뿐이기 때문이었다.

나는 고통을 느꼈고, 다음에는 분노를 느꼈다. 그리고 다음에는 그 사람을 복종시키겠다는, 그 사람의 성질과 의지에도 불구하고 그 사람의 지배자가 되어야겠다는 결의를 느꼈다. 어릴 때처럼 눈물이 차올랐다. 나는 눈물에게 제자리로 돌아가라고 명령했다. 나는 의자를 가져와 침대 곁에 앉아서 몸을 굽히고 물었다.

"사람을 보내 저를 부르셨어요. 그래서 제가 왔고요. 전 쾌차하시는 걸 볼 때까지 여기 있을 작정이에요."

"아, 그렇지! 내 딸들은 봤지?"

"예."

"그럼, 그 애들에게 전해줘. 내가 마음에 둔 얘기를 너에게 할 수 있을 때까지, 네가 머물렀으면 한다고 말이야. 오늘 밤은 너무 늦은 데다, 그게 무엇이었는지 잘 생각이 안 나. 하지만 말하고 싶었던 뭔가가 있었어. 어디 보자―"

두리번거리는 시선과 달라진 말투가 한때 강건했던 그 신체가 얼마나 망가졌는지 알려주었다. 리드 부인이 초조하게 몸을 뒤채며 덮고 있던 이불을 끌어당겼다. 내 팔꿈치가 누비이불 한쪽을 누르고 있었다. 그 사람이 즉각 짜증을 냈다.

"똑바로 앉아! 이불을 꽉 눌러서 나를 성가시게 하지 마. 네가 제인 에어냐?"

"제가 제인 에어예요."

"내가 그 아이 일로 얼마나 애를 먹었는지 아무도 안 믿어줄 거야. 그런 짐 덩어리가 내 수중에 남겨지다니. 그 애가 그 이해할 수 없는 성질로 매일 매시간 어쩌나 성가시게 굴던지, 게다가 갑자기 골을 내질 않나, 또 끊임없이 어린애답지 않게 사람의 일거수일투족을 지켜보질 않나! 한번은 그 애가 뭔가 미친 것처럼, 아니 악마처럼 나한테 퍼부어댔지. 그 애처럼 말하거나 쳐다보는 애는 세상에 다시 없을 거야. 난 그 애를 집에서 내쫓아서 기뻤어. 로우드에서는 그 애를 어떻게 했지? 거기서 열병이 유행해서 학생이 많이 죽었어. 그런데 그 애는 죽지 않았지. 하지만 난 그 애가 죽었다고 말했어. 난 그 애가 죽었으면 좋겠어!"

"이상한 소원이네요, 리드 부인. 왜 그 애를 그렇게 미워하세요?"

"난 늘 그 애의 어미가 싫었어. 그 여자는 남편의 유일한 여동생인데다, 남편은 그 여자를 무척 아꼈지. 그 여자가 신분이 낮은 사람과 결혼해서 가족이 절연했을 때도 남편은 반대했어. 그 여자가 죽었다는 소식을 듣고는 얼간이처럼 울어댔지. 남편이 사람을 보내 아기를 데려왔어. 내가 유모에게 맡기고 양육비를 보내는 편이 낫겠다고 간청했는데도 말이야. 난 처음 봤을 때부터 그 애가 미웠어. 허약하고, 낑낑거리고, 앙상한 것! 그것이 밤새도록 요람 안에서 울어댔어. 다른 애들처럼 큰 소리로 울부짖는 것도 아니고, 훌쩍거리고 칭얼거리면서. 남편은 그걸 가여워했어. 마치 자기 자식인양 애지중지 돌봤지. 사실은 그 나이 때의 자기 자식들보다 더 아꼈어. 남편은 내 자식들과 그 어린 거지를 친하게 만들려고 애를 쓰곤

했어. 아이들도 그건 참을 수 없었지. 아이들이 싫어하는 티를 내면, 남편은 아이들에게 화를 냈어. 남편이 죽을병에 걸렸을 때도, 자꾸 그것을 병상으로 데려오게 했어. 그리고 죽기 바로 한 시간 전에, 남편은 내게 그것을 잘 키우겠다고 맹세하게 시켰지. 난 차라리 구빈원에서 데려온 가난뱅이 애새끼를 맡는 편이 나았을 거야. 하지만 남편은 약했어, 선천적으로 약했지. 존은 자기 아버지를 전혀 닮지 않았어. 난 그게 기뻐. 존은 나를 닮았고, 내 형제들을 닮았지. 그 애는 완전히 깁슨가 사람이야. 아, 그 애가 돈 달라는 편지로 나를 좀 그만 괴롭히면 좋겠어! 이제는 그 애에게 줄 돈도 없어. 우리는 갈수록 궁핍해지고 있어. 하인 절반을 내보내고, 집도 절반은 폐쇄해야 해. 아니면 세를 주든가. 난 정말 그렇게는 못 하겠어. 하지만 그러지 않으면 어떻게 살아가지? 수입의 삼 분의 이가 빌린 돈의 이자로 나가. 존은 마구잡이로 도박을 해대고, 언제나 져. 불쌍한 녀석! 그 애는 전문도박꾼들에게 둘러싸여 있어. 존은 완전히 망가져서 타락했어. 그 애 몰골이 끔찍해. 난 그 애를 보면 부끄러워."

리드 부인의 흥분이 점점 도를 더해갔다. "난 이제 가보는 게 낫겠어." 나는 침대 맞은편에 선 베시에게 말했다.

"그러시는 게 좋겠어요, 아가씨. 하지만 마님은 밤이 되면 종종 이런 식으로 말씀하세요. 아침나절에는 좀 차분하시고요."

나는 일어섰다. "가만히 있어!" 리드 부인이 외쳤다. "말하고 싶은 다른 얘기가 있어. 존이 나를 협박해. 끊임없이 죽겠다거나 아니면 죽이겠다거나 하면서 나를 협박하지. 그리고 나는 가끔 꿈에서 그 애가 목에 큰 상처를 입거나 부어오르고 멍든 얼굴로 늘어져 있는 걸 봐. 난 몹시 곤란해. 심각한 문제들이 있단 말이야. 어떻게 해야 하지? 어떻게 돈을 마련하지?"

베시가 부인을 간곡하게 설득해 가까스로 진정제를 마시게 하는 데 성공했다. 얼마 지나지 않아 리드 부인이 침착해지더니 꾸벅꾸벅 졸기 시작했다. 나는 부인 곁을 떠났다.

리드 부인과 다시 대화 같은 걸 하기까지는 열흘 이상이 걸렸다. 부인은 매일 헛소리를 하거나, 아니면 흥분 상태에 빠져 있었다. 의사는 부인을 고통스럽게 자극하는 것은 무엇이든 일절 금했다. 그러는 동안 나는 가능한 한 일라이자와 조지아나와 잘 지내보려 했다. 사실 그들은 처음에 매우 냉담했다. 일라이자는 하루의 반은 재봉이나 독서, 편지 쓰기 따위를 하며 보냈고, 나나 여동생에게 말한마디 하는 법이 없었다. 조지아나는 자기가 기르는 카나리아 새에게는 한 시간씩 쓸데없는 소리를 지껄이면서도 나는 거들떠보지 않았다. 그러나 나는 할 일이나 즐길 거리가 없어 난처한 사람처럼 보이지 않겠다고 결심했다. 그림 도구를 챙겨 간 덕분에, 그것이 할 일과 즐길 거리의 역할을 모두 수행해주었다.

나는 필통과 종이 몇 장을 챙겨서 그들과 떨어진 창가 쪽 자리에 앉아 장식적인 문양들을 스케치하고, 두 바위 사이로 어슴푸레 보이는 바다, 떠오르는 달과 그 앞을 지나는 배, 우거진 갈대와 꽃창포 속에서 떠오르는 연꽃 화관을 쓴 님프의 머리, 산사나무 꽃가지를 엮은 화관 아래 바위종다리 둥지에 앉은 꼬마요정 같은, 끊임없이 바뀌는 만화경 같은 상상 속에서 순간순간 떠오르는 장면들을 묘사하곤 했다.

어느 날 아침에는 얼굴을 그리기 시작했다. 그게 어떤 종류의 얼굴이 될지 알지 못했고, 신경 쓰지도 않았다. 나는 무른 검은 연필을 택해 뭉툭하게 심을 다듬은 다음 그리기 시작했다. 이내 넓고 툭 튀어나온 이마와 각진 얼굴의 아래쪽이 그려졌다. 그 윤곽이 썩 마음에 들었다. 내 손은 재빨리 움직이며 이목구비를 채워넣기 시작했다. 이 이마 밑에는 확연히 두드러지는 수평적인 눈썹이 그려져야 한다. 그러고는 자연히 쭉 곧은 콧날과 불거진 콧방울이 달린 윤곽이 뚜렷한 코가 따라오고, 그러고는 절대 얇지 않은 나긋나긋해 보이는 입이, 그러고는 중앙에 단호하게 갈라진 틈이 있는 단단한 턱이. 물론 약간의 검은 구레나룻도 필요하지, 그리고 관자놀이를 장식하고 이마 위에서 물결치는 약간의 칠흑 같은 머리카락도. 이제는 눈이다. 가장 꼼꼼하게 작업해야 하는 부분이라서 맨 나중으로 남겨둔 참이었다. 나는 시원시원하게 그렸다. 모양도 잘 잡았다. 속눈썹은 길고 짙게, 눈동자는 크고 반짝이게. '좋아! 하지만 아직 뭔가 부족해.' 나는 찬찬히 그림의 결과를 살피며 생각했다. '눈에 힘과 혼이 좀 더 들어가야 해.' 나는 빛이 더 눈부시게 반짝이도록 그림자를 더 진하게 칠했다. 기꺼운 한두 번의 손질로 의도했던 효과가 나타났다. 자, 눈앞에 친구의 얼굴이 있다. 저 아가씨들이 내게 등을 돌려봐야, 그게 무슨 의미가 있단 말인가? 나는 그림을 쳐다보았다. 말이라도 할 것 같은 그 닮은 모습에 미소를 지었다. 나는 완전히 몰두했고, 만족했다.

"누구, 아는 사람의 초상화예요?" 모르는 사이에 곁으로 온 일라이자가 물었다. 나는 그냥 상상으로 그린 얼굴일 뿐이라고 대답하고는 서둘러 다른 그림들 밑에 숨겼다. 물론, 그건 거짓말이었다. 그 그림은 사실 로체스터 씨를 아주 충실하게 재현한 그림이었다. 하지만 그것이 일라이자에게, 아니 나 말고 다른 누구에게 무슨 의미가 있겠는가? 조지아나도 구경하러 왔다. 다른 그림들은 무척 마음에 들어 했지만, 그 그림을 보고는 '못생긴 남자'라고 했다. 둘 다 내 그림 솜씨에 놀란 듯했다. 초상화를 그려주겠다고 하니, 둘이 차례로 앉아서 자세를 취해주었다. 나는 연필로 윤곽을 그렸다. 그러자 조지아나가 자기 앨범을 꺼내 왔다. 나는 거기에 수채화 한 점을 더해주겠노라 약속했다. 당장에 기분이 좋아진 조지아나가 정원을 산책하자고 제안했다. 밖으로 나간 지 두 시간도 되기 전에, 우리는 흉금을 터놓은 대화에 빠져들었다. 조지아나는 내게 호의를 베풀어 이 년 전 런던 사교계에서 보낸 화려한 겨울을 자세히 설명해주었다. 거기서 들은 찬사들이며, 받았던 배려들이며, 심지어 어느 귀족의 사랑을 받았다는 암시까지 넌지시 흘렸다. 시간이 오후로, 저녁으로 흘러가면서 이런 암시들은 점점 상세하게 묘사되기 시작했다. 갖가지 달콤한 대화들이 보고되고, 감상적인 장면들이 서술되었다. 간단하게 말하자면, 조지아나는 그날 나를 위해 사교계 생활에 관한 소설 한 권을 즉석에서 들려준 것이었다. 그런 대화가 날이면 날마다 새로 시작됐다. 주제는 늘 같았다. 자기 자신, 자신의 사랑, 자신의 비애. 이상하게도 조지아나는 모친의 병환이나 오빠의 죽음, 또는 지금 가족이 처한 암담한 상황을 한 번도 언급하지 않았다. 그 사람의 마음은 화려했던 지난날의 추억과 앞으로 올 방탕한 생활에의 기대로 꽉 차 있었다. 어머니의 병실에는 매일 더도 아닌 딱 오 분밖에 머무르지 않았다.

일라이자는 여전히 말수가 적었다. 얘기할 시간이 없기도 했다. 그처럼 바빠 보이는 사람은 평생 본 적이 없었다. 그러나 그 사람이 무엇을 하는지 말하기는, 아니 그보다, 뭐라도 그 부지런함의 결과를 찾아보기는 어려웠다. 일라이자는 아침 일찍 깨워주는 자명종[49]을 가지고 있었다. 아침을 먹기 전에 무얼 하는지는 모르겠지만, 아침을 먹은 후에는 시간을 일정하게 나눠 매시간 정해진 일을 했다. 하루에 세 번 조그만 책을 놓고 공부를 했는데, 자세히 살펴보니 성공회 기도서였다. 한번은 그 책의 어떤 부분이 제일 흥미로운지 물었는데, "전례 법규"라는 대답이 돌아왔다. 세 시간은 크기가 거의 융단만 한 정사각 모양의 진홍색 천 가장자리에 금실로 수를 놓는 데 썼다. 어디에 쓸 물건이냐는 질문에 일라이자는 게이츠헤드 근처에 새로 세워진 성당의 제단을 덮을 보라고 일러주었다. 두 시간은 일기를 쓰는 데 썼고, 또 두 시간은 혼자 텃밭에서 일하는 데 썼다. 그리고 한 시간은 장부 정리에 썼다. 일라이자는 친구도 대화도 원치 않는 듯 보였다. 나는 일라이자가 자기 방식대로 행복했다고 믿는다. 그 사람은 그 틀에 박힌 일과로 족했다. 그리고 시계 장치처럼 규칙적인 그 일과를 흐트러뜨리는 사건만큼 그 사람을 화나게 하는 일도 없었다.

어느 날 밤 평소와 달리 터놓고 이야기하고 싶은 기분이었던 듯한 일라이자가 존의 행실과 가족이 처한 파산 위기가 자기한테는 상당한 고통의 원인이었다고 털어놓았다. 그러나 지금은 마음을 잡았고 계획도 마쳤다고 했다. 자기 재산은 안전하게 숨겨두었으니, 어머니가 돌아가시면(어머니가 회복하거나 오래 앓을 가능성은

---

49   첫 기계적 자명종은 1787년 미국의 레비 헛친스Levi Hutchins가 발명했는데, 발명자의 습관에 맞춰 새벽 4시에 울리게 고정되어 있었다. 시간을 설정할 수 있는 자명종은 1847년 프랑스에서 앙투안 레디어Antoine Redier가 처음으로 특허를 출원했다. 일라이자가 자명종을 가지고 있었다면, 새벽 4시에만 울리는 초기 모델이었을 것으로 보인다.

전혀 없는 듯하다고 일라이자는 태연하게 말했다) 오래 품은 계획을 실행하겠다고 했다. 규칙적인 일과가 절대 방해받지 않을 은신처를 찾아서 천박한 이 사회와 자기 사이에 안전한 장벽을 두겠다는 계획이었다. 나는 조지아나도 같이 가느냐고 물었다.

"당연히 아니죠."

조지아나와 일라이자는 공통점이 하나도 없었다. 처음부터 그랬다. 일라이자는 무슨 일이 있어도 조지아나를 데리고 가는 부담을 지지 않을 작정이었다. 조지아나는 조지아나의 길을 가야 했다. 일라이자는 일라이자의 길을 갈 터였다.

조지아나는 내게 속마음을 털어놓을 때를 제외하면 대체로 소파에 누워서 침울한 집 안 분위기에 조바심을 내거나 깁슨 외숙모가 런던으로 부르는 초대장을 보내주기를 소원하고 또 소원하면서 지냈다. "상황이 다 정리될 때까지 한두 달 정도만 다른 데 가 있으면 얼마나 좋을까." '상황이 다 정리되다'라는 말이 무슨 뜻인지 물어보지는 않았지만, 예상되는 어머니의 죽음과 그에 따르는 우울한 장례 절차를 의미하는 듯싶었다. 일라이자는 눈앞에서 빈둥거리며 혼자 중얼거리는 사람 자체가 안 보인다는 듯이, 동생의 게으름과 불평을 대체로 무시했다. 그러나 하루는 장부책을 밀어놓고 자수 일감을 펼치다가 갑자기 동생을 걸고넘어지기 시작했다.

"조지아나, 너보다 헛되고 어리석은 동물이 이 세상에 태어나 불편을 끼친 적은 일찍이 없을 거야. 넌 태어나서는 안 됐어. 삶을 살질 않으니까. 이성이 있는 인간이라면 응당 그래야 하듯이, 자기 힘으로 자기 뜻에 따라 자립해서 사는 게 아니라, 넌 자신의 무력함을 핑계 삼아 다른 사람의 힘에 빌붙을 생각만 해. 너처럼 뚱뚱하고 허약하고 오만하고 쓸모없는 것을 기꺼이 부양해줄 누군가를 찾지 못하면, 넌 냉대를 받았다느니, 무시당했다느니, 불행하다느니 하면서 울부짖지. 그러고 또, 너는 삶을 끊임없는 변화와 흥분의 장으로 생각해. 아니면 세상은 지하 감옥이야. 넌 반드시 떠받들어져야 하고, 넌 반드시 구애를 받아야 하고, 넌 반드시 달콤한 말을 들어야 하지. 네겐 반드시 음악과 춤과 사교가 있어야 해. 아니면 넌 시들시들해지고 기운을 잃어. 다른 사람의 노력이나 의지에 의존하지 않고 자기 노력과 의지로 살아갈 체계를 궁리할 만큼의 분별은 없어? 하루를 생각해봐. 그걸 조각으로 나누고, 조각마다 할 일을 할당하는 거야. 할당된 일이 없는 빈 시간을 십 분도 오 분도 일 분도 두지 마. 전체를 다 써야 해. 일 하나하나를 순서대로 엄격하게 규칙을 지켜서 해봐. 그러면 날이 시작되기 무섭게 져버릴 거야. 다른 사람의 신세를 지며 무료한 시간을 없앨 필요도 없게 되겠지. 누구의 교제도 수다도 동정도 용서도 구할 필요가 없어져. 짧게 말해서, 넌 독립적인 존재로서 살아가게 될 거야. 내 충고를 잘 새겨들어. 내가 너에게 처음이자 마지막으로 주는 충고니까. 그러면 넌 무슨 일이 생기든 나나 다른 누구도 필요하지 않게 될 거야. 이 충고를 무시하고 지금껏 해오던 대로 남에게 바라기만 하고 징징거리면서 빈둥거리면, 네 어리석음의 결과가 아무리 비참하고 견딜 수 없는 것이라도 받아들일 수밖에 없겠지. 분명히 해두고 싶은 게 있어. 잘 들어. 지금부터 하려는 얘기는 두 번 다시 반복하지 않겠지만, 난 철저하게 이 말에 따라 행동할 테니까. 어머니가 돌아가시면 난 너와 관계를 끊을 거야. 어머니의 관이 게이츠헤드 성당 지하 매장실에 들어가는 그날부터 너와 나는 생판 남남인 듯이 헤어지는 거야.

우리가 우연히 한 부모 밑에 태어났다고 해서, 내가 그 미약한 인연으로나마 네가 빌붙는 것을 감내하리라는 생각은 하지도 마. 이건 말할 수 있어. 모든 인류가 사라지고 이 세상에 우리 둘만 남아도, 나는 너를 구세계에 남겨두고 혼자 신세계로 갈 거야."

일라이자가 입을 다물었다.

"굳이 그런 일장 연설을 할 필요도 없잖아." 조지아나가 말했다. "언니가 둘도 없이 이기적이고 몰인정하다는 건 세상 사람들이 다 아니까. 난 언니가 나한테 악의적인 증오를 품고 있는 걸 알아. 일전에 에드윈 뷔어 경 일이 있을 때 나한테 썼던 계략이 그 표본이지. 언니는 내가 자기보다 신분이 높아지거나, 작위를 갖게 되거나, 언니로서는 얼굴도 내밀지 못할 사교계에 받아들여지는 것을 견딜 수 없었을 거야. 그래서 첩자와 밀고자 짓을 해서 내 장래를 영원히 망쳐버렸지." 조지아나가 손수건을 꺼내서는 그 뒤로 한 시간 동안이나 코를 풀어댔다. 일라이자는 냉담하고 무감각한 표정으로 앉아서 부지런히 손만 놀릴 뿐이었다.

진실하고 풍부한 감정을 가벼이 여기는 사람들이 있는데, 여기 두 사람을 보자면, 그런 감정이 부족한 탓에 하나는 참을 수 없을 정도로 가혹한 성질이 되고, 다른 하나는 경멸스러울 정도로 무미건조한 성질이 되었다. 판단력이 없는 감정이란 정말이지 너무 묽어서 아무짝에도 쓸모없는 약이나 마찬가지지만, 감정으로 조절되지 않은 판단력이란 인간이 삼키기에는 너무 쓰고 강한 약이다.

어느 비바람 치는 오후였다. 조지아나는 소파에서 소설을 읽다가 잠들었다. 일라이자는 새로 지은 성당에서 거행되는 어느 성인의 축일 미사에 참석하러 나가고 없었다. 종교에 관해서라면 완고한 형식주의자였기 때문에, 어떤 날씨도 일라이자가 스스로 받아들인 신앙적 의무를 규칙적으로 수행하는 것을 막지 못했다. 비가 오나 바람이 부나, 일라이자는 일요일마다 세 번 성당에 갔고, 기도회가 있으면 평일에도 자주 성당에 갔다.

나는 이층으로 가서 죽어가는 여인이 어쩌고 있는지 봐야겠다 싶었다. 리드 부인은 거의 돌보는 이 없이 누워 있었다. 하인들도 이따금 생각날 때만 들여다볼 뿐이고, 고용된 간호사는 감독하는 눈이 없으니, 틈만 나면 병실을 빠져나가기 일쑤였다. 베시는 충실했지만, 챙겨야 할 자기 가족이 있다 보니, 저택에는 어쩌다가 한 번씩 올 뿐이었다. 예상대로 병실에는 지키는 사람이 없었다. 간호사도 없었다. 환자는 가만히 누워 있는데, 혼수상태인 듯했다. 검푸른 얼굴이 베개들에 푹 파묻혔고, 쇠살대 안의 난롯불이 꺼져가고 있었다. 나는 석탄을 더 집어넣고 이불을 다시 정돈하고는, 이제는 나를 쳐다보지도 못하는 사람을 한동안 멍하니 바라보았다. 그러고는 창가로 갔다.

비가 세차게 유리창을 때리고 바람이 미친 듯이 휘몰아쳤다. '저기 사람이 누워 있다.' 나는 생각했다. '머지않아 세속의 이전투구를 넘어설 사람이. 저 영혼은, 제 물질의 집을 벗어나려고 몸부림치고 있는 저 영혼이 마침내 풀려나면, 어디로 훨훨 날아가는 걸까?'

이런 거대한 신비를 곰곰이 생각하다가 나는 헬렌 번스와 그 아이가 죽어가며 했던 말을, 그 아이의 신앙과 몸을 떠난 영혼은 평등하다고 했던 그 아이의 교리를 떠올렸다. 나는 머릿속으로 생생히 기억하는 그 아이의 목소리에 귀 기울이며 평온한 임종의 자리에 누워 하늘에 계신 아버지의 품으로 돌아가기를 갈망한다고 속삭이던 그 아이의 창백하고 영적인 면모를, 여윈 얼굴과 숭고한 시선을 그려보았다. 그때 뒤에 있는 침대에서 희미한 목소리가 중얼거렸다. "게 누구냐?"

리드 부인이 며칠이나 말을 못 했다고 알고 있었다. 나아지고 있는 걸까? 나는 곁으로 갔다.

"저예요, 리드 외숙모."

"저라니, 누구? 넌 누구냐?" 나를 쳐다보는 눈에는 놀라움과 아직은 심하지 않은 일종의 경계심이 서려 있었다. "너는 내가 전혀 모르는 사람인데, 베시는 어디 있어?"

"문지기 집에 있어요, 외숙모."

"외숙모라니! 누가 날 외숙모라고 부르지? 넌 깁슨가 사람이 아닌데. 하지만 난 너를 알아. 그 얼굴, 그리고 그 눈과 이마, 아주 눈에 익어. 너는 꼭, 그러니까, 너는 꼭, 제인 에어를 닮았구나."

나는 아무 말도 하지 않았다. 정체를 밝혔다가 환자에게 충격을 줄까 싶어서였다.

"하지만, 내 착각일 거야. 내 생각을 믿을 수 없으니까. 제인 에어를 만나고 싶었지. 그래서 닮지도 않은 사람을 닮았다고 생각하는 거야. 게다가 팔 년이나 지났으니, 그 애도 많이 변했을 텐데." 나는 그제야 내가 바로 생각하고 바라신 그 인물이라고 상냥하게 일렀다. 그리고 리드 부인이 내 말을 이해하는 데다 의식이 상당히 맑은 것을 보고, 베시가 자기 남편을 손필드로 보내 나를 데려오게 했다고 설명했다.

"나는 많이 아프다." 잠시 후에 리드 부인이 말했다. "몇 분 전부터 돌아누우려고 애를 썼지만, 발끝 하나 움직일 수가 없구나. 죽기 전에 마음이라도 편하게 하는 편이 좋겠지. 건강했을 때는 생각도 안 하던 것들이 지금 나와 같은 이런 상황에서는 무거운 짐이 되니까. 여기 간호사가 있니? 아니면 이 방에 너 말고 다른 사람이 있어?"

나는 우리 둘뿐이라고 확인해주었다.

"자, 난 너에게 두 번 잘못을 저질렀고, 지금은 후회한다. 하나는 널 내 자식처럼 키우겠다고 남편에게 한 약속을 깨뜨린 거야. 다른 하나는—" 리드 부인이 말을 멈췄다. "어쨌든, 뭐 그리 대단한 일은 아니니까." 리드 부인이 혼잣말을 중얼거렸다. "그러고 나면 내 병이 나아질지도 모르지. 하지만 이 애에게 이렇게 숙이고 들어가자니, 괴롭군."

리드 부인이 자세를 바꾸려고 애를 썼지만 실패했다. 표정이 바뀌었다. 내적인 어떤 감각을, 아마도 마지막 고통의 전조를 느낀 것 같았다.

"자, 나는 이걸 이겨내야 해. 영원이 날 기다리고 있어. 이 애에게 말하는 게 낫겠지. 가서 내 화장도구 상자를 열고, 안에 든 편지를 꺼내 오너라."

나는 시키는 대로 했다. "편지를 읽어." 리드 부인이 말했다.

편지는 짧았고, 다음과 같이 적혀 있었다.

"— 부인에게,

죄송하지만 제 조카딸 제인 에어의 주소와 근황을 좀 알 수 있을까요? 곧 그 아이에게 제가 있는 마데이라로 오라는 편지를 보내려고 합니다. 하늘의 섭리가 저의 노력을 축복해준 덕분에 자산을 모았으나, 저는 결혼도 하지 않고 아이도 없으니, 제가 살아 있는 동안 그 아이를 양녀로 삼았다가 죽은 뒤에는 남은 전 재산을 물려주고 싶습니다.

저는… 부인께서… 기타 등등, 기타 등등,

마데이라에서 존 에어."

삼 년 전 날짜가 적힌 편지였다.

"왜 저한테 알려주지 않으셨어요?"

"왜냐하면 네 처지가 나아지도록 돕기도 싫을 만큼 널 확실하고 철저하게 싫어했기 때문이지. 네가 나에게 한 짓을 잊을 수가 없었다, 제인. 언젠가 나한테 악다구니를 썼던 일이나, 나를 이 세상 그 누구보다 미워한다고 딱 잘라 말하던 그 말투나, 내 생각만 해도 소름이 끼친다느니 내가 자기를 혹독하게 다룬다느니 하던, 그 어린 애답지 않은 표정이나 목소리를 잊을 수가 없었어. 네가 그렇게 덤벼들어 네 속에 든 독액을 토할 때의 내 기분을 나는 잊을 수가 없었다. 내가 때리거나 밀쳤던 짐승이 인간의 눈으로 나를 쳐다보면서 인간의 목소리로 나를 저주하는 듯한 공포였지. 물을 줘! 아, 어서!"

나는 리드 부인을 도와 물을 마시게 했다. "리드 외숙모, 그런 건 더는 생각하지 마시고 다 마음에서 지워버리세요. 제 격한 말들을 용서해주세요. 그때 전 어린애였어요. 팔, 구 년 전 일이니까요."

리드 부인은 내 말을 전혀 듣지 않았다. 물을 조금 마시고 나더니 숨을 들이쉬고는 다시 말을 이어나갔다.

"나는 그걸 잊을 수가 없었다. 그래서 복수했지. 네가 삼촌에게 입양되어 안락하고 편안하게 사는 걸 나는 참을 수 없었다. 난 답장을 썼어. 실망을 안겨 드려서 죄송하지만 제인 에어는 죽었다고, 로우드에서 발진티푸스로 죽었다고 말이야. 자, 이젠 좋을 대로 해. 지금이라도 당장 내 주장에 반박하는 편지를 써. 내 거짓말을 폭로해. 넌 마치 나를 괴롭히기 위해서 태어난 존재 같아. 내 마지막 순간이, 너만 없었다면 저지를 꿈조차 꾸지 않았을 짓의 기억으로 시달리는구나."

"외숙모, 제발 그런 일은 더 생각하지 마시고, 친절과 관용으로 저를 봐주시면…."

"너는 성질이 참 못됐어. 나로서는 지금까지도 이해가 안 가는 성질이지. 구 년 동안 어떤 취급을 받아도 말없이 잘 참던 애가 어떻게 십 년째에 그렇게 난폭하게 폭발할 수가 있는지, 나는 도무지 이해가 안 돼."

"제 성질은 외숙모께서 생각하시는 만큼 나쁘지 않아요. 열렬하지만 앙심을 품진 않아요. 어린아이였을 때 받아주시기만 했다면, 전 몇 번이고 기꺼이 외숙모를 사랑했을 거예요. 그리고 전 지금 진지하고 애타게 외숙모와 화해하기를 바라고 있어요. 제게 입 맞춰 주세요, 외숙모."

나는 리드 부인의 입술에 내 뺨을 가져다 댔다. 부인은 입술을 대려고도 하지 않았다. 내가 자기를 눌러서 무겁다며 다시 물을 달라고 했다. 나는 부인을 안아 일으켜 물을 마시게 한 다음 다시 눕히고는 그 얼음처럼 차고 끈끈한 손을 잡았다. 연약한 손가락들이 내 손길을 피해 움츠러들었다. 흐릿한 눈이 내 시선을 피했다.

"그럼, 저를 사랑하시든 미워하시든 마음대로 하세요." 마침내 나는 말했다. "전 외숙모를 완전히 용서했어요. 이제 하느님께 용서를 구하시고 평화를 얻으세요."

불쌍하고 불쌍한, 고통받는 여인이여! 지금에 와서 습관적인 마음의 틀을 바꾸려고 노력하기에는 너무 늦었다. 살아생전 나를 미워했으니, 죽어가는 지금도 변함없이 나를 미워할 수밖에 없는 것이다.

그때 간호사가 들어오고, 뒤따라 베시가 들어왔다. 그래도 나는 혹시라도 친선의 신호 같은 걸 볼 수 있을까 싶어 삼십 분이나 더 머뭇거렸다. 하지만 리드 부인은 어떤 신호도 주지 않았다. 부인은 이내 혼수상태로 돌아갔고, 다시는 의식을 회복하지 못한 채 그날 밤 자정에 숨을 거뒀다. 임종의 자리에는 나도 없었고, 부인의 두 딸도 없었다. 다음 날 아침에 사람들이 와서 다 끝났다고 알렸다. 그때 부인은 이미 입관된 뒤였다. 일라이자와 나는 부인을 보러 갔다. 큰 소리로 울음을 터뜨린 조지아나는 차마 못 가겠다고 했다.

한때 강건하고 활기찼던 세라 리드의 몸이 뻣뻣이 굳은 채 누워 있었다. 부싯돌 같던 눈은 싸늘한 눈꺼풀에 덮였고, 이마와 뚜렷한 이목구비는 여전히 그 냉혹한 영혼의 흔적을 지니고 있었다. 내게 그 시체는 기이하고도 엄숙한 대상이었다. 나는 우울하고 고통스러운 심정으로 그것을 응시했다. 그 시체는 어떤 부드러움도, 어떤 달콤함도, 어떤 연민도, 어떤 희망이나 위안도 불러일으키지 않았다. 나의 상실이 아니라 그 사람의 불행에 대한 속을 긁는 격통과 그런 식의 죽음에 대한 공포에서 오는, 눈물도 없는 침울한 당혹감뿐이었다.

일라이자는 태연하게 자기 어머니를 살폈다. 얼마간 침묵을 지킨 뒤에 일라이자가 말했다.

"어머니 체질이면 꽤 나이 드실 때까지 사실 줄 알았는데, 걱정 탓에 수명이 짧아지셨어." 그러고는 일순간 입술에 경련이 일었다. 그것이 지나가자, 일라이자는 돌아서서 방을 나갔다. 나도 방을 나섰다. 둘 다 눈물 한 방울 흘리지 않았다.

22장

로체스터 씨가 준 휴가는 단 일주일이었는데, 내가 게이츠헤드를 나선 건 한 달이나 지나서였다. 장례식이 끝나는 즉시 떠날 예정이었는데, 조지아나가 자기가 런던으로 출발할 때까지만 머물러달라고 간곡히 청해왔다. 누이동생의 매장과 이런저런 집안일을 정리하러 내려온 외삼촌 깁슨 씨가 마침내 조지아나를 런던으로 초청한 것이었다. 조지아나는 일라이자와 단둘이 남는 것이 무섭다고 했다. 언니로부터는 우울에 대한 공감도, 불안에 대한 지원도 받을 수 없었고, 여행 준비를 하는 데도 도움을 받을 수 없었기 때문이었다. 그래서 나는 의지박약의 통곡과 이기적인 비탄을 최대한 참아가며 조지아나를 위해 바느질을 하고 옷가지를 꾸렸다. 내가 일하는 동안 조지아나가 빈둥거린 것은 사실이다. 나는 속으로 생각했다. '사촌이여, 우리가 늘 함께할 운명이라면, 우린 다른 방식으로 일을 시작했겠지. 나도 모든 일을 감내하는 역할을 순순히 떠맡진 않았을 거야. 너에게 네 몫의 노동을 할당하고, 그걸 완수하도록 강요하거나, 아니면 안 된 채로 그냥 두겠지. 또 그 질질 끄는, 반쯤은 본심도 아닌 불평들은 네 가슴속에 묻어두라고 끊임없이 다그쳤을 거야. 그러니 내가 이렇게 묵묵히 고분고분하게 내 역할을 받아들이는 건, 하필이면 우리 관계가 아주 일시적인 데다, 특히 네가 상을 당해 슬픔에 잠긴 때이기 때문이야.'

마침내 나는 조지아나를 떠나보냈다. 그런데 이번에는 일라이자가 일주일만 더 있어달라고 부탁을 해왔다. 자기 계획에 모든 시간과 신경을 집중해야 한다는 이유였다. 일라이자는 어딘지 알 수 없는 목적지를 향해 출발할 참이었다. 문을 걸어 잠그고 종일 자기 방에 틀어박혀서는 트렁크를 꾸리고, 서랍을 비우고, 서류를 태우며, 누구와도 접촉하지 않았다. 일라이자는 내가 가사를 관리하고, 방문객들을 만나고, 조문 편지에 답장해주기를 바랐다.

어느 날 아침, 일라이자가 이젠 마음대로 해도 좋다고 말했다. 그러면서 덧붙이기를, "당신의 값진 도움과 사려 깊은 태도가 얼마나 고마운지 모르겠어요. 당신 같은 사람과 사는 건 조지아나와 사는 것과는 퍽 다르겠지요. 당신은 자기 몫의 역할을 해내면서 누구에게도 부담을 지우지 않아요. 내일 전 대륙으로 출발합니다. 프랑스 릴 근처에 있는 수도원에, 보통 수녀원이라 하지요, 제 거처를 마련할 겁니다. 거기라면 아무 방해도 받지 않고 조용히 살 수 있을 거예요. 한동안은 로마 가톨릭교회의 교리를 검토하고, 그 교회 조직이어떻게 운영되는지 연구하는 데 전념할 작정이에요. 이미 반쯤은그러리라 예상하지만, 만사를 질서정연하게 꾸려가는 데 그 조직이 가장 적합하겠다고 판단되면, 나는 로마의 교의를 받아들이고 수녀가 될 겁니다."

나는 이 결심을 듣고 놀라는 기색을 보이지도 않았고 말리려는 시도도 하지 않았다. 나는 생각했다. '그야말로 꼭 어울리는 천직이로군. 부디 그 일이 큰 도움이 되기를!'

우리가 헤어질 때 일라이자가 말했다. "안녕, 사촌 제인 에어. 잘 지내시길. 당신은 제법 지각 있는 사람이에요."

나는 대꾸했다. "사촌 일라이자, 언니도 지각이 없진 않아요. 하지만 언니가 가진 지각은 아마도 앞으로 일 년 안에 프랑스 수녀원의 담 안에 산 채로 갇히겠지요. 어쨌든, 제가 참견할 일은 아니고, 그게 또 언니한테 어울리니, 전 별로 신경 안 써요."

"옳은 말이에요." 일라이자가 말했다. 그런 말과 함께 우리는 헤어져 각자의 길로 향했다. 앞으로는 일라이자나 조지아나를 언급할 기회가 없을 듯하니, 여기서 말해두는 것이 좋겠다. 조지아나는 닳을 대로 닳은 부유한 사교계 남성과 조건이 좋은 결혼을 했고, 일라이자는 실제로 수녀가 되었고, 지금은 수녀 수련을 받았던, 그리고 자신의 재산을 기부한 수녀원의 원장으로 있다.

길든 짧든 집을 떠나 있다가 귀가할 때의 기분이 어떤지를 나는 몰랐다. 그런 일을 한 번도 경험해본 적이 없기 때문이었다. 어릴 때 오랜 산책 끝에 추워 보인다거나 음침해 보인다는 이유로 야단을 맞으러 게이츠헤드로 돌아가는 기분이 어떤지는 알았다. 그리고 그 뒤에 풍성한 식사와 활활 타는 난롯불을 기대하며 성당에서 로우드로 돌아왔다가 둘 다 얻지 못했을 때의 기분이 어떤지도 알았다. 어느 쪽 귀가도 아주 즐겁거나 기대되지는 않았다. 정해진 지점에 가까워질수록 나를 점점 더 강하게 끌어당기는 자석은 어느 쪽에도 없었다. 손필드로 돌아가는 기분은 이제부터 시험해보아야 할 것이었다.

여행은 지루했다. 아주 지루한 기분이었다. 첫날에 팔십 마일을 가고 여관에서 하룻밤을 묵은 다음, 다음 날에 또 오십 마일을 갔다. 첫 열두 시간 동안에는 내내 리드 부인의 마지막 순간들을 생각했다. 나는 변형되고 변색한 얼굴을 보았고, 이상하게 바뀐 음성을 들었다. 장례식 날과 관과 영구마차와 소작인들과 하인들의 검은 행렬(친척은 몇 안 됐다)과 입을 벌린 지하 매장실과 고요한 성당과 엄숙한 미사가 떠올랐다. 그러고는 일라이자와 조지아나를 생각했다. 나는 무도회장에서 만인의 시선을 사로잡는 한 사람과 수녀원 독방에 스스로를 가둔 다른 한 사람을 보았다. 그러고는 둘의 인물됨과 성격적 특성들을 곰곰이 따지며 분석했다. 저녁참에 XX주 대도시에 도착하면서 이런 생각들이 흩어져버렸다. 밤은 그 생각들에 완전히 다른 변화를 주었다. 여관방 침대에 누워 나는 지난날 대신 앞날을 생각하기 시작했다.

나는 손필드로 돌아가고 있었다. 하지만 그곳에 얼마나 오래 머무르게 될까? 길지는 않을 것이다. 나는 확신했다. 손필드를 떠나 있는 동안 페어팩스 부인으로부터 소식을 전해 들었다. 저택에 모인 손님들이 돌아갔다는 것, 로체스터 씨가 삼 주 전에 런던으로 떠났다는 것, 하지만 이 주 후에 돌아올 예정으로 가셨다는 것. 페어팩스 부인은 그가 새 마차를 구매하는 얘기를 한 것으로 미루어 결혼식 준비를 하러 갔으리라 짐작했다. 부인은 그가 미스 잉그럼과 결혼한다는 사실이 여전히 이상하게 느껴진다고 말했다. 하지만 다들 하는 얘기로 봐서, 그리고 자기 눈으로 직접 본 바에 따라, 곧

식이 거행될 거라는 사실을 더는 의심할 수 없다고 했다. '그걸 의심하신다면, 당신이 특이하게 의심이 많은 사람이겠지요.' 나는 속으로 말했다. '저는 의심하지 않아요.'

문제의 질문이 이어졌다. '나는 어디로 가지?' 나는 밤새 미스 잉그럼의 꿈을 꾸었다. 새벽녘에 꾼 생생한 꿈에서는 미스 잉그럼이 내 눈앞에서 손필드의 대문을 닫고는 다른 길을 가리켜 보였다. 로체스터 씨가 팔짱을 낀 채 냉소적인 미소를 지으며 우리를 쳐다보고 있었다.

나는 아직 페어팩스 부인에게 정확한 귀가 날짜를 알리지 않았다. 이륜마차든 사륜마차든, 마차가 밀코트까지 날 마중하러 나오는 걸 원치 않았기 때문이었다. 나는 손필드까지 혼자 조용히 걸어갈 작정이었다. 유월의 어느 날, 나는 저녁 여섯 시경에 여관 마부에게 짐을 맡긴 다음, 아주 조용히 조지 여관을 빠져나와 손필드로 향하는 옛길을 걷기 시작했다. 주로 목초지를 가로질러 난 그 길은 그즈음에는 다니는 사람이 거의 없었다.

화창하거나 찬란한 여름 저녁은 아니었지만, 그래도 맑고 온화한 날이었다. 길을 가는 내내 목초지에서 건초 만드는 사람들이 보였다. 구름 한 점 없는 하늘과는 거리가 멀어도 내일의 맑은 날씨를 예고하는 듯한 하늘이었다. 그 푸른색은, 적어도 푸른색이 보이는 부분은 순하게 안정돼 보였고, 구름층은 높고 얇았다. 서쪽 하늘도 따뜻해 보였다. 온도를 떨어뜨리는 습기의 번득임도 없었다. 그 하늘은 횃불이 밝혀진 듯했다. 대리석 무늬 같은 수증기 장막 뒤에 불타는 제단이 있어 장막의 틈마다 붉은 황금색 빛이 새 나왔다.

남은 길이 점점 줄어드는 것이 기뻤다. 너무 기뻐서, 한번은 발길을 멈추고 이 기쁨이 의미하는 바가 무엇인지 자문하기까지 했다. 그러면서 내가 가는 이 길이 내 집으로 가는 길이 아니라는 사실을 되새겼다. 이 길은 영구적인 안식처로 가는 길도 아니었고, 다정한 가족들이 행여나 나일까 싶어 밖을 내다보며 내가 도착하기를 기다리는 곳도 아니었다. '페어팩스 부인은 웃으며 조용히 널 환영해 주겠지, 틀림없이.' 나는 속으로 말했다. '그리고 어린 아델은 널 보고 손뼉을 치면서 깡충깡충 뛸 거야. 하지만 네가 그들이 아니라 다른 사람을 생각하고 있다는 걸 나는 너무나 잘 알고 있어. 그리고 그가 너를 생각하지 않는다는 것도.'

그러나 젊음만 한 고집쟁이가 또 있을까? 무경험만 한 맹목이 또 있을까? 로체스터 씨가 나를 바라봐주거나 말거나, 그를 다시 보는 특권을 갖는 것이 장히 기쁜 일이라고, 젊음과 무경험은 확언했다. '어서 가자! 어서 가! 있을 수 있는 동안은 그의 곁에 있자. 하지만 기껏해야 며칠이나 몇 주 뒤에 넌 그와 영원히 이별해야 해!' 그러고 나는 갓 태어난 고통을, 받아들이고 거두라고 아무리 설득해도 용납되지 않는 그 일그러진 고통을 교살하고는 줄행랑을 놓았다.

손필드 목초지에서도 일꾼들이 건초를 만들고 있었다. 아니, 그렇다기보다, 내가 도착하는 그 시각에는 일꾼들이 막 일을 마치고 저마다 어깨에 갈퀴를 메고 집으로 돌아가고 있었다. 이제 목초지를 한두 개 지나 길을 건너면 대문에 닿을 것이다. 산울타리에 어쩜 저렇게 장미꽃이 잔뜩 피었을까! 하지만 꽃을 따 모을 시간이 없었다. 집에 가고 싶었다. 나는 아치처럼 길 너머로 잎과 꽃이 무성한 가지를 뻗은 키 큰 들장미 덤불을 지났다. 돌계단이 있는 좁은 목책 통로가 보인다. 그리고 나는 본다. 로체스터 씨가 거기 앉아 있다.

장부와 연필을 손에 들고 무언가를 쓰고 있다.

흠, 유령은 아니다. 하지만 내 모든 자제력이 느슨해지고 있다. 순간적으로 나는 자신을 통제하지 못할 정도가 된다. 이건 무슨 의미일까? 그를 보고 이런 식으로 떨게 되리라고는, 그의 앞에서 이렇게 소리를 내지도, 움직이지도 못하게 되리라고는 생각도 못 했다. 움직일 수 있게 되자마자 돌아가리라. 스스로를 순전한 웃음거리로 만들 필요는 없다. 집으로 가는 다른 길을 알고 있다. 그러나 스무 갈래 길을 알고 있다 한들, 아무 의미가 없다. 왜냐하면 그가 나를 봤으니까.

"여어!" 그가 외쳤다. 그가 장부와 연필을 챙겨 넣었다. "이제야 왔군! 왜 그러고 있소, 이리 와요."

나는 그리로 가는 듯하다. 어떻게 가고 있는지는 모르겠지만 말이다. 몸이 어떻게 움직이는지 거의 느껴지지 않는다. 나는 그저 태연한 척하는 데에만 열심이다. 그리고 무엇보다, 제멋대로 움직이려는 얼굴 근육을 통제하느라 애를 쓰고 있다. 그것이 건방지게도 나의 의지를 거역하고 감추기로 한 것을 드러내려 발버둥질한다. 하지만 내겐 베일이 있고, 요행히 내려져 있다. 그럭저럭 꽤 침착하게 처신해낼 수 있을지도 모른다.

"분명 제인 에어지? 밀코트에서 오는 길이오? 걸어서? 그렇지, 딱 당신다운 장난이야. 보통의 필멸자들처럼 마차를 보내 달래서 시가지와 시골길을 덜컹거리면서 오지 않고, 마치 꿈이나 그림자인 양 황혼과 더불어 슬며시 집 근처로 스며드는 거지. 대체 이 한 달 동안 뭘 했소?"

"외숙모와 같이 있었어요. 그분은 돌아가셨고요."

"정말 제인다운 대답이군! 천사들이여, 저를 지켜주소서! 이 사람은 저세상에서 왔습니다. 죽은 사람들의 거주지에서 말입니다. 그러고는 이 황혼 녘에, 여기 홀로 있는 나를 만나 저런 소리를 한답니다! 당신이 정말로 인간인지, 아니면 그림자인지, 내게 용기가 있다면 만져볼 텐데, 이 요정 아가씨! 하지만 차라리 늪지의 파란 도깨비불을 붙잡는 편이 낫겠지. 이 무단결석자!" 그가 잠깐 말을 멈췄다가 덧붙였다. "한 달을 꼬박 나한테서 떠나 있더니, 완전히 나를 잊었군, 확실해!"

나의 주인을 다시 만나면 기쁘리라는 걸 알고 있었다. 그가 곧 나의 주인이 아니게 된다는 불안과 그에게 내가 아무것도 아니라는 사실로 인해 갈기갈기 찢긴 기쁨이라 해도 말이다. 하지만 로체스터 씨에게는 언제나 행복을 전달해주는 너무나 강력한 힘이 있었다(적어도 나는 그렇게 생각했다). 나 같은 길 잃은 이방의 새들에게는 그가 뿌려주는 부스러기를 맛보는 것만도 진정한 성찬이었다. 그의 마지막 말은 향유였다. 내가 그를 잊었는가 하는 여부가 마치 그에게 뭔가 의미가 있다는 듯이 들렸다. 게다가 그는 손필드가 마치 내 집인 듯이 말했다. 내 집이라면 얼마나 좋을까!

그는 층계에서 일어나지 않았고, 나는 지나가게 해달라고 말하기가 왠지 싫었다. 나는 이내 런던에 다녀오시지 않았느냐고 물었다.

"그렇소. 그건 아마 천리안으로 알아냈겠지."

"페어팩스 부인이 편지로 알려줬어요."

"무슨 일로 갔다는 것도 알려줬소?"

"아, 그럼요! 무슨 용무이신지, 세상 사람이 다 알아요."

"당신이 저 마차를 봐야 해, 제인, 보고 로체스터 부인에게 꼭 어울리겠다고 생각되지 않는지, 그 자주색 쿠션에 기대앉으면 보아디케아 여왕[50]처럼 보이지 않을지, 말 좀 해줘요. 제인, 내가 외관상으로 그 여자와 조금만 더 잘 어울리면 좋겠는데, 자, 말해봐요, 당신은 요정이니까, 나를 미남으로 만들어주는 주문이나 미약이나, 뭐 그런 종류의 뭔가를 좀 주면 안 되오?"

"그건 마법의 힘으로도 어쩔 수 없어요." 그리고 나는 속으로 덧붙였다. '사랑에 빠진 눈만 있으면 마법도 필요 없죠. 그런 눈에 당신은 아주 아름다워요. 아니, 당신의 엄격함이 아름다움보다 더 큰 힘을 갖지요.'

가끔 로체스터 씨는 입 밖에 내지 않은 내 속마음을 나로서는 이해할 수 없을 만큼 예리하게 읽어냈다. 바로 지금 같은 경우에도 그는 퉁명스러운 내 대답은 들은 체도 않고, 아주 드문 경우에만 보여주는 그만의 특정한 미소를 띤 채 나를 쳐다보았다. 그는 그 미소가 평범한 용도로 쓰기에는 너무 좋다고 생각하는 듯했다. 그 미소는 진정한 감정의 햇살이니까. 지금 그는 그 햇살을 내게 비추고 있었다.

"지나가요, 귀여운 제인." 목책을 건널 만큼 자리를 비켜주며 그가 말했다. "집으로 가요. 가서 걷느라고 지친 그 조그만 다리를 친구네 집에서 푹 쉬도록 하시오."

이제 내가 할 수 있는 일이라곤 잠자코 그의 말에 따르는 것뿐이었다. 더 말할 필요가 없었다. 나는 아무 말 없이 목책을 넘었고, 조용히 그를 떠날 생각이었다. 어떤 충동이 재빨리 나를 사로잡았다.

---

50 고대 브리튼 부족의 왕비로 서기 60년 또는 61년에 로마 제국의 점령 세력에 항거하여 봉기를 일으켰다가 실패하고 자결 또는 부상으로 병사했다고 전해진다.

어떤 힘이 나를 돌려세웠다. 나는 말했다. 아니 내 안의 어떤 것이 나를 대신해, 그리고 나를 거역하며, 말했다.

"고맙습니다, 로체스터 씨. 더없이 친절하게 대해주셔서요. 전 당신에게 돌아오게 되어 이상하리만치 기뻐요. 당신이 있는 곳이 저의 집이에요. 제 유일한 집이요."

나는 그가 쫓아오려고 했어도 못 쫓아올 정도로 빨리 걸었다. 어린 아델은 나를 보자 너무 기뻐서 반쯤 정신이 나갔다. 페어팩스 부인은 여느 때처럼 솔직하고 친근한 태도로 나를 맞아주었다. 리어는 방긋 웃었고, 소피까지도 기뻐하며 "봉 수아"라고 인사했다. 아주 흔쾌했다. 주위 사람들로부터 사랑받고, 자신의 존재로 인해 그들이 더욱 편안해지는 걸 느끼는 일만큼 행복한 일도 달리 없었다.

그날 밤, 나는 앞날에 대해서는 굳게 눈을 감아버렸다. 머지않은 이별과 다가오는 비탄을 끊임없이 경고하는 목소리에도 귀를 닫았다. 차를 다 마신 다음, 페어팩스 부인은 뜨개질감을 잡았고, 나는 그 옆의 낮은 의자에 앉았다. 아델은 양탄자에 무릎을 꿇고 앉아 내게 바싹 몸을 기댔다. 서로를 향한 애정이 황금빛 평화의 고리처럼 우리를 감싸는 듯해서, 나는 우리가 뿔뿔이 헤어지거나 곧 이별하지 않도록 조용히 기도를 올렸다. 그러나 우리가 그렇게 앉아 있을 때, 예고 없이 들어온 로체스터 씨가 우리를 보고 그처럼 단란한 광경에 기뻐하는 듯이 보였을 때, 페어팩스 부인에게 이제 수양딸이 돌아왔으니 마음을 놓으시겠다고 말하고, 아델에게는 "프레타 크로케 사 프티트 마망 앙글레즈(조그만 영국 엄마를 잡아먹을 기세다)"라고 덧붙였을 때, 나는 그가 결혼한 뒤에도 그가 발하는 햇살로부터 우리를 완전히 추방하지 않고 자신이 보호하는 피난처 어딘가에 함께 있도록 해주지 않을까, 슬며시 희망을 품었다.

내가 손필드 저택으로 돌아오고 나서 수상쩍도록 평화로운 이 주일이 흘러갔다. 저택 주인의 결혼에 대해서는 아무 말이 없었고, 그런 행사를 준비하는 것도 보지 못했다. 나는 거의 매일 페어팩스 부인에게 뭔가 확정적인 얘기를 들은 게 없는지 물었지만, 부인의 대답은 한결같이 부정적이었다. 한번은 자신이 로체스터 씨에게 언제 신부를 집으로 데리고 올 거냐고 대놓고 물었는데, 그가 농담 과 함께 예의 그 기묘한 표정 중 하나를 지으면서 대답할 뿐이어서, 자기로서는 그를 어떻게 해야 할지 모르겠다고 했다.

특히 놀란 점이 한 가지 있었는데, 무엇인가 하면, 잉그럼 파크 와 왕래도 없고 가서 체류하는 일도 없다는 사실이었다. 그곳이 이 십 마일이나 떨어진 다른 주와의 경계에 있기는 하지만, 열렬한 연 인에게 그만한 거리가 대수인가? 로체스터 씨처럼 숙달되고 지치 지 않는 기수에게, 그건 아침 한나절만 말을 타면 될 거리였다. 나 는 품을 권리가 없는 희망을 품기 시작했다. 혼약이 깨졌거나, 결혼 소문이 헛소문이었거나, 한쪽 또는 양쪽이 마음을 바꾸었거나 하 는 희망을 말이다. 나는 주인의 얼굴을 바라보며 표정이 슬프거나 사납지 않은지 살피곤 했다. 하지만 그처럼 일관되게 흐린 느낌도 나쁜 느낌도 없는 시기를 달리 떠올릴 수 없었다. 나와 아델이 그와 같이 있을 때, 행여 내가 원기를 잃고 어쩔 수 없는 실의에 빠지면 그는 오히려 더욱 명랑해졌다. 그는 그 어느 때보다 자주 나를 곁으 로 불렀고, 그 어느 때보다 곁에 있는 내게 친절했으며, 아, 나는 그 어느 때보다 깊이 그를 사랑했다.

23장

찬란한 한여름 빛이 영국을 비췄다. 사방이 파도에 둘러싸인 이 땅에서는 하루만 되어도 드문 선물이라 할, 너무도 맑은 하늘과 너무나 환한 태양이 그때는 오래 이어졌다. 마치 이탈리아의 날들이 영광스러운 철새들처럼 남쪽에서 떼지어 날아와 앨비온(영국의 옛 이름) 절벽에 내려 쉬는 것만 같았다. 건초는 모두 거둬들였다. 손필드 일대의 목초지는 녹색으로 빛났고, 도로는 하얗게 이글거렸다. 나무들은 한창때의 짙푸른 색이라서, 숲과 역시 잎이 무성한 짙은 녹색 산울타리 사이에 놓인 밝은 색조의 목초지들이 선명한 대조를 이루었다.

하지 전날 저녁, 헤이 길에서 한나절이나 야생 딸기를 따느라 지친 아델이 해가 지자마자 잠자리에 들었다. 나는 아이가 잠들 때까지 지켜보다가 아이 곁을 떠나 정원을 찾았다.

스물네 시간 중에 가장 감미로운 때가 그때였다. '낮의 타는 불길은 사위었고,[51] 헐떡이는 평원과 그을린 산꼭대기에 이슬이 내렸다. 태양이 화려한 구름 장식도 없이 소탈한 모습으로 사라진 자리에서는 붉은 보석과 용광로의 빛으로 불타오르는 장엄한 자주색이 한 산꼭대기에서부터 높고 넓게 퍼져나가 부드럽게, 갈수록 더 부드럽게 하늘 절반을 덮었다. 동쪽은 자신만의 매력인 맑은 진청색과 수수한 보석인 떠오르는 외로운 별을 지니고 있었다. 곧 달을 자랑하게 되겠지만, 아직은 지평선 밑에 있었다.

나는 한동안 판석을 깐 보도를 거닐었다. 어느 창에선가 익숙한 향, 여송연 향이 은은하게 풍겨왔다. 서재 여닫이창이 한 뼘 정도 열린 것이 보였다. 거기서 내가 보일 수도 있겠다 싶어 나는 보도를 떠나 과수원으로 들어갔다. 정원의 어느 구석도 그곳보다 더 안전하고 그곳보다 더 에덴동산 같지는 않았다. 그곳은 나무가 가득하고, 사방에 꽃들이 만발했다. 한쪽에는 아주 높은 담이 있어 안마당으로부터 차단됐고, 다른 쪽은 저택으로 이어지는 넓은 너도밤나무 가로수 길이 잔디밭에서 보이지 않도록 가려주었다. 과수원 맨 끝으로 가면 허물어진 울타리 너머로 쓸쓸한 들판과 이어졌다. 울타리까지는 양쪽에 월계수가 심긴 구불구불한 산책길이 이어졌고, 끝에는 거대한 밤나무가 있었다. 그 나무 둥치 둘레에 앉을 수 있는 자리가 마련돼 있었다. 거기라면 남의 눈에 띄지 않고 산책할 수 있었다. 이렇게 달콤한 이슬이 내리고 사방에 고요가 넘칠 때, 이렇게 땅거미가 모여드는 때면, 나는 이 어스름에 영원히 깃들 수

---

51 스코틀랜드 시인인 토머스 캠벨Thomas Campbell(1777~1844)의 〈튀르키예의 숙녀〉에서 따온 시구. 시에서는 포로로 잡힌 영국인 기사가 그와 사랑에 빠진 동방의 숙녀를 아내로 맞아 함께 도망친다.

도 있을 것만 같았다. 이제 막 떠오르는 달이 뿌리는 빛에 취해 비교적 시야가 트인 편인 과수원 위쪽의 꽃과 과일 정원을 이리저리 거닐던 나는 걸음을 멈췄다. 무슨 소리가 들리거나 무언가가 보여서는 아니었다. 이번에도 주의를 끄는 향 때문이었다.

들장미와 개사철쑥, 재스민, 패랭이, 장미 등이 아까부터 저마다의 향을 저녁 봉헌물로 바치고 있었다. 새로 나는 향은 덤불의 향도 꽃의 향도 아니었다. 내가 익히 잘 아는 그 향은 로체스터 씨의 여송연 향이었다. 나는 주위를 둘러보며 귀를 기울였다. 익어가는 열매를 잔뜩 단 나무들이 보였다. 반 마일쯤 떨어진 숲에서 밤꾀꼬리가 지저귀는 소리가 들렸다. 눈에 보이는 움직이는 형체도 없고, 귀에 들리는 다가오는 발소리도 없었다. 하지만 그 향이 점점 진해진다. 달아나야 한다. 나는 관목 숲으로 난 작은 문으로 향하다가 들어오는 로체스터 씨를 본다. 나는 담쟁이덩굴이 우거진 움푹한 구석으로 비켜선다. 그는 곧 들어온 문으로 나갈 것이다. 가만히 앉아 있기만 하면, 날 볼 일은 없을 거야.

하지만 아니었다. 해거름 녘은 나에게 쾌적한 만큼 그에게도 쾌적했고, 이 오래된 정원은 나에게 매력적인 만큼 그에게도 매력적이었다. 그는 열매가 잔뜩 달린 구즈베리 가지를 쳐들고 자두만 한 열매들을 살피기도 하고, 담 쪽에서 익은 버찌를 따기도 하고, 무리 지어 핀 꽃들을 들여다보며 향기를 맡거나 꽃잎에 매달린 이슬방울에 감탄하기도 하면서 한가로이 거닐었다. 커다란 나방 한 마리가 붕붕거리며 내 옆을 지나더니 로체스터 씨 발치에 있는 어느 식물에 앉았다. 그가 나방을 보고는 몸을 숙여 자세히 살피기 시작했다.

'지금이야. 등을 돌리고 있어.' 나는 생각했다. '게다가 나방에 정신을 팔고 있으니, 조용히 움직이면 들키지 않고 빠져나갈 수 있을지도 몰라.'

나는 조약돌이 달그락거리는 소리라도 낼까 싶어서 잔디밭 가장자리를 딛고 걸었다. 그는 일이 야드쯤 떨어진 꽃밭 가운데에 서 있었다. 나방에 정신이 팔린 게 분명했다. '무사히 지나갈 수 있겠어.' 나는 생각했다. 아직 높이 뜨지 않은 달빛을 받아 정원에 길게 드리운 그의 그림자를 지나는데, 그가 돌아보지도 않고 나직하게 말했다.

"제인, 이리 와서 이 녀석 좀 봐요."

나는 아무 소리도 내지 않았다. 뒤통수에 눈이 달렸을 리도 없고, 그림자에 감각이라도 있단 말인가? 나는 화들짝 놀랐지만, 잠자코 그에게 다가갔다.

"이 날개 좀 봐. 서인도 제도에서 보던 나방 같아. 영국에서 이렇게 크고 화려한 녀석을 보는 일은 드물지. 이런! 날아가네."

나방이 너울거리며 멀어졌다. 나도 쭈뼛거리며 물러났다. 그러나 로체스터 씨가 나를 따라오다가 쪽문에 이르자 말했다.

"돌아갑시다. 이렇게 아름다운 밤에 집 안에 틀어박혀 있어서야 안 되지. 해넘이와 달돋이가 겹치는 이런 때에 잠자리에 들고 싶은 사람은 아무도 없을 거야."

곧잘 신속하게 답을 내놓다가도 가끔은 전혀 구실을 대지 못하는 것이 내 혀의 문제였다. 그리고 그런 낭패는 늘 고통스러운 곤경에서 나를 구해줄 매끄러운 말 한마디, 그럴듯한 핑계 하나가 특히 아쉬울 때 일어나곤 했다. 나는 그런 시간에 로체스터 씨와 단둘이

서 어둑한 과수원을 산책하고 싶지 않았다. 하지만 그의 곁을 떠나야 할 마땅한 이유를 찾지 못했다. 나는 내키지 않는 걸음으로 그를 따라나서며 빠져나갈 방안을 궁리하느라 부지런히 머리를 굴렸다. 그러나 그가 너무나 침착하고 진지해 보여서, 나는 잠시나마 당황한 것이 부끄러워졌다. 부도덕이 있다면, 또는 있을 가망이 있다면, 나에게만 있는 듯했다. 그의 마음은 순수하고 고요했다.

월계수 산책길로 접어들어 허물어진 울타리와 밤나무 쪽으로 천천히 걸음을 옮기던 그가 다시 입을 열었다. "제인, 손필드는 여름에 지내기가 참 좋은 곳이야, 그렇지 않소?"

"네."

"이 집에 어느 정도 정이 들었을 거요. 당신은 자연의 아름다움을 보는 눈과 애착을 느낄 줄 아는 마음이 있는 사람이니까."

"정이 들었죠, 정말로요."

"그리고 나로서는 이해가 안 되지만, 당신은 저 미련한 아델에게도 얼마간 애정을 두고 있는 것 같아, 그렇지 않소? 심지어 저 단순한 페어팩스 부인에게도?"

"네. 결은 서로 좀 다르지만, 두 사람 다 좋아해요."

"헤어지면 섭섭하겠지?"

"네."

"저런!" 그가 한숨을 쉬고는 입을 닫았다. "세상일이 늘 이런 식이지." 그가 곧 다시 입을 열었다. "편안한 안식처에 자리를 잡았다 싶으면 이내 쉬는 시간이 끝났으니 일어나 움직이라는 지시가 날아온단 말이야."

"제가 움직여야 하나요?" 나는 물었다. "손필드를 떠나야 해요?"

"그래야 할 것 같소, 제인. 안된 일이지만, 재닛,[52] 그래야 할 것 같아."

충격이었다. 하지만 순순히 쓰러져서는 안 된다.

"음, 그렇군요. 떠나라는 분부가 내리는 대로 바로 떠나겠어요."

"그게 지금이오. 난 오늘 밤 그 지시를 내려야 하오."

"그럼, 결혼하시는군요?"

"맞았소. 정-확-하-게. 평소의 그 예리한 머리로 단번에 정곡을 찔렀소."

"곧이요?"

"아주 곧이지, 나의- 그러니까, 미스 에어. 당신도 기억할 거요, 제인, 내가, 또는 소문이 내 의도가 무엇인지 처음으로 당신에게 암시를 주었던 때를 말이오. 이 노총각의 목에 성스러운 올가미를 걸고 아내가 있는 몸이 되는 것이, 간단하게 말해서, 미스 잉그럼을 품에 안는 것이(품이 안기엔 꽤 큰 사람이지만, 그런 건 문제가 아니지, 나의 아름다운 블란치 같은 물건은 아무리 한껏 안아도 늘 모자란 법이니까) 내 의도라고 말이오. 음, 내가 말을 하고 있잖소, 좀 들어봐요, 제인! 고개를 돌리고 다른 나방을 찾고 있는 건 아니겠지? 그건 그냥 '집으로 돌아가는' 무당벌레였어.[53] 존경해마지않는 당신의 그 분별력으로, 그 선견지명과 신중함, 그리고 책임만 막중한 그 직무에 적합한 겸손함으로 내가 미스 잉그럼과 결혼할 경우, 당신과 꼬

---

52 영어에서 '-nette'는 지소사의 하나로서 원래의 낱말을 변형함으로써 애정의 뜻을 나타내거나 대상의 작고 사소함을 강조하는 데 쓰인다. '재닛'은 '제인'에 지소사 '-nette'을 붙인 애칭이다.

53 당시 영국에서 흔히 불리던 자장가를 암시한다. 자장가의 내용은 다음과 같다. "무당벌레가 무당벌레가 집으로 돌아가네, 너의 집은 불타고 너의 아이들은 사라졌네"

마 아델은 그 전에 줄행랑을 놓는 것이 좋겠다는 얘기를 먼저 꺼낸 사람이 당신이었다는 사실을 지적하고 싶군. 그 제안에 담긴, 내가 사랑하는 사람의 성격에 대한 일말의 모욕 같은 건 못 본 체하겠소. 당신이 멀리 떠난다면, 재닛, 정말이지 그건 잊도록 해보겠소. 난 당신이 일러준 지혜에만 집중해야 해. 참으로 현명한 지혜라서, 난 그걸 내 행동의 지침으로 삼았지. 아델은 학교로 가야 하고, 미스 에어, 당신은 새 일자리를 찾아야 하오."

"네, 곧바로 광고를 내겠습니다. 그동안엔, 제가-" 나는 이렇게 말하려고 했다. '제가 몸을 의탁할 다른 피난처를 구할 때까지는, 이곳에 머물 수 있게 해주세요.' 그러나 목소리를 제대로 통제할 수 없었기 때문에, 긴 문장을 얘기해서는 안 될 것 같은 느낌이라 나는 말을 멈추었다.

"나는 앞으로 한 달쯤 후에 신랑이 되기를 바라오." 로체스터 씨가 말을 이었다. "그동안 나는 나대로 당신의 일자리와 거처를 찾아보도록 하겠소."

"고맙습니다. 폐를 끼치게 되어-"

"아, 사과할 필요는 없어요! 당신처럼 맡은 일을 잘해주는 고용인이라면, 쉽게 편의를 봐줄 수 있을 만한 일 정도는 고용주에게 지원을 요청할 일종의 정당한 권리가 있다고 생각하니까. 사실은 벌써, 예비 장모를 통해 적당해 보이는 일자리를 한 군데 알아놨소. 아일랜드의 코노트주 비터너트 저택의 디오니시우스 오걸 부인의 다섯 따님을 가르치는 자리요. 아일랜드가 당신 마음에 들 거요. 사람들 인심이 아주 좋다고 하니까."

"너무 멀어요."

"아무려면 어떻소. 당신처럼 분별 있는 사람이 항해나 먼 거리를 싫어하지는 않을 거야."

"항해는 아니지만, 거리는 그래요. 거기에다 바다가 가로막-"

"바다가 무엇을 가로막는단 말이오, 제인?"

"영국을요. 그리고 손필드를요. 그리고-"

"그리고?"

"'당신'을요."

거의 부지불식간에, 의지가 제지하고 나설 틈도 없이, 이렇게 말하고 나자 눈물이 쏟아졌다. 그래도 소리 내어 울지는 않았다. 나는 흐느낌을 억눌렀다. 오걸 부인과 비터너트 저택을 생각하니 피가 식는 듯했다. 지금 나란히 걷고 있는 나와 주인 사이로 밀려들 그 엄청난 바닷물과 물거품을 생각하니 마음이 얼어붙었고, 내가 당연히 그리고 불가피하게 사랑하게 된 이 사람과 나를 갈라놓는 부와 계급과 관습의 망망대해를 생각하니 심장까지 얼어붙었다.

"정말 멀어요." 나는 다시 말했다.

"확실히 멀긴 하지. 그리고 제인, 당신이 아일랜드 코노트주 비터너트 저택으로 가면 난 다시는 당신을 보지 못할 거야. 그건 확실해. 난 아일랜드라는 나라를 그다지 좋아하지 않으니까, 거기로 갈 일은 절대 없어. 우리는 좋은 친구였지, 제인, 그렇지 않소?"

"네."

"그리고 이별을 앞둔 친구들은 얼마 남지 않은 시간을 서로의 곁에서 보내고 싶어 하는 법이지. 자, 저쪽 하늘 높이 별들이 반짝이며 떠오르는 동안, 반 시간 정도 조용히 여행과 작별 이야기나 합시다. 여기 이 늙은 뿌리 가에 벤치가 있소. 이리 와요, 우리가 다시는 이곳에 함께 앉지 못할 운명이더라도, 오늘 밤은 여기 편히 앉읍시다." 그는 나를 앉히고 자기도 앉았다.

"재닛, 아일랜드까지는 먼 길이오. 내 귀여운 친구를 그런 힘겨운 여행길에 오르게 해서 유감이지만, 나로서는 더 나은 방도가 없으니, 어쩌면 좋겠소? 당신은 나와 닮은 데가 있지? 어떻게 생각해요, 제인?"

그때 나는 대답 같은 걸 할 수 있는 상황이 아니었다. 내 심장은 멎어 있었다.

그가 말을 이었다. "왜냐하면, 나는 가끔 당신에 관해서 이상한 기분이 들 때가 있거든- 특히 지금처럼 가까이 있을 때. 내 왼쪽 갈비뼈 밑 어딘가에 실이 달려서 당신의 작은 몸 같은 곳에 달린 실과 풀리지 않게 아주 단단히 묶여 있는 느낌이란 말이야. 그래서 그 거친 해협이, 그리고 이백 마일쯤 되는 육지가 우리 사이에 끼어들면, 그 교감의 실이 끊어져버릴 것 같아. 그러면 나는 속으로 피를 흘릴 것 같은 불안한 생각이 드는 거요. 당신으로 말하자면- 당신은 날 잊을 테지."

"'절대' 그럴 리 없어요. 그건 당신도-"

"제인, 들리오? 숲에서 나이팅게일이 울고 있소. 들어봐요."

귀를 기울이다가, 나는 발작적으로 흐느꼈다. 꾹꾹 참아왔던 것을 더는 억누를 수 없었기 때문이었다. 나는 어쩔 수 없이 항복했고, 가슴을 찌르는 듯한 비탄에 머리끝에서 발끝까지 몸을 떨며 흐느꼈다. 간간이 내뱉는 말도, 태어나지 않았더라면, 손필드에 오지 않았더라면 좋았을 거라는, 충동적인 바람이 고작이었다.

"여길 떠나기가 섭섭해서 그러오?"

마음속에서 비탄과 사랑에 마구 휘둘린 맹렬한 감정이 승리를 주장하며 나를 완전히 정복하기 위해 발버둥질했다. 지배할 권리를, 장악할 권리를, 살아 일어나 마침내 군림할 권리를, 아, 그랬다, 말할 권리를 주장하고 있었다.

"여길 떠나는 게 비통해요. 전 손필드를 사랑해요, 사랑한다고요. 이곳 생활이 충만하고 즐거웠으니까요, 한때만이라 하더라도요. 전 짓밟히지 않았어요. 위협받지도 않았어요. 열등한 사람들 속에 파묻히지도 않았고, 밝고 활동적이고 고상한 마음의 교류에서 잠시도 배제되지 않았어요. 전 제가 존경하는 사람과, 제가 기쁨을 느끼는 사람과, 독창적이고, 정력적이고, 박식한 정신과 대화를 나눴어요. 로체스터 씨, 전 당신 곁에 있었어요. 이렇게 당신과 영원히 헤어질 수밖에 없다니, 저는 너무 두렵고 고통스러워요. 이별이 필연이라는 건 알아요. 하지만 이건 마치 죽음의 필연을 기다리는 느낌이에요."

"그런 필연이 어디 있소?" 그가 갑자기 물었다.

"어디에 있느냐니요? 당신이 제게 내미셨어요."

"어떤 형태로 말이오?"

"미스 잉그럼이라는 형태로요. 고귀하고 아름다운 여성, 당신의 신부요!"

"내 신부라니! 무슨 신부? 내겐 신부가 없소!"

"하지만 곧 맞으실 거잖아요."

"그래, 그럴 거요! 그럴 거야!" 그가 이를 악물었다.

"그러니 전 가야 해요. 당신이 그렇게 말씀하셨어요."

"아니. 당신은 여기 있어야 해! 내 맹세하지. 그리고 난 맹세를 지킬 거야."

"전 가야 한다고요!" 나는 격정 같은 것에 휩싸여 반박했다. "제가 당신에게 아무것도 아닌 사람이 되어서도 남아 있을 수 있다고 생각하세요? 절 자동인형, 아무 감정이 없는 기계라고 생각하세요? 입에 문 빵 한 조각, 컵에 든 생명수 한 방울까지 빼앗겨도 참을 수 있다고요? 제가 가난하고, 비천하고, 보잘것없고, 작다고 해서, 제가 영혼도 없고 마음도 없다고 생각하세요? 틀렸어요! 제 영혼은 당신 영혼만큼이나 충만해요, 제 마음도 당신 마음만큼이나 온전하다고요! 신이 제게 약간의 아름다움과 많은 재산을 베풀어주셨다면, 지금 제가 당신을 떠나기 힘든 만큼 당신도 저를 떠나기 힘들게 만들었을 거예요. 전 지금 관습이나 인습을 매개로 말씀드리는 게 아니에요. 죽을 육신을 통해서도 아니고요. 당신의 영혼에 말을 건네는 건 제 영혼이에요. 우리 두 영혼이 무덤 속을 통과해 신의 발치에 섰을 때 동등하듯이, 지금 우리는 동등해요!"

"우리는 동등하다!" 로체스터 씨가 내 말을 반복했다. "그래." 그가 두 팔로 나를 감싸더니 끌어안으며 입을 맞추었다. "그렇소, 제인!"

"네, 그래요." 나는 다시 대답했다. "하지만 그렇지 않아요. 당신은 결혼한 사람이에요. 결혼한 것이나 마찬가지니까요. 게다가 당신은 자신보다 열등한 사람, 자신이 전혀 공감하지 못하는, 제가 보기에는 정말로 사랑하지도 않는 사람과 결혼한 사람이에요. 전 당신이 그 사람을 비웃는 걸 보고 또 들었어요. 전 그런 결합을 경멸해요. 그러니 전 당신보다 나은 사람이에요. 전 가겠어요!"

"어디로, 제인? 아일랜드로?"

"네, 아일랜드로요. 마음을 다 털어놨으니, 전 이제 어디든 갈 수 있어요."

"제인, 진정해요. 절망에 빠져 자기 깃털을 잡아 뽑는 사나운 미친 새처럼 그렇게 몸부림치지 말고."

"전 새가 아니에요. 그리고 절 얽어매는 그물도 없어요. 저는 독립적인 의지를 가진 자유로운 인간이고, 이제 그 의지로써 당신을 떠날 거예요."

자유를 얻으려는 또 한 번의 몸부림 끝에, 나는 그를 마주 보고 똑바로 섰다.

"그럼 당신의 그 의지로 당신 운명을 결정하시오." 그가 말했다. "나는 당신에게 내 옆자리와 내 마음과 내 전 재산을 나눠 가질 권리를 주겠소."

"허튼 연극을 하시는군요. 저는 그저 비웃을 뿐이에요."

"나는 당신에게 평생 내 곁에 있어주기를 바라는 거요. 나의 분신, 이 지상에서 가장 좋은 동료가 되어주기를 말이오."

"당신은 그런 운명을 맡을 사람을 이미 선택하셨고, 그 선택에 따르셔야 해요."

"제인, 잠깐 진정합시다. 과하게 흥분했어요. 나도 진정하겠소."

월계수 산책길을 쓸고 온 한 줄기 바람이 밤나무 가지들을 흔들고는 정처 없이 멀리, 무한히 먼 곳으로 사라졌다. 들리는 소리는 나이팅게일의 노래뿐이었다. 그 소리에 귀를 기울이다가 나는 또다시 흐느꼈다. 로체스터 씨는 다정하고 진지하게 나를 바라보며 말없이 앉아 있었다. 시간이 흘렀다. 그러다 마침내 그가 입을 열었다.

"제인, 내 곁으로 와요. 마음을 터놓고 서로를 이해해봅시다."

"다시는 당신 곁으로 안 갈 거예요. 전 이제 떨어져 나왔고, 돌아갈 수 없어요."

"하지만, 제인, 난 당신을 나의 아내로서 부르는 거요. 내가 결혼할 사람은 당신뿐이오."

나는 아무 말도 하지 않았다. 그가 나를 놀린다고 생각했다.

"자, 제인, 이리 와요."

"당신의 신부가 우리를 가로막고 있어요."

그가 일어나 성큼성큼 내 앞으로 왔다.

"내 신부는 여기 있소." 그가 다시 나를 끌어안으며 말했다. "왜냐하면 나와 동등한 사람이 여기 있으니까, 그리고 나와 닮은 사람이. 제인, 나와 결혼해주겠소?"

나는 여전히 아무 말도 하지 않고 그의 품에서 벗어나려고 몸부림을 쳤다. 여전히 믿기지 않았기 때문이었다.

"날 의심하오, 제인?"

"완전히요."

"날 믿지 못하겠소?"

"조금도요."

"당신 눈에는 내가 거짓말쟁이요?" 그가 격한 어조로 물었다. "이 조그만 의심쟁이 같으니, 납득할 근거를 요구하는군. 내가 미스 잉그럼에게 무슨 애정이 있소? 없어요. 그건 당신도 알아. 그 여자가 내게 무슨 애정이 있소? 없어요. 그걸 증명하느라 내가 고생깨나 했소. 내 재산이 세상 사람들이 생각하고 있는 것의 삼 분의 일도 안 된다는 소문을 퍼트려 그 여자 귀에 들어가도록 했으니까. 그러고는 친히 그 결과를 보러 갔소. 결과는 그 여자와 그 모친의 냉랭한 태도였지. 나는 미스 잉그럼과 결혼하지 않을 것이고, 할 수도 없소. 나는 당신을, 이 이상하고 거의 이 세상 사람 같지 않은 당신을 내 몸처럼 사랑하니까. 나는 가난하고 비천하고 작고 보잘것없는 당신에게 나를 남편으로 맞아달라고 간청하는 거요."

"뭐라고요, 저를요?" 나는 외쳤다. 그의 솔직한 태도에서, 그리고 특히 그 무례한 말에서 그의 진실함이 느껴지기 시작했다. "당신 말고는, 그것도 당신이 제 친구라고 했을 때 말이지만요, 이 세상에 친구 하나 없는 저를요? 당신이 주는 것 말고는 단돈 한 푼도 없는 저를 말이에요?"

"당신이오, 제인. 난 당신을 내 것으로, 완전한 내 것으로 만들어야겠소. 내 것이 되어주겠소? 그러겠다고 해요, 어서."

"로체스터 씨, 얼굴을 보게 해줘요. 달빛이 비치도록 얼굴을 돌려봐요."

"왜?"

"당신 얼굴을 읽고 싶으니까요. 돌려요!"

"자! 마구 갈겨쓴 구겨진 종이쪽만큼이나 읽기 어려울 거요. 읽어요. 다만 서둘러서, 괴로우니까."

그의 얼굴은 심하게 상기되어 온통 붉었고, 근육이 꿈틀거렸으며, 눈에는 기이한 광채가 서려 있었다.

"아, 제인, 당신은 나를 고문하고 있어!" 그가 외쳤다. "그 날카로우면서도 충실하고 관대한 눈길로 당신은 나를 고문하고 있어!"

"제가 어떻게 그럴 수 있겠어요? 당신의 마음이 진실하고, 당신의 제안이 진실하다면, 당신을 향한 제 감정은 오직 감사와 헌신뿐일 텐데, 그런 건 고문이 될 수 없어요."

"감사!"그가 외치고는 성급하게 덧붙였다. "제인, 어서 날 받아 줘요. 에드워드라고, 내 이름을 불러줘요. '에드워드, 당신과 결혼하겠어요'라고 말하라니까."

"진정이세요? 정말로 저를 사랑하세요? 진심으로 제가 당신의 아내가 되기를 바라세요?"

"그렇소. 맹세가 필요하다면, 내, 맹세하겠소."

"그럼, 당신과 결혼하겠어요."

"에드워드라고 불러줘요, 나의 귀여운 신부!"

"에드워드!"

"내게로 와요. 이제 온전히 내게로 와요." 그는 내 뺨에 자신의 뺨을 맞대고서 가장 낮은 소리로 속삭였다. "나의 행복이 되어주오. 나는 당신의 행복이 되리다."

잠시 후에 그가 다시 입을 열었다. "신이여, 저를 용서하소서! 그 누구도 저를 방해하지 않게 하소서. 전 이 사람을 얻었고, 지킬 것입니다."

"방해할 사람은 아무도 없어요. 제겐 간섭할 친척도 없으니까요."

"그렇지, 그거야말로 더없이 좋은 일이야." 그가 말했다. 그를 조금만 덜 사랑했다면 기뻐 날뛰는 그의 말투와 표정을 야만적이라 생각했을 것이다. 하지만 이별의 악몽에서 깨어나 완전한 합일의 낙원으로 불려 간 나는 그의 곁에 앉아 내게 주어진 이 넘쳐흐르는 기쁨의 잔만을 생각했다. 그는 몇 번이나 물었다. "제인, 행복하오?" 나는 몇 번이고 대답했다. "네." 그러고서 그는 중얼거렸다. "이것이 속죄야, 이것이 속죄할 거야. 이 사람은 친구도 위안도 없이 쓸쓸하지 않았던가? 내가 이 사람을 지키고 소중히 돌보고 위안을 주리라. 내 마음에는 사랑이 있고, 내 결심에는 단호함이 있지 않은가? 이것이 신의 법정에서 속죄하리라. 나를 만드신 이는 내가 하는 일을 인가하신다. 세상의 판단에 나는 눈 감으리라. 인간의 비판에 나는 귀 닫으리라."

하지만 그날 밤 무슨 일이 있었던가? 달이 아직 지지 않았건만, 어둠이 우리를 감쌌다. 바로 곁에 있는 내 주인의 얼굴도 거의 보이지 않았다. 그리고 밤나무를 괴롭히는 것은 무엇이었던가? 나무가 온통 몸부림을 치며 신음했다. 으르렁대는 바람이 월계수 산책길을 타고 휘몰아쳤다.

"안으로 들어가야겠소." 로체스터 씨가 말했다. "날씨가 변하고 있어. 제인, 당신과 같이 날이 밝을 때까지 앉아 있고 싶었는데."

'저도요.' 나는 속으로 생각했다. 소리 내어 말했어야 했을 것이다. 하지만 마침 쳐다보고 있던 구름에서 격노하듯 선명한 불꽃이 튀고 찢어지는 듯한 꿍음과 함께 가까이에서 우르릉거리는 울림이 들리는 바람에, 나는 부신 눈을 로체스터 씨의 어깨에 묻고 숨기기에 급급했다.

비가 쏟아졌다. 그가 서둘러 나를 이끌고 산책길을 통해 정원을 지나 집으로 향했지만, 우리는 문지방을 넘기도 전에 푹 젖어버렸다. 홀에서 그가 내 솔을 벗기고 늘어진 머리카락에서 빗물을 털어 주는데, 페어팩스 부인이 자기 응접실에서 나왔다. 처음에는 나도 로체스터 씨도 부인을 눈치채지 못했다. 등불이 켜져 있었다. 시계가 열두 시를 쳤다.

"어서 젖은 것들을 벗어요." 그가 말했다. "그리고 가기 전에, 잘 자요, 잘 자요, 내 사랑!"

그가 몇 번이고 입을 맞추었다. 그의 품을 떠나며 고개를 들어보니, 페어팩스 부인이 창백하고 침통하고 기가 막힌다는 표정으로 서 있었다. 나는 부인에게 미소만 지어 보이고는 위층으로 달려갔다. '설명은 나중에 해도 되겠지.' 나는 생각했다. 그래도, 방으로 들어오고 나니 부인이 그 광경을 일시적으로나마 오해하리라는 생각에 마음이 아팠다. 하지만 기쁨이 이내 다른 모든 감정을 지워버렸다. 폭풍이 부는 두 시간 동안, 미친 듯이 바람이 불고 가까이에서 천둥이 요란하게 으르렁거리고 번개가 빗발치고 비가 폭포처럼 쏟아져도, 나는 아무런 공포도 조금의 두려움도 느끼지 않았다. 그새 로체스터 씨가 세 번이나 내 문 앞에 와서 내가 안전하고 편안한지 물었다. 그게 안심의 근원이었고, 무엇보다 큰 힘이었다.

다음 날 아침, 자리에서 일어나기도 전에 아델이 들어와 과수원 끝에 있는 커다란 밤나무가 간밤에 벼락을 맞아 둘로 쪼개졌다고 알려주었다.

24장

일어나 옷을 입으며 간밤 일을 떠올려보니, 암만해도 꿈인 것만 같았다. 로체스터 씨를 다시 만나 그 사랑의 말과 약속의 말을 새로 듣기 전에는 그 일이 실제인지 확신할 수 없었다.

머리를 매만지며 거울에 비친 얼굴을 보는데, 더는 전처럼 보잘 것없이 느껴지지 않았다. 안면에는 희망이 있었고, 안색에는 생기가 돌았다. 눈은 기쁨의 샘을 보고 그 반짝이는 물결에서 빛을 빌려온 듯했다. 내 외모가 내 주인의 마음에 차지 않을 듯해서 고개를 들고 싶지 않은 때가 많았다. 그러나 지금은 그의 얼굴을 마주해도 내 표정 탓에 그의 애정이 식는 일은 없으리라 장담할 수 있었다. 나는 서랍에서 수수하지만 깨끗하고 가벼운 여름옷을 꺼내 입었다. 지금껏 이렇게 잘 어울리는 옷은 입어본 적이 없었다. 어떤 옷도 이처럼 행복한 기분으로 입은 적이 없기 때문이었다.

아래층 홀로 뛰어 내려가 간밤 폭풍우 뒤에 찾아온 밝고 찬란한 유월의 아침과 열린 유리 현관문 사이로 불어오는 신선하고 향기로운 산들바람을 느꼈을 때도 나는 놀라지 않았다. 내가 이처럼 행복하다면 자연도 분명 기쁠 테니까. 어느 거지 여인이 조그만 사내아이를 데리고 가로수길을 올라오고 있었다. 파리하고 남루한 행색들이었다. 나는 달려 내려가 마침 지갑에 있던 삼사 실링쯤 되는 돈을 모조리 내주었다. 좋든 싫든 그들은 나의 환희를 나누어 가져야 했다. 떼까마귀들이 까옥거렸고, 더 수다스러운 새들이 노래를 불러댔다. 하지만 그 어떤 것도 기쁨에 찬 내 심장보다 더 명랑하고 음악적일 수는 없었다.

그때 페어팩스 부인이 창밖으로 얼굴을 내미는 바람에 나는 깜짝 놀랐다. 부인이 침통한 표정으로 엄숙하게 말했다. "미스 에어, 아침 드시러 오시겠어요?" 아침을 먹는 내내 부인은 말이 없고 냉랭했다. 하지만 부인의 오해를 당장 풀어줄 수는 없었다. 나는 내 주인이 다시 설명해주기를 기다려야 하고, 부인도 그래야 했다. 나는 먹는 둥 마는 둥 하고는 급히 위층으로 올라갔다. 마침 공부방에서 나오는 아델과 마주쳤다.

"어디 가니? 수업할 시간이야."

"로체스터 아저씨가 놀이방에 가 있으래요."

"로체스터 씨는 어디 계시는데?"

"저기요." 아이가 방금 나온 방을 가리켰다. 들어가니 로체스터 씨가 서 있었다.

"이리 와서 아침 인사를 해줘요." 그가 말했다. 나는 기꺼이 다가갔다. 이제 내가 받는 건 차가운 말 한마디나 악수가 아니라 포옹과 키스였다. 자연스러웠다. 그로부터 이처럼 사랑받고, 이처럼 다정한 손길을 받는 것이 온당하게 느껴졌다.

"제인, 활짝 핀 꽃 같아, 환하고, 예뻐. 오늘 아침엔 정말 예쁜걸. 이 사람이 내 창백한 작은 요정 맞아? 이게 내 겨자씨[54] 맞소? 보조 개 팬 뺨에 장밋빛 입술, 공단처럼 매끈한 담갈색 머리에다 빛나는 담갈색 눈을 가진 이 명랑한 아가씨가?"(독자여, 내 눈은 녹색이다. 하지만 이 실수를 이해해주리라 믿는다. 그에게는 내 눈이 새로운 색으 로 물든 듯이 보였으리라.)

"제인 에어 맞아요."

"곧 제인 로체스터가 될 거야."그가 덧붙였다."재닛, 사 주 뒤에. 그 이상은 하루도 안 돼. 듣고 있소?"

듣고 있었다. 하지만 무슨 말인지 정확하게 이해되지는 않았다. 현기증이 났다. 그 기분, 그 선언이 안겨준 건 기쁨이라기엔 너무 강력한, 머리를 세차게 쳐서 멍하게 만드는 그런 기분이었다. 그것 은 거의 공포에 가까웠다.

"얼굴을 붉히더니 지금은 창백해졌어. 제인, 왜 그러오?"

"제게 새 이름을 붙이셨으니까요. 제인 로체스터라니, 너무 이상 해요."

"맞소, 로체스터 부인이지. 젊은 로체스터 부인, 페어팩스 로체 스터의 어린 신부."

"그럴 리 없어요. 그렇게 될 것 같지 않아요. 인간은 절대 이승에 서 완전한 행복을 누릴 수 없어요. 저라고 보통 인간과 다른 운명을

---

54 '겨자씨'는 세계문학사에서 작고 하찮은 것의 비유로서 자주 언급된다. 셰익스피 어의 희곡《한여름 밤의 꿈》에서는 요정들의 여왕인 티타니아가 부리는 네 요정 중 하 나이다.

타고 태어났을 리가 없어요. 제게 그런 일이 생기리라 상상하는 건 동화예요, 공상이라고요."

"그걸 나는 실현할 수 있고, 또 실현할 작정이오. 오늘부터 시작이지. 오늘 아침에 런던에 있는 담당 은행가에게 편지를 내서 보관 중인 보석 중에서 특정한 것들, 손필드 안주인들에게 전하는 가보들을 보내라고 했소. 하루나 이틀 뒤면 그것들을 당신의 무릎에 쏟아줄 수 있을 거요. 나와 같은 신분의 여성이 나와 결혼할 때 받았을 모든 특권, 모든 배려가 당신 것이 될 테니까."

"아, 제발! 보석 같은 걸 쏟아부을 생각은 마세요! 그런 얘기는 듣고 싶지도 않아요. 제인 에어에게 보석이라니, 부자연스럽고 이상해요. 차라리 안 가졌음 싶어요."

"내가 직접 당신 목에 다이아몬드 목걸이를 걸어주고 이마에는 다이아몬드 관을 씌워주겠소. 잘 어울릴 거야. 제인, 적어도 자연은 당신의 이 이마에 고결함의 징표를 찍어놓았으니까. 그리고 난 이 고운 손목에 팔찌를 채우고, 이 요정 같은 손가락마다 반지를 끼워줄 거요."

"아뇨, 아니요! 다른 주제를 생각하시고, 다른 얘기를 해주세요. 그리고 다른 어조로요. 제가 대단한 미인이라도 되는 듯이, 그런 식으로 말씀하지 마시고요. 전 퀘이커교도 같은, 당신의 수수한 가정교사예요."

"내 눈에 당신은 미인이오. 내가 속으로 몹시 바라던, 딱 그런 미인이지. 섬세하고, 이 세상 존재가 아닌 것 같은."

"보잘것없고 대수롭지 않다는 말씀이겠죠. 당신은 꿈을 꾸고 있어요. 아니면 저를 비웃고 있거나요. 제발, 비꼬지 마세요!"

"당신이 미인이라는 걸 세상도 알아야 해." 그의 말하는 어조가 자기 자신을 속이거나 아니면 나를 속이려는 듯해서 정말로 마음이 불편해지려는 판국에, 그는 계속 말을 이었다. "나의 제인에게 공단과 레이스를 입힐 거야. 머리엔 장미꽃을 달게 해야지. 그리고 난 내가 제일 사랑하는 사람의 머리에 아주 귀한 베일을 씌울 거요."

"그러면 저를 못 알아보실 거예요. 더는 당신의 제인 에어가 아니라 어릿광대 옷을 입은 원숭이나 남의 깃털을 빌려 단장한 어치일 테니까요. 로체스터 씨, 제게 궁정의 귀부인 같은 옷을 입히신다면, 전 당신을 마차 장식 같은 걸로 꾸며드려야겠어요. 당신을 사랑하지만, 전 당신을 미남이라고 하지 않아요. 아첨하기에는 너무 끔찍이 사랑하니까요. 그러니 제게도 아첨하지 마세요."

그러나 그는 내 애원은 들은 체도 않고 자기 할 말만 고집했다. "오늘 당장 당신을 마차에 태우고 밀코트로 가야겠어. 가서 옷을 몇 벌 골라봐요. 우리가 사 주 뒤에 결혼할 거라는 건 이미 얘기했고, 결혼식은 조용하게, 저기 밑에 있는 성당에서 할 거요. 식이 끝나면 당신과 나는 곧바로 런던으로 갈 거요. 거기 잠깐 머물렀다가, 나는 내 보물을 태양에 더 가까운 곳들로, 프랑스의 포도원과 이탈리아의 평원으로 데리고 갈 거야. 그러면 내 사랑은 옛이야기와 요즘 기록에 나오는 유명한 것들을 모두 보게 되겠지. 도회지 생활의 맛도 보게 될 테고. 그리고 다른 사람들과 비교하면서 자신의 가치를 매기는 법도 배우겠지."

"제가 여행을 한다고요? 당신과 함께?"

"당신은 파리와 로마, 나폴리에 머물 거요. 피렌체, 베네치아, 빈에도. 당신은 내가 방랑했던 모든 땅을 다시 밟을 거요. 내 발굽이

찍힌 자국마다 당신의 요정 발자국도 찍히겠지. 십 년 전에 나는 혐오와 증오와 분노를 벗 삼아 반미치광이처럼 유럽을 헤매다녔소. 이제 나는 치유되고 정화되어 나의 위안자인 바로 그 천사와 함께 다시 그곳들을 방문할 거요."

그런 말을 하는 그를 보며 나는 웃음을 터뜨렸다. "전 천사가 아니에요." 나는 단언했다. "그리고 죽기 전까진 천사가 되지도 않을 거예요. 로체스터 씨, 전 그냥 저일 거예요. 제게서 무어라도 천국의 것을 기대하거나 강요하셔서는 안 돼요. 저한테서 그런 걸 얻지는 못하실 테니까요. 제가 당신에게서 그런 걸 얻을 수 없듯이 말이에요. 전 기대도 안 해요."

"그럼 내게서 무엇을 기대하오?"

"아마 한동안은 지금과 같으시겠죠. 아주 잠깐이겠지만요. 그러고는 냉정해지실 거예요. 그러고는 변덕스러워지실 테고, 그다음엔 엄격해지셔서 제가 당신 마음에 들려면 온갖 법석을 떨어야 할 거예요. 하지만 제게 아주 익숙해지신다면, 어쩌면 저를 다시 좋아하게 되실지도 몰라요. 그러니까, '사랑'이 아니라 정이 드는 거죠. 당신의 사랑은 육 개월이면 거품이 될 거예요. 그보다 짧을지도 모르고요. 남자들이 쓴 책을 유심히 봤는데, 그 정도가 남편의 열정이 지속되는 최장기간이라고들 하더군요. 하지만, 어쨌든, 친구이자 동료로서, 전 사랑하는 저의 주인님에게 불쾌한 존재는 되고 싶지 않아요."

"불쾌하다니! 그리고 다시 좋아하다니! 난 당신을 몇 번이고 다시 좋아할 거야. 그리고 당신 입에서 내가 당신을 그냥 '좋아할' 뿐만이 아니라 진실과 열정과 불변의 마음으로 '사랑하고' 있다는 인정을 받아낼 거야."

"하지만 당신은 변덕스럽지 않은가요?"

"얼굴만으로 내 마음에 들려고 하는 여자들에게는 그렇지. 그들에게 영혼도 마음도 없다는 걸 알게 되면, 또는 그들이 그 밋밋하고 하찮은, 어쩌면 무능하고 조잡하고 심술궂은 됨됨이를 드러내면, 난 아주 광포한 사람이 되오. 하지만 맑은 눈과 표현이 풍부한 혀, 순수한 불로 만들어진 영혼과 굽을지언정 부러지지 않는 성격, 유연하면서도 안정적이고 솔직하면서도 꾸준한 그런 사람에게 나는 더없이 다정하고 진실하오."

"그런 사람과 사귀어본 적이 있으세요? 그런 사람을 사랑해본 적은요?"

"지금 사랑하고 있소."

"저 전에 말이에요. 만약 정말로 저라면, 저의 어떤 점이 당신의 그 까다로운 기준에 맞아요?"

"당신 같은 사람은 만나본 적이 없어. 제인, 당신은 나를 기쁘게 하고, 당신은 나를 지배하지. 순순히 복종하는 듯이 보이지만 말이야. 나는 당신이 나누어주는 그 유순한 느낌을 좋아해. 그 부드럽고 매끄러운 실타래를 손에 감고 있으면, 팔을 타고 심장까지 전율이 전해오지. 나는 영향을 받소. 정복되는 거요. 그 영향력은 나로서는 표현할 수도 없을 만큼 달콤하오. 그리고 내가 겪는 그 정복은 내가 얻는 그 어떤 승리보다 더한 마력을 지니고 있어. 왜 웃는 거요, 제인? 그 뭐라 설명할 수 없는, 그 기묘한 표정은 무슨 의미요?"

"어떤 생각이 떠올라서요. 이런 생각을 해서 미안하지만, 저절로 떠오른걸요. 미녀에게 유혹당하는 헤라클레스와 삼손 있잖아요-"

"그랬군, 이 조그만 요정-"

"쉿! 지금 그 얘기는 그다지 현명하지 못해요. 지금껏 다른 신사 분들이 해온 것과 크게 다르지 않고요. 그런 분들이 결혼하면 구혼 자일 때 다정했던 만큼 남편으로서는 엄격해지곤 했지요. 당신도 그럴 거예요. 전 두려워요. 앞으로 일 년 후에 당신이 저를 어떻게 대할지 모르겠어요. 당신에게는 불편하고 불쾌할지 모를 부탁을 하나 해도 될까요?"

"재닛, 당장 뭐라도 청해봐요. 아무리 사소한 거라도 좋아. 난 간 청받는 사람이 되고 싶소."

"그러면 그럴게요. 청할 게 있거든요."

"말해요! 하지만 당신이 그런 표정으로 웃으면서 쳐다보면, 난 무슨 청이든 듣기도 전에 들어주겠다고 맹세할 테고, 그러면 당신 은 날 놀리겠지."

"전혀요. 이것만 청하겠어요. 보석을 보내라는 편지를 보내지 말 것, 그리고 제 머리를 장미로 장식하지 말 것. 그런 일은 평범한 손수건에 금실 레이스를 두르는 짓이나 마찬가지니까요."

"'순금에 도금하는' 격이란 말이군. 알겠소. 당신 청을 들어주지, 당장은 말이오. 은행에 보낸 청구를 취소하도록 하겠소. 하지만 당 신은 아직 아무것도 요구하지 않았어. 선물을 물러달라고 청했을 뿐이니까. 다시 뭐든 청해봐요."

"음, 그러면 제 호기심을 만족시켜주세요. 아주 궁금한 게 하나 있거든요."

그는 당황하는 듯했다. "뭐? 뭐라고?" 그가 허둥거리며 말했다. "호기심은 위험한 청이야. 다행히 무슨 청이든 다 들어주겠다고 맹세하지는 않았으니까-"

"하지만 제 청을 들어주시는 데는 아무 위험도 없어요."

"말해봐요, 제인. 하지만 무슨 비밀 같은 것을 묻는 간단한 질문보다는 차라리 내 땅의 절반을 달라는 청이었으면 좋겠소."

"자, 아하스에로스[55] 왕이시여! 제가 무엇 때문에 당신 땅의 절반을 달라고 하겠어요? 제가 땅 투기나 하려는 유대인 고리대금업자로 보이세요? 그보다 저는 당신의 모든 비밀을 아는 편이 나아요. 저를 마음으로 받아들인다면서, 비밀을 더 숨기시지는 않겠죠?"

"당연히 당신이 알아야 할 가치가 있는 비밀은 다 털어놓겠소, 제인. 하지만, 원 세상에, 불필요한 짐을 질 생각은 마오! 독을 갈망하지도 마시오. 내가 주체할 수 없는, 완전한 이브가 되지는 말아요!"

"왜 안 돼요? 조금 전까지 정복되는 것이 좋다고, 설복당하는 것이 얼마나 기쁜지 모르겠다고 하셨잖아요. 제가 당신의 그 고백을 유리하게 이용해서 구슬리기도 하고 애원하기도 하고, 필요하다면 울거나 골을 내기도 하면서, 제가 얼마나 큰 힘을 가졌는지 시험해보고 싶어 하리라 생각지 않으세요?"

"그럼 어디 한번 시험해보라지. 뭐라도 속을 긁으면서 대담하게 나오면, 상황은 끝이야."

---

55 구약 성서에 등장하는 인물로 공동번역 성서에는 아하스에로스, 개정개역 성서에는 아하수에로로 표기되어 있다. 여기서는 한국성공회에서 사용하는 공동번역 성서를 따랐다. 기원전 5세기경 페르시아의 왕인 크세르크세스 1세를 뜻한다고 해석하는 성경학자들이 많다. 그는 그리스 침공이 실패한 직후에 새로 맞은 유대인 왕후 에스더가 유대인 학살을 획책하는 하만의 음모를 고하자 나라의 절반을 주겠다고 제안했다고 전한다. 에스더는 나라의 절반 대신 노예 신분인 유대인들을 달라고 청한다.

"그래요? 당신은 금방 굴복하시는군요. 지금 그 표정, 정말 무서워요! 찌푸린 눈살이 제 손가락만큼이나 굵어지고, 이마는 그러니까, 언젠가 아주 경이로운 시에서 본 구절처럼 '첩첩이 쌓인 푸른 폭풍 구름'을 닮았어요. 그게 아마 결혼 후에 보게 될 당신의 표정이겠죠?"

"지금 그 표정이 결혼 후에 보게 될 '당신' 표정이라면, 난 기독교인으로서, 땅의 요정인지 불의 요정인지 모를 것과 부부가 되겠다는 생각을 당장 버릴 거요, 이 요물 같으니. 그런데 도대체 뭘 물어보겠다는 거야?"

"이런, 이제 좀 덜 문명화된 사람이 되었군요. 전 아첨보다는 차라리 무례한 쪽이 좋아요. 천사보다는 '요물'이 되는 게 더 좋고요. 제가 물어보려는 건 이거예요. 왜 그렇게까지 애를 써가며 미스 잉그럼과 결혼하고 싶어 하는 것처럼 절 속이셨어요?"

"그게 다요? 아, 그만하니 다행이야!" 이제 그는 찌푸린 이맛살을 폈다. 위험이 피해 가는 것을 봐서 아주 기쁘다는 듯이, 그는 나를 내려다보며 활짝 웃고는 내 머리를 어루만졌다. "고백해도 괜찮겠지." 그가 말을 이었다. "아닌 게 아니라, 제인, 좀 화가 나게 만들지도 모르는 얘기야. 당신이 화를 내면 어떤 불의 요정이 되는지는 내가 알지. 어젯밤 당신이 운명에 거역할 때, 나와 동등한 인간의 지위를 주장할 때, 당신은 서늘한 달빛 속에서 불타올랐어. 재닛, 그건 그렇고, 날 구혼하게 만든 건 당신이었어."

"물론 저였지요. 하지만 요점으로 돌아가 주시죠, 미스 잉그럼은요?"

"그야, 미스 잉그럼에게 구혼하는 체한 건, 내가 당신을 사랑하"

는 만큼 당신도 미친 듯이 나를 사랑하게 되기를 바랐기 때문이지. 그리고 그런 목적을 추구하는 데는 질투만 한 동지가 없거든."

"멋지네요! 지금 보니 당신은 제 새끼손가락 끄트머리만큼 작은 사람이군요. 그런 식의 행동은 말할 수도 없이 수치스럽고, 더할 나위 없이 불명예스러운 일이에요. 미스 잉그럼의 감정은 생각도 안 하세요?"

"미스 잉그럼의 감정은 하나에 집중돼 있지. 자존심. 그리고 그건 좀 꺾어줄 필요가 있어. 질투했소, 제인?"

"신경 쓰지 마세요, 로체스터 씨. 아셔봤자 흥미로울 것이 전혀 없으니까요. 한 번만 더 진실하게 답해보세요. 미스 잉그럼이 당신의 부정한 농락 때문에 괴로워하리라는 생각은 안 하세요? 배신당하고 버려졌다고 느끼지 않을까요?"

"그럴 리가! 반대로, 그 여자가 나를 버렸다고 말했잖소. 내가 파산했다는 소문을 듣고 그 여자의 열정은 순식간에 식었어, 아니 그보다는 꺼졌지."

"당신은 참 이상하게 계략에 능하시군요, 로체스터 씨. 어떤 측면에서 보면, 당신의 도덕관념은 좀 별난 데가 있어요."

"내 도덕관념은 훈련받은 적이 없소, 제인. 제멋대로 두는 바람에 좀 비뚤게 자랐는지도 모르지."

"다시 한번, 진지하게 물어볼게요. 다른 누군가가 제가 얼마 전까지 맛보던 그 쓰라린 고통을 겪고 있다는 두려움 없이 제가 저에게 주어진 이 커다란 행복을 누려도 괜찮을까요?"

"괜찮고말고, 내 착한 아가씨. 당신처럼 나를 순수하게 사랑해주는 사람은 이 세상에 달리 없소. 제인, 난 당신의 사랑을 믿어요. 그리고 그 기분 좋은 향유를 내 영혼에 들이붓고 있소.”

나는 내 어깨에 놓인 그의 손에 입을 맞추었다. 나는 그를 깊이 사랑했다. 내가 가진 말로는 다 표현할 수 없을 만큼, 아니, 말로는 도저히 표현할 수 없을 만큼.

“뭐든 더 청해봐요.” 이윽고 그가 말했다. “당신의 청을 받고 들어주는 것이 기쁘단 말이야.”

이번에도 청할 것이 준비돼 있었다. “페어팩스 부인에게 당신 뜻을 밝혀주세요. 어젯밤 홀에서 우리 둘이 있는 것을 보고 충격을 받으셨어요. 제가 다시 그분을 만나기 전에, 뭐라도 설명을 좀 해주세요. 그처럼 선한 부인의 오해를 사는 건 괴로워요.”

“방에 가서 보닛을 쓰고 와요.” 그가 대답했다. “점심 전에 당신과 같이 밀코트에 갈 작정이니까. 당신이 외출할 채비를 하는 동안, 내가 저 노부인의 이해를 좀 도모해보도록 하겠소. 재닛, 그 부인은 당신이 사랑을 위해 모든 걸 버렸다고 생각할까? 이젠 돌이킬 수 없다고?”

“분명 제가 제 위치를 잊었다고 생각했을 거예요. 물론, 당신도요.”

“위치! 위치라니! 당신의 위치는 내 심장 속이야. 그리고 지금이나 앞으로나 감히 당신을 모욕하는 자들의 모가지에 있지. 자, 갔다 와요.”

옷을 갈아입는 일은 금방 끝났다. 나는 로체스터 씨가 페어팩스 부인의 응접실에서 나오는 소리를 듣고 서둘러 아래층으로 내려갔다. 노부인은 그날 아침의 성경 구절, 즉 오늘의 말씀을 읽던 중이었다. 성경책이 앞에 펼쳐져 있고, 안경에 그 위에 놓여 있었다. 로체스터 씨의 발표 탓에 중단된 부인의 일과는 이제 완전히 잊힌 듯했다. 텅 빈 눈앞의 벽을 바라보는 부인의 눈은 예상치 못한 소식에 동요하는 그 고요한 마음의 놀람을 표현하고 있었다. 나를 보자 엉거주춤 몸을 일으키며 억지로 미소 비슷한 표정을 짓고는 축하의 말을 건네려 했지만, 미소는 이내 사라지고 말은 흐지부지 끊기고 말았다. 부인은 안경을 쓰고 성경책을 덮더니 의자를 밀어내고 일어섰다.

"에어 선생." 부인이 입을 열었다. "내가 너무 놀라서, 무슨 얘길 해야 좋을지 모르겠군요. 내가 꿈을 꾼 건 아니겠지요, 그렇죠? 가끔 혼자 앉아 있다가 깜빡 조는 바람에 일어나지 않은 일들을 일어났다고 여기는 때가 있거든요. 그렇게 졸고 있을 때는 십오 년 전에 돌아가신 사랑하는 남편이 들어와 옆에 앉기도 하지요. 늘 하듯이 '앨리스'라고 날 부르는 소리를 들은 적이 한두 번이 아니에요. 자, 로체스터 씨가 선생에게 청혼했다는 게 정말로 사실이에요? 내가 이상한 소리 한다고 비웃지 말아요. 그분이 정말로 오 분 전에 들어오셔서 한 달 후에 선생이 자기 아내가 될 거라고 말씀하신 것 같거든요."

"제게도 같은 말씀을 하셨어요."

"그랬다고요! 그 말을 믿어요? 승낙했어요?"

"네."

부인이 당황한 표정으로 나를 쳐다보았다.

"난 이런 건 생각도 못 했어요. 그분은 자긍심이 강한 사람이에요. 로체스터가 사람들이 다 자긍심이 강하지요. 그리고 그분의 부친은, 적어도 돌아가신 주인님은 돈을 좋아했어요. 하기야, 지금 주인님도 돈 문제에는 늘 신중하다고들 하지요. 그분이 선생과 결혼하겠다고 하셨다고요?"

"그렇게 말씀하셨어요."

부인이 나를 꼼꼼히 훑어보았다. 그 눈빛에서 부인이 이 수수께끼를 풀 만큼 강력한 마력을 전혀 찾아내지 못했다는 사실을 알 수 있었다.

"도무지 모르겠어!" 부인이 말을 이었다. "하지만 선생이 그렇다고 하니, 사실이 분명하겠지요. 이게 어떻게 될지, 난 모르겠어요. 정말 모르겠어요. 이런 경우에는 신분이나 재산이 서로 엇비슷한 편이 좋다고들 하니까. 그리고 두 사람은 나이가 스무 살이나 차이가 나요. 그분은 거의 선생의 아버지뻘이에요."

"아니요, 페어팩스 부인!" 나는 화가 나서 소리쳤다. "그분은 절대 제 아버지처럼 보이지 않아요! 우리가 같이 있는 걸 보고 그렇게 생각할 사람은 아무도 없어요. 로체스터 씨는 어려 보여요. 스물다섯 먹은 사람들만큼 어려 보인다고요."

"그분이 선생과 결혼하려는 것이 정말로 사랑 때문일까요?"

부인의 냉정한 태도와 의심에 어찌나 속이 상했는지 눈물이 차올랐다.

"슬프게 해서 미안하지만," 부인이 말을 이었다. "선생이 너무 어려서 남자들에 대해 아는 것이 너무 없다 보니, 조심하라는 의미에서 하는 말이에요. 옛말에 '반짝인다고 다 금은 아니다'라는 말도 있잖아요. 이 경우에, 난 선생이나 내가 기대하는 것과는 다른 뭔가가 있지 않을까 싶어 겁이 나요."

"어째서요? 제가 무슨 괴물이라도 되나요? 로체스터 씨가 제게 진정한 애정을 갖는 일은 불가능한가요?"

"아니요. 선생은 참 좋아요. 요사이 훨씬 좋아졌고요. 그리고 내 장담하건대, 로체스터 씨는 선생을 좋아해요. 난 로체스터 씨가 선생을 마음에 들어 하는 걸 늘 눈치채고 있었어요. 선생을 생각해서, 그분이 티 나게 편애하는 것이 좀 불안하게 느껴져서, 선생이 좀 조심했으면 하고 바란 적도 있었지요. 하지만 잘못된 일이 생길 수 있다는 가능성조차 입에 올리고 싶지 않았어요. 그런 생각이 선생을 놀라게 하고, 어쩌면 기분을 상하게 할 수도 있다는 걸 아니까 말이에요. 그리고 선생이 분별이 확실한 데다 나무랄 데 없이 신중하고 지각이 있는 사람이니까, 난 선생이 알아서 잘 처신하리라 믿어도 될 사람이라 생각했어요. 어젯밤에 온 집안을 둘러봐도 선생도 안 보이고 주인님도 안 보이시니, 내가 얼마나 걱정을 했는지 말도 못 할 지경이었어요. 그러고는 열두 시가 되어서야 선생이 그분과 같이 들어오는 걸 봤지요."

"음, 그 일은 이제 신경 쓰지 마세요." 나는 조급하게 말을 끊었다. "다 잘 됐으니, 그걸로 충분해요."

"제발 끝까지 아무 일이 없기를 바랄 뿐이에요." 부인이 말했다. "하지만 내 말을 믿어요. 조심해서 나쁠 건 없어요. 로체스터 씨를 멀리하세요. 그리고 그분과 마찬가지로 자기 자신도 믿지 말고요. 그런 신분에 있는 양반들은 대개 자기 집 가정교사와는 결혼하지 않아요."

나는 정말로 화가 나기 시작했다. 그때 천만다행으로 아델이 뛰어 들어왔다.

"나도 데리고 가요. 나도 밀코트에 데리고 가요!" 아이가 외쳤

442

다. "로체스터 아저씬 안 데려가준대요. 새로 산 마차에 자리가 넉넉한데도요. 마드모아젤, 나도 데려가달라고 부탁해주세요."

"그래볼게, 아델." 우울한 훈계자의 곁을 떠나게 된 것에 기뻐하며, 나는 서둘러 아이와 같이 방을 나왔다. 마차가 준비돼 있었다. 마부들이 현관 앞으로 마차를 끌고 오는 중이었고, 나의 주인은 보도를 거닐고 있었는데, 파일럿이 이리저리 그를 따라다니고 있었다.

"아델이 같이 가도 괜찮겠죠, 안 될까요?"

"이미 안 된다고 했소. 귀찮은 꼬맹이는 데려가지 않을 거야. 당신하고만 갈 거요."

"괜찮다면, 같이 가게 해줘요, 로체스터 씨. 그게 낫겠어요."

"안 돼. 애 때문에 아무것도 못 할 거야."

그의 표정이나 목소리가 상당히 독선적이었다. 문득 페어팩스 부인의 싸늘한 경고와 찬물을 끼얹는 듯한 의심이 나를 덮쳤다. 실체 없고 불확실한 무언가가 내 희망을 옥죄어왔다. 그를 내 뜻대로 움직일 수 있다는 자신감이 반쯤 사라졌다. 더 간청하지 않고 기계적으로 그의 말에 복종하려는 찰나, 마차에 타는 것을 도와주던 그가 내 얼굴을 들여다보았다.

"무슨 일이오?" 그가 물었다. "기쁨의 빛이 다 사라졌어. 정말로 저 애를 데려가고 싶소? 저 애를 두고 가는 게 그렇게 걱정이 되오?"

"전 아델을 데리고 가는 게 훨씬 좋아요."

"그럼 가서 보닛을 쓰고 와. 번개처럼 갔다 와야 해!" 그가 아델에게 외쳤다.

아델은 최선의 속도로 그의 말에 따랐다.

"뭐, 하루 아침나절의 방해 정도는 그리 큰일이 아니지." 그가 말했다. "나는 곧 당신을, 당신의 생각과 대화와 곁을 평생 요구할 작정이니까."

마차에 태워진 아델이 중재에 대한 감사의 표시로 내 뺨에 입을 맞추기 시작했다. 아이는 이내 그의 반대쪽 구석 자리로 밀려났다. 아이는 그 자리에서 내가 앉은 자리를 건너다보았다. 엄하기 짝이 없는 옆자리 사람이 장애물이었다. 아이는 그에게, 특히 그가 지금과 같이 성마른 기분일 때는 본 것에 대해 속삭일 엄두도 궁금한 것을 물어볼 용기도 내지 못했다.

"아델을 이쪽으로 보내줘요." 나는 부탁했다. "당신을 귀찮게 할지도 모르니까요. 이쪽에 앉을 자리가 넉넉해요."

그가 애완용 강아지라도 되는 듯이 아델을 건네주었다. "이젠 이 애를 학교에 보내야겠군." 그렇게 말하면서도 그는 이제 웃고 있었다.

그 말을 들은 아델이 '상 마드모아젤(선생님 없이)' 학교에 가게 되느냐고 물었다.

"그래." 그가 대답했다. "절대적으로 상 마드모아젤이지. 왜냐면 내가 마드모아젤을 달에 데리고 갈 거니까. 난 화산들 사이에 난 하얀 계곡에서 동굴을 찾을 거야. 그리고 마드모아젤은 거기서 나와 살 거야. 나하고만."

"거기에는 선생님이 먹을 것이 없을 거예요. 아저씨는 선생님을 굶기게 될 거야." 아델이 평했다.

"내가 아침저녁으로 선생님이 먹을 만나를 모을 거야. 아델, 달에 있는 들판과 산은 하얗게 만나로 덮여 있단다."

"선생님은 불을 쬐고 싶으실 텐데, 불은 어떻게 해요?"

"불은 달에 있는 산속에서 솟아올라. 선생님이 추우면 내가 선생님을 산꼭대기까지 안고 가서 분화구 옆에 눕혀드릴 거야."

"오, 퀠 이 세라 말, 푸 콩포타블르(아, 거긴 얼마나 기분 나쁠까, 얼마나 불편하고!) 그리고 선생님 옷은요, 옷이 닳을 거예요. 새 옷은 어떻게 장만해요?"

로체스터 씨가 당황하는 체했다. "흠! 아델, 너 같으면 어떻게 하겠니? 머리를 짜내 방안을 생각해봐. 흰색이나 분홍색 구름으로 옷을 지으면 어떨까, 어떻게 생각해? 그리고 무지개에서 아주 근사한 스카프를 끊어낼 수 있지."

"선생님은 지금 이대로가 훨씬 좋아요." 한참 생각하던 아델이 결론을 내렸다. "게다가 선생님은 달에서 아저씨와 둘이서 사는 것에 싫증이 날 거예요. 제가 마드모아젤이라면, 아저씨와 같이 가는 것에 절대 동의하지 않을 거예요."

"선생님은 승낙하셨어. 단단히 맹세했는걸."

"하지만 아저씨는 선생님을 달로 데려갈 수 없어요. 가는 길이 없어요. 온통 공기뿐이잖아요. 그런데 아저씨도 선생님도 날지 못해요."

"아델, 저 들판 좀 봐." 우리는 손필드의 대문을 나와 밀코트로 가는 평탄한 길을 따라 경쾌하게 굴러가고 있었다. 폭풍우로 먼지가 말끔하게 가라앉았고, 양쪽에 선 낮은 산울타리와 높은 교목들은 비에 씻겨 싱싱한 녹색으로 반짝였다.

"아델, 이 주일 전 어느 저녁 늦은 시간에 내가 저 들판을 산책하고 있었단다. 네가 과수원 목초지에서 건초 만드는 일을 도와주었던 그날 저녁이구나. 베어놓은 풀을 긁어모으다 지쳐서 좀 쉬려고 목책 계단에 앉았지. 그러고는 작은 공책과 연필을 꺼내서 오래전에 내게 닥친 불운과 앞으로 오기를 바라는 행복한 나날에 대한 소망을 쓰기 시작했단다. 아주 재빨리 쓰고 있었지만, 나뭇잎들 사이로 비치는 햇빛이 점차 어두워졌어. 그때 뭔가가 길을 걸어오더니 서너 발짝 앞에 서는 게 아니겠니. 난 쳐다보았지. 머리에 얇은 거미집 같은 베일을 쓴 작은 무언가였어. 내가 가까이 오라고 손짓하니까, 그것이 곧 내 무릎 앞에 와 서더구나. 난 아무 말도 하지 않았고, 그것도 입으로는 아무 말도 하지 않았어. 하지만 난 그것의 눈을, 그리고 그것은 내 눈을 읽었어. 우리가 나눈 말 없는 대화의 요점은 이런 거였어.

그건 요정이었고, 요정 나라에서 왔대. 그것이 말하기를, 나를 행복하게 만들어주려고 왔다는 거야. 내가 자기와 함께 속세를 떠나 외로운 곳으로, 이를테면 달나라 같은 곳으로 가야 한다고. 그러면서 헤이 언덕 위로 솟는 초승달을 향해 고개를 끄덕였어. 그러고는 우리가 살게 될 설화석고 동굴과 은빛 계곡 얘기를 들려주더군. 나는 가고 싶다고 했어. 하지만 네가 말한 대로, 나에겐 날개가 없다고 일러주었지.

'아, 그런 건 중요하지 않아!'라고 요정이 대답했어. '어떤 어려움도 막아줄 부적이 여기 있으니까.' 그러고는 예쁜 금반지를 꺼냈어. '이걸 왼손 넷째 손가락에 껴. 그러면 난 너의 것이 되고, 넌 나의 것이 될 거야. 그리고 우린 지구를 떠나 저곳에 우리만의 천국을 만들 거야.' 요정이 다시 달을 향해 고개를 끄덕였어. 아델, 그 반지가 지금 일 파운드짜리 금화로 변장한 채 내 바지 주머니에 들어 있단다.

하지만 난 곧 이걸 다시 반지로 바꿀 작정이야."

"하지만 마드모아젤이 그거랑 무슨 상관이 있어요? 난 요정 같은 건 아무래도 괜찮아요. 아저씨가 달나라에 데리고 가려는 건 마드모아젤이라고 했잖아요?"

"마드모아젤이 요정이란다." 그가 비밀이라는 듯이 속삭이며 말했다. 그래서 나는 아이에게 그의 농담을 그대로 믿으면 안 된다고 일러주었다. 아이는 아이대로 진짜 프랑스인다운 회의적 기질을 증명하며 로체스터 씨를 '엉 브래 망터(진짜 거짓말쟁이)'라고 부르고는 자신은 그의 '콩트 드 페(요정 이야기)'를 전혀 믿지 않는다고, '두 레스트, 일니 아배 파 드 페, 에 캉 멤 일리 엉 나배(게다가 요정이란 건 존재하지 않았고, 지금도 존재하지 않는다)'라고 자신했다. 아이는 또 요정들이 그의 앞에 나타날 일은 절대 없을 것이며, 그에게 반지를 주거나 달에서 같이 살자고 청하는 일도 없을 거라고 확신했다.

밀코트에서 보낸 시간은 좀 괴로웠다. 로체스터 씨는 날 데리고 어느 비단 가게로 가더니 드레스 여섯 벌을 만들 비단을 고르라고 명령했다. 나는 그런 일이 너무 싫어서 다음으로 미루어달라고 간곡하게 부탁했지만, 안 될 일이었다. 당장 해야 한다는 것이었다. 숨죽인 소리로 열렬히 간청한 덕분에 겨우 여섯 벌을 두 벌로 줄이긴 했는데, 이번엔 그가 그 두 벌은 자신이 직접 골라야 한다고 고집했다.

나는 조마조마한 심정으로 화려한 가게 안을 둘러보는 그를 지켜보았다. 그의 시선이 제일 눈부신 풍성한 자주색 비단과 사치스러운 분홍색 공단에 머물렀다. 나는 또다시 숨죽인 소리로 그런 건 내게 금으로 만든 드레스와 은으로 만든 보닛을 한꺼번에 사주는 것과 마찬가지라고, 그가 고른 옷은 도저히 입을 엄두가 나지 않을 거라고 말했다. 돌덩이처럼 단단한 그의 고집 때문에 설득하는 데 부단히 애를 먹고서야 겨우 차분한 검은 공단과 진주색 비단으로 바꿀 수 있었다. 그가 말했다. "이번에만 봐주는 거야." 그는 기어이 나를 꽃밭처럼 울긋불긋하게 만들 작정이었다.

비단 가게에서, 뒤이어 보석 가게에서, 마침내 그를 끌어냈을 때는 어찌나 다행스럽던지. 그가 무언가를 사주면 사줄수록 내 뺨은 곤혹스러움과 굴욕감으로 더욱 붉게 달아올랐다. 마차로 돌아와 열에 들뜨고 기진맥진한 몸을 등받이에 기대고 나서야 슬프고 기쁜 사건들이 연달아 일어나는 바람에 완전히 잊고 있었던 무언가가 떠올랐다. 나를 입양하여 유산 상속인으로 삼고 싶다는, 존 에어 삼촌이 리드 부인에게 보낸 편지였다. '얼마간이라도 재산이 있으면 정말 마음이 놓일 거야. 인형처럼 로체스터 씨가 입혀주는 옷이나 입고, 다나에[56]라도 된 듯이 매일 떨어지는 황금 비나 맞으며 앉아 있는 건 도저히 견딜 수 없어. 집에 돌아가는 즉시 마데이라로 편지를 보내 결혼 소식과 상대가 누구라는 것을 존 삼촌에게 알려야겠어. 언젠가 로체스터 씨의 재산을 늘려줄 가능성만 있어도, 지금 그의 신세를 지는 걸 조금은 수월하게 견딜 수 있을 거야.' 그런 생각만으로도(나는 그날 바로 실행했다) 마음이 좀 가벼워진 나는 가까스로 고개를 들고, 얼굴도 시선도 마주치지 않으려는 나를 악착

---

56 다나에는 그리스 신화에 등장하는 인물로 아르고스의 왕 아크리시오스와 에우리디케의 딸이다. 청동 탑에 감금되었다가 황금 비로 변신한 제우스에 의해 임신한 뒤 페르세우스를 낳았다.

같이 살피고 있던 나의 주인이자 연인과 눈을 마주쳤다. 그가 씩 웃었다. 나는 그의 미소가 어느 술탄이 지극한 행복과 애정의 순간에 자신의 금과 보석으로 잔뜩 치장한 노예를 보고나 지을 만한 웃음이라 생각했다. 나는 끊임없이 내 손을 탐하고 있던 그의 손을 빨개질 정도로 꾹 눌렀다가 홱 밀쳤다.

"그런 눈으로 보지 마세요. 자꾸 그러면, 결혼할 때까지 낡은 로우드 제복만 입을 거예요. 결혼할 때는 이 라일락색 줄무늬 면 드레스를 입고요. 진주색 비단은 당신 실내복이나 만들지 그래요. 저 검은색 공단으로 당신 조끼를 만들면, 무한정 나오겠네요."

그가 킬킬거리며 손을 문질렀다. "아, 보고 듣고 있으면 정말 재밌단 말이야!" 그가 외쳤다. "기발해! 정말 신랄한 사람이야! 사슴 같은 눈망울을 한 터키 황제의 요염한 후궁들을 전부 준다 해도, 난 이 조그만 영국인 아가씨와 바꾸지 않을 거야!"

터키 후궁을 비유로 든 것이 또 심기를 건드렸다. "저는 후궁을 대신할 생각은 손톱만큼도 없어요. 그러니 그런 사람과 저를 똑같이 놓고 생각하지 마세요. 그런 쪽 사람을 좋아하신다면, 저는 좀 놔두시고 당장 이스탄불 시장에 가서 여기서 못다 써서 원통한 그 돈으로 노예나 잔뜩 사들이시죠."

"그러면 재닛, 내가 몇 톤이나 되는 살덩어리와 검은 눈동자들을 흥정하고 있을 때, 당신은 무얼 할 거요?"

"전 선교사로 나가 노예가 된 사람들에게 자유를 전도할 준비를 할 거예요. 그중엔 당신의 하렘 후궁들도 있겠죠. 전 거기로 들어가 반란을 선동할 거예요. 그러면 제아무리 기세등등한 술탄 같은 당신이라도 순식간에 우리 손에 포박되겠죠. 그리고 전 당신이 지금껏 어느 전제 군주도 선포해본 적 없는 너그러운 해방 선언문에 서명할 때까지 당신의 포박을 풀어주지 않을 거고요."

"당신의 자비를 바랄 뿐이오, 제인."

"로체스터 씨, 그런 눈빛으로 자비를 바라신다면, 제겐 자비가 없을 거예요. 당신이 그런 표정을 짓고 있다면, 강압에 못 이겨 어떤 포고령을 내렸더라도 풀려나자마자 당장 없던 일로 해버릴 게 뻔하니까요."

"아니, 제인, 뭘 갖고 싶은 거요? 나더러 성당 제단 앞에서 하는 결혼식 외에 따로 사적인 결혼 의식을 치르라고 강요하는 건 아니겠지? 알겠어, 당신이라면 특별한 조건을 요구하겠지, 무슨 조건이오?"

"저는 그저 마음이 편하길 바랄 뿐이에요. 갖은 채무에 짓눌리지 않고요. 당신이 셀린 바랑스에 대해서 했던 말을 기억하세요? 당신이 준 다이아몬드며 캐시미어에 관해서요? 전 당신의 영국판 셀린 바랑스가 되지는 않을 거예요. 전 아델의 가정교사로서 맡은 일을 계속할 거예요. 그걸로 제 숙식비와 일 년에 삼십 파운드 봉급을 벌고, 그 돈으로 제 옷장을 채울 거예요. 그러니 당신이 줄 것은 그저-"

"음, 그저 뭐요?"

"당신의 존중심뿐이에요. 제가 답례로 저의 존중심을 드린다면, 채무는 변제되겠죠."

"음, 타고난 냉정한 뻔뻔스러움과 고유한 순수한 자존심에 있어서는 당신을 따라올 사람이 없을 거야." 우리는 손필드에 가까워지고 있었다. "오늘 나와 같이 정찬을 들지 않겠소?" 마차가 대문을 통과하는데 그가 물었다.

"아니요."

"대체 무슨 이유로 '아니요'요?"

"전 지금껏 당신과 정찬을 든 적이 없어요. 왜 지금 그래야 하는지 모르겠네요. 딱히—"

"딱히 뭐요? 당신은 말을 하다 마는 게 재밌는 모양이야."

"딱히 그래야 하는 상황도 아니고요."

"내가 도깨비나 악귀처럼 시체라도 뜯어 먹을까 봐 내 식탁에 동석하기가 무서운 거요?"

"그런 생각은 해본 적 없어요. 하지만 앞으로 한 달은 그냥 평소처럼 지내고 싶어요."

"가정교사 노예 일은 당장 그만둬요."

"저런, 죄송하지만, 그건 안 되겠어요. 전 평소처럼 계속 일할 거예요. 지금껏 해온 대로, 낮 동안 당신을 방해하는 일도 없을 거예요. 저를 보고 싶은 기분이 드시면 저녁때 사람을 보내세요. 그럼 갈게요. 하지만 다른 때에는 안 돼요."

"한 대 피우고 싶군, 제인, 아니면 코담배라도. 이런 상황에서 날 위로하려면, 아델이 잘 쓰는 말로, '푸어 므 도네 윈 콩트낭스(자신을 격려하기 위해)' 하려면 말이야. 그리고 불행히도 내겐 여송연도 코담배도 없지. 자, 잘 들어요, 작게 말할 테니까. 이 조그만 폭군 같으니, 지금은 당신이 떵떵거릴 때이지만, 곧 나의 때가 올 거요. 당신을 완전히 갖게 되면, 가지고 다닐 수 있게, 비유적으로 말해서, (회중시계를 가리키며) 이것처럼 당신에게 사슬로 걸 거요. 그래, 이 작고 아름다운 요물 같으니, 내 보물을 잃어버리면 큰일이니까, 당신을 품에 넣고 다녀야겠소."

그는 이렇게 말하고 내가 마차에서 내리는 걸 도와주었다. 그가 아델을 내려주는 틈에 나는 집 안으로 들어와 곧장 위층으로 올라갔다.

저녁이 되자 그가 때맞춰 사람을 보내 나를 불렀다. 나는 그가 할 일을 미리 준비해두었다. 그 시간을 내내 시시콜콜한 잡담으로 보내서는 안 되겠다고 결심했기 때문이었다. 나는 그의 아름다운 목소리를 기억했다. 훌륭한 가수들이 대체로 그러듯이 그가 노래하기 좋아한다는 것도 알았다. 나 자신은 좋은 성악가가 아니었고, 그의 까다로운 기준에 따르면, 좋은 연주자도 아니었지만 좋은 연주나 노래를 듣는 것은 몹시 즐겼다.

감미로운 사랑의 시간인 황혼이 격자창 밖으로 별빛 가득한 푸른 깃발을 드리우기 시작하자마자 나는 일어나 피아노 뚜껑을 열고 모쪼록 노래 한 곡만 불러달라고 간청했다. 그는 나를 변덕스러운 마녀라 부르면서 다른 기회에 불러주겠다고 했지만, 나는 지금처럼 좋은 기회는 다시 없다고 못을 박았다.

"제 목소리가 마음에 드시옵니까?"

"아주 많이요." 곧잘 부풀어 오르는 그의 허영심을 채워주는 걸 즐기지 편은 아니었지만, 나는 편의상 이번만은 아부하기도 하고 자극하기도 할 작정이었다.

"그럼, 제인, 반주는 당신이 해요."

"좋아요, 해보지요."

나는 반주를 시도했지만 이내 '엉터리'라는 소리를 들으며 자리에서 쫓겨났다. 그가 허물없이 나를 한쪽으로 밀어내고는 내 자리를 차고앉아 반주를 시작했다. 그거야말로 원하던 바였다. 그는 노래 솜씨만큼 피아노 솜씨도 훌륭하니까. 나는 서둘러 창가 자리로 갔다. 거기 앉아서 고요한 나무들과 어둑한 잔디밭을 내다보는 사이에 달콤한 노랫소리가 감미로운 대기 속으로 퍼져나갔다.

심장 한복판에서 타오르는
처음 느끼는 진정한 사랑,
핏줄마다 더욱 빠르게
생명의 물결로 밀어닥치네
그녀가 오는 것 내 매일의 희망
그녀가 가는 것은 나의 괴로움
그녀의 발걸음 늦어질 때면
핏줄마다 얼음이 언다네
다시 없는 행복을 꿈꾸나니
내가 사랑하듯이 사랑받는 것
오직 그것만을 추구하나니
다른 아무것도 소용없어라
그러나 우리 생에 가로놓인
공간은 길도 없이 막막하여라
물거품 끓어오르는 녹색 대양
굽이치는 해류처럼 위험하여라
거친 황야 깊은 숲을 지나는
강도 끓는 길처럼 불안하여라
힘과 권세, 비애와 분노가

우리 마음을 가로막고 있도다
나는 위험을 무릅쓰고 장애물을 비웃네
나는 온갖 흉조를 무시하네
위협하고 괴롭히고 경고하는 것들을
나는 맹렬하게 지나치네
빛처럼 빠른 무지개를 달려
나는 꿈속인 듯이 날아가네
눈앞에 보이는 영광스러운 장미
저 소나기와 섬광의 아이 있기에
괴로움의 먹구름 위에서도 선명한
저 부드럽고 엄숙하게 빛나는 기쁨
아무리 끔찍한 재앙이 닥쳐도
나 이제 아무것도 두렵지 않으리
이 달콤한 순간에 난 두려움 없네
내 성급했던 모든 것이
쓰라린 복수를 선언하며
세차고 빠른 날개에 실려 올지라도
도도한 증오가 나를 쓰러트려도
정의가, 심판이 들이닥쳐도
노하여 찌푸린 가혹한 신이
끝없는 적의를 선언할지라도
나의 사랑은 고결한 믿음으로
그 작은 손을 내게 맡기도다
신성한 혼인의 띠로 우리

하나로 얽히기로 맹세하도다
나의 사랑은 입맞춤으로 맹세했노니
나와 같이 살고 나와 같이 죽기를
마침내 나 천상의 기쁨을 얻었어라
나 사랑하듯이 나 사랑받노라

　그가 일어나 내게로 왔다. 얼굴은 온통 이글대며 빛나고, 강렬한 매 같은 눈이 번득였다. 얼굴 전체에 다정함과 정열이 가득했다. 나는 순간적으로 움찔했다가 다시 정신을 가다듬었다. 나는 달콤한 장면도 과감한 사랑의 표현도 원치 않았다. 그러나 지금 나는 둘 다에 빠질 위험에 직면했다. 방어할 무기를 준비해야 했다. 나는 목청을 가다듬었다. 그가 다가오자 나는 통명스럽게 물었다. "대체 누구랑 결혼하시는 거예요?"
　"사랑하옵는 제인의 입에서 나오기에는 이상한 질문이라 사료되옵니다만."
　"저런! 저는 아주 당연하고도 필요한 질문이라 생각하는데요. 노래 속의 그는 미래의 아내가 자신과 같이 죽는다고 하잖아요. 그런 이교도 같은 생각은 대체 무슨 뜻이죠? 전 같이 죽는다는 생각 같은 건 없어요! 그건 확실해요."
　"아, 그가 갈망하는 건, 그가 기원하는 건, 그저 같이 살자는 거지요! 같이 죽자는 뜻이 아니라요."
　"당연해요. 그 사람과 마찬가지로 제게도 때가 오면 죽을 권리가 있어요. 하지만 때가 오기를 기다려야지, 사티[57]로 서둘러서는 안 될 일이죠."

"그런 그의 이기적인 생각을 용서하시고, 그 증거로 키스해주시는 건 어떻사옵니까?"

"아니요, 그건 사양하고 싶네요."

그는 나를 '조그만 고집쟁이'라고 부르며 이렇게 덧붙였다. "그렇게 자기를 찬미하는 노래를 들으면 다른 여자들은 다 기뻐서 뼛속까지 녹아버렸을 텐데."

나는 그에게 내가 타고나기를 부싯돌처럼 완고하게 타고났으니 종종 그런 나를 보게 될 거라고, 게다가 나는 앞으로 남은 사 주가 지나기 전에 내 성격의 모난 부분들을 골고루 보여줄 작정이라고 일렀다. 취소할 시간이 있을 때 자신이 어떤 종류의 물건을 거래했는지 알아야 하니까 말이다.

"좀 조용히 이성적으로 말씀하실 순 없겠습니까?"

"원하신다면 조용히 하죠. 그리고 이성적으로 말하는 것에 관해서라면, 전 지금 그렇게 하고 있다고 자찬할 수밖에 없네요."

그는 안달하고 코웃음을 치고 혀를 찼다. '잘됐어.' 나는 생각했다. '짜증을 내든 안달복달하든 마음대로 하세요. 하지만 이게 당신을 얻기 위한 최선의 계획이라고 전 확신해요. 전 말도 못 할 만큼 당신을 좋아해요. 하지만 급격하게 식는 감정의 소용돌이에 빠지지는 않을 거예요. 그리고 이 재치라는 바늘로 전 심연의 가장자리에 서서 당신도 지킬 거예요. 이 날카로운 도구가 당신과 나 사이

57　예전 인도에서 남편이 죽으면 아내를 함께 산 채로 화장하던 힌두교의 장례 풍습이다. 1829년에 금지령이 내려졌다.

의 거리를 지키도록 도와줄 거예요. 그리고 그게 우리 둘에게는 정말로 이득이 될 거고요.'

조금씩 조금씩, 결국 나는 그를 상당히 역정을 내게 만드는 데 성공했다. 그가 몹시 화를 내며 방 반대쪽으로 가버리자, 나는 일어나 아무 일 없다는 듯이 익숙하고 공손한 태도로 "로체스터 씨, 안녕히 주무세요"라고 말하고는 옆문으로 살짝 빠져나와 도망쳤다.

이렇게 시작된 대응 방식을 나는 유예 기간 내내 고수했고, 그러한 대응 방식은 대단한 성공을 거두었다. 확실히 그는 움츠러들었고, 다소 심술궂고 무뚝뚝해졌다. 그러나 전체적으로는 그가 이 상황을 몹시 즐기고 있음을 나는 알았다. 순한 양처럼 순종하고 멧비둘기처럼 다감하게 대해봐야 그의 전제 군주 같은 성질만 돋울 뿐, 그의 식견을 즐겁게 하거나 그의 분별을 만족시키지 못할뿐더러 그의 취향에도 맞지 않다는 것을 나는 알았다.

그러나 다른 사람이 있는 자리에서는 전과 다름없이 공손하고 차분하게 굴었다. 다른 식으로 행동할 필요가 없기 때문이었다. 내가 그렇게 사사건건 그의 딴지를 걸고 괴롭히는 건 저녁에 단둘이 만날 때뿐이었다. 그는 변함없이 시계가 일곱 시를 치는 때에 맞춰 나를 부르러 사람을 보냈다. 이제는 그의 앞에 나서도 그의 입에서 '내 사랑'이니 '고운 사람'이니 하는 그런 달콤한 말들은 나오지 않았다. 내게 주어지는 말들은 잘해봐야 '성가신 꼭두각시', '못된 요정', '작은 마귀', '못난이' 같은 것들이었다. 나는 이제 애무 대신 찌푸린 얼굴을, 다정한 손길 대신 팔을 꼬집는 손을, 뺨에 닿는 입술 대신 귀를 잡아 비트는 손가락들을 만나게 되었다.

그래도 괜찮았다. 그때 내게는 다정한 표현보다 그런 사나운 호의들이 확실히 나았다. 페어팩스 부인이 나를 인정한 것도 알았다. 내가 잘못될까 하고 노심초사하던 불안이 사라진 것이었다. 그래서 나는 내가 잘하고 있다고 확신했다. 그러는 사이 로체스터 씨는 나 때문에 애가 닳아 뼈와 가죽만 남았다며, 머지않아 지금의 내 언동에 끔찍한 복수를 해주겠다고 을러댔다. 나는 그런 협박에 속으로 웃었다. '난 지금 당신을 꽤 잘 억제하고 있어요.' 나는 생각했다. '이후에도 분명 그럴 수 있을 거예요. 이런 방법이 안 되면 저런 방법을 고안해내겠지요.'

그래도 내 과제는 결코 쉬운 일이 아니었다. 그를 놀리기보다는 기쁘게 해주고 싶을 때가 많았으니까. 내 미래의 남편은 점점 내 세상의 전부가 되어갔다. 아니, 세상보다 더 큰, 거의 내가 바라는 천국이 되었다. 일식이 사람과 거대한 태양 사이에 끼어들듯이, 나와 모든 종교적 신념 사이에 그가 서 있었다. 그 시기에 나는 신의 피조물, 내가 우상으로 섬긴 그 피조물 탓에 신을 보지 못했다.

25장

약혼 기간이 지나갔다. 이제는 남은 시간을 일일이 셀 수 있을 정도였다. 다가오는 결혼식 날이 연기될 가망은 없었다. 그날을 위한 준비가 모두 끝났으니까. 적어도 나는 더 할 일이 없었다. 내 작은 방 한쪽 벽을 따라 잘 꾸려서 잠그고 밧줄로 묶은 트렁크들이 나란히 놓였다. 내일 이 시각이면 그것들은 런던을 향해 먼 길을 가고 있을 것이다. 그리고 (신이 허락하신다면) 나도. 아니, 내가 아니라, 나는 아직 모르는 인물인 제인 로체스터가. 꼬리표 붙이는 일만 남았다. 네 개의 작은 정사각형 꼬리표가 서랍에 들어 있었다. 로체스터 씨가 꼬리표마다 직접 '런던, XX호텔, 로체스터 부인'이라고 적어주었다. 어째서인지 그것들을 직접 달거나 달아달라고 부탁할 마음이 나지 않았다. 로체스터 부인이라니! 그런 사람은 존재하지 않았다. 그 여자는 내일, 오전 여덟 시가 조금 지난 시각에 태어날 예정이다. 나는 기다렸다가 그 여자가 살아서 세상에 나오는지 확인한 다음에야 저 모든 소유권을 넘겨줄 참이다. 화장대와 마주 보는 저기 옷장에, 그 여자 것이라는 옷가지들이 벌써 내 뻣뻣한 검은색 로우드 제복과 밀짚 보닛이 있던 자리를 차지한 것만으로도 충분했다. 옷걸이에 걸린 진주색 드레스와 흐릿한 안개 같은 베일, 그 결혼식 예복은 내 것이 아니었다. 나는 그 이상한 망령 같은 의상이 보이지 않도록 옷장 문을 닫았다. 아홉 시나 된 이런 늦은 밤에 그 의상은 어두운 내 방에 더없이 유령 같은 희미한 빛을 던지고 있었다. "하얀 꿈이여, 널 혼자 두고 나가야겠어." 나는 말했다. "열이 나. 바람 소리가 들려. 첩첩이 닫힌 문을 열고 나가서, 바람을 좀 맞아야겠어."

열이 나는 건 결혼식 준비가 바빴기 때문만이 아니었다. 내일부터 시작될 새로운 삶, 그 커다란 변화에 대한 기대 때문만도 아니었다. 물론 이 두 가지도 이렇게 늦은 시간에 나를 어두워지는 정원으로 내모는 불안하고 흥분된 마음의 원인이기는 했다. 그러나 그 두 가지보다 더 큰 영향을 미치는 제삼의 원인이 있었다.

나는 이상하고 불안한 생각을 품고 있었다. 이해할 수 없는 일이 일어났다. 나 말고는 그 사건을 아는 사람도 본 사람도 없었다. 전날 밤에 일어난 일이었다. 어젯밤 집을 비운 로체스터 씨는 지금껏 돌아오지 않았다. 그는 농장이 두어 군데 있는, 삼십 마일 떨어진 작은 소유지에 볼일을 보러 갔다. 계획된 출국에 앞서 직접 매듭을 지어야 할 일이었다. 나는 그가 돌아오기를 기다리고 있었다. 마음의 짐을 내려놓고 안심하기를, 그에게서 당황스럽기 짝이 없는 수수께끼의 해답을 찾기를 고대하면서 말이다. 독자여, 그가 올 때까지 기다리시라. 그에게 비밀을 털어놓을 때, 당신도 그 은밀한 이야기를 듣게 될 것이다.

나는 바람을 피할 곳을 찾다가 과수원으로 향했다. 비는 한 방울도 뿌리지 않았지만, 종일 남풍이 세차게 불었다. 밤이 되어도 바람은 자기는커녕 더욱 기를 쓰며 휘몰아치는 듯했다. 나무들은 몸부림치는 일도 없이 내내 한 방향으로 휘어서 한 시간째 가지 한 번제대로 들지 못했다. 가지 무성한 우듬지들이 한결같은 바람의 힘에 밀려 북쪽을 향하고 있었다. 덩어리진 구름이 연달아 극에서 극으로 재빨리 흘러갔다. 그 칠월의 하루 내내, 푸른 하늘은 코빼기도보이지 않았다.

우레처럼 허공을 뒤흔드는 무지막지한 기류에 불편한 마음을내맡긴 채 바람을 이고 달릴 때, 난폭한 기쁨 같은 것이 없지 않았다. 월계수 산책길을 따라가다가 쪼개진 밤나무와 마주쳤다. 나무는 시커멓게 갈라진 채 우뚝 서 있었다. 지면까지 쪼개진 원줄기가무시무시한 소리를 내며 헐떡거렸다. 탄탄한 밑동과 강한 뿌리가붙들어주는 덕분에 갈라진 양쪽 줄기가 서로 떨어지지는 않았다.그러나 생명의 교류는 끊어졌다. 더는 수액이 흐를 수 없었다. 양쪽의 거대한 가지들은 죽었다. 올겨울 폭풍우에 한쪽 아니면 양쪽이다 쓰러질 것이 뻔했다. 하지만 아직은 한 나무라 칭할 수 있었다.폐목이지만 온전한 한 그루의 폐목이었다.

"서로 꼭 붙들고 있다니, 잘했어." 나는 둘로 쪼개진 이 거대한 나무가 살아 있는 생물이라도 되는 듯이, 내 말을 알아듣기라도 하는듯이 말을 건넸다. "이렇게 처참해 보여도, 이렇게 그을리고 불탔어도, 아직은 저 충성스럽고 거짓 없는 뿌리에서 올라오는 생명의감각이 좀 있을 거야. 너희는 더는 푸른 잎을 달지 못하겠지. 더는 가지에 둥지를 틀고 한가로이 노래하는 새들을 보지 못할 거야. 너희 기쁨과 사랑의 때는 끝나버렸어. 하지만 너희는 쓸쓸하지 않아. 서로의 쇠락을 공감해줄 동지가 있으니까."

나무를 올려다보니 갈라진 틈 사이로 잠깐 얼굴을 내민 달이 보였다. 둥그런 달은 피처럼 붉고, 반쯤은 구름에 가렸다. 달은 내게 당황한 듯한 음울한 시선을 던지고는 이내 빠르게 흘러가는 짙은 구름 속에 다시 숨고 말았다. 손필드 주변의 바람이 잠시 잦아들었다. 그러나 숲과 물 건너 저 먼 곳에서 거칠고 우울한 비탄이 쏟아졌다. 듣고 있자니 슬퍼져서 나는 다시 달리기 시작했다.

나는 과수원 여기저기를 돌아다니며 사과나무 주변 풀숲에 잔뜩 떨어진 사과를 주워 모았다. 그러고는 익은 것과 덜 익은 것을 일일이 가린 다음, 집 안으로 가지고 들어가 저장실에 넣어두었다. 그러고는 서재로 가서 불이 잘 타고 있는지 확인했다. 여름일지라도 이처럼 음산한 밤에는 집에 돌아온 로체스터 씨가 활활 타는 난롯불을 기대하리라는 걸 알았기 때문이었다. 그랬다. 불은 이미 지펴져 잘 타고 있었다.

나는 그의 안락의자를 난롯가에 갖다 놓고 탁자도 끌어다 그 옆에 놓았다. 커튼을 내리고, 초도 몇 자루 들여서 언제든 불을 켤 수 있게 했다. 이런 준비를 다 마치고 나자, 전보다 더 마음이 불안해져서 가만히 앉아 있기는커녕 집 안에 있기조차 힘들었다. 서재에 있는 작은 시계와 홀에 있는 오래된 괘종시계가 동시에 열 시를 치기 시작했다.

"이렇게 밤이 깊었다니! 대문까지 나가봐야겠어. 이따금 달빛이 비치니까, 길이 멀리까지 보일 거야. 그가 지금 오고 있는지도 몰

라. 도중에 만나면 마음 졸이는 시간이 몇 분이라도 줄어들겠지."

대문을 둘러싼 큰 나무들 우듬지에서 바람이 으르렁거렸다. 하지만 눈에 보이는 길은 오른쪽으로도 왼쪽으로도 더없이 고요하고 적적했다. 간간이 달이 모습을 드러낼 때 구름 그림자가 지나갈 뿐, 길은 움직이는 점 하나 없는, 희뿌연 긴 선일 뿐이었다.

어린애처럼 눈물이 차올라 시야가 흐려졌다. 실망과 초조함의 눈물이었다. 부끄러워서 얼른 눈물을 닦아냈다. 나는 서성거렸다. 달은 완전히 제 방으로 물러나 두꺼운 구름 장막을 쳐버렸다. 밤이 점점 어두워졌다. 강풍을 타고 비가 몰아쳤다.

"얼른 오세요! 얼른 와요!" 나는 괜히 불길한 예감에 사로잡혀 외쳤다. 차 마시는 시간 전까지는 돌아오리라 예상했었다. 이제는 캄캄해졌다. 무엇 때문에 늦어지는 걸까? 무슨 사고라도 났나? 간밤의 사건이 다시 떠올랐다. 나는 그것을 재앙의 징조로 해석했다. 실현되기에는 너무 밝은 희망을 품었던 게 아닌지, 두려웠다. 그리고 최근에 너무 많은 환희를 누린 탓에 내 운이 정점을 지나 이제 기울고 있는 게 틀림없다고 생각했다.

'그래도 집으로 돌아갈 수는 없어.' 나는 생각했다. '그가 이런 험한 날씨에 바깥에 있는데, 혼자 난롯가에 앉아 있을 수는 없지. 마음을 졸이느니 수족이 괴로운 편이 나아. 그를 마중하러 나가야겠어.'

나는 출발했다. 빠르게 걸었지만 멀리 걷지는 않았다. 사 분의 일 마일이나 걸었을까, 말발굽 소리가 들려왔다. 사람을 태운 말이 전속력으로 달려왔다. 옆에는 개 한 마리가 달리고 있었다. 불길한 예감 따위는 사라져라! 그였다. 여기 그가, 메스루어를 타고 파일럿을 거느리고 그가 온다. 그가 나를 보았다. 달이 하늘에 푸른 들판을 펼치고 물기 어린 빛을 뿌리며 지나고 있었기 때문이었다. 그가 모자를 벗어 머리 위로 흔들었다. 나는 그를 맞으러 달려갔다.

"여기!" 그가 안장에 앉은 채 몸을 굽혀 손을 내밀며 외쳤다. "당신은 내가 없으면 못 견뎌, 그건 분명해. 두 손으로 내 손을 잡고 내 발등을 딛어요. 자!"

나는 그가 시키는 대로 했다. 기쁨이 민첩함을 주었다. 나는 날쌔게 그의 앞자리에 올라탔다. 환영을 뜻하는 진심 어린 입맞춤이 뒤따랐다. 거기엔 승리를 자화자찬하는 느낌도 섞여 있었지만, 나는 될 수 있는 한 그냥 삼켰다. 그가 뻗쳐나오는 의기양양함을 억누르면서 물었다. "그런데 재닛, 무슨 문제라도 있소? 이런 시간에 나를 마중하러 나오다니, 안 좋은 일이라도 있는 거요?"

"아뇨, 하지만 당신이 너무 안 와서요. 집 안에서 기다리고 있을 수가 없었어요. 게다가 이렇게 비바람이 심하니까요."

"비바람이라, 그렇군! 그래, 당신은 인어처럼 흠뻑 젖었어. 내 외투를 끌어다 감싸요. 그런데, 제인, 당신 열이 있는 것 같아. 뺨도 손도 타는 듯이 뜨거워. 다시 묻겠는데, 무슨 일이 있소?"

"이젠 괜찮아요. 무섭지도 않고 슬프지도 않아요."

"그럼 조금 전까지는 무섭고 슬펐소?"

"약간요. 그건 조금 있다 말씀드릴게요. 아마 제 얘기를 들으면, 그깟 일이냐며 비웃으시겠지만요."

"내일만 지나면 마음껏 비웃어주겠소. 하지만 그때까진 감히 그럴 수 없지. 더없이 귀중한 것이 아직은 확실하게 내 손에 들어오지 않았으니까. 이 사람이 지난 한 달 내내 뱀장어처럼 미끄럽고 들장미처럼 가시 돋쳤던 그 사람인가? 손가락 하나라도 댈라치면 온통 가시에 찔렸었는데, 지금은 길 잃은 새끼 양을 품에 안은 것만 같아. 양치기를 찾아서 울 밖을 헤매고 있었지, 그렇지, 제인?"

"당신을 만나고 싶었어요. 너무 뽐내진 마시고요. 손필드에 다 왔네요. 이제 내려주세요."

그는 나를 보도에 내려주었다. 존이 말을 끌고 가자, 그가 나를 따라 홀로 들어오더니 어서 가서 마른 옷으로 갈아입으라고, 다 갈아입으면 서재로 오라고 일렀다. 그러고는 층계로 향하는 나를 멈춰 세우고는 오래 지체하지 않겠다고 다시 약속하게 했다. 오래 걸리지는 않았다. 오 분 뒤에 나는 그에게로 돌아갔다. 그는 저녁거리를 앞에 놓고 있었다.

"제인, 앉아서 같이 듭시다. 신이 은총을 베푸신다면, 이게 오랫동안 손필드 저택에서 드는 마지막에서 두 번째 식사가 될 거요."

나는 그의 곁에 앉았으나, 아무것도 먹히지 않는다고 말했다.

"눈앞에 닥친 여행 때문에 그러오, 제인? 런던에 간다는 생각에 식욕이 달아났소?"

"오늘 밤엔 저도 제가 무얼 생각하는지 잘 모르겠어요. 제 머릿속에 어떤 생각들이 들어 있는지 통 알 수가 없어요. 이 모든 것이 실제가 아닌 것 같아요."

"나는 빼요. 나는 진짜 실체니까. 만져봐요."

"당신이야말로 이 중에서 제일 환영 같아요. 당신은 그냥 꿈이에요."

그가 껄껄 웃으며 손을 내 눈앞으로 내밀었다. "이게 꿈이라고?" 튼튼하고 근육이 잘 발달한 균형 잡힌 손이었고, 팔은 길고 탄탄했다.

"그래요, 이렇게 만져도, 이건 꿈이에요." 나는 그의 손을 내리며 말했다. "저녁 다 드셨어요?"

"그렇소, 제인."

나는 종을 울려 쟁반을 물리도록 했다. 다시 둘만 있게 되자, 나는 난롯불을 휘저어 불길을 돋우고는 내 주인 무릎 옆에 있는 낮은 의자에 앉았다.

"자정이 다 됐어요."

"그렇군. 하지만 제인, 기억나오? 당신은 내가 결혼하기 전날에 나와 함께 밤을 새워주겠다고 약속했었지."

"그럼요. 그리고 약속을 지킬 거예요. 적어도 한두 시간은요. 전혀 졸리지 않아요."

"준비할 건 다 준비됐소?"

"네."

"나도 마찬가지요. 다 처리했소. 우리는 내일 성당에서 돌아오자마자 삼십 분 이내에 손필드를 떠날 거요."

"좋아요."

"제인, '좋아요'라고 말하면서 웃는 표정이 정말 기묘해! 빨개진 양쪽 뺨은 어떻고! 게다가 눈은 또 얼마나 이상하게 빛나는지! 당신 괜찮소?"

"괜찮다고 생각해요."

"생각하다니! 뭐가 문제요? 기분이 어떤지 말 좀 해봐요."

"못 해요. 제 기분이 어떤지는 어떤 말로도 설명할 수 없어요. 전 지금 이 시간이 영원하면 좋겠어요. 다음 시간이 어떤 운명을 가지고 올지 누가 알겠어요?"

"그건 기우요, 제인. 너무 흥분했거나 너무 피곤한 탓이야."

"당신은 차분하고 행복한 기분이 드세요?"

"차분? 아니지. 하지만 행복해, 마음속 깊이."

나는 고개를 들어 그의 얼굴에서 기쁨의 표식을 읽었다. 그의 얼굴은 불타는 듯이 상기돼 있었다.

"비밀을 털어놔요, 제인. 가슴에 얹힌 짐을 내게 넘기고 당신은 마음을 놓아요. 무엇이 무서운 게요? 내가 좋은 남편이 못 될까 싶어 그러오?"

"그런 생각은 전혀 못 해봤어요."

"우리가 들어가려는 새로운 영역이, 당신이 접어들고 있는 새로운 삶이 걱정되오?"

"아니요."

"영문을 모르겠군, 제인. 비통하면서도 대담한 당신의 표정과 말투가 당혹스럽고 고통스럽소. 설명이 필요해."

"그럼, 들어보세요. 어젯밤에 당신은 집에 안 계셨죠?"

"그랬지. 알았다, 아까 당신이 내가 집에 없는 동안 무슨 일이 있었다는 말 같은 걸 했지. 대수로운 일은 아닐 거야, 아마. 하지만, 간단하게 말해, 그것 때문에 당신 마음이 괴롭다는 거로군. 어디 한번 들어봅시다. 아마도 페어팩스 부인이 무슨 말을 했겠지? 아니면 하인들이 수군대는 소릴 들었소? 그래서 당신의 그 민감한 자존심이 상한 거요?"

"아니요." 시계가 열두 시를 알렸다. 나는 작은 시계가 은방울 같은 알림 소리를 마칠 때까지, 그리고 괘종시계가 묵직하게 진동하는 소리를 다 낼 때까지 기다렸다가 말을 이었다.

"어제는 종일 몹시 바빴어요. 그리고 쉴 새 없이 분주한 가운데에서도 참 행복했어요. 전 당신 생각과 달리 새로운 영역 같은 것들을 전혀 두려워하지 않기 때문이지요. 당신과 같이 살 생각을 할 수 있는 건 영광스러운 일이라고 생각해요. 당신을 사랑하니까요. 안 돼요, 지금은 애무하지 말아요. 얘기에 집중할 수 있게 해줘요. 어제만 해도 저는 신의 섭리를 믿었고, 당신과 저에 관한 모든 일이 다 순조롭게 진행되고 있다고 믿었어요. 기억하시겠지만, 어제는 날이 좋았어요. 대기도 하늘도 고요해서, 당신 여행길의 안전이나 불편에 관해서는 걱정할 게 없었지요. 전 차를 마시고 나서 한동안 집 주변을 거닐었어요. 당신을 생각하면서요. 상상 속 당신이 바로 옆에 있었기 때문에, 당신이 없어도 별로 섭섭하지 않았어요. 전제 앞에서 저를 기다리고 있는 삶을 생각했어요. '당신'의 삶 말이에요, 제 삶보다 훨씬 넓고 파란이 많았던 삶요. 얕은 시냇물이 해협을 지나 깊고 깊은 바다로 흘러드는 것 같은 기분이었어요. 전 도덕주의자들이 왜 이 세상을 쓸쓸한 황무지라고 부르는지 의아했어요. 저에게 세상은 장미처럼 활짝 피어 있었으니까요. 딱 해가 넘어갈 때쯤에 공기가 차가워지고 하늘이 흐려졌어요. 전 집 안으로 들어갔지요. 소피가 막 배달된 웨딩드레스를 보라며 위층에서 불렀어요. 상자에서 드레스를 꺼내니, 그 밑에 당신의 선물이 있었어요. 당신의 그 터무니없이 사치스러운 씀씀이로 런던에 주문해서 가져온 그 베일 말이에요. 보석은 제가 받지 않을 테니까, 절 속여서라도 그만큼 비싼 무언가를 주려는 심산이었겠지요. 전 그걸 펼쳐 보면서 웃었어요. 어떻게 하면 당신의 그 귀족적 취향과 당신의 평민 신부를 귀족 영애의 상징물들로 가려보려는 그 노력을 놀려

줄까 궁리하면서요. 제가 태생이 천한 제 머리를 덮을 용도로 준비한 수도 놓지 않은 소박한 비단 레이스를 당신에게 가져가서, 남편에게 재산도 아름다움도 집안 인맥도 가져다주지 못하는 여자에게는 이 정도면 충분하지 않냐고 물어볼까 하고 생각했지요. 당신 표정이 어떨지 눈에 선했어요. 당신이 다급하게 공화주의자 같은 답변을 늘어놓으며, 자신은 지갑이나 보관寶冠과 결혼해서 부를 더 늘리거나 지위를 더 높일 필요가 일절 없다고 오만하게 부인하는 소리가 들리는 것 같았어요."

"내 생각을 잘도 맞히는군, 이 마녀 같으니!" 로체스터 씨가 끼어들었다. "그런데 그 베일에서 공들여 놓은 수 말고 대체 뭘 본 거요? 독약이라도 찾았소? 아니면 단도라도? 그래서 지금 그렇게 슬픔에 잠긴 게요?"

"아뇨, 아니에요. 그 우아하고 호화로운 천 말고는 페어팩스 로체스터의 오만밖에 없었어요. 그리고 전 그건 겁나지 않아요. 그 악마를 보는 데는 익숙해졌으니까요. 하지만 어두워지자 바람이 일었어요. 어젯밤 바람은 지금 부는 바람처럼 거칠고 세찬 바람이 아니라, '음산하고 구슬프게 우는' 훨씬 더 기분 나쁜 바람이었어요. 전 당신이 돌아오기를 바랐어요. 이 방에 왔다가 빈 의자와 불 꺼진 난로를 보고는 실망했지요. 시간이 지나 잠자리에 들었지만, 잠이 오지 않았어요. 불안하고 어수선한 느낌에 마음이 편치 않았죠. 바람은 더욱 거세지는데, 제 귀에는 바람 소리에 섞여 신음하는 소리가 들리는 것 같았어요. 집 안에서 나는 소리인지 집 밖에서 나는 소리인지 분간은 안 됐지만, 바람이 잦아들 때마다 분명치는 않아도 구슬픈 그 소리가 다시 들려왔어요. 마침내 저는 어딘가 멀리서

개가 울부짖는 소리가 틀림없다고 결론을 내렸고, 그 소리가 멎었을 때는 적이 마음이 놓였지요. 잠이 들어서도 저는 계속해서 바람이 몰아치는 어두운 밤 꿈을 꾸었어요. 저는 여전히 당신이 옆에 있기를 바라고 있었죠. 그런데 어떤 장애물이 우리를 갈라놓고 있다는 기묘하고도 슬픈 자각이 들었어요. 첫 번째 꿈에서 저는 내내 어딘지 알 수 없는 구불구불한 길을 따라 걷는 중이었어요. 주변은 전혀 알아볼 수 없고, 비가 몰아쳤어요. 저는 웬 어린아이를 안고 있었어요. 아주 작은, 너무 어리고 약해서 걷지도 못하는 아이가 제 싸늘한 품속에서 떨면서 처량하게 울부짖었어요. 저는 당신이 멀리 앞서서 가고 있다고 생각했어요. 당신을 따라잡으려고 갖은 애를 쓰면서, 당신의 이름을 부르며 기다려달라고 간청하려고 했지요. 하지만 몸은 족쇄라도 채운 듯이 움직이지 않고, 목소리도 제대로 나오지 않았어요. 그런 와중에도 당신은 시시각각 멀어졌어요."

"그럼 지금 그 꿈 때문에 마음이 무거운 거요, 제인? 내가 이렇게 옆에 있는데도? 예민한 사람 같으니! 상상의 슬픔은 잊어버리고, 현실의 행복만 생각해요! 재닛, 당신은 날 사랑한다고 했소. 그래, 난 절대 잊지 않을 거야. 당신도 부정하지는 못하겠지. 그 말은 당신 입에서 흐지부지 사라져버리지 않았으니까. 분명하고도 차분했소. 일견 너무 엄숙했을지는 몰라도, 음악처럼 달콤했지. '당신과 같이 살 생각을 할 수 있는 건 영광스러운 일이라고 생각해요. 에드워드, 당신을 사랑하니까요.' 날 사랑하오, 제인? 다시 말해줘요."

"사랑해요. 사랑하고 있어요, 진심으로요."

잠시 침묵을 지키던 그가 입을 열었다. "음, 이상해. 그 말이 내 가슴을 아프게 찔렀소. 왜일까? 당신이 이처럼 진지하게, 종교적인 열정을 품고 얘기했기 때문에, 지금 나를 올려다보는 당신의 시선이 신뢰와 진실과 헌신으로 더없이 숭고하기 때문이겠지. 무슨 유령이라도 가까이 있는 듯이 견디기가 힘들어. 심술궂은 표정을 지어봐요, 제인. 그런 표정 잘 짓잖소. 엉뚱하고 조심스러우면서도 사람 약 올리는 그 미소 좀 지어보라니까. 날 미워한다고 말해봐요. 놀리고, 괴롭혀요. 마음 약하게 만드는 일 빼고 아무거나 해봐요. 슬퍼지느니 차라리 화가 나는 편이 나으니까."

"얘기가 다 끝나면 실컷 놀리고 괴롭혀드릴게요. 하지만 지금은 제 얘기를 끝까지 들어주세요."

"제인, 얘기가 다 끝난 줄 알았는데. 당신이 우울한 게 꿈 때문이구나 하고 생각했소."

나는 고개를 저었다. "뭐야! 얘기할 게 더 있소? 하지만 뭐 그리 중요한 일일 리는 없지. 내가 의심이 많다는 걸 미리 경고해두는 바이오. 자, 말해봐요."

동요하는 듯한 그의 기색과 뭔가 불안한 듯이 초조해하는 그의 태도가 뜻밖이었지만, 나는 다시 얘기를 시작했다.

"또 다른 꿈을 꿨어요. 손필드 저택이 을씨년스러운 폐허가 되어 박쥐와 올빼미 소굴이 된 꿈이었어요. 그처럼 당당하던 저택 정면이 껍데기 같은 높은 벽만 남아서 아주 위태로워 보였어요. 달빛이 비치는 밤에 저는 풀이 무성한 폐허 안을 배회했지요. 여기서는 대리석 벽난로에 걸려 비틀거리고, 저기서는 떨어진 쇠시리장식에 걸려 넘어지고 하면서요. 저는 여전히 알 수 없는 그 어린아이를 숄에 싸서 안고 있었어요. 저는 그걸 어디에도 내려놓아서는 안 됐어요. 팔이 아무리 아파도, 그 무게 때문에 아무리 운신하기 힘들어도, 그걸 꼭 안고 있어야 했지요. 먼 도로에서 말 달리는 소리가 났어요. 전 당신이라고 확신했어요. 그리고 당신이 돌아올 기약 없이 먼 외국으로 떠나고 있다는 걸 알았죠. 전 미친 듯이 허둥거리며 그 얇은 벽을 위험하게 기어올랐어요. 꼭대기에서 당신을 한 번이라도 보려고요. 발 디딘 자리가 허물어지고, 움켜쥔 담쟁이 줄기들이 뚝뚝 끊겼어요. 공포에 질린 아이가 목에 매달리는 바람에 전 거의 질식할 것 같았어요. 그렇게 겨우 꼭대기에 올라갔어요. 하얀 길 위에 찍힌 점 같은, 매 순간 더 작아지는 당신을 보았어요. 돌풍이 너무 세차게 불어서 서 있을 수가 없었지요. 전 좁은 턱에 앉아 겁에 질린 아이를 무릎에 놓고 달랬어요. 당신이 길모퉁이를 돌았고, 전 마지막으로 한 번만 더 보려고 몸을 내밀었어요. 벽이 허물어지면서 제 몸도 흔들려 무릎에 있던 아이가 굴러떨어졌어요. 저도 균형을 잃고 떨어졌고, 그러고는 잠이 깼어요."

"자, 제인, 그게 끝이군."

"서론은 그게 끝이에요. 본론은 이제 시작이고요. 잠이 깼는데, 번쩍이는 빛에 눈이 부셨어요. 저는 생각했지요. 이런, 날이 훤하게 밝았어! 하지만 착각이었어요. 그건 그냥 촛불 빛이었어요. 전 소피가 들어왔나보다 했어요. 화장대에 촛불이 놓여 있었고, 잠자리에 들기 전에 웨딩드레스와 베일을 걸어 둔 옷장 문이 열려 있었어요. 옷자락 스치는 소리가 들렸죠. 전 물었어요. '소피, 뭘 하고 있어?' 아무 대답이 없었어요. 하지만 옷장 쪽에서 어떤 형체가 나타났어요. 그것이 촛불을 집어 높이 들고서는 옷걸이에 걸린 예복을 살펴봤어요. '소피! 소피!' 저는 다시 외쳤죠. 여전히 아무 답이 없었어요. 전 일어나 앉아 몸을 굽히고 그쪽을 살폈죠. 처음에는 놀랐고,

다음으로는 당황했어요. 그러고는 싸늘하게 식은 피가 거꾸로 솟았죠. 로체스터 씨, 그건 소피가 아니었어요. 리어도 아니었고, 페어팩스 부인도 아니었어요. 그것은, 그래요, 그때도 지금도 전 확신해요, 그것은 그 이상한 여자, 그 그레이스 풀도 아니었어요."

"그중 한 사람이겠지." 나의 주인이 말을 가로챘다.

"아니요, 전 그렇지 않다고 진지하게 장담해요. 제 앞에 선 그것은 지금껏 이 손필드 저택에서 제 눈을 스친 적이 한 번도 없는 형체였어요. 그 키, 그 윤곽은 전혀 처음 보는 것이었어요."

"어땠는지 설명을 해봐요, 제인."

"그건 여자 같았어요. 키와 몸집이 크고, 숱 많은 검은 머리를 등 뒤로 길게 늘어뜨렸어요. 그 여자가 무얼 입었는지는 모르겠어요. 희고 헐렁했는데, 잠옷인지 침대보인지, 아니면 수의인지는 모르겠어요."

"얼굴을 봤소?"

"처음엔 못 봤어요. 하지만 이윽고 그 여자가 제 베일을 집어 높이 쳐들고 한참 살피더니, 자기 머리에 쓰고 거울 쪽으로 돌아섰어요. 그 순간 저는 어둑한 타원형 거울에 비친 그 얼굴과 이목구비를 아주 뚜렷하게 보았어요."

"어땠소?"

"끔찍하고 무시무시했어요, 아, 그런 얼굴은 처음 봤어요! 변색한 듯한 얼굴, 그건 야만적인 얼굴이었어요. 그 희번덕거리던 빨간 눈과 까맣게 부풀어 오른 이목구비를 잊어버릴 수만 있다면!"

"유령은 대개 창백하오, 제인."

"그건 자주색이었어요. 입술은 거무스름하게 부풀었고, 이마엔 주름이 잔뜩 잡혀 있었어요. 핏발 선 눈 위로 검은 눈썹이 높이 솟아 있었어요. 그걸 보고 무엇이 떠올랐는지 말씀드릴까요?"

"말해봐요."

"사악한 독일 요괴, 흡혈귀였어요."

"아! 그것이 무슨 짓을 했소?"

"그것은 그 으스스한 머리에서 제 베일을 벗더니 두 갈래로 찢어 바닥에 내동댕이치고 짓밟았어요."

"그러고는?"

"커튼을 걷고 밖을 내다봤어요. 동이 터오는 걸 봤는지, 촛불을 들고 문 쪽으로 물러났죠. 그러더니 제 침대 옆에서 걸음을 멈추고, 이글거리는 눈으로 저를 노려보았어요. 촛불을 제 얼굴 가까이 들이대고는 제 눈앞에서 꺼버렸죠. 전 그 소름 끼치는 얼굴이 눈앞에서 어른거리는 걸 느꼈어요. 그러고는 의식을 잃었고요. 제 평생에 두 번째로, 두 번밖에 안 되지만, 공포로 정신을 잃을 거죠."

"깨어났을 때 누가 옆에 있었소?"

"아무도 없었어요. 날만 훤히 밝아 있었죠. 전 일어나 머리와 얼굴을 씻고, 물을 한참 들이켰어요. 힘이 좀 없긴 해도 아픈 것 같진 않았어요. 전 당신 말고는 아무에게도 이 얘기를 하지 않겠다고 마음먹었어요. 자, 이제 그 여자가 누구이며 무얼 하는 사람인지 말씀해주세요."

"지나치게 자극을 받은 뇌가 만들어낸 환상이지. 틀림없소. 내 보물, 당신을 소중히 대해야겠어. 당신처럼 신경이 섬세한 경우에는 거친 취급을 받아서는 안 되니까."

"분명해요. 제 신경은 아무 잘못이 없어요. 그것은 실제로 있었어요. 그 일은 실제로 일어났어요."

"그렇다면 그 전에 꾸었다는 꿈, 그것들도 실제란 말이오? 손필드 저택이 폐허요? 내가 극복할 수 없는 장애물들로 인해 당신과 떨어져 있소? 내가 눈물도 없이, 키스도 없이, 작별의 말도 없이 당신을 떠나고 있다는 말이오?"

"아직은 아니죠."

"내가 앞으로 그렇게 할 거란 말이오? 제인, 우리를 영원히 하나로 묶어 줄 날이 벌써 시작됐소. 그리고 우리가 일단 결합하고 나면, 이런 정신적 공포가 다시 일어나는 일은 없을 거요. 내 보증하리다."

"정신적인 공포라니요! 저도 그냥 그렇게 믿을 수 있다면 좋겠어요. 지금은 더 간절하게요. 당신조차 그 끔찍한 방문객의 수수께끼를 저한테 설명해주지 못하시니까요."

"제인, 그건 내가 설명할 수 없기 때문이오. 그건 꿈속의 일이 틀림없소."

"오늘 아침에 일어났을 때는 저도 그렇게 생각했어요. 하지만 환한 빛 속에서 익숙한 물건들을 보며 용기와 위안을 얻으려고 방안을 둘러보는데, 거기에, 양탄자 위에, 제 추측이 거짓임을 명확하게 증명하는 무언가가 있었어요. 위에서 아래까지 둘로 찢긴 베일 말이에요."

로체스터 씨가 깜짝 놀라며 부르르 떠는 것이 느껴졌다. 그가 나를 와락 껴안았다.

"신이시여!" 그가 외쳤다. "간밤에 어떤 불길한 것이 당신 곁으로 왔는지 모르겠지만, 해를 입은 건 베일뿐이야. 아, 자칫하면 어떤 일이 일어났을지!"

그가 밭은 숨을 내쉬며 어찌나 꼭 껴안았는지, 나는 거의 헐떡이지도 못할 지경이었다. 몇 분간 아무 말이 없던 그가 다시 입을 열고 쾌활한 어조로 말했다.

"자, 재닛, 내가 다 설명해주리다. 그건 반은 꿈이고 반은 현실이오. 어떤 여자가 당신 방에 들어간 건 확실해. 그리고 그 여자는 분명, 그레이스 풀이 틀림없소. 언젠가 당신이 그 여자를 수상한 사람이라고 한 적이 있지. 당신이 아는 것만 해도, 그 여자를 그렇게 부를 만한 이유는 충분하오. 그 여자가 나한테 무슨 짓을 했소? 또 메이슨에게는? 당신은 비몽사몽 중에 그레이스가 들어와 돌아다니는 걸 느꼈지만, 열 때문에 의식이 흐려서 그 여자를 실제와 다른 요괴 같은 모습으로 둔갑시킨 거요. 산발한 긴 머리와 부어오른 검은 얼굴, 비대한 몸집 같은 건 상상이 만들어낸 허구야, 악몽의 결과인 거요. 베일을 찢은 그 악랄한 짓은 진짜였어. 그 여자가 할 만한 짓이지. 내가 왜 그런 여자를 집 안에 두는지 물을 작정이로군. 우리가 결혼하고 일 년 하고 하루가 지나면, 내 당신에게 다 말해주리다. 하지만 지금은 아니오. 이걸로 됐소, 제인? 그 수수께끼에 대한 내 해설이 이해되오?"

나는 곰곰이 생각했다. 사실상 그것이 설명할 수 있는 유일한 방법인 듯했다. 만족한 것은 아니지만, 나는 그를 기쁘게 해주려고 애써 그런 척했고, 확실히 좀 안심이 되기도 했다. 그래서 나는 만족스러운 미소로 그에게 답했다. 그러고는 벌써 한 시가 훨씬 넘었기에 물러날 채비를 했다.

"소피가 아델과 같이 놀이방에서 자지 않소?" 내가 내 초에 불을 붙이자 그가 물었다.

"네, 그래요."

"아델의 침대가 작아도 당신이 잘 만한 여유는 있을 거요. 제인, 오늘 밤은 그 애와 같이 자도록 해요. 어제 그 일 때문에 불안할 게 틀림없어. 난 당신이 혼자 자지 않았으면 좋겠소. 놀이방으로 가겠다고 약속해줘요."

"기꺼이 그렇게 할게요."

"문을 안에서 잘 잠그도록 해요. 위층으로 올라가면, 내일 알맞은 시간에 깨워달라고 부탁하는 핑계로 소피를 깨워요. 당신은 여덟 시가 되기 전에 옷을 다 입고, 아침 식사도 마쳐야 하오. 그리고 지금은, 더는 침울한 생각 같은 것 하지 말아요. 재닛, 쓸데없는 걱정도 다 떨쳐버려요. 바람이 얼마나 부드러운 속삭임으로 바뀌었는지, 들리지 않소? 그리고 지금은 창틀을 때리는 빗소리도 들리지 않아요. (커튼을 걷어 올리며) 아름다운 밤이야!"

과연 그랬다. 하늘의 반이 티 하나 없이 맑았다. 긴 은색 기둥이 된 구름들이 이제 서풍으로 변한 바람에 밀려 떼지어 동쪽으로 행진하고 있었다. 달이 평온하게 빛났다.

로체스터 씨가 캐묻는 듯한 시선으로 내 눈을 들여다보며 말했다. "자, 나의 재닛은 지금 기분이 어떻소?"

"고요한 밤이에요. 제 기분도 그래요."

"그럼 오늘 밤은 이별과 비탄의 꿈을 꾸지 않을 거요. 행복한 사랑과 더없이 기쁜 결합의 꿈을 꿀 거야."

그 예언은 절반밖에 맞지 않았다. 확실히 비탄의 꿈을 꾸지는 않았으나 기쁨의 꿈도 꾸지 못했다. 전혀 잠을 자지 않았기 때문이었다. 나는 어린 아델을 안고 너무도 고요하고 너무도 순수하고 너무도 천진한 어린아이의 깊은 잠을 지켜보면서 해가 뜨기를 기다렸다. 내 안에서 내 모든 삶이 깨어나 꿈틀거렸다. 해가 뜨자마자 나는 자리에서 일어났다. 몸을 일으키는데 아이가 매달리던 기억이 난다. 내 목을 두른 작은 팔을 풀어내며 아이에게 입을 맞춘 것도, 갑작스레 북받치는 감정에 아이를 안고 울음을 터트린 것도. 나는 흐느끼는 소리에 아직 곤히 잠든 아이가 깰까 싶어 그 자리를 떠났다. 아델은 내 지난 삶의 상징과도 같았다. 이제는 옷을 차려입고 두려우면서도 사랑해 마지않는, 그런 알 수 없는 미래의 날을 만나러 가야 할 때였다.

26장

소피가 일곱 시에 와서 옷을 입혀주었다. 정말이지 어쩌나 꾸물대던지, 늦어지는 나를 기다리다가 안달이 난 듯한 로체스터 씨가 왜 안 내려오는지 물어보려고 사람을 보냈을 정도였다. 소피가 내 머리에 씌운 베일을(결국은 밋밋한 정사각형 프랑스제 실크 레이스 베일이었다) 장식용 핀으로 고정하던 참이었다. 베일이 고정되자마자 나는 서둘러 방을 나서려 했다.

"잠깐만!" 소피가 프랑스어로 외쳤다. "거울이라도 좀 보세요. 어떤지 한 번 보지도 않으시고."

나는 문간에서 돌아섰다. 면사포를 쓰고 옷자락을 길게 늘어뜨린 모습이 이질적일 정도로 평소의 내 모습과 달랐다. "제인!" 나는 급히 아래층으로 내려갔다. 층계 발치에서 기다리던 로체스터 씨가 나를 맞았다.

"이 느림보! 나는 조급해서 머리에 불이 날 지경인데, 이렇게 늑

장을 부리다니!"그는 나를 식당으로 데려가서 머리끝에서 발끝까지 샅샅이 살핀 다음, 선고하듯이 말했다. "백합처럼 아름다워. 내 생의 자랑이자 내 눈의 기쁨이야." 그러고는 십 분 만에 아침 식사를 마쳐야 한다고 이르며 종을 울렸다. 최근에 고용된 하인이 들어왔다.

"존은 마차를 준비하고 있나?"

"네, 주인님."

"짐은 다 내놓았고?"

"지금 내놓는 중입니다."

"그럼 성당으로 가서 우드(신부)와 서기가 와 있는지 보고, 와서 알려 줘."

독자들도 알다시피 성당은 문만 나서면 금방이었다. 하인이 곧 돌아왔다.

"주인님, 우드 씨가 제의실에서 장백의로 갈아입고 계십니다."

"마차는?"

"말에 마구를 채우고 있습니다."

"성당으로 갈 때는 필요 없어. 하지만 우리가 돌아왔을 때는 준비가 다 돼 있어야 해. 상자와 가방은 모두 실어 끈으로 고정하고, 마부도 제자리에 앉아 대기하고."

"예, 주인님."

"제인, 준비됐소?"

나는 일어섰다. 신랑 들러리도, 신부 들러리도, 우리를 기다리거나 인도할 친척도 없었다. 로체스터 씨와 나 말고는 아무도. 홀에 페어팩스 부인이 서 있었다. 응당 무슨 말이라도 건네야 했지만, 나는 무쇠 같은 손에 손을 꽉 붙들린 채 거의 따라갈 수 없을 정도로 빨리 성큼성큼 걷는 그에게 끌려가고 있었다. 로체스터 씨의 얼굴을 보니, 어떤 이유로든 단 일 초도 지체할 수 없다는 표정이었다. 다른 신랑도 그이 같을까. 그다지도 하나의 목적에 열중하여 그다지도 엄하고 단호해 보일까. 아니, 저처럼 확고한 이마에 저처럼 이글거리고 번득이는 눈을 한 신랑이 있기나 할까, 나는 의아했다.

그날은 날씨가 화창했는지 흐렸는지 전혀 기억에 없다. 마찻길을 따라 걸어가는 내내, 나는 하늘도 땅도 보지 않았다. 내 눈은 심장과 함께 뛰었고, 눈과 심장 모두 로체스터 씨의 몸속으로 옮겨가 버린 것만 같았다. 나는 함께 걸어가면서도 그의 사납고 잔인한 시선을 사로잡고 있는 듯한 보이지 않는 무언가를 보고 싶었다. 나는 그가 맞서 저항하는 듯한 알 수 없는 생각의 위력을 느끼고 싶었다.

교회로 통하는 쪽문에서 그가 걸음을 멈추었다. 그는 그제야 내가 헐떡거리는 걸 알아챘다. "내가 내 사랑에만 빠져서 모질게 굴었구려. 잠깐 쉬어요. 내게 기대시오, 제인."

나는 지금도 눈앞에 고요히 솟아오른 그 잿빛 신의 전당과 그 뾰족탑을 선회하던 떼까마귀 한 마리와 그 뒤에 펼쳐진 불그스레한 아침 하늘이 눈에 선하다. 또 풀에 덮인 무덤들 같은 것도 기억나고, 그 낮은 언덕들 사이를 거닐며 이끼 낀 묘석에 새겨진 비문을 읽고 있던 낯선 두 신사도 잊지 않았다. 그들이 우리를 보자 교회 뒤쪽으로 돌아갔기 때문에, 나는 그들을 주의해서 보았다. 옆문으로 들어와 예식에 입회하려는 것이 분명했다. 로체스터 씨에게는 그들이 보이지 않았다. 그는 진지하게 내 얼굴을 들여다보고 있었다. 아마 내 얼굴에서 순간적으로 핏기가 가셨을 것이다. 이마가 축축해지고 뺨과 입술이 차가워지는 것이 느껴졌으니. 곧 핏기가 돌아 오자, 그는 나와 함께 천천히 성당 현관으로 가는 길을 올라갔다.

우리는 조용하고 소박한 성당으로 들어갔다. 하얀 장백의를 입은 신부님이 낮은 제단에서 기다리고 있었고, 서기가 옆에 서 있었다. 사방이 고요했다. 먼 구석 쪽에서 그림자 두 개가 움직였다. 내 추측이 맞았다. 그 낯선 사람들이 우리보다 먼저 안으로 들어와 있었고, 지금은 우리를 등진 채 둥근 천장을 인 로체스터가의 납골당 옆에 서서 난간 너머로 내전 때 마스턴 무어 전투[58]에서 전사한 데이머 드 로체스터와 부인인 엘리자베스의 유해를 지키는 무릎 꿇은 천사가 새겨진, 오랜 세월의 때가 묻은 대리석 묘석을 바라보고 있었다.

우리는 제단 앞 난간에 섰다. 뒤에서 조심스러운 발소리가 들리기에 나는 힐끗 돌아보았다. 신사가 분명한 낯선 두 사람 중 한 명이 제단 앞으로 걸어오고 있었다. 예식이 시작되었다. 결혼의 의미에 관한 설교가 끝나자 신부님이 한 걸음 앞으로 나서며 로체스터 씨 쪽으로 허리를 살짝 굽히고 다음과 같이 말했다.

"그대들 두 사람에게 요구하고 명하노니, 만일 그대들 중 누구든지 이 결혼이 합법적으로 이루어질 수 없는 어떤 장애가 있음을 안다면, 숨기지 말고 만인의 마음속 비밀이 나타나는 두려운 심판의 날에 대답하듯이 지금 여기서 고백하시오. 하나님 말씀을 거역하

---

58 마스턴 무어Marston Moor는 요크 근처의 지명으로 1644년 잉글랜드 내전(청교도 혁명) 시 찰스 1세의 국왕군과 의회군이 전투를 벌인 곳이다. 이 전투에서 승리한 의회 군은 잉글랜드 북부의 지배권을 확보했고, 의회군의 부사령관이었던 크롬웰은 대중적 명성을 얻었다. 의회는 이듬해에 찰스 1세를 처형했다.

고 짝을 맺은 인연은 하느님의 섭리로 결합한 것이 아니니, 그 결혼은 불법이오."

신부님은 이 지점에서 관례대로 말을 멈췄다. 이 문장 다음에 이어지는 침묵이 대답으로 깨어지는 일이 있을까? 아마 백 년에 한 번도 없을 것이다. 목사는 기도서에서 시선을 떼지도 않고 잠깐 숨을 참았다가 다시 입을 열었다. 손은 이미 로체스터 씨에게로 뻗었고, 입술이 "그대는 이 여인을 아내로 맞이하겠는가?"라고 물으려 열렸을 때, 가까이에서 또렷한 어떤 목소리가 말했다.

"이 결혼은 성사될 수 없습니다. 저는 이 결혼에 혼인의 장애가 있음을 신고하는 바입니다."

신부가 말한 사람을 쳐다보며 아무 말도 못 하고 섰다. 서기도 마찬가지였다. 발밑에서 지진이라도 난 듯이, 로체스터 씨의 몸이 약간 비틀거렸다. 그는 이내 단단히 버티고 서더니 고개도 시선도 돌리지 않고 말했다.

"식을 계속하시오."

굵지만 낮게 읊조리는 듯한 그의 말 뒤로 막막한 침묵이 내려앉았다. 마침내 우드 씨가 입을 뗐다.

"방금 제기된 주장을 조사해서 진실 여부를 판가름하기 전에는 식을 속행할 수 없습니다."

"식은 사실상 취소됐습니다." 등 뒤에서 그 목소리가 끼어들었다. "전 제 말을 입증할 수 있습니다. 이 결혼에는 도저히 넘을 수 없는 혼인의 장애가 있습니다."

로체스터 씨는 듣고도 개의치 않았다. 그는 완강하고 뻣뻣하게 선 채, 내 손을 잡은 것 말고는 꿈쩍도 하지 않았다. 그의 손이 얼마나 뜨겁고 억세었는지! 그 순간 그의 창백하고 확고하고 훤한 이마가 얼마나 깎아놓은 대리석 같았는지! 여전히 주의 깊은 그의 눈이 얼마나 사나운 빛으로 번득였는지!

우드 씨는 당황한 듯했다. "그 혼인의 장애란 게 어떤 겁니까? 해결될 수 있는, 해명만 되면 되는 것이겠지요?"

"아니요. 제가 도저히 넘을 수 없다고 말씀드린 건, 신중하게 생각한 결과입니다."

말한 사람이 앞으로 나와 난간에 기댔다. 그가 한 마디 한 마디 명료하게, 침착하게, 꾸준하게, 그러나 시끄럽지 않게 말을 이었다.

"그 장애란 앞서 결혼한 사실의 존재에 있습니다. 로체스터 씨에게는 현재 생존해 있는 아내가 있습니다."

그 나직한 말에 천둥소리에도 떠는 일이 없던 내 신경이 요동쳤다. 서리나 불에도 무감했던 내 피가 그 교묘한 폭력성을 알아챘다. 그러나 마음을 다잡고 있어서 기절할 위험은 없었다. 나는 로체스터 씨를 바라보았다. 그도 나를 바라보았다. 핏기라곤 없는 그의 얼굴이 바위 같았다. 그의 눈은 불꽃을 튀기는 동시에 냉혹했다. 그는 아무것도 부인하지 않았다. 어디 할 수 있으면 해보라는 듯, 모든 것에 시비를 거는 듯했다. 아무 말 없이, 웃음기도 없이, 내가 인간이라는 인식도 없는 듯이, 그는 그저 팔로 내 허리를 감아 힘껏 끌어당길 뿐이었다.

"당신은 누구요?" 그가 침입자에게 물었다.

"저는 런던에서 일하는 변호사, 브릭스라고 합니다."

"그리고 지금 나한테 웬 아내를 떠안길 작정이고?"

"부인의 존재를 상기시켜드리려는 거지요. 귀하가 인정하지 않더라도 법률이 인정하는 귀하의 부인 말입니다."

"그럼 어디 그 여자에 관해 좀 알려주시겠소. 이름, 양친, 거주지 같은 것 말이오."

"그러겠습니다." 브릭스 씨가 침착하게 호주머니에서 종이 한 장을 꺼내더니, 사무적인 목소리로 크게 읽기 시작했다.

"본인은 잉글랜드 XX주 손필드 저택과 ○○주 펀딘 저택의 소유주 에드워드 페어팩스 로체스터가 서기 ----년(15년 전이었다) 10월 20일에 자메이카 스패니시타운 --성당에서 상인인 조너스 메이슨과 크레올[59]인 그의 처 앙투아네트의 딸이자 본인의 누이인 버사 앙투아네트 메이슨과 결혼하였음을 확인하고 증명할 수 있음. 혼인 기록은 위 교회 등록부에서 확인할 수 있을 것이며, 본인이 현재 그 사본을 확보하고 있음. 서명, 리처드 메이슨."

"그게, 그게 진짜 증명서라고 해도, 내가 결혼한 적이 있다는 걸 증명하는지는 모르겠지만, 거기에 내 아내라고 언급된 여자가 아직 살아 있다는 걸 증명하지는 않지."

"부인은 석 달 전에 살아 계셨습니다." 변호사가 대답했다.

"당신이 어떻게 알아?"

"그 사실에 관해선 증인이 있습니다. 그분의 증언은 귀하께서도 부정하지 못하실 겁니다."

"증인을 내놓든지, 아니면 썩 꺼져!"

"먼저 증인을 내놓겠습니다. 지금 여기 계십니다. 메이슨 씨, 앞으로 나오시지요."

---

59 크레올 또는 크리올creole은 서인도 제도에서 태어난 유럽인과 흑인 사이의 혼혈인을 이르는 말이다.

메이슨이라는 이름을 듣고 로체스터 씨가 이를 악물었다. 경련하듯이 심하게 떨고 있기도 했다. 옆에 있었기 때문에, 나는 그의 몸에서 이는 분노와 절망의 발작적인 경련을 느낄 수 있었다. 지금껏 뒤쪽에서 서성대던 두 번째 이방인이 다가오고 있었다. 변호사 어깨너머로 보이는 창백한 얼굴이, 그랬다. 메이슨 씨였다. 로체스터 씨가 돌아서서 그를 노려보았다. 로체스터 씨의 눈은, 내가 가끔 말했듯이, 검은색이었는데, 이제는 그 어두움 속에 황갈색, 아니, 핏빛이 서렸다. 얼굴은 붉었다. 핏기없는 뺨과 색깔 없는 이마가 활활 타오르며 번져가는 심장의 불꽃에서 빛을 받은 듯했다. 그가 억센 팔을 홱 쳐들었다. 메이슨을 치고 달려들어 성당 바닥에 때려눕힌 다음 무자비한 일격으로 숨통을 끊어버릴 수도 있었을 것이다. 하지만 메이슨이 몸을 움츠리며 힘없이 "아이고 맙소사!" 하고 외치자, 싸늘한 경멸감이 로체스터 씨를 덮쳤다. 마름병에 오그라들듯이 그의 격정이 사그라졌다. 그는 그저 물었을 뿐이다. "네가 무슨 할 말이 있지?"

메이슨의 핏기 없는 입술 사이로 알아들을 수 없는 대답이 새어 나왔다.

"분명하게 대답을 못 한다면, 이건 악마의 짓이겠지. 다시 한번 묻겠는데, 너에게 무슨 할 말이 있어?"

"저기, 나으리." 신부가 가로막았다. "여기가 신성한 곳이라는 걸 잊지 마십시오." 그러고는 메이슨을 쳐다보며 온화하게 물었다. "이 신사분의 아내가 아직 살아 있는지 아닌지, 아십니까?"

"용기를 내시고," 변호사가 다그쳤다. "크게 말하세요."

"그 사람은 지금 손필드 저택에 살고 있습니다." 메이슨이 좀 더 분명한 어조로 말했다. "제가 지난 사월에 거기서 봤습니다. 그 사람은 제 누이입니다."

"손필드 저택에서!" 신부가 외쳤다. "그럴 리가! 제가 이 지역에서 오래 살았는데요, 손필드 저택에 로체스터 부인이 있다는 얘기는 들어본 적이 없습니다."

나는 로체스터 씨의 입술이 험상궂은 미소로 일그러지는 것을 보았다. 그가 중얼거렸다.

"없지, 절대! 아무도 그 얘기를 듣지 못하도록, 아니, 그 여자가 그런 이름으로 언급되지 않도록 내가 관리했으니까." 그가 생각에 잠겼다. 십여 분쯤, 그는 속으로 자신과 씨름했다. 그가 마침내 결단을 내리고 이렇게 알렸다.

"그만! 총신을 떠나는 탄환처럼, 모든 걸 한꺼번에 털어놓겠소. 우드, 기도서를 덮고 장백의를 벗으시게. (그리고 서기를 향해) 존 그린, 자넨 돌아가게. 오늘은 결혼식이 없을 거야." 서기가 시키는 대로 따랐다.

로체스터는 씨는 대담하고 거리낌 없이 말을 이었다. "중혼이란 추악한 단어야! 그러나 나는 중혼자가 되려고 했소. 하지만 운명의 책략이 날 이겼어, 아니면 신의 섭리가 날 가로막았지. 아마 후자일 거야. 지금 나는 악마나 다름없소. 거기 우리 사제도 얘기하겠지만, 확실히 신의 가장 엄한 심판을 받고 꺼지지 않는 불구덩이와 죽지 않는 벌레 지옥에 떨어져도 마땅하지. 신사 여러분, 내 계획은 틀어졌소! 이 변호사와 의뢰인이 한 말은 사실이오. 나는 결혼했고, 내가 결혼한 여자는 살아 있소! 우드, 자네는 지금껏 저 집에 로체스터 부인이 있다는 소리를 들은 적이 없다고 했지만, 분명

감금되어 감시당하는 이상한 미치광이가 있다는 소문은 여러 번 들었겠지. 누구는 그 여자가 사생아로 태어난 내 누이라고 귀띔했을 테고, 또 누구는 내게서 버림받은 정부라고 했겠지. 이제 알려드리지. 그 여자는 다름 아닌, 십오 년 전에 나와 결혼한 나의 아내요. 버사 메이슨이라는 이름이고, 지금 창백한 얼굴로 부들부들 떨면서 남자란 얼마나 강철 같은 심장을 지닐 수 있는 존재인지 보여주는 이 단호한 사나이의 누나지.

기운 내, 리처드! 날 무서워하지는 마! 자네를 치느니 차라리 여자를 치지 싶으니까. 버사 메이슨은 미쳤소. 미치광이 집안 출신이오. 삼 대에 걸쳐 백치와 광인이 나온 집안이야! 크레올인 그 여자의 모친은 미치광이에다가 술고래였어! 그 딸과 결혼하고 나서야 알게 된 사실이지. 그전에는 다들 가족의 비밀에 대해 함구했으니까. 버사는 착실한 딸답게 두 가지 다 제 모친을 빼닮았지. 난 참한 배필을 얻었어, 순수하고, 현명하고, 정숙한. 내가 행복한 사내였다고 생각해도 괜찮소. 내가 얼마나 귀한 순간들을 겪었는지! 아! 얼마나 천국 같은 경험이었는지, 여러분은 상상도 못 할 거요! 하지만 더 설명하지는 않겠소. 브릭스, 우드, 메이슨, 여러분 모두를 초대하는 바이니, 내 집으로 가서 풀 부인이 돌보는 환자, 즉 내 아내를 만나봅시다! 내가 속아서 배필로 맞은 사람이 어떤 종류의 인간인지, 당신들이 직접 보고 내게 그 계약을 깰 권리가 있는지, 적어도 인간인 누군가에게서 동정을 구할 권리가 있는지 판단해보시오." 그가 나를 쳐다보면서 말을 이었다. "우드, 이 어린 사람은 자네처럼 이 구역질 나는 비밀에 대해 아무것도 몰랐어. 모든 것이 공정하고 합법적이라고 생각했지. 그리고 자신이 저열하고 미친, 짐승이나 다름없게 된 배우자에 이미 구속된, 사기당한 놈과의 거짓 결합에 걸려들 줄은 꿈에도 몰랐어! 자, 다들, 따라와!"

그가 여전히 내 손을 꽉 잡은 채 성당을 나섰다. 세 신사가 뒤를 따랐다. 저택 현관 앞에 마차가 대기하고 있었다.

"존, 마차를 다시 차고에 갖다 둬." 로체스터 씨가 냉담하게 말했다. "오늘은 쓸 일이 없을 테니까."

우리가 현관으로 들어서자 페어팩스 부인과 아델, 소피, 리어가 축하 인사를 하러 다가왔다.

"모두 저리 가!" 주인이 외쳤다. "축하 따위는 다 집어치워! 누가 축하를 받아? 난 아니야! 십오 년이나 늦었어!"

여전히 내 손을 잡은 채, 여전히 신사들에게 따라오라는 고갯짓을 하면서, 그는 홀을 지나 계단을 올랐다. 신사들이 뒤를 따랐다. 우리는 이층 계단을 오르고, 회랑을 지나, 삼층으로 나아갔다. 로체스터 씨가 마스터키로 낮고 검은 문을 열자 거대한 침대와 그림이 붙은 장롱이 있는, 태피스트리가 걸린 그 방이 우리를 맞아들였다.

"메이슨, 이 방 알지?" 우리의 안내자가 말했다. "그 여자가 여기서 자네를 물어뜯고 찔렀잖아."

그가 벽에 걸린 휘장을 걷어 두 번째 문을 보여주고는 열었다. 창문 하나 없는 방에는 높고 튼튼한 철망을 친 난롯불이 타올랐고, 램프 하나가 쇠사슬로 천장에 매달려 있었다. 그레이스 풀이 난롯가에 허리를 굽히고 있었는데, 냄비에 무언가를 요리하고 있는 듯했다. 방 저쪽 어두컴컴한 곳에서 그림자 하나가 이리저리 뛰어다니고 있었다. 저게 뭐지, 짐승? 아니면 사람? 첫눈에는 분간이 되지 않았다. 그것은 네발로 기어다니는 듯했다. 뭔가 이상한 야생동물처럼 콱 덮치기도 하고 으르렁거리기도 했다. 하지만 그것은 옷을 걸치고 있었고, 갈기처럼 억센, 회색 섞인 검은 머리털이 머리와 얼굴을 가리고 있었다.

"안녕하시오, 풀 부인!" 로체스터 씨가 말했다. "잘 지내셨소? 부인의 환자는 오늘 좀 어떻소?"

"고맙습니다, 주인님. 그냥 이만저만해요." 그레이스가 끓이던 요리를 조심스럽게 벽난로 시렁에 올려놓으며 대답했다. "좀 물어뜯으려고는 해도, 심하지는 않아요."

사납게 울부짖는 소리가 그레이스의 호의적인 보고를 부정하는 듯했다. 옷을 걸친 하이에나가 몸을 일으키더니 두 발을 딛고 우뚝 섰다.

"아! 주인님, 주인님을 봤어요!" 그레이스가 외쳤다. "여기 계시지 않는 게 좋겠어요."

"잠깐이면 돼, 그레이스, 잠깐만 있게 해줘."

"그럼 조심하세요, 주인님! 제발, 조심하세요!"

미치광이가 울부짖었다. 시야를 가린 부스스한 머리카락 타래를 치우더니, 방문객들을 사납게 노려보았다. 나는 그 자주색 얼굴을, 그 부풀어 오른 이목구비를 바로 알아보았다. 풀 부인이 앞으로 나섰다.

"비키시오." 로체스터 씨가 풀 부인을 옆으로 밀치며 말했다. "지금 칼 같은 걸 가지고 있지는 않을 테고, 나도 조심하고 있으니까."

"무얼 가졌는지는 아무도 모르죠, 주인님. 어찌나 교활한지, 저 교묘한 재주는 인간의 분별로는 알 수가 없어요."

"나가는 게 좋겠어." 메이슨이 속삭였다.

"지옥으로 꺼져!" 그것이 메이슨의 매부가 준 권고였다.

"조심하세요!" 그레이스가 외쳤다. 세 신사가 일제히 물러섰다. 로체스터 씨가 나를 등 뒤로 숨겼다. 미치광이가 달려들어 로체스터 씨의 목을 꽉 움켜잡고는 뺨에다 이빨을 들이댔다. 둘이 드잡이를 시작했다. 여자는 기골이 장대한 사람이라, 키가 거의 남편과 맞먹는 데다 비대했다. 여자는 드잡이에서 성인 남성에 버금가는 힘을 보여주었다. 운동선수처럼 강건한 그조차 몇 차례나 목이 졸릴 뻔했다. 잘 겨냥한 일격으로 상황을 정리할 수도 있었겠지만, 그는 여자를 치지 않았다. 그저 드잡이할 뿐이었다. 마침내 그가 여자의 두 팔을 붙잡았다. 그레이스 풀이 끈을 건네주었고, 그가 여자의 두 팔을 등 뒤로 묶고는 가까이 있던 밧줄로 여자를 의자에 붙들어 맸다. 그러는 동안 여자는 내내 새된 비명을 지르고 발작적으로 버둥거렸다. 마침내 로체스터 씨가 구경꾼들을 향해 돌아섰다. 그가 신랄하면서도 쓸쓸한 미소를 띠고 그들을 쳐다보았다.

"저 사람이 '내 아내'요. 이런 것이 내가 아는 유일한 부부 사이의 포옹이고, 이런 것이 내 한가한 시간을 위안하는 애정의 표시요! 그리고 여기, 내가 얻고자 소망하는 사람이 있소." 그가 내 어깨에 손을 얹었다. "이처럼 엄숙하고 고요하게 지옥의 입구에 서서, 이처럼 침착하게 악마의 망동을 지켜보는 이 젊은 여성을, 나는 저 지독한 스튜를 맛본 다음에 입가심을 원하듯이, 이 사람을 원했소. 우드, 브릭스, 이 차이를 보시오! 이 맑은 눈과 저 붉은 눈을 비교해보시오. 이 얼굴과 저 면상을, 이 자태와 저 덩치를 말이오. 복음을 전하는 사제와 법을 아는 법률가, 두 분은 그러고 나서 나를 심판하시오. 그리고 그 심판과 함께 '너희가 비판하는 그 비판으로 너희가 비판을 받을 것이요[60]'라는 말도 잊지 마시오! 이제 나가시오, 나는 내 보물을 가두어야 하니."

우리는 모두 물러났다. 로체스터 씨는 그레이스 풀에게 뭔가를 더 지시하느라 잠시 지체했다. 계단을 내려오며 변호사가 내게 말을 걸었다.

"아가씨, 아가씨께는 아무 잘못이 없습니다. 이 소식을 들으면 아가씨의 삼촌께서 기뻐하실 겁니다. 사실은 그때까지, 메이슨 씨가 마데이라로 돌아갈 때까지 살아계신다면 말입니다만."

"제 삼촌이라고요! 그분이 무슨 상관이죠? 제 삼촌을 아세요?"

"메이슨 씨가 알지요. 에어 씨는 마데이라 푼샬에서 수년간 메이슨 씨 회사와 거래를 하고 계셨어요. 그분이 아가씨와 로체스터 씨 사이에 계획된 결합을 암시하는 아가씨의 편지를 받았을 때, 마침 자메이카로 돌아가는 길에 요양차 마데이라에 머물고 있던 메이슨 씨가 같이 계셨습니다. 에어 씨가 그 정보를 언급하셨죠. 왜냐하면 여기 제 의뢰인이 로체스터라는 이름의 신사를 안다는 걸 그분도 아셨으니까요. 짐작하시겠지만, 놀라고 걱정된 메이슨 씨가 상황의 진상을 밝혔습니다. 아가씨의 삼촌은, 이런 말씀을 드려서 유감이지만, 병상에 계십니다. 그 병, 폐결핵이신데요, 그 병의 성질로 봤을 때, 그리고 진행 단계로 봤을 때, 회복하실 수 있을 것 같지 않습니다.

사정이 그러하여 직접 영국으로 오셔서 아가씨를 함정에서 구

60 〈마태복음〉7장 1절.

492

할 수 없으니, 메이슨 씨에게 당장 가서 가짜 결혼을 막는 조치를 취해달라 부탁하셨지요. 그분이 메이슨 씨를 저에게 보내 도움을 받게 하셨습니다. 저는 신속하게 일을 처리했고, 너무 늦지 않아서 감사하고 있습니다. 분명 아가씨도 그러시겠지요. 아가씨가 마데이라에 닿을 때까지 아가씨의 삼촌분이 돌아가시지 않을 것이 확실하다면 돌아가는 메이슨 씨와 함께 가시라고 권해드리겠지만, 상황이 이러하니, 아가씨는 에어 씨로부터 소식을 듣든, 아니면 에어 씨에 관한 소식을 듣든, 그때까지는 영국에 계시는 편이 낫겠다고 생각합니다. 논의할 것이 더 있을까요?"그가 메이슨 씨에게 물었다.

"아니, 없소. 돌아갑시다."불안한 듯한 대답이었다. 그러고 두 사람은 기다렸다가 로체스터 씨에게 작별 인사를 하지도 않고 곧장 홀의 큰 문으로 나갔다. 신부는 남아 있다가 자신의 오만한 교구민에게 훈계인지 책망인지 모를 말을 몇 마디 전했다. 이 임무가 끝나자, 그도 떠났다.

나는 내 방으로 물러나려고 방문을 열다가 신부가 떠나는 소리를 들었다. 신부까지 가고 나자 나는 문을 닫고 아무도 들어오지 못하도록 빗장을 질렀다. 울거나 슬퍼하려고 그런 건 아니었다. 그러기에 나는 너무 차분했다. 그렇지만… 나는 기계적으로 웨딩드레스를 벗고 어제 입은, 다시는 입을 일이 없으리라 생각했던 모직 옷으로 갈아입었다. 그러고는 자리에 앉았다. 기운이 없고 피곤했다. 나는 탁자에 엎드렸다. 그리고 그제야 생각했다. 그때까지 나는 그저 듣고 보았을 뿐이었다. 끌면 끄는 대로 밀면 미는 대로 움직이면서 연이어 일어나는 사건과 연이어 터지는 폭로를. 하지만 그때, 나

는 '생각했다.'

더없이 조용한 아침이었다. 그 미친 사람과 관련된 짧은 장면만 빼면. 성당에서 있었던 일은 소란스럽지 않았다. 격정의 폭발도, 소리 높인 격론도, 논쟁도, 반항이나 도전도 없었다. 겨우 몇 마디가 얘기됐고, 성혼에 대한 반대 의사가 고요히 표명되었다. 로체스터 씨가 준엄하고 짧은 질문을 몇 가지 던졌다. 답들이, 설명들이 나왔고, 증거가 제출되었다. 나의 주인에게서 공공연히 사실을 인정한다는 말이 흘러나왔다. 그러고는 살아 있는 증거가 모습을 보였다. 침입자들은 갔고, 모든 것이 끝났다.

나는 여느 때처럼 내 방에 있었다. 혼자, 눈에 띄는 변화도 없이. 아무것도 나를 치거나, 나를 해하거나, 나를 상하게 하지 않았다. 하지만 어제의 제인 에어는 어디에 있는가? 그 여자의 생명은, 그 여자의 앞날은 어디에 있는가?

제인 에어. 거의 신부가 될 뻔한, 열렬하고 기대에 찼던 여자. 그랬던 제인 에어가 다시 쓸쓸하고 고독한 여자애가 되었다. 생명은 빛이 바랬고, 앞날은 황량했다. 크리스마스의 서리가 한여름에 내렸다. 하얀 십이월 폭풍이 유월에 휘몰아쳤다. 얼음이 탐스럽게 익은 사과를 뒤덮었다. 눈보라가 피어나는 장미를 짓뭉갰다. 목초지와 보리밭이 얼어붙은 수의에 덮였다. 어젯밤 온갖 꽃으로 붉게 빛나던 오솔길들이 오늘은 아무도 밟지 않은 눈에 덮여 길조차 없었다. 그리고 열두 시간 전까지만 해도 열대의 과수원처럼 잎이 우거지고 향기롭던 숲은 이제 겨울 노르웨이의 소나무 숲처럼 하얗고 드문드문하고 황량하고 거칠었다.

나의 희망은 모두 죽었다. 옛 이집트 땅에서 하룻밤 사이에 모든

장자를 덮친 것 같은 그런 교묘한 파멸을 맞았다. 나는 어제까지만 해도 그처럼 환하게 피어 빛나던 내 소중한 소망들을 멍하니 바라보았다. 그 소망들이 다시는 소생하지 못할 뻣뻣하고 차갑고 검푸른 주검들이 되어 널브러져 있었다. 나는 내 사랑을 쳐다보았다. 내 주인의 것이었던 그 감정, 그건 그가 만들어낸 것이었다. 그것이 내 가슴속에서, 차가운 요람 속에서 앓는 아이처럼 떨고 있었다. 메스꺼움과 격렬한 고통이 그것을 사로잡았다. 하지만 그것은 로체스터 씨의 품을 찾을 수 없다. 그것은 그의 가슴에서 온기를 끌어낼 수 없다.

아, 이제 그것은 다시는 그에게 돌아갈 수 없다. 왜냐하면 신뢰가 말라 죽었으니까, 확신이 파괴됐으니까! 내게 로체스터 씨는 더는 예전의 로체스터 씨가 아니었다. 왜냐하면 그는 내가 생각했던 그가 아니었으니까. 그에게 부도덕의 죄를 묻지는 않을 것이다. 그가 나를 배신했다고 말하지도 않을 것이다. 다만 내가 알던 그에게서 흠결 없는 진실의 속성이 사라졌으니, 그가 있는 자리에서 나는 사라져야 한다. 나는 '그걸' 잘 알았다. 언제, 어떻게, 어디로는 아직 알 수 없지만, 그가 나를 속히 손필드에서 내보내리라는 건 의심하지 않았다. 그가 내게 품었던 건 진정한 애정이 아니었던 듯했다. 그건 단지 발작적인 열정일 뿐이었다. 그것이 방해를 받았고, 그는 더는 나를 원하지 않을 터였다. 나는 이제 그의 앞을 지나는 것조차 두려워해야 한다. 그는 나를 보는 것도 싫어할 것이다. 아, 나는 얼마나 눈멀었던가! 내 처신은 또 얼마나 모자랐던가!

내 눈은 가리고 감겼다. 밀려드는 어둠이 나를 에워싸며 소용돌이치는 듯했고, 반성이 검고 혼탁한 밀물처럼 들이닥쳤다. 자포자기, 무기력, 무력감, 마치 내가 나를 마른 강바닥에 눕혀놓은 듯했다. 먼 산에서 홍수가 나는 소리를 듣고 다가오는 물살을 느꼈지만, 내게는 일어날 의지도, 달아날 힘도 없었다. 나는 죽기를 갈망하며 혼미한 의식으로 누워 있었다. 내 안에서 여전히 생명인 듯이 고동치는 단 한 가지 생각은 신에 대한 기억이었다. 나는 말없이 기도했다. 마땅히 입 밖으로 읊조려야 하지만, 발설할 힘조차 찾을 수 없다는 듯이 하나의 문장이 내 캄캄한 마음속을 오르내리며 방황했다.

"나를 멀리하지 마옵소서 환난이 가까우나 도울 자 없나이다."[61]

홍수가 다가왔다. 내가 이것을 피하려고 하늘에 탄원하지 않았으니, 손을 모으지도, 무릎을 꿇지도, 입을 움직이지도 않았으니, 그것이 닥쳤다. 격랑이 사정없이 나를 집어삼켰다. 의지할 데 없는 나의 삶과 헛된 나의 사랑과 꺼져버린 나의 희망과 타살된 나의 신뢰에 대한 의식 전부가 하나의 음침한 덩어리가 되어 내 위에서 마구 흔들렸다. 그 지독한 시간은 형언할 수가 없다. 그야말로 "물들이 내 영혼에까지 흘러 들어왔나이다. 나는 설 곳이 없는 깊은 수렁에 빠지며 깊은 물에 들어가니 큰 물이 내게 넘치나이다"[62]였다.

| 61   〈시편〉 22장 11절.
| 62   〈시편〉 69장 1~2절.

27장

오후쯤이 되어서야 나는 고개를 들고 주위를 둘러보았다. 기우는 해가 제 몰락의 금빛 신호를 벽에 새기고 있었다. 나는 물었다. "이제 어째야 하나?" 하지만 내 마음이 내준 답, '당장 손필드를 떠나라'라는 그 답이 어찌나 신속하고 무서운지, 나는 귀를 틀어막았다. 지금은 그런 답을 견딜 수 없다고 반박했다. "내가 에드워드 로체스터의 신부가 아니라는 건 내 불행의 제일 작은 부분일 뿐이야." 나는 주장했다. "더없이 화려한 꿈에서 깨어나 모든 것이 공허하고 헛되다는 걸 알게 된 공포도 감수하고 극복할 수 있어. 하지만 단호하게, 지금 즉시, 완전하게 그를 떠나야 한다는 건, 견딜 수 없어. 나는 못 해."

그러나 그때, 내 안의 어떤 목소리가 단호하게 예언했다. 할 수 있다고, 할 거라고. 나는 내가 내린 결정과 싸웠다. 눈앞에 뻔히 놓인 긴 고통의 그 지독한 길을 피할 수만 있다면, 나는 차라리 약해지고 싶었다. 양심은 폭군으로 변하여 정열의 숨통을 조이며 조롱하듯이 말했다. 너는 그 우아한 발을 진창에 살짝 담갔을 뿐이지. 내, 맹세하건대, 이 무쇠 같은 팔뚝으로 널 바닥도 없는 고뇌 속으로 밀어 넣어줄 테다, 라고.

"그러면 날 손필드에서 떼어 가." 나는 외쳤다. "누가 나를 돕게 해줘!"

"아니. 너는 스스로를 떼어내야 해. 아무도 널 도와서는 안 돼. 너는 스스로 네 오른눈을 뽑아야 해. 스스로 네 오른손을 잘라야 해. 네 심장은 산 제물이 되어야 하고, 너는 네 심장을 찌르는 사제가 되어야 해."

이처럼 무자비한 심판관이 도사리는 고독에, 이처럼 끔찍한 목소리로 메워진 침묵에 소스라치게 놀라, 나는 벌떡 일어났다. 몸을 일으키자 머리가 빙빙 돌았다. 흥분한 데다 공복인 탓에 속이 울렁거리는 듯했다. 아침도 먹지 않았으니, 그날은 빵 한 조각, 물 한 모금도 입에 대지 않은 셈이었다. 그리고 그제야 이렇게 오래 이곳에 틀어박혀 있는데도 내가 어쩌고 있는지 묻거나 아래층으로 내려오라고 청하는 전갈 하나 없고, 어린 아델도 내 방문을 두드리지 않고 페어팩스 부인마저 나를 찾지 않는다는 생각이 들었다. 기묘하게 가슴이 아팠다. "행운이 버린 자는 친구들에게서도 잊히는 법이지." 나는 중얼거리며 빗장을 열고 밖으로 나서다가 무언가에 걸려 넘어졌다. 머리는 여전히 어지럽고 눈앞은 침침했으며 팔다리에는 힘이 없었다. 퍼뜩 정신을 차릴 수가 없었다. 나는 쓰러졌지만, 바닥에 쓰러지지는 않았다. 누군가가 팔을 뻗어 나를 붙들었다. 올려다보니 로체스터 씨였다. 그가 방문 앞에 의자를 놓고 앉아 있었다.

"드디어 나왔군. 흠, 난 오래도록 당신을 기다리며 귀를 기울였소. 하지만 움직이는 소리 하나, 울음소리 하나 들리지 않더군. 그 죽음과 같은 적막이 오 분만 더 계속됐다면, 난 강도처럼 힘으로 자물쇠를 열었을 거요. 당신은 그렇게 날 밀어내오? 스스로를 가두고 혼자 슬퍼하면서? 차라리 와서 날 맹렬하게 비난하는 편이 좋았어. 당신은 열정적이니까, 그런 식의 장면을 예상했지. 난 비처럼 쏟아지는 뜨거운 눈물을 받을 준비가 돼 있었소. 그저 그 눈물이 내 가슴에 떨어지기만 바랐어. 그런데 이 무감각한 마룻바닥이 그 눈물을 받았소. 아니면 흠뻑 젖은 당신의 손수건이. 아니야, 내가 틀렸어. 당신은 전혀 울지 않았어! 뺨은 창백하고 눈빛은 사그라들었지만, 눈물 흘린 흔적은 없어. 그렇다면, 당신은 가슴으로 피눈물을 흘리고 있었단 말이오?"

"이봐, 제인! 비난 한마디 없소? 모진 말도, 신랄한 말도? 기분을 상하게 하거나 화를 돋우는 말도? 당신은 내가 둔 자리에 가만히 앉아서 지치고 무기력한 표정으로 나를 쳐다보기만 하는군."

"제인, 이렇게까지 당신에게 상처를 줄 생각은 없었소. 하나밖에 없는 새끼 양을 딸처럼 애지중지하며 자기 빵을 먹이고 자기 컵으로 물을 먹이면서 품에 안고 키우다가 모종의 실수로 도살장에서 죽게 만든 이도 지금 나보다 더 그 잔혹한 실수를 후회하지는 못할 거요. 나를 용서해줄 수 없겠소?"

독자여, 나는 그때 그 자리에서 그를 용서했다. 그의 눈에는 너무도 깊은 뉘우침이 담겼고, 그의 어조에는 너무도 진실한 동정이 실렸고, 그의 태도에는 너무도 남자다운 힘이 있었다. 거기에다 그의 표정과 태도에는 온통 너무도 변함없는 사랑이─ 나는 그를 완전히 용서했다. 하지만 말로는 아니게, 겉으로는 아니게, 그저 내 마음 깊은 곳에서.

"날 악한이라 생각하오, 제인?" 이윽고 그가 생각에 잠긴 듯이 물었다. 의지라기보다는 기력이 없는 탓이었던 계속되는 나의 침묵과 무기력을 의아해하는 듯했다.

"네."

"그럼 그렇다고 가차 없이 솔직하게 말해요. 참을 필요 없소."

"못 합니다. 전 피곤하고 지쳤어요. 물을 좀 마시고 싶어요." 그가 몸서리를 치듯이 한숨을 쉬고는 나를 안아 들고 아래층으로 내려갔다. 처음에는 어느 방으로 데리고 가는지도 몰랐다. 눈이 침침해서 모든 것이 흐릿했다. 이윽고 불의 온기가 느껴지자 조금 살 것 같았다. 여름이긴 했지만 내 방에 있는 동안 몸이 얼음처럼 차가워졌기 때문이었다. 그가 입에 포도주를 대주었다. 나는 그것을 마시고 기운을 차렸다. 그러고는 그가 내미는 무언가를 먹었고, 이내 상태가 좋아졌다. 그곳은 서재였고, 나는 그의 의자에 앉아 있었다. 그가 옆에 있었다. '지금 극심한 고통 없이 죽어버릴 수만 있다면 좋을 텐데.' 나는 생각했다. '그러면 로체스터 씨의 마음에 얽힌 내 마음을 갈가리 찢어 뜯어내지 않아도 될 텐데. 난 그를 떠나야 해. 그런 것 같아. 하지만 떠나고 싶지 않아. 난 못 해.'

"지금은 좀 어떻소, 제인?"

"훨씬 나아졌습니다. 곧 괜찮아질 거예요."

"포도주를 좀 더 들어요, 제인."

나는 순순히 그의 말에 따랐다. 그가 잔을 탁자에 내려놓고 앞에 서서 나를 주의 깊게 살피더니 갑자기 알 수 없는 격정에 가득 차 알아듣지 못할 외마디 소리를 지르며 돌아섰다. 그는 빠른 걸음으로 방안을 오락가락하다가 돌아와 입을 맞추려는 듯이 허리를 굽혔다. 하지만 나는 이제 애정 표현은 금물이라는 걸 알았다. 나는 고개를 돌리고 그를 밀어냈다.

"이런! 왜 그러오?" 그가 황급히 외쳤다. "아, 알았다! 버사 메이슨의 남편과는 키스하지 않겠다는 거군? 내 품은 이미 찼고, 내 포옹은 이미 선점됐다고 생각하오?"

"어찌 되었건, 절 위한 자리도, 그걸 요구할 권리도 제겐 없습니다."

"어째서, 제인? 내가 당신이 여러 말할 수고를 덜어주겠소. 내가 대신 대답하지. '왜냐하면 당신에게 이미 아내가 있으니까요.' 그게 당신 답일 거야. 내 짐작이 맞소?"

"네."

"그렇게 생각한다면, 당신은 나라는 사람을 엉뚱하게 평가하고 있는 게 틀림없어. 나를 흉계나 꾸미는 방탕아라고, 당신을 교묘하게 놓은 덫 안으로 끌어들여 명예를 박탈하고 자긍심을 빼앗기 위해 사심 없이 사랑하는 척한 천하고 비열한 난봉꾼이라고 생각하는 게야. 이 말에는 어떻게 하겠소? 아무 말도 못 하겠지. 첫째로, 당신은 아직 정신이 혼미해서 숨 쉬는 것만으로도 벅찰 테니까. 둘째로, 당신은 나를 비난하고 매도하는 데에 익숙하지 않고, 게다가 눈물샘이 열려 있어서 말을 너무 많이 했다가는 쏟아질 테니까. 그리고 당신은 훈계하거나 비판하거나 소동을 벌일 의사가 없어. 당신은 어떻게 '행동'할지 생각하고 있어, '말'은 소용없다고 생각하는 게야. 난 당신을 알아, 그래서 긴장하고 있고."

"당신에게 해가 될 행동을 할 생각은 없습니다." 불안정한 목소리가 문장을 짧게 줄이라고 경고했다.

"'당신'이 생각하는 의미에서는 아니겠지. 하지만 '내'가 생각하는 의미에서, 당신은 나를 파멸시킬 계획을 꾸미고 있어. 당신은 내가 결혼한 남자라고 말한 거나 진배없어. 결혼한 남자라서 날 막고 피할 거라고. 지금 막 내 입맞춤을 거부했듯이. 당신은 완전한 타인이 될 작정이야. 이 지붕 밑에서 그저 아델의 가정교사로서만 살기로 말이야. 내가 다정한 말을 건네도, 당신이 다시 내게 다정한 감정을 느낀다 해도, 당신은 말하겠지. '저 사람은 하마터면 나를 정부로 만들 뻔했어. 저 사람에게는 얼음과 바위가 되어야 해.' 그래서 당신은 얼음과 바위가 되겠지."

나는 목청을 가다듬고 또박또박 말했다. "저의 모든 상황이 변했습니다. 저도 바뀌어야 해요. 그건 의심할 여지가 없지요. 감정의 동요를 피하려면, 또 추억과 연상으로 인한 끊임없는 마음의 갈등을 피하려면, 방법은 하나밖에 없어요. 아델에게 새 가정교사를 구해주세요."

"아, 아델은 학교에 갈 거요. 이미 그렇게 정리했소. 또 이 저주받은 곳, 창창한 하늘을 배경으로 생지옥처럼 섬뜩하게 선 이 오만한 납골당, 상상 속 악마의 대군보다 더 악한 진짜 악령이 거주하는 이 비좁은 돌 지옥, 아간의 장막[63] 같은 이 손필드 저택의 끔찍한 추억이나 연상으로 당신을 괴롭힐 생각도 없소. 제인, 당신은 이곳에 머

---

63 아간은 이스라엘 사람들이 여호와에게 바친 물건 일부를 빼돌려 자신의 장막에 감추어 두었다가 여호와의 진노로 인해 발각되어 아골 골짜기에서 투석형에 처해졌다 (《여호수아》 7장 9절~26절).

물지 않을 거야. 나도 마찬가지고. 애초에 이곳이 어떻게 저주받았는지 알면서도 당신을 손필드 저택에 오게 한 내가 잘못이었소. 나는 당신을 보기도 전에 이곳에 걸린 저주를 가정교사에게는 일절 함구하라고 사람들에게 일렀소. 그저 이 집에 어떤 동거인이 있는지 알게 되면 아델에게 어떤 입주 가정교사도 찾아주지 못할 것 같아서 그랬던 거요. 그리고 내 계획 탓에 그 광인을 다른 곳으로 옮길 수도 없었소. 그 여자를 안전하게 둘 만한, 이곳보다 더 외지고 은폐된 펀딘 저택이라는 낡은 집이 있긴 하지만, 숲 한가운데에 있어 건강에 나쁘다는 점이 마음에 걸려서 양심상 실행을 하지 못하고 있었던 거요. 그 집의 축축한 벽들 덕분에 아마 그 여자를 시중드는 일에서 금방 벗어날 수도 있었겠지. 그러나 악당도 사람 나름이라, 나 같은 경우에 간접살인 같은 건 취향이 아닐뿐더러 제일 혐오하는 짓이기도 하오.

그러나 미친 사람이 옆에 있다는 걸 당신에게 숨긴 것은 어린아이를 외투에 싸서 독을 뿜는 우파스나무[64] 옆에 눕혀 놓은 것과 같았지. 그 악마의 주변은 유독해. 늘 그랬소. 하지만 난 손필드 저택을 폐쇄할 거요. 현관문에 못질을 하고, 아래층 창문들은 판자로 막겠소. 그레이스 풀에게는 당신이 '내 아내'라고 부르는 그 무시무시한 마녀와 함께 이곳에서 사는 대가로 일 년에 이 백 파운드를 줄 거요. 돈만 주면 그레이스는 잘 해낼 거야. 그리고 그림즈비 정신병원에서 감시원으로 일하는 아들도 여기로 오게 해서 말벗도 되고,

---

64 뽕나뭇과의 열대성 교목으로 나무껍질의 유액에 맹독이 있어 채취하여 독화살 등에 사용했다. 울창하게 자란 후 뿌리 주변의 모든 식물을 독성으로 말려 죽인다는 설도 있다.

'내 아내'가 마귀의 독촉을 받아 밤에 사람들이 자는 침대에 불을 놓거나 사람들을 찌르거나 사람들의 살점을 물어뜯거나 하는 발작을 일으켰을 때 도움이 되도록 할 작정이오."

나는 그의 말을 가로막았다. "그 불운한 숙녀분에게 너무 가혹하시네요. 혐오스럽다는 듯이 악의적인 반감을 품고 말씀하고 계세요. 잔인해요. 미치는 건 그분도 어쩔 수 없는 일이잖아요."

"제인, 귀여운 내 사랑,(당신을 이렇게 부를 거요, 실상이 그러하니까) 당신은 자신이 무슨 말을 하고 있는지 모르오. 당신은 나를 또 잘못 판단했소. 내가 그 여자를 혐오하는 건 미쳤기 때문이 아니오. 당신이 미치면 내가 당신을 혐오하리라 생각하오?"

"그렇고말고요."

"그러니 오해한다는 거요. 당신은 나라는 사람을, 내가 할 수 있는 사랑이 어떤 것인지를 몰라. 당신 몸의 원자 하나하나가 내게는 내 몸만큼이나 소중하오. 아프고 병들어도 여전히 소중할 것이오. 당신의 정신은 나의 보물이오. 설사 망가져도 여전히 나의 보물일 것이오. 당신이 미쳐 날뛰면, 나는 구속복이 아니라 내 두 팔로 당신을 가둘 거요. 당신의 포옹이 제아무리 광포해도 내게는 매혹적일 테니까. 당신이 오늘 아침의 그 여자처럼 거칠게 달려든다면, 나는 비록 제지할망정 더없이 다정하게 당신을 안을 거요. 그 여자에게처럼 혐오스럽다는 듯이 움츠러들며 당신을 피하진 않을 거요. 당신이 조용할 때는 나 이외의 다른 감시인이나 간호사는 필요 없을 게요. 당신이 미소를 돌려주지 않아도, 나는 지치지 않고 다정하게 당신 곁에 있을 것이오. 그리고 더는 나를 알아보는 기색이 없어도, 당신 눈을 쳐다보는 것에 질리지 않을 것이오. 내가 왜 이런 생각들을 하고 있담? 당신을 손필드 저택으로부터 격리하는 얘기를 하고 있었는데. 그러니까, 당장 떠날 수 있도록 모든 준비가 돼 있소. 당신은 내일 떠날 거요. 이 지붕 밑에서 딱 하룻밤만 더 견뎌주시오, 제인. 그러면 이 고통과 공포와는 영원히 이별이오! 갈 곳은 정해놓았소. 혐오스러운 회상들과 달갑지 않은 개입으로부터, 거짓말과 중상으로부터도 안전한 안식처가 될 곳이오."

"아델을 데리고 가세요." 나는 그의 말을 가로막았다. "아델이 말벗이 되어드릴 거예요."

"무슨 뜻이오, 제인? 아델은 학교에 보낸다고 하지 않았소? 내가 어린아이를 말벗으로 삼을 까닭이 무엇이오? 내 아이도 아니고, 프랑스 무용수의 사생아를. 어째서 당신은 자꾸 아델 일로 날 괴롭히는 거요? 그러니까, 어째서 아델을 내 말벗이라 칭하느냔 말이오?"

"은거하신다고 말씀하셨으니까요. 은거와 고독은 쓸쓸해요. 당신에겐 너무 쓸쓸하지요."

"고독! 고독이라니!" 그가 짜증스럽게 되뇌었다. "아무래도 내가 설명을 해야 할 모양이군. 당신 얼굴에 떠오르는 그 수수께끼 같은 표정이 무슨 뜻인지 모르겠어. 당신이 나와 함께 고독을 나눌 거요. 알겠소?"

나는 고개를 저었다. 그가 흥분했기 때문에 말없이 그 정도로 이견을 표시하는 데만도 상당한 용기가 필요했다. 빠른 걸음으로 방안을 오락가락하던 그가 갑자기 그 자리에 뿌리라도 내린 듯이 우뚝 섰다. 그가 오래도록 뚫어지게 나를 쳐다보았다. 나는 고개를 돌려 난롯불에 시선을 고정하고서 침착하고 태연한 태도를 유지하려 애썼다.

"이제 제인이라는 인물의 맺힌 곳을 풀 차례군." 마침내 그가 입을 열었다. 예상과 달리 표정에 비하면 아주 담담한 어조였다. "지금까지는 비단실 꾸리가 술술 풀렸어. 하지만 나는 매듭지거나 엉킨 곳이 나오리라는 걸 알고 있었지. 자, 나왔소. 이제 신경질과 격분과 끝없는 다툼이오! 맙소사! 내, 삼손의 힘을 조금 발휘하여 밧줄 끊듯이 그 매듭을 끊고 싶어!"

그는 다시 걷기 시작했다가 이내 또 걸음을 멈추었다. 이번에는 내 앞이었다.

"제인! 이유를 들어보겠소?" 그가 허리를 굽혀 내 귓가에 대고 말했다. "싫다고 하면 폭력을 동원할 테요." 쉰 목소리에다 더는 참아낼 수 없는 속박을 깨부수고 난폭한 방종으로 뛰어들려는 사람의 표정이었다. 나는 순식간에 이해했다. 그 분노가 조금만 더 격해지면 나로서는 그를 어찌해볼 도리가 없을 것이다. 지금이, 이 일분 일 초가 그를 통제하고 억제할 수 있는 유일한 시간이었다. 조금이라도 그를 밀어내는 기척을 보이면, 조금이라도 도망가려는 기색을 보이면, 공포가 나의 운명을, 그리고 그의 운명을 결정지을 터였다. 하지만 나는 두렵지 않았다. 조금도. 나는 내 안의 힘을 느꼈다. 나를 떠받쳐주는 어떤 영향력의 느낌을. 위기는 긴박했다. 하지만 매력이 없지는 않았다. 인디언들이 카누를 타고 급류를 지날 때 이렇게 느끼리라. 나는 그의 주먹을 잡고 꽉 움켜쥔 손가락들을 펴며 달래듯이 말했다.

"앉으세요. 저는 원하시는 만큼 얼마든지 당신과 얘기를 나누고, 온당한 얘기든 온당치 않은 얘기든, 하셔야 할 말은 모두 들을게요."

그는 앉았다. 그러나 곧바로 입을 떼지는 않았다. 나는 이때껏 눈물을 참아왔다. 그가 내 우는 모습을 보고 싶어 하지 않으리라는 걸 알았으므로 억지로 눈물을 참아온 것이다. 그러나 지금은 눈물이 흐르는 대로 실컷 흐르도록 그냥 두는 편이 낫겠다고 생각했다. 그가 눈물에 짜증을 내면 낼수록 더 좋았다. 그래서 나는 자제심을 잃었고, 마음껏 울었다.

이내 울음을 그치라고 진지하게 달래는 소리가 들렸다. 나는 그가 이렇게 화를 내면 울음을 그칠 수 없다고 말했다.

"하지만 제인, 난 화나지 않았소. 그저 당신을 너무 사랑하기 때문이오. 당신이 그 조그맣고 창백한 얼굴에 강철을 입혀 그처럼 단호하고 냉정한 표정을 지었으니, 난 그걸 견딜 수 없었소. 울지 마시오, 자, 눈물을 닦아요."

부드러워진 그의 목소리가 그가 진정되었음을 알려주었다. 다음으로 나도 침착해졌다. 그가 곧 내 어깨에 머리를 기대려고 했지만, 나는 허용하지 않았다. 그러자 그가 나를 자기 쪽으로 끌어당겼다. 안 될 일이었다.

"제인! 제인!" 그가 내 몸의 온 신경이 떨릴 만큼 서글픈 어조로 말했다. "그럼 당신은 날 사랑하지 않소? 당신이 중요하게 여긴 건 그저 내 지위와 아내로서의 신분뿐이었소? 이제 내가 당신 남편이 될 자격이 없다고 생각하니, 당신은 내가 무슨 두꺼비나 원숭이라도 되는 듯이 손길을 피하고 있소."

이 말이 가슴을 찔렀다. 하지만 내가 무슨 일을, 무슨 말을 할 수 있겠는가? 그저 아무것도, 아무 말도 하지 말아야겠지만, 그렇게까지 그의 감정을 상하게 한 데 대한 후회감이 어찌나 고통스럽던지,

내가 준 상처에 향유를 부어주고픈 마음을 억누를 수가 없었다.

"사랑해요. 그 어느 때보다 더 당신을 사랑해요. 하지만 전 이런 감정을 드러내거나 탐닉해서는 안 돼요. 제가 이런 감정을 표하는 것도 이번이 마지막이에요."

"마지막이라니, 제인! 뭐요! 당신은 나와 같이 살면서, 매일 나를 보면서, 게다가 여전히 나를 사랑한다면서, 늘 냉담하게 거리를 둘 수 있다고 생각하오?"

"아니요. 그럴 수 없다고 확신해요. 그러니까 방법은 하나밖에 없어요. 하지만 그걸 말씀드리면, 당신은 불같이 화를 낼 거예요."

"아, 말해요! 내가 화를 내도 당신에겐 눈물이라는 기술이 있으니까."

"로체스터 씨, 저는 당신을 떠나야 해요."

"얼마나 말이오, 제인? 몇 분? 좀 헝클어진 그 머리를 매만지고 열이 있어 보이는 얼굴을 씻을 동안 말이오?"

"전 아델과 손필드를 떠나야 합니다. 평생 당신과 헤어져야 해요. 낯선 장소와 낯선 얼굴들 틈에서 새로운 삶을 시작해야지요."

"물론이지. 그래야 한다고 나도 말했소. 나와 헤어진다는 미친 소리는 못 들은 걸로 하지. 나와 함께한다는 말이 헛나왔을 거야. 새로운 삶에 관해서라면, 당신 말이 맞아. 당신은 내 아내가 되어야 해. 난 결혼하지 않았으니까. 당신은 로체스터 부인이 될 거요. 명실상부한 로체스터 부인이. 당신과 내가 살아 있는 한, 내 아내는 당신뿐이야. 당신을 남프랑스에 있는 내 저택으로 데려가리다. 지중해가 바라보이는 하얀 빌라로. 거기서라면 당신은 행복하고 안전하게, 그리고 더없이 순수하게 살 수 있을 거요. 내가 당신을 그

롯된 길로 유혹하려 한다는, 당신을 정부로 삼으려 한다는 불안은 조금도 갖지 말아요. 왜 고개를 저으시오? 제인, 이성적으로 생각하시오, 그렇잖으면 난 정말이지 또 이성을 잃을 것 같으니까."

그의 목소리도 손도 떨고 있었다. 큰 콧구멍이 더 커지고, 눈이 이글거렸다. 그래도 나는 감히 소리 내어 말했다.

"당신의 아내는 살아 있습니다. 오늘 아침에 당신 스스로 인정한 사실이에요. 바라시는 대로 제가 같이 살게 되면, 전 당신의 정부가 되겠죠. 달리 얘기한다면, 그건 궤변이에요. 거짓이고요."

"제인, 나는 성질이 온순한 사람이 아니오. 당신은 그걸 잊어버렸소. 나는 오래 참는 성미의 사람도 아니오. 침착하고 냉정한 사람도 아니지. 나와 당신 자신을 불쌍히 여겨, 여기 내 맥박을 좀 짚어보시오, 얼마나 날뛰는지 느껴보란 말이오. 그리고, 조심하시오!"

그가 소매를 걷어 올리며 손목을 내밀었다. 그의 뺨과 입술에서 핏기가 가시며 점차 납빛이 되어갔다. 나는 진퇴양난에 빠졌다. 그가 증오해마지않는 저항으로 그를 이처럼 깊이 뒤흔들어놓는 짓은 잔인했다. 그렇다고 항복할 수 있을 리도 만무했다. 나는 인간이 극한에 몰렸을 때 본능적으로 하게 되는 일을 했다. 인간보다 높은 존재에게 도움을 구하는 일이었다. "신이시여, 저를 도우소서!"라는 말이 나도 모르게 입 밖으로 튀어나왔다.

"나는 바보야!" 갑자기 로체스터 씨가 소리쳤다. "내겐 아내가 없다고 계속 얘기하면서도 이유를 설명하지 않았어. 그 여자의 성격이라든가, 내가 그 여자와 지옥 같은 관계로 얽히게 된 상황 같은 걸 제인이 전혀 모른다는 걸 잊고 있었어. 아, 모든 사실을 다 알게 되면, 제인도 틀림없이 내 의견에 동의하게 될 거야! 손을 줘봐요,

재닛. 그러면 눈으로 보는 것만큼 그 손길도 당신이 내 옆에 있다는 증거가 될 테니까. 그리고 내가 몇 마디로 이 사태의 진짜 상황을 밝혀주리다. 내 말을 들어주겠소?"

"네, 필요하시다면 몇 시간이라도요."

"몇 분이면 충분하오. 제인, 내가 우리 집안의 장남이 아니라는 얘기를 들었거나 알고 있소, 형이 있었다는 얘기 말이오?"

"언젠가 페어팩스 부인이 그런 말을 한 기억이 나요."

"그러면 내 아버지가 탐욕스럽고 욕심 많은 사람이었다는 말도 들었소?"

"그렇다는 정도로 이해하고 있었어요."

"음, 제인, 그러하시니, 재산을 온전히 지키자는 것이 그분의 결심이었소. 땅을 나눠 일부를 내게 넘겨준다는 생각을 견디지 못하셨지. 아버지는 전 재산을 형인 롤런드에게 넘겨주겠다고 결심하셨소. 하지만 자기 아들 중 하나가 가난뱅이가 되어야 한다는 생각도 마찬가지로 견디지 못하셨소. 나는 부유한 결혼을 통해 재산을 마련해야 했던 거요. 아버지는 일찌감치 내게 배우자를 물색해주셨소. 서인도 제도의 농장주이며 상인인 메이슨 씨는 아버지와 오래전부터 알던 사이였소. 아버지는 그 사람의 재산이 확실하고 막대하다는 걸 확신하고는 조사를 진행했소. 그래서 메이슨 씨에게 아들 하나와 딸 하나가 있다는 것도 알게 되셨지. 그리고 메이슨 씨가 딸에게 삼만 파운드의 재산을 줄 수 있고, 또 줄 예정이라는 말을 직접 들으셨소. 그걸로 충분했지. 나는 대학을 졸업하자마자 아버지가 나 내신 이미 청혼해놓은 신부에게 장가를 들러 자메이카로 보내졌소. 아버지는 그 여자의 돈에 관해서는 한 말씀도 하지 않으셨지만, 미스 메이슨의 미모가 스페니시타운의 자랑거리라고 일러주셨지. 과연 거짓이 아니었소. 그 여자는 키가 크고 까무잡잡하고 위엄 있는, 블란치 잉그럼 같은 유형의 미녀였소. 그 여자의 집안사람들은 내가 좋은 가문 출신이라 날 붙들려 했고, 그건 그 여자도 마찬가지였소. 그들은 파티 때마다 눈부시게 차려입은 그 여자를 내게 보여주었소. 나는 그 여자가 혼자 있는 건 거의 보지 못했고, 사사로이 얘기를 나눠본 적도 아주 드물었소.

그 여자는 내게 듣기 좋은 소리를 늘어놓고, 내가 기뻐하도록 자신의 매력과 재능을 아낌없이 펼쳤소. 그 여자 주변의 모든 사내가 그 여자를 찬미하면서 나를 부러워하는 듯했소. 나는 현혹되어 자극을 받았지. 내 감각들은 흥분했고, 무지하고 미숙하고 서툴렀던 까닭에 그 여자를 사랑한다고 생각했소. 사교계의 바보 같은 경쟁과 청년 시절의 호색과 경솔함과 맹목만큼 사람을 속단으로 밀어붙이는 정신 나간 어리석음도 달리 없는 법이오. 그 여자의 친척들은 나를 격려하고, 경쟁자들은 나를 자극하고, 그 여자는 나를 유혹했소. 뭐가 어떻게 돌아가는지 미처 알아차리기도 전에 결혼이 성립되었소.

아, 그 짓을 생각하면 나 자신을 전혀 존중할 수 없소! 내적 경멸의 고통이 나를 지배하지. 나는 그 여자를 사랑한 적 없고, 존경한 적 없고, 심지어 안 적도 없소. 그 여자의 본성에 한 가지 미덕이라도 있는지조차 확실치 않았소. 그 여자의 정신이나 태도에서 겸손도, 자비도, 솔직함도, 세련됨도 발견하지 못했는데, 나는 그 여자와 결혼했소. 얼마나 우둔하고 비굴하고 눈먼 멍청이였는지! 그렇다고 죄가 작아지는 건 아니지. 내가 누구에게 이런 얘기를 하고 있는지 잊으면 안 돼.

신부의 어머니는 한 번도 본 적이 없었소. 나는 죽었다고만 생각했지. 신혼여행이 끝나고, 그게 착각이었다는 걸 알게 되었소. 그여자의 어머니는 미쳐서 정신병원에 감금되어 있었소. 남동생이있었는데, 그자도 말 못 하는 완전한 백치였소. 당신이 본 (그리고제 비참한 누이에게 갖는 그 지속적인 관심에서, 그리고 한때 내게품었던 한결같은 애착에서도 보여주듯이, 그 박약한 정신에도 얼마간 애정의 씨앗들이 있어서, 그 일족 전부를 증오하면서도 미워할 수 없는) 그 장남도 아마 언젠가는 같은 상태가 될 거요. 내 아버지와 형 롤런드는 그 모든 걸 알았소. 그러면서도 그들은 삼만 파운드만 생각하고서 나를 무시하고 그 계략을 공모했던 거요.

끔찍한 발견들이었소. 그러나 내게 숨긴 배신행위를 제외하면,내 아내를 비난할 거리로 삼아서는 안 되는 것들이었소. 그 여자의성정이 나와 전혀 맞지 않았고, 그 여자의 취향들이 내게는 역겹고,그 여자의 마음 씀씀이가 상스럽고 천하고 편협하여 기이하게도더 높은 어떤 것에도 이를 수 없고 더 넓은 어떤 것으로도 확장될 수없다는 걸 알았을 때조차 말이오. 그 여자와 함께는 단 하룻밤도,단 한 시간도 편안하게 보낼 수 없다는 걸 알았을 때도, 내가 어떤주제를 꺼내놓든 즉각 그 여자의 조잡하고 케케묵은, 괴팍하고 어리석은 말이 돌아오니 우리 사이에 상냥한 대화라는 것이 유지될수 없다는 걸 알았을 때도, 어떤 하인도 끊임없이 발동하는 그 여자의 폭력적이고 비이성적인 변덕이나 그 여자의 불합리하고 모순적인 강압적인 지시를 견뎌내지 못할 테니 나는 절대 조용하고 안정된 가정을 가질 수 없다는 걸 깨달았을 때도 나는 자신을 억제했소.

비난을 삼가고, 충고도 줄였소. 후회와 혐오를 몰래 삼켜버리려 애썼소. 나는 내가 느끼는 깊은 반감을 억눌렀소.

제인, 지긋지긋한 일들을 시시콜콜 늘어놓아 당신을 괴롭히진 않겠소. 효과적인 말 몇 마디로도 내가 해야 할 말을 표현하는 데 충분할 거요. 나는 위층의 저 여자와 사 년을 살았고, 그동안 저 여자는 정말로 나를 심하게 괴롭혔소. 그 여자의 형질은 무시무시한 속도로 무르익고 발달했소. 그 여자의 악덕들이 빠르고 무성하게 자라 나왔소. 그것들이 너무 강해서 오직 무자비한 수단으로만 저지할 수 있었는데, 나는 무자비한 수단을 쓸 마음이 없었소. 그 여자가 얼마나 하찮은 지능과 얼마나 거대한 성향들을 지녔던지! 그런 성향들이 내게 쏟아낸 저주들은 또 얼마나 무시무시하던지! 버사 메이슨, 악명 높은 그 어머니의 그 딸은 술고래인 데다 정숙하지 못한 아내에게 묶인 사내에게 응당 뒤따를 온갖 끔찍하고 천박한 고통 속으로 나를 끌고 다녔소.

그 사이에 형이 죽고, 그 사 년이 끝날 즈음에는 아버지도 돌아가셨소. 나는 그때 충분히 부유했지만, 끔찍하게 곤궁할 만큼 가난했소. 지금껏 본 그 어떤 사람보다 야비하고 불결하고 저열한 성정이 나의 성정과 연결되어 법률과 사회에 의해 나의 일부라 불렸소. 그리고 나는 어떤 법적 조치로도 그것에서 벗어날 수가 없었지. 의사들이 그제야 내 아내가 미쳤다는 걸 알아냈기 때문이었소.[65] 그 여자의 무절제가 광기의 발아를 일찍이 촉진한 셈이었지. 제인, 내 이야기가 마음에 들지 않는군. 속이 안 좋은 듯한 표정인데, 나머지는

---

65 당시의 교회법은 혼인 기간 중 정신 질환을 앓게 된 배우자와의 혼인 무효화를 인정하지 않았다.

다음으로 미룰까?"

"아니요, 지금 다 말씀하세요. 당신을 동정해요. 진심으로요."

"동정이라면, 제인, 다른 사람의 동정은 유해하고 모욕적인 종류의 공물이라 보낸 사람의 입에 다시 처넣어야 마땅한 것이오. 하지만 그런 건 무신경하고 이기적인 사람들이 타고난 그런 종류의 동정이지. 불행의 이야기들을 자기중심적인 고통과 그 불행들을 견뎌온 이들에 대한 무지한 경멸을 교배한 잡종 말이야. 하지만 그런 건 당신의 동정이 아니지, 제인. 그런 건 지금 당신의 얼굴에 가득한 이런 감정이 아니야. 지금 당신의 눈에서 눈물을 떨굴 듯한, 당신의 심장을 요동치게 하고, 내 손 안에서 당신의 손을 떨게 하는 이런 감정은 아니지. 내 사랑, 당신의 동정은 고통받는 사랑의 어머니요. 그 고통은 바로 신성한 열정을 낳는 진통이지. 내가 받으리다, 제인. 그 딸을 출현케 하시오. 내 품이 그 아이를 받으려 기다리고 있소."

"자, 계속하세요. 그분이 미쳤다는 걸 알고서 어떻게 하셨어요?"

"제인, 나는 절망의 가장자리에 이르렀소. 나와 그 심연 사이를 가로막는 건 알량한 자존심 찌꺼기뿐이었다오. 세상 사람들이 보기에, 나는 의심할 바 없이 더러운 불명예를 뒤집어쓰고 있었소. 하지만 나는 나 보기에 깨끗하겠다고, 마지막까지 그 여자의 죄악에 오염되기를 거부하고 그 정신적 결함의 굴레에서 빠져나오겠다고 결심했소. 그래도, 사회는 내 이름과 인격을 그 여자와 한데 묶었소. 나는 매일 그 여자를 보고 들었지. 그 여자 입김의 무언가가 (윽!) 내가 숨 쉬는 공기에 뒤섞였소. 게다가 난 한때 내가 그 여자의 남편이었다는 걸 기억하고 있었소. 그 회상이 그때도, 그리고 지금도 말할 수 없이 가증스럽소. 더욱이 나는 그 여자가 살아 있는 동안은 더 나은 아내의 남편이 될 수 없다는 걸 알았소. 그리고, 나보다 다섯 살이 많기는 했지만(그 집안사람들은 그 여자의 나이조차 속였소), 정신이 박약한 만큼 체질이 강건했으니, 그 여자는 나만큼이나 오래 살 것 같았소. 그래서 스물여섯에 나는 희망을 잃었지.

어느 날 밤, 그 여자가 고함치는 소리에 잠이 깼소(의료진이 그 여자가 미쳤다고 진단한 뒤로 당연히 그 여자는 감금돼 있었지). 불타는 듯한 서인도의 밤이었소. 그런 지방에서 폭풍이 오기 전에 흔히 볼 수 있는 그런 밤이었지. 잠을 이룰 수가 없어서, 일어나 창문을 열었소. 공기가 유황 증기 같았소. 기분전환이 될 만한 건 어디에도 없었고, 모기들이 앵앵거리며 들어와 음침하게 방안을 돌아다녔소. 지진이라도 난 듯이 둔중하게 우르릉거리는 바닷소리가 거기에서도 들렸고, 그 위를 검은 구름이 뒤덮고 있었지. 시뻘겋게 달군 대포알처럼 크고 붉은 달이 파도 속으로 지면서 동요하는 폭풍과 함께 진동하는 세상 위로 마지막 핏빛 시선을 던졌소. 나는 그 대기와 풍경에 완전히 지배되었고, 내 귀는 그 광인이 여전히 새된 소리로 질러대는 저주로 가득 찼지. 그 악마 같은 어조에, 그 천한 말에 때때로 내 이름이 끼어 있었소! 어떤 직업 매춘부도 그 여자만큼 음란한 단어들을 많이 알지는 못할 거요. 두 개의 방을 사이에 두었어도, 한 단어도 빠짐없이 다 들렸소. 서인도 제도 주택의 얇은 벽은 그 여자의 늑대 같은 울부짖음에는 그저 사소한 방해물밖에 되지 못했으니까.

나는 마침내 말했소. '이승이 지옥이다. 이 공기가 지옥의 공기요, 저 소리가 지옥의 나락에서 나는 소리다! 할 수만 있다면, 나는 나 자신을 지옥에서 구해낼 권리가 있다. 이런 삶의 고통은 지금 내 영혼을 괴롭히는 이 무거운 육신과 함께 나를 떠나리라. 나는 광신자들이 주장하는 영원의 불구덩이도 두렵지 않다. 지금 이 상태보다 더 나쁜 미래가 있을 리 없지. 이곳을 벗어나자. 그리고 신에게로 돌아가는 거야!'

그런 말을 하면서 나는 무릎을 꿇고 장전된 권총 두 정이 든 트렁크의 자물쇠를 열었소. 나는 자살할 작정이었소. 그러나 그 생각에 탐닉한 건 잠깐이었소. 나는 미치지 않았으니까, 자기파괴의 소망과 계획을 파생시킨 강렬하고 순수한 절망의 위기는 순식간에 지나갔지.

바다를 건너 유럽에서 불어오는 신선한 바람이 열린 창으로 밀려들었소. 폭풍이 들이닥치고, 폭우가 쏟아지고, 천둥이 치고, 번개가 번쩍이고, 대기가 점차 맑아졌소. 나는 그때 어떤 계획을 세우고 확정했소. 축축한 정원, 빗물이 뚝뚝 듣는 오렌지 나무 밑을 거닐며 흠뻑 젖은 석류와 파인애플 사이에서, 그리고 열대의 찬란한 여명이 주변을 밝히는 동안 나는 이런 결론을 내렸소, 제인, 들어보오. 그때 나를 위로하며 좇아야 할 올바른 길을 보여준 건 진정한 지혜였으니까.

유럽에서 불어오는 감미로운 바람이 생생해진 잎사귀들에 여전히 무언가를 속삭이고 있었고, 대서양은 장엄한 자유 속에서 우르릉대고 있었소. 오랫동안 말라붙고 그을렸던 내 심장이 그 소리에 맞춰 부풀어 오르며 살아 있는 피로 채워졌소. 내 존재는 소생을 고대했소. 내 영혼은 깨끗한 물 한 모금을 갈망했소. 나는 희망이 부활하는 것을 알았고, 갱생이 가능하다는 걸 느꼈소. 정원 끝에 있는 꽃 아치에서 나는 하늘보다 더 파란 바다를 주시했소. 그 너머에 구세계가 있었소. 그렇게 밝은 전망이 열렸다오.

'가라,' 희망이 말했소. '유럽에서 다시 살아라. 그곳에는 네게 어떤 더러운 이름이 붙었는지, 어떤 불결한 짐이 지워졌는지 알려지지 않았다. 저 광인을 영국으로 데려가도 좋을 것이다. 안전조치를 하고 시중들 사람을 붙여 손필드에 감금하는 거야. 그리고 너는 어느 곳이든 좋을 대로 돌아다니고, 원하는 대로 새로운 인연을 맺어라. 이처럼 너의 참을성을 악용하고, 이처럼 너의 이름을 더럽히고, 이처럼 너의 명예를 짓밟고, 이처럼 너의 젊음을 마르게 한 저 여자는 너의 아내가 아니며, 너도 저 여자의 남편이 아니다. 저 여자의 상태가 요구하는 대로 돌봄을 받는지만 살피면, 그것으로 너는 신과 인간이 너에게 요구하는 책임을 다하는 것이다. 저 여자의 정체와 저 여자와 너의 관계는 망각 속에 묻히게 하라. 너는 그것을 어떤 살아 있는 존재에게도 전해서는 안 된다. 저 여자를 안전하고 편안하게 두라. 저 여자의 퇴락을 비밀로 감춰주고, 너는 떠나라.'

나는 정확하게 그 제안에 따라 행동했소. 아버지와 형은 내 결혼을 친지들에게 알리지 않았소. 왜냐하면 그 결합을 알리려고 첫 편지를 쓸 때 이미 그 결합의 결과와 그 결합으로 인해 맺어진 그 가족의 성격과 체질에서 극도의 혐오를 경험하기 시작했을 뿐더러, 내 앞에 펼쳐진 끔찍한 미래 또한 보았으므로, 그 편지에 결혼 사실을 비밀로 해달라는 긴급한 청구를 덧붙였기 때문이지. 그리고 얼마 지나지 않아, 내게 간택해준 아내의 수치스러운 행실이 그러했으니, 아버지는 그 여자가 당신 며느리라는 사실을 부끄럽게 여기게 되었지. 아버지는 그 결합을 공표하기를 원하기는 고사하고, 나만큼이나 그 사실을 숨기느라 혈안이 되었소.

그래서 나는 그 여자를 영국으로 데려왔소. 괴물과 같이 배를 탄 것처럼 무시무시한 항해였지. 마침내 그 여자를 손필드로 데려왔을 때, 그리고 저 삼층 방에 안전하게 기거하는 걸 봤을 때, 나는 기뻤소. 그 여자는 이제 십 년째 그 방의 비밀 내실을 야수의 동굴로, 악귀의 소굴로 삼고 있지. 시중들 사람을 구하느라 꽤 애를 먹었소. 충성스러운 데다 신뢰할 수 있는 인물을 고를 필요가 있었으니까. 왜냐하면 그 여자가 광란하다 보면 불가피하게 내 비밀을 폭로하게 될 테니까 말이오. 게다가, 가끔 그 여자가 며칠씩, 때로는 몇 주씩 정신이 맑을 때가 있는데, 그럴 때는 내 욕으로 시간을 보내곤 했거든. 마침내 그림즈비 정신병원에서 일하던 그레이스 풀을 고용했소. 그레이스 풀과 외과 의사인 카터(메이슨이 물어뜯겨 신음하던 날 밤에 상처에 붕대를 감아준 그 사람이오)가 내가 유일하게 신임한 사람이오. 페어팩스 부인도 뭔가 짐작을 했을지 모르겠으나, 실상에 관해서는 정확한 내막을 알 방법이 없었을 거요.

그레이스는 대체로 좋은 감시인이었소. 하지만, 무엇으로도 고칠 수 없어 보이는 결점이 있는 탓에, 뭐, 그처럼 괴로운 직업에서는 흔한 일이겠지만, 감시가 느슨해져 낭패를 당한 경우가 한두 번이 아니었소. 미치광이란 교활하고 악의적이오. 감시원이 잠시 한눈을 파는 틈을 절대 놓치지 않소. 한 번은 칼을 감췄다가 그걸로 자기 남동생을 찔렀고, 두 번이나 자기 독방 열쇠를 구해 한밤중에 밖으로 나왔소. 처음에는 침대에서 자고 있던 나를 태워 죽이려 했고, 두 번째에는 끔찍하게도 당신을 방문했소. 그저 신께서 당신을 굽어살피시어 그 여자가 당신의 결혼식 의상에 광포한 분노를 쏟아붓도록 해주신 것에 감사드릴 뿐이오. 아마 그 의상을 보고 희미하게나마 자신의 신부 시절이 떠올랐을 테지. 하지만 무슨 일이 일어날 뻔했는지 생각하면, 난 견딜 수가 없소. 오늘 아침에 내 숨통으로 달려들던 그것이 내 비둘기의 둥지에 그 검붉은 얼굴을 들이밀었다고 생각하면, 온몸의 피가 식어-"

"그래서요?" 나는 그가 잠시 말을 멈춘 사이에 물었다. "그분을 이곳에 모신 다음에, 당신은 무엇을 하셨죠? 어디로 가셨어요?"

"내가 뭘 했냐고, 제인? 난 스스로 도깨비불이 되었지. 어딜 갔느냐고? 늪지 유령처럼 닥치는 대로 여기저기 방랑했소. 대륙으로 건너가 구석구석을 돌아다녔지. 내 한결같은 욕구는 내가 사랑할 수 있는 선량하고 총명한 여인을 찾는 것이었소. 손필드에 두고 온 그 광포한 여자와는 반대되는-"

"하지만 결혼하실 수 없잖아요."

"나는 할 수 있고, 또 해야 한다고 결심했고, 확신했소. 당신을 속였듯이 속이는 건 내 원래 의도가 아니었소. 솔직하게 내 상황을 얘기하고, 공개적으로 구혼할 작정이었으니까. 내가 자유로이 사랑하고 사랑받을 수 있는 사람으로 여겨져야 한다는 것이 내게는 지극히 당연해 보였소. 내가 짊어진 저주에도 불구하고, 기꺼이 내 상황을 이해하고 나를 받아줄 여자가 있으리라는 걸 나는 조금도 의심하지 않았소."

"그래서요?"

"제인, 당신이 뭔가를 꼬치꼬치 캐물을 때마다 나는 웃음이 나오. 당신은 눈을 열성적인 새처럼 뜨고서 이따금 초조하게 몸을 들썩거리지. 마치 말로 하는 대답이 느려터져서 그냥 사람의 마음을 읽을 수 있으면 좋겠다는 듯이. 그런데 얘기를 계속하기 전에, 당신의 그 '그래서요?'가 무슨 의미인지 알려주오. 당신은 그 짧은 표현을 자주 쓰는데, 그 때문에 난 자꾸 끝없이 얘기하게 된단 말이지. 왜 그런지 잘 모르겠소."

"제 말은, 그다음엔 어떻게 되었느냐, 당신은 어떻게 하셨느냐, 그 사건의 결과는 어찌 되었느냐는 뜻이에요."

"그렇군! 그러면 지금은 무엇을 알고 싶소?"

"마음에 드는 분이라도 발견하셨는지, 그분에게 구혼하셨는지, 또 그분은 어떤 대답을 했는지요."

"내가 마음에 드는 사람을 발견했는지, 그 사람에게 구혼했는지는 당신에게 말해줄 수 있소. 하지만 그 사람이 어떤 대답을 했는지는 아직 운명의 책에 기록되지 않았소. 나는 십 년이라는 긴 세월을 이 나라 저 나라 떠돌아다니며 살았소. 때로는 상트페테르부르크였고, 대개는 파리였지만, 가끔은 로마와 나폴리, 피렌체였소. 많은 돈과 유서 깊은 이름이 적힌 여권 덕분에 나는 내키는 대로 사교계를 골라잡을 수 있었고, 어느 사교장도 나를 거부하지 않았소. 나는 영국의 레이디들과 프랑스의 콩테스들과 이탈리아의 독일의 그래핀들[66] 사이에서 내 이상의 여인을 찾아보았소. 그러나 찾지 못했지. 이따금, 순간적으로, 내 꿈의 실현을 알리는 시선을 보고, 목소리를 듣고, 모습을 보았다고 느꼈지만, 이내 진실을 깨닫게 되었소. 내가 마음이나 용모에서 완벽을 바랐다고 생각해서는 안 돼요. 나는 그저 내게 적합한 사람을 원했소. 저 크레올의 정반대를 말이

---

66   영어의 lady와 이탈리아어의 signora는 귀족 여성에게 붙이는 경칭이며 프랑스어의 comtesse와 독일어의 Gräfin은 여백작 또는 백작부인을 뜻한다.

오. 그건 헛된 갈망이었소. 그들 가운데에서는 설사 내가 자유로운 몸이었다 하더라도 결혼해달라고 청할 사람을 한 사람도 발견하지 못했소. 그러니 조화되지 않는 결합의 혐오를, 그 위험과 공포를 이미 아는 나로서는 어림도 없는 일이었지. 실망은 나를 분별없는 사람으로 만들었소. 방탕해지려 했지. 음탕은 절대 아니었소. 난 음탕한 건 그때나 지금이나 질색이니까. 음탕은 내 서인도 메살리나[67]의 특성이었소. 그것과 그 여자에 대한 뿌리 깊은 혐오가 향락에서조차 나를 옥죄었소. 어떤 향락도 음탕에 가까운 것은 나를 그 여자에게, 또 그 여자의 악덕에게로 몰아가는 것 같았지. 그래서 나는 그것을 피했소.

하지만 혼자 살 수는 없었소. 그래서 정부들과의 교제를 시도해보았소. 처음으로 택한 사람이 셀린 바랑스요. 생각만 하면 나 자신을 걷어차버리고 싶게 만드는 그런 행보의 또 다른 사례지. 그 여자가 어떤 여자였는지, 그 여자와 나와의 관계가 어떻게 끝났는지는 당신이 이미 아는 바요. 셀린의 후임자가 둘 있었소. 이탈리아인인 자친타와 독일인 클라라요. 둘 다 보기 드문 미인이라지만, 그 여자들의 아름다움은 단 몇 주일 만에 나에게는 아무 소용 없는 것이 되고 말았소. 자친타는 파렴치하고 난폭했소. 나는 석 달도 못 가서 싫증이 나버렸소. 클라라는 정직하고 얌전했지만, 둔하고 무심한데다 무감했소. 내 취향에 맞는 것이 하나도 없었소. 그 여자가 좋은 사업을 벌일 만큼 충분한 돈을 주고 깔끔하게 관계를 끊을 수 있

---

67 메살리나는 로마 황제 클라우디우스의 셋째 아내로서 향락에 탐닉하여 동침을 거부하는 남자들을 죽이거나 황제가 궁전을 비운 사이에 정부와 버젓이 결혼식을 올리는 등 충격적이고 문란한 성적 기행을 벌였다.

어서 기뻤소. 하지만 제인, 당신 표정을 보니, 지금 나를 별로 좋게 평가하지 않고 있군. 나를 무정하고 허랑방탕한 난봉꾼이라 생각하는 거야, 그렇지 않소?"

"사실, 당신이 전처럼 좋지는 않아요. 그런 식으로, 이 정부와 살다가 저 정부와 사는 삶이 당신에겐 조금도 나빠 보이지 않던가요? 당신은 그저 당연하다는 듯이 말씀하시는군요."

"내게도 그랬소. 그리고 나는 그런 삶을 좋아하지 않았소. 그건 비굴한 생존 방식이었소. 다시는 그런 생활로 돌아가고 싶지 않소. 정부를 고용하는 건 노예를 사는 것 다음으로 나쁜 일이오. 정부나 노예나 천성적으로는 대개가, 환경적으로는 전부가 열등하오. 열등한 이들과 어울려 산다는 건 타락하는 거요. 지금은 셀린, 자친타, 클라라와 같이 살던 때를 떠올리기도 싫소."

나는 그의 말에서 진심을 느꼈다. 그리고 그의 말에서부터 한 가지 교훈을 추론해냈다. 어떤 구실과 어떤 정당화와 어떤 유혹에서든, 내가 내 분수와 여태 교육받은 온갖 교훈을 잊고 그 불쌍한 여자들의 후임자가 된다면, 그는 언제고 지금 그 여자들에 대한 기억을 더럽히는 것과 똑같은 감정으로 나를 대하리라는 결론이었다. 나는 이 확신을 입 밖에 내지 않았다. 느끼는 것만으로 충분했다. 나는 그 확신이 사라지지 않고 남아 시련의 때에 도움이 되도록 마음에 새겼다.

"자, 제인, 왜 '그래서요?'라고 하지 않소? 아직 얘기가 끝나지 않았는데. 당신은 심각해 보이는군. 여전히 내가 못마땅한 거야, 알겠어. 하지만 아직 중요한 얘기가 남았소. 지난 일월에, 무익하게 떠도는 외로운 생활의 결과인 모질고 쓰라린 마음 상태에서 정부들을 다 정리하고 인간에 대한, 특히 모든 여성에 대한 비뚤어진 실망에 좀먹은 채로(총명하고 충실하고 애정 어린 여성이란 그저 꿈에 불과하다고 생각하기 시작했으니까) 나는 일 때문에 영국으로 돌아오게 되었소.

몹시 추운 겨울 오후에 나는 말을 타고 손필드 저택이 보이는 지점까지 왔지. 몸서리쳐지는 이곳에! 나는 여기서 어떤 평화나 즐거움도 기대하지 않았소. 헤이 길 목책 층계에 홀로 고요히 앉은 작은 형체가 보였지. 난 그 건너편의 가지치기한 버드나무를 지나치듯이 무심하게 그 형체도 지나쳤소. 그것이 내게 어떤 의미가 될지 아무 예감도 들지 않았으니까. 내 생의 중재자가, 선령이든 악령이든, 내 수호신이 거기 소박한 차림으로 기다리고 있다는 마음의 경고도 없었으니까. 메스루어가 넘어지고, 그것이 다가와 진지하게 도움을 제안한 때에도, 나는 몰랐소. 그 가냘픈 어린애 같은 사람이! 마치 홍방울새가 총총거리며 내 발치로 와서 그 조그만 날개로 날 부축하겠다고 제안하는 듯했지. 나는 고약하게 굴었소. 하지만 그것은 가버리지 않았소. 그것이 기묘한 인내력을 발휘하며 내 옆에 서서 어떤 종류의 권위를 가지고 날 쳐다보며 얘기했소. 나는 도움을 받아야 한다고. 바로 그 손의 도움을. 그리고 나는 도움을 받았소.

그 가냘픈 어깨를 짚었을 때, 뭔가 새로운, 상쾌한 생기와 감각이 내 안으로 스며들었소. 그 꼬마요정이 내게 돌아오리라는 걸, 그것이 저 아래 내 집에 살고 있다는 걸 알게 되어서 퍽 다행이었소. 아니었다면 내 손 밑을 빠져나가 어둑한 산울타리에 가려 사라지는 그것을 기묘한 아쉬움 없이는 바라보지 못했을 테니까. 제인, 당신은 내가 당신을 생각하며 기다렸다는 걸 몰랐겠지만, 난 그날 밤 당신이 집으로 돌아오는 소리를 들었다오. 다음 날 난 당신을 관찰했소. 들키지 않게. 당신이 위층 회랑에서 아델과 노는 동안 삼십 분이나. 지금도 기억나오. 그날은 눈이 와서 둘은 밖으로 나가지 못했소. 나는 내 방에 있었지. 문을 조금 열어둔 채. 난 보고 들을 수 있었소. 아델이 한동안 당신의 주의를 끌었지만, 나는 당신 마음이 어딘가 다른 데 있다고 생각했소. 하지만 내 귀여운 제인, 당신은 아주 참을성 있게 아이를 대하더군. 오랫동안 이야기를 들려주며 그 애를 즐겁게 해주었지. 마침내 아이가 당신 곁을 떠나자, 당신은 순식간에 깊은 상념에 빠져들었소. 당신은 천천히 회랑을 거닐었소. 이따금 여닫이창을 지나칠 때, 당신은 바깥에 펑펑 쏟아지는 눈에 시선을 던졌소. 당신은 흐느끼는 바람 소리에 귀를 기울였고, 다시 천천히 걸음을 떼며 몽상에 빠져들었지.

나는 그 백일몽들이 어둡지 않았다고 생각하오. 때때로 당신 눈에 기쁨의 빛이 비치고, 얼굴에는 부드러운 홍분의 기색이 스쳤으니, 그건 쓰라리고 우울하고 불안한 생각에 잠긴 건 아니라는 얘기였소. 오히려 그 표정은 청춘의 혼이 희망의 기꺼운 날갯짓을 따라 이상의 천국으로 높이 높이 나아가는 달콤한 생각을 드러내는 듯했소. 페어팩스 부인이 홀에서 하인에게 뭐라고 하는 소리에 당신은 퍼뜩 정신을 차렸소. 재닛, 그때 당신이 어찌나 묘한 미소를 짓던지! 그 미소에는 많은 의미가 있었소. 아주 날카로웠고, 마치 자신의 방심을 비웃는 것 같았지. 그건 이렇게 말하는 것 같았어. '내 아름다운 환상은 하나같이 훌륭해. 그러나 절대적인 허상이라는 걸 잊어서는 안 되지. 내 머릿속에는 장밋빛 하늘과 에덴의 녹음방

초가 있지만, 바깥에는 발밑에 놓인 걸어야 할 거친 길과 나를 둘러싼 맞서야 할 검은 폭풍들이 있다는 걸 너무나 잘 알아.' 당신은 아래층으로 내려가 페어팩스 부인에게 달리 할 일이 있는지 물었소. 주간 출납부 정리였나 뭐 그런 일이 있다는 것 같았어. 당신이 보이지 않게 되자, 나는 왠지 애가 탔다오.

나는 초조하게 밤이 되기를 기다렸소. 밤에는 당신을 호출할 수 있으니까. 난 당신이 일찍이 보지 못한, 특이한, 완전히 새로운 성격이 아닌가 짐작했소. 난 그걸 좀 더 깊이 살펴 더 잘 알고 싶었소. 당신이 수줍으면서도 동시에 독립적인 표정과 태도로 방으로 들어섰소. 예스러운 차림새였지, 지금만큼이나 말이오. 난 당신에게 말을 시켰고, 곧 당신이 이상한 모순들로 가득 차 있다는 걸 알게 되었지. 당신의 복장과 예의범절은 규칙에 얽매여 있었소. 당신의 태도는 내성적일 때가 많았고, 전체적으로 보아 고상한 천성을 타고 났으나 사교 경험은 없다시피 했고, 예의에 어긋나는 짓을 하거나 큰 실수를 저질러 형편 나쁘게 남의 이목을 끌까 봐 상당히 두려워했소. 하지만 말을 걸면 당신은 날카롭고 대담하고 강렬한 눈을 들어 상대방의 얼굴을 바라보았소. 당신이 던지는 시선마다 꿰뚫는 듯한 통찰력과 힘이 있었지. 엄밀한 질문이 거듭되면, 당신은 즉석에서 대체로 정확한 답들을 찾아냈어.

당신은 이내 내게 익숙해지는 듯했소. 당신과 험상궂고 까다로운 주인 사이에 공감대가 있다는 걸 당신도 느꼈을 거요, 제인. 당신의 태도가 어떤 유쾌한 편안함 덕분에 순식간에 진정되는 걸 보고 정말 놀랐거든. 내가 으르렁거려도 당신은 내 까다로운 성미에 아무 놀람도 공포도 짜증도 불쾌감도 보여주지 않았소. 당신은 나를 지켜보았고, 이따금 나를 보고 나로서는 설명할 수 없는, 단순하지만 예민한 우아함이 느껴지는 미소를 지었소. 나는 그것에 만족하면서 동시에 자극을 받았소. 나는 내가 본 그것이 마음에 들었고, 더 많이 보고 싶었소. 하지만 오랫동안 나는 서먹서먹하게 대하며 당신을 자주 찾지 않았소. 나는 지적인 미식가라서, 이 새롭고 흥미진진한 사람을 사귀는 만족감을 연장하고 싶었소. 게다가 한동안은 그 꽃을 멋대로 다루었다가 시들어버리면 어떡하나, 그 달콤하고 신선한 매력이 사라져버리면 어떡하나 하는 불안에 사로잡혀 있었소.

그때는 그것이 한철 피었다 지는 꽃이 아니라 꽃처럼 눈부시게 깎아놓은 깨지지 않는 보석이라는 걸 몰랐소. 게다가, 난 내가 당신을 피하면 당신이 나를 찾을지 알고 싶었소. 하지만 당신은 그러질 않더군. 당신은 그 책상과 이젤만큼이나 가만히 그 공부방에 틀어박혀 있었소. 어쩌다 마주치면, 당신은 예의를 차리는 정도로만 아는 체를 하고는 재빨리 지나치곤 했지. 제인, 그 시기에 당신은 늘 생각에 잠긴 표정이었소. 낙담하지는 않았어. 생기가 없지는 않았으니까. 하지만 기운차지도 않았어. 희망이 없었고, 실질적인 즐거움이랄 것이 없었으니까. 나는 당신이 나를 어떻게 생각하는지, 아니 당신이 나를 생각은 하는지 궁금했소. 그걸 알아보려고 나는 다시 당신을 주목하기 시작했소.

당신이 말을 할 때, 당신의 시선에는 뭔가 기쁜 기색이 있고, 당신의 태도에는 따스함이 있었소. 나는 당신이 사교적인 마음을 가졌다는 걸 알았지. 당신을 슬프게 하는 건 저 고요한 공부방이었고, 당신 생의 권태로움이었소. 나는 당신에게 친절해지는 기쁨을 나

자신에게 허락했소. 친절이 곧 감정을 움직였소. 당신의 표정이 부드러워지고, 말소리가 다정해졌소. 나는 당신 입술이 유쾌하고 행복하게 발음하는 내 이름이 좋았소. 제인, 그 시기에 나는 당신을 만나는 기회를 즐겼소. 당신의 태도에는 알 수 없는 주저함 같은 게 있었지. 당신은 약간 난처한 듯이, 맴도는 의심 같은 걸 품고 나를 곁눈질했소. 당신은 내가 어떤 변덕을 부릴지, 내가 주인 역할로 돌아가 엄격해질지, 아니면 친구가 되어 상냥해질지 알 수 없었으니까. 그때 나는 주인으로 돌아가는 변덕을 부리기엔 당신을 너무 사랑하고 있었소. 진심을 담아 손을 내밀면 생각에 잠긴 당신의 젊은 얼굴에 더없이 화사한 빛과 기쁨이 떠올랐으니, 난 당신을 당장에 내 품에 안고 싶은 충동을 억누르느라 애를 먹었지."

"그때 얘기는 하지 마세요." 나는 살그머니 눈물을 닦으며 그의 말을 가로막았다. 그의 말이 고문처럼 느껴졌다. 내가 곧 무슨 일을 해야 하는지 알았으므로, 그의 온갖 회상과 감정 고백은 내 일을 더 어렵게 만들 뿐이었다.

"맞는 말이오, 제인. 우리의 현재가 훨씬 더 확실하고, 우리의 미래가 훨씬 더 빛나는데, 과거에 연연할 필요가 뭐 있겠소?"

그 아연한 말에 나는 몸서리를 쳤다.

"이제 당신도 이게 어떤 사정인지 알겠지, 그렇지 않소? 청년기의 반은 형언할 수 없는 비참함 속에서, 나머지 반은 쓸쓸한 고독 속에서 보낸 뒤에, 나는 처음으로 내가 진실로 사랑할 수 있는 무언가를 발견했소. 바로 '당신'을 말이오. 당신은 나의 동류, 더 나은 나, 나의 천사요. 나는 당신과 단단히 결속돼 있소. 당신은 선량하고 탁월한 재능을 지닌 사랑스러운 사람이오. 내 가슴속에서 열렬하고 엄숙한 정열이 끓어오르오. 순수하고 강렬한 불꽃으로 타오르는 이것이 당신에게로 기울어, 당신을 나의 중심으로, 생명의 원천으로 이끌고, 내 존재로 당신을 감싸 우리를 하나 되게 하는 것이오.

내가 당신과 결혼하려고 결심한 것은 그걸 느꼈고 또 알았기 때문이오. 내게 이미 아내가 있다고 말하는 건 의미 없는 조롱일 뿐이오. 내게는 아내가 아니라 끔찍한 악마가 있을 뿐이라는 걸 당신도 이제 알 거요. 당신을 속이려 한 건 내 잘못이오. 하지만 당신 성격에 있는 어떤 완고한 면이 두려웠소. 일찍이 스며든 편견이 두려웠지. 난 신뢰를 망칠 위험을 무릅쓰기 전에 당신을 확실하게 잡아두고 싶었소. 비겁했어. 애초에 당신의 고결함과 아량에 호소해야 했소. 지금처럼 말이오. 당신에게 내 고통스러운 생을 솔직하게 펼쳐놓고, 더 고상하고 가치 있는 삶에 대한 내 갈망과 갈증을 설명해야 했어, 계획이 아니라, 내가 충실하고 온전하게 사랑받듯이, 당신을 향한, 저항할 수 없는 내 충실하고 온전한 사랑을, (말은 약하니까) 보여줘야 했소. 그러고 나서, 내 정절의 맹세를 받아달라고, 내게 정절의 맹세를 해달라고 요구했어야 하오. 제인, 지금 내게 맹세해주시오."

정적.

"왜 말이 없소, 제인?"

나는 시련을 겪고 있었다. 불타는 강철 같은 손이 내 숨통을 죄었다. 갈등과 어둠과 애타는 마음이 가득한 끔찍한 순간! 지금 내가 받는 이 사랑 이상으로 사랑받기를 원할 수 있는 사람은 아마 없을 것이다. 그리고 이처럼 나를 사랑하는 그를 나는 절대적으로 숭배했다. 그리고 나는 사랑과 나의 우상을 부인해야 한다. '떠나라!' 이 쓸쓸한 한마디 말이 못내 견디지 못할 나의 의무였다.

"제인, 내가 뭘 원하는지 알겠지? 그저 '로체스터 씨, 당신의 사람이 될게요'라는 약속이면 되오."

"로체스터 씨, 전 당신의 사람이 안 될 겁니다."

다시 오랜 침묵이 흘렀다.

"제인!" 그가 부드러운 어조로 다시 입을 열었다. 그 소리에 나는 비탄에 빠졌고, 불길한 공포로 인해 돌덩이처럼 얼어붙었다. 그 고요한 목소리는 사자가 몸을 일으키며 숨을 내쉬는 소리였기 때문이었다. "제인! 당신은 세상 이쪽 길로 갈 테니 내게는 다른 길로 가라는 뜻이오?"

"네."

"제인." 그가 몸을 기울여 나를 포옹했다. "이래도 진심이오?"

"네."

"지금도?" 그가 내 이마와 뺨에 입을 맞췄다.

"네." 나는 그의 품에서 재빨리 몸을 빼내며 말했다.

"오, 제인, 이건 지독해! 이건, 이건 부도덕하오. 나를 사랑하는 것이 부도덕은 아닐 텐데."

"당신 뜻에 따르는 것이 부도덕이겠지요."

눈썹이 치켜 올라가고 인상이 구겨지며 그의 얼굴에 사나운 표정이 스쳤다. 하지만 아직은 참고 있었다. 나는 의자 뒤쪽을 짚고 몸을 지탱했다. 몸이 떨리고 겁이 났지만, 나는 마음을 다잡았다.

"잠깐만, 제인. 당신이 사라진 내 끔찍한 생을 한 번만 생각해보시오. 모든 행복이 당신과 함께 찢겨나갈 거요. 그러면 무엇이 남겠소? 아내로는 위층의 미치광이만 있소. 나는 저 성당 묘지에 묻힌 어느 시신이라 해도 좋을 거요. 나는 어떡해야 하오, 제인? 어디에서 동반자를 구하고, 어디에서 희망을 찾는단 말이오?"

"저처럼 하세요. 신과 자기 자신을 믿으세요. 천국을 믿으세요. 그곳에서 다시 만나기를 바라세요."

"그럼 굽히지 않겠다는 거로군?"

"네."

"그럼 당신은 나에게 평생 비참하게 살다가 저주받은 채 죽으라고 선고하는 거요?" 그의 목소리가 높아졌다.

"죄 없이 사시라고 말씀드리는 거예요. 그리고 평온하게 죽음을 맞으시기를 바라는 거고요."

"그럼 당신은 내게서 사랑과 순수를 빼앗는 거요? 애정 대신 육욕으로 돌아가라 떠미는 거요? 소명 대신 죄악으로?"

"로체스터 씨, 제가 이 운명을 붙잡지 않듯이, 당신에게도 더는 이 운명을 떠밀지 않습니다. 우리는 애쓰고 인내하기 위해 태어났어요. 저도, 당신도요. 그렇게 하세요. 당신은 제가 당신을 잊기 전에 저를 잊으실 테니까."

"그런 말로 날 거짓말쟁이로 만들어. 당신은 내 명예를 더럽히고 있어. 나는 변하지 않노라고 이미 선언했소. 그런데 당신은 눈앞에서 내가 곧 변할 거라 말하는군. 그리고 당신 판단에 어떤 왜곡이 있는지, 당신 생각에 어떤 비뚤어진 면이 있는지는 당신 행동이 증명하오! 인간의 법 따위를 위반하기보다 동료 인간을 절망에 몰아넣는 것이 낫단 말이오? 나와 같이 산다고 해서 노여워할 친척이나 지인도 없지 않소?"

그건 사실이었다. 그리고 그가 말하는 동안 내 양심과 이성이 나를 거역하며 그에게 저항하는 건 죄악이라고 비난하고 나섰다. 그 소리가 감정에 맞먹을 정도로 컸다. 감정은 거칠게 외쳤다. '아, 승낙해! 저 사람이 얼마나 비참해질지 생각해봐. 그의 위험을 생각해. 홀로 남겨졌을 때 그의 상태를 생각해봐. 그의 무모한 기질을 잊지 마. 절망에 따르는 무모한 행동들을 고려해봐야 해. 그를 진정시켜. 그를 구해. 그를 사랑해. 그에게 사랑한다고, 그의 사람이 되겠다고 말해. 세상에 누가 널 신경이나 쓰겠어? 아니, 네가 어떻게 하든, 그걸로 누가 피해를 본단 말이야?'

그러나 대답은 여전히 굴복하지 않았다. '내가 신경 써. 고독할수록, 벗이 없을수록, 의지가 없을수록, 내가 나를 더 존중해야 해. 나는 신이 주시고 인간이 재가한 법을 지킬 거야. 나는 지금처럼 미치지 않고 제정신이던 때에 받아들인 원칙들을 고수할 거야. 법과 원칙은 유혹이 없는 때를 위한 것이 아니야. 지금과 같은 때, 육신과 영혼이 제 엄격함에 반해 폭동을 일으키는 때를 위한 것이지. 그것들은 엄중해. 침범당해서는 안 돼. 내 개인적인 편의로 그것들을 범한다면, 그것들의 가치가 어떻게 되겠어? 법과 원칙은 가치 있는 것이야. 나는 늘 그렇게 믿어왔어. 그리고 내가 지금 그것들을 믿을 수 없다면, 그건 내가 미쳤기 때문이야, 아주 심하게 미쳤기 때문이지. 내 핏줄 속에는 불이 흐르고, 심장의 고동은 셀 수 없을 만큼 빨리 뛰고 있어. 지금 내가 기대야 할 것은 전부터 품고 있던 의견들과 이전의 결심들뿐이야. 나는 그것들을 고수해야 해.'

나는 그렇게 했다. 내 표정을 읽던 로체스터 씨가 내 결심을 알아챘다. 격노가 절정에 달했다. 결과가 어찌 되든, 한동안은 그것에 굴복해야 한다. 그가 성큼성큼 다가오더니 내 팔을 붙들고 허리를 움켜잡았다. 불타는 듯한 시선이 나를 잡아먹을 듯이 노려보았다. 그 순간 육체적인 나는 용광로의 열풍과 열기를 마주한 나무 그루터기처럼 무력했다. 그러나 정신적인 나는, 여전히 제정신을 차리고 있던 나는 궁극적인 안전을 확신했다. 다행히 내 영혼에는 자주 의식을 잃지만 그래도 믿음직한 통역자인 눈이 있었다. 내 눈이 그를 올려다보았고, 그의 사나운 얼굴을 보는 사이 나는 저도 모르게 한숨을 쉬었다. 그의 손아귀가 고통스러웠고, 혹사당한 내 기력은 거의 소진되었다.

"이때껏," 그가 이를 갈며 말했다. "이때껏, 이렇게 연약하면서도 이렇게 꿋꿋한 건 없었어. 내 손엔 그저 한 줄기 갈대처럼 느껴지는데!" 그가 나를 잡고 흔들었다. "엄지와 검지만으로도 이 여자를 꺾을 수 있어. 그러나 이 사람을 파괴하고 부서뜨린다면 꺾어봐야 무슨 소용일까? 이 눈을 봐, 이 눈으로 보이는, 용기 이상의 것을 가지고 단호한 승리를 선언하며 내게 도전하는 이 결연하고 열렬하고 자유로운 이것을 봐. 이 새장을 어떻게 하더라도, 난 이것에, 이 잔인하고 아름다운 생물에 닿을 수 없어! 내가 이 허술한 감옥을 찢어버린다면, 깨버린다면, 내 격분은 그저 안에 든 것을 놓아주게 될 뿐이지. 그 집을 정복할 수 있을지는 모르겠지만, 내가 진흙으로 빚은 그 거처를 내 것이라 선포하기도 전에, 안에 들었던 것은 천국으로 도망가겠지. 내가 원하는 것은 당신, 이 연약한 육신뿐이 아니라 의지와 정력과 미덕과 순수를 지닌 영혼까지요. 당신이 원하기만 하면 당신은 가볍게 날아와 내 가슴에 깃들 수 있소. 그러나 의사에 반해 붙들린다면, 당신은 연기처럼 손아귀를 빠져나갈 거야. 내가 향기를 들이마시기도 전에, 당신은 사라지겠지.

아! 제발, 제인, 제발!"

그가 움켜쥐었던 나를 놓아주고는 그저 바라보며 말했다. 그 표정이 난폭한 손아귀보다 훨씬 저항하기가 어려웠다. 그러나 백치만이 지금 굴복할 것이다. 나는 그의 격노를 무릅썼고, 좌절시켰다. 나는 그의 슬픔에서도 빠져나가야 한다. 나는 문 쪽으로 물러났다.

"가는 거요, 제인?"

"네. 가요."

"나를 두고 가는 거요?"

"네."

"오지 않겠소? 나의 위안자, 나의 구원자가 되지 않겠소? 내 깊은 사랑, 내 열렬한 슬픔, 내 미친 듯한 기도가 당신에겐 아무것도 아니오?"

그의 목소리엔 얼마나 형언할 수 없는 비애가 서려 있었던가! "전 갈게요"라고 단호하게 다시 말하기가 얼마나 어려웠던가!

"제인!"

"로체스터 씨!"

"그럼 가시오. 허락하겠소. 그러나 기억해요. 당신이 나를 슬픔 속에 내버려두고 간다는 것을. 당신 방으로 가서 내가 한 말을 처음부터 다시 생각해보시오, 제인. 그리고 내 고통을 돌아봐주오. 나를 생각해주오."

그가 고개를 돌리더니 소파에 얼굴을 묻었다. "아, 제인! 나의 희망, 나의 사랑, 나의 생명!" 그의 입에서 고통스러운 목소리가 새어나왔다. 그러고는 굵고 강한 흐느낌이 터져나왔다.

나는 문턱까지 와 있었다. 그러나 독자여, 나는 돌아갔다. 물러날 때와 같이 결연하게 돌아갔다. 나는 그의 곁에 무릎을 꿇고 앉아 쿠션에 묻은 그의 얼굴을 내게로 돌리고, 뺨에 입을 맞추고, 머리카락을 쓰다듬었다.

"신의 가호가 있기를, 사랑하는 나의 주인님!" 나는 말했다. "신께서 당신을 위해와 과실에서 지켜주시옵기를. 당신을 인도하고 위로해주시옵기를! 제게 베푸신 주인님의 친절에 신께서 잘 보답해주시옵기를!"

"내겐 귀여운 제인의 사랑이 최상의 보답일 텐데. 당신 사랑이 없다면, 내 가슴은 터지고 말 거요. 그러나 제인은 내게 사랑을 줄 거야. 그래, 고귀하게, 아낌없이."

그의 얼굴에 핏기가 돌아왔다. 눈이 불꽃처럼 빛을 발했다. 그는 벌떡 일어났다. 두 팔을 벌렸다. 그러나 나는 그의 포옹을 피하여 방을 빠져나왔다.

'안녕히!' 그를 떠나며 나는 속으로 외쳤다. 절망을 덧붙여, '영원히 안녕!'

***

그날 밤, 잠이 올 거라곤 생각도 못 했는데, 침대에 눕자마자 곤한 잠이 쏟아졌다. 나는 어린 시절의 장면들로 옮겨갔던 것 같다. 게이츠헤드의 붉은 방에 누워 있는 꿈을 꾸었다. 밤은 어두웠고, 내 마음은 이상한 공포에 억눌려 있었다. 오래전에 나를 졸도케 했던 그 빛이 환상 속으로 소환되어 벽을 미끄러지듯이 기어오르더니, 어스름한 천장 중심에 멈추어 떨고 있는 듯했다. 나는 고개를 들고 그것을 쳐다보았다. 지붕이 사라지며 높고 어둑한 구름이 되었다. 달이 구름을 막 가르고 나오려는 듯이 어슴푸레한 빛을 던졌다. 나는 달이 나오는 걸 기묘한 기대감을 안고 지켜보았다. 달에 무슨 운명의 말이라도 적혀 있을 듯이. 달은 일찍이 없었던 방식으로 구름을 뚫고 나왔다. 손 하나가 먼저 나와 검은 주름들을 휘저어 흩어버렸다. 그러더니 푸른 하늘에 달이 아니라 빛나는 하얀 인간의 형체가 나타나 장려한 이마를 땅 쪽으로 기울였다. 그것이 나를 뚫어지게 쳐다보았다. 그것이 내 영혼에 대고 말했다. 까마득하게 멀면서도 너무나 가까운 그 음성이 내 심장 속에서 속삭였다.

"딸아, 유혹에서 달아나라."

"그럴게요, 어머니."

나는 최면 상태와도 같은 꿈에서 깨어나 그렇게 대답했다. 아직 한밤중이었지만 칠월의 밤은 짧았다. 자정을 넘으면 곧 동이 트기 시작한다. '해야 할 일을 시작하는 데 너무 이른 법은 없지.' 나는 자리에서 일어났다. 옷은 입은 채였다. 어젯밤에 신발 말고는 아무것도 벗지 않았기 때문이었다. 속옷 몇 가지와 로켓, 반지가 서랍 어디에 있는지는 알고 있었다. 그것들을 찾다가 며칠 전에 로체스터 씨가 억지로 쥐여 준 진주 목걸이가 손에 닿았다. 나는 그것을 그냥 두었다. 내 것이 아니었다. 그것은 허공으로 사라진 환상 속 신부의 것이었다. 나는 다른 것들을 보따리에 쌌다. 이십 실링(그게 내가 가진 전부였다)이 든 지갑은 주머니에 넣었다. 나는 밀짚 보닛의 끈을 묶어 쓰고 숄을 둘러 핀으로 고정한 다음, 보따리를 들고 신발은 신지 않고 손에 든 채 살그머니 방을 빠져나왔다.

"부인, 안녕히 계세요!" 나는 상냥했던 페어팩스 부인의 침실 앞을 지나며 속삭였다. "사랑하는 아델, 안녕!" 나는 아이 방 쪽을 힐 끗 바라보며 말했다. 방에 들어가 아이를 안아본다는 건 언감생심 이었다. 나는 예민한 귀를 속여야 했다. 그가 지금 귀를 기울이고 있 으리라는 걸 나는 알았다.

로체스터 씨의 방 앞을 멈추지 않고 지나갈 작정이었다. 그러나 내 심장이 그 문 앞에서 잠시 박동을 멈추었으므로, 발도 멈출 수밖 에 없었다. 그곳에 잠은 없었다. 방의 주인이 이쪽 벽과 저쪽 벽 사 이를 초조하게 오고 있었다. 그리고 듣는 와중에도 거듭 한숨을 쉬었다. 내가 선택하기만 한다면, 저 방 안에 나의 천국이, 일시적 인 천국이 있었다. 들어가서 이렇게 말하기만 하면 되었다.

"로체스터 씨, 죽을 때까지 당신을 사랑하며 평생을 당신과 함께 살겠어요." 그러면 환희의 샘물이 내 입술에 쏟아질 것이다. 나는 그런 생각을 해보았다.

지금 잠을 이루지 못하는 저 친절한 주인님은 초조하게 날이 밝 기를 기다리는 중이었다. 그는 아침에 나를 부르러 사람을 보낼 것 이다. 그 전에 사라져야 한다. 그러면 사람을 보내 나를 찾겠지. 헛 되이. 그는 버림받았다고 느끼리라. 자신의 사랑이 거부당했다고. 그는 고통스러워하고, 아마도 절망할 것이다. 나는 그런 생각도 해 보았다. 손이 손잡이 쪽으로 움직였다. 나는 손을 거두고 소리 없이 움직였다.

나는 음울한 기분으로 아래층으로 내려왔다. 어떻게 해야 하는 지 알았으므로 기계적으로 움직였다. 나는 부엌에 있는 옆문 열쇠 를 찾았다. 기름병과 깃털도 찾아서 열쇠와 자물쇠에 기름을 칠했 다. 물을 좀 챙기고, 빵도 좀 챙겼다. 아마도 오래 걸어야 할 터인데,

가뜩이나 쇠약해진 기력이 바닥나서는 안 되기 때문이었다. 나는 그 모든 일을 소리 한 번 내지 않고 해냈다. 그러고는 문을 열고 밖으로 나간 다음, 가만히 문을 닫았다. 어둑한 여명이 뜰을 희미하게 비추었다. 저택 대문은 잠겨 자물쇠가 채워져 있었지만, 한쪽에 난 쪽문에는 빗장만 질러져 있었다. 나는 쪽문을 지났다. 그리고 문을 닫았다. 이제 나는 손필드를 벗어났다.

일 마일쯤 들판을 건너면 밀코트 쪽과는 반대 방향으로 뻗은 도로가 하나 있었다. 가본 적은 없지만 자주 보았고, 그 길이 어디로 이어지는지 내내 궁금했었다. 나는 그쪽으로 걸음을 옮겼다. 이제 어떤 추억도 용납되어서는 안 된다. 혹여라도 뒤를 돌아봐서는 안 된다. 앞을 내다봐서도 안 된다. 과거도 미래도, 어느 것도 생각해서는 안 된다. 과거는 한 줄만 읽어도 내 용기를 흩어놓고 기력을 무너뜨릴, 너무나 천국처럼 달콤한, 너무나 치명적으로 슬픈 장이었다. 미래는 끔찍한 공백, 대홍수가 휩쓴 뒤의 세계 같은 텅 빈 장이었다.

나는 해가 떠오를 때까지 들판 가장자리와 산울타리, 좁은 길을 따라 걸었다. 아름다운 여름날 아침이었을 것이다. 집을 떠나면서 신은 신발이 곧 이슬에 젖은 기억이 난다. 그러나 나는 떠오르는 해에도 미소 짓는 하늘에도 깨어나는 자연에도 눈길 한 번 주지 않았다. 아무리 아름다운 풍경 속을 가더라도 사형대로 향하는 사람은 길가에서 미소 짓는 꽃들이 아니라 머리통과 도끼날을, 뼈와 혈관의 절단을, 그 끝에 입을 벌리고 있는 무덤을 생각하는 법이니까. 나는 고적한 도주와 갈 곳 없는 방랑을 생각했다. 그리고 아, 더없는 고통 속에서 내가 두고 온 것을 생각했다. 어쩔 수 없었다. 나는 지

금 자기 방에서 해 뜨는 것을 지켜보며 곧 내가 와서 그와 함께 있겠
노라고, 그의 사람이 되겠노라고 말할 거라 기대하고 있을 그를 생
각했다. 나는 못 견디게 그의 사람이 되고 싶었다. 나는 돌아가고 싶
어 헐떡였다. 아직은 너무 늦지 않았다. 아직은 그에게 쓰라린 상실
의 고통을 주지 않을 수 있었다. 내가 사라진 것이 아직 발견되지 않
았으리라고 나는 확신했다. 나는 돌아가 그의 위안자가, 그의 긍지
가 될 수 있었다. 그를 비참함에서, 어쩌면 파멸에서 구하는 구원자
가 될 수 있었다. 아, 그가 자포자기하지 않을까 하는, 내가 자포자
기하는 것보다 더 무서운 그 공포가 얼마나 아프게 날 찔러댔던가!

　내 가슴에 박힌 것은 미늘 달린 화살촉이었다. 뽑으려 하면 그것
이 나를 찢었다. 기억이 그것을 더 안으로 밀어 넣으면 구역질이 났
다. 새들이 덤불과 관목 숲에서 노래하기 시작했다. 새들은 제 짝에
게 충실했다. 새들은 사랑의 상징이었다. 나는 무엇인가? 가슴속
고통과 신념을 지키려는 필사적인 노력 한가운데에서, 나는 나 자
신을 증오했다. 자기만족도 위안이 되지 않았다. 자부심도 그랬다.
나는 내 주인에게 상처 입히고, 고통을 주고, 버리고, 떠났다. 내 눈
에도 내가 미워 보였다. 그래도 나는 돌아설 수도, 한 발짝 돌아갈
수도 없었다. 틀림없이 신이 이끌어주셨을 것이다. 내 의지나 양심
으로 말할 것 같으면, 극심한 슬픔이 의지를 짓밟고 양심의 숨통을
막아버렸다. 홀로 길을 걸으며 나는 그저 미친 듯이 흐느낄 뿐이었
다. 빠르게, 빠르게, 나는 정신이 혼미한 사람처럼 걸었다. 안에서
시작된 쇠약이 사지로 퍼져 나를 집어삼켰고, 나는 쓰러졌다. 젖은
풀에 얼굴을 묻은 채 나는 잠시 땅에 쓰러져 있었다. 여기서 죽으리
라는 어떤 공포, 또는 희망이 생겼다. 하지만 나는 곧 몸을 일으켰

다. 네 발로 앞으로 기었고, 이내 다시 두 발로 섰고, 변함없이 열성적으로, 또 결연하게, 나는 도로로 다가갔다.

도로에 닿자 산울타리 밑에 주저앉아 쉬었다. 앉아 있는 사이에 바퀴 소리가 들리더니 승합마차가 다가오는 것이 보였다. 나는 일어나서 손을 들었다. 마차가 멈추었다. 어디까지 가느냐고 물으니, 마부가 아주 먼 어느 곳의 이름을 댔다. 로체스터 씨와는 아무 관련이 없을 고장이었다. 나는 거기까지 가려면 얼마를 내야 하느냐고 물었다. 삼십 실링이라는 답이 돌아왔다. 내가 이십 실링밖에 없다고 하자, 그걸로 어떻게든 해보겠다고 했다. 그는 마차가 비었으니 안에 타도 좋다고 허락했다. 내가 들어가자 문이 닫히고, 마차가 굴러가기 시작했다.

친절한 독자여, 그때의 내 기분 같은 건 절대 경험하기 말기를! 그때 내 눈에서 쏟아지던 그런 폭풍처럼 뜨거운, 심장을 쥐어짜는 듯한 눈물을 당신의 눈에서는 절대 쏟지 않기를. 그때 내 입술에서 흘러나온 그처럼 무력하고 그처럼 고통스러운 기도들을 당신이 하늘에 간청하는 일은 절대 없기를. 나처럼 온전히 사랑하는 이에게 사악한 도구가 될까 봐 두려워하는 일이 당신에게는 절대 일어나지 않기를.

28장

이틀이 지났다. 여름날 저녁이었다. 마부가 나를 위트크로스라는 곳에 내려주었다. 내가 낸 돈으로 태워다 줄 수 있는 곳은 거기까지였다. 나는 이제 일 실링도 가진 것이 없었다. 승합마차는 벌써 일마일쯤 멀어졌고, 나는 혼자였다. 그제야 안전하게 보관한답시고 승합마차 구석에 끼워둔 보따리를 빼오지 않았다는 생각이 났다. 보따리는 거기 있다. 분명히 거기 남아 있다. 그리고 지금, 나는 완전 무일푼이다.

위트크로스는 마을은커녕 작은 촌락도 아닌, 네 갈래 길이 만나는 지점에 선 돌기둥에 불과했다. 멀리서나 어둠 속에서 더 잘 보이도록 하얗게 칠해놓은 모양이었다. 기둥 꼭대기에 팔이 네 개 달렸고, 거기 새겨진 글에 따르면, 그 끝이 가리키는 제일 가까운 소읍은 십 마일 떨어져 있고, 제일 먼 도시는 이십 마일이 넘게 떨어져 있었다. 잘 알려진 그 지명들로 내가 내린 곳이 어느 주인지 알

왔다. 눈에 보이는 것처럼, 어둑한 황야와 산이 많은 중북부의 어느 주였다. 뒤쪽과 양쪽 옆으로는 넓은 황야다. 눈앞에 있는 깊은 계곡 저 너머로는 물결처럼 첩첩이 쌓인 산들이 보인다. 사는 사람이 많지 않은 것이 틀림없다. 길 가는 사람 하나 보이지 않는다. 길이 동쪽으로, 서쪽으로, 북쪽으로, 남쪽으로, 하얗고 넓고 외롭게 뻗어 있다. 어느 길이나 황야를 가르며 사라지는데, 히스가 제멋대로 길 가장자리까지 무성하게 자란다. 그래도 사람이 지나갈지 모른다. 나는 지금 누구의 눈에도 띄고 싶지 않다. 모르는 사람들이 하릴없고 정처 없는 행색으로 이 이정표 밑을 어정거리는 날 보면 대체 무슨 일인가 하고 의아하게 생각할 것이다. 심문받을지도 모른다. 내가 할 수 있는 답은 뭐든 미덥지 않게 들리고 의심을 살 것이다. 지금은 나를 인간 사회와 연결해줄 끈이 하나도 없다. 인간 동료가 있는 곳으로 나를 부르는 마력이나 희망도 없다. 나를 보고 친절한 생각이나 호의를 품어줄 이도 없다. 그러나 내게 친척은 없어도 공통의 어머니, '자연'은 있다. 나는 자연의 품을 찾아 안식을 구하리라.

나는 곧장 황야로 걸어 들어갔다. 갈색 황야 비탈에 깊이 고랑 진 부분에 움푹 팬 곳을 보고 그쪽으로 향했다. 나는 무릎 높이로 자란 무성한 풀숲을 지나 모퉁이를 돌았고, 남의 눈에 띄지 않을 각도로선, 검은 이끼로 덮인 화강암 바위를 발견했다. 나는 그 밑에 앉았다. 황야가 높은 둑이 되어 주변을 둘러쌌다. 튀어나온 바위가 머리를 가려주었고, 그 위로 하늘이 펼쳐졌다.

이런 곳에서도 얼마간 시간이 지나자 차분해지는 것이 느껴졌다. 들소가 가까이 있지나 않을까, 사냥꾼이나 밀렵자가 나를 찾아내지나 않을까 하는 막연한 불안이 있었다. 황야를 휩쓰는 한 줄기 바람에도 혹시 황소가 달려드는 것이 아닌가 두려워 고개를 쳐들었고, 물떼새 우는 소리에도 사람 소리가 아닌가 상상했다. 그러나 내 걱정이 기우에 불과하다는 것이 밝혀지고, 저녁 빛이 저물어 밤이 되면서 사방에 깔리는 깊은 적막과 함께 고요해지자, 나는 자신감을 찾았다. 지금껏 생각할 겨를이 없었다. 그저 듣고, 보고, 두려워하기만 했다. 나는 그제야 생각할 기력을 되찾았다.

어떻게 해야 하나? 어디로 가야 하지? 아, 견딜 수 없는 질문들이다. 아무것도 할 수 없고, 어디로도 갈 수 없는데! 사람이 사는 데까지 가려고 해도 이 피로한 떨리는 다리로 먼 길을 걸어야 하고, 하룻밤 잠자리를 얻으려 해도 냉랭한 자비심에 매달려야 하고, 내 사정을 하소연하거나 필요한 것 하나를 얻으려 해도 내키지 않는 동정심에 끈덕지게 애원해야 하고, 그마저도 거의 언제나 거절당할 텐데!

히스를 만져보았다. 바싹 마른 히스는 여름날의 열기가 남아 따뜻했다. 하늘을 쳐다보았다. 맑았다. 둑처럼 솟은 황야 바로 위에서 정다운 별 하나가 반짝였다. 이슬이 내렸지만, 자비롭게도 약했다. 바람도 불지 않았다. 자연이 나를 인자하고 선하게 대하는 듯했다. 의지할 곳 없는 나일망정, 자연은 나를 사랑한다고 생각했다. 인간으로부터는 불신과 거부와 모욕밖에 기대할 수 없는 나는 아이가 부모에게 느끼는 애정을 담고서 자연에 매달렸다. 적어도 오늘만은 자연의 손님이 되자, 나는 자연의 딸이니까. 내 어머니는 돈도 보수도 받지 않고 나를 재워줄 것이다. 아직 빵 한 조각이 남았다. 정오에 지나친 마을에서 마지막 남은 일 페니 동전으로 산 빵 덩이에서 남은 것이었다. 히스 덤불 사이 여기저기에 까만 구슬처럼 빛나는 잘 익은 월귤 열매들이 보였다. 그걸 한 줌 따서 빵과 함께 먹었다. 이 은자의 식사로 포만감을 느끼지는 못했지만, 극심했던 허기가 좀 누그러졌다. 식사를 마치고 저녁기도를 올린 다음, 나는 잠잘 자리를 골랐다.

바위 옆에 히스가 매우 무성했다. 드러누우니 발이 히스에 파묻혔다. 양쪽으로 높이 솟은 히스 덕분에 밤바람이 스며들 틈이 거의 없었다. 나는 숄을 반으로 접어서 이불 대신 덮었다. 이끼 긴 얕은 둔덕이 베개였다. 그렇게 잠자리를 마련하고 나니 적어도 새벽이 올 때까지는 춥지 않을 듯했다.

슬픈 마음만 아니었다면, 더할 나위 없이 편안한 휴식이었을 텐데! 슬픈 마음이 활짝 벌어진 상처와 속으로 흐르는 피와 찢긴 감정들을 한탄했다. 슬픈 마음이 로체스터 씨와 그의 운명을 생각하여 떨었고, 쓰라린 연민으로 그를 위해 탄식했으며, 끊이지 않는 그리움으로 그를 원했고, 날개 꺾인 새처럼 무력했으나 그를 찾으려는 헛된 시도로 너덜너덜한 날개를 여전히 움찔거렸다.

이런 고문 같은 생각들에 지친 나는 무릎을 꿇고 앉았다. 밤이 왔고, 밤의 천체들이 떠올랐다. 무사하고도 고요한 밤이었다. 공포를 벗하기에는 너무 평화로웠다. 신이 어디에나 임재하심을 알지만, 신의 존재가 가장 확실하게 느껴지는 때는 신의 창조물들이 더없이 거대한 규모로 눈앞에 펼쳐질 때이다. 우리가 신의 무한을, 신의 전능과 신의 편재를 가장 분명하게 읽을 수 있는 곳은 신의 천체들이 고요히 저마다의 길을 가는 구름 없는 밤하늘이다. 나는 무릎을 꿇고 앉아 로체스터 씨를 위해 기도했다. 눈물에 흐려진 눈으로 광대한 은하수를 올려다보았다. 그것이 무엇인가를, 부드러운 빛줄기처럼 공간을 지나는 수없이 많은 천체를 생각하며, 나는 신의 전능과 위력을 느꼈다. 신이 당신이 만드신 것을 능히 구하실 것임을 믿었다. 대지는 멸하지 않으며, 그 대지가 귀히 여기는 영혼의 어느 하나도 멸하지 않음을 갈수록 확신했다. 내 기도는 감사의 기도가 되었다. 생명의 근원은 영혼의 구원자이기도 했다. 로체스터 씨는 안전하다. 그는 신의 피조물이었고, 신으로부터 보호를 받을 터였다. 나는 다시금 편안하게 언덕의 품속으로 파고들었다. 그러고는 곧 잠이 들어 슬픔을 잊었다.

그러나 다음날, 창백하고 헐벗은 모습으로 '곤궁'이 찾아왔다. 작은 새들이 둥지를 떠난 지도 한참이 지나, 꿀벌들이 이슬이 마르기 전, 긴 새벽 그림자들이 짧아지고 태양이 대지와 하늘을 가득 채운, 하루 중 히스 꿀을 모으기에 제일 좋은 때를 찾아 날아온 지도 한참이 지나, 나는 일어나 앉아 주위를 둘러보았다.

그 덥고 고요한 완벽한 날! 황금색 사막처럼 펼쳐진 그 드넓은 황무지! 온 누리에 햇빛이 충만했다. 나는 그 햇빛 속에서, 그 햇빛을 먹고 살 수 있기를 소원했다. 바위 위로 달려가는 도마뱀이 보였다. 달콤한 월귤나무 사이를 분주하게 오가는 벌도 보였다. 적당한 자양분과 안정적인 피신처만 찾을 수 있다면, 나는 그때 거기서 기꺼이 한 마리 도마뱀이나 벌이라도 되었을 것이다. 그러나 나는 인간이었고, 인간의 욕구들이 있었다. 음식도 거처도 내주지 않는 곳에 언제까지나 머물 수는 없었다. 나는 일어서서 잠자리를 돌아보았다. 미래에 대한 아무 희망도 없이, 나는 그저 잠들었던 그 밤에 창조주께서 내 영혼을 거둬가주셨다면 얼마나 좋았을까 하고, 그랬다면 이 지친 육신이 더 오래 운명과 고투하다 죽을 필요 없이 이

제 고요히 썩어 이 황무지의 흙과 평화롭게 섞이기만 하면 될 텐데 하고 바랄 뿐이었다. 그러나 내게는 아직 생명이 있었고, 생명에 따른 온갖 욕구와 고통과 책임들도 있었다. 반드시 져야 하는 짐이었다. 욕구는 채워져야 하고, 고통은 견뎌져야 하고, 책임은 완수되어야 했다. 나는 걷기 시작했다.

나는 다시 위트크로스로 돌아가, 이제는 높이 떠서 이글거리는 태양이 이끄는 쪽으로 길을 걸었다. 내게는 달리 길을 선택할 만한 다른 사정이 없었다. 나는 오래 걸었고, 이제 걸을 만큼 걸었다고, 이만하면 거의 까무러칠 정도로 극심한 이 피로에 굴복해도 되지 않을까, 그만 이 무리한 행위를 멈추고 가까운 저 바위에 걸터앉아 심장과 사지를 짓누르는 이 무감각에 복종해도 되지 않을까 하고 생각하던 그때, 종소리가 들렸다. 성당의 종소리였다.

소리가 나는 쪽으로 고개를 돌리니, 이미 한 시간 전부터 어떤 모양새나 변화도 눈에 들어오지 않게 된 낭만적인 산들 사이로 한 마을과 성당 첨탑이 보였다. 내가 선 오른쪽으로 보이는 계곡 전체가 목초지와 보리밭, 숲으로 가득했고, 반짝이는 시내가 익어가는 곡식과 짙은 숲, 선명하고 명랑한 풀밭이 어우러진 짙고 옅은 녹색들 사이를 이리저리 가로지르며 흘렀다. 길 앞쪽에서 덜컹거리는 바퀴 소리에 문득 정신을 차리니, 짐을 잔뜩 싣고 힘겹게 언덕을 오르는 짐마차가 보였다. 그 바로 앞에 소 두 마리와 몰이꾼이 있었다. 인간의 삶과 인간의 노동이 가까이 있었다. 나는 계속 분투해야 한다. 다른 사람들과 마찬가지로, 애써 살고 열심히 일해야 한다.

오후 두 시쯤에 그 마을에 들어섰다. 어느 거리 초입에 창가에 빵 덩어리 몇 개를 진열해놓은 작은 가게가 있었다. 나는 그 빵이 몹시 탐이 났다. 그거라도 먹으면 어느 정도 기운이 날 듯했고, 그걸 안 먹으면 더는 나아가기 어려울 것만 같았다. 사람들이 있는 곳으로 오니, 어떻게라도 기운을 차리고 힘을 내고 싶은 바람이 돌아왔다. 굶주림으로 길거리에 쓰러지는 건 품위 없는 짓처럼 느껴졌다. 저 빵 덩어리 하나와 바꾸자고 내밀 만한 것이 내게 아무것도 없단 말인가? 나는 생각했다. 목에 두른 작은 비단 손수건이 있다. 장갑도 있다. 나는 극도의 곤궁에 빠진 사람들이 어떻게 하는지 몰랐다. 그 물건들이 받아들여질지 어떨지도 몰랐다. 아마 안 될 것이다. 그래도 시도는 해봐야지.

나는 가게로 들어갔다. 어떤 여자가 있었다. 잘 차려입은 것을 보고 나를 귀부인으로 생각했던지, 여자가 정중한 태도로 다가왔다. 무얼 도와드릴까요? 나는 치욕으로 마비되었다. 준비했던 말이 도통 입에서 나오지를 않았다. 그 여자에게 반쯤 닳은 장갑과 구겨진 손수건을 내밀 엄두가 나지 않았다. 게다가 그런 생각 자체가 터무니없게 느껴졌다. 나는 그냥 피곤해서 그러니 잠시 앉아 있어도 되겠느냐고 물었다. 손님을 기대했다가 실망한 여자가 내 요청을 쌀쌀맞게 승낙했다. 여자가 의자 하나를 가리켰다. 나는 풀썩 주저앉았다. 불쑥 눈물이 치밀어 올랐지만, 그런 때에 그런 꼴을 보이는 것이 얼마나 부적절하게 보일지를 생각하며 꾹 참았다. 잠시 후에 나는 물었다. "혹시 이 마을에 양재사나 바느질꾼이 있나요?"

"예. 두세 명쯤. 일거리에 딱 적당한 정도지요."

나는 생각했다. 나는 지금 한계에 몰려 있다. 궁핍과 정면으로 마주할 수밖에 없다. 나는 자원도 없고, 친구도 없고, 동전 한 푼도 없는 처지다. 뭐든 해야 한다. 무엇을? 어디서든 일을 구해야 한다. 어디에서?

"이 근처에 하인을 구하는 집이 있는지, 혹시 아는 댁 있어요?"

"아뇨, 모르겠는데요."

"여기서는 다들 어떤 일을 하나요? 사람들은 주로 무슨 일을 해요?"

"농장에서 일하는 사람도 있지만, 대부분은 올리버 씨의 바늘공장과 주물공장에서 일하죠."

"올리버 씨가 여자들도 채용하나요?"

"아뇨, 남자들 일이니까요."

"그럼 여자들은 무슨 일을 해요?"

"모르겠네요. 이런 일도 하고 저런 일도 하지요. 가난한 사람들이야 닥치는 대로 일을 해야 하니까."

여자는 내 질문이 귀찮아진 듯했다. 아닌 게 아니라, 내게 귀찮게 물어댈 무슨 권리가 있단 말인가? 이웃 사람 한둘이 들어왔다. 내가 앉은 의자가 필요한 듯했다. 나는 가게를 나왔다.

길을 따라 걸으며 좌우의 집들을 빠짐없이 살폈지만, 어느 집에서도 들어갈 구실이나 들어와도 좋다는 유인을 찾지 못했다. 나는 갔던 길을 다시 돌아오기도 하면서 그 작은 마을을 한 시간 남짓 정처 없이 걸었다. 몹시 지친 데다 이제는 견딜 수 없을 정도로 배가 고파서, 나는 어느 작은 골목으로 들어가 산울타리 밑에 주저앉았다. 그러나 오래지 않아 다시 일어나 무언가를, 무슨 방도라도, 아니면 뭔가를 알려줄 사람이라도 찾아 나섰다. 골목 끝에 산뜻한 작은 집이 있었다. 아주 세심하게 가꾼 앞뜰에는 꽃이 만발했다. 나는 그 집 앞에 섰다. 내게 그 하얀 문에 다가서거나 반짝이는 문고리에 손을 댈 무슨 용무가 있단 말인가? 대체 그 집에 사는 사람들이 나를 도와서 좋을 이유가 무엇이 있단 말인가? 그러면서도 나는 다가가 문을 두드렸다. 순한 얼굴에 깔끔하게 차려입은 젊은 여자가 문을 열었다. 절망적인 심정과 금방이라도 쓰러질 듯한 몸 상태에 어울리는 비참하게 낮고 떨리는 목소리로, 나는 혹시 이 댁에 하인이 필요하지 않은지 물었다.

"아뇨. 우리는 하인을 두지 않아요." 여자가 말했다.

"그럼 일자리를 얻을 수 있을 만한 곳을 좀 알려주겠어요? 내가 이 마을에는 처음이라, 아는 사람이 없어서요. 나는 일이 필요해요. 어떤 일이라도 좋고요."

그러나 내 사정이나 일자리 따위는 그 여자가 알 바가 아니었다. 게다가 그 여자의 눈에 내 입성이나 처지, 사연이 얼마나 미심쩍어 보였겠는가. 여자가 고개를 저었다. "미안하지만, 알려드릴 것이 없네요." 하얀 문이 아주 상냥하고 예의 바르게 닫혔다. 그러나 그 문은 나를 내쫓았다. 여자가 문을 조금만 더 오래 열고 있었더라면, 나는 빵 한 조각이라도 달라고 구걸했을 것이다. 그때 나는 바닥으로 떨어져 있었다.

도움을 얻을 가망도 보이지 않는 그 인색한 마을로는 돌아가고 싶지 않았다. 그보다는 멀지 않아 보이는 숲 쪽으로 방향을 틀고 싶었다. 그 짙은 그늘이 맞춤한 피난처가 돼줄 듯했다. 그러나 나는 너무 괴롭고, 너무 쇠약하고, 육신의 갈망에 너무 시달렸다. 본능이 먹을 것을 얻을 수 있을 만한 장소들 주변을 서성이게 했다. 허기라는 독수리가 부리로 옆구리를 쪼고 발톱으로 할퀴어대는 동안에는 고독도 고독이 아니고, 휴식도 휴식이 아니었다.

나는 집들을 향해 다가갔다. 나는 집들로부터 멀어졌다. 그리곤 다시 돌아왔고, 다시 또 멀어졌다. 그러는 내내 의지가없는 내 신세에 사람들의 관심을 요구할 명분도, 기대할 권리도 없다는 생각에 쫓겼다. 그렇게 길 잃은 굶주린 개처럼 배회하는 사이에 오후가 저물었다. 어느 목초지를 건너는데 눈앞에 성당 뾰족탑이 보였다. 나는 서둘러 그곳으로 향했다. 묘지 근처에 사방으로 정원을 두른 작지만 훌륭한 집이 한 채 서 있었다. 교구 사제관이 틀림없었다. 아는 이 없는 낯선 고장에서 일자리를 구하려는 사람들이 때로 사제에게 소개와 도움을 요청하기도 한다는 생각이 났다. 스스로를 도우려는 자를 돕는 것이, 하다못해 조언이라도 주는 것이, 성직자의 소임인 것이다. 저 집이라면 내게도 상담을 청할 권리 같은 것이 있다고 느껴졌다. 나는 다시 용기를 내고 미약하나마 남은 힘을 그러모아 걸음을 재촉했다. 그 집에 도착한 나는 부엌문을 두드렸다. 어느 나이 든 여자가 문을 열었다. 나는 물었다. "여기가 사제관인가요?"

"그런데요."

"신부님 계세요?"

"안 계세요."

"곧 오실까요?"

"아니요. 출타하셨어요."

"멀리요?"

"그리 멀지는 않아요. 삼 마일쯤 되니까. 신부님 아버님이 갑자기 돌아가시는 바람에 불려 가셨거든요. 지금 마쉬엔드에 계시는데, 아마 거기 이 주쯤 더 계실 거예요."

"이 댁에 부인은 안 계세요?"

"없죠. 가정부인 나밖에 없어요." 독자여, 나는 그 여자에게 금방 날 삼킬 듯한 그 굶주림으로부터 구해달라고 간청할 수 없었다. 아직은 구걸할 수 없었다. 나는 다시 기듯이 걸어 나왔다.

한 번 더 손수건을 꺼냈다. 한 번 더 그 작은 가게의 빵과자들을 생각했다. 아, 부스러기라도! 단 한 입만이라도! 그러면 이 굶주림의 고통이 덜어질 텐데! 나는 본능적으로 다시 마을로 향했다. 다시 그 가게를 찾아냈고, 안으로 들어갔다. 그 여자 말고도 다른 사람들이 있었지만, 나는 용기를 내어 부탁했다. "이 손수건을 드릴 테니, 빵과자 하나만 주시겠어요?"

여자가 노골적으로 의심스럽다는 표정으로 나를 쳐다보았다. "아니요, 물건을 그런 식으로 팔지는 않아요."

나는 그럼 반쪽이라도 달라고 거의 필사적으로 부탁했다. 여자가 다시 거절했다. "어디서 어떻게 손에 넣은 손수건인지 제가 어떻게 알겠어요?"

"그럼 장갑은 받아주세요?"

"아니요! 그런 걸 어디에 쓰겠어요?"

독자여, 이런 시시콜콜한 일들을 떠올리자니 썩 유쾌하지 않다. 과거의 쓰라린 경험을 돌아보는 데에도 즐거움이 있다고들 하지만, 나로서는 지금 언급하는 그 시절은 차마 다시 살필 엄두가 나지 않는다. 육체적 고통과 뒤섞인 도덕적 쇠락 탓에, 자청해서 곰곰이 살피기에는 너무 비참한 회상이 되어버렸다. 나는 나를 거부한 사람 누구도 비난하지 않았다. 다 그렇게 예상한 일인 듯이, 도움받지 못하는 것이 당연한 일인 듯이 느껴졌다. 평범한 거지도 자주 의심

550

을 사는데, 잘 차려입은 거지는 더 말할 것도 없다. 물론 내가 구걸한 것은 일자리였다. 하지만 내게 일자리를 줄 책임이 누구에게 있단 말인가? 확실히 그때 나를 처음으로 본, 그리고 나에 대해서 아무것도 모르던 그 사람들에게는 아니었다. 그리고 내 손수건과 빵과자를 교환해주지 않은 그 여자만 해도, 그렇다, 내가 내민 손수건이 불길하게 보였거나 그 교환이 무익하게 보였다면, 그 여자 말이 맞았다. 자, 이제 정리하자. 나는 이 주제에 신물이 난다.

해가 질 무렵에 한 농가를 지나는데, 그 집 농부가 열린 문간에 앉아서 빵에 치즈를 곁들여 저녁을 해결하고 있었다. 나는 걸음을 멈추고 말했다.

"빵 한 조각만 주실 수 없을까요? 배가 몹시 고파서 그래요." 농부가 놀란 눈빛으로 나를 쳐다보더니, 아무 말 없이 빵을 두툼하게 잘라 내밀었다. 날 거지가 아니라 자기가 먹는 거친 통밀빵을 좋아하는 별스러운 취향을 가진 귀부인이라고만 생각했을 것이다. 그의 집이 보이지 않게 되자마자, 나는 자리에 주저앉아 그 빵을 먹었다.

어느 지붕 밑에도 몸 누일 곳을 얻을 가망이 없어서, 나는 앞서 얘기한 숲에서 잠자리를 찾았다. 하지만 그 밤은 비참했고, 나의 휴식은 깨졌다. 땅은 축축하고 공기는 차가웠다. 게다가 침입자가 근처를 지나는 일이 한 번이 아니어서, 거듭 잠자리를 옮겨야 했다. 그 밤에는 안정감도 평온함도 나를 벗해주지 않았다. 새벽녘에 비가 왔고, 다음 날은 종일 비가 내렸다. 독자여, 그날을 자세하게 이야기해달라고 청하지 말라. 전날처럼 나는 일자리를 찾아다녔다. 전날처럼 나는 거절당했다. 전날처럼 나는 굶주렸지만, 한 번은 목구멍으로 음식을 넘겼다. 어느 오두막 문간에서 어린 여자애가 차갑게 식은 귀리죽을 돼지 여물통에 쏟아버리려는 것을 보았다. "그거 나한테 줄 수 없겠니?" 나는 물었다.

아이가 나를 빤히 쳐다보았다. "엄마!" 아이가 소리쳤다. "어떤 여자가 죽을 달래."

"얘야." 안에서 어떤 목소리가 답했다. "거지가 달라는 거면 줘버려. 돼지는 잘 먹지도 않으니까."

여자애가 내 손에 쏟아 준 굳은 죽 덩어리를 나는 게걸스럽게 먹어치웠다.

비에 젖은 어스름이 짙어갈 때, 나는 한 시간 남짓 걷고 있던 호젓한 승마길에서 걸음을 멈추었다.

"힘이 없어." 나는 혼잣말로 중얼거렸다. "더는 걸을 수 없을 것 같아. 나는 오늘 밤에도 추방자인가? 이처럼 비가 내리는데, 차갑고 축축한 땅에 머리를 뉘어야 한단 말인가? 그러나 다른 방도가 없지. 누가 나를 받아주겠어? 하지만 이렇게 굶주리고 쇠약하고 싸늘해진 상태로, 그리고 이렇게 쓸쓸하고 이렇게 희망이라곤 전혀 없는 기분으로 드는 한뎃잠은 정말 끔찍할 텐데. 하지만 십중팔구 아침이 오기 전에 죽을 거야. 그런데 나는 왜 눈앞에 닥친 죽음을 받아들이지 못할까? 왜 가치 없는 생명을 유지하려고 아등바등할까? 로체스터 씨가 살아 있다는 걸 알아서, 아니 살아 있다고 믿어서겠지. 그리고 굶주림과 추위로 인한 죽음이란 운명을 차마 순순히 따를 수 없어서겠고. 아, 신이시여! 저를 조금만 더 살리소서! 도와주소서! 길을 가르쳐주소서!"

흐릿한 시선이 어둑하고 희미한 주변의 풍경 속을 방랑했다. 마을로부터 꽤 멀리 벗어났다. 마을은 아예 보이지도 않았다. 마을을 둘러싼 밭들도 사라졌다. 나는 여러 교차로와 갈림길을 지나 또다시 드넓은 황야 쪽으로 가까워지고 있었다. 그때 그 어스레한 언덕과 나 사이에는 거의 황야와 구별되지 않는, 황야만큼이나 거칠고 척박한 몇몇 목초지만이 놓여 있었다.

'그래, 길바닥이나 사람들이 많이 지나다니는 대로보다는 저기에서 죽는 게 낫겠다.' 나는 생각했다. '구빈원 관에 담겨 극빈자 무덤에서 썩느니, 까마귀와 큰까마귀에게 뼈에 붙은 살점이라도 뜯기는 편이 훨씬 낫지. 이 지역에도 큰까마귀가 있다면 말이지만.'

나는 언덕 쪽으로 방향을 틀어 곧 그곳에 닿았다. 이제 안전하지는 않더라도 적어도 몸을 숨겼다는 느낌이 드는, 몸을 누일 수 있는 움푹한 데를 찾는 일만 남았다. 하지만 황야 표면은 모든 곳이 평평해 보였다. 그곳은 색채의 변화 말고는 아무 변화도 보여주지 않았다. 골풀과 이끼가 자란 습한 땅은 녹색으로, 히스만 무성한 마른 땅은 검은색으로 보였다. 점점 어두워지는 가운데에서도 아직은 차이를 알 수 있었다. 햇빛과 함께 색도 시들어 약간의 밝고 어두운 정도의 차이일 뿐이었지만 말이다.

내 눈은 여전히 거칠기 짝이 없는 풍경에 섞여 점차 흐릿해지는 음침한 언덕과 황무지 가장자리를 헤매고 있었다. 어둑해진 어느 시점에, 늪지와 융기한 능선들 가운데 저 멀리에서 불빛 하나가 피어올랐다. '저건 도깨비불이야.' 처음 든 생각은 그랬다. 나는 그 불빛이 곧 사라지리라 예상했다. 그러나 불빛은 상당히 꾸준하게, 더희미해지지도 더 밝아지지도 않고 계속해서 탔다. '그렇다면, 막 지핀 모닥불인가?' 의아했다. 나는 불빛이 퍼지는가 싶어 지켜보았다. 하지만 아니었다. 불빛은 작아지지도 않았지만 커지지도 않았다. '저건 아마 집 안에 켜둔 촛불일 거야.' 나는 추측했다. '하지만 그렇다 해도, 저기까지는 절대 못 가. 너무 멀어. 하긴 바로 눈앞에 있다 한들 무슨 소용이겠어? 문을 두드려봤자 당장 쫓겨날 텐데.'

나는 그 자리에 풀썩 쓰러져 한동안 땅 위에 가만히 엎어져 있었다. 불어오는 밤바람이 언덕과 나를 쓸고서 멀리 신음하며 사라졌다. 비가 퍼부었다. 나는 다시 뼛속까지 젖었다. 뻣뻣하게 굳어 고요한 얼음덩어리가 될 수 있다면 비가 아무리 쏟아져도 죽음이 주는 친절한 무감각 덕분에 아무것도 느끼지 못할 텐데. 하지만 아직 살아 있는 내 몸뚱이는 스며드는 냉기에 덜덜 떨었다. 오래지 않아 나는 일어났다.

빗줄기에 가려 흐릿하나 변함없이, 불빛이 여전히 거기에서 빛나고 있었다. 나는 다시 걸음을 뗐다. 지칠 대로 지친 사지를 끌고 그 불빛을 향해 느릿느릿 나아갔다. 나는 비스듬히 언덕을 넘고, 한여름인 그때에도 질퍽거리고 찰박거려서 겨울이었다면 건널 수 없었을 듯한 넓은 습지를 건넜다. 거기서 두 번이나 넘어졌지만, 그때마다 다시 일어나 사력을 그러모았다. 그 빛은 빼앗긴 내 희망이었다. 그걸 다시 찾아야 했다.

습지를 건너자 황무지에 난 하얀 선이 보였다. 나는 그쪽으로 향했다. 그것은 길 아니면 바퀴 자국이었다. 그 하얀 선이 그 불빛 쪽으로 곧장 이어졌다. 불빛은 이제 어둠 속에서 분간할 수 있는 형태나 잎 모양으로 봤을 때 전나무들이 분명한 어떤 숲 한복판에 있는 둥근 언덕 같은 데에서 빛나고 있었다. 가까이 다가가는데 문득 나의 별이 사라졌다. 어떤 장애물이 가로막은 것이었다. 나는 손을 내

밀어 앞에 있는 검은 물체를 더듬어보았다. 울퉁불퉁한 돌로 쌓은 낮은 담장이었다. 위에는 울타리 같은 것이 있고, 그 안에는 높고 따끔따끔한 산울타리가 있었다. 나는 계속 손으로 더듬으며 나아 갔다. 앞에 뭔가 희끄무레한 물체가 보였다. 작은 쪽문이었다. 손이 닿자 경첩에 달린 문이 움직였다. 문 양쪽에는 검은 관목이 서 있었다. 호랑가시나무나 주목 같았다.

　안으로 들어가 관목들 사이를 지나자 나지막하면서 다소 기다란 집 한 채가 검은 윤곽을 드러냈다. 하지만 나를 인도한 불빛은 어디에서도 보이지 않았다. 사방이 온통 어둠이었다. 이 집 사람들은 벌써 다 잠자리에 들었을까? 그럴 것 같아서 두려웠다. 문을 찾아 집 모퉁이를 도는데, 바로 거기, 끝이 지면에서 삼십 센티미터도 떨어지지 않은 아주 작은 마름모꼴 창의 격자 사이로 그 정다운 불빛이 빛나고 있었다. 담쟁이인지 뭔지 모를 덩굴 식물의 무성한 이파리가 그 벽 전체를 뒤덮어서 그러잖아도 작은 창이 더 작아 보였다. 창이 이처럼 좁고 가려진 덕에 커튼이나 덧문이 필요 없다고 여긴 듯했다. 허리를 굽혀 창을 가린 가지들을 젖히자 방 안이 훤히 들여다보였다. 모래로 문질러 매끈하게 다듬은 나무 바닥과 활활 타는 석탄 난로의 불그레한 빛을 반사하는 백랍 접시들이 줄줄이 놓인 호두나무 찬장. 괘종시계와 전나무 널빤지로 만든 하얀 식탁과 의자들도 보였다. 내 등댓불이었던 촛불이 탁자 위에서 타고 있었다. 그리고 그 빛을 받으며, 좀 억세 보이지만, 구석구석 깨끗한 그 방처럼 빈틈없이 깔끔한 나이 든 여자가 양말을 뜨고 있었다.

　나는 한눈에 이런 것들을 훑어보았다. 딱히 특별한 것은 없었다. 난롯가에는 훨씬 흥미로운 인물들이 있었다. 난로가 뿜어내는 장밋빛 평화와 온기에 푹 감싸인 채 조용히 앉아 있는 젊고 우아한, 어느 모로 보나 귀부인인 두 여자였다. 한 명은 낮은 흔들의자에, 다른 한 명은 더 낮은 등받이 없는 의자에 앉았는데, 둘이 입은 크레이프와 명주로 만든 수수한 검은 상복 때문인지, 아주 고운 목덜미와 얼굴이 묘하게들 돋보였다. 커다란 늙은 포인터 개가 한 여자의 무릎에 그 큰 머리를 올려놓았고, 다른 쪽 여자는 무릎에 검은 고양이를 올려놓고 있었다.

저런 사람들이 이처럼 초라한 부엌에 있다니, 이상해! 저 사람들은 누굴까? 식탁에 앉은 저 나이 든 사람의 딸들일 리는 없었다. 나이 든 여자는 시골 사람처럼 보였지만, 젊은 여자들은 아주 고상하고 교양 있어 보였다. 전혀 본 적이 없는 얼굴들이었다. 그런데도 보고 있자니 그들의 이목구비가 왠지 친숙하게 느껴졌다. 아름답다고는 할 수 없었다. 말하자면, 둘 다 너무 창백하고 심각했다. 각자 책을 읽고 있었는데, 거의 근엄하다 할 만큼 생각에 잠긴 표정들이었다. 둘 사이에 놓인 작은 탁자에는 촛불 한 자루와 두꺼운 책 두 권이 놓였고, 그걸 빈번히 들여다보며 각자 손에 든 더 작은 책과 비교하는 품이 사전의 도움을 받아가며 번역을 하는 사람들 같았다. 마치 모든 형체는 그림자이고, 불 밝힌 방은 한 장의 그림이라도 되는 듯이 너무나도 고요한 정경이었다. 어찌나 조용한지, 난로 쇠살대에서 재 떨어지는 소리와 어둑한 구석에서 괘종시계가 똑딱거리는 소리까지 들렸다. 나이 든 여자의 뜨개질바늘이 짤깍거리는 소리마저 들리는 듯했다. 마침내 누군가의 목소리가 그 이상한 고요를 깨뜨렸을 때, 내게도 그 소리가 똑똑하게 들렸다.

"들어봐, 다이애나." 책에 열중해 있던 한 사람이 말했다. "프란

츠와 늙은 다니엘이 밤에 같이 있는데, 프란츠가 소스라치게 놀라며 잠이 깨서는 꿈 이야기를 하는 거야. 들어봐!"[68] 그리고 여자는 낮은 목소리로 무언가를 읽었는데, 나로서는 한마디도 알아들을 수 없었다. 모르는 언어였다. 프랑스어도 라틴어도 아니었다. 그리스어인지 독일어인지도 분간할 수 없었다.

"강렬한 문장이야." 여자가 다 읽고 나서 말했다. "그 구절, 마음에 들어." 자매의 얘기를 들으려고 고개를 든 다른 여자가 난롯불을 쳐다보며 방금 들은 구절을 되뇌었다. 나는 나중에서야 그 언어와 그 책이 무엇이었는지 알게 되었다. 그래서 여기 그 구절을 인용하고자 한다. 처음 들었을 때는 아무 의미도 없는, 놋쇠 악기를 두드리는 소리로만 들렸지만 말이다.

"'다 트라트 헤어포어 아이너, 안추젠 비 디 슈테르넨 나흐트(그때 별이 가득한 밤하늘처럼 보이는 누군가가 앞으로 나섰다).' 멋져! 멋져!" 여자가 검고 강렬한 눈을 반짝이며 외쳤다. "희미하고 거대한 대천사가 딱 적절한 때에 눈앞에 나타났어! 백 쪽에 걸친 과장이 이 한 문장만 못해. '이히 배거 디 게단켄 인 데어 샬러 마이네스 조르네스 운트 디 베르커 미트 뎀 게비히터 마이네스 그림스(나는 그 생각을 내 진노의 접시에 올리고, 그 소행을 내 분노의 무게로 재노라).' 이 구절도 좋아!"

둘이 다시 조용해졌다.

"그런 말을 쓰는 나라도 있답니까요?" 뜨개질하던 나이 든 여자

68　자매는 괴테와 함께 독일 고전주의의 2대 문호로 일컬어지는 요한 크리스토프 프리드리히 폰 실러Johann Christoph Friedrich von Schiller(1759~1805) 1781년작 희곡《군도》를 읽고 있다.

가 고개를 들고 물었다.

"그럼, 해나. 영국보다 훨씬 큰 나라야. 거기선 다 이런 말을 써."

"거참, 모를 일일세. 그런 말로 어떻게 서로를 이해하는지 모르겠네요. 두 분은 그 나라에 가면 그 사람들 말을 알아들을 수 있겠지요?"

"아마 어느 정도는 알아듣겠지만, 전부는 아닐 거야. 우리는 해나가 생각하는 것만큼 똑똑하지는 않거든. 우리는 독일어로 말할 줄 몰라. 사전의 도움을 받지 않으면 읽지도 못하는걸."

"그럼 그게 대체 무슨 소용이래요?"

"우린 언젠가 이걸 가르칠 작정이야. 아니면, 소위 말하는 기초 정도라도. 그러면 지금보다 수입이 나아질 테니까."

"그렇군요. 하지만 이제 공부는 그만하세요. 오늘은 충분히 했어요."

"그런 것 같아. 나는 좀 피곤해. 메리, 넌 어때?"

"죽을 거 같아. 선생도 없이 사전만 가지고 언어를 파고든다는 건 힘든 일이야."

"맞아. 특히 이렇게 괴팍하면서도 장엄한 독일어 같은 언어는 말이지. 신존은 언제쯤 돌아올까?"

"곧 돌아올 거야. (허리띠에 매단 조그만 금시계를 들여다보면서) 이제 열 시니까. 비가 억수같이 오네. 해나, 응접실의 난롯불 좀 들여다봐주지 않겠어?"

나이 든 여자가 일어나 문을 열자, 문틈으로 어둑한 복도가 보였다. 곧 안쪽 방에서 난롯불 뒤적이는 소리가 들리더니, 이내 여자가 돌아왔다.

"아, 아가씨들!" 여자가 말했다. "이제는 저쪽 방에 들어갈 때마다 영 마음이 좋지 않아요. 빈 의자가 한구석에 치워져 있는 것이 영 쓸쓸해 보여서, 원."

여자가 앞치마로 눈물을 훔쳤다. 이제껏 엄숙하던 두 젊은 여자도 이제는 슬퍼 보였다.

해나가 말을 이었다. "하지만 주인님은 더 좋은 곳에 계시니까, 다시 오셨으면 하고 바라서는 안 돼요. 게다가 그분처럼 편안하게 임종하신 분도 달리 없으시고요."

"아버지께서 우리 얘기는 전혀 없으셨다고?" 한 아가씨가 물었다.

"말씀하실 시간도 없었어요. 아가씨들 아버님께서는 순식간에 돌아가셨으니까요. 전날에 조금 편찮으시긴 했지만, 대단한 정도는 아니었어요. 신존 도련님이 아가씨들을 부르러 사람을 보낼까 하고 여쭈었을 때도 그냥 웃으셨고요. 다음 날이 되자, 그게 그러니까 이 주 전인데, 다시 머리가 좀 무겁다고 하시고는 잠자리에 드셨다가 다시 일어나지 못하셨죠. 도련님이 방에 들어가서 발견했을 때는 이미 몸이 거의 굳은 상태였어요. 아, 그게 그 오랜 혈통의 마지막이었어요. 아가씨들과 신존 도련님은 돌아가신 분들과는 다르니까요. 다들 어머니 쪽 가계의 영향을 많이 받았어요. 책 좋아하시는 것도 그렇고요. 메리 아가씨는 어머니를 빼닮았어요. 다이애나 아가씨는 아버지 쪽을 더 닮았지만요."

내게는 두 사람이 아주 닮아 보여서 그 나이 든 하인(나는 그때쯤 그 여자가 하인이라는 결론을 내렸다)이 무엇을 보고 그렇게 구별하는지 알 수 없었다. 두 사람은 다 얼굴이 희고 날씬했으며, 기품과 총기가 가득한 얼굴을 하고 있었다. 확실히 한쪽이 다른 쪽보다 머리 색이 더 짙었고, 머리 모양에도 차이가 있긴 했다. 메리라는 여자는 연갈색 머리를 양쪽으로 갈라 매끈하게 땋았고, 다이애나라는 여자는 색이 더 짙은 굵은 고수머리를 목덜미까지 늘이고 있었다. 괘종시계가 열 시를 쳤다.

"저녁을 드셔야죠." 해나가 말을 꺼냈다. "신존 도련님도 돌아오시면 시장하실 거예요."

여자가 식사를 준비하기 시작했다. 귀부인들이 자리에서 일어났다. 응접실로 물러나 있으려는 것 같았다. 그때까지 나는 그들을 지켜보는 데에 너무 집중한 나머지 그들의 외양과 대화가 불러일으키는 긴한 관심에 사로잡혀 내 비참한 상황을 반쯤 잊고 있다가, 그제야 번뜩 정신을 차렸다. 그들의 처지와 대비가 되어서인지, 이전보다 더 황량하고 절망적으로 느껴졌다. 이 집에 사는 사람들의 마음을 움직여 내 처지에 관심을 두도록 만드는 일은 영 불가능해 보였다. 나의 곤궁과 비애의 진실을 믿게 만들고, 내 방랑에 휴식을 허락하게 만드는 일 말이다. 손으로 더듬어 문을 찾고, 머뭇거리며 문을 두드리면서도, 마지막 희망은 그저 망상처럼 느껴졌다. 해나가 문을 열었다.

"무슨 일이요?" 손에 든 촛불로 나를 비추면서, 여자가 놀란 목소리로 물었다.

"아가씨들과 얘기를 좀 나눌 수 있을까요?"

"아가씨들께 드릴 말씀이라면 나한테 하시구려. 어디서 오셨소?"

"여기 사람이 아니에요."

"이런 시각에 여긴 무슨 일이오?"

"헛간이나 어디라도 좋으니, 하룻밤 묵을 곳이 필요해요. 그리고 빵도 조금만요."

불신이, 내가 두려워한 바로 그 감정이 해나의 얼굴에 나타났다. 잠시 아무 말이 없던 여자가 마침내 입을 열었다. "빵은 주겠소만, 부랑인을 집에 들일 수는 없어요. 당치도 않은 소리지."

"제발 아가씨들과 얘기하게 해주세요."

"아니, 그건 안 돼요. 아가씨들이 당신에게 뭘 해줄 수 있겠소? 지금 이렇게 돌아다니면 안 돼요. 날이 아주 나빠 보이니까."

"하지만 이렇게 절 내쫓으면 전 어디로 가야 하죠? 전 어떻게 해요?"

"아, 어디로 가고 어떻게 할지는 당신이 알겠지. 나쁜 짓을 하면 안 된다는 것만 새겨둬요. 여기, 동전 한 닢을 줄 테니, 자 이제-"

"동전은 먹을 수 없어요. 게다가 전 더 걸을 힘도 없고요. 문 닫지 마세요, 아, 닫지 말아요, 제발요."

"닫아야겠소. 비가 들이쳐서-"

"아가씨들께 말씀해주세요. 아가씨들을 만나게-"

"절대 안 돼요. 당신은 제정신이 아니야, 그렇지 않으면 이렇게 소란을 떨지도 않겠지. 돌아가요."

"여기서 쫓겨나면 전 죽어요."

"무슨 소리를. 이렇게 밤늦은 시간에 남의 집 주변을 맴도는 걸 보니, 뭔가 흉계가 있는 게야. 근처에 강도나 뭐 그런 일당이 있다면, 이 집에 우리만 있는 게 아니라고 전해요. 이 집엔 신사분도 있고, 개들도 있고, 총도 있으니까." 솔직하지만 완고한 하인은 이렇게 말한 다음, 문을 쾅 닫고 빗장을 질렀다.

그것이 정점이었다. 찌르는 듯한 예리한 고통이, 진정한 절망의 격통이 심장을 찢어발겼다. 정말이지 완전히 지쳤다. 더는 한 발자국도 뗄 수 없었다. 나는 젖은 문간에 풀썩 주저앉았다. 나는 신음했고, 두 손을 쥐어짰다. 더없는 비통함에 나는 흐느꼈다. 아, 이 죽음의 유령! 아, 이처럼 무시무시하게 다가오는 최후의 시간! 슬프구나, 이 고립, 내 족속들로부터의 이 추방! 희망의 닻뿐만이 아니라 인내의 발판마저 사라졌다. 적어도 그 순간에는. 하지만 나는 이내 마지막으로 사력을 다해 마음을 다잡았다.

"나는 죽을 수밖에 없어. 그리고 나는 신을 믿는다. 조용히 신의 뜻을 기다리기로 하자." 이런 말이 머릿속에서만이 아니라 입 밖으로도 나왔다. 나는 내 모든 괴로움을 가슴 속에 밀어 넣고는 거기에 가만히, 말없이 그대로 있도록 애써 억눌렀다.

"사람은 누구나 죽습니다." 바로 곁에서 누군가가 말했다. "하지만 모두가 당신처럼 오래 끄는 때 이른 죽음을 맞도록 저주받지는 않았소. 당신이 여기서 굶주림으로 죽는다면 말이지만."

"누구? 사람이오, 유령이오?" 예기치 않은 소리에 소스라치게 놀란 데다, 이제는 도움에 대한 어떤 희망도 끌어낼 수 없게 된 내가 물었다. 어떤 형체가 가까이 있었다. 칠흑처럼 어두운 밤과 약해진 시력 탓에 무엇인지 분간할 수가 없었다. 이 새로 나타난 이가 큰 소리로 문을 두드리며 뭐라고 불러댔다. "거기, 신존 도련님이세요?" 해나가 소리쳤다.

"그래, 맞아. 빨리 문을 열어."

"이런, 흠뻑 젖어서 얼마나 추우실까, 어쩜 이렇게 날씨가 고약한 밤인지! 들어오세요. 동생분들도 걱정하던 참이었어요. 게다가 근처에 나쁜 사람들이 있는 것 같아요. 조금 전에 여자 거지가 와서는… 아니, 아직도 안 갔네! 저기 누워 있어요. 일어나! 부끄러운 줄도 모르고! 썩 꺼지라니까!"

"쉿, 해나! 내가 저 여자한테 할 말이 있어. 저 여자를 내쫓은 걸로 그쪽 소임은 다했으니, 이제는 내가 저 여자를 받아들여 내 소임을 다하게 해줘. 집에 다 온 터라, 둘이 하는 얘기를 들었어. 좀 기묘한 데가 있는 듯해. 적어도 무슨 일인지, 살펴는 봐야겠지. 아가씨, 일어나시오, 그리고 먼저 집 안으로 들어가요."

나는 간신히 몸을 일으켜 그의 말에 따랐다. 이윽고 나는 덜덜 떨면서, 울렁거리는 속을 참으면서, 더는 어쩔 수 없을 만큼 핼쑥하고 황폐하고 비바람에 시달린 제 몰골을 의식하면서, 그 깨끗하고 밝은 부엌 그 난롯가에 섰다. 두 귀부인과 그들의 오빠라는 신존과 나이 든 하인 모두가 나를 빤히 쳐다보았다.

"신존, 누구야?" 누군가가 묻는 소리가 들렸다.

"모르겠어. 문간에 있었어." 그게 대답이었다.

"얼굴이 아주 창백하네요." 해나가 말했다.

"점토나 송장처럼 창백해." 누군가가 대꾸했다. "쓰러지겠어. 어딘가에 앉혀."

아닌 게 아니라, 정말로 머리가 빙빙 돌았다. 풀썩 쓰러졌는데, 의자가 받아주었다. 아직 의식은 있었지만, 당장은 말을 할 수 없었다.

"물을 마시면 기운이 좀 날 거야. 해나, 물을 좀 가져와. 이 사람은 몹시 지쳤어. 어쩌면 이렇게 가냘프고, 어쩌면 이렇게 핏기 하나 없는지!"

"유령 같아!"

"아픈 걸까, 아니면 그냥 굶주려서?"

"아마 굶주렸을 거야. 해나, 그거 우유야? 이리 줘, 그리고 빵도 좀 주고."

다이애나(여자가 허리를 숙였을 때 늘어진 긴 고수머리가 난롯불을 가리는 걸 보고 다이애나인 걸 알았다)가 빵조각을 떼어 우유에 적셨다가 내 입에 넣어 주었다. 다이애나의 얼굴이 바로 곁에 있었다. 나는 그 얼굴에 담긴 연민을 보았고, 그 황급한 숨소리에서 동정을 느꼈다. 다이애나의 간단한 말에서도 향유처럼 위안이 되는 똑같은 감정이 묻어났다. "좀 먹어봐요."

"그래요, 먹어요." 메리가 다정하게 되뇌었다. 메리의 손이 푹 젖은 내 보닛을 벗기고 고개를 받쳐주었다. 나는 주는 걸 받아먹었다. 처음에는 무력하게, 그러다가 곧 열성적으로.

"처음엔 너무 많이 주지 마. 이제 됐어." 오빠라는 사람이 말했다. "그만하면 충분해." 그리고 그가 우유가 든 컵과 빵 접시를 치웠다.

"신존, 조금만 더. 저 갈망하는 눈빛을 봐."

"지금은 안 돼. 이제 말할 수 있는지 좀 보자. 이름이 뭔지 물어 봐."

말할 수 있을 것 같은 기분이었다. 나는 대답했다. "전 제인 엘리어트예요." 신원이 발각될까 싶어서 진작에 가명을 쓰기로 마음을 먹고 있던 터였다.

"사는 곳이 어디요? 일행들은 어디에 있소?"

나는 아무 말도 하지 않았다.

"사람을 보내 누구든 아는 사람을 불러주면 되겠소?"

나는 고개를 저었다.

"어떤 사정인지 설명을 좀 해주겠소?"

어째서인지 이 집의 문턱을 넘고 이 집 사람들과 대면하고 나자, 나는 더는 추방자, 방랑자, 드넓은 세상에서 버림받은 자가 아닌 듯한 기분이 들었다. 나는 과감하게 비렁뱅이 행색을 벗어던지고, 본래의 타고난 태도와 성격을 되찾았다. 나는 나라는 사람에 대해 다시금 깨닫기 시작했다. 신존 씨가 설명을 요구했을 때, 나는 설명할 거리를 생각해내기에는 너무 쇠약해져 있었다. 잠시 침묵을 지키다가 나는 말했다.

"오늘 밤에는 자세한 설명을 못 드릴 것 같습니다."

"하지만, 그렇다면 내가 무얼 해주면 좋겠소?" 그가 말했다.

"아무것도요." 나는 대답했다. 힘이 없어서 짧은 대답밖에 할 수 없었다. 다이애나가 끼어들었다.

"그 말은, 이제 필요한 도움은 다 받았다는 말씀이세요? 이제 이 비 오는 밤에 저 황무지로 나가라고 해도 좋다고요?"

나는 다이애나를 쳐다보았다. 위엄과 선한 마음을 모두 타고난 비범한 인상이라고 생각했다. 나는 별안간 용기를 냈다. 그 자비로운 눈길에 미소로 답하면서 나는 말했다. "전 여러분을 믿어요. 제가 주인 없는 떠돌이 개라고 해도, 오늘 같은 밤에 이 난롯가에서 내쫓지는 않으시리라 생각해요. 그러니 제겐 아무 두려움이 없어요. 저에 관해선 뭐든, 어떻게든 원하시는 대로 해주세요. 다만 말을 많이 시키지만 마시고요. 숨이 가빠서, 말을 하면 경련이 일어날 것 같거든요." 세 사람이 모두 골똘히 나를 살폈고, 세 사람이 모두 아무 말이 없었다.

마침내 신존 씨가 입을 열었다. "해나, 당장은 이분을 여기 앉아 있게 돼. 아무 질문도 하지 말고. 십 분쯤 있다가 아까 그 우유와 빵 남은 걸 줘. 메리와 다이애나는 응접실로 가서 얘기 좀 하자."

그들이 물러갔다. 한 아가씨가 금방 돌아왔는데, 어느 쪽인지는 알 수 없었다. 따뜻한 난롯가에 앉아 있으니 일종의 기분 좋은 마비 상태가 나를 엄습했다. 돌아온 아가씨가 낮은 목소리로 해나에게 무슨 지시를 내렸다. 얼마 지나지 않아, 나는 나이 든 여자의 부축을 받으며 간신히 계단을 올랐다. 흠뻑 젖은 옷들이 벗겨지고, 이내 따뜻하고 마른 침대가 나를 맞아들였다. 나는 신에게 감사했고, 말할 수 없이 피로한 가운데에서도 고맙고 기쁜 마음이 환하게 타오르는 것을 느꼈으며, 이내 잠들었다.

29장

그로부터 사흘 밤낮의 기억은 아주 희미하게만 남아 있다. 간간이 어떤 느낌이 들었던 듯은 했지만, 생각으로 굳어지는 건 거의 없었고, 몸은 꼼짝도 할 수 없었다. 내가 어느 작은 방 좁은 침대에 누워 있다는 건 알았다. 그 침대와 한 몸이 된 듯했다. 나는 돌덩이처럼 꼼짝없이 누워 있었고, 그 침대와 떨어지면 죽을 것만 같았다. 나는 시간의 흐름을, 아침이 한낮으로, 한낮이 저녁으로 바뀌는 것을 알아채지 못했다. 누군가가 방에 들어오거나 나가는 것은 알았고, 누구인지 분간할 수도 있었다. 누가 곁에서 말을 하면 무슨 소리인지 알아들을 수 있었지만, 대답은 할 수 없었다. 입술을 달싹이거나 팔다리를 움찔거리는 것도 불가능했다. 하녀인 해나가 제일 자주 드나들었다. 그 여자가 들어오면 마음이 편치 않았다. 내가 없어지기를 바라는 듯한 느낌이 들었다. 나라는 사람이나 내 사정을 이해하지 못하고, 나에 대한 편견을 가지고 있다는 느낌 말이다. 다이애나와 메리도 하루에 한두 번씩 방에 들렀다. 둘은 내 침대 곁에서 이런 얘기를 속삭이곤 했다.

"이 사람을 집에 들이길 참 잘했지."

"맞아. 밤새 그냥 두었다면 분명 아침에 문간에서 죽은 채 발견됐을 거야. 대체 어떤 일을 겪은 걸까?"

"우리로서는 알지 못할 고생들이겠지. 가난하고, 여위고, 파리한 방랑자!"

"말하는 걸 보면 못 배운 사람은 아니야. 억양도 아주 순수하고, 벗어놓은 옷도, 진흙이 튀고 젖긴 했지만, 닳지도 않았고 품위가 있어."

"독특한 얼굴이야. 마르고 여위긴 했지만, 난 마음에 들어. 건강해져서 좀 기운을 차리면 보기에 나쁜 인상은 아닐 거야."

두 사람이 나누는 대화에서 내게 베푸는 호의에 대한 후회나 나에 대한 의심 또는 반감이 느껴지는 말은 한마디도 없었다. 그것이 위안이 되었다.

신존 씨는 딱 한 번 들렀다. 그는 나를 보고 혼수상태에 빠진 것이 오랫동안 과도한 피로가 누적된 결과라며, 의사를 부르러 갈 필요는 없고, 자연이 알아서 하도록 가만히 두는 것이 최선이라는 의견을 냈다. 어떤 일인지는 몰라도 모든 신경이 지나치게 긴장했던 탓에, 신경계 전체가 한동안은 동면하듯이 잠을 자야 한다는 것이었다. 병이 난 것은 아니었다. 일단 회복하기 시작하면 금방 괜찮아질 터였다. 그는 낮고 고요한 목소리로 이런 의견을 간결하게 내놓았다. 그러고는 잠시 가만히 있더니, 속내를 드러내는 데 익숙지 않은 사람의 말투로 덧붙였다. "흔치 않은 인상이야. 확실히, 야비하거나 천박해 보이지는 않아."

"그런 쪽과는 거리가 멀지." 다이애나가 대답했다. "신존, 사실을 말하자면, 나는 왠지 이 불쌍한 어린 영혼에 마음이 쓰여. 우리가 언제든 도움이 될 수 있으면 좋겠어."

"아마 그렇게는 안 될 거야. 이 사람은 가족이나 친지들과 어떤 오해를 빚고 분별없이 뛰쳐나온 아가씨일 테니까. 고집을 부리지만 않는다면 그들에게 돌려보낼 수 있겠지. 하지만 이 얼굴에는 그렇게 순순히 돌아갈지 의심하게 만드는 구석이 있어." 내 얼굴을 보며 잠시 생각에 잠겼던 그가 곧 말을 이었다. "이지적이긴 하지만, 아름답지는 않아."

"이렇게 아프니까 그렇지, 신존."

"아프든 건강하든, 늘 평범한 얼굴이겠지. 우아하고 조화로운 아름다움은 찾아보기 어려워."

사흘째에는 좀 나아졌다. 나흘째가 되자, 말하고 움직이고 침대에서 일어나 앉거나 돌아누울 수도 있게 되었다. 점심을 먹을 때쯤 되었을까, 해나가 묽게 쑨 귀리죽과 버터를 바르지 않은 토스트를 가져다 주었다. 나는 맛있게 먹었다. 음식 맛이 좋았다. 그전까지는 열 때문에 무얼 먹어도 아무 맛이 나지 않았다. 해나가 방을 나갈 때쯤에는 한결 힘이 나고 기운이 도는 듯했다. 이내 누워 있는 것이 지긋지긋해서 몸을 움직이고 싶은 욕구가 일었다. 일어나고 싶었다. 하지만 무얼 입는다지? 입은 채로 흙바닥에서 자고 늪지에 자빠지기도 해서 온통 축축하고 흙투성이인 내 옷밖에 없는데, 그런 꼴로 은인들 앞에 나갈 생각을 하니 부끄러웠다. 하지만 그런 창피는 면했다.

침대 옆 의자에 내 소지품 전부가 깨끗하고 잘 마른 상태로 놓여 있었다. 검은 비단옷은 벽에 걸려 있었다. 습지의 흔적이 제거되고, 물에 젖어 생긴 주름들도 말끔히 다려져 아주 단정했다. 신발과 긴 양말도 신고 나가도 부끄럽지 않을 만큼 깨끗하게 손질돼 있었다. 방 안에는 세면도구들도 있고, 머리를 정돈할 빗과 솔도 있었다. 나는 오 분마다 쉬어가며 힘들게 옷을 갈아입는 데 성공했다. 퍽 수척해진 탓에 옷이 헐렁해졌으나, 나는 솔로 결점을 가리고서 다시 얼룩 한 점 없이, 내가 그처럼 싫어한, 내 품위를 형편없이 떨어뜨리는 듯했던 흐트러짐 하나 없이, 깨끗하고 남부끄럽지 않은 차림으로 난간에 의지해 돌계단을 내려가 폭이 좁고 천장이 낮은 복도를 지나 이윽고 부엌에 이르렀다.

부엌은 갓 구운 빵 냄새와 활활 타는 난롯불의 온기로 가득했다. 해나가 빵을 굽고 있었다. 잘 알려진 사실이다시피, 교육으로 일궈지고 비옥해지지 않은 마음의 땅에서 편견을 뿌리째 뽑기란 더없이 어려운 법이다. 편견은 바윗돌 사이 잡초처럼 사람의 마음속에서 자란다. 정말이지, 처음에 해나는 차갑고 완고했지만, 나중에는 좀 누그러지기 시작했고, 이때는 내가 깔끔하고 잘 차려입은 모습으로 들어오는 것을 보고 웃기까지 했다.

"이런, 일어나셨네! 좀 좋아지신 게지. 거기 난롯가에 있는 내 의자에 앉아요, 괜찮다면."

해나가 흔들의자를 가리켰다. 나는 거기에 앉았다. 해나가 부산하게 움직이면서 이따금 곁눈질로 나를 살폈다. 오븐에서 빵 몇 덩어리를 꺼내더니, 나를 돌아보며 불쑥 물었다.

"여기 오기 전에도 구걸하며 돌아다녔소?"

나는 순간적으로 분개했다. 그러나 화를 낼 수는 없는 일이었고, 해나에게는 내가 정말로 거지처럼 보였으리라 생각해서 조용히 대꾸했지만, 말투에서 느껴지는 날카로움은 어쩔 수 없었다. "날 거지라 생각했다면 착각이에요. 나는 거지가 아니니까. 당신이나 이 댁 아가씨들과 마찬가지로."

잠시 잠자코 있던 해나가 입을 열었다. "이해를 못 하겠네. 집도 없고 돈도 없어 보이는데?"

"집이나 돈이 없다고 해서 모두가 당신이 생각하는 그런 거지가 되지는 않아요."

"뭘 좀 배웠소?" 해나가 마침내 물었다.

"그럼요, 많이 배웠지요."

"그래도 기숙학교 같은 데를 다니지는 않았겠지?"

"기숙학교에 팔 년이나 있었어요."

해나의 눈이 휘둥그레졌다. "그럼 왜 자기 앞가림을 못하시우?"

"내 앞가림은 해왔어요. 앞으로도 할 거고요. 그 구스베리는 어떻게 할 거예요?" 해나가 열매가 담긴 바구니를 꺼내자 내가 물었다.

"파이를 만들 거라오."

"이리 줘요. 꼭지를 따줄 테니."

"아니, 그런 일을 해달라고 할 생각은 없어요."

"그렇지만 난 무슨 일이든 해야겠어요. 이리 줘요."

해나가 동의하고는 "옷을 더럽히면 안 되니까"라면서 무릎에 깔 깨끗한 수건까지 가져다 주었다.

"하녀 일은 해본 사람은 아니야. 그 손을 보면 알지. 혹시 양재사였소?"

"아뇨, 잘못 봤어요. 이제, 내가 어떤 사람이었는지는 신경 쓰지 말아요. 저에 대해서는 그만 생각하고, 이 집 이름이나 좀 알려줘요."

"마쉬엔드(습지 끝집)라고도 하고, 무어하우스(황무지 집)라고도 하죠."

"그리고 이 집에 사는 신사분이 신존 씨인가요?"

"아니요, 그분은 이 집에서 안 사세요. 잠시 다니러 오셨을 뿐이지요. 보통 때는 모튼에 있는 본인 집에서 사세요."

"몇 마일 떨어진 그 마을 말이지요?"

"네."

"무슨 일을 하시는데요?"

"신부님이세요."

사제관에서 신부님을 뵙게 해달라고 했을 때, 그 나이 든 가정부가 한 말이 떠올랐다. "그럼, 이곳이 그분 부친의 집인가요?"

"그렇지요. 돌아가신 리버스 씨가 이 집에서 사셨는데, 그전에는 그분의 아버지와 할아버지, 증조할아버지가 사셨고요."

"그럼, 그 신사분이 신존 리버스 씨인가요?"

"네, 세례명[69]이랑 같아요."

"그리고 그분 누이동생들이 다이애나 리버스, 메리 리버스이고요."

"그래요."

"부친께선 돌아가셨나요?"

---

69 세례 요한을 뜻하는 'St. John'을 성인의 이름으로 쓸 때는 '세인트 존'이라 발음하지만, 사람의 이름으로 쓸 때는 '신존' 또는 '신전'으로 발음한다.

"삼 주일 전에 뇌졸중으로 돌아가셨어요."

"안주인은 안 계시고요?"

"마님은 벌써 오래전에 돌아가셨지요."

"이 댁 분들과는 오래 같이 사셨어요?"

"이 집에서 삼십 년이나 살았다오. 저 세 분을 다 내가 키웠지요."

"그걸로 당신이 정직하고 충실한 하인이란 것이 증명되네요. 날 거지라고 부르는 무례를 범하긴 했지만, 그 점은 인정해드려야겠어요."

해나가 또 놀란 눈으로 나를 살펴보았다. "내가 정말로 아가씨를 잘못 생각했나 보군요. 하지만 요즘 사기꾼들이 워낙에 많으니, 내 탓만은 아니라오."

나는 다소 엄한 투로 말을 이었다. "그렇다고는 해도, 개도 내쫓지 못할 그런 밤에 날 문밖으로 내쫓으려고 했어요."

"음, 그건 심했죠. 하지만 어쩌겠어요? 난 나보다 이 댁 분들을 더 생각했어요. 가엾은 분들! 나 말고는 지켜줄 사람이 아무도 없으니까요. 나라도 정신을 바짝 차려야지요."

나는 몇 분간 엄숙하게 침묵했다.

"나를 너무 무정한 사람이라고 생각하지 말아요." 해나가 다시 강조했다.

"그래도 난 무정하다고 생각해요. 이유가 뭐냐 하면, 날 재워 주려 하지 않았다거나 날 사기꾼으로 취급해서가 아니라, 방금처럼 내가 돈이 없고 집이 없다고 해서 비난받아 마땅한 족속처럼 취급했기 때문이에요. 역사에 남은 훌륭한 사람들 가운데에는 나처럼 가난한 사람도 있었어요. 그리고 기독교도라면, 가난을 죄악이라 여겨서는 안 되고요."

"다신 안 그러겠어요. 신존 씨도 그렇게 말씀하시지요. 내가 잘
못 생각했어요. 하지만 지금 보니 아가씨는 아주 다른 사람이 분명
해요. 아주 단정하신 분으로 보여요."

"그럼 됐어요. 용서해드릴게요. 자, 악수해요."

해나가 밀가루가 묻은 거친 손으로 내 손을 잡았다. 진심에서 우
러난 미소가 투박한 얼굴을 밝혔고, 그 순간 우리는 친구가 되었다.

해나가 말하기를 좋아하는 건 분명했다. 내가 구스베리 꼭지를
따는 동안 해나는 파이 반죽을 만들면서 돌아가신 주인분과 마님
에 관해, 그리고 그 자제분들을 이르는 '아이들'에 관해 시시콜콜한
이야기들을 늘어놓았다.

해나 말에 따르면, 작고하신 리버스 씨는 아주 평범한 분이었지
만 신사였고, 리버스가는 여느 가문 못지않게 유서 깊은 가문이었
다. 마쉬엔드는 지어진 때부터 줄곧 리버스가의 소유였는데, 해나
말로는 "근 이백 년이나 됐답니다. 보기에는 작고 보잘것없어서, 저
모튼 골짜기 밑에 있는 올리버 씨의 훌륭한 저택에 비할 건 못 되지
만요. 하지만 이 집은 빌 올리버의 아버지가 바늘 직공이던 때를 알
고 있지요. 그리고 모튼 성당 제의실에 있는 등록부를 보면 알겠지
만, 리버스가는 옛날 헨리왕 시대부터 젠트리 계급[70]이었어요." 또
이런 말도 했다. "돌아가신 주인님께선 평범하셨어요. 세상 사람들

---

70 영국 잉글랜드의 사회 계급 중 하나인 젠트리 계급은 귀족 작위는 없으나 가문의
휘장을 사용할 수 있도록 허가받은 유산계급으로 귀족과 함께 사회 상류층을 구성했
다. 중세의 봉건영주로 시작하여 대지주층으로 자리 잡았고 모직물 산업을 통해 산업
혁명의 주역을 담당하기도 했다. 젠트리 계급의 남성들을 젠틀맨, 신사라 칭한다.

사는 방식과 별반 다르지 않으셨죠. 사냥을 무척 좋아하셨고, 농사 짓는 것도 좋아하셨고, 그랬지요." 안주인은 달랐다. 마님은 책을 아주 좋아했고, 공부도 많이 했다.[71] '아이들'이 마님을 닮았다. 그런 면에서 이 댁 아이들 같은 아이들은 지금도 없고, 이전에도 없었다. 아이들은 셋이 하나같이 입을 떼기 시작한 때부터 배우기를 좋아했고, 늘 '뭐든 알아서' 잘했다.

신존 씨는 성인이 되자 대학에 들어가 성직자가 되었고, 딸들은 학교를 졸업하자마자 가정교사 자리를 구했다. 해나가 직접 들은 바로는, 그들의 아버지가 수년 전에 믿었던 사람에게 투자했다가 파산하는 바람에 큰돈을 잃었기 때문이었다. 아버지로부터 재산을 물려받을 수 있게 된 그들은 각자 밥벌이를 해야 했다. 그들이 그 집을 떠나 살게 된 지는 오래되었고, 지금도 부친상을 치르러 몇 주간 다니러 왔을 뿐이었다. 하지만 그들은 마쉬엔드와 모튼을, 그리고 이 일대의 황무지와 언덕에 큰 애착을 느끼고 있었다. 런던을 포함해 여러 도시에서 살아봤지만, 늘 고향만 한 곳이 없다고들 했고, 남매들이 사이가 참 좋아서 싸우거나 말다툼하는 적이 없다고도 했다. 해나는 이렇게 사이가 좋은 애들은 처음 본다고 했다.

구스베리 꼭지 따는 일을 마치고 나서, 나는 두 아가씨와 그 오빠 되는 분이 지금 어디에 있느냐고 물었다.

"모튼까지 산책하러 가셨어요. 하지만 삼십 분만 있으면 차 마시

---

71 영국에서 귀족과 젠트리 계급은 생계를 위해 일을 하는 것을 천하게 여겼다. 과도하게 책을 읽거나 공부를 하는 것도 바람직하게 여기지 않았다. 해나는 이전 주인과 달리 신존과 다이애나, 메리가 직업을 가지고 일을 한다는 점에서 명문 리버스가의 맥이 끊겼다고 생각한다.

러 돌아오실 거예요."

해나 말대로, 삼십 분쯤 지나자 그들이 부엌문으로 들어섰다. 신존 씨는 나를 보고 알은체만 하고 지나쳤지만, 두 숙녀는 걸음을 멈추었다. 메리는 내가 아래층으로 내려올 만큼 상태가 좋아진 걸 보고 얼마나 기쁜지를 간결한 표현으로 친절하고 차분하게 말했다. 다이애나는 내 손을 잡고 나를 보며 고개를 저었다.

"제가 내려와도 괜찮다고 할 때까지 기다렸어야죠. 아직 얼굴이 아주 창백해요. 몹시 수척하고요! 아유, 가여워라!"

다이애나는 구구거리는 비둘기 같은 목소리를 지녔다. 그 차분한 눈망울은 바라볼 때마다 기쁨을 주었고, 얼굴도 아주 매력적이었다. 메리도 똑같이 지적인 인상에다 똑같이 어여쁜 용모였지만 더 절제된 표정이었고, 다정하긴 하지만 더 거리를 두는 태도였다. 다이애나의 외모와 말투에서는 어떤 권위가 느껴졌다. 확실히 굳은 의지도 느껴졌다. 내 양심과 자존감이 허락하는 한에서, 나는 본성적으로 다이애나 같은 입증된 권위와 능동적인 의지에 굴복하는 데서 기쁨을 느꼈다.

"여긴 무슨 일로 왔어요?" 다이애나가 말을 이었다. "여긴 당신이 있을 곳이 못 돼요. 메리와 내가 이따금 부엌에 앉아 있긴 하지만, 그건 좀 지나치다 할지라도 집에서는 자유롭게 지내고 싶어서예요. 하지만 당신은 손님이니 마땅히 응접실에 계셔야죠."

"전 여기가 아주 편해요."

"그럴 리가요, 해나가 부산하게 돌아다니며 밀가루를 잔뜩 뒤집어씌울걸요."

"게다가 불도 너무 뜨겁고요." 메리가 끼어들었다.

"그렇지." 언니가 덧붙였다. "자, 순순히 말을 들어요." 여전히 내 손을 잡은 채로 다이애나가 나를 일으켜 세우더니 안쪽 방으로 이끌었다.

다이애나가 나를 소파에 앉히며 말했다. "우리가 옷을 갈아입고 차를 준비하는 동안, 잠시 여기 앉아 있어요. 우리 작은 황무지 집에서 직접 차를 준비하는 일은 우리가 아무리 하고 싶어도 해나가 빵을 굽거나 뭔가를 끓이거나 빨래를 하거나 다림질을 하는 동안에만 누릴 수 있는 하나의 특권이랍니다."

다이애나가 맞은편에 앉아서 손에 든 책인지 신문인지를 읽고 있는 신존 씨와 나만 남겨놓고 문을 닫고 나갔다. 나는 처음에는 응접실을, 다음에는 그 주인을 살펴보았다.

응접실은 다소 작은 편이고 가구도 아주 간소했지만 깨끗하고 깔끔해서 쾌적했다. 구식 의자들은 반들반들 윤이 났고, 호두나무 탁자는 거울 같았다. 얼룩이 진 벽에는 옛 시절의 사람들을 그린 이상한 골동품 초상화가 몇 장 걸렸고, 유리문이 달린 식기장에는 오래된 도자기들과 책 몇 권이 들었다. 방 안에는 불필요한 장식은 일절 없었고, 협탁에 놓인 한 쌍의 바느질 상자와 자단으로 만든 여성용 책상을 제외하면 현대식 가구도 보이지 않았다. 카펫과 커튼을 포함한 그 방의 모든 것이 썩 낡아 보이면서도 동시에 잘 관리된 듯이 보였다.

벽에 걸린 칙칙한 초상화처럼 가만히 앉아 입을 꾹 다물고 읽는 일에 몰두한 신존 씨는 살펴보기 손쉬운 대상이었다. 사람이 아니라 석상이었다고 해도 그보다 쉬울 수는 없었을 것이다. 그는 젊고, 아마도 스물여덟이나 서른쯤 되었으리라, 키가 크고 호리호리했다. 그의 용모는 시선을 끌었다. 마치 그리스인의 얼굴 같아서, 아주 뚜렷한 윤곽과 아주 우뚝한 고전적인 코와 아주 아테네적인 입과 턱을 가졌다. 정말이지, 영국 사람이 그와 같이 고대의 이상적인 용모에 근접하기는 참으로 드문 일이었다. 그처럼 조화로운 얼굴을 가진 사람이라면 내 이목구비의 부조화를 보고 충격을 받을 만도 하리라. 그의 눈은 크고 푸르며 속눈썹은 갈색이었고, 무심히 흘러내린 금발이 상아처럼 희고 넓은 이마를 드문드문 가렸다.

독자여, 이건 참으로 온화한 외모 묘사가 아닌가? 그러나 이 묘사의 대상 자체는 온화함이나 감수성이나 다정함이나 심지어 평온한 기질의 기미조차 보여주지 않았다. 지금 조용히 앉아 있기는 하지만, 그의 콧구멍과 눈썹에서는 초조함 아니면 무정함 아니면 간절함과 관련된 어떤 요소들을 드러내는 뭔가가 느껴졌다. 그는 누이동생들이 돌아올 때까지 내게 말은커녕 시선조차 건네지 않았다. 차를 준비하느라 들락거리던 다이애나가 내게 오븐에서 구운 작은 과자 하나를 가져다 주었다.

"지금 드세요. 배가 고플 거예요. 해나 말로는 아침부터 묽은 귀리죽 말고는 아무것도 안 드셨다면서요."

식욕이 살아나 왕성했기에, 나는 사양하지 않았다. 이때 리버스 씨가 책을 덮고 탁자로 다가와 앉더니 그림 같은 푸른 눈으로 나를 빤히 쳐다보았다. 그의 시선에는 무례할 만큼 단도직입적인 성질과 살피는 듯한, 결연한 확고함이 담겼는데, 그 시선이 지금껏 이방인에게 향하지 않은 이유는 수줍음이 아니라 의도였음을 말하고 있었다.

"몹시 시장하시군요."

"네, 그래요." 짧은 말에는 간단하게, 직접적인 말에는 솔직하게 답하는 것이 나의 방식, 말하자면 본능적인 습관이었다.

"지난 사흘 동안 미열 탓에 절식한 것이 당신에겐 좋았소. 처음부터 먹고 싶은 대로 먹게 했다면 위험했을 것이오. 이젠 먹어도 좋소. 여전히 과식은 안 되지만 말이오."

"이렇게 오래 식량을 축내서는 안 되겠죠." 나는 아주 서투르고 투박한 대답을 하고 말았다.

"맞소." 그가 쌀쌀맞게 말했다. "가까운 분들 주소를 알려주면, 우리가 편지를 보내 댁으로 모셔가도록 하겠소."

"그건, 솔직하게 말씀드려야겠네요, 제 능력 밖의 일입니다. 집도 가까운 사람도 전혀 없으니까요."

세 사람이 나를 쳐다보았지만, 의심스럽다는 눈빛은 아니었다. 그들의 시선에서는 의심이 아니라 호기심이 느껴졌다. 두 젊은 숙녀분이 특히 그랬다고 할 수 있다. 신존 씨의 눈은 글자 그대로의 의미에서는 맑기 이를 데 없었으나, 비유적인 의미에서는 무슨 생각을 하는지 추측하기가 어려웠다. 그는 자신의 눈을 생각을 드러내는 대리자보다는 다른 사람들의 생각을 읽는 수단으로 쓰는 듯했고, 날카로움과 쌀쌀맞음의 조합은 상대의 용기를 북돋기보다는 당황하게 만들려고 계산된 것이었다.

그가 물었다. "그럼 아무 연고도 없는 사고무친이란 말입니까?"

"예. 살아 있는 어떤 사람과도 연고가 없고, 영국에 있는 어느 집에도 들여달라 할 권리가 없습니다."

"그 나이에는 참 특이한 신세로군요!"

그때 그의 시선이 탁자에 포개 올려놓은 내 손으로 향하는 것을 보았다. 그가 내 손에서 무엇을 찾는지 의아했으나, 그의 말이 곧 그 의문에 답을 해주었다.

"결혼하지는 않았소? 미혼이시오?"

다이애나가 소리 내어 웃었다. "어머, 신존, 이분은 기껏해야 열일곱이나 열여덟밖에 안 됐을 텐데."

"곧 열아홉이 됩니다. 하지만 결혼은 하지 않았어요, 네."

얼굴이 불덩어리처럼 뜨거워지는 것이 느껴졌다. 결혼이라는 말로 인해 마음을 뒤흔드는 쓰라린 기억들이 다시 깨어났기 때문이었다. 모두가 나의 당황과 동요를 보았다. 다이애나와 메리가 내 빨개진 얼굴에서 시선을 돌림으로써 나를 안심시켰다. 하지만 더 냉정하고 엄격한 둘의 오빠는 자신이 일으킨 괴로움이 붉어진 얼굴에서 눈물마저 자아낼 때까지 시선을 거두지 않았다.

"이전에는 어디서 살았습니까?" 그가 다시 물었다.

"신존, 너무 꼬치꼬치 캐묻는 거 같아." 메리가 낮은 목소리로 속삭였다. 그러나 그는 탁자 위로 몸을 기울이고는 또 한 번 단호하고 꿰뚫는 듯한 시선으로 답을 요구했다.

"제가 살던 곳이나 같이 산 사람 이름은 비밀입니다." 나는 간결하게 답했다.

"그야, 그러고 싶다면, 신존이 묻든 누가 묻든, 당신에겐 말하지 않을 권리가 있다고 나는 생각해요." 다이애나가 강조하듯 말했다.

"하지만 내가 당신이나 당신 배경에 대해 아무것도 모른다면, 당신을 도울 수 없소. 그러나 당신은 도움이 필요하오, 그렇지 않소?" 그가 말했다.

"필요합니다. 여태껏 어느 진정한 자선가가 제가 할 수 있는 일

거리를 주거나 최소한이나마 제 앞가림을 하면서 살 정도의 수입을 얻을 수 있는 길로 밀어주기를 바라고 있어요."

"내가 진정한 자선가인지는 모르겠지만, 그처럼 정직한 목적이라면 내 힘닿는 데까지 기꺼이 당신을 돕겠소. 그러면 먼저, 어떤 일을 해왔는지, 어떤 일을 할 수 있는지 말해보시오."

그때 나는 차를 다 마신 참이었다. 그 음료 덕분에 크게 원기가 회복되었다. 술이 거인에게 그러듯이, 차는 내 느슨해진 신경에 새로운 탄성을 주어 이 꿰뚫는 듯한 젊은 판관에게 침착하게 말할 수 있도록 해주었다.

그가 서슴없이 대놓고 나를 쳐다보고 있었기에, 나도 몸을 돌려 그를 쳐다보면서 말했다. "리버스 씨, 신부님과 두 누이분께서는 제게 커다란 친절을 베푸셨습니다. 가장 위대한 인간이 동료 인간에게 베풀 수 있는 가장 고결한 호의로 저를 죽음에서 구해주셨어요. 아무리 감사드려도 모자랄 은혜를 베푸셨고, 어느 정도는 제 은밀한 비밀을 요구할 수 있는 권리도 가지셨다고 봅니다. 저는 제 마음의 평화와 도덕적, 신체적으로 저 자신과 다른 이들의 안전을 해치지 않는 선에서 여러분이 받아주신 이 방랑자의 배경을 말씀드리고자 합니다.

저는 성직자의 딸로 고아입니다. 양친은 제가 얼굴을 익히기도 전에 세상을 떠났고요. 남의 집에서 눈칫밥을 먹으며 자랐고, 자선학교에서 교육을 받았습니다. 제가 학생으로 육 년, 선생으로 이 년을 보낸 그 기관의 이름을 말씀드리자면, XX주에 있는 로우드 자선학교입니다. 리버스 씨는 들어보셨겠지요? 로버트 브로클허스트 신부가 그곳의 회계 감독입니다."

"브로클허스트 씨에 관해서 들어봤고, 그 학교도 본 적이 있소."

"저는 일 년 전쯤에 로우드를 떠나 가정교사가 되었습니다. 좋은 일자리를 구했고, 행복했습니다. 그러나 제가 이곳으로 오기 나흘 전에 그곳을 떠나야 하는 사정이 생겼습니다. 제가 떠나야 했던 이유는 말할 수 없고, 말해서도 안 됩니다. 말해봤자 쓸모없고 위험한 데다, 믿을 수 없는 얘기처럼 들릴 테니까요. 제가 비난받을 일은 없었습니다. 여러분만큼이나 저도 책잡힐 일은 아무것도 하지 않았어요. 저는 비참하고, 한동안은 더 그럴 테지만, 그건 천국이라 생각했던 집에서 절 내몬 불행의 성질이 기이하고 무서워서 그렇습니다. 저는 그곳을 나올 계획을 세울 때, 신속히 몰래 떠나야 한다는 두 가지 생각밖에 없었습니다. 그러기 위해서 조그만 보따리 하나 말고는 제가 가진 모든 것을 두고 나와야 했습니다. 그 조그만 꾸러미마저 서두른 데다 마음이 산란한 탓에 위트크로스까지 타고 온 마차에 두고 내렸습니다. 그렇게 저는 아주 빈곤한 상태로 이 근처까지 오게 됐지요. 이틀 밤을 한데서 잠을 잤고, 어느 집의 문턱도 넘지 못한 채 이틀 낮을 방랑했습니다. 그동안 두 번밖에 음식을 먹지 못했습니다. 굶주림과 탈진, 절망으로 거의 마지막 숨을 내쉴 때, 리버스 씨, 당신이 문 앞에서 죽어가던 저를 구해 당신의 지붕 밑으로 들이셨지요. 그 뒤로 당신의 누이분들이 제게 어떻게 해주셨는지도 다 알고 있습니다. 혼수에 빠진 듯이 보인 동안에도 감각이 없진 않았으니까요. 저는 당신의 복음주의적 자선뿐만 아니라 누이분들의 진심에서 우러나는 순수하고 다정한 동정에도 큰 은혜를 입었습니다."

"신존, 이제 더는 이분에게 말 시키지 마." 내가 말을 그치자 다이애나가 말했다. "아직은 흥분하면 안 되니까. 미스 엘리어트, 이제 소파로 가서 앉아요."

나는 그 가명을 듣고 저도 모르게 움찔했다. 내 새 이름을 잊고 있었다. 아무것도 놓치는 법이 없어 보이는 리버스 씨가 단박에 눈치를 챘다.

"이름이 제인 엘리어트라고 하셨나요?"

"그렇게 말씀드렸지요. 제 진짜 이름은 아니지만 당분간은 그렇게 불리는 것이 편하겠다 싶어서 말씀드린 이름인데, 막상 그렇게 불리니 이상하게 들리네요."

"진짜 이름은 알려주시지 않을 건가요?"

"네. 전 무엇보다 발견될까 봐 두렵습니다. 단서가 될 만한 건 말씀드리지 않으려 합니다."

"지당한 말씀이에요." 다이애나가 말했다. "자, 오빠, 이제 이분을 잠시 쉬게 해줘."

그러나 몇 분간 생각에 잠겼던 신존 씨는 이전과 조금도 다름없이 냉정하고 예리한 말투로 다시 질문을 시작했다.

"당신은 오래 우리 신세를 지는 걸 원치 않을 거요. 될 수 있는 대로 빨리, 그러니까, 누이들의 동정과 무엇보다 나의 자선이라는 것에서(당신이 이 둘을 확실히 구별하는 걸 느꼈고, 분개하지도 않소. 정당하니까) 벗어나고 싶은 거요. 당신은 우리에게 기대지 않고 독립적으로 살고 싶다는 말씀이오?"

"예. 이미 그렇게 말씀드렸습니다. 어떻게 일을 하면 되는지, 아니면 어떻게 일을 찾으면 되는지 알려주세요. 제가 지금 바라는 건 그게 답니다. 그러면 저는 아무리 초라한 오두막이라도 거기로 갈게요. 하지만 '그때까지는' 여기 있게 해주세요. 집 없는 극빈의 공포는 두 번 다신 맛보고 싶지 않아요."

"'당연히' 여기에 계셔야죠." 다이애나가 흰 손으로 내 머리를 쓰다듬으며 말했다. "'당연히'요." 메리가 천성인 듯한 조심성 있는 성실한 말투로 언니의 말을 되풀이했다.

"보다시피, 동생들은 당신과 함께 지내는 것을 기뻐하오. 어느 겨울바람에 창문으로 떠밀려 온 반쯤 얼어붙은 새를 지키고 돌보는 데서 기쁨을 얻는 것처럼 말이오. 나는 당신이 제 앞가림을 할 수 있는 길로 미는 쪽이 더 마음에 드니, 그쪽으로 애를 써봐야겠소. 하지만 알아두시오, 내 세계는 좁소. 난 가난한 시골 교구의 성직자일 뿐이니까. 내 도움은 미력하기 짝이 없을 것이오. 그러니 '작은 일의 날[72]'을 멸시하는 편이라면, 내가 줄 수 있는 것들보다 더 유능한 원조를 구해보시오."

"이분은 자신이 할 수 있는 정직한 일이라면 뭐든 기꺼이 하겠다고 이미 말씀하셨어." 다이애나가 나를 대신해서 답했다. "그리고 신존, 이분은 도움 줄 사람을 가릴 처지가 아니야. 오빠처럼 무뚝뚝한 사람이라도 참을 수밖에 없어."

"저는 양재사도 좋아요. 품팔이 일꾼도 좋고요. 달리 더 나은 일이 없다면, 하인도 좋고, 보모도 좋아요."

"좋소." 신존이 아주 냉정하게 말했다. "당신 각오가 그렇다면,

---

72 〈스가랴서〉 4장 6절~10절. 하느님이 선지자 스가랴를 통해 바벨론에서 웅장한 솔로몬 성전을 보고 돌아온 사람 중에 스룹바벨과 여호수아가 중심이 된 하느님의 성전 건축 일을 작고 하찮게 보아 '작은 일'이라 멸시하는 자들이 있음을 지적하며 쓴 표현이다.

적절한 때에 적절한 방식으로 당신을 돕겠다고 약속하리라."

그러고 그는 차를 마시기 전에 읽던 책을 다시 읽기 시작했다. 나는 곧 그 자리에서 물러났다. 그때의 내 체력으로는 너무 많이 말하고 너무 오래 앉아 있었다.

30장

알면 알수록 무어하우스 사람들이 좋아졌다. 며칠이 지나자 종일 침대 밖에 나와 앉고 이따금 산책도 할 수 있을 정도로 건강이 회복되었다. 다이애나와 메리가 하는 일은 뭐든 같이 할 수 있었다. 그들이 원하는 만큼 같이 대화하고, 그들이 허락하는 한에서 언제 어디서든 그들을 도왔다. 처음으로 맛본 그런 교제에는 사람을 소생시키는 기쁨과 더불어 취미와 감정과 소신이 완벽하게 일치하는 데서 일어나는 즐거움도 있었다.

그들이 읽기 좋아하는 것은 내게도 읽기가 좋았다. 그들이 즐기는 것은 내게도 즐거웠다. 그들이 인정하는 것은 내게도 존경스러웠다. 둘은 그 외딴집을 사랑했고, 나도 그 작고 오래된 회색 건물에서, 낮은 지붕에서, 격자를 단 여닫이창들에서, 썩어가는 벽들에서, 산바람에 시달려 죄 비스듬히 자란 늙은 전나무 가로수 길에서, 아주 억센 종류 말고는 어떤 꽃도 피지 않고 주목과 호랑가시나무가 우거져 어둑한 정원에서 강력하고도 영구적인 매력을 발견했다. 그들은 집 뒤와 주변을 둘러싼 자줏빛 황무지에, 대문에서부터 시작해 양치류가 무성한 둔덕들 사이를 휘감다가 움푹 팬 골짜기 아래로 이어지는 자갈투성이 승마길에 마음을 주고 있었다. 히스가 무성한 황야나 척박하기 짝이 없는 작은 목초지들이 그 길을 감쌌고, 목초지에서는 회색 황무지 양 떼들이 이끼 같은 얼굴을 한 새끼들을 거느리고 풀을 뜯었다. 그들은 이런 경치에 열정의 마음을, 그러니까, 완벽한 애착을 품었다.

　나는 그 느낌을 이해할 수 있었다. 그리고 그 강도와 진실함에도 공감할 수 있었다. 나 자신이 그 지역의 매력을 보았다. 나는 그 쓸쓸함에 깃든 신성을 느꼈다. 내 눈은 부풀어 오르며 뻗어나간 언덕들의 윤곽을, 산등성이와 작은 골짜기까지 번져나간 이끼와 히스꽃과 점점이 꽃이 흩뿌려진 잔디와 눈부신 양치식물과 부드러운 화강암 돌덩이가 이루는 현란한 색의 향연을 즐겼다. 이런 세세한 모든 것이 그들에게처럼 내게도 순수하고 달콤한 수많은 기쁨의 원천이 되었다. 이 지역의 강한 돌풍과 부드러운 산들바람, 날씨가 험악한 날과 평온한 날, 해가 뜰 때와 해가 질 때, 달 밝은 밤과 구름낀 밤이 그들에게처럼 내게도 똑같은 매혹을 일으켰고, 그들의 넋을 빼놓은 마법이 내 마음의 능력들도 감쌌다.

　우리는 집 안에서도 잘 어울렸다. 둘은 나보다 많은 기예를 익혔고, 더 많은 책을 읽었다. 그러나 나는 그들이 앞서간 지식의 길을 열심히 따라갔다. 그들이 빌려준 책을 탐독했고, 밤이면 낮에 읽은 것들을 그들과 토론하는 데서 온전한 만족을 느꼈다. 생각이 생각에 꼭 들어맞고, 의견이 의견을 만났다. 간단하게 말해, 우리는 완벽하게 일치했다.

우리 트리오에서 지도자이자 으뜸을 꼽으라면 단연 다이애나였다. 신체적으로 봐도 나보다 훨씬 빼어났다. 다이애나는 아름다웠다. 활기찼다. 나로서는 이해하기 어려운 그 동물적인 영혼에는 경이감마저 들 정도로 풍부한 생명력과 확실한 에너지가 있었다. 나는 밤 토론이 시작되면 한동안은 말을 해도, 처음의 생기와 유창함이 한풀 꺾이고 나면 다이애나의 무릎을 베고 그 발치에 놓인 등받이 없는 낮은 의자에 앉아 나로서는 건드려만 본 주제를 둘이서 치밀하게 논의하는 소리를 듣고 있기를 즐겼다. 다이애나가 독일어를 가르쳐주겠다고 했다. 나는 그녀에게서 배우는 게 좋았다. 다이애나는 가르치는 역할을 즐길뿐더러 그 역할이 잘 맞는 듯했고, 나는 나대로 학생의 역할을 즐기는 데다 그 역할이 잘 맞았으니까. 우리는 성정이 잘 맞았다. 그 결과는 가장 끈끈한 형태의 상호 애정이었다. 내가 그림을 그릴 줄 안다는 걸 알게 되자마자 그들은 자기들이 쓰던 연필과 물감을 쓰라고 내주었다. 내가 가진, 유일하게 그들보다 뛰어난 그 재주를 그들은 놀라워하고 기뻐했다. 몇 시간씩 옆에 앉아 지켜보곤 하던 메리가 그림 수업을 받기로 했다. 그녀는 온순하고 영민하고 끈기 있는 학생이 되었다. 그처럼 바삐, 서로 즐기면서, 하루가 한 시간처럼, 한 주가 하루처럼 시간이 흘러갔다.

신존 씨로 말하자면, 나와 그의 누이동생들 사이에서 그처럼 자연스럽고 급속하게 형성된 친밀감이 그에게까지 미치지는 못했다. 한 가지 이유는 우리 사이에서 관찰되는 거리로, 그가 상대적으로 집에 있는 때가 드물기 때문이었다. 그는 상당한 시간을 교구 여기

저기에 흩어져 있는 병들고 가난한 사람들을 방문하는 데 쓰는 듯했다.

성직자의 소임에 따른 이런 나들이는 어떤 날씨도 방해하지 못했다. 마른날이나 진날이나, 아침 공부 시간이 끝나면 그는 모자를 쓰고, 아버지의 늙은 포인터 종 개인 카를로를 데리고, 사랑의 사명 아니면 의무의 사명을 다하기 위해 길을 나섰다. 그가 어느 쪽에 더 큰 의미를 두는지는 알 수 없는 일이었다. 때때로 날씨가 몹시 나쁠 때는 누이동생들이 외출을 만류하곤 했다. 그러면 그는 유쾌하다기에는 좀 엄숙한 특유의 미소를 지으며 말했다.

"바람 좀 불고 비 좀 뿌린다고 이런 쉬운 임무를 외면하다니, 그렇게 나태해서야 내 장래에 무슨 준비가 되겠어?"

이 말에 대한 다이애나와 메리의 일반적인 대답은 한숨과 잠시 슬픈 듯이 명상에 잠기는 것이었다.

잦은 출타 외에도 그와의 우정을 가로막는 장애물은 또 있었다. 그가 속내를 잘 드러내지 않는 데다 마음이 딴 데 가 있는 듯해서, 심지어는 기질적으로 음침해 보이기까지 한다는 점이었다. 성직에 따른 수고에는 열성적이고 일상생활이나 습관에도 나무랄 데 없지만, 그는 모든 신실한 종교적, 실천적 자선가가 얻는 보답이라 할 그 정신적 고요를, 그 내적 만족을 즐기는 듯이 보이지 않았다. 밤에 서류를 앞에 놓고 창가에 놓인 자기 책상에 앉은 걸 보면, 무언가를 읽거나 쓰다가도 그치고는 턱을 괸 채 나로서는 짐작도 안 가는 생각에 빠져 있곤 했다. 그 눈이 자주 번득이고 불안정하게 커지는 걸로 봐서는 혼란스러우면서도 들뜬 생각인 듯했다.

게다가 내 생각에, 누이동생들에게 기쁨의 보고인 자연이 그에게는 그렇지 않았다. 그가 언덕들이 주는 투박한 매력과 자신이 집이라 부르는 검은 지붕과 고색창연한 벽들에 대한 타고난 애정을 표현한 적은 있지만, 내 듣기로는 딱 한 번이었고, 그런 감상을 전하는 어조와 말에는 기쁨보다는 우울이 더 많았다. 마음을 가라앉히는 침묵을 찾아 황무지를 거니는 일도 영 없는 듯했고, 황무지가 내어줄 수 있는 수천 가지의 평화로운 기쁨을 구하거나 누리려고 하는 법도 없었다.

그처럼 과묵한 사람이다 보니, 꽤 시간이 흘러서야 그의 정신을 가늠해볼 기회가 생겼다. 나는 그가 모튼에 있는 자기 성당에서 하는 강론을 듣고 처음으로 그 도량의 감을 잡았다. 그 강론을 설명할 수 있다면 좋겠지만, 나로서는 역부족이다. 내게는 그 강론이 준 느낌조차 충실하게 그려낼 방도가 없다.

강론은 차분하게 시작되었다. 사실 빠르기와 높낮이 면에서만 보면 마지막까지 차분했다. 그러나 실제로는 명료한 어조 속에서 이내 철저하게 억제된 열정이 숨을 쉬며 강하게 드러나기 시작하더니, 이내 눌리고 응축되고 억제되면서 더욱 힘을 더해가는 듯이 느껴졌다. 그런 설교자의 힘에 흥분한 심장과 놀란 정신은 그 뒤로도 누그러질 줄을 몰랐다. 강론 전체에 걸쳐 뭔가 묘한 신랄함이 있었다. 위로를 주는 상냥함은 부재했고, 신의 선택, 구원 예정론, 신의 배척 같은 개혁주의 교리들과 관련된 준엄한 암시가 잦았다. 그리고 그런 요점들을 언급하는 문장 하나하나는 마치 종말을 고하는 판결처럼 들렸다. 강론이 끝나자, 나는 그의 논설 덕분에 더 나아지고 더 고요해지고 더 깨쳐진 느낌이 아니라 뭐라 형언할 수 없는 슬픔을 느꼈다. 다른 사람들에게는 어땠는지 모르겠지만, 내게는 그 유창한 웅변이 탁한 실망의 찌꺼기들이 고인, 충족되지 않은 동경과 불온한 포부의 괴로운 충동들이 꿈틀거리는 저 깊은 곳에서 튀어나온 듯이 느껴졌기 때문이었다. 정결하고 양심적이고 나름대로 열성적인 신존 리버스가 아직 하느님의 평화[73]를 발견하지 못했음을 나는 확신했다. 남몰래 숨긴 부서진 이상과 잃어버린 낙원에 대한 고통스러운 후회로 괴로워하는, 근래에 언급하지는 않았지만 여전히 가슴 아픈 후회에 사로잡혀 무자비하게 학대당하는 나와 별반 다르지 않다고 나는 생각했다.

그러는 사이 한 달이 지났다. 다이애나와 메리는 곧 무어하우스를 떠나 영국 남부에 있는 어느 현대적인 대도시에서 기다리는 아주 다른 생활과 환경으로 돌아가야 했다. 그들이 각자 가정교사로 일하는 저택의 부유하고 오만한 거주자들은 그저 그들을 미천한 고용인으로만 여겼고, 그들이 가진 천부적 자질을 알지도 찾지도 않고서 그저 그들이 배워 익힌 기예만을 요리사의 기술이나 시녀의 취향을 존중하듯이 존중할 뿐이었다. 신존 씨가 구해보겠다고 약속한 일자리에 관해서는 아직 아무 말이 없었다. 하지만 어떤 종류가 됐든, 직업을 가지는 것이 내게는 급박한 사안이 되었다. 어느 날 아침, 몇 분간 그와 단둘이 응접실에 남게 되자, 나는 용기를 내어 그의 탁자와 의자, 책상을 둔 덕분에 일종의 서재로 격상된 창가로 다가갔다. 늘 그가 두르고 있는 그 천성적인 냉정함을 깨기가 어려워서, 어떤 식으로 말을 꺼내야 할지 딱히 모르면서도 막 입을 떼려는 순간, 그가 먼저 말을 걸어서 그런 곤란을 면하게 해주었다.

| 73 공동번역 개정판 〈빌립보서〉 4장 6절~7절

내가 곁으로 다가가자 그가 고개를 들었다. "내게 뭐 물을 게 있소?"

"네, 혹시 제게 적당한 일자리 소식을 들으신 게 있는지 알고 싶어서요."

"삼 주 전에 당신이 할 만한 일을 찾았소, 아니면 마련했거나. 하지만 당신이 여기서 쓸모도 있고 행복하기도 한 것 같아서, 동생들이 확실히 당신을 좋아하고 또 같이 어울리며 드물게 기뻐했으니, 둘이 마쉬엔드를 떠날 시간이 다가와 당신에게도 새 출발이 필요해지게 될 때까지는 여러 사람의 편안함을 훼방 놓는 것이 부적절하겠다고 생각했소."

"이제 사흘 뒤면 두 분은 가시겠죠?"

"그래요. 동생들이 떠나면 나도 모튼에 있는 사제관으로 돌아가오. 해나도 같이. 그러면 이 옛집은 닫아놓을 거요."

나는 그가 먼저 꺼낸 얘기를 더 할 줄 알고 잠시 기다렸지만, 그는 다른 생각으로 넘어가버린 듯했다. 그의 표정에서 그가 나와 내 볼일과는 상관없는 것을 생각하고 있음을 알 수 있었다. 어쩔 수 없이 내게 당연히 긴급하고 절박한 관심사인 주제를 다시 일깨워야 했다.

"리버스 씨, 고려하시는 일자리라는 게 어떤 거죠? 이렇게 미루는 바람에 일자리를 얻기가 곤란해지지 않았으면 좋겠네요."

"아, 아니요. 내가 알아서 주고, 당신이 받으면 되는 일자리니까."

그가 다시 입을 다물었다. 더는 말하기 싫은 듯했다. 나는 조바심이 났다. 침착하지 못한 몸짓 한두 번과 그의 얼굴에 고정된 열망과 기대를 담은 시선이 그런 기분을 말 못지않게 효과적으로, 그러면서도 힘들이지 않고 그에게 전달해주었다.

"서둘러 들을 필요는 없어요. 솔직히 얘기하면, 격에 맞거나 돈 벌이가 될 만한 일자리는 아니요. 설명하기 전에, 내가 전에 분명하게 말했을 거요. 내가 당신을 돕는다면, 그건 장님이 절름발이 돕듯이 미약할 거라고. 나는 가난하오. 아버지의 빚을 갚고 나면 내게 남겨지는 유산이라곤 이 무너져가는 시골 저택과 뒤에 줄지어 선 굽은 전나무들, 그리고는 집 앞 주목들과 호랑가시나무들이 심긴 황야의 땅뿐이오. 내 가문은 한미하오. 리버스가는 유서 깊은 가문이지만, 가문의 마지막 후손 셋 가운데 둘이 낯선 사람의 고용인이 되어 생활하고, 나머지 하나는 삶에서뿐만 아니라 죽음 면에서도 자신을 고향을 떠난 이방인이라 여기고 있소. 그래요, 그리고 생각하오, 생각해야만 하오, 자신이 명예로운 운명을 타고났다고 말이오. 그러고는 혈육들과의 이별이라는 십자가가 어깨에 놓이는 날, 그리고 가장 말석에서 봉사하는 저 싸우는 교회의 우두머리가 '일어나 나를 따르라!'라고 말씀하시는 날이 오기만을 열망하오."

신존은 얼굴을 붉히지도 않고 눈을 빛내면서 강론할 때처럼 차분하고 낮은 목소리로 말했다.

"내가 가난하고 한미하니 당신에게도 가난하고 한미한 일자리밖에 줄 수 없소. 품위에 맞지 않는 일이라고 생각할 수도 있소. 지금까지 보니, 당신의 행동거지는 세상 사람들이 세련됐다고 일컫는 것들이니까. 취향은 이상적인 쪽으로 기울고, 아마 못해도 배운 사람들 사이에서 지냈을게요. 하지만 나는 우리 인간을 더 낫게 만들 수 있는 일이 품위를 떨어뜨리는 일일 수는 없다고 생각하오. 그리스도의 일꾼에게는 지정된 밭이 가물고 척박할수록, 노고에 대한 보상이 빈약할수록 영광은 더 높아진다고 나는 믿소. 그런 상황에서 일꾼은 개척자가 되어야 할 운명이오. 그리고 복음서 최초의 개척자는 열두 사도였고, 사도들의 우두머리는 구세주 예수셨지."

그가 다시 말을 멈추자, 내가 말했다. "그래서요? 계속하세요."

그는 다시 입을 열기 전에 나를 쳐다보았다. 쳐다본다기보다 내 이목구비가 책에 적힌 글자라도 되는 듯이 천천히 내 얼굴을 읽는 듯했다. 그가 이 정밀한 관찰에서 끌어낸 결론은 뒤이은 그의 말에서 일부 표현되었다.

"당신은 내가 제안하는 일자리를 받아들여 한동안은 맡아줄 것이오. 그래도 영구히는 아니오. 내가 이 좁은, 갈수록 좁아지기만 하는 조용하고 외진 영국의 시골 사제실을 영원히 지키고 있을 수 없는 것과 마찬가지지. 나처럼 당신 본성에도 평온하게 머무는 데 해가 되는 불순물이 있으니까 말이오. 종류는 다르지만."

"설명하세요." 그가 또 말을 멈추는 바람에 나는 재촉했다.

"그러겠소. 그러면 당신은 이 일자리가 얼마나 초라한지, 얼마나 하찮고 얼마나 갑갑한 것인지 듣게 되겠지. 난 모튼에 오래 있지 않을 것이오. 이제 아버지도 돌아가시고, 내 마음대로 해도 되니까 말이오. 아마 일 년 안에 이곳을 떠나겠지. 하지만 있는 동안에는 이곳을 더 나은 곳으로 만들기 위해 전력을 다할 것이오. 이 년 전에 여기 모튼으로 왔을 때는 학교가 없었소. 가난한 집 아이들은 어떠한 발전의 희망도 가질 수 없었지. 난 남자애들을 위한 학교를 세웠소. 이번에는 여자애들을 위한 두 번째 학교를 열 생각이오. 그 목적으로 건물을 하나 빌렸소. 교사 사택으로 쓸 방 두 개짜리 작은 집이 딸린 건물이오. 교사 봉급은 일 년에 삼십 파운드이고, 집에는 아주 간소하지만 필요한 가구가 이미 다 비치돼 있소. 미스 올리버 라는, 내 교구의 유일한 부자인, 저 골짜기에 바늘공장과 제철소를 소유하고 있는 올리버 씨의 외동 따님 되시는 숙녀분의 호의 덕분이오. 바로 그 숙녀분이 구빈원에서 데려온 고아 하나의 교육비와 의복비도 대주시기로 했소. 가르치는 일로 시간이 없을 교사를 도와 학교와 사택에 관련된 잡다한 일을 거드는 조건으로 말이오. 그 교사가 돼주겠소?"

그가 다소 성급하게 물었다. 내가 이 제안에 분개하거나, 하다못해 경멸하듯이 거부하리라 기대하는 듯도 했다. 나라는 사람의 사고와 감성을 어느 정도 추측했다고는 하나 모두 알 수야 없는 그로서는 그 일자리가 내게 어떻게 보였을지 알 수 없었을 것이다. 실제로 보잘것없는 일자리였다. 하지만 안전한 일자리였고, 나는 안전한 피신처가 필요했다. 지루하고 단순한 일자리이기도 했다. 하지만 부잣집 가정교사 자리에 비하면 독립적인 일이었다. 낯선 사람들 밑에서 고용인으로 일하는 불안은 송곳처럼 가슴을 찌르는 법이다. 정신적으로 품위를 떨어뜨리지 않아도 된다는 점은 무시할만한 사항도 가치가 없는 사항도 아니다. 나는 마음을 정했다.

"리버스 씨, 고맙습니다. 기꺼이 그 일을 맡겠습니다."

"하지만 내 말을 이해하셨소? 그냥 시골 학교요. 학생들은 다 가난한 여자애들, 기껏해야 농장 일꾼들의 딸들이오. 가르칠 것도 뜨개질과 재봉질, 읽기, 쓰기, 셈하기 정도가 다일 테지. 지금껏 익힌 것들은 어떡하시겠소? 당신의 정신을 가장 많이 차지하고 있는 그 사상들과 취향들은 말이오?"

"필요할 때까지 잘 둬야지요. 어디 가지는 않을 거예요."

"그럼, 어떤 일을 맡는 건지 아는 거지요?"

"그럼요."

그러자 그가 싱긋 웃었다. 신랄하거나 슬픈 미소가 아니라 몹시 즐겁고 아주 만족스럽다는 미소였다.

"그러면 언제부터 일을 시작하시겠소?"

"내일 제 집으로 갈게요. 학교는, 괜찮으시다면, 다음 주부터 열고요."

"좋아요, 그렇게 합시다."

그가 일어나 방 안을 서성거렸다. 그러더니 멈춰서서 또 나를 쳐다보았다. 그가 고개를 저었다.

"뭐 못마땅한 거라도 있으세요, 리버스 씨?"

"당신은 모튼에 오래 있지 않을 거요. 그래, 당연하지!"

"왜요? 왜 그런 말씀을 하세요?"

"당신의 눈에 적혀 있소. 단조로운 생활을 오래 버틸 수 있다고 보장하는 글귀는 아니오."

"전 야심이 없어요."

'야심'이라는 말에 그가 움찔했다. "야심이라니. 아니요. 어쩌다 야심 생각을 한 거요? 누가 야심이 있소? 내게 야심이 있는 건 나도 아오. 하지만 당신이 어떻게 그걸 알았지?"

"전 제 얘기를 하고 있었어요."

"흠, 당신에게 야심이 없다면, 당신은—" 그는 말을 멈추었다.

"네?"

"열정적이라고 말할 참이었소. 하지만 아마 당신은 오해하고, 불쾌하게 여기겠지. 내 말은, 인간의 애정과 동정심이라는 것이 더없이 강력하게 당신을 사로잡고 있다는 뜻이오. 당신은 얼마 못 가 고독 속에서 안락하게 시간을 보내는 것에, 아무 자극 없는 단순한 노동에 업무 시간을 바치는 것에 만족하지 못하게 될 것이 뻔하오." 그가 강조하듯이 덧붙였다. "나와 마찬가지로, 습지에 묻혀, 산중에 유폐되어 사는 것에 말이오. 신이 주신 본성은 거부되고, 하늘이 주신 재능은 마비되어 쓸모없어졌소. 당신은 지금 내가 어떻게 자기 자신을 부정하는지 듣고 있소. 주어진 소박한 운명에 만족하라고 강론하고, 신에게 봉사하는 것이라면 나무하는 자와 물 긷는 자의 소임도 정당화하던 내가, 신의 부름을 받은 사제인 내가, 속으로 들끓는 마음에 거의 헛소리를 지껄이고 있소. 음, 성향과 신념은 어떤 식으로든 일치되어야 하는 법이오."

그가 방을 나갔다. 그 짧은 시간에 그에 대해 지난 한 달 내내 알아낸 것보다 더 많은 것을 알게 되었지만, 그는 여전히 수수께끼였다.

오빠와 집을 떠날 날이 다가올수록 다이애나와 메리는 더 슬퍼지고 말수가 적어졌다. 둘 다 아무렇지 않아 보이려고 애를 썼지만, 그들이 싸워야 했던 슬픔은 완전히 정복되거나 숨겨질 수 없는 것이었다. 다이애나는 이번 작별이 지금껏 알아온 작별과는 다르리라고 넌지시 암시했다. 신존에 관해서라면, 아마도 오랜 작별이 될 거라고, 어쩌면 평생에 걸친 작별이 될지도 모른다고 말이다.

"오빤 오래 계획해온 그 결심에 모든 걸 바칠 거야." 다이애나가 말했다. "자연스러운 애정이나 그보다 더 강력한 감정까지도 말이야. 오빠는 조용해 보이지만, 제인, 그 근본 안에는 열정이 숨어 있어. 오빠가 온순하다고 생각하겠지만, 어떤 일들에는 죽음처럼 굽힘이 없지. 그리고 제일 나쁜 건, 오빠의 그 가혹한 결심을 단념시키는 것을 내 양심이 허용치 않으리라는 점이야. 분명 난 잠시라도 그 때문에 오빠를 비난하지는 못할 거야. 올바르고, 고귀하고, 기독교도다운 결심이니까. 하지만 내 마음은 찢어질 것 같아!" 아름다운 눈에서 눈물이 흘러내렸다. 메리가 들고 있던 일감에 고개를 푹 숙였다.

"우리에겐 이제 아버지가 안 계셔. 곧 집도 오빠도 없어지겠지." 메리가 중얼거렸다.

그때 어떤 작은 사건이 일어났는데, 마치 '불행은 혼자 오지 않는다'라는 속담이 진실임을 증명하려고 운명이 일부러 장난을 치는 듯했다. 신존이 웬 편지를 읽으며 창밖을 지나가더니, 이내 방으로 들어왔다.

"존 외삼촌이 돌아가셨어."

두 자매 모두 움찔하는 듯했다. 충격을 받거나 놀라지는 않았다. 그들의 눈빛으로 보아 그건 괴로운 소식이라기보다는 그저 중요한 소식이었다.

"돌아가셨다고?" 다이애나가 되물었다.

"그래."

다이애나가 오빠에게 살피는 듯한 시선을 던졌다. "그럼 어떻게 되는 거야?" 낮은 목소리였다.

"어떻게 되냐니, 죽으면?" 신존이 조각상처럼 굳은 얼굴로 대답했다. "어떻게 되냐고? 뭐, 아무 일도 없어. 읽어봐."

그가 편지를 다이애나의 무릎에 던졌다. 다이애나가 편지를 재빨리 훑어보고는 메리에게 넘겼다. 메리는 말없이 정독한 다음에 편지를 오빠에게 돌려주었다. 셋이 서로를 쳐다보며 미소를 지었다. 쓸쓸하고도 우울한 미소가 아닐 수 없었다.

"아멘! 우리는 그래도 살 수 있어." 마침내 다이애나가 입을 열었다.

"어쨌거나, 이전보다 나빠지지는 않을 테니까." 메리가 말했다.

"그저 그 덕에 '이러면 어떨까' 하는 상상이 머릿속에 박혔을 뿐이지." 리버스가 말했다. "그리고 그게 좀 너무 선명하게 현실과 대비가 되고 말이야."

그가 편지를 접어 책상 서랍에 넣고는 다시 방을 나갔다.

한동안 아무도 입을 열지 않았다. 그러다 다이애나가 나를 보고 말했다.

"제인, 우리를 보고 무슨 비밀이 있나 싶어서 궁금할 거야. 그리고 외삼촌처럼 가까운 친척이 돌아가셨는데도 그다지 슬퍼하지 않는 우리가 무정한 사람들처럼 여겨질 테고. 하지만 우린 그분을 보거나 연락을 주고받은 적도 없거든. 그분은 우리 어머니의 오빠인데, 오래전에 우리 아버지가 그분과 다퉜어. 우리 아버지가 투기로 재산을 거의 다 잃고 파산한 것이 그분의 조언에 따른 거였거든. 두 분 사이에 비난이 오갔지. 두 분은 화가 나서 그 길로 헤어져서 다시는 화해하지 않으셨대. 외삼촌은 그 뒤로 훨씬 성공적으로 사업을 벌이셔서 이만 파운드에 달하는 재산을 모으셨다나 봐. 결혼은 안 하셨고 가까운 친척이라고는, 촌수로 치면 우리와 똑같이 가까운 다른 한 사람밖에 없어. 우리 아버지는 늘 외삼촌이 재산을 우리에게 남김으로써 자신의 과오를 보상하리라는 희망을 품고 계셨거든. 그 편지에는 외삼촌이 전 재산을 우리가 아닌 그 다른 친척에게 남긴다고 적혀 있어. 삼십 기니만 빼고 말이야. 그 돈은 신존과 다이애나, 메리가 나눠서 추모용 반지를 사는 데 쓰라고 남겨주신 거고. 물론 외삼촌에겐 당신 마음대로 하실 권리가 있지. 하지만 그런 소식을 받고 보니, 순식간에 의기소침해지지 뭐야. 메리와 나는 천 파운드씩만 갖게 되어도 부자가 됐다고 생각했을 텐데. 그걸로 할 수 있었을 좋을 일들을 생각하면, 신존에게도 가치 있는 금액이었을 테고."

설명이 끝나자 그 얘기는 그걸로 끝이 나고, 리버스 씨나 두 누이동생이나 그 일을 다시 거론하는 일은 없었다. 다음 날, 나는 마쉬엔드를 떠나 모튼으로 향했다. 그다음 날, 다이애나와 메리가 먼 XXX를 향해 집을 떠났다. 일주일 후에 리버스 씨와 해나가 사제관으로 돌아갔다. 그렇게 그 오래된 시골 저택은 텅 비게 되었다.

31장

내 집은, 그러니까 마침내 내가 집을 찾은 거라면, 오두막이다.
회칠한 벽과 모래를 문질러 매끄럽게 다듬은 나무 바닥이 있는 작
은 방에는 색을 칠한 의자 네 개와 탁자 하나, 시계 하나, 접시와 그
릇 두어 개씩이 든 식기장 하나, 델프트 차 도구 한 벌이 있다. 위층
에 있는 같은 크기의 침실에는 전나무 널빤지로 만든 침대 틀과 작
지만 내 빈약한 옷가지들로 채우기에는 너무 큰 서랍장이 있다. 상
냥하고 관대한 친구들의 호의로 옷가지들이 늘어나, 필요하다고
생각되는 것들은 어느 정도 갖추었는데도 말이다.

저녁때다. 하녀로 일해준 어린 고아는 보수로 오렌지 한 알을 들
려 돌려보내고, 나는 홀로 난롯가에 앉아 있다. 오늘 아침에 마을
학교가 문을 열었다. 학생은 스무 명이다. 그중 읽을 줄 아는 학생은
셋이고, 쓰거나 셈을 할 줄 아는 학생은 아무도 없다. 몇몇은 뜨개
질을 할 줄 알고, 몇몇은 바느질을 어느 정도 할 줄 안다. 아이들은

심한 그 지방 사투리로 말한다. 당장은 나와 아이들 다 서로의 말을 이해하는 데 어려움이 있다. 그중 몇몇은 무지할뿐더러 무례하고 거칠어 다루기 힘들지만, 다른 아이들은 온순하고 배우고자 하는 열의가 있으며 마음에 드는 자질을 보인다. 이 남루한 차림의 어린 농부들이 가장 명예로운 가문의 자제들 못지않게 훌륭한 살아 있는 사람들이며, 그들의 마음속에도 가장 고귀한 태생의 이들의 마음속과 마찬가지로 타고난 탁월함과 세련됨, 지성, 부드러운 감정이라는 보석들이 존재한다는 사실을 잊어서는 안 된다. 내 임무는 그런 보석들을 계발하는 것일 테다. 분명히 이 직분을 수행하는 데서 어느 정도 행복을 찾을 것이다. 내 앞에 펼쳐진 삶에서 큰 기쁨을 기대하지는 않지만, 내가 마음을 잘 다스리고 마땅히 해야 하는 대로 내 힘들을 발휘한다면, 이 삶은 하루하루 살아가기에 충분한 기쁨 정도는 주리라.

오늘 오전과 오후, 저기 누추하고 휑뎅그렁한 교실에서 보낸 시간에 나는 아주 즐겁고 안정되고 만족스러웠던가? 자신을 속이지 않으려면 '아니'라고 답해야 한다. 꽤 비참한 기분이었다. 그랬다, 바보가 된 기분이었고, 미천해진 기분이었다. 내가 사회적 지위 측면에서 자신을 높이기는커녕 낮추는 결정을 한 것이나 아닌지 의심했다. 곁에서 듣고 본 온갖 무지와 빈곤과 천박함에 약간 낙담하기도 했다. 하지만 이런 기분들을 이유로 자기 자신을 너무 미워하거나 경멸하지는 말자. 이 기분들이 틀렸다는 건 안다. 그것이 내가 얻은 커다란 진전이었다. 나는 이 기분들을 보란 듯이 극복할 것이다. 내일은 확실히 일부를 눌러 이길 것이고, 아마 몇 주 안에 이런 기분들은 상당히 완화될 것이다. 몇 달만 지나면, 발전을 보는 행복과 내 학생들에게서 생기는 좋은 변화가 혐오의 감정을 만족감으로 바꿔줄 것이다.

그동안에 스스로에게도 한 가지 질문을 해보자. 어느 쪽이 나은가? 유혹에 굴복했다면, 열정의 속삭임을 쫓아 아무 아픈 노력도 없이, 아무 분투도 없이, 그저 비단 덫에 빠져 덫을 가린 꽃을 베고 잠들었다가, 남쪽의 어느 사치스러운 멋진 별장에서 깨어나 지금 프랑스에서 로체스터 씨의 정부로 살고 있다면, 깨어 있는 시간의 반을 그의 사랑에 취해 있다면, 아, 그래, 그는 그랬을 것이다, 그는 나를 몹시 사랑했을 것이다, 한동안은. 그는 분명 나를 사랑했다. 누구도 다시는 날 그렇게 사랑해주지 않을 것이다. 아름다움과 젊음과 우아함에 주어지는 달콤한 예찬을 나는 더는 알 수 없을 것이다. 내게서 그런 매력을 보는 이는 다시 없을 테니까. 그는 나를 아끼고 자랑스러워했다. 그이 말고는 아무도 나를 그렇게 여기지 않으리라. 하지만 나는 어디를 헤매고 있는가, 무슨 말을 하고 있는가, 무엇보다, 어떻게 느끼고 있는가? 나는 묻는다, 마르세이유에 있는 바보의 낙원에서 노예가 되어 잠시 거짓 환희에 들떴다가 이내 쓰라리기 짝이 없는 후회와 치욕의 눈물에 질식할 것인가, 아니면 건강한 영국의 심장부에 있는 산들바람 부는 산골 피난처에서 자유롭고 떳떳한 시골 학교 선생으로 살 것인가?

그렇다. 내가 신념과 법을 지켜 열광적인 순간의 광적인 충동을 경멸하며 억누른 것은 옳았다. 신이 나를 바른 선택으로 이끌어주셨으니, 그리 인도해주신 신의 섭리에 감사할 따름이다!

해 질 녘의 상념이 여기까지 이르자, 나는 자리에서 일어나 문가로 가서 수확기의 해넘이와 마을에서 반 마일쯤 떨어진 학교와 내 오두막 앞에 펼쳐진 고요한 들판을 바라보았다. 새들이 마지막 선율을 노래하고 있었다.

"대기는 따스하도다. 이슬은 향기로워라."[74]

그런 풍경을 바라보면서 행복하다고 생각했다. 그러나 이내 내가 눈물을 흘리고 있다는 걸 깨닫고는 깜짝 놀랐다. 대체 왜? 주인 곁에 있지 못하게 된 운명 때문이었다. 더는 볼 수 없게 된 그이 때문이었다. 내가 떠난 탓에, 지금쯤 그이를 바른길에서 끌어내고 있을, 다시 돌아갈 수 있으리라는 희망조차 품을 수 없을 만큼 멀리 끌어내고 있을 그 절망적인 비탄과 치명적인 격노 때문이었다. 그런 생각이 들자 나는 사랑스러운 저녁 하늘과 인적 없는 모든 골짜기를 외면했다. '인적 없는'이라고 말한 이유는, 내가 선 쪽에서는 그 굽은 골짜기에서, 나무들 사이에 반쯤 숨은 성당과 사제관을 제외하면 저 먼 끄트머리쯤에 보이는, 부유한 올리버 씨와 그의 딸이 산다는 베일 저택의 지붕 말고는 아무 건물도 보이지 않았기 때문이었다. 나는 돌로 만든 문틀에 머리를 기댄 채 얼굴을 가렸다. 그러나 얼마 지나지 않아 목초지에서 내 작은 마당으로 통하는 쪽문 쪽에서 무슨 소리가 나는 바람에 고개를 들었다. 리버스 씨의 포인터 종 개인 늙은 카를로가 주둥이로 쪽문을 밀고 있었고, 신존 본인은 팔

---

74 역사소설의 창시자이자 가장 위대한 역사 소설가로 인정받는 영국 스코틀랜드의 시인이자 소설가 겸 역사가 월터 스콧 경(1771~1832)의 서사시 《마미온-플로든 들판의 이야기》(1808)의 한 구절. 《마미온》은 헨리 8세의 총신인 마미온이 사랑에 실패하고 플로든 전투에서 죽는 이야기를 그린다. 총 6편으로 구성되었으며, 각각에는 서문 역할을 하는 서간과 풍부한 주석이 달려 있다.

짱을 낀 채 쪽문에 기대서 있었다. 미간에는 주름이 잡혔고, 불쾌할 정도로 심각한 그의 시선은 내게 꽂혀 있었다. 나는 안으로 들어오시라고 말했다.

"아니요, 지체할 시간이 없소. 그저 동생들이 전해달라고 한 작은 꾸러미를 가져다주러 왔을 뿐이오. 아마 그림물감과 연필, 종이 등이 들어 있을 것이오."

나는 가서 꾸러미를 받았다. 환영 선물을 받는 기분이었다. 그가 가까이 다가가는 내 얼굴을 구석구석 살피는 듯했다. 분명 눈물 자국이 선명했을 것이다.

"근무 첫날이 생각보다 힘들었소?"

"아, 아니에요! 오히려, 학생들과는 금방 잘 지내게 될 것 같아요."

"그러면 아마 숙소가, 이 오두막과 가재도구가 기대에 미치지 못한 게지? 적잖이 빈약한 건 사실이니까. 하지만-" 내가 끼어들었다.

"이 오두막은 깨끗하고 비바람을 막아줘요. 가재도구도 충분하고 쓰기에 편리하고요. 눈에 보이는 것마다 실망은커녕 감사한 마음만 들어요. 전 양탄자나 소파, 은접시 같은 것이 없다고 섭섭해하는 그런 바보도 관능주의자도 아니에요. 게다가 오 주 전만 해도 제겐 아무것도 없었는걸요. 추방자, 거지, 방랑자였던 제게 지금은 친구들과 집과 일이 있어요. 그저 신의 선하심과 친구들의 너그러움과 제 운명의 관대함에 놀랄 뿐이에요. 전 아무 불평도 없어요."

"하지만 혼자 있는 건 힘들겠지? 당신 뒤에 있는 이 작은 집은 어둡고 텅 비었으니까."

"전 지금껏 고요의 느낌을 즐길 시간이 거의 없었어요. 고독의 고요 속에서라면 그렇게 조급해질 필요가 없겠지요."

"좋소. 그럼 당신 말대로 만족을 느끼길 바라오. 여하간에 롯의 아내처럼 동요하는 불안에 굴복하기에는 아직 이르다는 걸 당신처럼 영리한 사람이라면 잘 알 테니까. 당신이 무엇을 두고 떠나왔는지 나는 당연히 알 수 없지만, 뒤를 돌아보라고 꾀는 모든 유혹을 단호히 떨쳐내라 충고하고 싶소. 지금의 일에 꾸준히 매진하라고 말이오. 적어도 앞으로 몇 달간은."

"저도 그렇게 하려고 해요." 나는 대답했다. 신존이 말을 이었다.

"타고난 성향을 다스리고 천성의 방향을 거스르는 건 어렵지만, 내 경험으로 봤을 때, 가능한 일일 거요. 신은 우리에게 어느 정도 스스로의 운명을 만들 힘을 주셨소. 그러니 우리의 활동력이 원하는 자양분을 얻지 못하는 듯한 때에도, 우리 의지가 따르지 못할 길을 따르려 필사적으로 애쓰는 때에도, 우리는 영양실조로 굶주리거나 절망 속에서 멈춰 설 필요가 없소. 우리는 그저 맛보고자 갈망한 금단의 음식만큼 강력하고 어쩌면 그보다 더 순수한 다른 마음의 양식을 구하면 될 뿐이고, 우리 모험에 찬 발걸음을 위해 운명이 막아버린 길보다 더 험할지는 모르겠지만 그에 못지않게 곧바르고 넓은 길을 개척하면 그만이오.

일 년 전 나는 성직의 길에 들어선 것을 실수라 여겼기에 몹시 불행했소. 단조로운 직무들이 지루해서 죽을 지경이었지. 나는 좀 더 활동적인 세속의 삶을 열망했소. 더 흥미로운 문학가의 직업을, 예술가, 작가, 웅변가의 운명을, 신부가 아닌 다른 어떤 소임을 말이오. 그렇소, 정치인, 군인, 영광을 추구하고 명성을 사랑하고 권력을 갈망하는 자의 심장이 보좌신부인 내 중백의 밑에서 뛰고 있소.

나는 생각했소. 내 삶은 참으로 불행하니 바뀌지 않는다면 차라리 죽는 편이 낫겠어. 어둠과 분투의 계절이 지나고, 빛이 나타나더니 구원이 내렸소. 내 억눌린 존재가 순식간에 끝없이 벌판으로 펼쳐 졌소. 내 힘들이 일어나라는, 온 힘을 모아 날개를 펼치고 은신처 밖으로 나가라는 하늘의 부름을 들었소. 신이 내게 임무를 주신 거 요. 그걸 띠고 멀리 가서 잘 전달하려면 기술과 힘, 용기와 유창함 이, 군인과 정치인과 웅변가의 최고의 자질이 모두 필요했소. 그 모 든 것이 훌륭한 선교사의 핵심이니까 말이오.

나는 선교사가 되자고 결심했소. 그 순간부터 내 마음 상태가 바 뀌었지. 내 모든 능력을 속박하던 족쇄가 사라지고 떨어져나가 성 가신 상처만 남았소. 그건 시간만이 치료할 수 있을게요. 사실 아버 지께서 그 결심을 반대하셨지만, 이제 돌아가셨으니 그 결심을 실 행하는 데 방해될 것은 아무것도 없소. 몇 가지 일만 정리되면, 모 든 교구에 후임자가 정해지고, 한두 명과 얽힌 감정을, 내가 극복하 리라 맹세했으니 극복해낼, 인간적인 약점에 관계된 마지막 갈등 을 풀거나 잘라내고 나면, 나는 유럽을 떠나 동양으로 갈 거요."

그가 특유의 조용하지만 강한 어조로 말했다. 말을 마친 그는 내 가 아니라 지는 해를 바라보고 있었다. 나도 해를 바라보았다. 우리 는 들판에서 쪽문으로 이르는 길을 등지고 서 있었다. 풀이 덮인 그 길에서 발소리는 듣지 못했다. 그 시간 그 장소에서 들리는 소리는 마음이 편안해지는 골짜기의 물소리뿐이었다. 그때 은방울 소리처 럼 부드럽고 명랑한 목소리가 들렸으니, 우리가 깜짝 놀란 것도 당 연했다.

"안녕하세요, 리버스 씨. 안녕, 카를로. 친구를 알아보는 건 개가 더 빠르네요. 카를로는 제가 들판으로 접어들 때부터 귀를 세우고 꼬리를 흔들었는데, 신부님은 지금도 저한테 등만 보여주시네요."

사실이었다. 그 음악적인 목소리가 처음 들렸을 때는 마치 바로 머리 위 구름에서 번개라도 친 듯이 깜짝 놀랐던 리버스 씨가 그 말이 다 끝나도록 여전히 한 팔은 쪽문에 걸치고 얼굴은 서쪽으로 향한 채 가만히 서 있었으니 목소리의 주인공이 놀라는 것도 당연했다. 그가 마침내 정확히 계산된 신중한 태도로 돌아섰다. 그의 옆으로 내게는 환상처럼 보이는 무언가가 나타났다. 새하얀 옷을 입은 젊고 우아한 형체가 그와 약간 거리를 두고 섰다. 풍만하지만 몸매가 훌륭했다. 카를로를 쓰다듬고는 고개를 들고 긴 베일을 뒤로 넘기는데, 그의 시선을 받고 활짝 핀 완벽하게 아름다운 얼굴이 보였다. 완벽하게 아름답다는 말은 강한 표현이다. 하지만 나는 물리거나 수정하지 않겠다. 앨비온의 박한 기후가 지금껏 낳은 용모 중에 가장 달콤한 용모였고, 그 습한 돌풍과 흐린 하늘이 만들어낸 색 중에 가장 순수한 장미와 백합의 색이었으니 이 경우에는 꼭 알맞은 표현이었다. 매력이 모자라는 데도 없고, 결점도 보이지 않았다. 그 젊은 아가씨의 이목구비는 조화롭고 섬세했다. 눈은 사랑스러운 그림들에서 보는 것처럼 크고 까맣고 둥글었다. 그늘을 드리우는 긴 속눈썹이 모양 좋은 눈을 부드럽게 감쌌고 그린 눈썹이 선명한 느낌을 더했다. 희고 반듯한 이마는 선명하고 아름다운 색과 빛의 안정감을 더했고, 갸름하고 산뜻하고 매끈한 볼과 생기 있는 빨간 입술도 건강하고 사랑스러운 모양이었다. 고르게 난 아름답고 반짝이는 이, 보조개가 있는 조그만 턱, 숱이 많고 윤이 나는 머리카락, 그 아가씨는 한마디로 이상적인 미인을 구성하는 모든 아름다움을 골고루 갖추고 있었다. 나는 그 아름다운 여인을 바라보며 내 눈을 의심했다. 진심으로 그 여인을 찬미하지 않을 수 없었다. 분명 '자연'은 불공평한 기분으로 그 여인을 만들었으리라.

신존 리버스 씨는 이 지상의 천사를 어떻게 생각할까? 돌아서서 그 여인을 바라보는 그를 보면서 자연스럽게 그런 질문이 떠올랐고, 마찬가지로 자연스럽게 나는 그의 표정에서 그 질문의 답을 찾으려 했다. 그는 벌써 그 요정에게서 시선을 거두고는 쪽문 옆에 자라는 보잘것없는 데이지 덤불을 쳐다보고 있었다.

"기분 좋은 저녁이지만 혼자 나와 있기엔 늦었어요." 그가 꽃잎을 오므린 새하얀 꽃송이들을 발로 짓이기며 말했다.

"아, 전 방금 전에야 SXX에서 돌아왔어요." 여자가 이십 마일쯤 떨어진 어느 큰 도시의 이름을 댔다. "아빠가 신부님이 학교를 열었고 새 선생님이 오셨다고 하셔서, 차를 마시자마자 보닛을 쓰고 선생님을 뵈러 골짜기를 달려 올라왔지요. 이분이시죠?" 여인이 나를 가리켰다.

"그렇습니다." 신존이 대답했다.

"모튼이 마음에 드실 것 같으세요?" 여자가 어째 어린아이 같은, 솔직하고 천진하고 단순하고 쾌활한 어조와 태도로 내게 물었다.

"그랬으면 해요. 그럴 만한 많은 이유도 있고요."

"학생들은 기대하신 만큼 열심인가요?"

"대단히요."

"집은 마음에 드세요?"

"아주 많이요."

"제가 근사하게 꾸며놨나요?"

"정말, 아주 근사하게요."

"그리고 앨리스 우드를 심부름꾼으로 고른 것도 좋은 선택이었고요?"

"정말 잘하셨어요. 아이가 온순하고 손재주가 있어요." 나는 속으로 생각했다. '그러면 이분이 미모뿐만 아니라 재산도 타고났다는 그 상속자 미스 올리버구나! 대체 이 사람은 태어날 때 얼마나 즐거운 행성들의 조합이 있었기에 이런 행운을 타고났을까?'

"제가 가끔 와서 수업하시는 걸 도와드릴게요." 미스 올리버가 덧붙였다. "가끔 들르는 게 저에겐 기분전환이 될 거예요. 변화를 좋아하니까. 리버스 씨, 전 SXX에서 머무는 동안 정말 즐거웠답니다. 어젯밤에는, 아니 오늘 새벽이네요, 두 시까지 춤을 췄어요. 그 폭동들이 있은 뒤로 제XX 연대가 거기 주둔하고 있거든요. 장교들은 세상에서 제일 유쾌한 사람들이에요. 우리의 젊은 칼갈이들이나 가위 장수들 비할 바가 못 돼요."

내게는 신존의 아랫입술이 튀어나오고 윗입술이 순간적으로 삐죽거리는 것 같았다. 미스 올리버가 웃음을 터트리며 이 소식을 전하는 동안, 그의 입은 확실히 꽉 다물어졌고, 얼굴 아래쪽은 이상하게 딱딱하고 모가 났다. 그 또한 데이지에서 시선을 거두고는 미스 올리버를 바라보았다. 웃음기 없는, 살피는 듯한 의미심장한 시선이었다. 미스 올리버가 그 시선에 두 번째 웃음으로 답했다. 여인의 젊음과 장밋빛 뺨과 볼우물과 반짝이는 두 눈에 잘 어울리는 웃음이었다.

그가 아무 말 없이 엄숙한 얼굴로 서 있으니, 미스 올리버가 또 고개를 숙이고 카를로를 쓰다듬었다. "불쌍한 카를로는 날 좋아해.

카를로는 친구에게 엄하거나 서먹서먹하게 굴지 않아. 카를로가 말할 줄 안다면, 말없이 있지는 않을 거야."

미스 올리버가 젊고 엄격한 개 주인 앞에서 타고난 우아한 자태로 몸을 숙이고 개의 머리를 쓰다듬는 동안, 나는 그 주인의 얼굴이 달아오르는 것을 보았다. 나는 그의 심각한 눈이 갑작스러운 불꽃과 함께 녹아드는 것을, 저항할 수 없는 감정으로 깜박이는 것을 보았다. 그렇게 얼굴을 붉히고 눈을 빛내는 그는 미스 올리버가 여자로서 아름다운 만큼이나 남자로서 아름다웠다. 부푸는 그의 커다란 심장이 무자비한 압박에 견디다 못해 그의 의지를 거역하고 자유를 얻으려고 힘차게 요동치는 듯이 그의 가슴이 크게 한 번 들썩였다. 그러나 굳건한 기수가 날뛰는 종마를 휘어잡듯이, 그가 자신을 억눌렀다고 나는 생각한다. 그는 자신에게 보내는 그 부드러운 구애에 말로도 행동으로도 반응하지 않았다.

"아빠 말로는 요즘 통 우리를 보러 오시지 않는다고요." 미스 올리버가 그를 쳐다보며 말을 이었다. "신부님 얼굴을 잊어먹겠어요. 아빠가 오늘 저녁에 혼자 계시는데, 건강이 썩 좋지 않으세요. 저랑 같이 아빠를 뵈러 가지 않으실래요?"

"올리버 씨를 불쑥 찾아뵙기에 적당한 시간이 아닙니다."

"적당한 시간이 아니라니요! 제가 적당하다면 적당한 시간이에요. 아빠가 말동무할 사람을 원할 딱 그런 시간이죠. 공장도 문을 닫고 다른 볼일도 없는 그런 시간 말이에요. 자, 리버스 씨, 같이 가요. 왜 그리 수줍어하고, 왜 그리 침울하세요?" 그의 침묵이 남긴 틈을 미스 올리버가 자신의 대답으로 대신 메웠다.

"아, 잊어먹고 있었다!" 미스 올리버가 스스로에게 놀랐다는 듯이 아름다운 고수머리를 흔들며 소리쳤다. "나도 참 경솔하고 생각도 없지! 죄송해요. 신부님이 제 수다를 상대할 기분이 아니시라는 걸 잊고 있었어요. 다이애나와 메리가 떠나고 무어하우스가 빈집이 됐으니 얼마나 외로우시겠어요. 참 안되셨어요. 가서 아빠를 뵈어요."

"오늘 밤은 안 돼요, 미스 로저먼드, 오늘 밤은 안 됩니다."

신존이 자동인형인 양 말했다. 이렇게 거절하는 것이 얼마나 힘든지는 그만이 알 일이었다.

"좋아요. 그렇게 고집을 부리신다면, 전 갈게요. 더는 머물 수 없으니까요. 이슬이 내리기 시작했어요. 안녕히 계세요!"

그녀가 손을 내밀었다. 그가 스치듯이 손을 잡았다. "잘 가시오!" 그가 메아리처럼 낮고 공허한 목소리로 말했다. 그녀가 돌아섰다가 이내 다시 돌아섰다.

"어디 아픈 건 아니죠?" 그렇게 물을 만도 했다. 그의 얼굴은 그녀가 입은 옷만큼이나 창백했다.

"전혀요." 그가 잘라 말했다. 그러고는 고개를 숙여 인사하고는 쪽문을 떠났다. 그와 그녀는 각자의 길을 갔다. 그녀는 요정처럼 경쾌하게 들판을 내려가다가도 두 번이나 고개를 돌려 그의 뒷모습을 쫓았다. 그는 성큼성큼 단호하게 걸으면서 한 번도 돌아보지 않았다.

이런 타인의 고통과 희생의 광경은 내 고민에만 빠져 있던 나의 마음을 빼앗아갔다. 다이애나 리버스는 자기 오빠를 '죽음처럼 굽히지 않는다'라고 평했다. 과연 과장이 아니었다.

32장

나는 시골 학교 일을 힘닿는 데까지 열심히, 또 성실하게 수행했다. 처음에는 정말로 힘든 일이었다. 온갖 노력을 기울여도 학생들과 그들의 성질을 이해하기까지는 제법 시간이 걸렸다. 전혀 교육을 받지 못한 데다 상당히 무기력한 자질을 가진 아이들이 처음에는 어찌해볼 수 없을 정도로 둔하게만 느껴졌는데, 그것도 첫눈에는 모두가 똑같이 둔해 보였다. 하지만 나는 곧 잘못 생각했음을 깨달았다. 배운 사람들 사이에서도 그렇듯이 그들 사이에서도 차이가 있었다. 내가 그들을 알게 되고 그들이 나를 알게 되자, 그 차이는 재빨리 벌어졌다. 나라는 존재와 나의 언어, 나의 규칙과 방식에서 느낀 놀라움이 일단 진정되고 나니 우둔한 얼굴로 입을 헤 벌리고 있던 이 시골뜨기들 가운데 몇몇이 아주 재치 있는 소녀들로 깨어났다. 착실하고 붙임성 있는 아이도 많았다. 나는 그중에서 탁월한 능력뿐만 아니라 타고난 정중함과 고유한 자존감의 사례를 적잖이 발견했고, 그것이 나의 호의와 감탄을 자아냈다. 그런 학생들은 곧 맡은 일을 완수하고, 몸가짐을 단정히 하고, 규칙적으로 학과를 배우고, 침착하고 정연한 예의범절을 습득하는 데에서 기쁨을 얻었다.

어떤 경우에는 그 진보의 속도가 놀라울 정도였다. 나는 그런 데에서 정당하고 행복한 자부심을 느꼈다. 게다가 나는 가장 뛰어난 학생 몇 명을 개인적으로 좋아하기 시작했고, 그들도 나를 좋아했다. 학생 중에는 농부의 딸들이 몇 있었는데, 거의 다 자란 아가씨들이었다. 그들은 이미 읽고 쓰기와 바느질을 할 줄 알았다. 나는 그들에게 문법과 지리, 역사와 함께 고급 바느질을 가르쳤다. 나는 그들에게서 존경할 만한 성격들, 더 알고자 하고 더 나아지고자 하는 성격들을 발견했고, 그들의 집에서 여러 번 즐거운 저녁 시간을 함께 보냈다. 농부인 그들의 부모는 나를 극진히 대접했다. 그들의 소박한 친절을 받아들이고 또 그들로서는 아마 늘 익숙하지는 않을, 그들의 기분을 세심하게 챙기는 배려로 보답하는 데에는 기쁨이 있었다. 그리고 둘 다가 그들에게 기쁨과 이로움을 주었다. 왜냐하면 그들이 보기에도 나의 그런 태도가 자신들을 귀히 대하는 것이었으므로, 그에 부끄럽지 않게 처신하려는 마음들이 생겼기 때문이었다.

나는 마을의 인기인이 된 기분이었다. 밖에 나갈 때마다 사방에서 들리는 정중한 인사와 친근한 미소들이 나를 맞았다. 대중의 호의 속에서 산다는 건, 비록 노동 계급의 호의라 하더라도, '조용히 기분 좋게 햇볕을 쬐며 앉아 있는' 것과 같았으니, 그 빛 아래에서 내면의 고요한 느낌들이 움트고 꽃피는 것이었다. 내 생의 이 시기에 내 마음은 낙담으로 가라앉기보다는 고마움으로 부풀어 오르는 일이 훨씬 잦았다. 그러나 독자여, 숨김없이 말하자면, 이런 평온하고 유용한 생활의 한가운데에서도, 명예로운 노력으로 학생들 틈에서 하루를 보낸 뒤에도, 혼자 그림을 그리거나 책을 읽으며 저녁 시간을 만족스럽게 보낸 뒤에도, 밤이면 나는 이상한 꿈속으로 돌진하곤 했다. 이상적인 것과 마음을 어지럽히는 것이 가득한 다채롭고 흥분된 꿈들과 모험과 신경을 곤두서게 하는 위험과 낭만적인 기회로 꽉 찬 격렬한 꿈들 속 이상한 장면들에서, 언제나 아슬아슬한 그 위기들 속에서, 나는 여전히 자꾸만 자꾸만 로체스터 씨를 다시 만났다. 그러고는 그의 품에 안기고, 그의 목소리를 듣고, 그와 시선을 맞추고, 그의 손과 뺨을 만지고, 그를 사랑하고, 그로부터 사랑받는 감각이, 일생을 그의 곁에서 보내리라는 희망이 처음의 그 강도와 열기를 모두 지니고서 되살아나곤 했다. 그러다 나는 깨어났다. 그러고는 내가 어디에, 어떤 상황에 있는지 다시 깨달았다. 그러면 나는 덜덜 떨고 전율하며 커튼이 달리지 않은 침대에서 몸을 일으키고, 그러면 고요하고 어두운 밤은 절망이 경련하는 장면을 목격하고 격정이 파열하는 소리를 듣게 되는 것이었다. 다음 날 아침 아홉 시면 나는 어김없이 학교를 연다. 평온하고 침착하게, 한결같은 하루치 임무를 수행할 만반의 준비를 하고서.

로저먼드 올리버는 나를 보러 오겠다는 약속을 지켰다. 그녀는 대개 아침 승마를 하는 길에 망아지를 타고 말을 탄 제복 입은 하인을 거느리고서 학교 문 앞까지 총총거리며 달려오곤 했다. 자줏빛 승마복을 입고 뺨을 스치며 어깨 위로 물결치는 긴 고수머리에 우아하게 자리 잡은 검은 벨벳 승마 모자를 쓴 그녀의 모습보다 더 아름다운 걸 상상하기는 쉽지 않다. 그녀는 그런 모습으로 소박한 건물로 들어가 줄지어 앉은, 눈이 휘둥그레진 마을 아이들 사이로 나아가곤 했다. 그녀는 보통 리버스 씨가 맡은 교리문답 수업 시간에 왔다. 나는 이 방문자의 시선이 젊은 신부의 심장을 날카롭게 꿰뚫지나 않았는지 걱정이다. 보지 않아도 모종의 본능이 그녀가 교실에 들어왔다고 그에게 경고해주는 듯했다. 문 쪽은 힐끔거리지도 않았는데, 그녀가 나타나면 그의 뺨은 달아올랐고, 그의 대리석 같은 얼굴이 느슨해지는 일은 없어도 뭐라 표현할 수 없이 달라지곤 했으니, 바로 그 무표정이 활발하게 움직이는 근육이나 재빠른 시선보다 억압된 열정을 더욱 강하게 드러내주곤 했다.

당연히 그녀는 자신의 영향력을 알았다. 사실은 그도 그걸 숨기지 않았다. 숨길 수 없었기 때문이었다. 그에게서 풍기는 기독교적인 금욕적 분위기에도 불구하고, 그녀가 다가와 말을 걸며 그의 얼굴에다 대고 명랑하게, 격려하듯이, 심지어는 사랑스럽게 미소 지을 때면 그의 손은 떨리고 눈은 이글거렸다. 그는 입으로는 아무 말도 하지 않지만, 그 슬프고도 단호한 표정은 이렇게 말하는 듯했다. '당신을 사랑하오. 당신이 나를 좋아하는 것도 아오. 내가 말을 못하는 것은 성공하지 못할까 걱정해서가 아니오. 내가 마음을 바치면 당신이 받아줄 것을 난 알고 있소. 하지만 내 심장은 이미 성스러운 제단에 놓였고, 주변엔 장작이 쌓여 있소. 그건 곧 희생 제물로 사라질 것이오.'

그러면 그녀는 실망한 아이처럼 입을 삐죽거렸고, 시름에 잠긴 구름이 그녀의 빛나는 생기를 누그러뜨리곤 했다. 그녀는 허둥거리며 잡았던 손을 빼내고는 앵돌아진 듯이 그처럼 영웅적인 동시에 순교자처럼 보이는 그에게서 돌아서곤 했다. 그녀가 그렇게 떠날 때, 뒤따라가 다시 불러서 머무르게 할 수만 있다면 신존은 세상 전부라도 주고 싶었을 것이다. 그러나 그는 천국의 기회를 조금이라도 놓치고 싶지 않았고, 그녀의 사랑이라는 지상의 행복을 위해 영원한 진짜 천국의 희망을 조금이라도 양보할 생각이 없었다. 게다가 그는 자신의 본성에 든 모든 자질을, 방랑자, 야심가, 시인, 설교자의 자질을 단 한 가지 열정의 경계 안에 묶어둘 수 없었다. 그는 베일 저택의 응접실과 평온함을 위해 거친 전도의 전장을 포기할 수 없었고, 포기하지도 않을 터였다. 언젠가 용기를 내어 그의 속내를 찔러봤을 때, 그가 말을 삼가긴 했어도 그 정도는 알아낼 수 있었다.

미스 올리버는 이미 내 오두막을 여러 번 찾아주었다. 나는 그녀의 성격을 잘 알게 되었는데, 신비로운 구석이나 숨기는 부분은 없었다. 그녀는 요염했지만 무정하지는 않았다. 막무가내였지만 아무짝에도 못 쓸 정도로 이기적이지는 않았다. 태어날 때부터 버릇없이 길러졌지만 완전한 응석받이는 아니었고, 성급했지만 사근사근했으며, 허영심이 강했지만(거울을 볼 때마다 그처럼 사랑스러운 얼굴이 비치니, 그럴 수밖에 없었다) 허세를 부리지는 않았다. 손이 컸고, 부를 뽐내지 않았으며, 솔직했고, 충분히 지적이었다. 명랑하고 생기에 넘치고 경솔했다. 간단하게 말하자면, 그녀는 나처럼 냉정한 동성의 관찰자가 보기에도 아주 매력적이었다. 그러나 몹시 흥미롭다거나 아주 인상적이지는 않았다. 예컨대, 신존의 누이들과는 아주 종류가 다른 사람이었다. 그래도 나는 그녀를 거의 아델만큼이나 좋아했다. 똑같이 매력적이라도 성인 친구보다는 지켜보면서 직접 가르친 어린아이에게 더 긴밀한 애정이 생긴다는 점만 제외하면 말이다.

그녀는 내게 사랑스러운 변덕을 부렸다. 나더러 리버스 씨를 닮았다고 하면서도 고작 허용해주는 것은 "십 분의 일도 아름답진 않지만요. 제가 아무리 착하고 좋은 사람이라도, 천사잖아요." 정도가 다였다. 그러나 어쨌든 나는 착하고, 똑똑하고, 침착하고, 단호했다. 리버스 씨처럼. 그녀는 내가 시골 학교 여선생으로서는 '괴물'이라고 단언했고, 또 내 지난 과거가 알려지면 흥미진진한 소설 한 편은 될 거라고 확신했다.

어느 날 저녁, 언제나처럼 아이 같은 활동성으로 경솔하지만 무례하지는 않은 호기심을 띠고 내 작은 부엌의 찬장과 식탁 서랍을 뒤지던 그녀가 먼저 프랑스어로 된 책 두 권과 실러 한 권, 독일어 문법서 겸 사전을 찾아내더니, 이내 내 그림 도구들과 스케치 몇 장을 찾아냈다. 그중에는 작고 귀여운 아기 천사 같은 학생을 그린 연필 소묘와 모튼 골짜기와 주변 황무지를 그린 풍경화 몇 장이 있었다. 처음에는 놀라서 쳐다보던 로저먼드 양은 이내 뛸 듯이 기뻐했다.

"이걸 직접 그렸어요? 프랑스어와 독일어도 아시고요? 세상에, 정말 놀라운 사람이야! SXX 시에서 제일가는 학교에 있는 우리 선생님보다 잘 그렸어요. 제 초상화 좀 그려줄래요? 아빠한테 보여주게요."

"기꺼이요." 그처럼 완벽하고 빛나는 모델을 그린다는 생각에 예술가적인 기쁨의 전율이 일었다. 그때 그녀는 암청색 비단옷을 입고 있었는데, 팔과 목에는 아무 장신구도 없었다. 유일한 장식품인 밤색 고수머리로, 어깨 너머로 자연스럽게 물결치며 흘러내렸다. 나는 질 좋은 마분지 한 장을 집어 꼼꼼하게 윤곽을 그렸다. 그것에 색을 입히는 작업이 얼마나 즐거울까 싶어 벌써 기대되었다. 그리고 시간이 늦어지자, 다른 날 꼭 다시 와서 모델이 되어달라고 부탁했다.

로저먼드 양이 아버지에게 그런 얘기를 했던지, 다음 날 저녁에는 올리버 씨 본인이 그녀와 함께 왔다. 키가 크고 육중한 몸집을 한, 머리가 세어가는 중년의 아버지 곁에 선 사랑스러운 딸은 허연 탑 옆에 핀 한 송이 환한 꽃 같았다. 올리버 씨는 과묵해 보였고, 어쩌면 거만한 사람이었을지도 모르지만, 내게는 무척 친절했다. 그는 로저먼드의 초상화 스케치를 보고 몹시 기뻐하며 그림을 꼭 완성해야 한다고 내게 당부했다. 또 다음 날 꼭 베일 저택에 와서 같이 저녁 시간을 보내자고 거듭 강조하기도 했다.

나는 갔다. 크고 훌륭한 저택이었고, 집주인이 부자라는 증거를 풍성하게 보여주었다. 로저먼드는 내가 있는 내내 환희와 기쁨에 차 있었다. 올리버 씨는 붙임성 있는 성격으로, 차를 마신 뒤에 대화를 나누기 시작하자, 내가 모튼 학교에서 한 일들에 강한 어조로 찬성의 의사를 표시하며 다만 자신이 보고 들은 바에 따르면, 내가 그 자리에 너무 과분해서 더 나은 자리를 찾아 금방 떠나지나 않을까 걱정이라고 했다.

"정말이에요!" 로저먼드가 외쳤다. "이분은 상류층 가정교사로도 손색이 없을 만큼 뛰어나요, 아빠."

나는 이 나라의 어떤 상류층 가정보다 지금 이곳에 있는 것이 좋다고 생각했다. 올리버 씨는 얘기할 때마다 리버스 씨와 그 집안에 굉장한 존경심을 드러냈다. 리버스가는 이 근방에서 대단히 오래된 집안으로, 조상들이 부유해서 모든 지역의 땅이 죄다 그 집안의 소유였으며, 자기가 보기에는, 지금도 그 집안의 상속자라면, 원하기만 하면 최고의 가문과 혼약할 수 있다는 것이었다. 그는 그처럼 훌륭하고 재능이 뛰어난 젊은이가 선교사로 해외로 나갈 계획을 세운 건 애석한 일이라고 생각했다. 그건 귀중한 삶을 내동댕이치는 일이라고 말이다. 그렇다면 로저먼드가 신존과 맺어지는 데에 그녀의 아버지가 장애물은 아닌 듯했다. 올리버 씨는 그 젊은 신부가 재산은 없어도 좋은 혈통과 가문의 이름과 성직자의 직업이 충분한 보상이 된다고 생각하는 것이 분명했다.

****

11월 5일 축제일[75]이었다. 내 어린 하녀는 집 안 청소를 거든 대가로 일 페니의 품삯을 받고 흡족해하며 돌아갔다. 집 안은 어디나 티끌 하나 없이 반짝였다. 문질러 닦아낸 바닥, 반들반들한 난로 쇠살대, 잘 닦은 의자들. 나도 깔끔하게 몸치장을 마쳤으니, 이제 마음대로 쓸 수 있는 오후가 남았다.

독일어 몇 쪽을 번역하는 데 한 시간이 걸렸다. 그 후에 나는 팔레트와 색연필을 들고 훨씬 쉬운 일이라서 마음에 위안이 되는 로저먼드 올리버의 초상화 작업에 빠져들었다. 얼굴은 이미 완성되

---

75 영국에서 11월 5일은 1605년에 로마 가톨릭교도들이 국회의사당을 폭파하고 제임스 1세를 암살하려 기도한 화약음모사건의 실패를 기념하는 '가이 포크스의 밤' 또는 '모닥불의 밤' 축제일이다.

었다. 배경을 칠하고 옷에 음영을 넣는 일만 남았다. 그리고 도톰한 입술에 암적색 물감을 살짝 더하는 일과 머리카락 여기저기 가볍게 컬을 넣고 하늘색을 칠한 눈꺼풀 밑 속눈썹 그늘에 더 어두운 색조를 더하는 일도. 이런 세밀한 작업을 하느라 열중하고 있는데, 경쾌하게 문을 두드리는 소리가 나더니 문이 열리며 신존 리버스가 들어왔다.

"축제일을 어떻게 지내나 보러 왔소. 생각에 잠겨 있는 건 아니오? 아니군, 다행이오. 그림을 그리는 동안에는 쓸쓸할 틈이 없을 테니까. 그러니까, 난 아직도 당신을 믿지 못하는 거요. 당신이 지금껏 놀랍도록 잘 참아왔지만 말이오. 밤에 심심풀이로 읽을 책을 한 권 가져왔소." 그가 탁자에 신간 한 권을 올려놓았다. 시집이었다. 현대문학의 황금기였던 그즈음의 운 좋은 독자들에게 그처럼 자주 허락되던 걸작 중의 한 권이었다.[76] 아, 우리 시대의 독자들은 좀처럼 그런 특혜를 받지 못한다. 하지만 용기를 내자! 나는 비난하거나 불평하느라 시간을 낭비하지 않을 것이다. 시가 죽지 않았고 천재가 사라지지 않았음을 나는 안다. 물욕의 신도 그것들을 속박하거나 살해할 정도로 힘을 얻지는 못했음을, 언젠가는 그것들이 다시 자신들의 건재함을, 자신들의 존재를, 자신들의 자유와 힘을 주장할 것임을 나는 안다. 강력한 천사들이여, 하늘에서 안전하시라! 더러운 영혼들이 승리하고, 유약한 영혼들이 시와 천재의 절멸을 흐느껴 울 때, 그들은 미소 짓는다. 시가 파괴되었다고? 천재가 추방되었다고? 아니다! 평범한 인간들이여, 아니다. 질투로 그

---

76 이 대목에서 이 소설의 배경이 월터 스콧 경의 《마미온》이 출간된 1808년 경임을 추측해볼 수 있다.

런 생각을 부추기지 마라. 아니다. 시와 천재는 살아 있을 뿐만 아니라 군림하고 구제한다. 그리고 사방에 퍼진 그들의 신성한 영향력이 아니라면 우리는 지옥에, 우리 자신의 저열함이라는 지옥에 있을 것이다.

내가 《마미온》의 산뜻한 페이지들을 열성적으로 훑는 사이에, 신존은 허리를 굽히고 내 그림을 살펴보았다. 그가 흠칫 놀라며 긴 몸을 퍼뜩 일으켰지만, 별다른 말을 하지는 않았다. 나는 그를 쳐다보았다. 그가 내 시선을 피했다. 나는 그의 생각을 잘 알았고, 그의 마음을 속속들이 읽을 수 있었다. 그때 나는 내가 그보다 침착하고 냉정하다고 느꼈고, 일시적으로나마 그보다 우월한 위치에 있다고 느꼈다. 할 수만 있다면 그에게 뭔가 도움이 되고 싶은 마음이 들었다.

나는 생각했다. '이 사람은 스스로의 확고함과 자제력으로 자신을 너무 혹사시켜. 모든 감정과 고통을 속에 가두고, 아무것도 표현하거나 고백하거나 나누지 않아. 그로서는 절대 결혼하면 안 된다고 생각하는 이 사랑스러운 로저먼드 얘기를 좀 하는 편이 그에게는 확실히 도움이 될 거야. 이 사람이 말을 하도록 만들겠어.'

내가 먼저 말을 꺼냈다. "앉으세요, 리버스 씨." 하지만 그는 늘 그랬듯이 지체할 시간이 없다고 답했다. 나는 속으로 말했다. '좋아요. 서 있고 싶다면 서 있으세요. 하지만 당장 돌아가지는 못할 거예요. 내가 마음을 먹었으니까요. 고독은 적어도 나에게만큼 당신에게도 나쁘잖아요. 난 당신 비밀의 숨겨진 자물쇠를 발견할 수 있는지, 그 대리석 가슴에서 내가 동정의 향유 한 방울을 흘려 넣을 구멍을 찾을 수 있는지 볼 작정이에요.'

"이 그림, 비슷해요?" 나는 불쑥 물었다.

"비슷하다니! 누구와 말이오? 자세히 보지 않았소."

"자세히 보셨어요, 리버스 씨."

갑작스럽고 기이한 내 당돌함에 그는 거의 펄쩍 뛸 만큼 놀랐다. 그가 놀란 표정으로 나를 바라보았다. 나는 속으로 중얼거렸다. '아, 이 정도는 아무것도 아니에요. 당신이 좀 뻣뻣하게 나온다고 해서 당황할 내가 아니니까요. 난 좀 더 깊이 파고들 작정이에요.' 나는 말을 이었다. "당신은 그 그림을 자세히, 똑똑히 보셨어요. 하지만 다시 보시겠다면 반대하지는 않겠어요." 나는 일어서서 그의 손에 그림을 쥐여 주었다.

"잘 그린 그림이오. 색이 아주 부드러우면서도 선명하군. 아주 우아하고 정확한 그림이오."

"네, 네. 그건 저도 알아요. 하지만 닮은 건 어때요? 누구 같으세요?"

잠시 머뭇거리다가 그가 대답했다. "미스 올리버, 같소."

"그렇지요. 그러면, 자, 정확하게 맞추셨으니, 그에 대한 상으로 제가 이 그림과 아주 똑같은 그림을 한 장 그려드리기로 약속할게요. 받아주신다면 말이죠. 쓸데없다고 생각하실 선물에다 저의 시간과 노력을 낭비하고 싶지는 않으니까요."

그는 계속해서 그 그림을 응시했다. 오래 볼수록 그림을 든 손에 힘이 더 들어갔다. 볼수록 더 탐이 나는 모양이었다. "닮았어!" 그가 중얼거렸다. "눈이 잘 됐어. 색이며 명암이며 표정이며, 완벽해. 웃고 있어!"

"비슷한 그림을 가지는 것이 당신에게 위안이 될까요, 아니면 상

처가 될까요? 말씀해보세요. 마다가스카르나 케이프[77]나 인도에
있을 때, 그 기념품을 가진 것이 위안이 될까요, 아니면 볼 때마다
떠오르는 옛날 생각에 기운을 잃고 괴로워하게 될까요?"

그가 눈을 들어 우물쭈물하는 혼란스러운 듯한 시선으로 나를
힐끗 쳐다보았다. 그가 다시 그림을 살피기 시작했다.

"이것을 갖고 싶은 마음은 확실하오. 그게 정당한지 아닌지는 별
개의 문제이지만."

로저먼드가 정말로 그를 좋아한다고, 그리고 그녀의 아버지가
그 결혼을 반대하지 않으리라고 확신했기 때문에, 신존만큼 숭고
한 견해가 없는 나로서는 둘의 결합을 지지하고 싶은 마음이 굴뚝
같았다. 내가 보기에, 그가 올리버 씨의 막대한 부를 물려받는다면
열대로 가서 그 태양 밑에 자신의 천재를 시들게 하면서 힘을 허비
하는 것 못지않게 그 부를 이용해 많은 선행을 할 수 있을 것 같았
다. 그런 확신을 품고 나는 대답했다.

"제 생각에는, 당장 그 실물을 취하시는 편이 더 현명하고 적절
한 일일 텐데요."

그는 그때 그림을 탁자에 내려놓고 의자에 앉아 두 손으로 이마
를 받치고서 사랑스럽게 내려다보고 있었다. 그는 이제 내 대담한
말에도 화를 내거나 충격을 받지 않았다. 자기로서는 건드릴 수 없
다고 생각했던 주제가 이처럼 솔직하게 거론되는 것을, 그 문제가

---

77 케이프 식민지Cape Colony는 1652년에 네덜란드 동인도 회사가 남아프리카에 설
립한 식민지로, 처음에는 네덜란드 함선의 정류지 겸 보급기지였으나, 1760년에 군대
를 동원해 토착민들을 굴복시키고 본격적인 식민 지배를 시작했다. 중심지는 케이프타
운이며, 1795년에 영국령이 되었다.

이처럼 스스럼없이 다뤄지는 것을 그가 새로운 기쁨과 의외의 구원으로 느끼기 시작한 듯도 했다. 때로는 속을 터놓지 않는 사람들이 개방적인 사람들보다 더 절실하게 자신의 감정과 비탄을 솔직하게 의논할 필요가 있다. 세상에 둘도 없이 엄격해 보이는 금욕주의자라도 어쨌든 사람인 것이다. 그리고 대담함과 선의를 지니고 그런 영혼들의 '침묵의 바다'로 '뛰어드는' 건 그들에게 친절을 베푸는 일이리라.

"그분은 당신을 좋아해요. 전 확신해요." 나는 그의 의자 뒤에 서서 말했다. "그리고 그분의 부친은 당신을 존경하고요. 무엇보다, 그분은 다정해요. 다소 경솔하기는 하지만, 당신이 두 사람 몫으로 충분할 만큼 사려가 깊으니까요. 당신은 그분과 결혼해야 해요."

"그분이 나를 좋아하오?"

"확실히요, 다른 누구보다도 더 좋아해요. 그분은 계속해서 당신 얘기를 해요. 그보다 더 좋아하는 화제도 없고, 그보다 더 자주 건드리는 화제도 없어요."

"그런 말을 들으니 매우 즐겁소. 아주 말이오. 십오 분만 더 계속해보시오." 그가 진짜로 시계를 꺼내더니 탁자에 올려놓고 시간을 쟀다.

"하지만 계속해봐야 무슨 소용이 있겠어요? 당신이 뭔가 반박의 철퇴를 준비하거나 당신 마음을 속박할 새 쇠사슬을 만들고 있는데 말이에요."

"그런 단단한 것들을 상상하지 마시오. 지금 나처럼, 흐물흐물하게 녹아내리는 나를 생각해요. 내 마음속에서 새로이 터진 샘처럼 인간의 사랑이 솟아 온통 흘러넘쳐서 내가 지금껏 그처럼 주의하면서 그처럼 열심히 갈고, 끈기 있게 선한 의도와 자신을 부정하는 계획의 씨앗을 뿌려놓은 온 들판이 달콤하게 침수되었소. 그러고 는 감미로운 홍수로 쇄도하여 어린싹들은 잠기고, 맛있는 독에 서 서히 썩어갈 것이오. 이제 나는 베일 저택의 응접실에서 내 신부 로 저먼드 올리버의 발치에 놓인 낮은 의자에 누운 나를 보오. 그녀가 다정한 목소리로, 당신의 솜씨 좋은 손이 잘 베껴낸 그 눈으로 나를 내려다보면서 그 산호색 입술에 미소를 띤 채 말을 하고 있소. 그녀 는 내 것이고, 나는 그녀의 것이오. 이 지금의 삶과 눈앞의 세계가 만족스럽소. 쉿! 아무 말도 마시오. 내 가슴은 기쁨으로 가득 찼소. 내 감각들은 황홀하오. 내가 지정한 시간 동안 방해하지 마시오."

나는 그의 말에 따랐다. 시계가 째깍거렸다. 그의 호흡이 얕고 빨 랐다. 나는 말없이 서 있었다. 그런 침묵 속에서 십오 분이 지났다. 그가 시계를 다시 집어넣더니 그림을 내려놓고 자리에서 일어나 난롯가에 가 섰다.

"자, 이 짧은 시간이 망상과 공상에 맡겨졌소. 나는 유혹의 가슴 에 머리를 누이고, 유혹이 내미는 꽃 멍에를 자진해서 졌으며, 유혹 의 술잔을 받아 마셨소. 베개가 불타고 있었소. 꽃다발 속에는 독사 가 있소. 술에서는 쓴맛이 나오. 유혹의 약속들은 공허하오. 유혹 의 제안들은 거짓이오. 나는 이 모든 것을 보고 또 아오."

나는 의아한 마음으로 그를 응시했다.

그가 말을 이었다. "이상한 일이지. 이처럼 열렬히, 정말이지, 첫 사랑의 간절한 열정으로 로저먼드 올리버를, 그 지극히 아름답고 우아하고 매혹적인 대상을 사랑하는데, 그러면서도 나는 그 사람 은 내게 좋은 아내가 되지 못한다, 그 사람은 내게 맞는 배우자가 아니다, 결혼하면 일 년 만에 그런 사실을 알게 될 거다, 그래서 십이 개월의 황홀함 뒤에 한평생의 후회가 따를 것이다, 라는 그런 침착하고 휘둘리지 않는 자각도 경험하고 있소. 나는 그걸 아오."

"진짜 이상해요!" 나도 모르게 그런 말이 튀어나왔다.

그가 계속해서 말했다. "내 안의 어떤 것이 그녀의 매력에 예리하게 반응할 때, 다른 어떤 것은 그녀의 결점들을 깊이 새기고 있소. 그녀는 내가 열망하는 어느 것에도 공감할 수 없고, 내가 수행하는 어느 것에도 협력할 수 없소. 그런 것이오. 로저먼드가 고통받는 자, 노동하는 자, 여사도가 될 수 있겠소? 로저먼드가 선교사의 아내가 될 수 있겠소? 아니요!"

"하지만 당신이 꼭 선교사가 될 필요는 없어요. 그 계획을 포기할 수도 있어요."

"포기라니! 이런! 내 천직을 말이오? 내 과업을? 천국의 저택을 위해 지상에 놓은 내 주춧돌을 말이오? 무지의 왕국들에 지식을 나르고, 전쟁 대신 평화를, 속박 대신 자유를, 미신 대신 종교를, 지옥의 공포 대신 천국의 희망을 주는, 모든 야심을 인류의 개선이라는 영광스러운 야심으로 변화시킨 이들 중 하나가 되겠다는 내 희망을 말이오? 내가 그걸 포기해야만 하오? 그건 내 혈관 속 피보다 더 소중하오. 난 그걸 고대해야 하고, 그걸 위해 살아야 하오."

상당한 시간이 흐른 뒤에 나는 말했다. "그럼 미스 올리버는요? 그분의 실망과 슬픔은 아무래도 괜찮으세요?"

"미스 올리버는 늘 구혼자와 아첨꾼에게 둘러싸여 있소. 한 달도 안 돼서 내 모습은 그녀의 마음에서 지워질 거요. 그녀는 나를 잊겠지. 그리고 아마 나보다 훨씬 더 자신을 행복하게 해줄 누군가와 결혼할 거요."

"상당히 냉정하게 말씀하시지만, 당신은 갈등으로 괴로워하고 있어요. 갈수록 수척해지시잖아요."

"아니오. 내가 살이 좀 빠졌다면, 그건 아직 확정되지 않은 앞일이 걱정되어서요. 출발이 계속해서 늦어졌으니까. 오늘 아침에서야 그처럼 오랫동안 도착하기를 기다렸던 후임자가 날 대신할 준비가 되려면 앞으로 석 달이 더 걸린다는 소식이 왔소. 그리고 그석 달은 아마 여섯 달로 연장되겠지."

"당신은 미스 올리버가 교실에 들어올 때마다 몸을 떨고 얼굴을 붉히던데요."

그의 얼굴에 또 놀란 표정이 스쳤다. 여자가 남자에게 감히 그런 말을 하리라곤 상상도 못 한 것이다. 나는 이런 종류의 대화가 편안하게 느껴졌다. 나는 남자든 여자든 강하고 사려 깊고 치밀한 사람들과 대화할 때는 관습적인 신중함이라는 담을 지나 자신감이라는 문턱을 넘어 그 마음의 난롯가에 자리 잡고 앉기 전까지는 절대 그만둘 수 없었다.

"당신은 특이해. 그리고 심약하지 않아. 당신의 정신에는 뭔가 용감한 것이 있어. 눈에는 뭔가 꿰뚫는 것도 있고. 하지만 이 말은 해야겠소. 당신은 약간 오해하고 있소. 당신은 내 감정을 실제보다 훨씬 깊고 강하다고 생각하고 있어. 내가 정당하게 요구해야 할 양보다 훨씬 많은 동정을 주고 있지. 내가 미스 올리버 앞에서 얼굴을 붉힐 때, 몸을 떨 때, 난 나 자신을 동정하지 않소. 그 나약함을 경멸할 뿐이지. 난 그것이 저열하다는 걸 아오. 그저 육체의 흥분일 뿐이니까. 내 분명히 말하건대, 영혼의 격동은 아니요. 그 영혼은 요동치는 바닷속 깊이 굳건하게 자리 잡은 바위처럼 미동도 없소. 나를 있는 그대로 보시오. 차갑고 무정한 인간으로 말이오."

나는 의심하는 듯이 웃었다.

"당신은 단번에 내 신뢰를 확보했소. 그리고 지금 나의 신뢰는 당신을 극진히 섬기고 있지. 난 그저, 내 원래 상태, 기독교가 감싸 놓은 저 피로 표백된 예복이 벗겨진 인간 기형, 차갑고 냉정하고 야심에 가득 찬 남자일 뿐이오. 모든 감정 중에서 가족의 애정만이 내게 영구적인 효력을 가지오. 감정이 아니라 이성이 나의 안내자요. 나의 야망은 한계를 모르오. 남들보다 더 높이 오르고자 하는, 남들보다 더 많은 일을 하고자 하는 나의 욕망은 만족을 모르오. 나는 인내와 끈기, 근면, 재능을 높이 사오. 인간이 위대한 목적을 성취하고 높은 탁월성에 이르는 수단들이기 때문이오. 나는 당신의 활동을 흥미롭게 지켜보고 있소. 당신이 겪은 일이나 당신이 여전히 괴로워하는 일을 깊이 동정해서가 아니라, 당신이 근면하고 정연하고 열성적인 여성의 표본이라 생각하기 때문이오."

"자신을 마치 이교의 철학자처럼 말씀하시네요."

"아니요. 자연신을 섬기는 철학자들과 나는 차이가 있소. 나는 하느님을 믿소. 그리고 복음서를 믿지. 당신은 형용사를 잘못 썼소. 나는 이교의 철학자가 아니라 기독교의 철학자, 예수 그리스도 분파의 추종자요. 예수 그리스도의 사도로서, 나는 하느님의 순수하고 자비롭고 선한 교리를 받아들이오. 나는 이 교리를 옹호하오. 나는 이 교리를 전파하기로 맹세하오. 나는 어렸을 때 종교를 믿었기 때문에, 종교가 내 본래의 소질을 계발했소. 가족에 대한 애정이라는 조그만 싹에서 박애라는 우람한 나무를 키워냈지. 인간의 정직이라는 얽히고설킨 거친 뿌리에서 신의 정의라는 마땅한 감각을 길러냈소. 야비한 나 자신을 위해 권력과 명성을 얻고자 하는 이기적인 야망에서 내 주의 왕국을 넓히려는 야망을, 십자가의 깃발에 승리를 안겨주려는 야망을 만들어냈소. 종교는 내게 너무나 많은 것을 해주었소. 본래의 재료를 최고의 동기로 바꿔놓았소. 타고난 성질을 다듬고 단련시켰소. 하지만 종교라 하더라도 타고난 성질을 완전히 근절하지는 못하오. 그것은 '죽을 것이 죽지 아니함을 입을'[78] 때까지 근절될 수 없을 것이오."

말을 마친 그가 탁자 위 팔레트 옆에 벗어둔 모자를 집어 들었다. 그가 한 번 더 초상화를 쳐다보았다.

"사랑스러워." 그가 중얼거렸다. "참으로, '세계의 장미'라는 이름 그대로야!"

"이것과 똑같은 그림을 그려드릴까요?"

"Cui bono(쿠이 보노/ 무슨 소용이겠소)? 아니요."

그는 내가 그림을 그릴 때 도화지를 더럽히지 않도록 손 밑에 받치는 얇은 종이를 집어 그림을 덮었다. 그가 그 백지에서 무엇을 보았는지는 모르겠지만, 무언가가 문득 그의 시선을 사로잡았다. 그가 홱 종이를 낚아채더니 가장자리를 살펴보았다. 그러더니 뭐라 설명할 수 없이 기묘하고 당최 이해할 수 없는 눈빛으로 나를 힐끗 보았다. 내 몸매와 얼굴, 의복을 하나도 빠짐없이 확인하고 기억하려는 듯한 눈빛이었다. 그의 시선이 번개처럼 재빨리 내 온몸을 훑고 지나갔다. 무슨 말을 하려는 듯 입을 떼던 그는 이내 나오려던 말

| 78 〈고린도전서〉 15장 53절.

을 삼켰다.

"왜 그러세요?"

"아무 일도 아니오." 그가 종이를 다시 내려놓았지만, 나는 그가 재빨리 한쪽 가장자리를 찢는 것을 놓치지 않았다. 종잇조각은 그의 소매 안으로 사라졌고, 그는 황급히 고개를 숙이며 "잘 주무시오" 라는 인사를 남기고 사라졌다.

"이런! 대체, 무슨 영문인지 모르겠네!"

그 종이를 들고 샅샅이 살펴보았지만, 연필의 색조를 확인해보느라 남긴 칙칙한 얼룩 몇 군데를 제외하면 아무것도 없었다. 잠시 무슨 까닭인지 곰곰이 생각해보았지만, 당최 알 길도 없었다. 그러나 큰일은 아닐 것이 확실하니, 일단은 제쳐놓자 했다가 곧 잊고 말았다.

33장

신존이 가고 나서 눈이 내리기 시작했다. 밤새도록 눈보라가 휘몰아쳤다. 다음 날에는 다시 매서운 바람이 앞도 보이지 않는 폭설을 몰고 왔다. 황혼 무렵이 되자 골짜기는 눈이 쌓여 거의 사람이 다닐 수 없게 되었다. 나는 덧문을 닫고 눈이 문 밑으로 들이치지 못하게 깔개 하나를 걸쳐놓은 다음, 난롯불을 돋우고 그 곁에 앉아 한 시간 남짓이나 밖에서 포효하는 폭풍 소리를 듣고 있다가 이윽고 촛불을 켜고 《마미온》을 집어 읽기 시작했다.

"노럼 성 가파른 절벽 위로 해 지고,
 아름다운 트위드 강은 넓고 깊은데,
 체비엇의 언덕들은 적막하구나.
 거대한 탑들, 견고한 내성,
 측면을 방어하며 휩싸고 도는 성벽,

빛나는 황금색 광채 속에서"

나는 곧 시의 음악 속에서 폭풍을 잊었다.

그때 무슨 소리가 들렸다. 나는 바람에 문이 흔들리는 소리라 생각했다. 아니었다. 그건 휭휭 울어대는 어둠과 살을 에는 눈보라 속을 걸어 걸쇠를 풀고 들어와 내 앞에 선 신존 리버스였다. 휜칠한 몸에 두른 소매 없는 외투가 빙하처럼 온통 하얬다. 골짜기에 통행이 막힌 그 밤에 손님이 오리라곤 상상도 못 했던 나는 거의 대경실색했다.

"무슨 나쁜 소식이라도? 무슨 일이 났어요?"

"아니오. 이리도 쉽게 놀라다니, 원!" 그가 외투를 벗어 문에 걸고는 들어올 때 밀쳐진 깔개를 스스럼없이 다시 문에다 걸치며 말했다. 그가 발을 굴러 장화의 눈을 털었다.

"내가 깨끗한 바닥을 더럽히는군. 하지만 이번 한 번은 용서해주셔야겠소." 그는 난롯가로 다가갔다. "여기까지 오느라 고생이 이만저만이 아니었소." 그가 난롯불에 손을 녹이며 말했다. "눈이 허리까지 쌓인 곳도 있었소. 아직 눈이 부드러워서 다행이오."

"하지만 어쩐 일로 오셨어요?" 묻지 않을 수가 없었다.

"손님에게 하기에는 좀 무례한 질문이군요. 하지만 묻는 말에 답을 하자면, 잠시 얘기라도 좀 할까 해서 왔소. 말 못 하는 책과 아무도 없는 방에 싫증이 나서 말이오. 게다가 어제부터 나는 이야기를 반만 듣고 나머지가 궁금해 조급증이 난 사람의 기분을 경험하고 있소."

그는 앉았다. 나는 어제의 그 수상한 행동을 떠올리고는, 정말로 그의 정신이 이상해진 건 아닌지 걱정되기 시작했다. 그러나 미쳤다면 그의 광증은 아주 냉정하고 침착한 광증이었다. 이마에 늘어진 젖은 머리카락을 쓸어올리고 창백한 이마와 못지않게 창백한 뺨에 난로 불빛을 받던 그때처럼 잘생긴 그의 얼굴이 끌로 새긴 대리석 조각상처럼 보인 적이 없었다. 거기서 이제는 명백히 깊게 새겨진 걱정 또는 비애의 흔적을 발견하고 나는 슬퍼졌다. 적어도 내가 이해할 수 있는 어떤 얘기를 해주리라 기대하면서 나는 기다렸지만, 그는 손으로 턱을 괴고 손가락을 입술에 댄 채 생각에 빠져 있었다. 그 손도 얼굴처럼 여원 것이 눈에 들어왔다. 아마 주제넘은 동정심이 밀려와서였겠지만, 나는 문득 입을 열고 말았다.

"다이애나와 메리가 돌아와서 당신과 같이 살면 좋겠어요. 혼자 지내셔야 하니 참 안됐어요. 그리고 당신은 본인의 건강에 관해서는 무모하고 무분별하세요."

"천만에. 필요할 땐 나도 건강을 챙기오. 나는 지금 건강하오. 내 어디가 잘못되어 보이오?"

마음이 딴 데 가 있는 듯이 말하는 투가 부주의하고 무심한 것이, 내 걱정이 적어도 그가 보기에는 완전히 불필요한 것임을 알려주었다. 나는 입을 다물었다.

그의 손가락은 여전히 천천히 윗입술을 문지르고 있었고, 그의 눈은 여전히 꿈꾸는 듯이 달아오른 쇠살대를 응시하고 있었다. 무슨 말이라도 해야 할 듯한 기분에 나는 이윽고 등 뒤의 문에서 찬 바람이 들어오지 않느냐고 물었다.

"아니, 아니오!" 그가 쌀쌀맞고 다소 퉁명스럽게 대꾸했다.

나는 속으로 생각했다. '좋아요. 말하고 싶지 않으면 잠자코 계

세요. 난 이제 당신은 그냥 두고 책이나 읽을 테니까.'

그래서 나는 촛불의 심지를 자르고는 다시 《마미온》을 읽기 시작했다. 그가 곧 몸을 움직였다. 내 시선이 즉각 그에게 이끌렸다. 그는 그저 모로코가죽 수첩을 꺼내더니 거기서 편지 한 통을 꺼내 말없이 읽고는 접어서 다시 넣고 명상으로 돌아갔다. 눈앞에 꼼짝도 없이 웅크린 이런 속을 알 수 없는 사람을 두고 책을 읽으려 해 봐야 허사였고, 나도 조바심이 나서 바보가 되는 데 만족할 수 없었다. 거부하는 건 그의 마음이지만, 나는 대화를 시도해야 했다.

"최근에 다이애나와 메리한테서 소식 온 것 있어요?"

"일주일 전에 보여준 편지 뒤로는 없소."

"준비하시는 일에 무슨 변화라도 생긴 건 아니죠? 예상보다 빨리 영국을 떠나라는 명을 받았다거나요?"

"물론, 그럴 리가 없지. 그런 기회는 내겐 너무 과분하니까." 당황한 나는 화제를 바꾸어 학교와 학생들 얘기를 하기로 마음먹었다.

"메리 가레트의 어머니가 상태가 좋아져서, 오늘 아침에 메리가 다시 학교에 나왔어요. 그리고 다음 주에 파운드리 클로즈에서 학생 네 명이 새로 올 거예요. 원래는 오늘 왔어야 하는데, 눈 때문에요."

"그렇군!"

"올리버 씨가 두 명의 학비를 대주시기로 했어요."

"그랬소?"

"크리스마스에는 전교생에게 한턱내시겠다고 하셨고요."

"알고 있소."

"당신이 제안하셨어요?"

"아니요."

"그럼, 누가?"

"그 댁 따님, 이지 싶소."

"그분 답군요. 참 착한 분이세요."

"그래요."

다시 말 없는 공백이 이어졌다. 시계가 여덟 시를 쳤다. 그 소리에 그가 퍼뜩 정신을 차리고 꼬고 있던 다리를 풀더니 내 쪽을 돌아보았다.

"잠시 책을 놓고 여기 불가로 좀 가까이 오시오."

무슨 일인지 궁금해서, 그리고 내 궁금증은 끝을 모르기에, 나는 시키는 대로 했다.

"삼십 분 전에 이야기의 뒷부분을 듣고 싶어 조바심이 난다는 얘기 했었소. 생각해보니 내가 얘기하는 사람 역할을 맡고, 당신이 듣는 사람이 되는 편이 더 나을 것 같소. 얘기를 시작하기 전에, 이 이야기가 당신 귀에는 다소 진부하게 들릴지도 모른다는 경고를 하는 것이 공정할 거요. 그러나 케케묵은 이야기도 다른 사람의 입으로 들으면 어느 정도 신선한 맛이 나는 경우가 자주 있지. 어쨌거나 낡았든 새롭든, 얘기는 짧소.

이십 년 전에 어느 가난한 보좌신부가, 일단 이름은 신경 쓰지 마시오, 부잣집 따님과 사랑에 빠졌소. 그 여자도 그를 사랑하게 되어, 일가친척들의 충고를 거역하고 그와 결혼했고, 그 결과, 결혼 직후에 집안으로부터 의절을 당했소. 채 이 년이 지나기도 전에 성급했던 부부는 둘 다 죽어서 한 무덤에 말없이 나란히 묻혔지. (난 그들의 무덤을 본 적이 있소. XX주에 있는 어느 꼴사나운 공업도시의 그을음 잔뜩 낀 칙칙하고 오래된 대성당을 둘러싼 드넓은 묘지의 포석 일부가 돼 있었소.) 둘은 딸을 하나 남겼는데, 아기는 거의 태어나자마자 오늘 밤 내가 단단히 갇힐 뻔했던 눈더미처럼 차가운 자선단체에 맡겨졌소. 자선단체는 그 사고무탁한 어린 것을 부유한 외가 친지의 집에 데려갔소. 아이는 (이제 이름을 말하겠소) 게이츠헤드의 리드 부인이라는 외숙모 손에서 자랐소.

깜짝 놀라는군. 무슨 소리라도 들었소? 옆 교실에서 쥐가 서까래 위를 뛰어다니는 소리일 거요. 거기는 내가 수리하고 고치기 전에는 광이었고, 광이란 대개 쥐가 들끓는 법이니까. 얘기를 계속하겠소. 리드 부인은 그 고아를 십 년 동안 데리고 있었소. 그곳에서 행복했는지 어땠는지는 들어본 적이 없어서 나는 모르겠소. 하지만 십 년 후에 그 부인은 아이를 당신도 아는 곳으로 보냈소. 당신이 그렇게 오래 있었던 바로 그 로우드 학교요. 그곳에서 아이의 경력은 아주 훌륭했던 듯하오. 그 아이는 학생에서 선생이 되었소. 당신처럼 말이오. 그 아이의 이야기와 당신 얘기가 얼마나 비슷한지, 정말이지 놀랍지 뭐요. 그 사람은 그곳을 떠나 가정교사가 되었지. 그것도 또 당신의 운명과 유사하오. 그 사람은 로체스터 씨라던가 하는 사람의 피후견인을 가르치는 일을 맡았소."

"리버스 씨!" 내가 끼어들었다.

"어떤 기분일지 짐작이 가오. 하지만 잠깐만 참으시오. 거의 끝나가니까. 끝까지 들어보시오. 로체스터 씨란 인물에 대해서는 그가 그 젊은 아가씨에게 명예로운 결혼을 제안하는 체했다는 사실과 그 아가씨가 제단 앞에 가서야 그에게 미치광이이긴 하지만 아직 살아 있는 아내가 있다는 걸 알게 됐다는 사실 말고는 아는 것이 없소. 그 뒤에 그가 어떤 짓을 하고 어떤 제안을 했는지 누가 알겠소만, 어떤 사건으로 인해 그 가정교사의 안부를 확인할 필요가 생겼을 때, 그 아가씨가 사라졌다는 사실이 밝혀졌소. 언제 어디로 사라졌는지, 어떻게 사라졌는지 아는 이가 없었소. 그 가정교사는 밤에 손필드 저택을 떠났고, 그 사람을 찾아 사방으로 수색을 하고 온 나라를 샅샅이 뒤졌으나, 다 헛수고였소. 그 사람의 행방에 관해서는 아무 정보도 얻을 수가 없었으니까. 하지만 그 사람을 찾아야 하는 일은 아주 긴급한 사안이 되어 모든 신문에 광고가 실렸소. 나는 브릭스 씨라고 하는 변호사한테서 방금 말한 내용이 적힌 편지를 받았지. 참 이상한 얘기 아니오?"

"하나만 알려주세요." 나는 말했다. "그처럼 잘 알고 계시니, 분명 알려주실 수 있겠죠. 로체스터 씨는 어떠세요? 어떻게, 어디서 지내세요? 어쩌고 계시는지, 잘 계시나요?"

"로체스터 씨에 관해서는 전혀 모르오. 편지에는 내가 말한 부정하고 불법적인 시도 얘기 말고는 언급이 없었소. 당신은 그보다 그 가정교사의 이름을 물었어야지. 그 사람을 찾고 있는 사건이 어떤 성격인지도."

"그럼 손필드 저택에 간 사람은 아무도 없어요? 로체스터 씨를 본 사람도 아무도 없고요?"

"없을게요."

"하지만 그 사람들이 로체스터 씨에게도 편지를 보냈겠죠?"

"물론이오."

"답장에는 뭐래요? 그 편지는 누가 가지고 있어요?"

"브릭스 씨의 편지로 보면, 문의에 대한 답을 보낸 사람은 로체스터 씨가 아니라 어느 부인인 듯하오. '앨리스 페어팩스'라는 서명이라고 하니."

정신이 아득해지면서 나는 낙담했다. 제일 두려워한 일이 일어난 듯했다. 그는 아마 무분별한 자포자기에 빠져 영국을 떠나 자주 머무르던 대륙 모처로 달려갔을 것이다. 거기서 그는 그 격심한 고통에 어떤 마취제를 구하고 그 강한 열정에 어떤 대상을 구했을까? 내겐 그 물음에 감히 답할 용기가 없었다. 아, 불쌍한 나의 주인님, 한때는 거의 내 남편이었던, '사랑하는 에드워드'라고 부르던 이여!

"그는 악인이었음이 분명하오." 리버스 씨가 말했다.

"그분을 모르시잖아요. 함부로 말씀하지 마세요." 나는 열을 내며 말했다.

"알았소." 그가 침착하게 대답했다. "하긴 내 머리는 그 사람이 아니라 다른 일로 꽉 차 있소. 얘기를 마저 해야겠소. 당신이 그 가정교사의 이름을 묻지 않으니, 내 입으로 말해야겠군. 잠깐! 내가 가지고 있소. 중요한 것들은 언제나 흰 종이에 까만 글씨로 확고하게 적혀 있는 걸 보는 편히 훨씬 만족스러운 법이지."

예의 수첩이 신중하게 다시 나오고, 펼쳐지고, 뒤적여졌다. 거기 어디쯤에서 황급히 찢어낸 지저분한 종잇조각이 나왔다. 나는 그 종이쪽의 결과 거기 묻은 울트라마린과 크림슨레이크, 버밀리온 얼룩을 알아보았다. 찢긴 그 초상화 덮개의 가장자리였다. 그가 일어나 그것을 내 눈앞에 내밀었다. 나는 읽었다. 거기에는 먹물로, 내 필체로 적힌 '제인 에어'라는 글자가 있었다. 분명 방심하고 있다가 무심결에 적은 것이리라.

"브릭스 씨의 편지는 제인 에어라는 사람에 관한 것이었소. 그 광고들도 제인 에어를 찾고 있었지. 나는 제인 엘리어트라는 사람을 알고 있었소. 전부터 의심은 했지만, 그 의심이 갑자기 확신으로 바뀐 건 어제 오후였소. 당신은 이 이름을 인정하고 그 가명을 포기하겠소?"

"네, 그래요. 그런데 브릭스 씨는 어디 있어요? 그분이 당신보다 로체스터 씨 소식을 더 잘 알 것 같은데."

"브릭스 씨는 런던에 있소. 그가 로체스터 씨에 관해서 무어라도 알고 있을지는 의심스럽소. 그가 관심을 둔 사람은 로체스터 씨가 아니니까. 그건 그렇고, 당신은 중요한 건 잊고 사소한 일만 좇는군요. 왜 브릭스 씨가 당신을 찾는지, 그가 당신에게 무슨 용무가 있는지 묻지 않고 말이오."

"음, 무슨 용건이시래요?"

"그저 당신에게 소식을 전하려는 거였소. 당신 숙부인 마데이라의 에어 씨가 돌아가셨다는 소식, 그리고 그 숙부가 당신에게 전 재산을 남기셨고, 이제 당신은 부자라는, 그저 그런 소식이오."

"제가? 부자요?"

"그렇소. 당신은 부자요. 어엿한 상속인이지."

침묵이 흘렀다.

"물론 당신이 제인 에어라는 건 증명해야 하오." 신존이 다시 입을 열었다. "그냥 절차이니 별 어려움은 없을게요. 그러고 나면 즉시 손에 넣을 수 있소. 당신의 재산은 영국 국채에 귀속돼 있소. 유언장과 필요한 서류는 브릭스가 가지고 있고."

새 카드가 뒤집혔다! 독자여, 궁핍한 처지에서 순식간에 부자가 되는 건 멋지고도 멋진 일이지만 곧바로 이해할 수 있는, 그래서 곧바로 즐거워할 수 있는 그런 일은 아니다. 그리고 인생에는 훨씬 더 감격적이고 황홀한 일들이 있다. 재산이란 물질적인 현실의 일이며, 거기에 공상 같은 건 전혀 없다. 그것과 관련된 건 모두 견고하고 냉정하며, 그것의 표명들 역시 마찬가지다. 재산이 생겼다는 말을 들으면 껑충 뛰어오르며 환성을 지르는 것이 아니라 책임을 생각하고 사업을 생각하기 시작한다. 확고한 만족의 토대에는 심각한 걱정 같은 것이 드리우고, 우리는 자제하며 엄숙한 얼굴로 우리의 축복을 골똘하게 생각하게 되는 것이다.

게다가 유산, 유품이라는 말은 죽음, 장례식이라는 말과 함께 온다. 말로만 들은 내 유일한 친지인 숙부가 돌아가셨다. 그분의 존재를 알게 된 이후로 언젠가는 그분을 뵈리라는 희망을 내내 품고 있었다. 이제, 그럴 가능성은 사라졌다. 그리고 이 돈은 내게만 왔다. 나와 기뻐하는 가족에게가 아니라 달랑 나 혼자에게만. 그래도 이것이 대단한 혜택임은 분명하고, 자립할 수 있다는 건 멋진 일이지. 그렇다, 나는 그렇게 느꼈다. 그런 생각에 가슴이 부풀었다.

"마침내 미간이 펴졌군요." 리버스 씨가 말했다. "메두사와 눈이라도 마주쳐서 돌로 변하고 있나 생각했소. 이제는 얼마를 받게 될지 물어보시겠소?"

"제가 얼마를 받게 되나요?"

"아, 푼돈이오! 뭐 대단하지는 않소. 이만 파운드, 라고 했나 그렇소. 어떻소?"

"이만 파운드요?"

또 하나의 깜짝 놀랄 소식이었다. 나는 사천에서 오천 파운드 정도를 생각하고 있었다. 그 소식에 나는 진짜로 잠시 숨이 멎었다. 그때까지 소리 내 웃는 것을 본 적이 없는 신존 씨가 껄껄 웃었다.

"정말이지, 살인한 사람한테 죄가 탄로 났다고 말해도 지금 당신보다 더 기겁한 표정은 보지 못할 것이오."

"큰돈이에요. 무슨 실수가 있는 게 아닐까요?"

"전혀 없소."

"숫자를 잘못 보셨겠지요. 이천이 아닐까요?"

"편지에는 숫자가 아니라 문자로 적혀 있었소. 이만이라고."

평범한 소화력을 가진 사람이 백 명분의 음식이 차려진 잔칫상을 혼자 받은 듯한 기분이 또 들었다. 리버스 씨가 일어나 외투를 걸쳤다.

"날이 이렇게 험하지만 않다면 밤이라도 해나를 보내서 같이 있으라고 하겠소만. 혼자 두기엔 당신 표정이 너무 불행해 보여서 말이오. 하지만 우리의 해나는 눈 쌓인 길을 나만큼 잘 헤치고 걷지 못하오. 다리가 그다지 길지 않으니까. 그래서 슬픔에 잠긴 당신을 그냥 두고 가야겠소. 잘 주무시오."

그가 걸쇠를 풀었다. 갑자기 어떤 생각이 내 머리를 스쳤다.

"잠깐만요!"

"음?"

"브릭스 씨가 왜 저에 관한 편지를 당신에게 보냈는지, 또는 그가 어떻게 당신을 아는지, 또는 그가 어떻게 이 외진 곳에 사는 당신이 나를 찾는 데 도움이 되리라 생각했는지, 이해가 안 돼요."

"아! 나는 신부요. 신부들은 가끔 이상한 요청을 받소." 걸쇠가 다시 달그락거렸다.

"아니요. 그걸로는 충분치 않아요!" 나는 소리쳤다. 아닌 게 아니라, 설명을 회피하는 듯한 그 짧은 대답에는 나를 진정시키기는커녕 그 어느 때보다 호기심을 자극하는 무언가가 있었다.

"참으로 이상한 일이라서요, 전 그 일을 좀 더 알아야겠어요."

"다음에."

"아니요. 오늘요, 지금요!" 문 앞에 선 그가 돌아서자 나는 그와 문 사이를 막아섰다. 그는 약간 당황한 듯했다.

"다 말해주기 전에는 못 가세요."

"지금 당장은 좀 아닌 듯하오."

"하셔야 해요! 하세요!"

"다이애나나 메리를 통해서 전달하는 게 좋겠소."

그가 거절하자 오히려 나의 간절한 마음은 극에 달했다. 꼭 들어야 한다. 그것도 지금 당장. 나는 그에게 그렇게 말했다.

"내가 설득해봐야 소용없는 완고한 사람이라고 말했을 텐데."

"그리고 저도 완고한 사람이고요. 쉽게 뿌리칠 수 없는."

"그리고," 그가 말을 이었다. "난 차가운 사람이오. 어떤 열성에도 꿈쩍하지 않소."

"그렇다면 전 뜨거운 사람이에요. 얼음을 녹이는 불이죠. 저 난롯불이 당신 외투의 눈을 전부 녹였어요. 그 증거로, 눈 녹은 물이 흘러서 마루가 발자국이 찍힌 길바닥이 됐어요. 모래로 닦아놓은 부엌 바닥을 망친 중범죄와 비행을 용서받으실 요량이거든, 제가 알고 싶어 하는 것을 알려주시죠."

"음, 그렇다면, 내가 졌소. 당신의 진지함도 진지함이지만, 그 끈기에는 못 당하겠군. 끊임없는 빗방울에 바위도 닳는다니 말이오.

게다가, 당신도 언젠가는 알아야 할 일이니, 지금이나 나중이나 마찬가지겠지. 당신 이름이 제인 에어요?"

"물론이죠. 그건 아까 정리됐잖아요."

"내가 당신과 같은 이름을 물려받은 건 몰랐겠지, 아마도? 내 세례명이 신존 에어 리버스라는 것 말이오."

"세상에, 전혀요! 그리고 보니 빌려주신 책들에 적힌 서명에 E가 있었어요. 그 'E'가 어떤 이름의 머리글자인지 물어보질 않았네요. 하지만 그게 어떻게? 분명히―"

나는 말을 멈췄다. 그때 들이닥친 생각은, 저절로 떠오른 그 생각은 믿기지 않는 데다 입 밖으로 내기는 더욱 어려웠다. 그러나 그 생각은 이내 강력한, 견고한 가능성을 고집했다. 앞뒤 상황이 저절로 엮이며 서로 맞아들어가 질서를 잡아갔다. 그때까지 형체 없는 덩어리로 놓여 있던 연관의 사슬이 당겨져 고리 하나하나가 완벽한 연쇄가 완성되었다. 신존이 다른 말을 꺼내기도 전에, 나는 본능적으로 어떻게 된 일인지 알았다. 하지만 독자에게 똑같은 직관적 이해를 기대하기는 어려우니, 그의 설명을 되풀이해야겠다.

"내 모친의 성이 에어였소. 어머니에겐 형제가 두 분 계셨는데, 한 분은 신부였고, 게이츠헤드의 미스 제인 리드와 결혼했소. 다른 한 분은 향사이자 상인이셨던 마데이라 푼찰의 고 존 에어 씨요. 에어 씨의 변호사인 브릭스 씨가 지난 팔월에 외숙부의 사망 소식을 알리면서, 외숙부와 우리 아버지 사이에 있었던 화해하지 못한 다툼의 결과로, 외숙부가 우리를 건너뛰고 재산을 자기 형제인 그 신부의 고아 딸에게 남겼다는 편지를 보냈소. 그가 몇 주 후에 다시 편지를 보냈는데, 그 상속녀가 행방불명임을 통고하며 우리더러 그 사람에 관해서 아는 것이 없는지 묻는 편지였소. 종이에 아무렇게나 적힌 이름 하나 덕분에 나는 그 사람을 찾을 수 있었소. 나머지는 당신도 아는 바요."그가 다시 가려고 나서자, 나는 문에 등을 기대고 막아섰다.

"저도 말 좀 할게요. 숨 좀 돌리면서 생각 좀 하게, 잠깐만 시간을 주세요."나는 말을 멈췄다. 그는 모자를 들고 아주 침착한 표정으로 내 앞에 서 있었다. 나는 다시 입을 열었다.

"당신의 어머니가 제 아버지의 누이라고요?"

"그렇소."

"그럼, 저의 고모님?"

그가 고개를 끄덕였다.

"저의 존 숙부가 당신의 존 외숙부고요? 당신과 다이애나, 메리가 그분 누이의 아이들이고, 저는 그분 동생의 아이이고요?"

"맞소."

"그럼 당신들 세 사람은 제 사촌이군요? 양쪽의 피 절반씩이 같은 근원에서 나왔으니까요?"

"맞소, 우리는 사촌 간이오."

나는 그를 쳐다보았다. 내게 오빠가 생겼다. 자랑스러워할 수 있는 오빠, 사랑할 수 있는 오빠가. 그리고 두 언니도. 남으로 알았을 때도 순전한 애정과 감탄의 마음을 불어넣어주었던 그런 훌륭한 언니들이었다. 젖은 바닥에 무릎을 꿇은 채, 흥미와 절망이 뒤섞인 더없이 쓰라린 마음으로 무어하우스 부엌의 그 낮은 격자창 너머로 바라보았던 그 두 아가씨가 내 가까운 친척이었다니. 그리고 문간에서 거의 죽어가던 나를 발견해준 그 젊고 당당한 신사가 나와 피를 나눈 친지라니. 외롭고 불쌍한 사람에게 이 얼마나 영광스러운 발견인가! 이것이야말로 재산, 바로 마음의 재산이 아닌가! 나는 순수하고 진실한 애정의 광맥을 발견했다. 찬란하고, 생생하고, 흔쾌한 축복이었다. 마음에 짐이 되는 황금 선물과는 다르다. 황금은 그것대로 귀중하고 반갑지만, 그 무게로 인해 냉정해지게 되는 법이다. 그때 나는 갑작스러운 기쁨에 손뼉을 쳤다. 맥박이 고동치고 혈관이 전율했다.

"아, 기뻐요! 정말 기뻐요!" 나는 소리쳤다.

신존이 빙그레 웃었다. "당신이 중요한 것은 무시하고 사소한 것만 좇는다고 내가 말하지 않았소?" 그가 물었다. "큰 재산을 갖게 됐다고 알려줬을 때는 심각하더니, 지금은 보시오, 별일 아닌 일에 흥분하고 있소."

"무슨 말씀이세요? 당신에겐 별일이 아닐 수 있죠. 누이동생들이 있으니까 사촌은 대수롭지 않을 거예요. 하지만 제겐 아무도 없었다고요. 그런데 지금 저의 세상에 친척이 셋이나, 혹은 여기에 끼고 싶지 않으시다면, 둘이나 완전히 다 자란 상태로 태어났어요. 다시 말하지만, 정말 기뻐요!"

나는 빠른 걸음으로 방안을 서성였다. 그러다가 미처 받아들이고 이해하고 정리할 수 없을 만큼 쇄도하는 생각들에 반쯤 질식한 채 걸음을 멈추었다. 무엇을 어떻게 해야 하고 할 수 있고 하면 되는지에 관한 생각들이었다. 그것도 머지않아서. 나는 빈 벽을 쳐다보았다. 벽이 떠오르는 별들이 가득한 하늘 같았다. 각각의 별이 내게 하나의 목적이나 기쁨을 밝혀주었다. 나의 목숨을 구해준 이들, 그러나 지금까지 아무 도움도 되지 못한 채 사랑해온 이들에게 이제는 득이 될 수 있다. 난 이들이 다시 함께 살도록 만들어줄 수 있다. 자립과 풍요가 내 것이라면, 이들의 것도 될 수 있지. 우리가 넷이 잖아? 이만 파운드는 각자에게 오천씩 공정하게 똑같이 나눠질 것이다. 그걸로도 충분하고 남는다. 정의가 실현될 테고, 모두의 행복이 확보될 것이다. 이제는 그 부의 무게가 나를 짓누르지 않았다. 이제 그 부는 단순한 돈의 유산이 아니라 삶과 희망과 기쁨의 유산이었다.

이런 생각들이 머릿속을 폭풍처럼 휘젓고 있을 때, 내가 어떻게 보였는지는 모르겠다. 하지만 이내 리버스 씨가 내 뒤에 의자를 가져다 놓고 조심스럽게 앉히려는 걸 알아챘다. 그는 침착하라고도 말했다. 나는 내가 어쩔 줄 모르고 혼란스러워한다는 듯한 그 암시를 경멸하며 그의 손을 뿌리치고는 다시 서성대기 시작했다.

"내일 다이애나와 메리에게 편지를 쓰세요." 나는 말했다. "곧장 집으로 돌아오라고 말이에요. 다이애나가 천 파운드씩만 있어도 둘은 부자가 됐다고 생각할 거라 했으니, 오천이면 충분하고도 남겠지요."

"물이라도 좀 마시는 게 좋겠는데, 어디 있소?" 신존이 말했다. "당신은 정말로 좀 진정해야 할 것 같소."

"허튼소리! 그 유산이 당신에게는 어떤 영향을 줄까요? 당신을 영국에 남아 있게 하고, 올리버 양과 결혼하게 하고, 그리고 보통의 인간처럼 정착하게 하도록 설득할까요?"

"당신은 헛소리를 하고 있소. 머리가 혼란해진 거요. 내가 너무 갑작스럽게 소식을 전하는 바람에, 당신이 감당 못 할 정도로 흥분한 거요."

"리버스 씨! 당신은 정말 제 인내심을 시험하는군요. 제 정신은 멀쩡해요. 오해하신 건, 아니 그보다 오해하는 체하시는 건 당신이에요."

"당신 생각을 좀 더 자세히 설명해주면 내가 이해할 수도 있겠소."

"설명이라니요! 설명할 게 뭐 있어요? 문제의 그 이만 파운드를 우리 숙부의 조카 하나와 조카딸 셋이 똑같이 나누면 각자에게 오천이 돌아간다는 건 당신도 알잖아요? 제가 원하는 건, 당신이 동생들에게 편지를 내서 재산이 생겼다는 사실을 알려주십사 하는 거예요."

"당신에게 생겼다고 말이오."

"이 문제에 대한 제 생각은 이미 말씀드렸어요. 다른 생각은 할 수 없어요. 저는 잔인하게 이기적이거나 맹목적으로 불의하지 않고, 악마같이 배은망덕하지도 않아요. 게다가 전 돌아갈 집과 친척들을 갖기로 마음먹었어요. 전 무어하우스를 좋아하니까, 무어하우스에서 살 거예요. 전 다이애나와 메리를 좋아하니까, 평생 다이애나와 메리 옆에 붙어 있을 거예요. 오천 파운드를 갖게 되면 기쁘고 도움이 될 거예요. 이만 파운드를 갖게 되면 괴롭고 짐이 될 뿐이에요. 더욱이 법적으로는 어떨지 모르겠지만, 도의적으론 제 것일 수도 없어요. 그러니 전 절대적으로 저한테 불필요한 것을 여러분에게 버리는 거예요. 이 문제에 대해선 반대라든가 논의가 필요하다든가 하는 말은 하지 마세요. 서로 합의하고 당장 결정하도록 해요."

"그건 충동적인 행동이오. 이런 문제는 시간을 가지고 잘 생각해야 하오. 당신의 말이 유효하게 여겨질 수 있을 때까지 말이오."

"아! 염려하시는 것이 제 신실함뿐이라면, 그건 쉬워요. 제 결정이 공정하다는 건 아시죠?"

"어떤 공정성이 있다는 건 알겠지만, 그건 모든 관습에 어긋나는 것이오. 게다가 당신에겐 그 재산 전부를 가질 권리가 있소. 내 숙부는 자수성가하셨소. 누구에게 재산을 주든, 그분의 자유요. 그분은 당신에게 남겼소. 무엇보다 당신이 가지는 것이 공정이오. 당신은 양심에 꺼릴 것 없이 그걸 완전한 자신의 것으로 생각해도 되오."

"제게는 이 일이 양심의 문제인 만큼 감정의 문제이기도 해요. 전 제 감정을 따라야겠어요. 그렇게 할 기회가 아주 드물었거든요. 당신이 일 년 내내 왈가왈부하고 반대하고 괴롭힌다 해도, 전 이미 보아버린 저 감미로운 즐거움을, 제 거대한 채무를 일부나마 갚고 또 평생의 친구들을 얻는 기쁨을 버릴 수 없어요."

"지금은 그렇게 생각할 거요." 신존이 대답했다. "당신이 재산이 있다는 것이 어떤 것인지 모르고, 그 결과 부를 즐긴다는 것이 어떤 것인지 모르기 때문이오. 당신은 이만 파운드가 당신에게 줄 중요성을, 그것으로 인해 당신이 가질 수 있는 사회적 위치를, 당신에게 열릴 앞날을 제대로 인식하지 못하오. 당신은-"

"그리고 당신은," 나는 그의 말을 가로챘다. "제가 형제자매의 사랑에 얼마나 굶주렸는지 상상조차 못 하시고요. 전 돌아갈 집도 형제자매도 가져본 적이 없어요. 이제는 가져야 하고, 가질 거예요. 저를 누이동생으로 인정하고 받아들이기 싫으신 건 아니죠, 그런가요?"

"제인, 나는 당신의 오빠가 될 거요. 누이동생들도 당신의 언니가 될 거고. 당신의 정당한 권리를 희생하는 조건 같은 것 없이도 말이오."

"오빠요? 그래요, 천리만리 떨어져 있는 오빠요! 언니들요? 그래요, 낯선 사람들 틈에서 고되게 일하는 언니들요! 저는 부유하게, 제가 벌지도 않은, 받을 자격도 없는 돈으로 호의호식하고요! 당신들은 무일푼인데! 참 대단히 평등하고 우애 깊고 형제애에 넘치는 친밀한 관계로군요!"

"하지만 제인, 가족의 연과 가정의 행복을 향한 열망은 당신이 생각하는 방식이 아닌 다른 방식으로도 실현될 수 있소. 결혼하면 되오."

"또, 허튼소리! 결혼이라니요! 전 결혼하고 싶지 않고, 하지도 않을 거예요."

"그건 지나친 속단이오. 그런 위험한 단정이 당신이 지나치게 흥분했다는 증거요."

"지나칠 건 없어요. 전 제 마음을 알아요. 결혼이라는 생각만 해도 끔찍한 기분인걸요. 절 사랑해서 아내로 맞아줄 사람은 없어요. 그리고 단순히 돈의 측면에서 아내감으로 여겨지기는 싫어요. 그리고 저와 공감할 수 없는 낯설고 이질적인 이방인도 원치 않아요. 저는 제 혈족을 원해요. 제가 완전히 공감할 수 있는 사람들요. 제 오빠가 되겠다고 다시 말해줘요. 그 말을 들을 때 전 만족스럽고 행복했어요. 하실 수 있다면 다시, 진지하게 다시 말해줘요."

"할 수 있을게요. 난 늘 누이들을 사랑했소. 그들에 대한 내 애정이 어디에 근거하는지도 알고 있소. 그들의 진가에 대한 존경과 그들의 재능에 대한 감탄이오. 당신도 원칙과 지성을 가진 사람이오. 당신의 취향과 습관은 다이애나와 메리를 닮았소. 내게도 당신은 늘 같이 있어서 좋은 사람이었지. 당신과 나누는 대화에서 어떤 유익한 위안을 발견한 지가 벌써 제법 되었소. 내 마음속에 셋째이자 막내 누이로서 당신을 위한 자리를 만드는 건 쉽고 자연스러울 듯하오."

"고마워요. 오늘 밤은 그 말로 족해요. 이젠 돌아가시는 게 좋겠어요. 더 계시다가는 또 어떤 의심 많은 양심의 가책으로 제 성질을 돋우실지 모르니까요."

"그럼 학교는, 미스 에어? 이젠 폐쇄해야겠지, 아마도?"

"아니요. 후임을 구하실 때까지 계속 교사직을 유지할 거예요."

그가 찬성의 미소를 지었다. 우리는 악수를 했고, 그는 떠났다.

유산과 관련한 문제들을 내가 원하는 대로 정리하기 위해 이후에 거쳐야 했던 분투와 내가 내세운 주장들을 자세히 설명할 필요는 없을 것이다. 무척 힘든 과제였지만, 내 결심이 확고한 만큼, 내 사촌들은 내 마음이 재산을 공정하게 나누는 안에서 정말로 한 발짝도 움직일 생각이 없음을 마침내 이해하는 동시에 마음속으로부터 내 의도의 공정함을 받아들여야 했다. 게다가 그들 또한 자신이 내 입장이었어도 똑같이 했으리라는 걸 내심 의식할 수밖에 없었으므로, 사촌들은 마침내 그 건을 중재 재판에 맡기는 조건으로 항복했다. 선발된 재판관은 올리버 씨와 또 한 사람의 유능한 변호사였는데, 둘 다 내 의견에 동의했다. 나는 내 주장을 관철했다. 양도 증서가 작성되었고, 신존과 다이애나, 메리, 그리고 나는 각자 상당한 재산을 소유하게 되었다.

34장

그 건이 다 정리됐을 때는 크리스마스가 가까워지고 있었다. 모두가 즐기는 축제일의 계절이 다가왔다. 나는 이제 모든 학교를 그만두지만, 그 이별이 인색하지 않도록 신경을 썼다. 행운은 마음만이 아니라 주머니도 멋지게 열어준다. 그리고 크게 받았을 때 어느 정도 베푸는 것은 도를 넘어 끓어오르는 감정에 배출구가 되어준다. 내 시골 학생들의 대다수가 나를 좋아해주는 것이 전부터 기뻤는데, 우리가 헤어질 때가 되니 그런 의식이 더욱 확고해졌다. 아이들은 품은 애정을 숨김없이 열렬하게 드러냈다. 그들의 순박한 마음속에 정말로 내 자리가 있다는 걸 알고 나의 기쁨은 깊어졌다. 나는 앞으로도 한 주도 빠짐없이 그들을 만나러 가겠다고, 그리고 앞으로도 계속해서 한 시간짜리 수업을 하겠다고 약속했다.

리버스 씨가 왔을 때, 나는 반마다 인사를 하고 이제 예순 명이나 되는 학생들을 앞세워 내보낸 후, 교실 문에 자물쇠를 걸고 열쇠를 손에 든 채 따로 수제자 대여섯 명과 몇 마디 작별 인사를 나누고 있었다. 영국 농민계급의 누구에게도 뒤지지 않는 품위 있고 품행이 방정하고 정숙하고 박식한 젊은 여성들이었다. 이건 대단히 의미 있는 말이다. 무엇보다 영국의 농민들이 유럽 어느 나라의 농민 중에서 제일 많이 배우고, 제일 점잖으며, 제일 자존심이 세기 때문이다. 그 뒤로 프랑스와 독일의 여성 농민들도 봤지만, 그들 중에서 제일이라는 사람들도 내가 보기에 모튼의 소녀들에 비하면 무지하고 조잡하고 얼빠진 듯했다.

"한 학기 동안 수고한 보람이 있었다고 생각하오?" 학생들이 돌아가자 리버스 씨가 물었다. "당신의 삶과 당신의 세대에 정말로 좋은 일을 했다는 자각이 기쁘지 않소?"

"물론이지요."

"겨우 몇 달 고생했는데도 그렇소! 우리 인류를 갱생시키는 과업에 헌신하는 삶은 더욱 보람차지 않겠소?"

"그렇겠지요. 하지만 전 영원히 그렇게 살지는 못할 듯해요. 다른 사람들의 능력을 계발하는 것 못지않게 제 능력을 즐기고 싶거든요. 그리고 전 지금 그걸 즐겨야겠어요. 제 마음도 몸도 다시 학교로 부르지 마세요. 전 학교에서 나왔고, 완전한 휴일을 즐길 생각이니까요."

그는 심각해 보였다. "자, 이젠? 당신의 이 갑작스러운 열의는 뭐요? 뭘 하려는 게요?"

"활동적으로 살려고요. 제가 할 수 있는 한까지요. 우선 해나를 자유롭게 풀어주는 대신 시중들 다른 사람을 구하라고 오빠에게 애걸해야겠네요."

"해너가 필요하오?"

"예. 저와 함께 무어하우스로 가야 해서요. 다이애나와 메리가 일주일 안에 돌아오는데, 두 사람이 도착하기 전에 모든 정리를 끝내놓고 싶어요."

"알겠소. 난 또 어디 여행이라도 떠나나 했소. 그럼 그렇게 하시오. 해나를 보내리다."

"그럼 해나에게 내일까지 차비를 해두라고 일러주세요. 그리고 여기, 학교 열쇠예요. 제 오두막 열쇠는 내일 아침에 드릴게요."

그가 열쇠를 받았다. "무척 기뻐하면서 주는군요. 그 쾌활함이 난 잘 이해가 안 가오. 당신이 그만둔 일 대신에 스스로에게 어떤 일을 주었는지 알 수 없기 때문이지. 당신은 지금 어떤 삶의 목표와 취지와 야망을 품고 있는 게요?"

"저의 첫 번째 목표는 무어하우스를 침실부터 저장실까지 뒤집어엎어서— (이 표현의 힘이 느껴지시지요?) 뒤집어엎어서 청소하는 거예요. 다음은 밀랍과 기름과 셀 수도 없이 많은 걸레를 써서 다시 광이 날 때까지 닦는 거죠. 세 번째는 모든 의자와 탁자, 침대, 양탄자를 수학적으로 정밀하게 배치하는 거고요. 그런 뒤에는 당신이 파산할 만큼 석탄과 이탄을 잔뜩 써서 모든 방에 난롯불을 활활 피울 거예요. 마지막으로 당신의 누이들이 도착하기 이틀 전부터 해나와 저는 달걀을 풀고, 까치밥나무 열매를 고르고, 향신료를 갈고, 크리스마스 케이크를 만들고, 민스파이 재료를 다지고, 또 당신 같은 미경험자는 말로는 제대로 이해할 수 없는, 요리에 관련된 다른 여러 의식을 거행할 거예요. 간단하게 말해서, 저의 취지는 다음 주 목요일이 되기 전에 모든 것이 다이애나와 메리를 맞이할 절대적으로 완벽한 준비 상태를 갖추게 하겠다는 거예요. 저의 야망은 두 언니가 도착했을 때 이상적인 환영을 안겨주는 거지요."

신존이 슬며시 웃었다. 하지만 그는 여전히 불만이었다.

"당장은 더없이 좋지만, 진지하게 말해서, 그 활기의 첫 흥분이 가시면 당신은 가정적인 애정의 표시와 집안일의 기쁨보다 조금은 더 높은 곳을 바라보게 될 것이오."

"그런 게 세상에서 제일 좋은 것들이에요!" 나는 그의 말을 가로막았다.

"아니요, 제인, 그렇지 않소. 이 세상은 결실의 장소가 아니요. 그렇게 만들려고 하지 마시오. 휴식의 장소도 아니요. 나태해지지 마시오."

"정반대로 전 부지런해질 건데요."

"제인, 지금은 용서해주리다. 새로 얻은 지위를 마음껏 누리고 뒤늦게 찾은 혈연의 달콤함을 즐길 수 있도록, 두 달의 유예 기간을 주겠소. 하지만 그 뒤에는 무어하우스와 모튼, 자매들과의 사귐, 그리고 이기적인 평온함과 문명화된 풍요의 감각적인 안락 너머를 보기 시작했으면 하오. 그때는 당신이 가진 그 에너지의 힘이 다시 한번 당신을 괴롭히기를 바라오."

나는 놀라서 그를 쳐다보았다. "신존, 그런 말씀을 하시다니, 누가 들으면 심술궂다고 하겠어요. 전 여왕처럼 만족스러운 기분에 빠지고 싶은데, 당신은 날 뒤흔들어 뒤숭숭하게 만들려고 하네요! 무슨 목적이죠?"

"신께서 당신에게 맡기신, 그리고 분명 언젠가는 엄중한 설명을 요구하실 그 재능을 좋은 곳에 쓰려는 목적이오. 제인, 미리 말해두지만, 나는 당신을 유심히 또 걱정스럽게 지켜볼 것이오. 그리고 평범한 가정적 쾌락에 몰두하는 당신의 그 부적절한 열정을 자제하시오. 육신의 연들에 그렇게 끈질기게 매달리지 마시오. 알맞은 대의를 위해 그 굳건함과 열정을 아껴두시오. 하찮은 일시적인 대상들에 낭비하지 말란 말이오. 듣고 있소, 제인?"

"예, 그리스어처럼 들리지만 말이에요. 전 제게 행복해져야 한다는 알맞은 대의가 있다고 느끼고, 전 행복해질 거예요. 안녕히 가세요!"

무어하우스에서는 행복했다. 나는 열심히 일했다. 해나도 그랬다. 집을 통째로 뒤엎는 소동 속에서도 내가 얼마나 명랑한지, 내가 얼마나 잘 쓸고 닦고 훔치고 요리할 수 있는지를 보고 해나는 기뻐했다. 그리고 실제로 더 엉망이 된 듯이 혼란스러웠던 하루나 이틀이 지나자 우리가 자진해서 만든 혼돈에서 점차 질서를 불러내는 일은 매우 즐거워졌다. 나는 앞서 SXX까지 가서 새 가구를 몇 점 샀다. 사촌들은 내가 하고 싶은 대로 마음대로 바꿔도 좋다는 백지 위임장과 함께 그 용도로 따로 떼어둔 돈을 주었다. 늘 쓰던 응접실과 침실들은 대체로 있는 대로 두었다. 다이애나와 메리가 완전히 새롭게 바뀐 모습보다 고향 집의 오래된 탁자와 의자와 침대를 다시 보는 것에 더 기뻐하리라는 걸 알아서였다. 그래도 내가 그들의 귀환에 보태고자 계획한 뭔가 짜릿함을 주려면 약간의 새로움은 필요했다. 잘 배치한 멋진 검은 새 양탄자와 커튼, 세심하게 고른 자기와 청동 골동품 장식품 몇 점, 새 덮개, 거울, 화장대에 놓을 화장품 상자가 그 목적에 답을 주었다. 휘황찬란하지 않으면서 새로워 보였다. 손님용 응접실과 침실은 고풍스러운 마호가니와 진홍색 덮개들로 완전히 새로 단장했다. 복도에는 범포를 깔고, 계단에는 양탄자를 깔았다. 모든 준비가 끝났다. 바깥이 황량하고 인적없는 겨울 적막의 표본 같을수록, 무어하우스 안은 더 환하고 품위 있는 아늑함의 완벽한 표본 같다고 나는 생각했다.

마침내 중요한 목요일이 왔다. 사촌들은 어두워질 무렵에 도착할 예정이어서, 해가 지기 전에 위층과 아래층에는 모두 난롯불을 피워두었고, 부엌은 완벽하게 정리가 끝났으며, 해나와 나는 옷을 갈아입었다. 모든 준비가 끝났다.

신존이 첫 번째로 도착했다. 정리가 끝날 때까지 무어하우스에 오지 말라고 그에게 간청했었다. 사실은 그 집 안에서 지저분한 동시에 하찮은 야단법석이 벌어진다는 생각만으로도 질겁한 그가 충분히 뭔가 트집을 잡고 나설 만하다고 생각해서였다. 부엌에서 차에 곁들일 과자가 잘 부푸는지 지켜보며 굽고 있는데, 그가 들어왔다. 난롯가로 다가가며 그가 물었다. "마침내 하녀 일에 만족한 거요?" 나는 답 대신에 내 노동의 결과가 어떤지 같이 둘러보자고 청했다. 순조롭지는 않았지만, 나는 그를 데리고 집 안을 한 바퀴 돌았다. 그는 내가 열어주는 방문 앞에 서서 안을 들여다보기만 했다. 위층과 아래층을 다 돌고 난 그는 그처럼 짧은 시간에 그런 상당한 변화를 만들어내느라 대단히 피곤하고 힘들었겠다고 치하했지만, 자기 거처가 나아진 모습을 봐서 기쁘다는 투의 말은 한마디도 하지 않았다.

그 침묵에 나는 낙담했다. 집을 새로 장식하면서 그가 소중하게 여기던 어떤 옛 기억을 망가트린 모양이라고 생각했다. 그래서 그러냐고 물었다. 분명 풀이 죽은 목소리였을 것이다.

"천만에. 오히려 당신이 세심하게 기억을 하나하나 잘 보존해주어서 감명을 받았소. 사실은 필요 이상으로 그 문제에 신경을 썼을 듯해서 걱정이오. 예를 들어, 당장 이 방만 봐도, 이 배치를 연구하느라 얼마나 많은 시간을 들였겠소? 말이 났으니 말인데, 책은 어디에 있소?"

나는 책장에 있는 책을 보여주었다. 그가 책을 꺼내더니 자기 지정석인 창가 자리로 물러나 읽기 시작했다.

자, 독자여, 나는 그것이 못마땅했다. 신존은 좋은 사람이지만, 자신을 완고하고 차가운 사람이라고 했던 그의 말이 사실이었음이 느껴지기 시작했다. 그에게 인간의 속성들과 삶의 즐거움은 아무 매력이 없었고, 평화롭게 삶을 즐기는 것도 마찬가지였다. 그는 그야말로 갈망하기 위해서만, 선하고 위대한 것을 좇기 위해서만 사는 것이 분명했다. 흰 돌덩이처럼 고요하고 창백한 그의 고상한 이마를, 책을 읽느라 여념이 없는 그의 아름다운 이목구비를 쳐다보다가, 나는 문득 그가 좋은 남편이 되기는 어렵고 그의 아내가 되는 건 시련이라는 사실을 깨쳤다. 영감이라도 받은 듯이, 나는 그가 올리버 양에게 느끼는 사랑의 성질을 이해했다. 그것이 감각적인 사랑에 불과하다고 한 그의 말에 나도 동의했다. 그것이 발휘하는 열병과도 같은 영향력에 관해 그가 자신을 얼마나 경멸하는지, 그것을 얼마나 억누르고 파괴하고 싶어 하는지, 그것이 그나 그녀를 영원한 행복으로 안내할 수 있다는 약속을 얼마나 의심하는지, 나는 이해했다. 나는 그라는 사람이 동서고금의 입법자들, 정치가들, 정복자들 같은, 자연이 깎아 만든 영웅들의 자질을 지녔음을 알아보았다. 중요한 사업의 경우에는 의지할 수 있는 확고한 성채이지만,

집 안의 난롯가에서는 차갑고 음울한, 장소에 어울리지 않는 곤란한 기둥이기 십상인 것이다.

'이 응접실은 그의 영역이 아니야.' 나는 속으로 생각했다. '그에게는 히말라야의 산등성이나 카프르족의 덤불, 아니면 차라리 흑사병의 저주를 받은 기니 해안의 습지가 어울려. 그가 가정생활의 평온함을 피하려는 것도 무리는 아니지. 가정은 그의 본래 영역이 아니니까. 거기서는 그의 능력들이 정체돼. 발달하거나 두드러질 수도 없어. 그가 지도자이자 뛰어난 자로서 말하고 행동할 수 있는 그의 본래 영역은 용기가 입증되고, 에너지가 발휘되고, 불굴의 정신이 시험받는 분쟁과 위험의 현장들이야. 그러나 이 난롯가에서는 명랑한 어린아이가 그보다 더 유리하지. 그가 전도사의 길을 택한 건 옳았어. 이제야 그걸 알겠어.'

"오셨어요! 오셨어요!" 해나가 응접실 문을 확 열며 외쳤다. 그와 동시에 늙은 카를로가 기쁘게 짖어댔다. 나는 밖으로 뛰쳐나갔다. 이미 어두워졌지만, 마차 바퀴 소리가 들렸다. 해나가 곧 등에 불을 밝혔다. 마차가 쪽문 앞에 서고 마부가 마차의 문을 열자, 눈에 익은 사람의 형체가 하나, 그리고 또 하나가 내렸다. 나는 당장 그들의 보닛 밑으로 얼굴을 들이밀어 먼저 메리의 부드러운 뺨에, 그러고는 풍성하게 흘러넘치는 다이애나의 머리카락에 닿았다. 그들은 웃음을 터트리며 나와 해나에게 연이어 입을 맞춘 다음, 반가움에 반쯤 미친 듯이 날뛰는 카를로를 쓰다듬으며 모두 잘 지냈는지 열렬하게 묻고 잘 지냈다는 답변을 들으면서 서둘러 안으로 들어갔다.

위트크로스에서부터 오래 덜컹거리는 마차를 탄 탓에 뻣뻣해진데다 차가운 밤공기에 얼어붙었지만, 두 사람의 아름다운 얼굴은 활활 타오르는 난롯불에 활짝 피었다. 마부와 해나가 짐을 나르는 동안, 두 사람은 신존을 찾았다. 그때 그가 응접실에서 나왔다. 둘은 동시에 그를 얼싸안았다. 그는 한 명씩 조용히 입을 맞추고 낮은 소리로 환영의 말을 몇 마디 하고는, 한동안 서서 하는 얘기를 듣더니 이내 곧 응접실에서 보자는 말을 남기고 피난처라도 찾아가듯이 가버렸다.

나는 둘이 위층으로 가지고 올라갈 초에 불을 밝혔다. 먼저 다이애나가 마부를 대접하는 문제로 몇 가지 지시를 하고, 그 일이 끝나자 둘은 나를 따라 위층으로 올라왔다. 각자의 방이 새 휘장과 깨끗한 양탄자와 다채로운 도자기 화병으로 완전히 새롭게 장식된 것을 보고 둘은 아주 기뻐했다. 그리고 둘은 아낌없이 만족감을 표현했다. 나의 배치가 그들의 바람에 딱 맞은 데다, 내가 한 일이 그들의 기쁜 귀향에 생생한 매력을 더했다는 느낌에 마음이 뿌듯해졌다.

유쾌한 밤이었다. 활기에 찬 사촌들이 어쩌나 풍성하게 이야기와 논평을 쏟아놓는지, 둘의 유창함이 신존의 과묵함을 메웠다. 그는 누이들과의 재회를 진심으로 기뻐했지만, 둘의 달아오른 열정과 흘러넘치는 기쁨에는 공감하지 못했다. 그날에 생긴 사건, 즉 다이애나와 메리의 귀향을 신존 입장에서 보자면, 동생들의 귀가는 기쁘지만 부수된 장황하고 소란한 환대의 기쁨은 지루한 것이었다. 나는 그가 고요한 아침이 오기를 바란다는 걸 알았다. 차를 마시고 한 시간 정도 지나 그 밤의 기쁨이 절정에 달한 시점에 문을 두드리는 소리가 들렸다. 해나가 들어와 보고했다. "웬 젊은이가 어머니가 돌아가실 것 같다고, 이런 밤늦은 시간에 리버스 씨를 모시러 왔네요."

"어디라고 해, 해나?"

"위트크로스 언덕으로 한참 올라간대요. 거의 사 마일쯤요. 가는 길 내내 황무지와 이끼밭이고요."

"간다고 일러줘."

"제가 말씀드리지만, 신부님, 안 가시는 게 좋아요. 그 길은 해진 뒤에 걷기에 최악이에요. 늪지에는 길도 없고요. 그리고 날이 너무 안 좋아요. 살을 에는 밤바람이 불고 있다고요. 아침에 일찍 가겠다고 전하시는 게 좋겠어요."

그러나 그는 이미 외투를 걸치며 복도로 나간 상태였다. 그러고는 한마디 불평도 투덜거림도 없이 바로 떠났다. 그때가 아홉 시였다. 그는 자정이 되어서야 돌아왔다. 허기지고 피로할 텐데도 그는 나갈 때보다 행복해 보였다. 소임을 다했고, 격한 활동을 했고, 하거나 하지 않을 수 있는 자신의 힘을 느꼈으므로 자기 자신과 사이가 좀 좋아진 것이었다.

안타깝게도 그다음 주는 내내 그의 인내심을 시험했다. 크리스마스 주간이었다. 우리는 정해놓은 일 없이 일종의 명랑한 가정적 무절제 속에서 그 주간을 보냈다. 고원의 공기, 집이 주는 자유, 유복한 생활의 서광이 다이애나와 메리의 정신에 생명을 주는 묘약과 같은 효력을 발휘했다. 둘은 아침부터 낮까지, 낮부터 밤까지 명랑했다. 그들은 끊임없이 말을 이었고, 재치 있으면서도 뜻깊고 독창적인 그들의 대화가 어찌나 흥미로운지, 나는 그 대화를 들으며 때때로 참견하는 것이 다른 무엇보다 좋았다. 신존은 우리의 쾌활함을 비난하지는 않았지만, 슬슬 피했다. 그가 집에 있는 일이 드문 걸 보면 알 수 있었다. 그의 교구는 넓었고, 교구민들은 널리 흩어져 살았다. 그는 매일 이런저런 구역에 사는 병자와 빈자를 방문하는 일거리를 찾아냈다.

어느 날 아침 식사 자리에서 잠시 시름에 잠긴 듯했던 다이애나가 신존에게 물었다. "오빠 계획은 아직 변함없어?"

"변하지 않았고, 변할 수도 없어." 그렇게 대답한 그가 영국에서 출발하는 날짜가 신년으로 확정됐다고 알렸다.

"그럼 로저먼드 올리버 양은?" 메리가 불쑥 물었다. 말을 물리고 싶어 하는 듯한 몸짓으로 봐서는 자기도 모르게 튀어나온 듯했다. 신존이 읽고 있던 책을(식사하면서 책을 읽는 건 그의 비사교적인 버릇이었다) 덮고 고개를 들었다.

"로저먼드 올리버는 S시에서 제일 집안 좋고 존경받는 인물이자 프레드릭 그랜비 경의 손자이고 상속인인 그랜비 씨와 결혼할 예정이야. 어제 올리버 양의 부친에게서 들었어."

그의 누이들이 서로의 얼굴을 쳐다보더니 나를 쳐다보았다. 우리 셋은 그를 쳐다보았다. 그는 유리잔처럼 고요했다.

"급하게 맺어진 결혼이겠네." 다이애나가 말했다. "만난 지 얼마되지 않았을 테니까."

"그래도 두 달이야. 시월에 S시 주최 무도회에서 만났으니까. 하지만 이번 경우처럼 결혼하는 데 장애도 없고 어느 모로 보나 잘 맞는 인연이면 미룰 필요가 없지. 두 사람은 프레데릭 경이 물려준 S시 저택의 수리가 완료되는 대로 결혼할 거야."

그런 얘기를 나눈 뒤에 처음으로 그와 둘만 있는 기회가 생기자, 나는 충동적으로 그 일로 마음이 괴롭지 않은지 물어보고 말았다. 그러나 그는 동정 같은 건 필요로 하지 않는 듯했고, 그런 까닭에,

나는 그를 더 동정하는 위험을 무릅쓰기보다는 이미 무릅썼던 위험을 떠올리며 약간의 부끄러움을 느꼈다. 게다가 나는 그에게 말을 붙이기가 어색했다. 속을 내보이지 않는 그의 마음이 다시 얼어붙어서, 내 솔직한 성정이 그 밑에서 얼어버렸기 때문이다. 그는 나를 제 누이들처럼 대하겠다는 약속을 지키지 않았다. 그는 계속해서 우리 사이에 약간의 냉담한 거리를 두었고, 그것은 진심 어린 애정을 키우는 데에 전혀 도움이 되지 않았다. 간단하게 말해서, 내가 그의 일가붙이로 확인되고, 그와 같은 지붕 밑에서 사는 지금, 나는 그가 나를 마을 학교의 선생으로만 알던 때보다도 훨씬 먼 거리감을 느꼈다. 한때 내가 어느 정도나 그의 신뢰에 가까이 다가갔는지를 생각하면, 그가 지금 보여주는 냉담함은 도무지 이해되지 않았다.

상황이 그러하니, 책상에 앉아 책을 읽던 그가 갑자기 고개를 들고 말을 걸었을 때 나는 적잖이 놀랐다.

"보시오, 제인. 전투가 끝나고 승리가 쟁취됐소."

그런 말에 깜짝 놀란 나는 즉각 답을 하지 못했다. 잠시 머뭇거린 끝에 나는 말했다.

"하지만 승리를 위해 너무 많은 대가를 치른 그런 정복자가 아닌 건 확실해요? 그런 승리를 한 번만 더 하면 파멸하지 않겠어요?"

"그렇다고 생각하지 않소. 설사 그렇다 하더라도, 큰 의미는 없소. 난 두 번 다시 그런 승리를 위해 싸우라는 명령을 받지 않을 테니까. 그 전투의 결과는 결정적이오. 이제 내 길은 분명하오. 신께 감사할 일이지." 그렇게 말하면서 그는 다시 보던 책과 평소의 침묵으로 돌아갔다.

우리 사촌 자매들 사이의 행복은 조금 조용한 성질로 굳어졌고,

우리가 평소의 습관을 되찾고 다시 규칙적으로 공부하기 시작하자 신존이 집에 머무는 시간도 길어졌다. 그는 우리와 같은 방에, 때로는 몇 시간이나 함께 앉아 있곤 했다. 메리가 그림을 그리고, 다이애나가 (감탄스럽고도 놀랍게) 착수한 백과사전 읽기에 몰두하고, 내가 열심히 독일어를 익히는 동안, 그는 저만의 신비스러운 학문에 매달렸다. 어떤 동양의 언어였는데, 그 언어를 습득하는 것이 자신의 계획에 필요하다고 생각하는 모양이었다.

그렇게 지정석인 구석 자리에 앉아서 조용히 열중하는 그는 충분히 몰두하는 듯이 보였다. 그러나 그의 푸른 눈은 이국적으로 보이는 문법책을 떠나 방황하며 간간이 이상할 정도로 강렬한 시선으로 동료 학생들인 우리를 살피는 버릇이 있었다. 그러다 눈이 마주치면 즉각 시선을 피하지만, 때때로 살피는 듯이 다시 우리 탁자로 돌아오곤 했다. 나는 그것이 무슨 의미인지 궁금했다. 내가 보기에는 대수롭지 않은 일, 즉 내가 매주 모튼 학교에 갈 때마다 그가 틀림없이 보여주는 그 규칙적인 만족감 역시도 의아했다. 그리고 더 의아한 것은, 날이 궂다거나 눈이 오거나 비가 오거나 바람이 세차게 불어서 사촌 언니들이 가지 말라고 나를 말리면, 그는 언제나 누이들의 걱정을 가벼이 타박하면서 날씨에 개의치 말고 과제를 완수하라고 나를 격려하는 것이었다.

"제인은 너희들이 그렇게 소란 떨 정도의 약골이 아니야." 그는 그렇게 말하곤 했다. "우리 못지않게 돌풍이나 소나기나 눈송이 몇 개 정도는 견딜 수 있어. 제인의 체격은 견실한 데다 유연해. 건강한 사람들보다 기후의 변화를 더 잘 견딜 수 있지."

그리고 비바람에 시달리며 몹시 지쳐서 돌아온 때에도 나는 감히 불평할 수가 없었다. 구시렁대면 그가 화내리라는 걸 알았기 때문이다. 그는 어떤 경우에든 불굴의 정신을 보면 기뻐했고, 그 반대에는 짜증을 냈다.

그러던 어느 날 오후, 나는 정말로 감기에 걸린 탓에 집에 있어도 된다는 허락을 얻었다. 사촌 언니들이 나를 대신해서 모튼에 갔다. 나는 앉아서 실러를 읽었고, 그는 이해하기 어려운 동양의 두루마리들을 해독하고 있었다. 번역 대신에 연습 문제를 풀려다가 우연히 그가 있는 쪽을 봤는데, 나를 죽 지켜보고 있었던 듯한 그의 푸른 눈과 시선이 마주쳤다. 얼마나 오랫동안 나를 샅샅이, 거듭거듭 살폈는지는 모르겠다. 그 시선은 어찌나 날카롭고도 차가운지, 나는 순간적으로 뭔가 섬뜩한 것과 한 방에 앉아 있었던 듯한 미신적인 기분이 들었다.

"제인, 뭘 하고 있소?"

"독일어 공부요."

"난 당신이 독일어를 그만두고 힌디어를 배우면 좋겠는데."

"진지하게 하시는 말씀은 아니죠?"

"너무 진지해서 꼭 그렇게 해야겠소. 이유는 지금부터 얘기하리다."

그리고 그는 힌디어가 지금 자신이 공부하고 있는 언어라는 것과 진도가 나갈수록 기초를 잊어먹게 된다는 것, 학생이 있으면 초보적인 내용을 여러 번 반복하게 되어 자신도 머릿속에 완전히 암기할 수 있을 테니 크게 도움이 되리라는 것, 나와 누이들을 놓고 누구를 학생으로 삼을지 한동안 망설였지만, 셋 중에서 내가 제일 오래 책상에 앉아 있을 수 있는 걸 알기 때문에 나로 정했다는 걸 설명했다. 그의 청을 들어주어야 할까? 아마 오래 희생할 필요는 없을 것이다. 출발할 날까지 채 석 달도 남지 않았으니까.

신존은 쉽게 거절당할 사람이 아니었다. 고통의 인상이든 쾌락의 인상이든, 일단 그의 마음에 남은 인상은 어떤 것이든 깊게 새겨져 영원히 사라지지 않는 듯했다. 나는 동의했다. 집으로 돌아온 다이애나는 자기 학생이 오빠의 학생이 된 것을 알고 웃음을 터트렸다. 다이애나와 메리는 그런 일이라면 자기들은 절대 신존에게 설득되지 않았을 것이라고 입을 모았다. 그가 조용히 대답했다.

"나도 안다."

그는 아주 인내심이 강하고 관대하면서도 엄격한 선생이었다. 그는 내게 아주 많은 것을 기대했다. 내가 그 기대를 충족하면 그는 자기만의 방식으로 충분히 칭찬해주었다. 그는 점차 내게 어떤 영향력을 갖게 되어 내 정신의 자유를 빼앗아갔다. 그의 칭찬과 주의가 무관심보다 더 구속적이었다. 그가 옆에 있을 때는 더는 자유롭게 이야기하거나 웃을 수 없었다. 귀찮을 정도로 끈질긴 본능이 (적어도 내게서 보이는) 그런 나의 쾌활함을 그가 좋아하지 않으리라는 걸 일깨웠기 때문이었다. 나는 진지한 분위기와 일만이 용인될 수 있음을, 그의 곁에서는 뭐든 다른 것을 따르거나 지키려는 모든 노력이 허사가 되리라는 걸 너무도 잘 알았다. 나는 얼어붙는 주문에 걸렸다. 그가 가라면 가고, 오라면 오고, 하라면 했다. 하지만 나는 그런 노예 상태를 좋아하지 않았다. 그가 계속해서 나를 무시했더라면 하고 바란 적이 여러 번이었다.

어느 날 밤, 잠자리에 들 때가 되자 우리는 둘러서서 밤 인사를 나눴다. 그가 늘 하던 대로 누이들에게 입을 맞추고 나서, 역시 늘

하던 대로 내게 손을 내밀었다. 마침 장난기가 발동한 다이애나가 (다이애나는 그의 의지에 크게 좌우되지 않았다. 방식은 다르지만, 그녀의 의지도 못지않게 강하기 때문이었다) 외쳤다. "신존! 오빠는 제인을 셋째 누이라고 부르면서 그렇게 대하지는 않잖아. 제인에게도 입을 맞춰야지."

다이애나가 나를 그에게로 밀었다. 나는 다이애나가 몹시 패씸했고, 또 그 상황이 불편하고 혼란스러웠다. 그렇게 생각하고 또 느끼고 있는 찰나에 신존이 고개를 숙였다. 그의 고전적인 얼굴이 내 얼굴과 나란해지더니, 그의 눈이 캐묻듯이 내 눈을 뚫어지게 쳐다보았다. 그는 내게 입을 맞췄다. 대리석 입맞춤이나 얼음 입맞춤 같은 것은 없겠지만, 내 성직자 사촌의 인사는 그런 유에 속한다고 말할 수밖에 없다. 만약 시험적인 입맞춤이란 게 있다면, 그의 입맞춤이 그런 것이었다. 입을 맞추고 난 그가 결과를 보려는 듯이 나를 살폈다. 대단치는 않았다. 내가 얼굴을 붉히지 않은 것도 확실하다. 나는 아마 약간 창백해졌을 것이다. 그 입맞춤이 내 족쇄에 찍는 봉인처럼 느껴졌기 때문이었다. 그 뒤로 그는 그 의식을 빠뜨리는 법이 없었는데, 의식을 견디는 내 진지함과 침묵이 그에게는 그 의식에 어떤 매력을 부여하는 동기가 되는 듯했다.

나로서는 매일 그를 기쁘게 해주고 싶은 마음이 더해갔지만, 그렇게 하려면 매일 내 본성을 반쯤 부인하고 내 능력을 반쯤 질식시키면서 타고난 취향을 왜곡하고 천직이 아닌 일을 받아들이도록 나 자신을 압박해야 했다. 그는 내가 절대 도달할 수 없는 높이까지 나를 단련시키고자 했다. 그가 올려놓은 기준에 맞추고 싶다는 열망이 매시간 나를 괴롭혔다. 그건 내 고르지 못한 이목구비를 두들겨 그의 반듯하고 고전적인 윤곽을 만들거나, 변덕스러운 내 녹색 눈에 그의 바다 같은 푸른색과 진중한 광채를 주는 것과 마찬가지로 불가능한 일이었다.

그러나 그때 나를 괴롭힌 건 그의 지배력만은 아니었다. 그즈음에 내가 침울해 보인 건 지극히 당연했다. 불안이라는, 썩어 문드러지는 병이 가슴속에 자리를 잡고 앉아 내 행복을 원천에서부터 고갈시키고 있었기 때문이다.

독자여, 당신은 아마 내가 이런 처지와 형편의 변화를 겪느라 로체스터 씨를 잊어버렸다고 생각할 것이다. 한시도 그런 적이 없었다. 그분 생각은 햇볕에 날아갈 증기도, 폭풍이 씻겨갈 모래 그림도 아니었으므로 여전히 나와 함께했다. 석판에 새긴 이름처럼 석판이 존재하는 한 변함없이 계속될 운명이었다. 그가 어떻게 지내는지 알고 싶은 갈망이 어디를 가든 따라다녀서, 모튼에 있을 때는 매일 저녁 집에 돌아가서 그 생각을 했고, 지금 무어하우스에서도 매일 밤 침실로 물러나면 그 생각에 골몰했다.

유언장 때문에 브릭스 씨와 서신을 교환할 때 로체스터 씨가 지금 계시는 곳과 건강 상태에 관해 아는 것이 있는지 문의했지만, 신존이 추측했듯이 그는 아무것도 몰랐다. 그러자 나는 페어팩스 부인에게 소식을 좀 달라고 간청하는 편지를 보냈다. 나는 이번에야말로 고대하던 소식을 확실히 들을 수 있겠노라고, 답장이 바로 오리라고 확신했다. 보름이 지나도 답장이 없자 나는 놀랐다. 두 달이 지나고, 매일 우편물이 도착하는 중에도 내게 오는 것은 한 통도 없으니, 나는 극심한 불안에 사로잡히고 말았다.

나는 다시 편지를 썼다. 먼젓번 편지가 분실됐을 가능성도 있으니까. 새로운 노력에 새로운 희망이 뒤따랐다. 새 희망은 먼젓번 희망처럼 몇 주간 빛을 발했고, 그러고는 먼젓번 희망처럼 어두워지며 깜박거렸다. 한 줄의 글도, 한 마디의 소식도 오지 않았다. 헛된 기다림 속에 반년이 지나자 내 희망은 스러지고, 나는 정말로 암담해졌다.

화사한 봄날이 사방에서 빛을 발하는데도 나는 즐길 수가 없었다. 여름이 다가왔다. 다이애나가 내 기운을 북돋아주려고 애썼다. 내가 아파 보인다며, 바닷가로 데리고 가고 싶다고 말했다. 신존이 반대하고 나섰다. 그는 내게 필요한 건 시간 낭비가 아니라 일거리이며, 지금의 내 생활이 너무 무의미해서 어떤 목적을 필요로 하는 거라고 했다. 그리고 내게 부족한 것을 보충해주려는 요량이었는지, 그는 힌디어 수업 시간을 더 연장하고, 학업 성취를 요구하는 데에도 더 집요해졌다. 그리고 나는 바보처럼 그에게 저항할 생각을 하지 못했다. 나는 그를 거역할 수 없었다.

평소보다 더 침울한 상태로 공부하러 내려온 어느 날이었다. 그 기분은 가슴에 사무치는 실망감 때문이었다. 그날 아침에 편지가 왔다는 해나의 말을 듣고 오래 기다리던 소식이 마침내 왔다고 거의 확신하면서 아래층으로 내려가 받아보니, 브릭스 씨가 보낸 별로 중요하지 않은 사무용 편지였을 뿐이었다. 어그러진 기대에 눈물까지 솟았다. 그리고 지금, 이해하기 어려운 글자들과 어느 인도인 학자의 미사여구들을 들여다보며 앉아 있자니, 또다시 눈물이 솟았다.

신존이 옆에 와서 읽어보라고 불렀다. 읽으려는데 목소리가 나오지 않았다. 말은 흐느낌에 묻혀버렸다. 방에는 그와 나 말고는 아무도 없었다. 다이애나는 손님용 응접실에서 피아노 연습을 하고, 메리는 맑고 따스하고 산들바람 부는 화창한 오월의 날을 맞아 정원을 가꾸고 있었다. 신존은 내 갑작스러운 흐느낌에 놀라지도 않고 이유를 묻지도 않았다. 다만 이렇게 말했을 뿐이었다.

"잠깐 기다립시다, 제인, 좀 진정될 때까지." 내가 허둥대며 발작적으로 터져나오는 울음을 꾹꾹 밀어 넣는 동안, 잘 알려지고 예기된 고비를 맞은 환자의 병세를 과학적인 시선으로 살피는 의사처럼 그는 책상에 기댄 채 조용하고 침착하게 앉아 있었다. 가까스로 울음을 막은 나는 눈물을 닦으며 오늘은 기분이 썩 좋지 않다는 따위의 말을 중얼거리고는 내 책상으로 돌아와 공부를 계속했다. 신존이 내 책을 치우더니, 자기 책도 치우고 책상을 잠갔다.

"자, 제인, 산책하러 갑시다. 나와 같이."

"다이애나와 메리를 부를게요."

"아니요. 오늘은 딱 한 명하고만 같이 가면 좋겠는데, 그게 당신이어야겠소. 채비하고 부엌문으로 나가서 마시글렌 정상으로 향하는 길로 가시오. 나도 곧 나가겠소."

나는 중간이라는 걸 모른다. 내 평생 독단적이고 엄격하고 적대적인 사람들을 대하는 데에는 절대적인 복종 아니면 결연한 반항만 있었지 중간이란 걸 안 적이 없었다. 나는 늘 충실하게 하나를 따랐다. 폭발하는 바로 그 순간까지는 말이다. 때로 폭발은 화산처럼 격렬했다. 그러고 나면 다른 하나를 따랐다. 그때의 상황은 반항할 상황이 아니었고, 그때의 기분도 반항할 기분이 아니었으므로, 나는 신중하게 신존의 지시에 따랐다. 십 분 후에 나는 황량한 계곡 길을 신존과 나란히 걷고 있었다.

서쪽에서 산들바람이 불었다. 언덕을 넘어 불어오는 바람이 히스와 골풀 냄새로 향긋했다. 하늘은 구름 한 점 없이 파랬고, 최근에 내린 풍성하고 청량한 봄비로 물이 분 시내는 태양의 황금빛 반짝임과 창공의 사파이어색을 싣고서 계곡을 따라 흘러내렸다. 우리는 더 나아가다가 오솔길을 떠나 아주 작은 하얀 꽃들이 흩뿌려지고 군데군데 별처럼 생긴 노란 꽃들이 빛나는 이끼처럼 곱고 부드러운 에메랄드색 풀밭을 걸었다. 걷다 보니 산들이 우리를 완전히 둘러쌌다. 산 정상으로 향하는 계곡이 산들 한가운데로 구불구불 뻗어 있었기 때문이었다.

"여기서 좀 쉽시다." 일종의 산길을 지키는 바위 대대에서 떨어져 나온 첫 패잔병들을 만나자 신존이 말했다. 그 너머에서 시내가 폭포가 되어 떨어졌다. 거기서 조금만 더 가면 산은 히스 옷과 바위 장식품만 남기고 풀과 꽃을 다 떨어버리는데, 그곳의 황량함은 야만적으로 보일 정도로 과장되고, 그곳에서 산의 상쾌했던 얼굴은 찌푸린 얼굴로 바뀌게 된다. 그곳은 버림받은 고독의 희망을 지키며 침묵의 마지막 피난처가 되는 곳이었다.

나는 앉았다. 신존이 가까이 서서 산길을 올려다보고 또 골짜기를 내려다보았다. 그의 시선이 멀리 시내를 따라 방황하다가 돌아와 시냇물을 물들인 구름 한 점 없는 하늘을 가로질렀다. 그가 모자를 벗자, 산들바람이 머리카락을 흐트러뜨리며 이마에 입을 맞추었다. 그는 그곳에 사는 요정과 교감하고 있는 듯했다. 그는 눈짓으로 무언가에게 이별을 고하고 있었다.

그가 소리 내어 말했다. "그리고 나는 이 풍경을 갠지스 강가에서 잠들 때 꿈속에서 다시 보리라. 그리고 더 먼 훗날 언젠가 다른 잠이 나를 덮칠 때, 더 어두운 강가에서 다시 보겠지!"

　이상한 사랑의 이상의 말! 조국을 향한 어느 금욕적인 애국자의 열정! 그가 앉았다. 우리는 삼십 분 정도 말없이 앉아 있었다. 둘 다 서로에게 말을 걸지 않았다. 그렇게 시간이 흐르고 나서야 그가 입을 열었다.

　"제인, 나는 육 주 뒤에 떠나오. 유월 이십 일에 출항하는 동인도 무역선에 선실을 예약했소."

　"신께서 지켜주실 거예요. 신의 사업을 맡으셨으니까." 나는 대답했다.

　"그렇소. 거기에 나의 영광과 기쁨이 있소. 나는 전능하신 주님의 종이오. 나는 불완전한 법과 하찮은 인간들의 그릇된 지배에 복종하여 인간의 인도를 받으며 떠나는 것이 아니오. 나의 주군, 나의 입법자, 나의 선장은 전능하신 신이니까. 주변의 모든 사람이 같은 깃발 아래 모여들어 같은 사업에 몸담으려 하지 않는 것이 나는 참 이상하오."

　"모두가 오빠 같은 힘이 있지는 않아요. 약한 사람이 강한 사람과 함께 행진하고자 한다면 어리석은 짓이고요."

　"나는 허약한 사람을 말하거나 그런 사람을 생각하는 것이 아니요. 나는 그 일에 딱 적합한 사람, 그 일을 달성할 능력이 있는 사람만 말하는 것이오."

　"그런 사람들은 수가 적고 찾기도 어려워요."

　"맞소. 하지만 찾았을 때는 흔들어 일으키는 것이, 그 일에 나서도록 재촉하며 타이르며 그들이 가진 재능이 무엇인지, 왜 그런 재능을 받았는지 보여주고 그들의 귀에 하늘의 뜻을 알리고 그들에게 신이 직접 내리신 신의 병사로서의 자리를 제안하는 것이 옳겠지."

"그 사람들이 정말로 그 일에 적임자라면, 그 사람들의 마음이 먼저 알려주지 않을까요?"

어떤 끔찍한 마력이 주위를 둘러싸고 점차 포위망을 좁혀오는 듯한 느낌이었다. 금방이라도 뭔가 치명적인 말이 나올 것 같아서, 나오자마자 주문이 되어 나를 꼼짝없이 옭아맬 것 같아서, 나는 떨었다.

"그럼 '당신'의 마음은 뭐라고 말하고 있소?"

"제 마음은, 말이 없어요. 아무 말 안 해요." 나는 깜짝 놀라 허둥대며 말했다.

"그럼 내가 대신 말해야겠군." 굵고 집요한 목소리가 말을 이었다. "제인, 나와 같이 인도로 갑시다. 내 조수이자 내 동료로서 말이오."

골짜기와 하늘이 빙빙 돌고 산들은 울렁거렸다! 하늘의 부름이라도 들은 듯했고, 마치 그 마케도니아 사람같이 신의 사자가 환영으로 나타나 '와서 우리를 도우라!'라고 선언한 듯했다.[79] 하지만 나는 사도가 아니었다. 내게는 그 전령이 보이지 않았고, 내게는 그 부름이 들리지 않았다.

"아, 신존!" 나는 소리쳤다. "제발 자비를!"

자신의 임무라고 믿는 일을 수행하는 데는 자비도 연민도 없는 사람에게 나는 애원했다. 그가 계속 말을 이었다.

---

79 〈사도행전〉 16장 9절. 어느 밤에 바울 앞에 환영이 나타나고, 그 환영 속에서 한 마케도니아 사람이 마케도니아로 와서 '우리를 도우라' 이른다.

"신과 자연이 당신을 선교사의 아내로 의도하셨소. 당신에게 부여된 건 신체적 자질이 아니라 정신적 자질이오. 당신은 사랑이 아니라 노동에 맞게 만들어졌소. 당신은 선교사의 아내가 되어야 하고, 될 것이오. 내 아내가 말이오. 나는 당신을 요구하오. 나 자신의 쾌락이 아니라, 내 주님께 봉사하기 위해서."

"전 그 일에 맞지 않아요. 제겐 아무 소명도 없어요."

처음의 이런 반대 정도는 미리 계산했다는 듯이, 그는 내 말을 듣고도 화를 내지 않았다. 아닌 게 아니라, 그가 뒤의 바위에 등을 기대고 팔짱을 끼며 얼굴을 찌푸리자, 나는 그가 길고 어려운 반대 논변을 펼칠 준비가 되었음을, 또한 논변의 끝까지, 즉 담판이 날 때까지 지탱할 인내심도 갖추고 있음을, 그리고 그 담판이 그의 승리가 될 것임을 알았다.

그가 말했다. "제인, 겸손은 기독교 미덕의 기초요. 당신이 이 일에 맞지 않다고 한 건 옳소. 누가 그 일에 맞겠소? 또 누가, 일찍이 실제로 부름을 받은 사람 중 누가 자신이 부름을 받을 가치가 있다고 믿었소? 예컨대, 나는 먼지와 재에 불과하오. 성 바울과 마찬가지로, 나도 내가 죄인 중의 죄인임을 인정하지만 내 개인적 비열함에 대한 의식이 나를 위축시키도록 허락하지는 않소. 나는 주님을 믿소. 주님이 전능하실 뿐 아니라 공정하심을, 그리고 약한 수단을 골라 위대한 과업을 행하게 하시며 무한한 신의 섭리로 수단의 불충분함을 목적에 맞게 충당해주심을 말이오. 제인, 나처럼 생각하시오. 나처럼 믿으시오. 나는 당신에게 '영원한 반석'[80]에 의지하라

| 80 〈이사야서〉 26장 4절.

674

요청하는 거요. 신께서 당신의 인간적 약점의 무게를 대신 져주실 것임을 의심하지 마시오."

"저는 선교사 생활이 어떤 건지 몰라요. 선교사 일은 생각해본 적도 없으니까요."

"그 점에서는, 보잘것없긴 하지만, 내가 당신에게 필요한 도움을 줄 수 있소. 시간 단위로 당신이 할 일을 정해주고, 언제나 당신 옆에 서서 매 순간 당신을 도울 수 있소. 처음에는 내가 그렇게 하겠지만, 곧 (내가 당신 능력을 아니까) 당신은 나 못지않게 강하고 익숙해질 테고, 내 도움이 필요치 않게 될 것이오."

"하지만 제 능력이라니, 이런 일을 위한 능력이 어디 있어요? 난 느껴지지 않아요. 당신이 얘기하는 동안에도 제 안에서는 아무것도 말하거나 꿈틀거리지 않아요. 전 어떤 불씨도, 어떤 생기도, 어떤 조언이나 응원의 목소리도 느낄 수 없어요. 아, 지금 제 마음이 얼마나 햇빛 한 점 들지 않는 지하 감옥 같은지 보여드릴 수 있으면 좋겠어요. 그 밑바닥에는 움츠러든 공포만이 족쇄에 묶여 있어요. 제가 이룰 수 없는 일을 시도하도록 당신에게 설득당하는 공포 말이에요!"

"내게 답이 있소. 들어보시오. 나는 처음 만난 이후로 내내 당신을 지켜봤소. 당신을 십 개월 동안 내 연구주제로 삼았지. 그동안 갖가지 시험으로 당신을 검증했소. 내가 무엇을 보고 또 발견했는지 아오? 당신이 시골 학교에서 습관과 성정에 맞지 않는 노동을 엄정하고 올바르게 잘 수행해낼 수 있다는 걸 알게 되었소. 당신이 수용력과 전략을 가지고 그 일을 해낼 수 있다는 걸 말이오. 당신은 통제하면서 이겨낼 수 있었소. 당신이 갑자기 부유해졌다는 걸 알게 됐을 때 보여준 침착한 태도에서, 난 데마스의 악덕[81]이 없는 마음을 읽었소. 부는 당신에게 부당한 위력을 발휘하지 못하오. 당신이 재산을 네 몫으로 나누고, 그중 하나만 가지고 나머지 셋을 추상적인 정의를 주장하며 남에게 양도하는 단호한 자발성에서 나는 희생의 열정과 즐거움을 아는 영혼을 알아보았소. 내 요구에 따라, 당신이 흥미롭게 여기던 공부를 포기하고 내게 필요하다는 이유로 다른 공부를 받아들인 순종성에서, 그 공부를 견디는 내내 당신이 보여준 끈질긴 근면성에서, 그 어려움을 대하는 당신의 지치지 않는 에너지와 흔들리지 않는 기질에서 나는 내가 찾는 자질들을 전부 확인했소. 제인, 당신은 온순하고 근면하고 사심 없고 충실하고 한결같고 용감하오. 대단히 온화하면서도 대단히 영웅적이오. 자기 자신에 대한 의심은 거두시오. 난 스스럼없이 당신을 신뢰할 수 있소. 인도 학교의 관리자로서, 그리고 인도 여성들 가운데에서 활동할 조수로서, 당신의 도움은 내게 더없이 귀중할 것이오."

강철 수의가 옥죄어왔다. 설득은 느리지만 확실한 걸음으로 다가왔다. 늘 그랬듯이 눈을 감자 무슨 뜻인지 이해되지 않던 그의 마지막 말들이 상대적으로 명확하게 의미가 닿았다. 그가 말을 할수록 아주 모호하고 대책 없이 산만해 보이던 내 일이라는 것이 구체화하여 그의 손길에 의해 명확한 형태를 갖추었다. 그가 대답을 기다렸다. 나는 뭐라도 대답하기 전에 생각할 시간을 십오 분만 달라고 요구했다.

"기꺼이." 그가 일어나 성큼성큼 산길을 따라 조금 올라가더니

---

81 〈디모데후서〉 4장 10절. 바울의 제자인 데마스는 현세를 너무 사랑한 나머지 바울을 버리고 테살로니카로 떠난다.

히스가 무성한 언덕에 풀썩 몸을 던지고는 가만히 누웠다.

'나는 그가 하라는 일을 할 수 있다. 그건 알고 인정해야 해.' 나는 생각했다. '정확히 말하자면, 목숨이 남아난다면 말이야. 하지만 난 왠지 인도의 태양 밑에서는 그리 오래 버틸 목숨이 아닌 것 같아. 그땐 어떻게 하지? 그는 그런 건 신경 쓰지 않아. 내 생명이 다하게 되면, 그는 더없이 평화롭고 거룩하게 나를 주신 신의 뜻에 복종하며 나를 포기하겠지. 안 봐도 뻔해. 영국을 떠나는 건 더없이 좋지만 공허한 땅을 떠나는 것이겠지. 로체스터 씨가 영국에 없으니까. 설사 있다 해도, 뭐 어떻다고, 그게 나에게 무슨 의미가 될 수 있어? 이제 나의 일은 그이 없이 사는 것이야. 그이와 나를 다시 맺어 줄지도 모를 모종의 불가능한 상황의 변화를 기다리는 듯이 하루하루를 억지로 살아가는 것처럼 어리석고 모자라는 일도 없지. 물론 (신존이 전에 말했듯이) 잃어버린 삶의 관심을 대체할 다른 것을 찾아야 해. 신존이 지금 제안하는 일은 인간이 선택하거나 신이 지정할 수 있는 가장 영광스러운 일이 아닐까? 그 고결한 책임과 숭고한 결과로 송두리째 뽑힌 애정과 파괴된 희망이 남긴 공백을 채우도록 계획된 최선의 일 말이지.

예, 라고 말해야 하겠지. 하지만 몸서리나. 아! 신존과 같이 간다는 건 나 자신을 반쯤 버리는 일이야. 인도에 간다는 건 내 죽음을 재촉하는 거지. 영국을 떠나 인도로 갈 때와 인도를 떠나 무덤으로 갈 때, 그 사이의 시간은 어떻게 채워질까? 아, 잘 알지! 그것 역시 안 봐도 뻔해. 온몸이 아플 때까지 신존을 만족시키려고 종종거려서, 그를 만족시키겠지. 그가 품은 기대의 가장 고결한 핵심과 가장 넓은 범위까지. 그와 같이 간다면, 그가 종용하는 희생을 한다면, 난 철저하게 할 거야. 모든 것을 제단에 바칠 거야. 몸도 마음도 제물로. 그는 날 절대 사랑하지 않겠지만 인정은 하겠지. 난 그에게 지금껏 보지 못한 에너지와 짐작도 못 한 수단들을 보여줄 거야. 그래, 난 그에 못지않게 열심히, 그러면서도 원한 없이 일할 수 있어.

그렇다면 그의 요구에 응하는 건 가능해. 하지만 한 가지, 굉장히 무서운 게 있어. 아내가 되어달라면서, 나에 대한 남편으로서의 애정은 저쪽 골짜기 시내가 거품을 일으키며 흘러내리는 저 험상궂은 거대한 바위만큼도 갖고 있지 않다는 거지. 그는 군인이 좋은 무기를 대하듯이 나를 소중히 여겨. 그것뿐이야. 그와 결혼하지 않는다면, 그걸로 슬퍼할 일이 없겠지. 하지만 냉정하게 그의 계획을 실행에 옮겨서, 결혼식을 해치워서, 그의 신중한 계획을 완성해줄 수 있을까? 그의 영혼이 사실은 딴 데 가 있다는 걸 알면서 결혼반지를 받고, (그가 세심하게 주의하리라 믿어 의심치 않지만) 온갖 사랑의 형태들을 견딜 수 있을까? 그가 하는 어떤 애정의 표현도 신념에 따른 희생이라는 인식을 견딜 수 있을까? 아니. 그런 순교는 기괴해. 그런 건 절대 겪지 않을 거야. 누이로서는 같이 갈 수도 있어. 아내로서는 아니야. 그에게 그렇게 말해야겠어.'

나는 언덕 쪽을 쳐다보았다. 그는 여전히 쓰러진 기둥처럼 누워 있는데, 얼굴이 내 쪽을 향하고 있었다. 주시하고 있던 그의 눈이 날카롭게 빛났다. 그가 자리에서 일어나 다가왔다.

"전 인도로 갈 준비가 됐어요. 자유로운 몸으로 갈 수 있다면요."

"당신의 대답은 보충 설명이 필요하군. 분명치가 않아."

"지금까지 당신은 제 사촌오빠였어요. 저는 당신의 사촌누이고요. 계속 이렇게 지내요. 당신과 나는 결혼하지 않는 편이 낫겠어요."

그가 고개를 저었다. "이 경우에 사촌 간의 우애로는 충분하지 않을 거요. 당신이 내 진짜 누이라면 달랐겠지. 당신을 데려가는 대신, 아내를 구하지 않았을 거요. 하지만 상황이 이러하니, 우리의 결합은 결혼으로 봉헌되고 봉인되거나, 아니면 존재할 수 없소. 다른 계획은 모두 현실적인 장애물들 때문에 불가하오. 모르겠소, 제인? 잠깐만 생각해보시오. 당신의 뛰어난 의식이 안내해줄 거요."

나는 생각해보았다. 그래도 변변치 못하긴 하지만, 내 의식은 우리가 여느 남편과 아내처럼 서로를 사랑하지 않는다는 사실을 가리킬 뿐이었다. 그러므로 그것은 우리가 결혼해서는 안 됨을 의미했다. 나는 그렇게 말했다. "신존, 난 당신을 오빠로 생각해요. 난 누이로 생각하고요. 그러니 계속 이대로 지내요."

"안 되오. 안 돼." 그가 짧고 날카로운 결기를 드러내며 답했다. "그걸로는 충분하지 않을 거야. 당신은 나와 함께 인도로 가겠다고 했소. 기억하시오. 당신이 그렇게 말했소."

"조건부로요."

"자, 자. 요점에 대해서, 나와 함께 영국을 떠난다는 것과 내 미래의 사업에 협력한다는 것에 당신은 반대하지 않소. 이미 쟁기에 손을 댄 것이나 마찬가지요. 당신은 물러나기에는 너무 일관적인 사람이니까, 한 가지 목적만 염두에 두면 되오. 당신이 맡은 일이 어떻게 최선의 결과를 낼 수 있는가 말이오. 당신의 복잡한 관심, 감정, 생각, 소망, 목표를 단순화하고, 모든 고려를 하나의 목적으로 통합하시오. 효과적으로, 유효하게, 당신의 위대한 주인이 주신 사명을 완수하는 목적 말이오. 그렇게 하려면, 당신에겐 조력자가 필요하오. 사촌오빠가 아니라, 그건 너무 느슨한 관계니까, 남편이 말이오. 나 역시도 누이를 원하는 것이 아니요. 누이는 어느 때고 나를 떠날 수 있으니까. 난 아내가 필요하오. 내가 일평생 능률적으로 영향을 줄 수 있고, 죽음에 이를 때까지 절대적으로 곁에 둘 수 있는 유일한 조력자로서 말이오."

그의 말을 들으면서 나는 몸서리를 쳤다. 그의 영향력이 골수까지 미치고, 그의 지배력이 수족을 구속하는 듯했다.

"신존, 제가 아니라 다른 데서 찾으세요. 당신에게 맞는 조력자를 찾아요."

"내 목적에 맞는 이, 그러니까, 내 소명에 맞는 조력자 말이겠지. 다시 말하지만, 내가 결합하려는 사람은 대수롭지 않은 보통의 개인, 인간의 이기적인 의식을 가진 단순한 인간이 아니요. 내가 바라는 사람은 선교사요."

"그러면 전 그 선교사에게 제 에너지를 드릴게요. 당신이 원하는 건 그게 다니까요, 제가 아니라요. 저는 그저 낟알에 껍질과 껍데기를 더하는 것일 뿐이죠. 전 아무 소용이 없어요. 그러니 그건 제가 가지고 있을게요."

"그럴 수 없소. 그래서도 안 되고. 신께서 반쪽 봉헌에 만족하시리라 생각하오? 알맹이 빠진 희생을 받아주시겠소? 내가 받드는 것은 신의 대의요. 내가 당신에게 주는 자리는 신의 깃발 아래 있소. 난 신을 대신하여 반쪽짜리 충성을 받아줄 수 없소. 반드시 완전해야 하오."

"아! 제 마음은 신께 바칠게요. 당신에겐 필요가 없으니까."

독자여, 내가 그 말을 할 때의 어투와 그에 동반한 감정에 억눌린 빈정거림 같은 뭔가가 없었다고 맹세하지는 않겠다. 나는 지금껏 내심 신존을 두려워했다. 그를 이해하지 못했기 때문이었다. 그를 보면 두려움에 사로잡혔다. 나를 의문에 빠지게 했기 때문이었다. 그의 어느 만큼이 성인聖人이고 어느 만큼이 죽을 인간인지, 나는 그때까지도 알 수 없었다. 하지만 이번의 대화에서 밝혀진 것이 있었다. 그라는 사람의 본성에 대한 분석이 눈앞에서 진행된 것이다. 나는 그의 불완전성을 보았다. 나는 그 불완전성을 이해했다. 나는 거기 그 자리, 히스가 무성한 둑에서, 그 잘생긴 형체를 앞에 두고서, 내가 나와 마찬가지로 잘못을 저지르는 인간의 발치에 앉아 있다는 사실을 이해했다. 그의 완고함과 포악함을 덮고 있던 베일이 떨어졌다. 그에게 그런 자질들이 있음을 이해한 나는 그의 결함을 느끼고 용기를 갖게 되었다. 나와 같이 있는 사람은 나와 동등한 자였다. 내가 논쟁할 수 있는, 내 논리가 정연하다면 저항할 수 있는 자 말이다.

내가 마지막 말을 한 뒤로, 그는 말이 없었다. 나는 이윽고 용기를 내어 힐끗 그의 표정을 올려다보았다. 나를 내려다보는 그의 눈이 즉각 준엄한 놀람과 날카로운 질문을 표현했다. '이 여자가 빈정대는 건가, 그것도 나에게!' 그 눈빛은 이렇게 말하는 듯했다. '이건 무슨 의미지?'

이윽고 그가 입을 열었다. "이것이 중대한 문제라는 것을 잊지 맙시다. 경솔하게 생각하거나 말하면 죄악이 될 것이오. 제인, 신께 마음을 바치겠다고 한 당신의 말이 진지한 생각에서 나왔으리라고 나는 믿소. 내가 원하는 건 그게 다요. 인간에 매인 마음을 떼어 창조주께로 향하면, 지상에 그 창조주의 영적 왕국을 넓히는 일이 당신 최고의 기쁨과 과업이 될 것이오. 그리고 그 목적을 위해서라면 당장 무엇이든 하려 들 테고. 당신은 결혼으로 묶인 우리의 육체적 정신적 결합이 당신과 나의 노력에 어떤 힘을 줄지 알게 될 것이오. 인간의 운명과 계획에 영구적인 순종을 가져다 주는 유일한 결합이니까. 그러니, 당신은 온갖 하찮은 잡다한 일들, 온갖 사소한 감정적 곤란이나 나약함, 단순한 개인적 성향의 정도나 종류, 강도, 깊이 등에 대한 온갖 양심의 가책을 버리고, 즉시 서둘러 그 결합에 참여할 것이오."

"그래요?" 나는 간단하게 말했다. 그리고 조화 면에서는 아름다우나 너무 침착하고 엄격하다는 면에서 이상하게 무서운 그의 얼굴을 쳐다보았다. 당당하지만 탁 트이지 않은 이마를, 밝고 깊고 살피는 듯하지만 절대 부드럽지 않은 눈을, 위압적인 그 커다란 형체를 쳐다보며 그의 아내가 된 나를 생각해보았다. 아, 절대 안 될 일이었다! 그의 보좌신부, 동료로라면 모두 괜찮을 것이다. 그런 자격으로라면 그와 함께 대양을 건널 것이다. 그런 직책으로라면 그와 함께 아시아의 사막에서, 동양의 태양 아래에서 힘써 일할 것이고, 그의 용기와 헌신과 활력에 감탄하며 분발하고, 그의 지도를 말없이 받아들이고, 그의 뿌리 깊은 야심에도 태연히 미소 짓고, 기독교도를 인간과 구별하여 기독교도는 깊이 존중하고 인간은 허물없이 용서할 것이다. 분명히, 나는 그런 자격에서만 그에 부속되어 자주 고통받을 것이다. 내 몸은 엄중한 멍에를 지겠지만, 내 마음과 정신은 자유로우리라. 내게는 여전히 돌아볼 시들지 않은 자아와 쓸쓸한 때에 이야기를 나눌 타고난 얽매이지 않은 감정이 있을 터였다. 내 마음에는 그가 절대 들어오지 못할, 오직 나만의 것인 구석들이 있을 테고, 그곳에서 신선하고 안전하게 자라는 감정들은 그의 금욕주의로도 시들게 하지 못하고, 그의 절도 있는 전사의 발걸음으로도 짓밟지 못할 것이다. 하지만 그의 아내로서 늘 그의 곁에서 늘 자제하며 늘 감시받는다면, 내 본성의 불꽃은 계속해서 숨겨야 할 테고, 갇힌 불꽃이 점차 생명력을 소진하더라도 안으로만 타들며 소리 한 번 지르지 못하도록 강요받게 될 테니, 그야말로 참을 수 없을 일이었다.

"신존!" 생각이 여기까지 미치자 나는 소리쳤다.

"말하시오." 그가 냉담하게 대답했다.

"다시 말씀드리지만, 전 동료 선교사로 오빠와 같이 가는 것에는 기꺼이 동의하지만, 아내로는 아니에요. 전 당신과 결혼해서 당신의 일부가 될 수 없어요."

"당신은 나의 일부가 되어야 하오." 그는 착실하게 답했다. "그렇지 않으면 이 교섭 전체가 헛되오. 당신이 나와 결혼하지 않는다면, 아직 서른도 안 된 내가 어떻게 열아홉 먹은 여인을 인도까지 데리고 갈 수 있단 말이오? 때로는 단둘이 때로는 야만인들 가운데 있어야 하는데, 결혼한 사이가 아니라면 우리가 어떻게 같이 있을 수 있단 말이오?"

"좋아요." 나는 간단하게 말했다. "그런 상황이라면, 제가 당신의 진짜 누이든가, 아니면 당신과 마찬가지로 남자에다 성직자라면 좋겠군요."

"당신이 내 누이가 아니란 건 다들 알고 있소. 나는 당신을 그렇게 소개할 수 없소. 그렇게 하자면 우리 모두 해로운 의심을 끌어들일 거요. 그리고 나머지는, 당신이 정력적인 남성의 두뇌를 가지긴 했지만, 당신은 여성의 마음과 … 그건 안 될 것이오."

"될 거예요. 완벽하게 잘." 나는 약간의 경멸과 함께 단언했다. "전 여성의 마음을 가지고 있지만, 당신이 신경 쓸 건 아니에요. 당신에게 저는 오직 동료의 한결같음과 전우의 솔직함과 충실함과, 당신만 좋다면, 동기 간의 우애만 있으니까요. 견습 수도사가 사제에게 갖는 존경과 순종이지요. 그 이상은 아니니까 걱정하지 마세요."

"내가 원하는 것이 그거지." 그가 혼잣말처럼 말했다. "그것이 딱 내가 원하는 거야. 그리고 그 길에는 장애물들이 있어. 그것들을 잘라 없애야 하오, 제인, 당신은 나와 결혼한 걸 후회하지 않을 것이오. 그건 확실하오. 우리는 결혼해야 하오. 다시 말하지만, 다른 길은 없소. 그리고 의심할 여지 없이, 결혼하면 당신 눈에도 그 결합이 정당하게 보이게 될, 그 정도의 사랑은 따를 것이오."

"전 당신이 말하는 그런 사랑을 경멸해요." 일어서서 바위에 등을 기대며 그의 앞에 섰을 때, 나는 말할 수밖에 없었다. "난 당신이 제안하는 가짜 감정을 경멸해요. 그래요, 신존, 그리고 나는 그런 걸 제안할 때의 당신을 경멸해요."

그가 잘생긴 입을 꾹 닫고서 나를 뚫어지게 쳐다보았다. 화가 났는지, 아니면 놀랐는지, 아니면 다른 무엇인지 분간하기가 쉽지 않았다. 그는 자신의 표정을 철저하게 지휘할 수 있었다.

"당신 입에서 그런 말을 들으리라고는 상상도 못 했소. 그런 경멸을 받을 만한 말도 행동도 하지 않았다고 생각하오만."

나는 그의 다정한 어조에 감동했고, 그의 고고하고 침착한 태도에 겁을 먹었다.

"그 말은 용서하세요, 신존. 하지만 제가 그렇게 부주의하게 말을 하게 된 건 당신 잘못이에요. 당신이 우리 본성이 다르게 작동하는 주제를 꺼냈으니까요. 우리가 논의해서는 안 될 주제 말이에요. 우리 사이에서는 사랑이라는 말 자체가 불화의 씨앗이에요. 진실이 요구될 때, 우리는 어떻게 해요? 어떤 기분이 들겠어요? 친애하는 사촌오빠, 결혼 계획은 버리세요. 그만둬요."

"아니오. 이건 오래 품고 있던 계획이고, 나의 위대한 목적을 지킬 수 있는 유일한 계획이오. 하지만 지금은 당신을 더 재촉하지 말아야겠지. 내일 난 집을 떠나 케임브리지로 갈 거요. 그곳에 작별 인사를 하고 싶은 친구들이 많으니까. 이 주 정도 집을 비울 테니, 그동안 내 제안을 생각해보시오. 그리고 내 제안을 거절한다면, 당신이 거부하는 건 내가 아니라 주님임을 잊지 마시오. 나를 수단으로 신께서 당신에게 고결한 진로를 열어주셨소. 당신은 내 아내로서만 그 길로 들어설 수 있소. 내 아내가 되기를 거부한다면, 당신은 자기 자신을 이기적인 안일과 황폐한 어둠의 길에 영원히 가두는 것이오. 그런 경우라면, 당신은 신앙을 부정한, 이교도보다 더 나쁜 자들과 나란히 설 것을 두려워하시오!"

그가 말을 마쳤다. 돌아선 그가 한마디를 덧붙였다.

"강을 보았고, 언덕을 보았노라."[82]

그러나 이번에는 그의 감정은 모두 그의 가슴 안에 갇혀 있었다. 나는 그 말을 들을 가치도 없는 존재였기 때문이었다. 나란히 집으로 걸어오면서 나는 그의 완강한 침묵 속에서 나에게 느끼는 그의

| 82　월터 스콧의 장시《마지막 음유시인》중에서.

감정을 낱낱이 읽었다. 복종을 기대한 곳에서 저항을 만난 금욕적이고 전제적인 본성을 가진 자의 실망, 자신으로서는 공감할 능력이 없는 감정과 견해를 발견한 냉정하고 완고한 판단력을 가진 자의 비난. 요컨대, 남자로서의 그는 내게 순종을 강요하고 싶었다. 내 고집을 그처럼 끈기 있게 견디며 그처럼 오래 생각하고 회개할 시간을 허락한 건 오로지 그가 신실한 기독교인이기 때문이었다.

그날 밤, 그는 누이들에게 입을 맞춘 뒤에 나와는 악수조차 잊는 편이 좋겠다고 생각했는지 아무 말도 없이 방을 나갔다. 그를 사랑하지는 않아도 친애의 정을 품고 있던 나는 그 의도적인 생략에 상처를 받았다. 어찌나 아픈지, 눈물이 고이기 시작했다.

"제인, 산책하다가 오빠랑 다툰 거지? 따라 나가봐. 오빠가 너를 기다리며 복도를 서성거리고 있을 테니까. 화해하자고 할 거야."

나는 그런 상황에서는 그다지 자존심을 세우지 않는 편이다. 늘 체면보다는 행복해지는 쪽을 택했다. 나는 서둘러 그를 따라 나갔다. 그는 계단 앞에 서 있었다.

"잘 자요, 신존."

"잘 자요, 제인." 그가 침착하게 답했다.

"그럼 악수해요." 내가 덧붙였다.

내 손에 남은 그의 촉감은 얼마나 차갑고 느슨했던가! 그는 그날 있었던 일에 몹시 화가 나 있었다. 어떤 친애의 정도 그를 데우지 못하고, 어떤 눈물도 그의 마음을 움직이지 못할 터였다. 그와의 행복한 화해는 불가했다. 격려의 미소나 너그러운 말 한마디도 없었다. 그러나 그 기독교인은 여전히 침착하고 평온했다. 나를 용서해줄 수 있는지 묻자, 그는 불편한 기억을 마음에 품고 다니는 버릇은 없다고, 용서해줄 일도 없고 기분 상한 일도 없다고 말했다.

　그 답을 남기고 그는 가버렸다. 차라리 나를 때려눕혔다면 더 좋았을 것이다.

35장

　말과는 달리 그는 다음 날 케임브리지로 출발하지 않았다. 출발
을 꼬박 일주일 동안 미뤘는데, 그 사이에 그는 선량하지만 엄격하
고 양심적이지만 무자비한 사람이 자신을 거역한 이에게 가할 수
있는 가혹한 처벌이 어떤 것인지 유감없이 느끼게 해주었다. 적의
를 드러내는 행동이나 비난하는 말 한마디 없이도, 그는 교묘하게
내가 자신의 호의의 받을 수 있는 대상에서 제외되었음을 시시때
때로 각인시켰다.

　신존이 비기독교적인 복수심을 품었다는 말은 아니다. 마음대
로 할 수 있었다면 뭐라도, 내 머리털 한 가닥이라도 해쳤으리라는
말도 아니다. 본성으로 보나 신념으로 보나, 그는 복수 같은 비열한
만족의 방식을 택할 사람이 아니었다. 그는 내가 그와 그의 사랑을
경멸한다고 말한 것은 용서했지만, 그 말은 잊지 않았다. 우리가 살
아 있는 한, 그는 절대 그 말을 잊지 않을 것이다. 나를 돌아보는 그

의 표정에서 나는 우리 사이에 늘 그 말이 새겨져 있는 것을 알았다. 내가 말할 때마다 그의 귀에는 내 목소리에 섞인 그 말이 들리고, 그가 하는 모든 답변에서는 그 말의 메아리가 울렸다.

그는 나와의 대화를 피하지 않았다. 심지어 평소처럼 같이 공부하자고 아침마다 자기 책상으로 부르기도 했다. 나는 그의 속에 있는 타락한 인간이 겉으로 보기에는 평소와 다름없이 행동하고 말하면서도, 모든 언어와 모든 말에서 전에는 그의 언어와 몸가짐에서 금욕적인 매력을 느끼게 했던 관심과 인정의 정신을 교묘하게 제거하는 기술을 휘두름으로써, 순수한 기독교인에게는 전해지지도 알려지지도 않은 어떤 쾌락을 얻었던 건 아닌지 걱정이다. 사실상 그는 내게 더는 인간이 아니라 대리석에 지나지 않았다. 그의 눈은 차갑게 반짝이는 푸른 보석이었고, 그의 혀는 말하는 도구 이상은 아니었다.

내게는 모두가 고통이었다. 미세하지만 사라지지 않는 고통, 그 부당한 고통은 느린 분노의 불길과 전율하는 비탄의 문제를 일으켰고, 한꺼번에 나를 학대하고 짓밟았다. 그의 아내가 된다면, 해도 들지 않는 깊은 수원처럼 맑은 이 선량한 사람이 내 핏줄에서 피 한 방울 뽑아내는 일 없이, 또는 수정처럼 투명한 자신의 양심에 죄의식 한 점 남기는 일 없이, 금방 나를 죽일 수도 있겠구나 싶었다. 특히 그의 비위를 맞추려 할 때마다 그런 느낌은 강해졌다. 그는 나의 슬픔에 어떤 슬픔도 느끼지 않았다. 우리 사이가 멀어져도 고통스러워하지 않았고, 화해를 바라지도 않았다. 둘이 보고 있던 책에 뚝뚝 눈물을 떨군 적이 한 번이 아니었는데도, 그는 정말로 심장이 돌이나 금속 재질로 만들어진 사람처럼 아무런 영향을 받지 않았다.

그러면서도 그의 누이들에게는 어쩐지 평소보다 더 상냥했다. 단순한 냉정함만으로는 내가 얼마나 완벽하게 내쳐지고 추방당했는지 충분히 깨닫지 못할까 봐 두렵기라도 했는지, 그는 대비의 효과까지 추가한 것이다. 그것은 그가 악의적이라서가 아니라 신념에 근거했기 때문이라고 나는 확신한다.

그가 집을 떠나기 전날 밤, 우연히 해 질 무렵에 뜰을 거니는 그를 보았다. 그를 바라보던 중에 지금은 이처럼 멀어진 저 사람이 한때 내 목숨을 구했다는 사실이, 그리고 저 사람이 내 가까운 친척이라는 사실이 떠올라 마지막으로 그의 우정을 회복하는 시도를 해보기로 마음먹었다. 나는 밖으로 나가 작은 문에 기대선 그에게 다가갔다. 나는 단도직입적으로 말했다.

"신존, 당신이 아직도 제게 화를 내시니, 제 마음이 너무 불편해요. 우리 다시 친구가 되어요."

"나는 우리가 친구라고 믿는데." 냉정한 대답이었다. 그렇게 말하면서도 그는 내가 다가가는 내내 쳐다보고 있던 떠오르는 달에서 시선을 돌리지 않았다.

"아니요, 신존. 우리 사이는 예전 같지 않아요. 당신도 알잖아요."

"아니라고? 그건 잘못된 생각이오. 난 당신이 무탈하고 무사하기를 바라오."

"신존, 그 말을 믿어요. 당신은 누가 잘못되기를 바랄 수 있는 사람이 아니니까요. 하지만 친척으로서 전 당신이 그저 남들에게 갖는 그런 종류의 보편적인 박애보다 더 애정에 가까운 것을 원해요."

"물론, 당신의 바람은 정당하오. 그리고 내가 당신을 남처럼 여긴다니, 당치도 않소."

냉정하고 차분한 어조로 내뱉는 그 말은 적잖이 당황스럽고 굴욕적이었다. 내 자존심과 분노가 내놓은 제안에 귀를 기울였다면, 즉시 그를 떠나야 했다. 하지만 내 안의 뭔가가 그런 감정들보다 더 강력하게 작용했다. 나는 내 사촌의 재능과 신념을 깊이 존경했다. 내게는 그의 우정이 귀중했다. 그걸 잃는 것이 몹시 괴로웠다. 그걸 다시 찾는 시도를 그처럼 쉬이 그만둬서는 안 될 터였다.

"꼭 이런 식으로 헤어져야겠어요, 신존? 인도로 가실 때에도 지금껏 한 말보다 더 친절한 말 한마디 없이 그렇게 떠나실 건가요?"

그제야 그는 달에서 시선을 돌려 나를 쳐다보았다.

"인도로 갈 때, 제인, 내가 당신을 떠난다니! 무슨 말이오? 당신은 인도로 가지 않소?"

"당신이 말했잖아요. 당신과 결혼하지 않으면 못 간다고요."

"그럼 나와 결혼하지 않겠단 말이오? 그 결심을 끝내 고집하겠다고?"

독자여, 이런 냉정한 사람들이 얼음장 같은 질문 속에 넣어두는 공포를 아시는가? 쏟아지는 눈사태 같은 그들의 분노는? 산산이 부서지는 얼어붙은 바다 같은 그들의 불만은?

"네. 신존, 전 당신과 결혼하지 않아요. 전 제 결심을 고집할 겁니다."

쌓인 눈이 흔들렸고 약간 흘러내렸지만, 아직 쏟아져 내리지는 않았다.

"다시 한번 묻지만, 이 거절은 왜요?" 그가 물었다.

나는 답했다. "앞서는 당신이 절 사랑하지 않기 때문이었죠. 지금은, 굳이 답하자면, 당신이 절 미워하기 때문이고요. 당신과 결혼하면 전 당신 때문에 죽을 거예요. 지금도 절 죽이고 있으니까요."

그의 입술과 뺨은 창백해졌다. 아주 창백해졌다.

"'내가 당신을 죽일 거다', '내가 당신을 죽이고 있다'라고? 당신은 입에 담아서는 안 될 말을 하고 있소. 폭력적이고, 여자답지 못하고, 진실하지 않소. 그건 불행한 정신 상태를 드러내는 말이오. 가혹한 책망을 받을 말이지. 용서받을 수 없는 말인 듯하지만, 일흔일곱 번이라도 다른 인간을 용서하는 것이 인간의 도리라니, 참겠소."

이제 나의 용건은 끝났다. 그저 그의 마음속에서 내 이전 모욕의 흔적을 지우고자 했을 뿐인데, 그 집요한 표면에 또 하나의, 훨씬 더 깊은 흔적을 남기고야 말았다. 나는 불의 낙인을 새겼다.

"이젠 정말로 저를 미워하시겠죠. 당신과 화해해보려고 해도 소용없어요. 제가 당신의 영원한 적이 돼버렸다는 걸 알겠어요."

이 말이 또 하나의 잘못을 저질렀다. 진실을 건드린 말이었기에, 더 심한 잘못이었다. 그 핏기 없는 입술이 일그러지며 순간적으로 경련했다. 나는 내가 자극한 그 냉혹한 분노를 알아보았다. 심장이 조여들었다.

"당신은 제 말을 완전히 오해하고 계세요." 나는 덥석 그의 손을 잡았다. "저는 당신을 슬프게 하거나 괴롭히려는 의도가 아니었어요. 정말로 아니에요."

그는 더없이 쓸쓸한 미소를 지었고, 더없이 단호하게 손을 빼냈다. 한참 말이 없던 그가 마침내 입을 열었다. "그러니 이제 당신은 약속을 무르고 인도에는 절대 가지 않겠다는 거로군요."

"아니요, 갈 거예요. 당신의 조수로요."

아주 오랜 침묵이 흘렀다. 그 사이에 그의 마음속에서 본성과 은총 간에 어떤 사투가 벌어졌는지, 나는 모른다. 다만 그의 눈에 기이한 빛이 번득였고, 그의 얼굴에 이상한 그늘이 스쳤다. 마침내 그가 입을 열었다.

"당신 또래의 미혼 여성이 나 같은 미혼 남성과 함께 해외로 나가겠다는 말이 얼마나 부조리한지는 앞서 얘기했소. 내가 그런 말을 한 것은, 그렇게 하면 당신이 다시는 그런 계획을 입에 올리지 않으리라 생각했기 때문이었소. 그걸 당신이 다시 입에 올렸으니, 유감… 이오."

나는 그의 말을 가로막았다. 명백한 비난 같은 말이 내게 단박에 용기를 주었다. "신존, 상식을 지키세요. 자칫하면 헛소리를 하시겠어요. 제가 한 말에 충격받은 체하시지만, 사실은 놀라지 않으셨어요. 왜냐면, 그처럼 우월한 정신을 가지셨으니 제 말의 의미를 오해할 만큼 둔하거나 자만하실 리가 없으니까요. 다시 말씀드리지만, 당신이 원한다면, 전 당신의 보좌신부가 될 거예요. 하지만 절대 아내는 되지 않아요."

그의 얼굴은 다시 납덩어리처럼 창백해졌다. 그러나 전처럼 그의 감정은 완벽하게 통제되었다. 그는 강조하듯이, 그러나 침착하게 답했다.

"여성 보좌신부라니, 아내가 아닌 여성 보좌신부는 나와 절대 맞지 않을 거요. 그러니, 당신은 나와는 못 갈 듯하오. 하지만 당신의 제안이 진심이라면, 내, 도시에 있는 동안 조수를 구하는 아내가 있는 기혼 선교사에게 물어보겠소. 당신의 재산이면 선교 협회의 원조 없이도 나갈 수 있을 거요. 그리하여 약속을 깨뜨리고 함께하기로 약조한 대열에서 탈주한 불명예를 면할 수 있을지도 모르겠소."

그러나 독자도 알고 있듯이 나는 어떤 공식적인 약속도 하지 않았고, 어떤 약조도 맺지 않았다. 그러니 그 경우에 그 말은 아무래도 너무 가혹하고 너무 포악했다. 나는 대답했다.

"여기에 불명예니, 약속 파기니, 탈주니 하는 건 없어요. 제겐 인도에 가야 하는 어떤 의무도 없어요. 특히 남들과는요. 당신과 함께라면 상당히 무릅써볼 만해요. 왜냐면 전 당신을 존경하고, 믿고, 그리고 누이로서 당신을 사랑하니까요. 하지만 전 확신하게 됐어요. 언제 누구와 가더라도, 전 그 기후에서는 오래 살지 못할 거예요."

"아! 당신은 자기 걱정을 하는군요." 그가 이죽거리며 말했다.

"그래요. 신께서 헛되이 버리라고 제게 생명을 주신 건 아니잖아요. 그런데 당신은 그렇게 하라고 하시네요. 그리고 전 영국을 떠나겠다고 확실히 결정하기 전에 떠나는 것보다 남는 것이 더 큰 소용이 될 수는 없는지 확실히 알고 싶어요."

"무슨 소리요?"

"설명하려 해도 소용없을 거예요. 하지만 제가 오랫동안 고통스러운 의문을 참아왔다는 말에는 일리가 있어요. 어떤 방법으로든 그 의문이 사라지기 전에는 어디에도 갈 수 없어요."

"당신의 마음이 어디로 향하고, 무엇에 매여 있는지 나는 아오. 당신이 소중히 품은 관심은 불법적이고 불경한 것이오. 당신은 그걸 진작에 부숴버렸어야 했소. 지금도 그런 말을 하다니, 얼굴을 붉힐 일이오. 당신은 로체스터 씨를 생각하고 있소?"

사실이었다. 나는 침묵으로써 자백했다.

"로체스터 씨를 찾으러 갈 생각이오?"

"그분이 어찌 되셨는지 알아야겠어요."

"그렇다면 내가 할 일은 당신을 잊지 않고 기도할 때마다 당신이 정말로 버림받은 사람이 되지 않도록 진심으로 신께 간청하는 일뿐이오. 나는 당신에게서 선택받은 자를 알아봤다고 생각했소. 하지만 신은 인간과는 달리 보시오. 다 신의 뜻이오."

그는 문을 열고 나가 골짜기 쪽으로 내려갔다. 그는 곧 보이지 않게 되었다.

응접실로 돌아가니 창가에 선 다이애나가 생각에 잠겨 있었다. 나보다 훨씬 키가 큰 다이애나가 내 어깨를 짚고는 고개를 숙여 내 얼굴을 살폈다.

"제인, 요즘 늘 안절부절못하더니 지금은 창백해. 뭔가 문제가 있는 게 확실해. 신존과 무슨 일을 벌이고 있는지 말해봐. 지금까지 삼십 분이나 이 창으로 너를 지켜봤어. 그렇게 엿본 건 미안하지만, 난 오랫동안 내가 모르는 뭔가가 있다고 생각했거든. 신존은 이상한 사람이니까…."

말이 그쳤다. 나는 아무 말도 하지 않았다. 다이애나가 다시 말을 이었다.

"저 오빠라는 사람이 너에 관해서는 뭔가 특이한 생각을 품고 있다니까, 확실해. 오래전부터 누구에게도 보여준 적 없는 주의와 관심을 너에게만 두고 있어. 무슨 목적으로? 제인, 난 오빠가 널 사랑하는 거면 좋겠어. 그래?"

나는 다이애나의 서늘한 손을 잡아 내 뜨거운 이마에 얹었다.
"아니, 다이애나, 그럴 리가."

"그러면 어째서 오빠가 네게서 눈을 떼지 못하고, 그렇게 자주 너와 단둘이 있으려 들고, 계속해서 널 옆에 끼고 있지? 메리와 나는 오빠가 너와 결혼하고 싶어 한다는 결론을 내렸어."

"맞아요. 아내가 되어달라고 말씀하셨어요."

다이애나가 손뼉을 쳤다. "우리가 원하고 또 생각했던 게 바로 그거야! 그럼 오빠와 결혼할 거야, 제인? 그러면 오빠도 영국에 머물 텐데."

"어림도 없어요, 다이애나. 내게 청혼한 유일한 이유는 인도 사역에 알맞은 동료 일꾼을 구하는 것이었어요."

"뭐! 널 인도에 데리고 간다고?"

"그래요."

"미쳤어!" 다이애나가 소리쳤다. "넌 거기 가면 삼 개월도 못 살 거야, 내 장담해. 가면 안 돼. 승낙한 건 아니지, 제인? 승낙했어?"

"결혼하는 건 거절했는데—"

"그래서 오빠가 화난 거야?" 다이애나가 넌지시 말했다.

"몹시요. 날 절대 용서하지 않을까 봐 걱정이에요. 하지만 누이동생으로서 같이 가겠다고 제안했어요."

"그런 미친 바보짓을 하다니, 제인. 네가 감당해야 할 일을 생각해봐. 끝없이 피곤한 일이야. 튼튼한 사람들도 피로로 죽는 마당에, 넌 약하잖아. 신존은, 너도 알겠지만, 불가능한 일들을 하라고 널 몰아낼 거야. 그의 옆에서는 한낮의 더위에도 휴식을 허락받지 못할 테고. 그리고 불행하게도, 내가 본 바로는, 오빠가 무엇을 강요하든 넌 그걸 해내려고 스스로를 다그칠 거야. 너한테 오빠의 손을 뿌리칠 용기가 있었다는 게 놀라워. 그럼 오빠를 사랑하지 않는 거야, 제인?"

"남편으로서는 아니죠."

"하지만 오빠는 잘생긴 미남이야."

"그리고 전 보다시피 이렇게 못생겼고요. 우리는 전혀 어울리지 않아요."

"못생겼다고! 네가? 천만에. 넌 캘커타에서 산 채로 타 죽기에는 너무 예쁠뿐더러 너무 착해." 다이애나는 자신의 오빠와 같이 해외로 나갈 생각은 깨끗이 단념하라고 재차 간청했다.

"전 가야 해요, 정말로요. 조금 전에 보좌신부로 그에게 봉사하겠다고 다시 제안했더니, 내 점잖지 못한 제안에 충격을 받았다고 하더군요. 결혼하지 않고 함께 가겠다는 제안이 무슨 부적절한 짓이라도 되는 것처럼 생각하는 듯해요. 다시 생각해보면, 나는 처음부터 그가 내 오빠가 되어 주지 않을 걸 알면서도 그저 습관적으로 그를 그렇게 대한 것 같아요."

"오빠가 널 사랑하지 않는다는 건 뭘 보고 알았어, 제인?"

"그분이 하는 얘기를 직접 들어보셔야 해요. 짝을 찾으려는 건 자신을 위해서가 아니라 자기 일 때문이라고 되풀이해서 설명하셨죠. 전 사랑이 아니라 노동에 맞는 사람이라고도 했고요. 그건 분명한 사실이지만요. 하지만, 제 의견으로는, 제가 사랑에 맞는 사람이 아니라면, 그건 곧 제가 결혼에 맞는 사람도 아니라는 거예요. 다이애나, 사람을 유용한 도구로만 여기는 남자에게 평생 속박된다는 건, 이상하지 않겠어요?"

"참을 수 없고, 부자연스럽고, 말도 안 돼!"

"그리고," 나는 계속해서 말했다. "지금은 그분에게 누이동생의 애정밖에 없지만, 그래도, 만약 억지로 아내가 된다면, 그에게 피할 수 없고, 이상하고, 고통스러운 종류의 사랑을 품을 가능성이 있어요. 왜냐면 그는 너무 재능이 뛰어나니까요. 그리고 그의 외모와 태도와 대화에는 종종 어떤 영웅적인 고귀함이 있으니까요. 그런 경우라면, 제 운명은 말할 수 없이 비참해질 거예요. 그분은 제가 그분을 사랑하기를 원치 않으실 거예요. 그리고 제가 그런 감정을 보인다면, 그분은 자신이 원치 않는, 제게 어울리지 않는 쓸데없는 잉여라는 것을 일깨워주시겠지요. 눈에 선해요."

"하지만 신존은 선량한 사람이야." 다이애나가 말했다.

"선량하고 위대한 분이지요. 하지만 매정하게도, 자신의 큰 대위를 추구하다 보니, 소인들의 감정과 요구 같은 건 잊고 마셨어요. 그러니 소인으로서 그의 발길에 짓밟히지 않으려면 그 길에서 비켜서는 게 상책이지요. 저기 그분이 와요! 전 가야겠어요, 다이애나." 나는 정원으로 들어서는 그를 보고 황급히 위층으로 올라갔다.

그러나 저녁 식사 때에는 그와 만나지 않을 수가 없었다. 식사 자리에서 그는 평소와 다름없이 침착해 보였다. 나는 그가 내게 말을 걸지는 않으리라 생각했고, 결혼 계획을 밀고 나가기를 포기했을 거라 확신했다. 그러나 이후의 사건은 내가 두 가지 지점 모두에서 착각했음을 보여주었다. 그는 정확하게 평소의 방식대로, 또는 최근의 평소 방식이었던 과도하게 정중한 방식으로 나를 대했다. 내가 일으킨 분노를 잠재우기 위해 그가 성령의 도움을 호소했던 게 틀림없었다. 나는 다시금 그가 나를 용서했다고 믿었다.

기도를 올리기 전 성경 낭독 순서에 그는 〈요한계시록〉 21장을 골랐다. 그의 입에서 흘러나오는 성경 말씀을 듣는 건 언제나 즐거웠다. 신의 계시를 전할 때만큼 그의 아름다운 목소리가 달콤한 동시에 풍부한 때가 없었고, 고귀하고도 순박한 그의 태도가 그처럼 인상적으로 느껴지는 때도 없었다. 그날 밤, 둥그렇게 앉은 가족들 사이에서 그의 목소리는 더욱 엄숙하게 울렸고, 그의 태도는 더욱 긴박한 의미를 띠었다. (커튼을 치지 않은 창으로 오월의 달빛이 비치어 탁자에 놓은 촛불 빛이 거의 필요하지 않았다.) 그는 거기 앉아서 커다란 낡은 성경을 들여다보며 거기 적힌 새로운 하늘과 새로운 땅의 모습과 신이 어떻게 인간들 가운데 임하실지, 신이 어떻게 인간의 눈에서 모든 눈물을 씻어주실지 설명하고, 앞의 일들이 지나갔으니 더는 죽음도, 울부짖을 슬픔도, 더 이상의 고통도 없으리라고 약속했다.

그가 하는 다음의 말을 들으며 이상하게도 몸이 떨렸다. 특히, 그 말을 하는 아주 약간의, 말로는 표현할 수 없는 소리의 변화로 그의 시선이 나를 향하고 있다고 느꼈을 때가 특히 그랬다.

"승리하는 자는 이것들을 차지하게 될 것이며, 나는 그의 하느님이 되고, 그는 내 아들이 될 것이다. 그러나," 그는 여기서부터 특히 천천히 또박또박 낭독하였다. "비겁한 자와 믿음이 없는 자와 … 불과 유황이 타오르는 바다뿐이다. 이것이 둘째 죽음이다."[83]

그때 이래로, 나는 신존이 두려워하는 내 운명이 어떤 것인지 알게 되었다.

| 83 〈요한계시록〉 21장 8절.

그 장의 장려한 마지막 구절을 읊는 그의 목소리에서 진지한 열망이 섞인 고요하고 억제된 승리감이 드러났다. 그 낭독자는 자신의 이름이 이미 '어린 양의 생명책'[84]에 올랐다고 믿었고, 지상의 왕들이 영광과 명예를 가지고 돌아갈 그 도시, 신의 영광이 비치고 어린양이 그 등불이 되므로[85] 해도 달도 비출 필요가 없는 그 도시가 자신을 받아줄 그 시간 이후를 동경했다.

낭독 뒤에 이어진 기도에 그는 모든 에너지를 모았다. 그의 엄격한 열의가 모두 깨어났다. 그는 진정한 열렬함으로 신의 뜻과 씨름했고 승리를 결심했다. 그는 용기 없는 자들에게 힘을 주십사 간청했다. 우리를 떠나 방황하는 양들에게는 인도를, 현세와 육신의 유혹에 끌려 좁은 길에서 벗어난 이들에게는 마지막 순간에라도 귀환을 탄원했다. 그는 '불에서 꺼낸 그슬린 나무'[86]와 같은 은혜를 간청하고, 촉구하고, 요구했다. 진지함은 전에 없이 더욱 엄숙해졌다. 처음 그 기도를 들었을 때는 그에게 경탄했다. 그러고 기도가 계속되며 고조되었을 때는 감동했고, 마침내는 두려워졌다. 그는 너무나 신실하게 자기 목적의 위대함과 선량함을 믿었다. 그것을 변호하는 그의 기도를 들은 다른 이들도 마찬가지로 그렇게 느낄 수밖에 없었다.

기도가 끝나고, 우리는 그의 곁을 떠났다. 그는 다음 날 아주 이른 시각에 케임브리지로 출발할 예정이었다. 다이애나와 메리는 그의 입맞춤을 받고 방을 나갔다. 내 생각에는 그가 넌지시 준 신호

| 84 〈요한계시록〉 21장 27절.
| 85 〈요한계시록〉 21장 23절.
| 86 〈스가랴서〉 3장 2절.

에 따른 것이었던 듯하다. 나는 손을 내밀고 좋은 여행이 되길 빈다고 말했다.

"고맙소, 제인. 전에 말했듯이, 나는 이 주일 후에 케임브리지에서 돌아올 거요. 그러니 당신이 심사숙고해볼 시간이 아직 있소. 내가 인간적인 자존심을 따른다면, 당신에게 결혼 이야기를 더는 하지 않을 것이오. 하지만 난 나의 의무를 따르니, 늘 첫 번째 목표를 염두에 두어야 하오. 모든 일을 신의 영광을 위해 해야 하지. 나의 주님께선 오래 참으시오. 나도 그럴 것이오. 나는 당신을 '진노의 그릇'[87]으로서 지옥에 넘겨줄 수 없소. 아직 시간이 있을 때, 회개하시오, 결심하시오. 우리가 해가 있는 동안에 일하라는 명령을 받았다는 것을, '이제 밤이 올 터인데 그때는 아무도 일을 할 수가 없다'[88]라는 경고를 받았다는 것을 기억하시오. 이 세상에서 좋은 일을 한 '부자'[89]의 운명을 잊지 마시오. 신께서 빼앗겨서는 안 될 좋은 부분을 선택하는 힘을 당신에게 주시기를 기도하오!"

마지막 말을 읊조리며 그는 내 머리에 손을 얹었다. 진지하고 온화한 말투였다. 사실 그의 표정은 사랑하는 사람을 보는 연인의 표정이 아니라 길 잃은 양을 부르는 양치기의 표정, 아니 그보다, 자신이 맡은 영혼을 바라보는 수호천사의 표정이었다. 감정을 가진 사람이든 아니든, 광신자이든 야심가이든 폭군이든 상관없이, 성실하기만 하다면 모든 재능 있는 사람들에게는 숭고한 순간들이 있기 마련이다. 정복하고 지배할 때 말이다. 나는 신존에게 존경심

87 〈로마서〉 9장 22절.
88 〈요한복음〉 9장 4절.
89 〈누가복음〉 16장 19~31절.

이 들었다. 그 힘은 너무 강해서, 내가 오랫동안 피해온 지점까지 날 한순간에 밀어붙였다. 나는 그와의 다툼을 그만두고 싶은 유혹을 느꼈다. 그의 의지라는 급류에 휩쓸려 그의 존재라는 심연 속에서 나의 존재를 잃고 싶었다. 앞서 다른 방식으로, 다른 사람으로 인해 괴로웠던 정도로 나는 그로 인해 괴로웠다. 그 이전에도 그때도 나는 바보였다. 그 이전에 굴복이 신념을 그르치는 일이었다면, 그때의 굴복은 판단을 그르치는 일이 될 터였다. 시간이라는 고요한 매개물을 통해 그 위기를 돌아보는 지금 생각해보면, 그 순간의 나는 스스로의 어리석음을 몰랐다.

나는 내 대사제의 손길 아래 꼼짝도 못 하고 서 있었다. 거절은 잊히고, 두려움은 극복되고, 발버둥질은 무력해졌다. 불가능한 일, 예컨대 신존과의 결혼이 재빨리 가능한 일이 되었다. 순식간에 모든 것이 바뀌었다. 신앙이 불렀고, 천사들이 손짓했고, 신이 명령했고, 생이 두루마리처럼 펼쳐졌고, 죽음의 문이 열려 그 너머의 영원을 보여주었다. 그곳의 안전과 환희를 위해 이곳의 모든 것이 일순간에 희생되어도 좋을 듯했다. 어둑한 방이 환상들로 가득 찼다.

"이제 결심이 섰소?" 선교사가 물었다. 부드러운 어조의 물음이었다. 그가 부드럽게 나를 끌어당겼다. 오, 그 부드러움이라니! 힘보다도 얼마나 강한 것인가! 나는 신존의 분노에는 저항할 수 있었지만, 그의 친절함 아래에서는 갈수록 갈대처럼 유순해졌다. 그러나 난 늘 알고 있었다. 지금 굴복한다면 언제고 이전의 저항을 후회해야 하리라는 것을. 그의 본성이 한 시간의 엄숙한 기도로 인해 바뀌지 않았으며, 다만 고양되었을 뿐이라는 것을.

"틀림없이 확실하다면 결심할 수 있어요." 나는 대답했다. "당신과 결혼하는 것이 신의 뜻이라고 틀림없이 확신한다면, 나중에 뭐가 되든, 당신과 결혼하겠다고 지금 당장 맹세할 수 있어요!"

"내 기도에 응답이 왔다!" 신존이 갑자기 외쳤다. 그는 자기 것이라 주장하듯이 내 머리에 얹은 손에 더욱 힘을 주었고, 마치 나를 사랑이라도 하는 듯이 다른 팔로 나를 안았다('마치'라고 하는 이유는 사랑받는다는 것이 어떤 것인지 느껴본 적이 있어 차이를 알았기 때문이었다. 하지만 그때 나는 그와 마찬가지로 사랑은 문제 삼지 않고 오직 의무만을 생각했다). 나는 구름이 잔뜩 끼어 컴컴한 내 안의 환상과 싸웠다. 나는 진지하게, 격심하게, 열렬하게 옳은 일을, 옳은 일만을 하고자 열망했다. "보여주세요, 길을 보여주세요!" 나는 하늘에 간청했다. 나는 전에 없이 흥분했다. 뒤따른 사건이 흥분의 결과였는지는 독자가 판단할 일이다.

집 안은 고요했다. 신존과 나를 제외하고는 모두 잠자리에 든 듯했다. 한 자루 켜둔 촛불이 사그라지고 있었다. 방은 달빛이 가득했다. 심장이 빠르고 묵직하게 뛰어서 고동 소리가 들렸다. 갑자기 그 소리가 멈추더니, 말로는 표현할 수 없는 떨리는 느낌이 심장을 거쳐 순식간에 머리와 사지로 퍼져나갔다. 전류의 충격 같은 느낌은 아니었지만, 그만큼 날카롭고 이상하고 놀라웠다. 그 영향인지, 나의 감각들이 지금까지 보여준 최고의 능력도 한낱 무기력에 지나지 않았다는 듯이, 그제야 부름을 받고 억지로 깨어나는 듯했다. 그들은 기대하며 깨어났다. 눈과 귀가 기다리는 동안 살은 뼈 위에서 떨었다.

"무슨 소리를 듣고 있소? 무엇을 보는 거요?" 신존이 물었다. 아무것도 보이지 않았지만, 어디선가 울부짖는 소리가….

"제인! 제인! 제인!" 그게 다였다.

"오, 세상에! 이건 뭐지?" 나는 헐떡였다.

나는 물었어야 했다. "어디세요?"라고. 왜냐하면 그 소리는 방안에서도 집 안에서도 정원에서도 나는 것이 아닌 듯했기 때문이었다. 그 소리는 공중에서도, 땅속에서도, 하늘에서도 나는 것이 아니었다. 그 소리를 들었건만 어디인지, 또는 언제인지 영영 알 수가 없었다! 그것은 인간의 목소리였다. 잘 아는, 사랑하는, 익히 기억하는 목소리, 바로 에드워드 페어팩스 로체스터의 목소리였다. 그리고 그 소리는 고통과 비애 속에서 거칠게, 무시무시하게, 다급하게 내지르는 소리였다.

"가요!" 나는 외쳤다. "잠깐만요! 아, 제가 가요!" 나는 문으로 뛰어가 복도를 내다보았다. 캄캄했다. 나는 정원으로 달려 나갔다. 텅비었다.

"어디 계세요?" 나는 소리쳤다.

마시글렌 너머의 언덕들이 희미하게 메아리를 되돌려주었다. "어디 계세요?" 나는 귀를 기울였다. 바람이 전나무들 속에서 나직하게 한숨 쉬었다. 사방이 황무지의 고독과 한밤의 적막뿐이었다.

"유령은 물러가라!" 대문가 검은 주목 옆에 유령이라도 나타난 듯이 나는 내뱉었다. "이것은 너의 속임수도 아니고 너의 마술도 아니다. 이건 자연이 한 일이야. 자연이 깨어나 기적이 아니라 최선을 행했을 뿐이야."

뒤따라 나와 붙잡으려는 신존을 나는 뿌리쳤다. 이제는 내가 우위를 점할 차례였다. 내 힘들이 왕성하게 활동하며 움직였다. 나는 그에게 질문도 지적도 말라고 이르며 가달라고 요청했다. 나는 홀

로 있어야 하고, 홀로 있겠다고. 그가 즉각 내 말에 따랐다. 명령하
는 에너지가 충분하다면 복종은 늘 따르는 법이다. 나는 내 방으로
올라가 문을 걸어 잠갔다. 그러고는 무릎을 꿇고 내 방식으로 기도
했다. 신존의 방식과는 다르지만, 나름대로 효과적이었다. 위대한
정신의 바로 옆까지 파고든 느낌이었다. 감사로 넘치는 내 영혼이
그 발치로 뛰어나갔다. 나는 감사의 기도를 마치고 일어나 결심을
하고 잠자리에 들었다. 아무 두려움 없이, 더없이 환한 마음으로,
오직 날이 새기만을 기다리면서.

36장

　해가 들었다. 나는 새벽에 깨어 집을 잠시 비울 요량으로 방과 서
랍, 옷장 안의 물건들을 정리하며 한두 시간 부지런히 움직였다. 그
러는 사이에 신존이 방을 나서는 소리가 들렸다. 그의 발소리가 내
방문 앞에서 멎었다. 그가 문을 두드릴까 싶어 두려웠지만, 아니었
다, 문 밑으로 종이 한 장이 들어왔을 뿐이었다. 나는 종이를 집어
들었다.

　"어젯밤 당신은 너무 별안간 떠났소. 조금만 더 있었더라면 그리
스도의 십자가와 천사의 왕관을 손에 넣었을 텐데. 내가 이 주 후에
돌아올 때까지 당신이 명확한 결정을 내리기를 바라오. 그새 유혹
에 빠지지 않도록 조심하고 기도하시오. 믿건대, 마음은 간절하나,
보건대, 몸이 말을 듣지 않는 거요.[90] 매시간 당신을 위해 기도하겠

90　〈마태복음〉 26장 41절.

소. - 신존."

나는 속으로 대답했다. '내 마음은 옳은 일을 하고 싶어 해. 그리고 내 몸은, 하늘의 명령을 확실히 알기만 하면, 원컨대, 그 명령을 완수할 수 있을 정도로 강하지. 어쨌든, 이 의문의 구름 속에서 출구를 원하고, 더듬어 찾고, 그걸 붙잡아 확실성의 환한 빛을 발견하기에 충분할 만큼은 강해.'

유월의 첫날인데도 아침에는 구름이 끼고 으스스했다. 빗방울이 후두둑 창을 때렸다. 현관문이 열리고, 신존이 나가는 소리가 들렸다. 창으로 내다보니, 그가 정원을 지나고 있었다. 그는 안개 낀 황무지를 건너 위트크로스로 향하는 길을 택했다. 거기서 승합마차를 탈 것이다.

'몇 시간 뒤면 나도 그 길을 따라갈 거예요, 사촌.' 나는 생각했다. '나도 위트크로스에서 승합마차를 탈 거고요. 나한테도 영국을 영원히 떠나기 전에 만나서 안부를 묻고 싶은 사람들이 있거든요.'

아침 식사까지는 아직 두 시간이 남았다. 나는 그 틈을 내 방을 조용히 거닐며 지금 골몰하고 있는 이 계획을 가져다 준 어제의 그 사건을 생각하면서 메웠다. 그때 경험한 내 안의 감각을 다시 떠올려보았다. 말로 할 수 없는 그 기이함까지 모두 떠올릴 수 있었다. 그때 들은 목소리도 떠올렸다. 나는 그 소리가 어디서 들렸는지 다시 질문했지만, 여전히 헛수고였다. 외부 세계가 아니라 내 안이었던 듯했다. 그저 신경적 현상, 환청에 불과했던가? 상상할 수도 믿을 수도 없었다. 그건 오히려 영감 같았다. 그 경이로운 느낌의 충격은 바울과 실라의 감옥을 토대부터 뒤흔드는 지진처럼 다가왔다. 그것은 영혼의 감옥 문을 열고 묶은 끈들을 풀어 잠자던 영혼을 깨웠고, 영혼은 떨면서, 귀 기울이면서, 기겁해서 튀어나왔다. 그러고는 깜짝 놀란 내 귀를 울리고 날뛰는 심장을 통과해 내 영혼을 관통한 그 떨리는 세 번의 외침. 내 영혼은 두려워하거나 흔들리기는 커녕 거추장스러운 육신의 속박을 벗어나 오롯이 완수해낸 그 하나의 성공을 기뻐하며 환희에 가득 차 있었다.

나는 숙고를 끝내며 말했다. "며칠 내로 어젯밤에 나를 부른 듯한 그 목소리의 주인공에 대해서 아무 소식이라도 듣게 되겠지. 편지는 허사였으니, 대신에 직접 가서 알아볼 거야."

아침 식사 자리에서 다이애나와 메리에게 여행을 떠날 예정이며 적어도 나흘 정도는 집을 비울 것이라 알렸다.

"혼자서, 제인?" 둘이 물었다.

"예. 한동안 사이가 안 좋았던 친구를 만나거나, 아니면 소식이라도 들어보려고요."

내게 자기들 말고는 친구가 없는 줄 알았다고 말할 수도 있었다. 분명 그렇게 생각했을 테니까. 사실, 내가 종종 그렇게 말하기도 했다. 하지만 자연스러운 섬세한 감각을 타고난 두 사람은 말을 삼갔고, 그저 다이애나가 여행을 견딜 만큼 몸 상태가 괜찮은지 물었을 뿐이었다. 내가 아주 창백해 보인다고 했다. 나는 마음의 근심 말고는 아픈 데가 없고, 그 근심도 곧 나아지리라 생각한다고 대답했다.

이후의 여행 준비는 쉬웠다. 질문이나 지레짐작이 없었기 때문이었다. 지금은 내 계획을 명확하게 밝힐 수 없다고 설명하자, 그들은 친절하고도 현명하게 그 점에 대해서는 나의 침묵을 묵인해주었다. 비슷한 상황에서라면 나도 그랬겠지만, 두 사람은 내게 자유로이 행동할 수 있는 특권을 주었다.

나는 오후 세 시에 무어하우스를 나와 네 시가 조금 지난 시각에 위트크로스 이정표 아래에 서서 나를 먼 손필드로 실어다 줄 승합 마차가 도착하기를 기다렸다. 그 외진 길과 인적 없는 언덕들의 침묵을 뚫고 아주 멀리서 마차가 다가오는 소리가 들렸다. 일 년 전 어느 여름 저녁에 바로 이 자리에서 내렸던 바로 그 마차였다. 그때는 얼마나 황량하고 절망적이고 정처 없었던가! 손짓하자 마차가 섰다. 나는 마차에 탔다. 이번에는 삯으로 전 재산을 내주지 않아도 되었다. 또다시 손필드를 향해 길을 달리는 나는 집으로 돌아가는 전서구가 된 듯한 기분이었다.

서른여섯 시간이 걸리는 여행이었다. 나는 화요일 저녁에 위트크로스를 출발했고, 마차는 목요일 이른 아침에 말들에게 물을 먹이기 위해 어느 길가 여관에 섰다. 여관을 둘러싼 풍경 속 녹색 산울타리들과 큰 밭들과 양을 치는 낮은 언덕들이(모튼이 있는 황량한 북중부 황무지들과 비교하면 그 지형은 얼마나 온화하고 또 색은 얼마나 싱그러운가!) 한때 친근했던 사람의 얼굴처럼 느껴졌다. 그랬다. 눈에 익은 풍경이었다. 목적지에 가까워진 것이 틀림없었다.

"여기서 손필드 저택까지는 얼마나 되오?" 나는 말을 돌보는 하인에게 물었다.

"이 마일밖에 안 됩니다요. 들판을 가로질러 가면요."

나는 생각했다. '내 여행은 이것으로 끝났어.' 마차에서 내린 나는 짐을 말구종에게 건네며 요청이 있을 때까지 맡아달라고 부탁하고서, 마차 삯을 치르고 마부에게 팁을 준 다음 걷기 시작했다. 환한 햇살에 여관 간판이 번득였다. 간판에는 금박 입힌 글자로 '로체스터 암즈'라 적혀 있었다. 가슴이 뛰었다. 이미 내 주인의 영지에 들어온 것이었다. 그러나 마음은 이내 다시 가라앉았다.

'너도 알다시피, 주인님은 영국 해협 너머에 계실지도 몰라. 설사 네가 서둘러 가고 있는 그 손필드 저택에 계신다 해도, 그의 곁에 누가 있지? 그의 미치광이 부인이야. 넌 그와 아무 관계도 없어. 감히 그에게 말을 걸거나 옆에 있을 수도 없어. 헛수고야. 여기서 그만 멈추는 게 나아.' 마음속 충고자가 을러댔다. '여관 사람들에게 소식을 물어봐. 네가 원하는 건 뭐든 알려줄 거야. 네 궁금증을 즉시 해결해줄 수 있어. 저 사람에게 가서 로체스터 씨가 집에 계시는지 물어봐.'

현명한 제안이었지만, 그 제안에 따라 움직이도록 마음을 돌릴 수가 없었다. 날 절망의 구렁텅이로 몰아넣을 대답을 듣는 것이 너무 두려웠다. 의문을 연장하는 것은 희망을 연장하는 것이었다. 그 별 밑에서 손필드 저택을 한 번 더 볼 수 있을지도 몰랐다. 앞에 목책 계단이 보였다. 손필드 저택에서 달아나던 그 아침, 눈멀고 귀먹은 채, 나를 뒤따르며 채찍질하는 복수심에 불타는 분노에 산란해진 마음으로 걸음을 재촉하던 바로 그 들판이었다. 어느 길로 갈지 미처 잘 생각해보기도 전에 나는 그 들판 가운데에 있었다. 얼마나 빨리 걸었던가! 가끔은 어떻게 뛰기도 했던가! 익숙한 그 숲이 보이기를 얼마나 기대했던가! 눈에 익은 나무 한 그루 한 그루를, 그 사이 목초지와 언덕의 친근한 윤곽을 어떤 기분으로 환영했던가!

마침내 숲이 보였다. 떼까마귀들이 까맣게 떼를 지어 깍깍거리는 요란한 울음소리가 아침의 고요를 깨뜨렸다. 이상한 기쁨으로 마음이 들떴다. 나는 계속 걸음을 재촉했다. 좁은 길을 따라 목초지를 또 하나 지나니 안마당 벽들과 부속건물들이 보였다. 저택 자체는 숲에 가려 아직 보이지 않았다. '정면에서부터 봐야 해.' 나는 결정했다. '당당한 흉벽이 한눈에 시선을 사로잡고, 내 주인의 창문을 짚을 수 있는 곳에서. 창가에 서 계실지도 몰라. 일찍 일어나시니까. 지금 과수원이나 저택 앞 보도를 거닐고 계실지도 모르지. 볼 수만 있다면! 잠깐이라도! 설마, 그런 경우에라도 그에게 달려갈 만큼 미치지는 않았겠지? 모르겠어, 확실치 않아. 만약 미쳤다면? 그땐 어쩌지? 아, 맙소사! 그럼 어떡하지? 그의 눈길이 주는 생명력을 한 번 더 맛본다면 누가 상처 입을까? 내가 헛소리를 하고 있군. 아마 이 순간 그는 피레네산맥이나 잔잔한 남쪽 바다 위로 솟는 해를 바라보고 있을 텐데.'

과수원의 낮은 담장을 끼고 걷다가 모퉁이를 돌았다. 바로 거기, 돌로 만든 공이 하나씩 놓인 두 돌기둥 사이에 들판으로 통하는 문이 있었다. 나는 한쪽 돌기둥에 몸을 숨기고 저택의 정면을 은밀히 엿볼 작정이었다. 벌써 창문 가리개가 걷힌 침실은 없는지 확인하고자, 나는 조심스럽게 고개를 내밀었다. 흉벽과 창문, 저택의 긴 정면, 이 숨은 자리에서 모든 것을 마음대로 볼 수 있을 터였다.

그렇게 살피는 동안 머리 위를 나는 까마귀들이 나를 지켜보리라. 까마귀들이 어떻게 생각했을지 궁금하다. 분명 내가 처음에는 아주 조심스럽고 소심했다가 점차 아주 대담하고 무모해졌다고 생각했을 것이다. 엿보기, 그러고는 긴 쳐다보기, 그러고는 숨은 곳에서 나와 안으로 들어가기, 그러고는 갑자기 저택 앞에 서기, 그러고는 대담하고도 오랜 쳐다보기. '처음에 망설이는 척하던 그건 뭐야?' 까마귀들은 물었을 것이다. '지금의 이 어리석은 무모함은 또 뭐지?'

독자여, 여기에 한 실례가 있다.

한 연인이 우연히 이끼 긴 둑 위에서 잠든 사랑하는 여인을 본다. 그는 연인을 깨우지 않고 그 아름다운 얼굴만 슬쩍 훔쳐보고 싶다. 그는 아무 소리도 내지 않으려고 조심하면서 몰래 풀밭을 건넌다. 연인이 몸을 뒤척였다고 생각한 그는 움직임을 멈추었다가 물러난다. 절대 들키지 않을 작정이다. 사방이 고요하다. 그는 다시 나아간다. 그가 연인을 보려 몸을 숙인다. 얇은 베일이 얼굴을 덮고 있다. 그는 베일을 들추고 더 깊이 몸을 숙인다. 이제 그의 눈은 미인의 얼굴을, 잠든 화사하고 사랑스럽고 따스한 얼굴을 기대한다. 그 첫 대면을 얼마나 서둘렀던가! 그러나 그의 시선은 굳었다. 흠칫 놀라는 그! 갑자기 격렬하게 조금 전까지 손가락도 대지 못하던 형체를 두 팔로 끌어안는다. 그가 큰 소리로 이름을 부르고는 안았던 형체를 내려놓고 미친 듯이 살펴본다. 그러고는 다시 끌어안고 울부짖고 또 바라본다. 이제는 아무리 소리를 내도, 아무리 움직여도 연인을 깨울 위험이 없기 때문이다. 그는 연인이 단잠을 자고 있다고 생각했다. 그가 발견한 것은 돌처럼 죽어 있는 연인이었다.

나는 두려운 기쁨을 품고 위풍당당한 저택 쪽으로 시선을 돌렸다. 나는 검게 그을린 폐허를 보았다.

돌기둥 뒤에 숨을 필요가 전혀 없었다! 사람의 모습이 어른거리지 않을까 두려워하며 침실 격자창들을 몰래 올려다볼 필요도 없었다! 문 열리는 소리에도, 포장길이나 자갈길 밟는 경쾌한 발소리에도 귀 기울일 필요가 없었다. 잔디밭과 정원은 짓밟혀 황폐했다. 당당했던 현관이 커다랗게 입을 벌리고 있었다. 저택의 정면은, 언젠가 꿈에서 본 대로, 창틀 없이 창구멍들만 난, 아주 높고 아주

위태로워 보이는 조개껍데기 같은 벽뿐이었다. 지붕도, 흙벽도, 굴뚝도, 모두가 무너져내린 채였다.

그리고 그곳엔 죽음의 침묵이 있었다. 쓸쓸한 황야의 고독이 있었다. 이곳 사람들에게 보낸 편지들에 한 번도 답장이 오지 않은 것도 놀랄 일이 아니었다. 성당 통로에 있는 납골당으로 서신을 부친 셈이었다. 시커멓게 그을린 석재들이 저택이 어떤 운명으로 무너졌는지 말해주었다. 대화재였다. 하지만 어떻게 났을까? 이 재앙에는 어떤 사연이 딸려 있을까? 회반죽과 대리석과 목재 외에 어떤 손실이 있었을까? 재산뿐만 아니라 인명의 손실도 있었을까? 만약 그렇다면, 누구? 끔찍한 질문이었다. 그곳에는 그 질문에 답해줄 이가 아무도 없었다. 말 없는 기호나 무언의 표식조차도.

나는 부서진 담벼락들 주변과 황폐한 내부를 이리저리 돌아다니며 그 참사가 최근에 일어난 참사가 아니라는 증거를 모았다. 겨울눈이 텅 빈 아치로 날아들었고, 겨울비가 뚫린 창구멍들로 들이쳤다. 젖은 잔해더미 가운데에서 봄이 초목을 품었다. 돌덩이와 떨어진 서까래 사이 여기저기에 풀과 잡초가 자랐다. 아! 그러는 사이에 이 폐허의 불운한 주인은 어디 있었을까? 어느 땅에? 어느 도움의 손길 아래에? 시선은 저절로 정문 근처에 선 성당의 회색 종탑으로 이끌렸고, 나는 물었다. '그는 데이머 드 로체스터와 함께 그 좁은 대리석 집을 함께 쓰고 있나요?'

이 질문들에는 반드시 어떤 답이 있어야 했다. 그 답을 구할 곳은 여관밖에 없었다. 나는 곧장 여관으로 돌아갔다. 여관 주인이 손수 아침거리를 방으로 날라주었다. 나는 물어볼 것이 좀 있으니 문을 닫고 앉으라고 청했다. 하지만 막상 그가 문을 닫고 앉으니, 어떻게

운을 떼야 할지 알 수가 없었다. 어떤 답이 돌아올지, 공포가 숨통을 조였다. 그러나 방금 보고 온 폐허의 모습이 비참한 이야기를 꺼낼 수단이 되어 주었다. 여관 주인은 믿을 만해 보이는 중년의 사내였다.

"손필드 저택을 아시오?" 마침내 나는 말을 꺼냈다.

"예, 손님. 저도 한때 거기서 살았는뎁쇼."

"그래요?" 내가 있던 때는 아니야, 나는 생각했다. 모르는 얼굴이었다.

"돌아가신 로체스터 씨의 집사였습니다." 그가 덧붙였다.

돌아가시다니! 지금껏 사력을 다해 피하던 타격을 정통으로 얻어맞은 듯했다.

"돌아가셨다니!" 숨이 가빠졌다. "그분이 돌아가셨소?"

"제 말은, 지금 나리이신 에드워드 님의 부친 말씀입니다요." 그가 설명했다. 나는 다시 숨 쉬었다. 멎었던 피도 다시 돌기 시작했다. 그 말로 에드워드 님이, 나의 로체스터 씨가(그분이 어디에 계시든 신의 가호가 있기를!) 적어도 살아있다는 건 충분히 확인되었다. 요컨대 그는 '지금의 나리'였다. 기쁘기 한량없는 말! 이제부터 나올 모든 이야기를, 그게 어떤 이야기든, 비교적 평온한 마음으로 들을 수 있을 듯했다. 그분이 무덤 속에만 있지 않다면, 지구 반대편에 있다는 소식을 들어도 견딜 수 있다고 나는 생각했다.

"로체스터 씨는 지금 손필드 저택에 살고 계시오?" 어떤 대답이 나올지는 당연히 알면서도, 그가 진짜로 어디에 있는지 직접적으로 묻는 것은 미루고 싶었다.

"아니요, 손님, 그럴 리가요! 거긴 아무도 안 삽니다요. 이 지역

분이 아니신가 봅니다? 아니면 지난가을에 무슨 일이 있었는지 들으셨을 텐데요. 손필드 저택은 완전히 폐허가 됐습니다요. 딱 수확기쯤에 홀라당 타버렸거든요. 끔찍한 재난이었습죠! 그 산더미 같던 귀중한 재산이 다 타 버리고, 가구 하나도 제대로 건져낸 것이 없다니까요. 불은 한밤중에 났는데, 밀코트에서 소방차들이 도착하기도 전에 저택 전체가 거대한 불덩어리가 됐습죠. 끔찍한 광경이었어요. 제가 두 눈으로 똑똑히 봤거든요."

"한밤중에!" 나는 중얼거렸다. 그랬다, 손필드에서 한밤중은 늘 참사의 시간이었다. "불이 어떻게 났는지는 밝혀졌소?"

"짐작은 했죠, 손님, 짐작은요. 정말이지, 저 같으면 의심할 바 없이 확실하다고 하겠습니다요. 아마 모르시겠지만," 그가 의자를 좀 더 탁자 가까이 끌어당기더니, 목소리를 낮추고서 이야기를 이어갔다. "그 댁에 어떤 부인이, 저, 그러니까, 어떤 미치광이가 갇혀 있었다는 거 아십니까요?"

"그런 비슷한 얘기를 듣긴 했소."

"그 여자는 아주 은밀하게 갇혀 있었는뎁쇼, 손님, 사람들이 몇 년이나 되도록 그런 여자가 있다는 사실조차 완전히 확신을 못 했거든요. 그 여자를 본 사람은 아무도 없고, 저택에 그런 사람이 있다는 걸 소문으로만 알았습죠. 그 여자가 누구인지 또는 어떤 사람인지는 짐작하기가 어려웠습니다요. 사람들 말로는 그 여자를 에드워드님이 외국에서 데려왔다고 하는데, 어떤 사람들은 그 여자가 그분의 애인이었다고 믿었고요. 그런데 일 년 전에 아주 이상한 일이 있었습죠, 아주 아주 이상한 일이요."

내 이야기를 듣게 되나 싶어서 불안해졌다. 나는 이야기가 샛길로 빠지지 않도록 애를 썼다.

"그럼 그 부인이?"

"그 부인이 글쎄, 손님, 알고 보니 로체스터 씨의 부인이라는 게 아닙니까! 그게 밝혀진 경위도 또 참 이상하기 짝이 없는뎁쇼, 그 저택에 젊은 여자분이 가정교사로 있었는데, 로체스터 씨가 그만 사-"

"그런데 불은?" 내가 끼어들었다.

"금방 나옵니다요, 손님, 그러니까 에드워드 님이 사랑에 빠지셨단 말입지요. 하인들 말로는 그렇게 홀딱 빠진 사람은 처음 봤답니다. 계속해서 그 여자를 찾으셨다고요. 하인들이 그분을 지켜봤는데, 하인들이라는 게 원래 그렇거든요, 손님, 그분이 그 여자를 글쎄, 세상에서 제일 소중하게 여기시더랍니다. 그분 말고는 그 여자를 미인이라고 생각하는 사람도 없었다는데요. 약간 왜소한 사람이라고, 사람들 말로는, 거의 어린아이 같았답니다. 직접 본 적은 없지만, 리어라고, 그 댁 하녀가 하는 얘기를 들은 적이 있습죠. 리어는 그 여자를 썩 좋아하긴 했어요. 로체스터 씨는 마흔이 다 됐는데, 이 가정교사는 스물도 안 됐다고 합디다요. 그게, 그 연배의 신사분들이 어린 여자와 사랑에 빠지면, 가끔 마술에 걸린 것처럼 되거든요. 그런데, 그분이 그 여자와 결혼하려고 하셨죠."

"그 이야기는 다음에 해주시게." 나는 말했다. "내가 지금은 그 화재에 관해서 다 들었으면 하는 특별한 이유가 있어 그러네. 그 미쳤다는 로체스터 부인이 화재와 무슨 관계라도 있다던가?"

"맞습니다, 손님. 그 여자가 아주 확실합지요. 그 여자 말고 누가 불을 놓았겠습니까. 그 여자를 시중드는 풀 부인라는 사람이 있었는데, 그 방면으로 상당히 수완 있는 여자였습죠. 한 가지 결점만 없었다면 참 안심할 수 있는 사람이었어요. 보모나 간호사에게 흔히 있는 결점이기도 합니다만, 그 사람도 늘 술병을 숨겨두고 마셨는데, 종종 과음하는 일이 있었답니다요. 일 년 내내 매일 고된 일을 하니 무리도 아니지만, 역시 위험한 일이었죠. 풀이 물을 탄 진을 마시고 깊이 잠들면, 마녀처럼 교활한 그 미친 여자가 풀 부인의 호주머니에서 열쇠를 꺼내 자기 방에서 빠져나가는 일이 종종 있었다네요. 그렇게 온 집 안을 돌아다니며 닥치는 대로 못된 짓을 하곤 했답니다. 소문에 듣자 하니, 이전에도 하마터면 주인님을 태워 죽일 뻔했다던데, 그때 일은 제가 잘 모르굽쇼. 그런데 그날 밤에는 그 미치광이가 바로 옆방 커튼에 불을 붙이고는, 아래층 그 가정교사의 침실로 들어가(아마 사정이 어떻게 돌아가는지 그 미치광이도 알았던 게지요. 그 가정교사를 미워한 거 보면요) 침대에 불을 질렀습죠. 하지만 다행히 그 방엔 아무도 없었답니다. 가정교사는 그 일이 있기 두 달 전에 도망갔어요. 로체스터 님이 세상에서 제일 소중한 것이나 되는 듯이 그 여자를 찾으셨지만 아무 소식도 못 들으셨답니다요. 그리고 로체스터 님은 난폭해지셨답니다. 너무 낙담하신 나머지 사나워지신 거죠. 원래 거친 분은 아니었는데, 그 여자를 잃고 나서는 위험한 사람이 되셨어요. 게다가 홀로 계시겠다며 가정부인 페어팩스 부인을 멀리 있는 부인의 친척 집으로 보내셨는데, 그 일은 참 좋게 처리하셨습죠. 평생 연금을 주기로 하셨으니까요. 그 부인은 그럴 만해요. 참 선량한 분이셨죠. 돌봐주시던 아델 양은 학교로 보내셨어요. 그러곤 상류사회 지인분들과도 아주 관계를 끊으시고 은둔자 모양으로 저택에만 틀어박혀 지내셨습죠."

"네? 영국을 떠나지 않으셨소?"

"영국을 떠나요? 아유, 무슨 말씀을! 아예 집 밖으로 나오지를 않으셨답니다요. 그러다 밤이 되면 정신이라도 놓으신 것처럼 유령 몰골로 정원과 과수원을 돌아다니셨는데, 제가 보기에는 정신을 놓으신 게 맞아요. 손님은 모르시겠지만, 그분이 그 가정교사 나부랭이와 얽히기 전에는 훨씬 더 씩씩하고 대담하고 명민한 분이셨거든요. 다른 사람들처럼 술이나 도박, 경마 같은 데에 빠지는 분도 아니셨고, 아주 잘생긴 외모는 아니라도, 누구에게도 지지 않을 용기와 의지력을 가진 분이셨습니다요. 제가 그분을 아이 때부터 보지 않았겠습니까, 저로서는 그저 그 미스 에어라는 여자가 손필드 저택에 오기 전에 칵 바다에라도 빠져버렸으면 좋겠다 싶지요."

"그럼 불이 났을 때 로체스터 씨가 댁에 계셨소?"

"예, 계시고말고요. 위고 아래고 다 불바다가 됐는데 그분이 맨 위층으로 올라가서 잠자던 하인들을 다 깨워 아래로 내려가도록 도와주시고는, 독방에 있던 미친 아내를 구하려고 다시 올라가셨습니다요. 그때 사람들이 그 여자가 지붕 위에 있다고 그분께 소리쳐 알렸어요. 그 여자는 지붕 위에 서서 흉벽 너머로 두 팔을 휘저으며 일 마일 밖에서도 들릴 정도로 소리를 질러댔습죠. 제 눈으로 똑똑히 그 여자를 보고 제 귀로 그 소리를 들었어요. 몸집이 큰 여자였는데, 활활 타오르는 불길 앞에서 길고 검은 머리카락이 휘날리는 게 보였어요. 저도 봤고, 본 사람이 몇 명 더 있습죠. 로체스터 님은 천창을 통해 지붕으로 나가셨어요. 그분이 '버사!' 하고 외치는 소리가 들렸고, 그분이 그 여자에게 다가가는 게 보였어요. 바로 그때였습죠, 손님, 그 여자가 소리를 지르며 풀쩍 뛰는데, 다시 보니 박살이 나서 땅바닥에 누워 있었어요."

"죽었소?"

"죽었냐고요? 물론입죠, 깨진 골과 피를 사방에 뿌려놓고 확실히 죽었습죠."

"세상에!"

"그러니까요, 손님. 끔찍했어요!"

주인이 몸서리를 쳤다.

"그런 다음에는?" 나는 재촉했다.

"그게 그러니까, 그 뒤에 건물이 타서 무너졌습죠. 지금은 벽 같은 것만 좀 남아 있어요."

"다른 죽은 사람은 없소?"

"없어요. 어쩌면 있는 편이 더 나았을지 모르겠습니다만요."

"그건 무슨 말이오?"

"불쌍한 에드워드 님!" 그가 외쳤다. "이렇게 될 줄은 몰랐는데! 첫 번째 결혼을 비밀로 하고 그 아내가 살아 있는데도 다른 아내를 얻으려 한 죄에 대한 정당한 심판이라고 말하는 사람도 있지만, 저는 그분이 불쌍합니다요."

"살아계신다고 하지 않았소?" 나는 소리쳤다.

"그럼요, 그럼, 살아계시지요. 하지만 죽는 편이 나았다고 생각하는 사람이 많습니다요."

"왜요? 어째서요?" 몸속의 피가 다시 식기 시작했다. "어디 계시오?" 나는 다그쳤다. "영국에 계시오?"

"아, 예, 예, 영국에 계시죠. 영국을 못 떠나시니까요. 제 생각에, 그분은 이제 이곳에 눌러앉으실 겁니다."

이 무슨 고통인가! 그런데 여관 주인은 그 고통을 더 연장하려는 모양이었다.

"완전히 눈이 멀었어요." 마침내 그가 말했다. "그렇다니까요, 에드워드 님은 완전히 눈이 멀었어요."

나는 더한 것을 두려워했다. 그가 미쳤을까 봐 무서웠던 것이다. 나는 없는 힘을 끌어모아 그분이 어쩌다 그런 재난을 당했는지 물었다.

"그게 다 그분의 담력 때문입죠. 사람에 따라서는 인정이 많아서 그랬다고 하기도 하굽쇼. 그분은 다른 사람들이 모두 밖으로 나간 다음에 몸을 피하셨어요. 로체스터 부인이 흉벽에서 몸을 던진 뒤에 마침내 그분이 큰 층계로 내려오시는데, 엄청난 소리가 나면서 저택이 무너졌습니다요. 전부가요. 로체스터 님은 무너진 건물 잔해에서 구출되었는데, 살긴 살았지만 심하게 다친 상태였습죠. 떨어진 대들보 하나가 그나마 그분을 살렸어요. 하지만 한쪽 눈이 튀어나오고, 한쪽 손이 너무 심하게 으깨져서 의사인 카터 씨가 곧바로 절단해야 했어요. 남은 한쪽 눈도 염증을 일으켜서, 그쪽도 시력을 잃었고요. 그분은 이제 정말이지, 혼자서는 아무것도 못 하세요. 눈이 먼 데다 불구이시죠."

"어디 계시오? 지금 어디 살고 계시오?"

"펀딘에요. 여기서 삼십 마일쯤 떨어진, 그분이 소유한 장원에 딸린 저택입죠. 아주 쓸쓸한 곳이에요."

"누가 같이 있소?"

"예전부터 있던 존 내외요. 다른 사람은 곁에 두질 않으세요. 그들 말로는, 많이 망가지셨다네요."

"여기 뭐라도 탈것이 있소?"

"이륜마차가 있습니다, 손님, 아주 훌륭한 마차입지요."

"당장 준비해주시오. 댁의 마부가 오늘 어두워지기 전에 나를 펀
딘까지 데려다주면, 당신과 마부에게 평상시의 두 배로 값을 치르
리다."

37장

편딘 저택은 건축적으로 이렇다 할 특징이 없는 적당한 규모의 상당히 낡은 건물로 숲속 깊숙이 틀어박혀 있었다. 이 저택에 관해서는 전에 들은 적이 있었다. 로체스터 씨가 자주 입에 올렸고, 가끔 가기도 했다. 그의 부친이 사냥터로 쓸 요량으로 구매한 장원이었다. 로체스터 씨는 그 집을 세놓고 싶어 했으나, 살기 불편하고 건강에 좋지 않은 입지 탓에 세입자를 구하지 못했다. 그 때문에 편딘은 사냥철에 그가 방문할 때를 대비해서 두서너 개의 방에만 가구를 들였을 뿐, 나머지는 사람도 가구도 없이 텅 빈 채였다.

우중충한 하늘과 찬바람, 뼈에 스미는 듯한 이슬비가 계속 내리는 날, 어두워지기 직전에 그 집에 당도했다. 나는 마지막 일 마일은 걷는 편을 택하고, 약속대로 삯을 두 배로 치르고 마차와 마부를 돌려보냈다. 저택을 둘러싼 음울한 숲이 어찌나 무성하고 빽빽한지, 아주 가까이 다가가도 저택이 보이지 않았다. 화강암 기둥과 철문이 어디로 들어가야 하는지 표시해주었다. 정문을 지나자 곧바로 빽빽하게 우거진 어두컴컴한 숲속이었다. 아치처럼 얽힌 가지들 밑으로 풀이 무성한 숲길이 희끄무레한 마디진 나무 기둥들 사이로 이어졌다. 곧 집이 나오겠거니 기대하며 그 길을 따라갔지만, 길은 계속해서 구불구불 이어질 뿐, 가고 또 가도 끝이 없었다. 집이나 정원의 흔적은 보이지 않았다.

나는 방향을 잘못 잡아 길을 잃었다고 생각했다. 숲의 어둠뿐만 아니라 밤의 어둠까지 모여들었다. 혹시 다른 길은 없을까 하고 사방을 둘러보았다. 없었다. 어디나 서로 얽힌 나무줄기와 원주 같은 나무 기둥과 빽빽한 여름철 잎사귀뿐이었다. 트인 곳은 어디에도 없었다.

나는 계속 나아갔다. 마침내 길이 넓어지더니 나무가 조금 듬성듬성해졌다. 이윽고 방호용 울타리가 보이고, 이내 희미한 빛에 숲과 거의 구별되지 않는 집이 보였다. 썩어가는 울타리는 아주 눅눅했고 녹색이었다. 걸쇠만 걸어둔 대문으로 들어서니 숲에 둘러싸인 반원형 부지가 나왔다. 꽃도 없고 화단도 없었다. 그저 풀밭으로 경계가 지어진 널따란 자갈길이 빽빽한 숲 사이에 끼어 있었다. 집은 정면에 두 개의 박공지붕이 있고, 폭이 좁은 격자 창문들이 달렸다. 현관문도 폭이 좁고 층계도 하나뿐이었다. 여관 주인 말대로, 전체적으로 '아주 쓸쓸한 곳'이었다. 집은 평일의 성당처럼 고요했다. 토닥토닥 숲의 잎사귀들을 때리는 빗소리가 주변에서 들리는 유일한 소리였다.

'이런 곳에 뭐라도 있을까?'

있었다. 어떤 생명체가 있었다. 나는 뭔가가 움직이는 소리를 들었다. 좁은 현관문이 열리는 중이었다. 바야흐로 그 낡은 저택에서 어떤 형체가 막 나올 참이었다.

문이 천천히 열리고, 어떤 사람의 형체가 어둑한 빛 속으로 나와 계단에 섰다. 모자를 쓰지 않은 남자였다. 그 사람이 비가 오는지 보려는 듯이 손을 앞으로 뻗었다. 그처럼 어두웠어도, 나도 그를 알아보았다. 그 사람은 나의 주인님, 에드워드 페어팩스 로체스터, 바로 그분이었다.

나는 걸음을 멈추고 숨도 거의 멈춘 채, 나를 드러내지 않도록, 아! 그에게 보이지 않도록, 제자리에 서서 그를 지켜보고 살펴보았다. 갑작스러운 해후였다. 고통이 환희를 억제했다. 소리 지르지 않도록 목소리를 억누르고 성급하게 뛰쳐나가지 않도록 발을 단속하는 일이 전혀 힘들지 않았다.

그의 모습은 예전과 다름없이 힘 있고 건장해 보였다. 자세도 여전히 꼿꼿했고, 칠흑같이 검은 머리카락도 여전했다. 얼굴에서도 달라지거나 움푹 팬 곳은 없었다. 어떤 슬픔이 있었다 해도, 일 년의 시간으로는 그의 운동선수 같은 강건한 신체를 허물거나 한창때의 활기를 꺾지 못했다. 하지만 그의 표정에서 나는 변화를 보았다. 뭔가 절망적이고 시무룩해 보였다. 학대받고 족쇄에 묶인 야생의 맹수와 맹금이 떠오르는 표정이었다. 잔학한 행위에 금빛 고리를 두른 두 눈을 잃고 우리에 갇힌 독수리의 표정이 저 눈먼 삼손의 표정과 같으리라.

독자여, 내가 그의 눈먼 사나움을 두려워했다고 생각하는가? 그렇게 생각한다면, 나를 잘 모르는 것이다. 내 슬픔에는 머지않아 그 바위 같은 이마에, 그리고 그 아래 너무도 단호하게 봉해진 입술에 감히 입 맞추리라는 달콤한 희망이 섞여 있었다. 하지만 아직은 아니다. 아직은 그에게 다가가 말 걸지 않을 것이다.

그가 한 계단 내려서더니 더듬거리며 천천히 풀밭 쪽으로 나아갔다. 그의 당당한 걸음걸이는 어디로 갔는가? 그는 걸음을 멈추었다. 어느 쪽으로 돌아서야 할지 모르겠다는 듯이, 그는 한 손을 들어 올리며 눈을 떴다. 보이지 않는 눈으로 애써가며 하늘과 빙 둘러싼 숲을 응시했다. 누가 봐도 그에게 보이는 것은 공허한 어둠뿐이었다. 그가 오른손을 내밀었다(왼팔은, 절단된 팔은 가슴속에 숨겨져 있었다). 주위에 무엇이 있는지 만져서 알아보고 싶은 듯했다. 그러나 그의 손은 허공만 만질 뿐이었다. 나무들은 그가 선 곳에서 몇 미터 떨어져 있었다. 그는 애쓰기를 단념하고 팔짱을 낀 채, 이제는 굵어져 아무것도 쓰지 않은 그의 머리에 후두둑 떨어지는 비를 맞으며 조용히 말없이 서 있었다. 그때 어디선가 존이 나타나 그에게 다가갔다.

"나으리, 제 팔 잡으세요. 폭우가 쏟아질 것 같습니다. 안으로 드시는 게 낫지 않겠어요?"

"내버려둬."

존이 나를 못 보고 물러났다. 로체스터 씨는 이제 주변을 걸어보려고 했다. 헛수고였다. 모든 것이 너무 불확실했다. 그는 더듬거리며 집으로 돌아갔고, 안으로 들어가 문을 닫았다.

나는 그제야 집으로 다가가 문을 두드렸다. 존의 아내가 문을 열었다. "메리, 잘 지냈어?"

메리가 유령이라도 본 듯이 기겁했다. 나는 메리를 진정시켰다. "정말 선생님 맞으세요? 이 외진 곳에 이렇게 늦은 시간에 오시다니."그 황급한 말에 나는 메리의 손을 잡는 것으로 대답을 대신하고는 메리를 따라 부엌으로 향했다. 존이 활활 타는 난롯불 옆에 앉아 있었다. 나는 간단하게 내가 손필드를 떠난 뒤에 무슨 일이 있었는지 들었다는 걸 설명하고, 로체스터 씨를 뵈러 왔다고 알렸다. 존에게는 마차를 돌려보내며 통행세 징수소[91]에 짐을 두고 왔으니 가서 가져다 달라고 부탁했다. 그러고는 모자와 숄을 벗으며 메리에게 그날 밤 그 집에서 묵을 수 있는지 물었다. 방을 쓸 수 있도록 준비하는 데 약간의 곤란은 있어도 불가능하지는 않다는 답을 듣고는 묵겠다고 알렸다. 바로 그때 응접실에서 사람을 부르는 종이 울렸다.

나는 일렀다. "들어가거든 뵙고자 하는 사람이 있다고 말씀드려 줘. 내 이름은 대지 말고."

"아마 만나지 않으실 거예요." 메리가 대답했다. "아무도 안 만나시니까요."

메리가 돌아오자, 나는 그가 뭐라 하더냐고 물었다.

"이름과 용건을 써서 남기시래요." 메리가 대답했다. 그러고는 컵에 물을 가득 따라 촛불과 함께 쟁반에 올렸다.

"그걸 가져다 달라고 부르신 게지?"

"예. 어두워지면 늘 촛불을 들이라 하세요. 눈이 머셨지만요."

"그 쟁반 이리 줘. 내가 들고 갈 테니."

---

91 17세기 후반 영국에서 통과된 유료도로 관련 법에 의해 유료도로의 건설과 유지, 관리를 목적으로 구성된 턴파이크 트러스트들이 그간 지역 교구들이 맡고 있던 지역 도로의 유지관리 책임을 인계받아 사용을 유료화하면서 주요 지점마다 통행세를 걷는 통행세 징수소turnpike house가 세워졌다.

나는 쟁반을 받아 들었다. 메리가 응접실 문을 가리켰다. 쟁반을 들면서 흔들리는 바람에 컵에서 물이 쏟아졌다. 심장이 쿵쾅대며 빠르게 뛰었다. 메리가 문을 열어주었고, 내가 들어가자 문을 닫았다.

응접실은 음침해 보였다. 벽난로에는 돌보지 않아 사위는 불이 힘없이 타고 있었고, 그 앞에는 높고 고풍스러운 벽난로 선반에 머리를 기댄, 그 방의 눈먼 주인이 보였다. 늙은 개 파일럿이 통행에 방해되지 않는 한쪽에 마치 의도치 않게 밟히기라도 하면 큰일이라는 듯이 몸을 말고서 누워 있었다. 내가 들어가자 파일럿이 귀를 쫑긋 세웠다. 그러더니 벌떡 일어나 컹 하고 짖고는 낑낑거리는 소리를 내며 나에게 달려들었다. 하마터면 쟁반을 떨어뜨릴 뻔했다. 나는 쟁반을 탁자에 내려놓은 다음 파일럿을 쓰다듬으며 나직이 '앉아!'라고 말했다. 로체스터 씨가 무슨 일인가 싶어 기계적으로 고개를 돌렸지만, 아무것도 보이지 않으니 다시 고개를 돌리고는 한숨을 쉬었다.

"메리, 물을 줘."

나는 이제 물이 반밖에 남지 않은 컵을 들고 그에게 다가갔다. 파일럿이 여전히 흥분해서 날뛰며 나를 따라왔다.

"무슨 일이야?"

"파일럿, 앉아!" 나는 다시 말했다. 로체스터 씨가 물을 마시려다가 멈칫하더니 귀를 기울이는 듯했다. 그가 물을 마시고 컵을 내려놓았다. "거기, 메리지, 아닌가?"

"메리는 부엌에 있어요."

그가 재빨리 손을 뻗었지만 내가 어디에 서 있는지 모르니 나에게 닿지 못했다. "누구요? 누구야?" 그가 보이지 않는 눈으로 보려고 애를 썼다. 그 얼마나 헛되고 애처로운 노력인가! "대답해! 다시 말해봐!" 그가 긴박하게 큰 소리로 명령했다.

"물 좀 더 드시겠어요? 컵의 물을 반이나 엎질러버렸어요."

"누구야? 뭐지? 누가 말하는 거야?"

"파일럿은 저를 알아요. 존과 메리도 제가 온 걸 알고요. 방금 도착했어요." 나는 대답했다.

"이런 세상에! 이건 무슨 망상일까? 어떤 달콤한 광기가 나를 사로잡은 걸까?"

"망상이 아니에요. 광기도 아니고요. 당신의 정신은 망상에 사로잡히기엔 너무 강하고, 당신의 건강은 광기에 사로잡히기엔 너무 좋아요."

"말하는 사람은 어디 있어? 목소리뿐인가? 아! 볼 수가 없어. 하지만 만져봐야겠어, 아니면 심장이 멎고 뇌가 터져버릴 거야. 당신이 뭐든, 누구든, 만질 수 있어야 해. 아니면 난 살 수 없어!"

그가 더듬거렸다. 나는 방황하는 그의 손을 두 손으로 잡아 감싸 쥐었다.

"그 사람의 손가락이다!" 그가 외쳤다. "그 사람의 작고 가는 손가락이야! 그렇다면 그 사람의 것이 더 있겠지."

강한 손이 내 두 손의 포박을 풀고 내 팔을 잡았다. 그러고는 어깨, 목, 허리. 나는 그의 팔에 감겨 와락 끌어안겼다.

"제인이오? 이건 뭐지? 이건 그 사람의 형체야, 이건 그 사람의 크기다!"

"그리고 이것은 그 사람의 목소리고요." 나는 덧붙였다. "제인이

고스란히 여기에 있어요. 마음까지도요. 아, 신의 가호를! 다시 당신 곁에 있게 되어 기뻐요."

"제인 에어! 제인 에어." 그 말뿐이었다.

"나의 친애하는 주님." 나는 대답했다. "저 제인 에어예요. 겨우 찾았네요. 제가 당신 곁으로 돌아왔어요."

"정말이오? 살아서? 살아 있는 제인이란 말이오?"

"만지고 계시잖아요. 껴안고 있고요. 아주 단단히요. 전 시체처럼 차갑지도 않고, 공기처럼 텅 비어 있지도 않아요, 그렇죠?"

"내 살아 있는 소중한 사람! 이건 확실히 그 사람의 팔다리고, 이건 그 사람의 이목구비다. 하지만 그 모든 고통에도 불구하고, 내가 이런 축복을 받을 리가 없지. 이건 꿈이야. 지금처럼, 그 사람을 다시 품에 안아서, 이렇게, 입을 맞추고, 그 사람이 날 사랑한다고 느끼고, 날 떠나지 않으리라 믿는, 밤마다 꾸었던 그런 꿈이야."

"오늘부터 절대로 당신 곁을 떠나지 않겠어요."

"절대로 떠나지 않겠다고, 환상이 말하는 건가? 그러나 깨어 보면 늘 공허한 모조품이었어. 나는 황폐해지고 버림받았어. 내 삶은 어둡고 외롭고 절망적이야. 내 영혼은 목마르나 아무것도 마실 수 없고, 내 마음은 굶주리나 아무것도 먹지 못하지. 지금 내 품에 안긴 다정하고 상냥한 꿈이여, 지금껏 그랬듯이 너도 날아가겠지. 하지만 가기 전에, 입 맞춰줘, 안아줘, 제인."

"자, 이렇게. 그리고 이렇게!"

나는 한때 빛났으나 지금은 빛을 잃은 두 눈에 입을 맞췄다. 그리고 이마를 덮은 머리카락을 쓸어 넘기고 거기에도 입을 맞췄다. 그가 갑자기 흥분하는 듯했다. 이 모든 일이 실제라는 확신이 그를 사로잡았다.

"당신이야, 그렇지, 제인? 그럼 정말로 내게 돌아온 거요?"

"예."

"그럼 어느 개울 바닥에 쓰러져 죽어 있는 게 아니란 말이지? 의지할 데 없이 낯선 사람들 틈에서 따돌림받는 이방인도 아니고?"

"그럼요. 저는 이제 독립한 여자예요."

"독립이라니! 무슨 뜻이오, 제인?"

"마데이라의 삼촌이 돌아가시면서 오천 파운드의 유산을 남기셨어요."

"아! 현실적인 얘기다. 이건 실제야!" 그가 외쳤다. "내가 이런 꿈을 꿀 리가 없잖아. 게다가 그 사람의 독특한, 부드러우면서도 생기를 돋우고 흥미를 자극하는 바로 그 목소리야. 이 목소리가 내 쇠약한 마음에 기운을 주고 생명을 불어넣지. 뭐라고, 재닛! 당신이 독립적인 여자라고 했소? 부자라고?"

"꽤 부자예요. 저를 같이 살게 해주지 않으시면, 당신 집 코앞에다가 제 집을 지을 수도 있어요. 그러면 저녁에 말동무가 필요하실 때 제 응접실에 오셔서 앉아 계셔도 좋아요."

"하지만 제인, 당신이 부자라니, 이제는 분명 당신을 돌봐줄 친지들이 있을 테고, 그러면 당신이 나 같은 눈먼 장애인에게 헌신하는 건 허락하지 않겠지?"

"제가 부자일 뿐 아니라 독립적이라고 말씀드렸잖아요. 저는 자유로운 여자예요."

"그럼 나와 같이 있어 주겠소?"

"물론이죠, 당신만 반대하지 않는다면요. 저는 당신의 이웃, 당신의 간호사, 당신의 가정부가 될 거예요. 당신이 쓸쓸하게 지내시니, 제가 당신의 동무가 될게요. 책도 읽어드리고, 같이 산책도 하고, 당신 곁에 앉아서 당신의 시중도 들고, 당신의 눈과 손이 되겠어요. 그런 슬픈 얼굴 하지 마세요, 나의 주인님. 제가 살아 있는 한, 쓸쓸해지실 일은 없을 거예요."

대답이 없었다. 그는 심각하고 정신이 산란해 보였다. 그가 한숨을 쉬더니 무슨 말을 할 듯이 입을 반쯤 열었다가는 다시 닫았다. 나는 좀 부끄러워졌다. 내가 너무 무분별하게 관습들을 무시했나 싶었다. 그도 신존처럼 내 경솔한 언동이 부적절하다고 봤을 것이다. 사실은 그가 내게 아내가 되어주기를 바라고 또 청하리라는 생각에서 그런 제안을 했다. 아직 말이 나오지는 않았지만, 당장이라도 날 자신의 것으로 요구할 것이 확실하다는, 그런 기대에 마음이 들뜬 것이었다. 그러나 그런 말이 나올 기미는 보이지 않고, 그의 낯빛은 점점 어두워지기만 하니, 갑자기 내가 뭔가 큰 착각을 하고는 아무것도 모르는 채 바보짓을 하는 게 아닌가 싶은 생각이 들었다. 살며시 그의 품에서 빠져나오려 하는데, 그가 더욱 간절하게 나를 꼭 껴안았다.

"아니야, 아니야, 제인, 가지 마. 가면 안 돼, 난 당신을 만지고, 당신을 듣고, 당신의 존재가 주는 위안을, 당신이 주는 위로의 달콤함을 느꼈어. 그런 기쁨들을 포기할 수 없어. 내겐 남은 기쁨이 없으니까. 당신을 가져야겠어. 세상은 비웃겠지만, 날 터무니없고 이기적이라 하겠지만, 그건 중요하지 않아. 내 영혼이 당신을 원해. 만족시켜줘야겠어, 아니면 내 육신에 치명적인 복수를 할 테니까."

"이런, 전 당신 곁에 있을 거예요. 이미 말씀드렸잖아요."

"그랬지. 하지만 당신이 생각하는 '곁에 있다'의 의미와 내가 생각하는 의미가 달라. 아마 당신은 내 손과 발이 되고, 상냥한 젊은 간호사로서 내 시중을 들겠다고(당신의 애정 어린 마음과 관대한 정신이 불쌍한 이들을 위해 희생하기를 요구하니) 마음먹었을 테고, 나는 분명 그것으로 만족해야 마땅할 거야. 나는 이제 당신에 대해 아버지 같은 감정 말고는 어떤 감정도 누려서는 안 되겠지, 그렇게 생각하오? 자, 말해봐요."

"전 당신이 좋을 대로 생각할게요. 전 그냥 당신의 간호사로도 만족해요. 당신이 그게 낫겠다고 생각하신다면요."

"하지만 평생 내 간호사가 될 수는 없지, 재닛. 당신은 젊으니까, 언젠가는 결혼할 거야."

"결혼 같은 건 신경 쓰지 않아요."

"신경 써야 해, 재닛. 내가 이렇게 되지만 않았다면, 신경 쓰게 만들려고 애쓸 텐데… 하지만… 이런 눈먼 장애인이니!"

그가 다시 침울해졌다. 나는 반대로 더 쾌활해졌고, 새로운 용기도 생겼다. 그의 마지막 말들이 어디에 난관이 있는지에 관한 통찰력을 주었다. 내게 그것은 전혀 난관이 아니었으니, 나는 앞서 느꼈던 부끄러움을 상당히 덜어낸 기분이었다. 나는 더욱 생기발랄하게 대화를 재개했다.

"누군가가 당신을 다시 인간의 모습으로 돌려드려야 할 때로군요." 나는 자르지 않아 길고 덥수룩한 그의 머리에 가르마를 타며 말했다. "제가 보기에는 사자나 뭐 그런 종류로 변신하고 계시는 것 같거든요. 들판을 헤매는 느부갓네살[92] 같은 분위기도 좀 나고요. 당신 머리는 독수리 깃털 같아요. 손톱이 새 발톱처럼 자랐는지는 아직 못 봤지만요."

"이쪽 팔에는 손도 손톱도 없어." 그가 품속에서 절단된 왼팔을 빼서 보여주었다. "그냥 뭉툭한 살덩어리야. 끔찍한 꼴이지! 그렇게 생각하지 않소, 제인?"

"손을 보아도 애처롭고, 눈을 보아도 애처롭고, 이마의 덴 자국을 보아도 애처로워요. 하지만 그중에서도 제일 나쁜 건, 그런 데에도 불구하고, 당신이 감당하지 못할 정도로 지나치게 당신을 사랑하게 될 위험에 빠진 사람이 있다는 거예요."

"당신이 질겁하리라 생각했어, 제인, 내 팔과 흉 진 얼굴을 보면 말이야."

"그래요? 그런 말씀은 마세요. 제 입에서 당신의 사람 보는 눈을 얕보는 말이 튀어나오게 하지 않으려면요. 자, 잠깐 당신 품을 떠나야겠어요. 불을 좀 살리고 난로 주변도 쓸어야겠어요. 불이 잘 타는지 알 수 있어요?"

"응, 오른쪽 눈으로 빛이 보여. 불그스름한 아지랑이처럼."

"저 촛불들은요?"

"아주 희미하게. 각각 환한 구름처럼."

"전 보이세요?"

"아니, 내 요정 아가씨. 하지만 당신을 듣고 만질 수 있는 것만도 너무 감사해."

"저녁은 언제 드세요?"

"저녁은 안 먹어."

"하지만 오늘 밤은 좀 드셔야겠어요. 저는 배가 고파요. 당신도 그럴 거예요. 그저 잊고 계실 뿐이죠."

나는 메리를 불러 금세 방을 더 기분 좋게 정돈했고, 마찬가지로 그에게 기분 좋은 식사 시간을 만들어주었다. 내 마음은 들떴고, 저녁을 먹는 내내, 그리고 그 뒤로도 오랫동안 그와 즐겁고 수월하게 이야기를 나눴다. 그와 함께 있으면 괴롭게 마음을 단속하거나 환희와 활기를 억누를 필요가 없었다. 내가 그에게 잘 어울린다는 걸 알았으므로, 그와 함께 있으면 나는 완벽하게 편안했다. 내가 말하고 행하는 건 무엇이든 그를 위로하거나 소생시키는 듯했다. 그걸 알고 얼마나 기뻤던가! 그 기쁨이 내 온전한 본성을 소생시키고 밝혀주었다. 그의 존재 속에서 나는 완전히 살았고, 나의 존재 속에서 그가 완전히 살았다. 눈은 멀었어도, 미소가 그의 얼굴에 장난을 치고 기쁨이 그의 이마를 밝혔다. 그의 얼굴이 더 부드러워지고 온화해졌다.

저녁 식사를 마치자 그가 질문을 퍼붓기 시작했다. 어디에 있었는지, 무엇을 했는지, 자기를 어떻게 찾았는지… 그러나 나는 아주 단편적인 답만 했다. 자세한 설명을 하기에는 밤이 너무 깊었다. 게다가 가슴 아린 감정선을 건드려 그의 마음속에 새로 감정의 우물을 파고 싶지 않았다. 당장 내 유일한 목표는 그의 기운을 북돋는 것이었으니까. 앞서 말했듯이 그가 쾌활해지기는 했지만, 발작적인 것에 불과했다. 대화 중에 잠깐이라도 말이 멈추면, 그는 금세 불안해져서 나를 더듬으며 "제인" 하고 부르는 것이었다.

"당신 정말로 인간이오, 제인? 확신하오?"

"저는 양심적으로 그렇게 믿고 있습니다만, 로체스터 씨."

"그러면 어떻게, 이 어둡고 우울한 저녁에 이처럼 내 외로운 난롯가에 불쑥 솟아날 수 있단 말이오? 고용인이 건네는 컵을 받으려고 손을 내밀었는데, 컵을 쥐여준 건 당신이었지. 존의 아내가 대답할 줄 알고 물었는데, 내 귀에 들리는 목소리는 당신이었소."

"메리 대신에 제가 들어왔으니까요, 쟁반을 들고요."

"지금 당신과 나누고 있는 이 시간에 마법이 걸린 게지. 내가 지난 몇 달간 얼마나 어둡고 쓸쓸하고 절망적인 생활을 해왔는지 누가 알겠소. 아무것도 하지 않고, 아무것도 기대하지 않고, 밤을 낮으로 바꾸며 불이 꺼졌을 때의 추위와 식음을 잊었을 때의 허기 말고는 아무것도 느끼지 못한 채, 끝없는 슬픔에 사로잡혔소. 그러다가 이따금 나의 제인을 다시 안고 싶다는 그런 착란이 덮쳤지. 그렇소, 나는 잃어버린 시력보다 그 사람을 되찾기를 더 갈망했소. 그런데 어떻게 제인이 내 곁에 있고, 또 날 사랑한다고 말하겠소? 올 때처럼 갑자기 가버리지 않겠소? 날이 밝은 뒤에 그 사람이 없다는 걸 알게 될까 봐 두렵소."

꼬리를 물고 이어지는 어지러운 상념들로 봤을 때, 그런 마음 상태에 있는 그에게 가장 훌륭하고 가장 안심되는 대답은 평범하기 짝이 없는 실제적인 대답이라고 나는 확신했다. 나는 손가락으로 그의 눈썹을 쓰다듬고서, 불에 그을렸으니 예전처럼 시커멓고 무성하게 자라도록 무슨 수라도 써야겠다고 말했다.

"뭐가 수가 됐든, 나에게 잘해줘 봤자 무슨 소용이 있소, 이 정 많은 요정 아가씨야, 어떤 결정적인 순간에 당신은 또 날 버리고 그림자처럼 사라질 텐데. 어디로 어떻게 갔는지 알 방도도 없이, 그 뒤로도 내게는 흔적조차 남기지 않고 말이오."

"휴대용 빗 있어요?"

"뭘 하려고, 제인?"

"그냥 이 덥수룩한 검은 갈기를 좀 빗기려고요. 가까이서 자세히 보니, 당신 좀 무서워요. 나더러 요정이니 뭐니 하시지만, 당신이 더 브라우니[93] 같아요."

"섬뜩하오, 제인?"

"아주요. 말하자면, 늘 그랬지만요."

"흥! 당신이 어디에 있었는지는 모르겠지만, 그 심술은 사라지지 않았군."

"하지만 전 좋은 사람들과 같이 있었다고요. 당신보다 백 배는 훌륭한 사람들이었어요. 당신은 평생 생각도 못 한 사상과 의견을 가진, 훨씬 세련되고 고귀한 사람들이요."

"대체 어떤 패거리와 같이 있었소?"

"그런 식으로 몸을 비틀면 머리털을 다 뽑아버리게 될지도 몰라요. 물론 그렇게 되면 저의 실재성에 대한 의심은 그만두시리라 사료되지만요."

"누구와 같이 있었소, 제인?"

"그 얘기는 오늘 밤에는 못 들으실 거예요. 내일까지 기다리세요. 이야기를 절반만 하고 남겨두는 건, 그러니까, 제가 그 이야기를 끝내기 위해 당신의 아침 식사 자리에 나타날 것이라는 일종의 보증이겠지요. 덧붙이자면, 그때는 달랑 물 한 잔만 들고 당신의 난롯가에 솟아나는 일이 없도록 명심해야겠어요. 달걀 하나라도 가

---

93 스코틀랜드 전설에 나오는 작은 털북숭이 갈색 요정으로 밤에 몰래 민가의 집안일을 해준다고 전해진다.

지고 올게요. 구운 햄은 물론이고요."

"이 사람 놀리는 요정 같으니! 요정으로 태어나 인간의 손에 자랐으니! 당신과 있으니 지난 열두 달은 없던 일만 같아. 사울에게 다윗 대신 당신이 있었다면, 하프의 도움 없이도 사악한 마귀들을 쫓아냈을 텐데."

"자, 이제 깔끔하고 산뜻해지셨어요. 이제 전 가봐야겠어요. 사흘이나 여행을 한 터라 피곤한 거 같거든요. 안녕히 주무세요."

"한 마디만, 제인. 당신이 있던 집에는 숙녀들뿐이겠지?"

나는 웃음을 터트리며 물러 나와 여전히 깔깔거리며 위층으로 달려 올라갔다. '좋은 생각이었어!' 나는 기뻐하며 생각했다. '앞으로 당분간 우울한 생각이 안 나도록 속태울 방법이 생겼어.'

다음 날 아주 이른 시각부터 그가 일어나 이 방 저 방 돌아다니며 움직이는 소리가 들렸다. 메리가 아래층으로 내려가기 무섭게 묻는 소리가 들렸다. "미스 에어가 여기 있어?" 그러고는 "어느 방으로 모셨지? 습하지는 않았고? 미스 에어는 일어났나? 가서 필요한 게 없는지 물어봐. 그리고 언제 내려오는지도."

나는 아침을 먹어도 되겠다 싶은 시간이 되자마자 아래층으로 내려갔다. 그러고는 아주 조용히 응접실로 들어가 그가 알아채기 전에 잠시 그를 살펴보았다. 그처럼 강건한 정신이 신체적 결함에 굴복하는 걸 목격하니 정말이지 애처로웠다. 그는 의자에 가만히 앉아 있었지만, 침착하지는 않았다. 분명히 무언가를 기다리는 중이었다. 그의 굳센 얼굴에서는 이제 습관이 된 슬픔의 표정이 두드러졌다. 그 모습은 마치 다시 켜지기를 기다리는 불 꺼진 등잔 같았다. 그리고, 아! 지금 그 얼굴에 생기 있는 표정의 불을 붙일 수 있는 사람은 자신이 아니었다. 그 일이 다른 이에게 달려 있다니! 나는 명랑하고 아무 걱정이 없어야 했지만, 그 강한 남자의 무력한 모습에 가슴이 찢기는 듯 아팠다. 그래도 나는 내가 가진 모든 쾌활함을 동원해 그에게 다가가 말을 걸었다.

"맑고 화창한 아침이에요. 비가 완전히 개고 부드러운 햇살이 비쳐요. 곧 산책하러 나가셔야겠어요."

내가 그 빛을 깨웠다. 그의 얼굴이 환해졌다.

"아, 정말로 있었어, 나의 종달새! 이리 오시오. 없어지지 않았어, 사라지지 않았어. 한 시간 전에 당신 종족 하나가 숲 저 멀리에서 노래하는 소리를 들었지. 하지만 내게 그건 노래가 아니었고, 떠오르는 해의 햇살도 아니었소. 내 귀에는 지상의 모든 멜로디가 제인의 혀에 모여 있소. 내가 느낄 수 있는 모든 햇살은 제인이 있는 곳에 있다오."

나에게 의지하고 있다는 이 자백을 듣고 눈에 눈물이 차올랐다. 위엄있는 독수리가 횃대에 묶여 참새에게 모이를 물어다 달라고 간청할 수밖에 없는 신세가 된 듯했다. 그러나 나는 울보가 되지 않을 작정이었다. 나는 짠 눈물을 쓱 닦고는 부지런히 아침 식사를 준비했다.

우리는 오전 시간을 대체로 밖에서 보냈다. 나는 축축하고 인적 없는 숲을 벗어나 어느 기분 좋은 들판으로 그를 이끌었다. 나는 그곳이 얼마나 환하게 푸른지, 꽃과 산울타리 들이 얼마나 생생해 보이는지, 하늘이 얼마나 파랗게 반짝이는지 설명했다. 그러고는 숨겨진 아늑한 장소에서 마른 나무 그루터기를 찾아내 그를 앉혔다. 자리에 앉은 그가 나를 무릎에 앉힐 때도 거부하지 않았다. 그와 나

둘 다 그편이 떨어져 앉는 것보다 행복한데, 거부할 이유가 없었다. 파일럿이 옆에 엎드렸다. 다들 말이 없었다. 그가 갑자기 나를 꽉 껴 안으며 소리쳤다.

"이 매정하고 매정한 도망자! 아, 제인, 당신이 손필드에서 도망친 것을 알았을 때, 그리고 어디서도 당신을 찾지 못했을 때, 내가 어떤 심정이었는지! 당신 방을 살펴보고 당신이 돈도, 돈 대용으로 쓸 만한 아무것도 가지고 가지 않았다는 걸 확인했을 때는 또 어떻고! 내가 준 진주 목걸이는 손도 안 댄 채 그 작은 상자 안에 그대로 있고, 당신 트렁크들은 신혼여행을 떠나려고 준비한 그대로 밧줄로 묶이고 잠긴 채였소. 가진 것 없이 무일푼으로 떠난 내 사랑은 대체 어떻게 지낼까? 나는 물었소. 어떻게 지냈소? 이제 말해주오."

그렇게 독촉을 받고서, 나는 지난 일 년간 겪은 일들을 서술하기 시작했다. 전부 말했다가는 자칫 불필요한 고통을 주게 될 듯해서 사흘간의 방랑과 굶주림에 관한 사연들은 상당히 순화해서 말했다. 그러나 그 정도에도 그의 충실한 심장은 내 예상보다 깊이 찢겼다.

그는 그렇게 세상을 살아갈 수단도 없이 자신을 떠나서는 안 됐다고 말했다. 내 의도를 알렸어야 했다고, 자신을 믿었어야 했다고, 날 억지로 정부로 삼는 일은 절대 없었을 것이라고 말이다. 절망에 빠져 난폭해 보였지만, 사실 그는 나의 폭군이 되기에는 너무나 선하고 너무나 다정하게 나를 사랑하고 있었다고 했다. 날 친구 하나 없이 넓은 세상으로 훌쩍 뛰쳐나가게 하느니, 차라리 입맞춤 정도의 대가도 바라지 않고 재산의 반을 떼어 주었을 것이라 했다. 그리고 내가 지금 실토하는 내용보다 훨씬 많은 일을 견뎌야 했을 것이 확실하다고 그는 말했다.

"음, 제가 어떤 고통을 겪었든, 아주 짧았어요." 나는 대답했다. 그러고는 어떻게 무어하우스에 들어가게 되었는지, 어떻게 해서 학교 선생 자리를 얻게 되었는지 등을 계속해서 설명했다. 당연한 순서로 재산을 상속받은 일과 친척들을 찾은 일이 연달아 나왔다. 물론 말하는 도중에 신존 리버스라는 이름이 여러 번 튀어나왔다. 내 이야기가 끝나자, 그가 곧장 그 이름을 집어냈다.

"그럼 그 신존이란 사람은 당신 사촌이오?"

"예."

"그 남자 얘기를 자주 하던데, 좋아하오?"

"정말 좋은 분이에요. 좋아할 수밖에요."

"좋은 사람이라. 그건 존경할 만한 점잖은 오십 대 남자라는 뜻이오? 아니면 무슨 뜻이오?"

"신존은 스물아홉밖에 안 됐어요."

"프랑스 사람들이 말하는 '쥔 앙코르(젊은 사람)'로군. 키 작은 점액질 체질의 못생긴 사람이겠지. 좋다는 것도 미덕이 탁월하다기보다는 악덕이 없다는 정도겠고."

"그분은 정력적인 활동가예요. 고귀하고 위대한 대업을 위해 사는 분이고요."

"하지만 두뇌는? 아마 좀 둔한 편이겠지? 뜻은 좋으나 말하는 걸 들으면 어깨를 으쓱하게 되는?"

"말씀이 적으세요. 말을 할 때는 늘 요점을 딱 짚으시고요. 두뇌는 일급이에요. 감수성이 풍부하다고는 할 수 없지만, 적극적이시죠."

"그럼, 유능한 사람이오?"

"정말 유능하시죠."

"철저하게 교육받은 사람인가?"

"신존은 학식이 뛰어나고 깊이 있는 학자예요."

"태도는, 그러니까, 당신 취향에 안 맞는다고 했던가? 까다롭고 신부 냄새가 난다고?"

"그분의 태도 얘기는 한 적 없어요. 하지만, 제 취향이 형편없지만 않다면, 맞지 않을 리가 없지요. 품위 있고, 평온하고, 신사적이시니까요."

"외모는, 음, 외모가 어떻다고 했는지 잊어버렸군. 그러니까, 목을 조르는 듯한 흰 네커치프에 껑충하게 두꺼운 창을 댄 굽 높은 부츠를 신은, 뭐 그런 촌스러운 보좌신부라고 했던가?"

"신존은 옷을 잘 입어요. 미남자죠. 키 크고, 하얗고, 푸른 눈에다 옆모습은 그리스 사람 같아요."

(고개를 돌리고) "빌어먹을 자식!" (내게) "그 사람을 좋아했다고, 제인?"

"예, 좋아했어요, 로체스터 씨. 하지만 그건 아까도 물어보셨잖아요."

물론 질문자의 취지는 익히 알았다. 질투가 그를 사로잡았다. 질투가 그를 자극하고 있었다. 하지만 그 자극은 유익했다. 마음을 갉는 우울의 독이빨에서 잠시 벗어날 수 있는 유예를 주니까. 그래서 나는 그 뱀을 곧바로 제거하지 않았다.

"더는 내 무릎에 앉아 있고 싶지 않을 텐데, 미스 에어?" 약간 엉뚱한 의견이었다.

"왜요, 로체스터 씨?"

"당신이 방금 그린 그림은 다소 지나치게 압도적인 대비를 암시하고 있소. 당신의 표현은 아주 적절하게 우아한 아폴론을 묘사해 냈지. 그가 당신의 상상 속에 있소. 키 크고, 하얗고, 푸른 눈에다, 그리스인 같은 옆모습을 하고. 그런데 당신의 눈은 불칸을 보고 있지. 갈색 피부에 어깨가 떡 벌어진 진짜 대장장이. 게다가 눈도 멀고 장애도 있는."

"그런 생각은 안 해봤는데, 지금 보니 확실히 좀 불칸 같으시네요."

"음, 이제 가도 좋습니다, 선생님. 하지만 가기 전에,"(더욱 힘주어 나를 껴안으며)"한두 가지 질문에 대답 정도는 해주시겠지요." 그가 말을 멈추었다.

"무슨 질문이에요, 로체스터 씨?"

그러자 신문이 시작되었다.

"신존이 당신이 사촌누이라는 걸 알기 전에 당신을 모튼의 학교 선생 자리에 앉혔다고?"

"네."

"그 남자를 자주 만났소? 가끔 학교에도 오고?"

"매일요."

"그가 당신의 이런저런 계획들에 찬성했겠지, 제인? 영리한 계획들이었겠지. 당신이 유능한 사람이니까!"

"여러 계획에 찬성하셨죠, 맞아요."

"당신에게서 예상치 못한 것을 많이 발견하지 않았소? 당신이 일군 일부 성과는 평범하지 않았을 테니까."

"그런 건 모르겠어요."

"학교와 가까운 작은 집에 살았다고 했는데, 그가 당신을 보러 온 적이 있소?"

"가끔요."

"밤에도?"

"한두 번은요."

정적.

"사촌 관계가 알려지고 난 뒤에 그 사람과 그 누이들과는 얼마나 오래 같이 살았소?"

"다섯 달요."

"그 리버스가 집안 숙녀들과 같이 지내는 시간이 많았소?"

"네, 안쪽 응접실이 그의 서재인 동시에 우리 서재였어요. 그는 창가 쪽에 앉았고, 우리는 탁자에 앉았죠."

"그가 공부를 많이 했소?"

"상당히 많이요."

"어떤 공부를?"

"힌디어요."

"그동안 당신은 무얼 했소?"

"독일어를 배웠죠. 처음에는요."

"그가 가르쳐줬소?"

"그분은 독일어를 몰라요."

"그가 당신에게 아무것도 가르치지 않았소?"

"힌디어를 조금 가르쳐주긴 했어요."

"리버스가 당신에게 힌디어를 가르쳤다고?"

"네."

"자기 누이들에게도 가르쳤소?"

"아니요."

"당신에게만?"

"저에게만요."

"당신이 가르쳐달라고 부탁했소?"

"아뇨."

"리버스가 가르쳐주고 싶다고 한 거요?"

"네."

두 번째 정적.

"그가 왜 그랬을까? 힌디어가 당신에게 무슨 소용이 있다고?"

"그분은 저를 인도에 데려갈 작정이었어요."

"아! 이제야 문제의 핵심이 파악되는군. 그가 당신과 결혼하고 싶어 했소?"

"저에게 청혼했어요."

"그건 소설이야. 날 괴롭히려고 뻔뻔스럽게 날조한 소설."

"실례합니다만, 이건 있는 그대로의 사실이랍니다. 한 번만 청혼한 것도 아니었고, 자기 의사를 주장하는 데는 언젠가의 당신 못지않게 치열했다고요."

"미스 에어, 다시 말하지만, 이제 가도 좋소. 대체 같은 말을 몇 번이나 해야 하오? 그만하라는 언질을 줬는데도 왜 악착같이 내 무릎에 앉아 있소?"

"여기가 편하니까요."

"아니요, 제인. 당신 마음이 여기에 없는데, 편할 리가 없소. 당신 마음은 그 사촌, 그 신존이라는 사람에게 있소. 아, 이제껏 사랑스러운 제인이 내 것인 줄로만 알았는데! 나는 당신이 나를 사랑한다고 믿었소. 심지어 날 버리고 떠나 내 곁에 없을 때에도. 그것이 그 지독한 괴로움 중에 남은 한 톨의 달콤함이었소. 우리가 헤어진 지 오래지만, 우리의 이별에 그처럼 뜨거운 눈물을 쏟으면서도 나는 내가 당신을 비탄하는 사이에 당신이 다른 이를 사랑하리라고는 생각도 못 했소! 하지만 슬퍼해도 소용없는 일이지, 제인, 가시오. 가서 리버스와 결혼하시오."

"그럼 절 거부하세요. 밀어내세요. 제 발로 당신을 떠나지는 않을 테니까요."

"제인, 난 당신의 말투가 정말 좋소. 여전히 다시 희망을 품게 하거든. 아주 진실하게 들리지. 그 소리를 들으면 일 년 전으로 돌아간 것 같아. 당신이 새로운 인연을 맺었다는 걸 잊게 돼. 하지만 난 바보가 아니니, 가시-"

"어디로 가라는 거예요?"

"당신 갈 길로, 당신이 선택한 남편과 함께."

"그게 누군데요?"

"알잖소, 그 신존 리버스."

"그는 제 남편이 아니고, 될 일도 없어요. 그는 저를 사랑하지 않아요. 저도 그를 사랑하지 않고요. 그는 로저먼드라는 아름다운 젊은 숙녀를 사랑해요(그도 사랑할 수 있지만, 당신이 사랑하는 것과는 달라요). 그가 저와 결혼하려는 건 그저 제가 선교사의 아내로 적당해 보여서예요. 로저먼드 양은 그렇지 않다고 판단한 거고요. 그는 선량하고 훌륭한 사람이지만 가혹해요. 제게는 빙산처럼 차갑죠. 그는 당신 같지 않아요. 전 그의 곁에 있어도, 가까이 있어도, 같이 있어도 행복하지 않아요. 그는 제게 너그럽지 않고, 애정도 없어요. 제게서 아무 매력도, 젊음조차도 못 보고요. 그저 몇 가지 유용한 정신적 장점을 볼 뿐이죠. 이래도 제가 당신을 떠나 그에게 가야겠어요?"

나는 저도 모르게 몸서리를 치고는 본능적으로 내 눈먼 사랑하는 주인님에게 더 바싹 안겼다. 그가 미소를 지었다.

"아니, 제인! 그게 정말이오? 당신과 리버스 사이의 문제가 정말 그런 것이었소?"

"그렇고말고요. 아, 질투할 필요 없어요! 그저 당신이 좀 덜 슬퍼할까 하고 조금 놀리려던 거예요. 슬픔보다는 노여움이 낫다고 생각했거든요. 하지만 제가 당신을 사랑하기를 바라신다니, 제가 당신을 얼마나 사랑하는지 아신다면 기고만장해지면서 만족하시겠지요. 제 마음은 전부 당신 것이에요. 당신에게 있어요. 설사 운명이 절 영원히 당신에게서 빼앗아간대도 제 마음은 당신 곁에 남을 거예요."

그가 나에게 입을 맞추는 사이, 고통스러운 생각들이 그의 얼굴에 또 그늘을 드리웠다.

"이 그을린 눈! 이 불구의 팔!" 그가 슬픈 듯이 중얼거렸다.

나는 그를 달래기 위해 어루만졌다. 그가 무슨 생각을 하는지는 알았다. 그를 대신해서 말하고 싶었지만, 차마 용기가 나지 않았다. 그가 잠깐 고개를 돌렸다. 꾹 닫힌 눈꺼풀 밑으로 눈물 한 방울이 흘러 남자다운 뺨에서 뚝 떨어지는 것이 보였다. 마음속에서 무언가가 북받쳤다.

"나는 손필드 과수원에 있는 그 벼락 맞은 밤나무 고목이나 마찬가지요." 이윽고 그가 입을 열었다. "그런 폐목이 싹트기 시작한 담쟁이덩굴에게 싱싱한 잎으로 썩어가는 자신을 가리라고 명령할 권리가 어디 있겠소?"

"당신은 폐목이 아니에요, 벼락 맞은 나무가 아니에요. 당신은 푸르고 활기에 넘치니까요. 당신이 자라라고 허락하든 말든, 식물들은 당신의 뿌리 주변에서 자랄 거예요. 당신의 넓은 그늘을 기뻐하니까요. 그리고 자라면서 당신에게 기울어 당신을 감을 거예요. 당신의 강건함이 너무도 안전한 지팡이가 돼주니까요."

그가 다시 미소를 지었다. 내가 그에게 위로를 주었기 때문이었다.

"당신은 친구를 얘기하고 있군, 제인"

"네, 친구요." 나는 다소 주저하며 대답했다. 내가 친구 이상을 의미했다는 걸 알지만, 다른 어떤 단어를 써야 할지 몰라서였다. 그가 나를 도와주었다.

"아, 제인. 하지만 나는 아내가 필요하오."

"그러세요?"

"그렇소. 처음 듣는 얘기요?"

"물론이죠. 그런 말씀은 전혀 없으셨잖아요."

"반갑지 않은 소식이오?"

"그건 어떤 상황이냐에 달렸죠. 당신의 선택에요."

"당신은 내가 어떤 선택을 하는 게 좋겠소, 제인? 당신의 결정에 따르리다."

"그럼, '당신을 가장 사랑하는 사람'을 택하세요."

"나는 어쨌든, '내가 가장 사랑하는 사람'을 택하겠소. 제인, 나와 결혼해주겠소?"

"네."

"당신이 손을 잡고 이리저리 끌고 다녀야 하는 불쌍한 눈먼 남자와?"

"네."

"당신이 시중을 들어야 하는, 나이가 스무 살이나 더 많은 불구의 남자와?"

"네."

"진심으로, 제인?"

"더없이 진심으로요."

"아, 내 사랑! 하느님의 축복과 은혜가 있기를!"

"로체스터 씨, 제가 평생에 좋은 일을 하고, 선한 생각을 하고, 신실하고 나무랄 데 없는 기도를 올리고, 올바른 소원을 빈 적이 있다면, 저는 지금 보답을 받았어요. 제게 당신의 아내가 되는 건 이 지상에서 이룰 수 있는 최고의 행복이니까요."

"당신이 희생을 기쁨으로 받아들이기 때문이지."

"희생이라니요! 제가 무슨 희생을 하는데요? 배고픈 자가 먹을 것을 얻고 기대하던 자가 만족을 얻는 거예요. 제가 소중히 여기는 것을 껴안고, 제가 사랑하는 것에 입을 맞추고, 제가 믿는 것에 의지할 수 있는 특권이죠. 그게 희생이에요? 만약 그렇다면, 확실히 전 희생을 기쁨으로 받아들이네요."

"그리고 제인, 내 무기력을 참아줘야 하고, 내 결함을 너그러이 봐줘야 하오."

"그런 건 제게 아무것도 아니에요. 전 당신이 긍지 높고 독립적이고 베푸는 사람 겸 보호자의 역할 말고는 다른 모든 역할을 경멸하던 때보다 제가 당신에게 정말로 유용할 수 있는 지금, 당신을 더 많이 사랑해요."

"나는 지금껏 남의 도움을 받는 걸, 인도받는 걸 싫어했소. 그런데 앞으로는 싫어하지 않을 것 같소. 고용인들이 내 손을 잡는 건 좋아하지 않았지만, 제인의 작은 손이 내 손을 쥐는 건 기분이 좋을거요. 나는 하인들이 계속 옆에 있는 것보다는 혼자 있는 걸 더 좋아했소. 하지만 제인의 부드러운 도움은 끊임없는 기쁨이 될게요. 제인은 내게 꼭 맞소. 난 제인에게 꼭 맞소?"

"제 본성의 아주 가는 결까지 꼭 맞아요."

"그렇다면 기다릴 것 없소. 당장 결혼합시다."

그가 나를 바라보며 열렬하게 말했다. 옛날의 성급함이 솟아오르고 있었다.

"우리는 지체 말고 한 몸이 되어야 해, 제인. 허가증만 받으면 되오. 그리고 우리는 결혼하는 거요."

"로체스터 씨, 해가 머리 위를 지난 지 한참 된 것도 몰랐네요. 지금 보니 파일럿은 점심을 먹으러 이미 가버렸고요. 시계 좀 보여주세요."

"재닛, 이걸 당신 허리띠에 차고, 앞으로는 당신이 가지고 있어요. 내겐 소용이 없으니까."

"거의 네 시가 다 됐어요. 시장하지 않으세요?"

"사흘 뒤가 우리 결혼식이오, 제인. 이젠 좋은 의상이니 보석 같은 건 신경 쓰지 맙시다. 그런 건 아무 가치도 없소."

"햇볕에 빗방울이 싹 다 말랐어요. 바람도 자고요. 날이 꽤 더워요."

"그거 아오, 제인? 내가 지금 이 크라바트로 감춘 시커먼 모가지에 당신의 귀여운 진주 목걸이를 두르고 있는 것 말이오. 내 유일한 보물을 잃어버린 날부터 그 보물을 기억하기 위해 죽 두르고 있소."

"숲을 통과해서 집으로 돌아갈 거예요. 그 길이 그늘이 제일 짙으니까요."

그는 내 말은 듣는 둥 마는 둥 계속 자기 생각에 골몰했다.

"제인! 당신은 아마 날 신앙도 없는 야비한 놈이라고 생각하겠지. 하지만 지금 내 마음은 자비로우신 이 지상의 신에 대한 감사로 북받치고 있소. 신은 인간이 보는 대로 보지 않으시지만 훨씬 분명하게 보시고, 인간이 판단하는 대로 판단하지 않으시지만 훨씬 현명하게 판단하시오. 나는 몹쓸 짓을 했소. 내 순결한 꽃을 더럽히고 그 순수함에 죄악을 불어넣을 뻔했소. 전능한 신이 그걸 빼앗아 가셨지. 나는 완강하게 저항하며 신의 결정을 거의 저주하다시피 했고, 그 명령에 복종하는 대신 반항했소. 신의 정의는 어김이 없어서, 재앙이 끊이지 않고 들이닥쳤소. 나는 죽음의 어두운 골짜기를 통과해야만 했지. 신의 징벌은 강력해서, 한 번 얻어맞은 나는 영원히 겸손해져버렸소. 내가 내 힘을 자랑스러워했다는 걸 당신은 알 거요. 하지만 지금은 어떻소, 어린아이처럼 다른 사람이 이끄는 손을 잡아야 하는 지금, 그 힘이 무슨 소용이겠소? 제인, 최근에, 최근에서야 나는 내 운명에서 신의 도움을 보고 인정하기 시작했소. 후회와 연민을 경험하기 시작했고, 조물주와 화해하고도 싶어졌소. 나는 때때로 기도를 올리기 시작했소. 아주 짧은 기도지만, 아주 진지하오.

　며칠 전에, 아니, 헤아릴 수도 있지, 나흘 전이었소, 지난 월요일 밤이었으니까. 나는 기묘한 기분에 사로잡혔소. 비탄이 격분으로, 격분이 슬픔으로, 그리고는 우울로 바뀌었지. 어디서도 당신을 찾지 못한 뒤로, 나는 당신이 죽은 게 틀림없다는 생각을 오래 품고 있었소. 그날 밤늦게, 아마 열한 시에서 열두 시 사이였을게요, 쓸쓸한 잠자리에 들기 전에 나는 신에게 간청했소. 이것이 신의 뜻이라면, 나를 이번 생에서 속히 거두시어 제인을 다시 만날 희망이라도 있는 다음 생으로 받아주십사고.

　나는 내 방의 열린 창가에 앉아 있었소. 그렇게 앉아 있자니 마음이 좀 가라앉아 향긋한 밤공기가 느껴졌소. 별은 하나도 보이지 않았지만, 흐릿하고 뿌연 안개 같은 것으로 달이 떠 있다는 건 알 수 있었지. 난 그대를 갈구했소, 재닛! 아, 난 영혼과 육신이 모두 있는 그대를 갈구했소! 나는 괴롭고 무기력한 마음에 신에게 물었소. 제가 오래 고독하고 괴롭고 고통스러운 것으로도 충분하지 않습니까, 곧 다시 기쁨과 평화를 맛볼 수는 없습니까. 내가 겪은 모든 고통이 정당하다고 나는 인정했소. 하지만 더는 견뎌낼 수 없다고 간청했다오. 그러자 내 마음속에 든 유일한 소원이 저도 모르게 말이 되어 '제인! 제인! 제인!'이라고 입에서 튀어나왔소."

　"그걸 큰 소리로 말씀하셨어요?"

　"그랬지, 제인. 누구든 그 소리를 들었다면 내가 미쳤다고 생각했을 거요. 정말 미친 듯한 기운으로 말했으니까."

　"그게 지난 월요일 밤, 자정이 가까운 무렵이었다고요?"

　"그렇소. 하지만 시간은 중요하지 않아, 그다음에 일어난 이상한 일이 핵심이오. 당신은 날 미신에 사로잡혔다고 생각할 거요. 음, 내 피 안에 약간의 미신이 있긴 하지, 늘 그랬고. 그렇지만, 이 일은 사실이오. 적어도 지금 말하는 걸 내가 들었다는 건 사실이오."

"내가 '제인! 제인! 제인!' 하고 외치자, 어떤 목소리가 대답을 했소. 어디서 들려왔는지는 모르겠으나, 누구의 목소리였는지는 아오. 그 목소리가 '가요! 잠깐만요!' 하고 대답했소. 그리고 잠시 뒤에 '어디 계세요?'라고 속삭이는 소리가 바람 소리와 뒤섞여 들려왔소.

할 수만 있다면, 그 말들이 내 마음속에 어떤 그림을 펼쳐주었는지 알려주고 싶소만, 내가 표현하고 싶은 걸 설명하기가 무척 어렵소. 보다시피 펀딘은 소리가 묻혀서 울리지 않는 울창한 숲 안에 박혀 있소. 그런데 그 '어디 계세요?'는 어딘가 산골짜기에서 외치는 말 같았소. 그 말을 되풀이하는 메아리가 들렸으니까. 그 순간 더 차갑고 상쾌한 돌풍이 내 이마를 스치는 듯했소. 나는 어딘가 황량하고 쓸쓸한 장소에서 제인과 만나고 있다고 생각했소. 우리가 영혼으로 만난 것이 틀림없다고, 나는 믿소. 물론 제인, 당신은 그 시각에 곤히 잠들어 있었겠지. 아마도 당신 영혼이 내 영혼을 위로하기 위해 그 작은 방을 빠져나와 방랑했을게요. 그건 당신의 말투였으니까, 내 확언하건대, 그건 틀림없는 당신의 말이었소!"

독자여, 내가 그 이상한 부름 소리를 들은 것도 월요일 밤, 자정 무렵이었다. 그가 들었다는 소리는 내가 그 부름에 응답한 말들 그대로였다. 나는 로체스터 씨의 이야기에 귀를 기울일 뿐, 아무것도 밝히지 않았다. 그에게 알리거나 같이 논의하기에는 그 일치가 너무 두렵고도 불가해하게 느껴져서였다. 뭐라도 얘길 했다면, 그 이야기는 그의 마음에 상당한 충격을 주었을 것이다. 그간의 고통 탓에 가뜩이나 우울해지기 쉬운 그의 마음에 초자연적인 현상의 더 짙은 그늘을 드리울 필요는 없었다. 그래서 나는 그 일을 숨긴 채 마음속으로만 곰곰이 생각했다.

"당신도 이젠 이해할 거요." 나의 주인님이 말을 이었다. "어젯밤 당신이 그처럼 홀연히 내 앞에 나타났을 때, 난 당신이 그저 목소리와 환상일 뿐이라고, 앞서 한밤의 속삭임과 산골짜기 메아리로 사라졌듯이, 침묵과 공허로 사그라질 무언가가 아니라고 믿기 어려웠다는 걸 말이오. 이제 난 신에게 감사하오! 그것이 환상이 아님을 아오. 그렇소, 신에게 감사할 따름이오!"

그가 나를 무릎에서 내려놓고 일어서더니 경건하게 모자를 벗어들고서 보이지 않는 시선을 땅에 던지며 묵도를 올렸다. 기도의 마지막 말만 들렸다.

"심판의 한가운데에서도 자비를 잊지 않으심을 신께 감사드립니다. 앞으로 지금까지의 삶보다 더 완전한 삶을 이끌 수 있도록 힘을 주시기를 저의 구세주께 간절히 비옵니다!"

그러고 그는 이끌어달라며 손을 내밀었다. 나는 그 소중한 손을 잡아 잠시 입을 맞추고는 내 어깨에 둘렀다. 그보다 훨씬 키가 작은 나는 그의 지팡이 겸 인도자로 적당했다. 우리는 숲길을 밟아 집으로 향했다.

38장
결말

독자여, 나는 그와 결혼했다. 그와 나, 신부와 서기만이 참석한 조용한 결혼식이었다. 성당에서 돌아온 뒤, 나는 부엌에 가서 식사를 준비하고 있던 메리와 칼을 갈고 있던 존에게 말했다.

"메리, 로체스터 씨와 나는 오늘 아침에 결혼했어." 가정부도 그 남편도 점잖은 점액질 체질의 사람들이라, 이런 사람들에게는 언제고 놀라운 소식을 던져도 귀청이 찢어질 듯한 날카로운 소리를 지르고 수다스러운 경탄을 쏟아내어 사람을 어리벙벙하게 만들 위험이 없다. 메리가 고개를 들고 나를 쳐다보았다. 불에 굽고 있던 닭 두 마리에 기름을 끼얹던 국자가 삼 분 정도 허공에서 멈췄다. 비슷한 시간 동안 존이 갈던 칼도 움직임을 멈췄다. 하지만 메리는 다시 굽고 있던 닭을 돌아보며 그저 이렇게 말할 뿐이었다.

"그러셨어요, 아가씨? 어쩌면, 정말이지!"

잠깐의 침묵 뒤에 메리가 다시 입을 열었다. "두 분이 나가시는

건 봤는데, 결혼식을 올리러 성당에 가시는 줄은 몰랐어요."메리
가 기름을 끼얹었다. 존을 돌아보니 입이 귀에 걸려 있었다.

"제가 메리에게 이렇게 될 거라고 했었습죠. 전 에드워드 님(존
은 로체스터 씨가 어렸을 적부터 하인으로 있었기 때문에 더러 그를 세
례명으로 부르는 일이 있었다)이 어떤 분인지를 알죠. 에드워드 님이
어떻게 하실지도 알고요. 전 그분이 오래 기다리지 않으시리라 확
신했습니다요. 잘하신 게지요. 그렇게 하셔야 했고요. 축하드립니
다, 아가씨!"그러고는 공손하게 고개를 숙였다.

"고맙네, 존. 로체스터 씨가 이걸 자네와 메리에게 주라고 하셨
어."나는 그의 손에 오 파운드 지폐를 쥐여 주었다. 나는 다른 말을
더 기다리지 않고 부엌을 떠났다. 나중에 부엌문 앞을 지나는데 이
런 소리가 들렸다.

"하기야 그 어떤 대단한 귀부인보다 저분이 주인님께 잘하시겠
지."그리고 또. "아주 미인이라고는 못해도, 못난 건 아니고, 마음
씨는 참 좋으시니까. 그리고 누가 봐도 주인님은 저분을 아주 미인
으로 보시니까, 뭐."

나는 즉시 무어하우스와 케임브리지에 편지를 보내 내가 한 일
을 알리며, 내가 왜 그렇게 행동했는지 충분히 설명했다. 다이애나
와 메리는 스스럼없이 그 조치에 찬성했다. 다이애나는 내게 밀월
의 시간만 주겠다며, 밀월이 끝나기를 기다렸다가 당장 날 보러
오겠다고 했다.

"기다리지 않는 편이 좋을 텐데."내가 다이애나의 편지를 읽어
주자 로체스터 씨가 말했다."밀월이 끝나기를 기다리면 너무 늦을
거야. 우리의 밀월은 평생 빛날 테니까. 그 빛은 당신이나 내 무덤

위에서만 희미해지겠지."

    신존이 그 소식을 어떤 기분으로 들었는지는 모른다. 내가 보낸 그 편지에 그는 끝내 답장하지 않았다. 그러나 육 개월 뒤에 편지를 보내왔는데, 로체스터 씨의 이름이나 내 결혼을 언급하는 말은 없었다. 그의 편지는 평온했고, 아주 진지했지만 친절했다. 그 후로 그는 자주는 아닐지라도 정기적으로 소식을 보내왔다. 그는 내가 행복하기를 바랐고, 내가 신 없이 오직 세속적인 것만을 신경 쓰며 사는 그런 사람이 아니라고 믿었다.

    독자여, 어린 아델을 완전히 잊지는 않았을 것이다. 나도 잊지 않았다. 나는 곧 로체스터 씨에게 얘기하고 말미를 얻어 그가 보냈다는 학교로 아델을 보러 갔다. 다시 만난 아이가 미친 듯이 기뻐하는 것을 보니 가슴이 뭉클했다. 아이는 창백하니 여위었고, 행복하지 않다고 말했다. 나는 그 학교의 규칙들이 너무 엄격하고, 학업 과정이 그 나이 정도의 아이에게는 너무 가혹하다는 것을 알았다. 나는 아이를 데리고 돌아왔다. 다시 그 아이의 가정교사가 될 작정이었다. 그러나 이내 그 계획을 실행하기가 불가능하다는 걸 알게 되었다. 내 시간과 관심을 필요로 하는 다른 이가 있었으니, 남편은 내 모든 시간과 관심을 요구했다. 그래서 나는 규칙이 덜 엄하고, 자주 찾아가고 또 때로는 집에 데리고 올 수 있을 만큼 가까운 학교를 찾았다. 나는 아이가 편안하게 지내는 데 부족함이 없도록 보살폈다. 아이는 곧 새 학교에 적응해 그곳에 있는 것에 만족했으며, 공부에도 상당한 진전을 보였다. 아이가 자라면서 건전한 영국식 교육이 프랑스적인 결점을 상당히 교정한 덕분에, 아델은 학교를 떠날 때쯤에는 온순하고 무던하면서도 원칙을 가진, 유쾌하고 남을 배려

할 줄 아는 친구가 되어 있었다. 나와 내 아이들에게 베풀어주는 고마운 관심으로, 아이는 내가 힘닿는 대로 주었던 작은 친절 하나도 빼지 않고 넘치도록 보답해주었다.

이야기는 끝을 향하고 있다. 결혼 생활에 관한 한마디와 이 이야기에서 제일 많이 나온 이름들의 운명을 간략히 훑어보는 것으로 내 이야기는 끝난다.

결혼한 지 이제 십 년이 되었다. 나는 세상에서 제일 사랑하는 사람과 사는 것이, 또 그 사람을 위해 사는 것이 어떤 것인지 안다. 나는 어떤 말로도 표현할 수 없는 최고의 축복을 받았다. 남편이 온전히 나의 생명인 만큼 내가 온전히 남편의 생명이기 때문이다. 어떤 여성도 나보다 배우자와 더 가깝지는 않을 것이며, 나보다 더 '그의 뼈 중의 뼈요, 살 중의 살'[94]이지는 않을 것이다. 자신의 가슴 속에서 뛰는 심장의 고동에 지루해지는 일이 없듯이, 나는 에드워드와 함께 있는 일에 지루해지지 않고, 그도 그렇다. 그 결과, 우리는 늘 함께 있다. 우리에겐 함께 있는 것이 혼자 있는 것처럼 자유로운 동시에 여러 사람과 어울리는 것처럼 흥겹다. 우리는 종일 얘기를 나누는 것 같다. 머릿속에서 생각하는 것은 뭐든 소리를 통해 더 생기 있게 서로에게 전달된다. 나는 모든 신뢰를 그에게 주었고, 그는 모든 신뢰를 내게 주었다. 우리는 성격적으로 정확하게 딱 맞았다. 완벽한 일치가 그 결과이다.

로체스터 씨는 결혼하고 자서도 이 년 동안은 계속 눈이 보이지 않았다. 우리를 이처럼 아주 가까이 이끌어준 것도, 우리를 이처럼

| 94 〈창세기〉 2장 23절.

아주 친밀하게 엮어준 것도 그런 환경이었을 것이다. 지금 내가 여전히 그의 오른손인 것처럼, 그때 나는 그의 눈이기도 했다. 글자 그대로 (그가 자주 쓰던 표현대로) 그의 '눈 속의 사과'였다. 그는 나를 통해 자연을 보고 책을 읽었다. 나는 그를 대신하여 밭과 나무와 마을과 강과 구름과 햇빛을, 우리 앞의 경치를, 우리 주변의 날씨를 보고, 말로 표현하여 빛이 더는 그의 눈에 남기지 못하는 흔적을 소리로 그의 귀에 남기는 일에 지칠 줄 몰랐다. 나는 그에게 책을 읽어주는 일이, 그가 가고자 하는 곳으로 안내하는 일이, 그가 하고자 하는 일을 대신해서 하는 일이 싫증 나지 않았다. 그리고 나의 보살핌에는 슬프더라도 가장 완전하고 가장 정교한 기쁨이 있었다. 그가 고통스러운 수치심이나 마음을 짓누르는 굴욕감 없이 이런 보살핌을 요구했기 때문이다. 그는 나를 진실로 사랑했기에, 나를 옆에 두고서 득을 보는 데 아무 거리낌이 없었다. 내가 그를 너무도 다정하게 사랑했으므로, 그렇게 시중들게 하는 것이 내 가장 달콤한 소망을 채워주는 것임을 그도 느낀 것이었다.

결혼한 지 이 년이 끝나갈 무렵의 어느 날 아침, 그가 불러주는 편지를 받아쓰고 있는데, 그가 다가와 몸을 숙이며 말했다. "제인, 목에 반짝이는 장식품을 두르고 있소?"

나는 금 시계줄을 목에 걸고 있었다. "네."

"그리고 하늘색 옷을 입었고?"

그랬다. 그러자 그가 언제부턴가 한쪽 눈을 가린 어둠이 조금 옅어진 것 같았는데, 이제는 확실하게 알겠다고 했다.

우리는 런던으로 갔다. 그는 어느 저명한 안과의의 진찰을 받고 결국 한쪽 눈의 시력을 회복했다. 지금도 아주 뚜렷하게 보지는 못

하고, 많이 쓰거나 읽지도 못하지만, 다른 사람의 손에 이끌리지 않고도 길을 찾을 수 있다. 그에게 하늘은 더는 백지가 아니었고, 땅도 더는 텅 비지 않았다. 첫 아이를 품에 안았을 때, 그는 아들이 예전의 크고 반짝이던 자신의 검은 눈을 물려받은 걸 알 수 있었다. 그때 그는 다시금 신이 자비로써 심판을 완화해주심을 마음속 깊이 감사했다.

그러므로 에드워드와 나는 행복하다. 그리고 우리가 가장 사랑하는 사람들이 마찬가지로 행복하므로 더욱 행복하다. 다이애나 리버스와 메리 리버스도 결혼했다. 우리는 한 해에 한 번씩 번갈아 서로의 집을 방문한다. 다이애나의 남편은 해군 대령으로 용감한 군인이자 선량한 사람이다. 메리의 남편은 신부님으로 오빠의 대학 친구였는데, 학식과 신념 면에서 잘 맞는 인연이었다. 피츠제임스 대령과 워튼 씨 둘 다 아내를 사랑했고 아내에게서 사랑받았다.

신존 리버스로 말하자면, 그는 영국을 떠나 인도로 갔다. 자신이 목표로 삼은 길로 들어선 것이다. 그는 여전히 그 길을 가고 있다. 그보다 더 단호하고 끈기 있게 역경과 위험을 헤쳐나가는 개척자는 일찍이 없었다. 확고하고, 충실하고, 헌신적으로, 에너지와 열성과 진실에 가득 차, 그는 인류를 위해 사역했다. 그는 진보를 향해 고난의 길을 개척하고, 진보를 방해하는 교리에 대한 편견과 카스트를 거인처럼 찍어 넘겼다. 그가 엄격하고 혹독하고 야심에 찬 사람일 수 있다. 그러나 그의 엄격함은 악마의 맹습으로부터 순례자들을 지키는 전사의 엄격함이고, 그의 혹독함은 예수 그리스도를 대변하여 '누구든 나를 따르려거든 자기를 부정하고 십자가를 지고 따르라'라고 말하는 사도의 혹독함이며, 그의 야심은 이 세상에서 구원받은 사람들 가운데서 제일가는 자리를 차지하고 싶은, 아무 결점 없이 신의 보좌 앞에 서고 싶은, 부름받고 선택받은, 충실한 어린 양의 마지막 위대한 승리를 나누고 싶은 고매한 정신의 야심이었다.

신존은 결혼하지 않았다. 이제는 절대 결혼하지 않을 것이다. 그는 지금까지 혼자서 고된 일을 감당하고 있고, 그 고된 일은 끝에 가까워지고 있다. 그의 영광스러운 태양이 일몰을 향해 길을 재촉하고 있다. 그에게서 받은 마지막 편지는 내 눈에서 인간의 눈물을 끌어내면서도 내 마음을 신성한 기쁨으로 채웠다. 그는 확고한 보상을, 불멸의 왕관을 기대하고 있었다. 다음 편지는 어느 낯선 이의 손으로 쓴, 그 선량하고 신실한 하인이 마침내 주의 기쁨 속으로 불려 갔다고 알리는 편지일 것을 나는 안다. 그러니 어찌 울 일인가? 어떤 죽음의 공포도 신존의 마지막 시간을 흐리지 못할 것이다. 그의 정신은 맑을 것이고, 그의 마음은 굽히지 않을 것이며, 그의 희망은 견고할 것이며, 그의 신앙은 확고할 것이다. 그의 말이 그에 대한 보증이다.

"주께서 미리 알려주셨다. 주께서 매일 더욱 분명하게 알려주신다. '나 분명코 속히 가리니!' 그러면 매시간 나는 더욱 열렬히 대답하노라. '아멘, 구세주시여, 속히 임하옵소서!'"

Jane Eyre

《제인 에어》의 시대적 배경

샬럿 브론테의 《제인 에어》는 1847년에 출간된 이래 세계인의 필독서로서 세대를 거듭하여 읽히고 있다. 그러나 시간이 흐르고 독자의 환경이 변하면서 19세기 초 영국을 배경으로 하는 이 소설을 속속들이 이해하기는 갈수록 어려워진다. 여기서는 《제인 에어》을 이해하는 데 도움이 될 만한 작중 시대적 배경을 간략하게 설명하고, 이 작품이 끊임없이 독자들과 학자들로부터 주목받는 이유를 살펴보고자 한다.

샬럿 브론테가 살았던 19세기 전반기는 유럽을 비롯한 세계 전체가 격심한 갈등과 변화를 겪은 불안의 시대였다. 유럽 대륙이 전쟁과 혁명의 격동을 겪는 동안 상대적으로 정치적으로 안정된 영국은 산업혁명과 기술혁명의 중심지로서 아편전쟁을 통해 청나라를 굴복시키고 인도와 서인도제도 등 세계 곳곳에서 점령과 합병으로 영토를 넓혀나가며 명실상부한 세계 제1국으로 부상했다. 봉건적 구체제가 아래에서부터 붕괴하며 부르주아 중심의 신질서로 재편되고 교역과 식민지 수탈을 통해 막대한 부가 영국으로 흘러들어와 사회경제적 역동성을 뒷받침했으나, 그 과정에서 전통적인 삶의 토대를 잃은 사람들은 지구적 규모로 길고 혹독한 사회적, 정치적, 경제적, 문화적 곤경에 처하게 되었다.

《제인 에어》의 작중 시대적 배경은 작가의 생존 시기보다 앞선 1789~1819년(작중에서 제인은 18~19세 때에 막 출간된 월터 스콧의 시집 《마미온》을 선물받는데, 그 책은 1808년에 출간되었다), 빅토리아 여왕이 즉위하기 전인 조지언 시대(그중에서도 조지 3세가 통치하던 시기)로, 섭정공 조지가 부왕 조지 3세를 대신한 섭정 시대(1811~1820)를 배경으로 하는 제인 오스틴의 《오만과 편견》에 조금 앞선다.

출간 당시의 영국의 계급 구조와 결혼의 의미

이 시기에 고착된 영국의 계급 구조는 지금까지도 사회적 영향력을 행사하는데, 계급 구조에서 예외로 취급되는 왕족을 제외하면 크게 상류계급과 중산계급, 노동계급으로 나눠지며, 각 계급 안에서도 가문의 역사와 경제력, 직업, 교육 정도 등에 따라 위계를 두고 혼약을 맺었다. 영국의 사회계급은 경제력과 출신학교, 직업, 거주지, 문화, 취미뿐만 아니라 사용하는 말과 억양에도 차이가 있어 출신 계급을 숨기기가 쉽지 않았다. 리버스 남매가 몇 마디 대화만으로 제인 에어가 교육받은 사람임을 알아본 것처럼, 의지가지없는 고아이지만 당시로서는 상류계급의 여성들도 받기 힘든 학교 교육을 8년이나 받은 제인 에어는 말투와 억양만으로도 어디를 가나 상류계급 출신으로 여겨졌을 것이다.

극소수에 불과한 상류계급은 작위를 가진 귀족층과 작위는 없으나 가문의 문장을 사용하며 귀족에 버금가는 권리를 누리도록 허가받은 젠트리층으로 구성되는데, 16세기 이래 전국 토지의 약 반을 소유했다고 추정되는 지역 지주층인 젠트리들은 근대에 들어 치안판사와 지역구 위원 등의 직책을 맡으며 영국 사회의 실권을 쥐게 되었다. 그러나 19세기는 산업혁명에 따른 상공업 발달과 식민지 경영 및 교역에서 벌어들이는 막대한 부에 기반한 중산계급의 영향력이 폭발적으로 증가하여 토지에 기반한 전통적인 상류계급의 사회경제적 헤게모니가 크게 흔들리는 시기였다. 이에 대한 알레고리인 듯,《제인 에어》에 등장하는 게이츠헤드가와 로체스터가, 리버스가가 모두 젠트리층에 속하지만 리버스가는 막대했던 재산을 잃고 후손들이 고용살이를 하는 이미 몰락한 가문이고, 리드가는 상속자인 장남의 방탕한 사치와 도박으로 몰락을 맞으며, 로체스터가는 비록 몰락은 피하나 가주의 사회적 체면과 상징적인 가문의 저택을 잃는다.

제인의 어머니는 명문 리드가 출신이지만 지참금도 없이 가난하고 한미한 가문의 성직자와 결혼함으로써 사회경제적 지위도 그에 수렴되었다. 당시 영국법은 '커버쳐Coverture 원칙'을 고수하여 결혼한 여성에게는 어떠한 법적 지위나 권리도 인정하지 않았다.

여성의 지위와 재산은 결혼과 동시에 남편에게 귀속되었고, 남편의 동의 없이는 소송을 걸거나 계약을 하거나 재산을 소유하는 등의 어떠한 법적인 행위도 할 수 없었다. 이와 더불어 당시 상류계급은 가문의 부를 유지하기 위해 남자 상속인 1인에 한정하여 가문의 재산을 상속하는 한정상속 관행을 따르는 경우가 많았으므로, 부유한 상류계급 가문 출신이더라도 상속권이 없는 남성들은 결혼을 통해 재산을 형성하지 못하면 자칫 빈털터리로 거리에 나앉아야 하는 신세였다. 상류계급의 여성들과 남성들에게 결혼은 그야말로 사회경제적 사활이 걸린 문제였다.

몰락한 상류계급 가문의 여성들이 그나마 사회적 지위를 덜 손상하며 할 수 있는 일이 가정교사 일이었다. 제인 에어와 다이애나 리버스, 메리 리버스가 이런 경우였다. 고용살이이긴 하지만 상류계급 가정에서 도련님과 아가씨 들을 가르치는 '선생'의 신분이라 다른 고용인들과는 구별되는 대접을 받았으나, 한편으로는 고용주 가족과 어울릴 수 없고 집 안의 다른 고용인들과도 어울릴 수 없는 미묘한 처지라 겉도는 경우가 많았다. 당시 여성으로서는 드물게 경제적으로 자립할 수 있었던 가정교사들은 결혼하지 않고 독신으로 지내는 비율이 이례적으로 높았다.

가문의 재산을 상속받지 못한 상류계급 남성들은 전통적으로 성직자나 기사(군인)가 되는 경우가 많았는데, 후대로 갈수록 의사나 법률가, 정부 관리 등의 전문직을 택하는 비율이 늘었다. 어느 경우에라도 부유한 가문의 여성과 결혼하여 지참금으로 재산을 형성하는 문제는 몹시 중요하였고, 이런 상류계급 남성들의 이해관계는 혼약을 통해 신분 상승을 꾀하는 부유한 중산계급 가문들의 이해관계와 잘 맞아떨어졌다. 유서 깊은 로체스터가의 차남인 에드워드 로체스터가 이런 경우였다.

당시는 종교적 제도와 기구가 세속의 삶을 규정하며 특히 지역 공동체의 관리와 행정을 상당 부분 담당하던 때라 성직자들의 영향력이 지금과는 비교할 수 없이 컸다. 영국은 16세기 이래 영국성공회(또는 영국국교회)가 국교로 지정돼 있고, 1828년까지는 성공회 신자만이 공직에 임명될 수 있었다. 로마가톨릭 전통과 프로테스탄트 교리의 특성을 동시에 지닌 듯한 영국성공회는 사제의 결혼과 신도들의 이혼과 재혼을 허용하는 점에서 로마가톨릭교회와 차이를 보인다. 그러나 아내가 결혼생활 중에 신체적, 정신적으로 병을 얻어 독립적인 생활이 불가능한 경우에는 이혼을 불허했다.

영국성공회에는 크게 세 분파가 존재하는데, 사회적 소외 계층에 주목하며 여러 사회 운동에 적극적으로 참여하는 개혁적 성향의 복음주의 저교회Low Church와 기독교 사회주의를 주장하는 광교회Broad Church, 전례에 따르는 예배와 교회의 전통을 중시하는 고교회High Church이다. 저교회 운동의 중심이 케임브리지대였고 고교회 운동의 중심이 옥스퍼드대였는데, 작중에서 케임브리지대 출신으로 복음주의 교리를 설교하며 인도 선교에 나서는 신존 리버스와 성직자의 딸들을 대상으로 한 기숙형 자선 학교를 운영하는 브로클허스트는 저교회파에 속한다. 작가 본인이 복음주의 저교회의 영향력 안에서 성장하고 생활했는데, 아일랜드 출신으로 25세이던 1802년에 영국으로 건너온 아버지 패트릭 브론테Patrick Brontë(1777~1861)가 케임브리지대를 졸업하고 노예해방과 여성 및 아동 인권 운동 등에 열성적으로 참여한 복음주의 저교회파 성직자였고, 아버지의 반대를 무릅쓰고 1855년에 결혼한 남편 아서 벨 니콜스Arthur Bell Nicholls(1819~1906)는 아버지의 보좌 신부였다. 《제인 에어》가 복음주의 저교회의 위선과 경직성 등을 정면으로 고발하긴 하지만, 근면과 노동을 신성시하고 품위, 절제, 검약을 중시하며 영혼의 구제를 강조하는 복음주의 저교회의 교리와 도덕적 가치들은 소설의 전면에 녹아 그 사상적 토대로서 작용한다.

한국 성공회교회는 고교회 성향의 선교단체에서 시작되어 교회의 구성과 조직, 신앙적 태도, 전례, 용어 사용 등에서 로마가톨릭적 색채가 두드러진다. 이 책에서는 대한성공회의 규정에 따라 관련 용어를 옮겼다.

변화하고 성장하는 능동적 주체로서의 여성의 등장

'커러 벨'이라는 남성적 필명으로 출판한 《제인 에어》는 출간되자마자 독자와 평단 양측으로부터 좋은 쪽으로든 나쁜 쪽으로든 열렬한 반응을 얻었다. 《제인 에어》는 주요 사건들이 벌어지는 무대들의 고립되고 음산한 분위기와 비밀을 품은 음울한 인물들, 상징적인 꿈과 번개에 쪼개진 나무와 같은 전조, 유령, 광기, 초자연적 사건 등, 18세기 말부터 19세기 초까지 인기를 끌었던 고딕 소설의 여러 장치를 채택하면서도 전혀 새로운 서사 구조와 독창적인 문체, 강력한 사건과 인물, 도발적이고 혁신적인 주제 의식 등을 제시함으로써 전례 없는 문학성과 대중성을 동시에 성취했다.

《제인 에어》에는 유령이나 요정, 꿈, 신비 현상과 같은 초현실적인 소재가 자주 등장한다. 이런 장치들은 고딕 소설 특유의 음울한 공포감을 불러일으키면서 한편으로는 표면적이고 외적인 플롯의 기저에 얽혀 있는 심리적이고 정신적인 측면으로 독자의 주의를 끌어들인다. 또한 한편으로는 성과 속 모두에서 구원을 기대할수 없는 로체스터의 회피적 기제와 사회경제적 계급의 차이와 연령 차이 같은 현실을 거부하고자 하는 제인의 저항적 기제를 정신분석학적 측면에서 접근해볼 수 있는 여지를 주기도 한다. 그러나《제인 에어》는 무엇보다 사실적이다. 소설 속 등장인물들과 크고작은 설정, 사건들은 놀라울 정도로 치밀하게 현실의 사례를 모방한다. 샬럿 브론테는 제인 에어만큼이나 직접 보고 들은 것으로 세계를 구성하고 판단하는 사람이었다. 철저하게 자신이 겪은 경험에 기반하여 구축한 가상의 세계는 '자서전'이라는 부제에 걸맞은진정성과 핍진성을 갖게 되었고, 고통에 대한 제인의 긍정적 태도에도 불구하고《제인 에어》가 당시 사회에 대한 통렬한 비판으로읽힐 수 있는 이유가 되었고, 기존의 틀에 정면으로 도전하는 플롯과 인물들을 '전형'의 반열에 올려놓을 수 있는 토대가 되었다.

무엇보다 이 소설은 '제인 에어'라는 기념비적인 인물을 문학사에 새겨넣었다. 여성이 법적으로나 관습적으로나 어려서는 아버지에게, 젊어서는 남편에게, 늙어서는 아들에게 종속되어 일평생 독립적인 개인으로 존재할 수 없는 환경에서《제인 에어》는 처음으로 변화하고 성장하는 정신, 욕망하고 행동하는 능동적 주체로서의 여성을 입체적으로 그려냈다. 제인 에어는 근대적 여성의 자기선언이었다. 한 인물이 유년기와 소년기를 거쳐 성년기에 이르기까지의 인생역정을 세계에 대한 각성과 그에 따른 내적 갈등을 중심으로 펼쳐내는, 1796년에 출판된 괴테의 《빌헬름 마이스터의 수업 시대》를 기원으로 꼽는 '성장 소설' 장르가 여성에게는 《제인 에어》에 와서야 가능해진 것이다.

자신을 믿고 사랑하는 '자애'를 가진 인물, 제인 에어

제인 에어는 어떤 인물인가? 무엇보다 변화를 원하는 인물이다. 이야기의 시작이 생애 첫 10년간의 순종적이고 체념적인 침묵에 대한 저항이었다는 사실, 소설을 새로운 국면으로 끌고 가는 동력이 언제나 변화하고자 하는 제인의 욕망과 의지였다는 사실은 당시 독자들과 평자들에게 커다란 충격을 주었고 열광적인 지지와 함께 맹렬한 비난 또한 불러왔다. 또 제인 에어는 더 나은 사람이 되고자 하는 인물이다. 완고하고 고집불통인 성격이지만 자제력과 식견이 부족하다는 점을 인정하고 자신보다 나은 사람들의 본을 받아 더 나은 자신이 됨으로써 과거의 오류와 잘못을 만회하고자 한다. 그러한 열망의 기저에 깔린 것은 사회적인 성공이나 타인의 인정과 같은 외부적 동기가 아니라 자기 자신에게 좀 더 존경할 만한 사람이 되고자 하는 내부적 동기, 자신을 믿고 사랑하는 '자애'의 정서이다. 또한 제인 에어는 아름다움을 발견하고 향유할 줄 아는 사람이다. 블란치 잉그럼과 에드워드 로체스터의 경우에서처럼 제인은 세간의 기준이나 평가가 아니라 자신이 직접 보고 들은 바로 자신만의 기준을 가지고 판단하는 미학적 인물이다. 샬럿 브론테의 제인 에어는 외부의 가치 기준에 기대지 않고 저 자신의 고

유성과 특이성을 발명하고 그 역량을 펼쳐내는 삶을 갈망하는 실존의 미학을 선취한 인물이며 상충하는 충동과 욕구들을 다스리며 끊임없이 자신을 극복하여 새로이 변화하고자 하는 니체적 위버멘쉬의 원형을 보여주는 인물이기도 하다.

《제인 에어》의 문체는 드물게 간결하면서도 시적인 동시에 선이 굵다. 일인칭 화자 시점은 때로는 독자를 바싹 당겨와 제인의 비밀을 나눠주며 감정적 동참을 요구하기도 하고 때로는 멀리 밀어내어 다가올 사건을 기다리게 만들기도 하면서, 제인이 로체스터를 조련하듯이 독자를 조련한다. 또한 샬럿 브론테는 다양한 장치를 능란하게 활용하여 훈련과 노력을 통해 심리적 평정을 유지하려 부단히 노력하는 현실적인 인물의 목소리를 입체적으로 드러내는데, 제인이 가진 마음의 여러 능력을 의인화하여 정신의 법정을 꾸리기도 하고, 로체스터나 다른 등장인물의 입을 빌어 제인의 이목구비를 정신화하며 조목조목 해석하고 설명하기도 한다. 당시로서는 전례가 없던 이런 심리 묘사를 위해 샬럿 브론테는 여러 용어를 직접 고안했는데, 그중에는 지금은 널리 쓰이는 '자기회의, 신념상실'을 뜻하는 'self-doubt'와 같은 용어도 있다.《제인 에어》는 심리적 측면에서 한 개인의 도덕적, 정신적 발전 과정을 일인칭 시점으로 다룬 최초의 소설이며, 샬럿 브론테는 내밀한 의식의 역사를 다룬 첫 번째 소설가로서 마르셀 프루스트와 제임스 조이스와 같은 작가들의 문학적 선조이다. 모든 걸작이 그러하듯,《제인 에어》는 시간의 흐름과 함께 거듭 새로이 해석되어 인간의 문화를 풍부하게 해줄 것이다.

팬 픽션으로까지 이어지는 《제인 에어》의 영향력

마지막으로, 최근의 《제인 에어》 해석과 수용 경향에서 우려되는 점을 한 가지 지적하고자 한다. 언제부터인가 《제인 에어》를 언급할 때마다 도미니카 출신 영국 작가 진 리스가 1966년에 발표한 《광막한 사르가소 바다》를 함께 언급하는 것이 관례가 되었다. 《제인 에어》의 기본 설정과 정보를 그대로 가져가 로체스터의 첫 번째 아내인 버사 메이슨의 일대기를 구성한 이 작품은 최초의 팬 픽션으로 꼽히는, 스타 트렉 팬들이 1967년에 발행한 잡지 《스팍카날리아Spockanalia》에 실린 소설에 앞서는 팬 픽션이라 할 수 있다. 《제인 에어》가 주목하지 않는 제국주의, 식민주의의 문제를 살펴볼 수 있다는 점에서, 또 20세기 중반부터 거부할 수 없는 사회적, 사상적, 문화적 흐름으로 대두된 제2, 제3 페미니즘 물결에 따른 여성주의적 관점에서 기존의 작품을 새로이 해석해볼 수 있다는 점에서 《광막한 사르가소 바다》는 흥미로운 사례가 되었다.

그러나 팬 픽션인 《광막한 사르가소 바다》의 플롯과 설정이 원본의 플롯과 설정을 오염시키며 정설로까지 받아들여지는 상황은 적잖이 당황스럽다. 자세히 뜯어보면 《제인 에어》에서 로체스터가 버사 메이슨과 결혼한 시기는 1792년으로 추정되는데, 《광막한 사르가소 바다》는 영국이 서인도제도에서 노예제를 폐지한 1834년 이후를 배경으로 한다. 이 작품의 등장인물들은 서인도제도에서 노예제 폐지 이전에 노예들을 이용하여 플랜테이션을 운영하던 이들로서 직접적인 식민지 운영으로 부를 축적한 장본인들이다. 포스트식민주의 관점에서 읽는 것에는 섬세한 접근이 필요한 듯하다. 비단 이런 문제들이 아니더라도,《제인 에어》처럼 문학적, 문학사적 가치가 큰 작품이 120여 년의 시간차를 두고 나온 팬 픽션과 이처럼 밀접하게 얽혀 이해되고 해석되는 사례가 달리 있었던가. 모든 작가는 저마다 시대의 한계를 벗어나려 고투하고, 성공한 부분만이 아니라 실패한 부분도 작품으로 남는다. 샬럿 브론테가 시대와 고투하며《제인 에어》에 남긴 흔적을 있는 그대로 보아주어야 하지 않을까 싶다.

신해경

작가 연보

1816년

- 4월 21일 요크셔주 손턴에서 아일랜드 출신 영국국교회 신부 패트릭 브론테와 마리아 브론테(결혼 전 성은 브란웰)의 1남 5녀 중 3녀로 태어남.

1817년(1세)

- 6월 26일 남동생 패트릭 브란웰 브론테 출생.

1818년(2세)

- 7월 30일 여동생 에밀리 제인 브론테 출생.

1820년(4세)

- 1월 17일 여동생 앤 브론테 출생
- 4월 20일 아버지 패트릭이 호어스 교구의 보좌신부가 되어 호어스로 이사.

1821년(5세)

- 9월 15일 어머니 마리아 브론테 암으로 사망. 이모인 엘리자베스 브란웰이 육아와 가사 담당.

1824년(8세)

- 8월 언니 마리아(1814년생)와 엘리자베스(1815년), 동생 에밀리
  (1818년)와 함께 영국국교회 신부의 딸들을 위한 학교인 랭커셔
  주 코언브리지 학교에 입학. 이 학교가《제인 에어》에 등장하는
  로우드 학교의 모델이 됨.

1825년(9세)

- 5월 6일 언니 마리아 브론테 결핵으로 사망.
- 5월 31일 언니 엘리자베스 브론테 귀가 조치.
- 6월 1일 아버지 패트릭 브론테가 샬럿과 에밀리를 집으로 데려
  옴.
- 6월 15일 엘리자베스 브론테 결핵으로 사망.

1831년(15세)

- 1월 17일 허더스필드 인근에 있는 미스 울러의 로헤드 학교에 입
  학. 그곳에서 엘렌 너시와 메리 테일러를 만나 서신을 주고받으
  며 평생 친구로 지냄.

1832년(16세)

- 5월 로헤드 학교 중퇴.
- 9~10월 브리스톨 라이딩스에 있는 엘렌 너시의 집에 처음 방문.
  시와 단편소설 등 습작.

1833년(17세)

– 9월 찰스 앨버트 플로리언 웰즐리 경이라는 가명으로 중편소설
《녹색 난쟁이》씀.

1834년(18세)

– 10월 〈내 상상의 왕국 앵그리아와 앵그리아인들〉를 씀. 앵그리
아 왕국에 관한 여러 단편 등 습작.

1835년(19세)

– 남동생 브란웰이 런던에 있는 로열아카데미학교 진학을 계획했
으나 무산.
– 7월 로헤드로 돌아가 교사로 재직. 에밀리는 학생으로 등록.
– 10월 에밀리가 병에 걸려 귀가. 앤이 에밀리의 자리를 대체.

1837년(21세)

– 9월 에밀리가 로힐 학교의 교사가 됨.
– 12월 앤이 병에 걸려 함께 귀가. 샬럿 로헤드 학교 교사직 사임.

1838년(22세)

– 브란웰이 초상화가가 되기 위해 브래드포드로 감.
– 3월 에밀리가 로힐 학교에서 귀가.

1839년(23세)

– 4월 앤 브론테, 잉엄가의 가정교사가 됨.

- 5월 5일 헨리 너시의 청혼 거절.
- 5월 로더스데일 인근 스톤게이프에 있는 시드윅 부인의 집에서 가정교사.
- 7월 19일 가정교사직 사임.
- 7월 프리시 씨의 청혼 거절.
- 9~10월 엘렌 너시와 이스턴과 브리들링튼에서 휴가. 처음으로 기차를 타고 바다를 봄.
- 12월 앤 브론테, 잉엄가 가정교사직에서 해고됨.

1840년(24세)
- 5월 앤 브론테, 로빈슨가의 가정교사가 됨.
- 9월 브란웰 브론테, 소어비 브릿지 기차역에서 보조 사무원으로 일함

1841년(25세)
- 3월 2일 브래드포드 인근 로던의 어퍼우드 하우스의 가정교사가 됨.
- 12월 24일 어퍼우드 하우스 가정교사직 사임.

1842년(26세)
- 2월 12일 에밀리와 함께 브뤼셀에 있는 마담 에제의 기숙학교로 감. 숙식비와 학비 대신 샬럿은 영어를 가르치고 에밀리는 음악을 가르침.
- 10월 29일 브란웰 이모 사망.

- 11월 8일 에밀리와 함께 귀가.

1843년(27세)
- 1월 28일 혼자 브뤼셀 마담 에제의 기숙학교로 돌아가 교사로 재직. 마담 에제의 남편인 콘스탄틴 에제를 사모하게 됨.
- 1월 브란웰 브론테, 로빈슨가의 가정교사가 됨.

1844년(28세)
- 1월 1일 브뤼셀을 떠나 귀가. 에제 기숙학교의 경험이 《교수》와 《빌레트》의 바탕이 됨.
- 7월 호어스 교구 학교를 위한 프로젝트에 몰두.
- 1845년까지 콘스탄틴 에제에게 서신 보냄.

1845년(29세)
- 6월~7월 엘렌 너시와 함께 해더세이지 방문.
- 7월 17일 브란웰 브론테, 로빈슨가 교사직에서 해고됨.
- 가을 에밀리의 시를 발견하고 공동시집 출간 도모.

1846년(30세)
- 5월 에밀리, 앤과 함께 커러, 엘리스, 액턴 벨이라는 가명으로 공동 시집《커러와 엘리스와 액턴 벨의 시》출판. 시집은 두 권밖에 팔리지 않았지만 세 자매는 출판을 목표로 각자 소설 창작에 몰두.
- 4월~1847년 7월《교수》출판을 여러 출판사에 타진했으나 거절

당함.

– 8월《제인 에어》집필 시작.

1847년(31세)

– 10월 19일《제인 에어》가 스미스 엘더사에서 출판.

– 12월 에밀리의《폭풍의 언덕》, 앤의《아그네스 그레이》출판.

1848년(32세)

– 6월 앤의《와일드펠 저택의 세입자》출판.

– 7월 앤과 함께 런던에 있는 출판사를 방문해 정체를 밝힘.

– 9월 24일 브란웰 브론테 사망, 사망증명서에는 폐병으로 인한
  사망으로 기재되었으나 과음으로 고질적인 기관지염과 쇠약증
  사망 원인이라 추정되기도 함. 아편 중독자였으리라는 추측도
  있음.

– 12월 19일 에밀리 브론테, 폐병으로 사망.

1849년(33세)

– 5월 28일 앤 브론테, 폐병으로 사망.

– 10월 26일《셜리》출판.

– 11월~12월《제인 에어》의 커다란 성공에 힘입어 몇 차례 런던
  을 방문하여 해리엇 마티노, 엘리자베스 개스켈, 윌리엄 메이크
  피스 새커리 등과 교우.

1850년 (34세)

- 5월~6월 런던 방문. 조지 리치몬드가 종이에 분필로 초상화 밑
  그림 작업.
- 7월 3일~6일 에딘버러 방문.
- 8월 레이크 디스트릭트에 있는 케이 셔틀워스를 방문하던 중에
  엘리자베스 개스켈 만남.
- 12월 앰블사이드로 해리엇 마티노 방문.

1851년 (35세)

- 4월 제임스 테일러와의 결혼에 동의했다가 철회.
- 5~6월 런던 만국박람회 방문.

1852년 (36세)

- 《빌레트》 집필.

1853년 (37세)

- 1월 마지막 런던 방문.
- 1월 28일 《빌레트》 출간
- 4월 맨체스터로 엘리자베스 개스켈 방문

1854년 (38세)

- 6월 29일 아버지의 부목사인 아서 벨 니콜스 (1819~1906)와 결
  혼.

1855년(39세)

- 3월 31일 사망. 사망 증명서에는 폐병으로 인한 사망으로 기록되었으나 임신 합병증으로 인한 사망으로 추정하기도. 웨스트요크셔주 호어스의 '성 미카엘과 천사들' 성당 가족 묘지에 매장.

1856년

- 엘리자베스 개스켈이 샬럿 브론테에 대한 최초의 전기 출간.

1857년

- 샬럿 브론테의 첫 번째 소설인 《교수》, 사후 출판.

1861년

- 6월 7일 패트릭 브론테 신부 사망.

소녀들이여, 여기《제인 에어》가 있다

세계명작 동화전집과 소설전집을 읽으며 성장했다. 어릴 때는 《소공녀》의 세라를, 좀 더 자라서는《작은 아씨들》의 조를 닮고 싶었다. 고1때 아버지가 돌아가신 후부터는 제인처럼 살리라 결심했다. 가난한 고아지만 자존심 강한 제인. 자신을 부당하게 대하는 사람에게는 따지고 저항하지만, 자신이 사랑하는 사람에게는 성실한 제인. 그리하여 끝내 자신의 운명을 완성하는 제인. 나만이 아니었으리라, 아래 인용 부분에 줄 쳐놓고 제인을 롤 모델로 삼는 소녀는.

"정치적 반란 말고도 사람들을 감싼 이 삶의 덩어리들 속에서 부글대는 반란이 얼마나 많은지, 아무도 모른다. 여자는 대체로 아주 조용해야 한다고 여겨진다. 하지만 여자도 남자와 똑같이 느낀다. 여자들도 남자 형제들과 똑같이 자신의 재능을 펼칠 활동이, 노력의 결실을 거둘 장이 필요하다."(181쪽)

제인은 아기 때 부모를 잃고 친척집에서 자란다. 외숙모 리드 부인은 제인을 학대한다. 사촌들도 하인들도 마찬가지다. 제인이 착하지도 예쁘지도 않은 아이여서라고 하지만, 그것은 더부살이하는 고아를 차별하기 위한 핑계다. 이에 제인은 그들 마음에 들려고 애쓰지 않고 부당함을 지적한다. 어린 가부장인 외사촌 오빠가 괴롭히면 같이 때린다. 제인은 늘 기죽지 않고 대든다. 리드 부인에게 따귀를 맞을 정도로.

성인이 된 후에도 변함없다. 손필드 저택에서 가정교사로 일하게 된 제인은 로체스터 백작과 동등한 위치에서 대화하려 든다. "단순히 저보다 나이가 많다거나 저보다 세상을 많이 보셨다는 이유로 저에게 명령할 권리가 있다고는 생각지 않습니다. 주장하시는 우월성은 그 시간과 경험을 어떻게 쓰고 계시느냐에 달려 있겠지요."(223쪽) 가난한 고아이며 어린 여성이고 피고용인인 제인은 모든 면에서 '을'의 위치에 있다. 로체스터는 제인의 '갑'이다. 거대 장원의 주인인 부유한 귀족이며 연장자 남성이고 고용주다. 그런 로체스터에게 제인은 자신을 존중해주기를 요구한다. "제가 가난하고, 비천하고, 보잘것없고, 작다고 해서, 제가 영혼도 없고 마음도 없다고 생각하세요?(421쪽) "지금 우리는 동등해요!"(421쪽) 결혼식 당일, 로체스터에게 이미 아내가 있다는 사실이 폭로된다. 변명에 이어 어차피 너는 고아니까 반대할 친지도 없잖냐며 제인에게 사실혼 관계를 제안하는 로체스터. 제인은 거부한다. 이렇게 독백하고 손필드 저택을 떠난다. "고독할수록, 벗이 없을수록, 의지가 없을수록, 내가 나를 더 존중해야 해.'"(531쪽) 아무리 사랑하더라도, 제인은 사랑받기 위해 상대에게 이용당해줄 생각이 없다.

어떤 경우에도 자신을 더 존중한다.

신존의 청혼을 거절하고 로체스터에게 달려가는 장면도 의미하는 바가 크다. 흥미롭게도 제인과 혈연 관계에 있는 연장자 남성들의 이름은 모두 존이다. 작은 아버지인 존 에어, 외사촌 오빠인 존 리드, 고종사촌 오빠인 신존 리버스까지. 이들 중 가장 못된 가부장 존은 누구일까? 물리적 폭력을 행사하던 존 리드가 아니다. 이름 자체가 '성 요한'인 신존이다. 신을 등에 업고 제사장 자격과 결합한 가부장권을 행사하려 들기 때문이다. 선교사의 아내가 되어 인도에 같이 가달라고 청혼하면서 "내 제안을 거절한다면, 당신이 거부하는 건 내가 아니라 주님임을 잊지 마시오."(685쪽)라고 말하는 신존. 제인은 알아차렸다. "요컨대, 남자로서의 그는 내게 순종을 강요하고 싶었다."(686쪽)라는 것을. 그런데도 거의 설득당할 뻔했다. 신앙심으로 승낙하려 했던 것이다. 아아, 혼자 힘으로 운명을 개척하려는 똑똑한 여성들이 흔히 빠지기 쉬운 함정이 바로 이거 아닐까? 도덕적 이상만 추구하다 자신의 행복과 욕망은 돌보지 않게 되는 것. 말하자면 헛똑똑이라고나 할까. 이 상황에서 제인의 자기 존중은 신존을 거절하고 자기 사랑을 찾아가는 것이다. "사람을 유용한 도구로만 여기는 남자에게 평생 속박된다는 건, 이상하지 않겠어요?"(697쪽) 그러므로 뻔한 결혼엔딩이라 하여 이 명작 소설의 가치가 떨어지는 것은 아니라고 나는 생각한다.

제인의 삶은 증명한다. 주체적인 여성이 되려고 하면 평생 외롭게 산다며 성차별이 빈발한 세상이 소녀들을 세뇌하는 말이 거짓임을. 로체스터와의 결혼만이 아니다. 제인은 스스로의 선택으로 더 나은 관계를 맺을 줄 안다. 어릴 적 제인은 외사촌들에게 따뜻한 대우를 받지 못했지만 상속받아 부자가 된 후 가난한 사촌형제들에게 유산을 나누어 준다. 그리하여 가족을 얻는다. 외로운 고아인 자신의 운명을 바꾼 것이다. 제인은 고아라고 차별받았지만 사생아 아델을 멸시하지 않는다. 과거 기숙학교에서 학대받았지만 가난한 농가집 학생들을 성심껏 가르친다. 제인은 나쁜 패턴을 반복하지 않는다. 정략 결혼과 사기 결혼의 피해자였으면서도 제인을 속이고 사기 결혼을 추진한 로체스터의 선택과 대조적이지 않은가? 이렇게 제인은 타고난 운명, 남이 좌우하는 운명을 벗어나 스스로 자기 운명을 완성한다. 바로 어릴 적 내가 제인에게서 가장 본받고 싶은 자세였다.

그렇다고 이 소설이 완벽한 명작이라고 생각하지는 않는다.《제인 에어》를 다시 읽을수록 특히 역사책과 같이 읽을수록 비판할 점이 보인다. 우선, 19세기 다른 서구 작가의 소설들처럼 이 소설도 제국주의적 배경을 갖고 있다. 존 에어는 농장을 경영하는 직접적인 방법으로, 로체스터는 서인도 제도 크레올 여성과 결혼하여 재산을 차지하는 간접적인 방법으로 식민지에서 부를 얻는다. 인도에 가서 선교사가 되려 하는 신존은 결과적으로 피식민지인을 정신적으로 지배하여 식민지 지배를 돕는 역할을 하게 된다. 식민지에서 착취한 재산을 유산으로 받은 제인은 제국주의의 수혜자다. 이렇듯《제인 에어》의 주요 등장 인물들은 모두 영국 제국주의 침략사와 관련 있다.

게다가 작가는 식민지 크레올 여성인 버사를 희생시킴으로써 순수 영국 혈통 여성인 주인공 제인을 로체스터와 합법적으로 결합하게 만든다. 버사뿐만이 아니다. 프랑스인 셀린, 독일인 클라라,

이탈리아인 자친타 등 로체스터와 관계했던 여성들은 모두 부정적으로 그려진다. 정직하고 성실한 제인은 다른 유럽 국가와 식민지 여성과 비교되어 영국의 민족적 우월성을 드러낸다. 제국주의는 식민지에 대한 본국의 우월성을 강조하고, 식민지 획득과 유지를 위해 다른 국가들과 경쟁하기 때문에 민족주의적 성격도 띠기 마련이다. 이렇게 여성의 권리를 말하는 소설에서도 영국 출신이 아니거나 백인이 아닌 여성은 부당하게 다뤄지는 점을 발견할 때마다 매우 착잡하다. 작가의 차별에 대한 문제의식은 자신과 같은 가난한 목사 딸인 제인이나, 같은 혈통인 백인 영국 여성들에게만 해당되는 것이었을까? 비록 《제인 에어》가 나의 인생 소설이기는 하지만, 이런 부분은 생각해가며 읽으려 한다.

커서 제인이 되리라고 결심하지 않는 나이가 된 지금, 나는 다른 결심을 한다. 성인이 된 제인의 해피엔딩에만 머물지 않겠다고. 세상의 부당함을 찾아내는 가장 약하고 어린 시절 제인의 시선을 잃지 않겠다고. 그런 의미에서, 《제인 에어》에서 새롭게 줄친 대목을 소개한다. 브로클허스트 씨가 어린 제인에게 《어린이 길잡이》라는 책을 주는 장면이다.

버릇없는 어린 여자애는 죽으면 지옥으로 간다고 말하며, 안 가려면 어떻게 해야 하는지를 묻는 브로크허스트 씨에게 제인은 이렇게 말한다. "건강을 잘 지켜서 죽지 말아야 해요." (52쪽)

그렇다. 지옥이든 뭐든, 당신들이 만들어놓은 시스템으로 움직이는 그 세상에 내가 들어가지 않으면 그만이다. 그러니 무서워하며 당신들 마음에 드는 착한 아이가 되려고 노력할 필요가 없다. 어린 제인은 그동안 학대받은 경험으로 깨우쳐 알고 있다. 약자를 쉽고 편하게 지배하는 방식은, 약자에게 차별받을 결함이 있으니 좋은 대우를 받고 싶으면 '알아서 기라'고 가르치는 것임을. 법적 제도적 차별은 거의 사라진 듯 보이는 21세기 현재에도 성차별은 여전히 있다. 여성들에게 더 도덕적일 것을 요구하고, 사랑받고 인정받기 위해 희생하고 스스로 검열하여 2등 인간 자리에 머무르게 만드는 일상에. 이 구조를 작가는 1847년에 출간된 소설에서 이미 통쾌하게 고발하지 않았는가!

그러므로 세상이 아직도 소녀들에게《어린이 길잡이》같은 책을 권한다면, 나는 이 책을 내밀며 말하겠다. 여기,《제인 에어》가 있다.

박신영(작가)

책세상 세계문학 012

제인 에어
Jane Eyre

초판 1쇄 발행 2024년 12월 31일

지은이	샬럿 브론테
옮긴이	신해경

펴낸이	김준성
펴낸곳	책세상
등록	1975년 5월 21일 제2017-000926호
주소	서울시 마포구 동교로23길 27, 3층 (03992)
전화	02-704-1251
팩스	02-719-1258
이메일	editor@chaeksesang.com
광고·제휴 문의	creator@chaeksesang.com
홈페이지	chaeksesang.com
페이스북	/chaeksesang 트위터 @chaeksesang
인스타그램	@chaeksesang 네이버포스트 bkworldpub

ISBN 979-11-7131-146-0 04800
ISBN 979-11-5931-794-1 (세트)